U0452670

江西文化艺术基金资助项目

风云密码

李伟明 著

江西人民出版社

目录

一、寿宴起风波 / 001

二、总寨主之争 / 022

三、图穷匕见 / 044

四、青衣剑客 / 066

五、宝石山 / 087

六、蜈蚣寨 / 108

七、山寨易主 / 131

八、英烈遗踪 / 152

九、大捷 / 174

十、住店 / 196

十一、新官 / 219

十二、故人 / 241

十三、铜钵山 / 263

十四、罗汉岩 / 285

十五、义旗高张 / 308

十六、不速之客 / 330

十七、疑云 / 353

十八、分歧 / 375

十九、交锋 / 398

二十、流星 / 422

一、寿宴起风波

正月十六，暖阳高照。虽说已出了元宵，但赣州城东北约百里处的寨九坳，却人声鼎沸，爆竹声此起彼伏，比元宵佳节还热闹。

是日，正是寨九坳总寨主云兴鹏六十岁寿辰，寨里大办宴席，寨九坳周边数百里之内的武林世家、绿林豪杰纷纷前来贺寿。客人们络绎不绝进寨，按照当地风俗，每到一批客人，云兴鹏的手下便要点燃一串爆竹表示欢迎。

云兴鹏出道四十年，以一套"佛云手"掌法闻名于江湖，在同道当中更以人缘好而著称。尤其是他出任寨九坳总寨主逾二十年，与武林各门各派的关系都处理得极好，也是寨九坳担任总寨主时间最长久之人，被人戏称为"绿林不倒翁"。

寨九坳是赣州城通往兴国县的要塞，位于赣县、兴国二县交界处，开阔的平江从它旁边缓缓流过。平江又称平固江，是兴国县境主要河流，源于兴国与宁都二县交界处的宝华山西麓，经兴国县城往下流经寨九坳以及几个小集镇之后，在江口塘汇入赣江最大的支流贡水。除了兴国县城附近，平江沿岸山岭连绵，山寨众多。尤其在寨九坳一带，方圆十数里之内，群峰壁立，谷幽林深，有大大小小的山寨十家，分别是象山寨、狮子寨、将军寨、鬼面寨、马鞍寨、定光山寨、试剑石寨、佛盈脑寨、酒坛山寨、靠石殿寨。这些山寨因各自所据的丹岩石山而得名。这些山头高低不一，形态各异。尤其神奇的是，狮子寨、将军寨、鬼面寨、马鞍寨、定光山寨、试剑石寨、佛盈脑寨、酒坛山寨、靠石殿寨九座石山排成一列，秩序井然地面向象山寨，形成

天然的"九狮拜象"奇观。在客家人看来,"九狮拜象"乃喜庆吉祥之相,当地人因此认为这是一方人丁兴旺、福寿齐全的宝地。

寨九坳虽然也是绿林的一支,但和那些匪盗山寨有所不同,这里的寨民平时并不以打家劫舍为生。他们原本是南迁的客家人,在这里依山而居,以自耕自种为主。后来因为局势动荡,为求自保,便按亲缘关系结成山寨,以对抗官府欺压和匪盗掠夺。大大小小十家山寨,壮丁人数逾千,武功好手代有人出。又因这里地形险要,易守难攻,前朝还一度成为兵家重地。

原来,一百多年前的宋高宗绍兴年间,虔州人陈颙和吉州人彭友分别揭竿而起,率众反抗朝廷。虔州与吉州是相邻大州,两地义军声势浩大,很快占据了周边众多州县。其中,陈颙义军一路往南打到循州、武平、梅州、潮州等地,名动一时。韶州、广州、南雄、南安军、建昌军、汀州、邵武军等地绿林纷纷响应,结成联盟,一时集结了大大小小山寨五百余家,总人数逾十万。当时的寨九坳首领曾早禾见官兵羸弱,也趁势加入陈颙义军联盟,公开与官府作对。有一次,虔州一支官兵借道平江前往兴国支援,途经寨九坳时,曾早禾派人在江中埋下暗桩,在水里埋下伏兵,打了官兵一个措手不及。是役,增援官兵损折惨重,还连累兴国前线打了败仗。寨九坳亦因此在绿林声名鹊起,方圆数百里之内的江湖豪杰纷纷前来投奔,一时声势空前。

由于江南义军势力太盛,宋高宗惶恐不安,不顾江北金兵威胁,调遣抗金主将岳飞率兵前来镇压。岳飞先到达吉州,将彭友所率的义军击溃,俘虏彭友等首要人物。随后,岳飞率军转战虔州,在兴国与陈颙义军联盟展开决战。岳飞用兵如神,义军联盟本来便是松散的乌合之众,很快被官兵逐个击破,陈颙等义军首领先后被俘。曾早禾率部从兴国前线退回寨九坳,仗着地利之便继续与官兵对峙。岳飞为防义军卷土重来,派出一支官兵一路追踪,突破寨九坳布下的防线,激战数日之后,曾早禾终于不敌,与半数部属当场战死,其余人员则趁乱突围,分逃到各地。

此后,寨九坳虽然短暂安宁了数年,但不久又因官府羸弱,鞭长莫及,这些山寨重新回到当地人手中。他们响应虔州其他绿林势力,时不时与官府正面冲突,令地方官不胜其烦。朝廷因"江西多盗,而虔州尤甚",认为"虎头州非佳名",于宋高宗绍兴二十三年(公元1153年)将虔州之名改为赣州。

其时，寨九坳十个山寨各自为政，每有官兵出剿，寨众缺乏统一指挥，难免有所损折。后来，十家寨主聚在一起，深感各自单干不是长远之计，便决计将十家山寨组成一个总寨，每七年推举一次总寨主，以号令各寨。如此一来，寨九坳各寨实力大增，彼此利用天险互相守护，不仅官府对他们无计可施，绿林中人也对他们刮目相看，不敢轻易得罪。

云兴鹏接任寨九坳总寨主之后，行事风格与前人大有不同。他有感于当年岳家军剿灭寨九坳的教训，为人内敛低调，不在江湖滋事树敌，也不和官府正面作对。云兴鹏武功虽然未必是顶尖高手，但因为处事圆通，在江湖上朋友不少，加上寨九坳在绿林名声不小，所以这次他过六十大寿，请柬发出之后，没有哪家不派人参加的，而且大多数门派、庄寨还是由当家人亲自出马。

"哎呀呀！罗庄主，您也亲自来了！这一晃也有大半年没见啦！看您气色这么好，武功定然又大进了！"

"啊哈哈！这不是仙峰谷邝谷主吗？这些年，您老可是优哉游哉过着神仙日子，平常不轻易出山的啊！这次竟然劳驾您老也来捧场，老夫可真是三生有幸啊！"

"哎哆咯！范帮主也亲自到场了！您这么大的帮主，随便派一个手下过来，寨九坳也蓬荜生辉啊！您这次来，可得好好指教老夫手下这些兄弟们几招哟！"

"嘿嘿嘿，二位是……哎哟，原来是木公剑派郭老掌门的高足啊！好些年没去过信丰县的木公寨了，郭老掌门还是那么康健吧？二位兄弟大老远代表郭老掌门赶过来，一路可辛苦啦！老夫不胜感谢，不胜感谢！回去还得代老夫问候郭老掌门呵！"

脸色红润、身材微胖的云兴鹏，带着一群手下亲自走出总寨门迎客。每到一人，他都饱含热情地说上一通客套话，然后在爆竹声中，让手下引领客人走进寨里，在早就安排好的座席坐下。

从一大早客人开始陆续进寨，到正午时分，数百号客人已悉数到齐。他们分别来自赣州路的赣县、兴国、雩都、瑞金、信丰等县和南安路的上犹、

南康等县，都是平素与寨九坳交好的武林朋友、绿林同道，有的单人赴宴，有的则派了三五个人同来。云兴鹏极为好客，朋友来得越多他越高兴。用他的话来说，寨九坳已好些年没这么热闹过了。

客人们入席后，正宴开始之前，大伙儿边吃着桌上事先布置的黄元米果、油炸鱼丝、烫皮等点心，边寒暄叙旧。寨九坳的黄元米果用深山大禾米制成，柔软耐嚼；鱼丝取材于平江的白条鱼，用数十里外的土龙、里龙一带的高山茶油炸成，香脆可口。这些小吃在当地小有名气，云兴鹏这次用于寿宴的，自然更是上等之品。

所谓物以类聚、人以群分，大伙儿虽然都是云兴鹏的朋友，但互相之间却未必同心同德。那些出身武林豪门的，对寻常绿林人物未必看得上眼；出身绿林的，又往往认为那些武林世家是"土财主""假清高"。云兴鹏老于世故，当然知道大伙儿的心思，是以在安排座席时，早已考虑到大家相互之间的关系，尽量让互相熟悉的人坐在同一桌。因此，客人们坐下之后，往往是老友重逢，格外欣喜，话语便特别多起来。整个山寨但闻人声喧哗，就像赶圩一般，不细听的话，根本不知道大伙儿在说什么。

寿宴在象山寨前面那片开阔的平地上举行，共设了三四十席。除了数百名嘉宾及其随从，各寨的大小头目也一并参与。对于其中的重要客人，云兴鹏安排了十个山寨的首领分别作陪。坐在首席的，是几位年岁较高的武林人士和绿林首脑。云兴鹏以总寨主之尊，亲自在首席陪客。同在首席的，还有云兴鹏亲领的象山寨副寨主风声鹤。

正宴时辰到了，各种菜肴已端上桌，少不了红烧大块肉、鱼丸、肉丸、油煎板鸭、酸菜麻辣鱼、藜蒿腊肉等"硬菜"，以及水煮豆腐、粉丝菜条、凉拌芹菜等几种家常素菜。每桌的主陪把热气腾腾的米酒倒进众人面前的大碗里，让人食指大动，有些性急的客人想"尝一尝是什么滋味"，悄悄地喝上了一小口。

开席的爆竹声热烈地响过之后，只听得云兴鹏轻轻咳了一声，登时将全场喧哗压下去。原来，云兴鹏师从赣县宝华寺高僧，除了学得一套"佛云手"掌法，还修习了"佛门狮子吼"内功。他这看似不经意地一咳，其实是内力自丹田呼啸而出，瞬间以雷霆之势压倒其他声音。众人见"寿星翁"要说话了，都安静下来，洗耳恭听。

只听得云兴鹏朗声说道："今日寨九坳群贤毕至，高朋满座，老夫不胜荣幸！二十年来，老夫何德何能，忝列寨九坳总寨主之位？那还不是全仗在座各位新朋老友鼎力相助！老夫合不该正月十六出世，那就是个劳碌命，过完年了，该出门干活了，这才从娘肚里出来。呵呵，所以才摊上总寨主这么一个苦差……"

云兴鹏亦庄亦谐的开场白，逗得全场哄堂大笑。赣州一带的习俗，一年当中对春节最是看重，往往要闹到正月十五，才算真正过完了年。人们除夕那天可能还在为生计而奔波，在正月初一到十五这半个月之内，却是不管再穷苦的人家，也以玩乐为主，尽量避免开工干粗活、重活，图的是全年吉利。而从正月十六开始，各家各户则该怎么辛苦就怎么辛苦，再无任何偷懒的借口。有人乘兴打趣道："云总寨主这才是好命呢！正月十六，刚过完年，大鱼大肉还没吃完，总寨主就及时现身了，带着全家人继续吃好喝好！""大伙儿做了总寨主的朋友，也真是沾光，正愁过完年没酒喝，没想到换个地方，又喝上了总寨主这么甜的喜酒！""总寨主这生日啊……我看今后得年年过，让大伙儿经常有机会打打牙祭！否则，像我们寻常人家这样，十年才过一次，让大伙儿苦苦地等上那么久，那我们的肚子早就像三天没吃草的牛一样瘪掉了！"

云兴鹏见大伙儿开心，也哈哈大笑几声，说道："云某就算不过生日，也随时欢迎大伙儿来寨九坳做客。寨九坳虽然不比豪门大户，供不出什么山珍海味，但请大伙儿喝几碗米酒还是请得起的，就怕大伙儿嫌路途辛苦不愿来哩！"登时又有一些人凑热闹喊道："寨九坳的米酒好醉人，我们不怕辛苦不怕远！"全场再次哄堂大笑。

云兴鹏摆摆手，笑眯眯地说道："云某这些年常常感慨，自己何德何能，竟然得到寨中众多兄弟信任，还有这么多江湖朋友捧场！"顿了顿，正待接着说下去，忽地从西端一桌传来悠悠的一声："既然总寨主知道自己无德无能，那就该早点把位子让出来了！"

这声音不算洪亮，但中气十足，特别清晰。众人一愣，目光齐刷刷投向发声的方向，都想看看何人竟然如此无礼。云兴鹏脸色微变，咳嗽一声，这

次却没使出"佛门狮子吼"的内功了，说道："这位朋友说得有道理，云某才低德薄，做这个总寨主确实勉为其难。尤其是到了花甲之年，更是希望寨里的年轻人能尽早接过这副担子。"

先前那个声音又接过话茬，说道："既然想让贤，那就趁早哇！就怕你嘴上说要让，心里却不肯！"这次，大家看清楚了，说话的是一名五短身材的精瘦汉子，四十岁上下年纪，嘴唇下留了一撮两寸长的胡子，说话时一抖一抖的。

众人细看之下，都觉得这精瘦汉子面生，想不起他是哪路人马。同一桌的客人更是感到诧异，大伙儿宴前谈笑风生时，唯有此人一言不发。当时，大家以为他是哪个门派或庄寨当家人派来的代表，也许江湖地位不高，所以懒得吭声，便对他没在意。没想到，此人不鸣则已，一鸣惊人，居然一开口便与主人家唱上了对台戏。在这一桌主陪的马鞍寨寨主钟三壶见他旁若无人，从不和同桌客人说话，只顾着埋头吃点心，一副寒酸饿佬相，心里对他没有好感，也一直没怎么搭理他。此时见他公然出言顶撞云兴鹏，钟三壶心头更是不悦，冷冷地说道："敢问这位朋友尊号？我们寨九坳的事，似乎还没轮到外人指手画脚。"

那精瘦汉子双眼一翻，嘴角一歪，说道："天下事天下人管得！不管你是寨九坳还是寨八坳，要想当头领，总得拿出点真本事来！我就是看不惯有些人功夫平平，却霸着茅坑不拉屎，为了自己的虚名，耽误了大家的正事！"他说这话时，声音异常刺耳，稍远处的倒也罢了，同桌的人已是感到耳膜嗡嗡作响。

这话明显是在贬低云兴鹏，在场众人不禁面面相觑。钟三壶火冒三丈，低声喝道："你给我闭嘴！再如此无理取闹，不管你是来自哪一家的客人，我们也要把你扔出寨九坳！"

那精瘦汉子冷笑一声，说道："就凭你？我看你还是老老实实待着吧！不要给别人打得爬出寨九坳就算不错了！"

钟三壶大怒，再也忍耐不住，骂道："哪里来的野狗，敢在这里猖狂！"右手探出，向那精瘦汉子前胸抓去。那精瘦汉子不动声色，蓦地抬起左掌，顶住钟三壶的右手。钟三壶登时觉得碰上了铜墙铁壁一般，右手再难往前推进。他正想将右手收回，那精瘦汉子五指一合，却将他的手腕握得紧紧的。钟三壶待要用力挣脱，手腕却被他握得纹丝不动，一时进退两难。

云兴鹏见了钟三壶的窘状，沉声说道："钟寨主休得对客人无礼！"他却不知，眼下钟三壶纵算想要无礼，也无能为力。好在那精瘦汉子见好就收，旋即将手一松，钟三壶往后一退，收势不住，差点往凳子后面倒去。幸亏坐在旁边的一位客人眼疾手快，伸手在背后托住了他，钟三壶这才不至于仰面摔倒。

云兴鹏涵养再好，心里也难免有气，但他还是克制了，没有发作出来。他目光扫视全场，让众人安静下来，不紧不慢地说道："其实不消这位朋友出言相激，云某到了这把年纪，也是要把这副担子推给年轻才俊去挑的。只不过，事情未必在今日罢了。"

众人见云兴鹏不动声色，心里不禁对他这副好脾气甚为佩服。客人多是一般想法："这位总寨主的度量确实不简单，难怪他能结交这么多江湖朋友。"正想着应当言归正传，开席吃喝了，不料那精瘦汉子却不依不饶，再次打断云兴鹏的话头："既然如此，择日不如撞日！今日寨九坳高朋满座，正好让大家见证一下新寨主的产生过程，且看这寨九坳的当家人是不是凭手上的真本事吃饭！否则，一日复一日，谁知道到底是何日！"

云兴鹏强压心头怒气，瞪了那精瘦汉子一眼，冷冷地说道："寨九坳什么时候推举总寨主比较合适，此事自然会由寨九坳各位寨主提出，就不劳这位朋友如此操心了！寨九坳虽然向来与人为善，但也容不得外人凌驾于各寨头上！"说到最后一句时，声调陡然提高，已是悄然运起"佛门狮子吼"的内功，让人听了心头不禁微微一凛。众人心里暗自想道："这云兴鹏虽然脾气好得不得了，但也不是全靠老好人的性格坐上这总寨主位子的。要说到真实功夫，在寨九坳十个山寨当中，只怕也没哪个能够超过他。若是他有意赖在总寨主的位子上不走，其他人可能还真拿他没办法！"

那精瘦汉子见云兴鹏动怒了，却浑不在意，继续接话说道："总寨主不必在客人面前耍这般威风！以真本事推举总寨主，当然不是我这个外人的主意。我看就是寨内的众多兄弟，也是这般心思。只不过他们碍于总寨主的颜面，不好意思说出口而已。今日，既然由我这个外人冒昧提出这个话题，相信有些兄弟也就没那么多顾虑了。事已至此，大伙儿不妨打开天窗说亮话

吧！各位寨主们，不知我说得是否有理？"说到这里，那精瘦汉子"腾"地一下跳到凳子上，右臂一挥，似乎在等着出现"应者云集"那一幕。

云兴鹏觉得既好气又好笑。今年确实是寨九坳推举总寨主的年份，但此事一般放在中秋之后进行，如今还只是正月，时候尚早，寨九坳根本没人提过这事。况且，就算推举新的总寨主，也是由现任总寨主提议召开寨主大会，按相关程序推出人选，从无外人干预，也不可能让外人干预。这精瘦汉子在这里无理取闹，还真把自己当作一号人物了，实在是不知天高地厚。场中许多宾客只道此人是从哪里混进来的疯子，意在云兴鹏身上寻开心。

不料，那精瘦汉子话音刚落，还真有几人立即响应道："这位兄弟说得有理！他的想法也正是兄弟们的想法！""今日各路朋友喜聚寨九坳，实是难得，借此盛会把新任总寨主推举出来最好不过了！""云寨主做这总寨主也确实太久了些，是该换换新人了！"

饶是云兴鹏见惯风浪，此时也不禁变了脸色。因为，这几名接话的人，竟然是寨九坳狮子寨寨主叶宇飞、将军寨寨主谭大年、酒坛山寨寨主欧阳福春。

云兴鹏恍然大悟，难怪那精瘦汉子敢在自己的寿宴上再三捣乱，原来，幕后指使人竟然是寨里的这几位兄弟。但他还有一事不明白："叶宇飞、谭大年、欧阳福春这几位，论武功，在象山寨之外的九个寨当中，未必排得上第一，有的甚至连前三强也进不了；论人缘，他们也比不上寨九坳其他几位寨主。也就是说，即使今年提前推举总寨主，这种好事也很难轮到他们头上。然则他们如此迫不及待要自己下台，又是为了什么呢？更何况，仅凭他们几家之力，只怕办不成这么大的一件事，他们就不怕偷鸡不成反蚀一把米，被大伙儿耻笑？"

云兴鹏愕然，在座的宾客更是惊诧不已。以云兴鹏这等人缘，但凡有什么事，江湖中人无不给他一个情面，寨九坳的兄弟何至于在他的喜宴上让他如此下不了台？纵算他背地里干了什么对不起寨九坳的事，大家看在他当了多年总寨主的份上，也不至于在这个场合突然逼迫他吧？众人满腹狐疑，不禁交头接耳，议论纷纷，场面一时嘈杂不堪。

那精瘦汉子见有人响应，扬扬得意，更加起劲地说道："大伙儿看啊！这总寨主果然不得人心，大伙儿也许觉得我说的不算，但他们这几位该有说话权了吧！想想也不奇怪，姓云的这么多年虽然窃居高位，却没见他做过几件对大伙儿有利的事，我说早就该换了嘛！如果是我啊，这时就老老实实交出这个宝座，让有真本事的人去干好了，自己回家安心带孙子去！"

还没等云兴鹏接话，便听得叶宇飞大声说道："云总寨主，今天既然说到这个话题上，我们也就不回避了。你做这总寨主已二十余年了，如今已是花甲年纪，大伙儿也不忍心让你一直这么辛苦下去。今日机会难得，就让大伙儿重新推举一位总寨主吧！你也确实该好好歇一把了！"

云兴鹏勉强笑了笑，说道："叶寨主以为老夫贪恋这个所谓总寨主的名分，真是让老夫情何以堪！这些年，寨九坳青年才俊辈出，老夫早就有意让贤。只是，唉，没想到叶寨主这么心急……"

云兴鹏还没把话说完，那精瘦汉子又尖声说道："废话少说，既然想让贤，那就让大伙儿抓紧提名呗！死了张屠夫，就得吃带毛猪？偌大的寨九坳，自然有人当得了总寨主！"

这时，一名坐在末席的三十岁上下的青年汉子站起身来，走前几步，向那精瘦汉子喝道："你是何人？休得欺人太甚！我师父纵算不做总寨主，也轮不到你在这里胡说八道！"又对叶宇飞说道："叶寨主，我师父与你往日无冤近日无仇，象山寨上下对狮子寨也从无非礼之举，你今日在我师父的寿宴上如此发难，是何道理？"

叶宇飞嘿嘿一笑，说道："继和贤侄少安毋躁！你说得没错，云总寨主一向对谁都很友善，和我叶某人更是没什么过节，象山寨和狮子寨的兄弟们也从没发生过什么红脸之事。但推举总寨主，事关整个寨九坳的利益，这哪能看谁和谁私交如何？所以呀，就算我本人再如何尊重你师父，但这并不等于可以舍弃整个寨九坳的利益不管，继续让不合适的人做总寨主呀！"

那青年汉子一听，心里更加来气了，愤愤地说道："我师父怎么不适合做总寨主？那请问寨九坳又有谁比他更适合？难道你以为自己比我师父强？"

叶宇飞向那青年汉子摆了摆手，说道："你师父是否合适，待会儿大伙儿自有公论；至于寨九坳有谁比他更适合，听听大伙儿的意见就知道啦！至于

我嘛，倒是真没想过要挑这么重的担子。所以贤侄尽可放心，我做这个'出头鸟'，可不是为了谋一己私利，那完全是为了大伙儿好。叶某虽不才，可不像某些人成天打着自家的小算盘！"

那青年汉子冷笑一声，说道："叶寨主有这等高风亮节？请恕曾某人眼拙，还真没看出来。对于一心为大伙儿着想的人，我们当然衷心拥戴。怕就怕有些人擅长妖言惑众，说的比唱的还好听！"

叶宇飞听他出言相讥，不禁涨红了脸，怒道："后生无礼！大人说话，小辈掩耳，你家长辈从没教导过你吗？"

云兴鹏见二人越说越僵，沉着脸色对那青年汉子说道："继和，这是寨主们之间讨论的事，你就不要插话了，坐回去！"那青年汉子曾继和是他的弟子，在寨九坳年轻一代当中，武功算得上佼佼者，甚至有好几位寨主的身手也比不上他。曾继和对师父极是尊重，听得云兴鹏叫他回座，心里虽然对叶宇飞甚为不服，但已不便多说，于是低着头退回席位。

这时，一名荆钗布裙、年约五旬的妇人站起来向叶宇飞说道："云总寨主二十年来，虽然没有做出惊天动地的大事，但寨九坳各寨平平安安，老老少少无病无灾，也不失为一件美事。不知叶寨主等几位为何提前要求推举新寨主？"

叶宇飞哈哈一笑，说道："董寨主是巾帼英豪，与我等粗野人物的想法自然不同。遥想百余年前，寨九坳在江南绿林是何等地位，逼得朝廷只好派出最厉害的人物岳元帅，来对付这些'山林土豹子'！就不说那么远的事吧，纵算数十年前，寨九坳地位不如当年，但在平江这一带，谁不要敬重我们三分！但凡过往商贾或者借道的绿林同行，哪个不要先到这里报个到，奉上一份沉甸甸的'敬意'。可是，大伙儿看看，自从云总寨主接手以来，他老是想着不要得罪人，和谁都不交恶。不招惹官府倒也罢了，对借道的人家，也不收买路钱。久而久之，谁还把我们寨九坳当回事了？难道大伙儿就甘心过这种自耕自种、无盐少油的小日子？董寨主靠石殿寨的兄弟们或许不以为然，我们狮子寨的兄弟们可就有点受不了啦！"

云兴鹏听了他这番话，心里想道："难怪他今日突然向老夫发难，原来是为了当年老夫没采纳他的建议之事。事隔这么多年了，也难为他一直记在心上，这人的心胸未免太狭隘了些。这么看来，谭大年反对老夫当总寨主，也是出于这个原因了。但那欧阳福春却不知出于什么想法，和他们二人搅在一起。"原来，十几年前，云兴鹏刚当总寨主不久的时候，叶宇飞曾经向他提议，寨九坳乃平江之要津，他新任总寨主，应当带领兄弟们大干一场，使寨九坳成为平江两岸的霸主，将平江一带的绿林势力全部收服过来。谭大年则提议寨九坳在平江设置关卡，收取过往商船的买路钱，以此大发横财，让寨民们过上富足的好日子。云兴鹏本来就没有称霸的野心，更担心这些做法引起武林、绿林的公愤，对二人的建议当然均未采纳。此后，叶宇飞、谭大年也就没有再提过类似的话题。

　　那个向叶宇飞发问的妇人是靠石殿寨寨主董二秀。寨九坳习武的女子不多，董二秀是其中的佼佼者，因为行事果敢泼辣，还被靠石殿寨推举为寨主。她听得叶宇飞如此这般说了一通，微微摇头说道："你们大男人喜欢打打杀杀，我们可宁愿安稳一点过日子。不过，我靠石殿寨寨小人少，大事也就懒得做主。总寨主怎么说，我们就跟着怎么做便是。"

　　叶宇飞见董二秀不再说话，正要继续鼓动大家，忽听得定光山寨寨主蓝江南说道："就算要重新推举总寨主，也得把道理讲清楚吧？我倒是觉得，云总寨主这二十年来，没有功劳也有苦劳，忽然之间提前换人，总要有个说得过去的理由。换还是不换，也应该让云总寨主说说话才是。"

　　蓝江南话音刚落，将军寨寨主谭大年接茬说道："我们并没有不给云总寨主说话的机会呀！他这些年有什么功劳，也不妨摆出来说说。就怕功劳没几件，过失倒不少。"

　　蓝江南听了谭大年此话，颇为不悦地说道："话也不能说得这么难听。云总寨主的为人大伙儿都知道，他能有什么过失？'过失不少'几个字更不知从何谈起？"

　　酒坛山寨寨主欧阳福春见蓝江南不高兴，说道："谭寨主说话一向很直，蓝寨主没必要计较这个。既然话说到这里，我也觉得，大伙儿在推举新的总寨主之前，就让云总寨主先总结一下自己这二十年来的得失也无妨。"

　　云兴鹏见事已至此，知道叶宇飞他们几个是非让自己交出总寨主之位不可了。虽然尚有其他几位寨主还没表态，而且他自己对做不做这个总寨主并不是很在意，但既然话说到这个份上，当然已不宜回避了。于是，云兴鹏缓

缓地走出几步，面向众人，沉声说道："云某有幸执掌总寨主之职二十年来，虽然囿于能力，没能给寨九坳带来更多的福祉，但自问也没有做什么对不起各寨兄弟之事。要说遗憾之事，当然也是有的。可以说只此一事，让云某二十年来每每想起，总是心存愧疚。今日不妨敞开来与大家说说。"

众人听得云兴鹏要自陈一件愧疚二十年之久的事，均感到好奇，甚至连叶宇飞等人对此也颇感意外。一时场中寂静无声，大家都想知道云兴鹏引以为憾的到底是什么事。

只听得云兴鹏说道："要说这件事嘛，大家其实也不陌生。事情要从二十一年前说起。那年正月，文丞相在赣州知州任上，为了挽救大宋国运，响应临安朝廷勤王诏令，招募义军进京勤王。当时我自认为武功大成，而这一年恰逢寨九坳推举总寨主之年。我信心满满，觉得耐心等了好几年，自己就任总寨主的机会总算到了，竟然因了这一念之差，没去参与文丞相的勤王义军。待得那年中秋，我如愿做上了寨九坳新任总寨主，本想率领寨中好手奔赴临安，投入文丞相义军，但又考虑到自己刚刚当上总寨主，寨中事务烦冗，一时无法脱身，此事便这样搁下来。到了次年，也就是二十年前的正月，临安朝廷已然亡于蒙古人之手。听了从临安回来的武林同道说起两军交战的种种惨状，我最不该心生怯意，庆幸好在未曾亲赴沙场。此外，我私下里还认为，我等以区区萤火之光，参与不参与打仗，结果并无两样。是以稍后一年多，文丞相回师赣州，与元军浴血苦战，我寨九坳虽然相距文丞相大军咫尺之遥，却依然两耳不闻窗外事，一心只过安稳日。而今大宋既亡，举国大好河山落入蒙古人之手。我等虽然向来是不管他谁当皇帝，也懒得听从官府号令，但让外族占了江山，这事说起来总归不是个滋味。尤其是年岁渐长之后，每每想起这些，尤其是想到当年那些壮怀激烈的武林同道，我总是难免耿耿于怀。可惜这些事早已过去，纵使回想起来，也只能空发慨叹了。"说到这里，云兴鹏微微摇了摇头，轻轻叹了一口气。

云兴鹏说的是南宋右丞相文天祥在赣州忠义报国、起兵抗元之事。此事虽然已过去多年，文天祥亦已在十三年前慷慨就义，但其人其事在赣州一带的影响依然深远。

文天祥是与赣州相邻的吉州庐陵人氏，自幼才华横溢，二十岁便高中状元。宋度宗咸淳十年（公元1274年）三月，文天祥任江西提点刑狱兼赣州知州。次年即宋恭帝德祐元年（公元1275年）正月，元军大举渡江南侵，宋军长江防线兵败如山倒。临安朝廷岌岌可危，向各地紧急发布勤王诏令。文天祥虽然此前一直不受朝廷重用，但在国家急难之际，深明大义，当即移檄诸县，聚兵积粮，纠募义兵，率领数万江西义军开赴京城临安。德祐二年（公元1276年）正月，临安朝廷宋恭帝与太皇太后谢道清向元军投降，部分文武官员南逃，先后立了年幼的赵昰和赵昺为帝，组建流亡朝廷。其间，文天祥回师赣州，在兴国设立大本营，一度声势浩大，应者云集，"大江以西，有席卷包举之势"，江西、湖南、淮西、福建、广东等地义士纷纷起兵，东南一带出现连片抗元的大好局面，令远在大都的元朝皇帝忽必烈震惊不已。可惜好景不长，忽必烈为了对付异军突起的文天祥大军，专门设置江西行中书省，派重军南下镇压。宋端宗景炎二年（公元1277年）八月，文天祥终于没能抵挡元军主力进攻，败退至岭南，并于宋帝昺祥兴（公元1278年）元年在海丰五坡岭被元军俘获。文天祥被押送到大都后，誓死不降，元世祖忽必烈以宰相高位许之，他也不为所动。数年之后的元世祖至元十九年十二月初九（公元1283年1月9日），文天祥在大都从容就义。他在狱中留下的《正气歌》名动朝野，他的报国丹心更是在民间传扬开去，赣州一带士民尤其深受影响。

董二秀见云兴鹏脸有愧色，知道他一提及此事便心情沉郁，出言开导道："此事过去已多年，当年朝廷那么多文武高官都无能为力，总寨主只是一介平民，就算无心参与这事，也没什么大不了的，更犯不着为此自责。再说，也正是因为总寨主没有参与，寨九坳才会有今日的人丁兴旺呢！"

蓝江南接着说道："董寨主说得有理，总寨主无须过于自责。当年那些追随文丞相的义士固然令人敬仰，但武林当中没有追随文丞相的也自有不少。人各有志，这是勉强不得的，也没必要勉强。"

贺客当中也有人附和道："我道是什么大不了的事让云总寨主内疚，原来是这件事。事情已经过了这么多年了，宋朝的灭亡也怪不到我们百姓头上来，这事早该放下了！"

"文丞相他们尚且无能为力，我们又有什么办法？云总寨主未免想得太

多了！"

"要是当年参加了义军，我看宋朝该亡照样亡，但大伙儿今日可能就没机会坐在这里喝酒啦！所以云总寨主应该庆幸当年没有一时冲动才是哩！"

云兴鹏见大家七嘴八舌议论此事，苦笑一声，说道："云某如果只是一名寻常武夫，当然也无须将此事放在心上。但云某承蒙大伙儿抬举，坐在总寨主之位上，总须为寨九坳做点增光添彩的事才好。如今蒙古人江山越发坐稳，汉人气势日渐式微，想想与我们的苟安打算也是大有关系的。不管怎么说，作为武林中人，还是要讲点血性。云某作为寨九坳总寨主，没做好表率，这事确实应该反省。"

叶宇飞见云兴鹏如此自我检讨，心里暗喜，提高嗓门说道："大伙儿都听到了吧？云总寨主当年为了当上总寨主，可以放弃参加勤王义军。这起码表明，他的处事态度，就是首先考虑一己之私，并无大伙儿的共同利益，更谈不上什么公理大义。寨九坳这些年在他手上，没什么大作为，只能平平庸庸过日子，也就没什么稀奇了！所以啊，依我看，云总寨主已经享了二十多年清福，是该考虑考虑让别人干一干啦！新官上任三把火，看看大伙儿的日子能不能因为换了个新的总寨主而过得更有点起色。"

欧阳福春接着说道："其实，作为总寨主，做人固然重要，但武功也是一样重要的。这十几年来，大伙儿推举总寨主不像往年，要公开比试比试武功。只因为云总寨主做得久，大伙儿碍于情面，也就没正儿八经比过武了，都是口头说一说，便让总寨主继续做下去。要说的话，十多年过去，寨九坳也应当出了些后起之秀。十几年前，论武功是云总寨主排首位；现在呢，我看就未必。如果借此机会让大伙儿演练演练，倒也是件大好事：一则可以让大伙儿知道哪些人才是寨九坳真正的中坚力量，二则正好让真正有能力的高手撑起寨九坳的这方天。不知大伙儿意下如何？"

欧阳福春话音刚落，便有十几人起哄道："欧阳寨主言之有理，我们都同意！"云兴鹏举目四顾，认出他们都是在这里负责接待宾客的狮子寨、将军寨、酒坛山寨的人。

忽听得又一个人大声说道："欧阳寨主比武的提议自然是好的，但寨九坳十个寨，除了不懂武功的老人、妇人、孩童，能动刀动枪的总共有一千多人，称得上武功好手的少说也有上百人，总不能让大伙儿一个个这样打下去吧？依我之见，不如让各寨先推出一两个有资格竞争总寨主的人选，然后云总寨主和他们一较高下，胜者为总寨主，这样也省得一大帮兄弟们闹哄哄的伤了和气。"说话的是将军寨寨主谭大年。

叶宇飞、欧阳福春齐声应道："谭寨主说得不错，这是个好办法！就按这个方式来吧，请各寨寨主提出自己认为合适的人选！"

听他们几人一唱一和，在场众人心里登时雪亮：叶宇飞、欧阳福春、谭大年事先早已串通好，要在云兴鹏的寿宴上发难，把他这个总寨主给换了。只是，他们如此处心积虑，不知到底想让谁接替云兴鹏。

云兴鹏见这三人竟然背着自己搞了这么一出，心里暗暗叹气。他一直认为，自己就任总寨主二十年来，虽然谈不上什么大的建树，但大节无亏，并没什么对不起寨九坳众人的行为。更何况，自己一向与人为善，与武林中人素无过节，对寨九坳各寨的兄弟更是亲密无间，按理说，大伙儿不至于和自己过不去。叶宇飞他们几个，平时与自己相处得也不错，然则他们为什么要在这个时节向自己发难？即使他们看不惯自己，甚至想取而代之，也犯不着在自己的寿宴上当着这么多外人的面，让大伙儿看寨九坳的笑话呀！尤其是叶宇飞，自己以前对他以及狮子寨甚至可以说是多有关照，而今他竟然率先站出来拆自己的台，真是知人知面不知心。

其实，按照云兴鹏内心的想法，今年中秋重新推举总寨主时，即使大伙儿还要他继续做，他也是不愿意再做下去的了。毕竟已经干了超过二十年，何况已到了这个年纪，名利之心越发淡了，确实只想好好歇一歇了。不仅这个总寨主不再做了，他兼任的象山寨寨主之位，也是准备届时让给徒弟曾继和的。这样一来，到时自己功成身退，安享清福，既落得个清闲，又培养了年轻人，还在江湖上赚了个好名声，岂非一举多得？哪想到人算不如天算，在自己六十大寿这个大喜的日子，手下的几个寨主竟然闹出了这么尴尬的一幕。

云兴鹏本来便是个重面子的人，想到这些，不禁心灰意冷，觉得这个总寨主再做下去，端的是一点意思也没有了。他轻轻咳嗽一声，说道："我这总寨主之位，确实是做得久了些，也难怪几位兄弟有点不耐烦。其实，不瞒各位说，近些年，我也在想着尽早退位之事。尤其是今年正值重新推举总寨主之年，无须各位相逼，我也自知精力不济，不会再继续干下去的了。今日既然寨内兄弟有此提议，要求提前推举总寨主，我也不持异议，就按老规矩，大伙儿把人选推举出来吧。老夫只盼寨九坳在新总寨主的主持下，大伙儿的日子一天比一天过得更好！这是老夫的肺腑之言，绝不是什么客套话。"

最先发难的那精瘦汉子拍了拍掌，阴阳怪气地说道："这才叫作识时务者为俊杰嘛！主动让贤，不仅可以避免被人打下，还可以赢得一个高风亮节的美名，这事做得多么划算呀！"此言一出，许多宾客却觉得此人太过无礼，脸上露出不悦之色。有人已出言呵斥："做人还是积点口德！云总寨主已经够宽宏大量了，何必如此相逼！""这厮是哪里来的？说话这么难听，这是唯恐天下不乱吗？""就是嘛，再怎么说这也是人家寨九坳的事，轮不到你多嘴多舌！"

那精瘦汉子见自己挑起了众怒，愈加得意，重重地"哼"了一声，正待火上浇油，再次出言相激，却听得叶宇飞说道："好了好了，大伙儿别说闲话了，言归正传。既然云总寨主已表态，愿意提前推举总寨主，今日众多英雄在场，正好见证一下，把这件大事给办了，也省得到时劳烦大伙儿再辛苦来一趟。"原来，寨九坳推举总寨主，人选虽是从这里的十个寨子中择优产生，但推举之时，为了显示公正性，同时也为了向绿林广而告之，为新任总寨主树威，他们还要邀请周边数百里之内的武林朋友和绿林同道一起观礼，并推出数位有名望的武功高手充任仲裁。叶宇飞恐怕那精瘦汉子继续胡搅蛮缠导致节外生枝，耽误正事，所以果断出言把话茬儿拉回正题。

谭大年和邻桌的欧阳福春对视一眼，大声说道："叶寨主言之有理！借云总寨主寿宴这个好日子，把新总寨主推出来，那是再好不过了！"欧阳福春也接着说道："叶寨主、谭寨主所言，正是说到我们的心坎上了，我酒坛山寨上下无不赞成！"

叶宇飞微微一笑，说道："谢谢两位寨主支持我的看法。当然，更换总寨主是件大事，可也不是我们哥儿们几个说了就算数，老规矩还是要讲的。首先，还是请各位寨主都公开亮个态度吧！"

谭大年说道："云总寨主、叶寨主、欧阳寨主，加上我，自然是不消多言的了，话已经说在前面，同意提前推举新总寨主。不知其他六位寨主意下如何？"

在座宾客不禁举目四顾。有人心里暗道："这谭大年真是滑头，逼得云兴鹏只好顺着他们的话茬儿走，还轻轻巧巧就把自己的意见塞给了人家。"众人正好奇是否还有人响应谭大年等人，便听得场中有两人分别大声说道："试剑石寨同意叶寨主等人的提议！""鬼面寨也同意！"说话的二人，正是试剑石寨寨主何打铁、鬼面寨寨主许黑狗。

这两人站出来支持叶宇飞他们，云兴鹏倒也并不感到意外。按云兴鹏的猜测，这些寨主当中，要说可能与自己貌合神离的，就只有何打铁和许黑狗二人了。说起来，何打铁在二十年前曾经是云兴鹏最强劲的竞争对手。当时，寨九坳同龄人当中，武功最强的就是云兴鹏和何打铁。那年推举总寨主，何打铁也是人选之一，无奈技不如人，在比武中输了一招给云兴鹏，败下阵来。时隔七年之后，何打铁还想东山再起，继续参与角逐总寨主之位，无奈其时赣州兵荒马乱，刚打下江山数年的蒙古人派重兵全力打击南方武林人士，寨九坳面临官府威胁，多数人从寨九坳的安危考虑，不同意在此时更换总寨主，以口头表决的方式决定由云兴鹏连任此职。何打铁虽然心有不甘，但碍于大局，只好作罢。再后来，云兴鹏武功进境甚速，在江湖上人脉也越来越广，何打铁自忖已无力与之一较雌雄，便熄了这个念头。多年来，二人虽然表面客客气气，但心里难免暗存芥蒂，往往见了面寒暄几句之后便没有更多的话说。至于许黑狗，他本人倒是从来没有与人争锋的雄心，但他和何打铁是姑表之亲，对表兄何打铁一向言听计从。何打铁对云兴鹏内心不服，许黑狗和云兴鹏的关系自然也就亲近不到哪里去。

众人见又有两名寨主响应叶宇飞等人的提议，不禁交头接耳，窃窃私语。便在这时，又听得一人说道："我马鞍寨和各位意见相反，我们不赞成提前推举总寨主！"说话的正是马鞍寨寨主钟三壶。

欧阳福春冷冷地说道："你不赞成也无妨了！少数服从多数，如今已有六家同意提前更换，我看生米已做成熟饭，你老兄就省点心吧！"钟三壶"哼"了一声，说道："你就算占了多数又如何？我马鞍寨偏不迎合你，省得某些人得意忘形。"

云兴鹏淡淡地说道:"推举总寨主,寨九坳每家寨子都有说话权,无关少数还是多数。还有几家没表态的寨子,也一并说说吧!"

蓝江南说道:"虽然说了也白说,但我还是要说一下。我们定光山寨和马鞍寨一样,不赞成提前推举总寨主!"

谭大年提高嗓门说道:"好,两家反对,还有没有第三家?"话音刚落,便听得董二秀霍地站起身来应道:"有!我们靠石殿寨就是第三家!"

谭大年点点头,打了个哈哈,说道:"董当家的有个性,谭某一向佩服得很!好,还剩最后一家没有表态了——陆寨主,你怎么说呢?"

佛盈脑寨寨主陆观音保见谭大年点到自己头上了,站起来向大家作了个揖,慢吞吞地说道:"我佛盈脑寨嘛,这个,呵呵,我们一向听大伙儿的。大伙儿说怎么办就怎么办。都是自家兄弟,这个有话好说,好说。总而言之,谁当总寨主都是好事,我们佛盈脑寨都没意见。嘿嘿,嘿嘿。"

谭大年哈哈笑道:"我就知道整个寨九坳最好说话的就数陆寨主了!既然这样,明确反对提前推举总寨主的,就只有马鞍寨、定光山寨、靠石殿寨三家了。按照少数服从多数的规矩,提前推举总寨主的提议获得通过。接下来,大伙儿可以推举出任总寨主的人选了!"

云兴鹏见多数寨主支持把自己换下来,心里不禁产生几分失落感。但他转念又想到,自己对这个总寨主之位本来已没多少留恋之意,借此机会卸下这副担子也好,于是很快把情绪克制下来,不动声色地向全场说道:"既然如此,老夫便遵从多数人的意愿。今年寨九坳推举总寨主之事,就从八月提前到正月。今日老夫的寿宴,不妨改为祝贺新总寨主上任的喜宴。这就请大伙儿推举新总寨主的人选!"

场中宾客听了这话,大多觉得云兴鹏果然胸怀坦荡,不贪名位,拿得起放得下。众人在对他的处境表示同情之余,不禁对他多了几分敬意。

钟三壶听得云兴鹏请大家提名,当即大声说道:"我们马鞍寨推举云总寨主继任总寨主!"按寨九坳的规矩,总寨主连任次数并无限制,只要众人同意且其本人愿意,连续当个数十年也是可以的。钟三壶见自己的反对意见无效,便寄望通过连任的方式,让云兴鹏继续担任总寨主。

曾继和也跟着说道:"我们象山寨,也是继续推举云总寨主留任!"

欧阳福春冷笑两声，冲着曾继和说道："后生拐子①，现在象山寨的寨主之位还没传给你，你就心急火燎想当寨主了？要提名总寨主人选，你好歹先加把劲儿，把寨主之位接到手再说吧！"

曾继和闻言大怒，涨红了脸，远远指着欧阳福春说道："你……你不要小人得志，欺人太甚！"

欧阳福春转头四顾，高声说道："我没说错什么吧！提名总寨主人选，是各家寨主的事，寨九坳谁不知道这个规矩？有的后生拐子没大没小，平时没人教导倒也罢了，在这大庭广众之下胡言乱语就不太好了吧！可别丢人丢大了。"这话不仅骂了曾继和，还暗暗刺了云兴鹏一下。

云兴鹏微微沉吟，正待出言缓解一下气氛，董二秀抢先说道："后生人就算心直口快抢了话头，做长辈的也犯不着这般心胸狭窄。都是自家人，都在自家的地盘上，就不能好好说话吗？阴阳怪气的也不怕让外人笑话。"

欧阳福春老脸一红，转头瞪了董二秀一眼，说道："酒坛山寨和靠石殿寨并没什么过节吧？听董寨主这么说话，八成是看不惯我老汉了？"

董二秀两眼朝天，淡淡地说道："我肚子里没那么多弯弯，只是对事不对人。不管是谁，说话让人听了不舒服的，我就是捻不得他。"

云兴鹏知道，欧阳福春的话虽然冷嘲热讽甚是难听，但曾继和一时性急，没想到他自己的身份不适合出头提名总寨主人选，这总是让人抓住了把柄。再这样争论下去，只怕欧阳福春说出来的话会更难听，云兴鹏当下轻轻咳了一声，将场上众人的议论声压了下去，说道："继和不要打岔！总寨主人选，听各位寨主的。我们象山寨让别人讲完后再说！"按惯例，象山寨寨主是现任总寨主，在重新推举总寨主人选时，确实应当最后表态。否则，他以现任总寨主的名义提出人选，难免让人先入为主，影响正常推举。

欧阳福春本来还想对象山寨嘲讽一番，见云兴鹏已制止曾继和，又恐惹怒了董二秀等人，平添无谓的是非，便不再吭声。他寻思，今日虽说可以将云兴鹏拉下总寨主之位，但这人武功比自己高了不少，自己今番为他人作嫁衣倒也罢了，彻底得罪云兴鹏则没这个必要。风水轮流转，谁知道哪天他

---

① 赣南话，意为小伙子。

们象山寨又要得势呢？除非新的总寨主能够将云兴鹏师徒驱逐出寨九坳，否则，还是给自己留点余地为好。

蓝江南见欧阳福春、董二秀、曾继和几个人总算安静下来，便说道："我定光山寨说一说吧。我们还是觉得，云总寨主一向为人极好，而且这些年来为寨九坳的事操心不少，对寨九坳还是有功的，眼下也没有比他更合适的人可以担任总寨主。莫说现在是提前推举，就算是到了今年中秋时节正式推举，我们定光山寨推的人也依然是云总寨主。"

云兴鹏心里不禁好生感动。其实，他在临近花甲之年时，常常反思，自己这些年的"无为而治"，对寨九坳来说，不知到底是不是做对了。还有，他为了不得罪人，对其他九寨总是想做到一视同仁，对定光山寨可以说从没额外关照过，这蓝江南和他也谈不上比别人更深的交情。没想到，在这利益关头见人心的时刻，平时话语不多的蓝江南还是能从公心出发，支持自己继续留任总寨主。尽管自己已有去意，但这份情谊，还是不得不领。云兴鹏暗自想道："待得退出总寨主之位，这位蓝寨主可以引为终生良友！"

董二秀接着蓝江南的话说道："既然大伙儿决定了重新推举总寨主，那靠石殿寨也说一说吧。我们和钟寨主、蓝寨主的看法一样，支持云总寨主留任！"顿了顿，又说道："有的兄弟不甘平淡，总是希望寨九坳在绿林中有更高的地位，或者期盼谁能带来更多的钱财。我是妇道人家，我可没那么多想法。依我之见哪，大伙儿能够像这些年这般平平安安，这个日子就是过得最惬意了！"

来宾中有人悄悄说道："这个女英雄说得倒是颇有几分道理呢！要说这些年哪，谁的日子都不怎么好过，不是被官兵追着打，就是同道之间相互斗，结果除了不断死人伤人，什么便宜也没捡到。寨九坳的云老大在外不生事，别人也不惹他，倒是过足了太平日子，这才是聪明人呢！""可不是吗？你说这些年打了那么多仗，直打得改朝换代了，江湖上多少人丢了身家性命呀！这蒙古人得了天下之后，对我们又防范得紧，大伙儿提着脑袋过日子，还想那么多干什么呢？""他们急着换总寨主，莫不是有所图吧？可不要在江湖上掀起什么风浪，让大伙儿受那'城门失火，殃及池鱼'之灾哦！""你这话倒是真有几分道理。倘若他寨九坳想做绿林霸主，害得大家人人自危，那可对谁都不是好事！""糟糕！如果他们真想这样干，我们这些绿林同道该怎么办？是一起听他们的号令呢，还是联手对抗他们？"

叶宇飞隐约听到来宾们的几句议论，眉头一皱，心里想道："此事可不能让这些宾客想多了，否则，大伙儿今后不支持寨九坳，甚至与我们对着干，事情可就不好办了。得赶紧打断他们的思路才是。"于是提了提气，大声说道："钟寨主、蓝寨主、董寨主都提过总寨主人选了，很好！按理说，叶某对云总寨主也没什么大的意见，更谈不上有什么个人恩怨，不应提出其他人选把云总寨主换下来。但有道是'人事有代谢，往来成古今'，任何一个门派，也不能总由一个人长久主持。叶某考虑到云总寨主为寨九坳操劳的时日已逾二十年，他自己年事已高，也该颐养天年享享清福了，何况这样下去，难免压着后起之秀一头。所以呀，还是希望寨九坳今年能有个新气象。"

听他唠唠叨叨说了一大通，还不知道到底想推什么人，宾客中有人不耐烦了，插嘴问道："不要说那么多大道理了！我们只想知道你要推的是哪位高人！""你想当总寨主就直接说嘛，何必遮遮掩掩！云总寨主累不累，人家自己心里有数，未必需要你来操这个心吧？""就是嘛！在这个当口提这等事，多半便是未必安着好心。"

叶宇飞暗暗寻思："云兴鹏把持寨九坳二十年，若是平时，要想把他拉下台来还真不容易。莫说十个寨子很难统一想法，便是那些看热闹的，也未必赞成我的提议。好在今日之事，我们做了充分谋划。"心里这样想，脸上却装着若无其事，挤出几丝笑容，向四周拱了拱手，朗声说道："大家少安毋躁！我狮子寨今日既然提议重新推举总寨主，叶某也就明人不做暗事，自然也考虑了人选。不过，大家也别把叶某想象成只顾谋私利的人。叶某虽然德才不彰，但在这个事情上，还是出于公心的。我要推的是一位新人——象山寨风声鹤副寨主！"

众人早就知道叶宇飞他们几个向云兴鹏发难，定然是有所图谋，很有可能便是叶宇飞本人想谋夺总寨主之位，是以事先串通了谭大年等几人。没想到，如今，叶宇飞竟然亲口推举他人接任总寨主，而且这人竟然是云兴鹏的副手风声鹤。此言一出，不仅云兴鹏大感意外，全场绝大多数人也不禁瞠目结舌。

二、总寨主之争

云兴鹏听得叶宇飞要推风声鹤继任寨九坳总寨主,心里一沉,疑窦大起:难道自己一手提携的副手,竟然偷偷地和其他寨主勾结在一起,妄图以这种见不得人的手段谋求上位?自己一向待他不薄,他有什么想法完全可以和自己面对面沟通。可是他为什么从不在自己面前透露任何想法,却在背后选择这种让人寒心的做法,他这样做到底有什么图谋?

还没等云兴鹏把思绪厘清楚,谭大年和欧阳福春已同时响应道:"风寨主武功高强,为人仗义,有胆有识,有勇有谋,我们也认为他最适合担任总寨主!"云兴鹏听二人这么一说,更是想道:"他们说这话时一字不差,果然是早有准备,说不定背地里还演练了好多次。"

何打铁、许黑狗也跟着说道:"我们对这个提议,也没有异议!"

佛盈脑寨寨主陆观音保吞吞吐吐地说道:"这个,呵呵,这个总寨主人选……继续推举云总寨主自然是有道理的。当然,大伙儿如果觉得风寨主合适,也未尝不可。呵呵……"许黑狗听得不耐烦,忍不住打断他,问道:"陆寨主少来这个那个的!你到底想推举谁,倒是爽快些,别老是婆婆妈妈的。"陆观音保挠了挠头皮,讪讪地笑道:"哎呀,我们佛盈脑寨一时也不知到底该拥护哪位。要不我们还是听大伙儿的吧!大伙儿觉得谁适合,那就选谁吧?"

叶宇飞知道陆观音保一向性格懦弱,也没什么主见,只要多数人同意的事,他是不会持不同意见的,所以他这个寨子的意见,说不说都不影响大局,当下对他笑道:"陆寨主不必着急,再仔细想想也无妨。待会等大伙儿定下人选后，你不唱反调就行了，哈哈！"

陆观音保嘿嘿笑了几声，说道："那哪能呢，那哪能呢！这个……大伙儿定的事，自然不会有错，我们佛盈脑寨都支持。这个……保管不唱反调的！"

九个寨子都表了态，按规矩，最后，云兴鹏所在的象山寨也要提出一个角逐总寨主之位的人选。云兴鹏寻思，即使没出这样的事，自己也是无意再参与角逐的；但谁当总寨主，事关寨九坳十个寨子的切身利益，所以推举继任人选时务必考虑其人品与武功两方面因素。整个寨九坳，除自己之外，论武功，叶宇飞、何打铁、蓝江南三位寨主可以排得上前几名。即使放在整个赣州路乃至江西行省的绿林当中，他们也算得上是一把好手。三个人的为人则颇有差异。叶宇飞性情圆滑，在江湖上交情广泛，但有时表现得重利轻义，有失厚道。把总寨主位子交给他，自己总觉得不大放心。何况他今日演的这一出，实在不够光明正大。何打铁性情既豪爽又粗野，心直口快，朋友虽不少，但树敌也颇多。此外，何打铁也是年近六旬的人了，从年纪上来说，不是很适合接任总寨主。蓝江南虽然武功比叶宇飞、何打铁略有不如，但为人正直稳重，从不多事，年纪也比自己小了六七岁，倒是比较合适的总寨主人选。

至于风声鹤，云兴鹏可是从没考虑到他能接任总寨主。这倒不是他对风声鹤有什么成见，而是因为在寨九坳，风声鹤是一个新人，前两年才入寨，而且是云兴鹏一手提携的。云兴鹏让新来的风声鹤出任自己所在的象山寨副寨主，一是看中了他的武功，二是为了报恩。

三年前的深秋，零都钟公嶂华家庄老庄主华开杰闭门封刀，邀请云兴鹏前往观礼。华开杰与云兴鹏是几十年的老朋友了，平素两家常有往来。那年华开杰刚满花甲，觉得身子骨大不如前，也厌倦了江湖生涯，便邀了一批交情在三十年以上的老朋友到庄里做客，正式宣布金盆洗手，从此不问江湖之事。云兴鹏知道，华开杰年轻时是个火暴性子，在江湖上敢作敢为，得罪的人也不少。如今他年事渐高，深感江湖之水深不可测，为了图个晚年安逸，便按照江湖规矩，索性主动退出江湖，从此与江湖人士恩怨两消。也正是那次在华家庄聚会，云兴鹏心有所动，萌生了过几年也主动引退的念头。

那次聚会，老朋友们感慨良多，很是尽兴，一个个大醉而归。云兴鹏告别华家庄返回寨九坳时，途经一处密林，山风吹来，遍体舒畅，不禁昏昏欲睡。便在此时，林中忽地跳出四名戎装武士，手持弯刀将云兴鹏团团围住。云兴鹏一看情形不对，头脑一激灵，睡意顿无，酒也全醒了，双掌护胸，伺机迎敌。

为首那名武士狞笑着说道："你就是寨九坳的总寨主云兴鹏吧？我们恭候多时了！请你老老实实跟我们到赣州路达鲁花赤①大人那里走一趟！"

云兴鹏初时还以为他们是零都县衙的武士，没想到竟然是赣州路达鲁花赤呼罕拔离的手下。听他们这么一说，云兴鹏登时心里雪亮，明白了他们的来意。

原来，多年前，赣州路曾经发生了一件惊动朝廷的大事。前朝右丞相、枢密使、同都督诸路军马文天祥任赣州知州时，在赣州奉诏勤王，聚兵积粮，并向当地士绅募捐了一大笔军费藏于秘密之地，还对赣州城的地下防洪系统福寿沟进行了军事改造，以备抗元之用。宋都临安沦陷之后，文天祥以同都督诸路军马身份回师赣州，取得大捷。为了快速提升兵士武力，文天祥在零都的罗田岩召集了一次南方武林门派大会，让人整理出了一部武功精要。几个月之后，文天祥在兴国被元将李恒击败，退出江西，军费宝藏、武功精要、福寿沟秘图则留在赣州。因文天祥字宋瑞，这几件东西后来便被人们称为"祥瑞三宝"，并引起各级官府、武林门派、绿林匪盗觊觎。也正是这一年，文天祥的遗部陈子敬等人利用"祥瑞三宝"为诱饵，在赣县宝莲山设了一个"调虎离山"的局，引诱时任赣州路达鲁花赤哈伯沙里发兵攻打宝莲山。没想到，待官兵远赴宝莲山之后，陈子敬根据"祥瑞三宝"中的福寿沟秘图，指引从汀州过来的钟明亮义军乘虚而入，一举攻下赣州城。当时的大元皇帝忽必烈为此龙颜大怒，将哈伯沙里撤职处理，同时调动几个行省的大军奔赴赣州，趁钟明亮义军内讧之机，终于将赣州城夺回。

赣州城被元军重新占领后，钟明亮见大事不妙，向官府投降。此后不久，钟明亮又寻找机会重新造反。没多久，因官军势大，钟明亮自知不敌，再次投降。如此反复几次，数年之后，朝廷才将钟明亮余部逐渐清除。但江

---

① 元朝各级政府的最高长官，掌握地方行政和军事实权。

南一带受此影响，奋起反抗的义士依然不少，朝廷常常不胜其烦。尤其是赣州路大大小小的绿林山寨，更是多数和朝廷公然作对。为此，忽必烈对赣州官员很不满意，遂将呼罕拔离调任赣州路达鲁花赤。

所谓"新官上任三把火"，呼罕拔离到任不久，立功心切，曾经兴师动众围剿了几个山寨，但收效甚微，甚至激起了更多人的反抗。赣州山多林密，加上前朝名相文天祥曾在此主政一方，后来更将同都督诸路军马府移驻于此，设立抗元大本营，当地士民因此最是忠于前朝，官兵和绿林作战，多有不便。呼罕拔离见来硬的不奏效，便想软硬兼施，以利益为诱饵拉拢一批绿林人士投靠官府。他听得寨九坳总寨主云兴鹏为人中庸，不肯多事，认为可以把他争取过来，便派人秘密找到云兴鹏，说了一通封官许愿的好话。不料，云兴鹏虽然是个老好人，但家国大义还是有的。对他来说，虽然不想和官府正面作对，但要他违背道义投靠官府，却是万万不能的。不管来人如何好说歹说，云兴鹏就是不为所动。呼罕拔离知道了他这个态度之后，便不再对云兴鹏心存幻想，此后也没再派人找过他。

此时，这几名拦截云兴鹏的武士，直言要他去面见呼罕拔离，无疑又是旧话重提，要他投身官府充当鹰犬了。云兴鹏知道，自己如若不答应，只有在武功上胜过他们，让他们知难而退，否则便是敬酒不吃吃罚酒，后果可想而知。

云兴鹏迅即环顾四周，淡淡地说道："在下只是一介山野匹夫，从来不敢高攀官府，与赣州的高官们更是从无交集。几位朋友莫不是找错人了吧？"

为首那名武士哈哈一笑，说道："你不和官府老爷打交道，但官府老爷偏偏看上你啦！说起来，我们还得先祝贺云总寨主红运当头了呢！你可千万别不识抬举才是哟！"其他三人也哈哈大笑起来，笑得甚是轻薄。

云兴鹏按下心头火气，冷冷地说道："要是云某不识抬举又如何？"

为首那名武士脸色一沉，挥了挥手中弯刀，说道："云总寨主若是不识相，我们哥儿几个当然好说得很，但就怕它不答应哩！"

云兴鹏情知今日之事，靠嘴上功夫是没用的，唯有速战速决，赶紧离开这个是非之地方为上策，当即说道："那行，废话少说，云某就领教领教，看看它们如何不答应吧！"话音刚落，忽地挥掌便向右侧那名武士劈去。掌风

飒然，他这一招已用上了七成功力。

原来，云兴鹏心里寻思，这几名武士有备而来，对自己应该有所了解，其武功定然不差。自己单身在外，不宜与他们硬拼。他在环顾四周之时，已看出右侧树林稍稍稀疏，不远处有一条平时少有人行走的小道向林中延伸而去。若要突围，当从右边这名武士身上打开缺口，然后借助密林的掩护，将这几名武士甩下。

右侧那名武士喝道："好家伙，来得忒快！"弯刀一扬，便向云兴鹏拦去。不料，云兴鹏这套"佛云手"掌法，表面看平平无奇，其实招招蕴含浑厚的内力。那武士的刀锋离云兴鹏尚有一尺多远时，便被他的内力带偏。好在为首那名武士早有防备，一看云兴鹏要出招，当即提刀从侧面攻来，是以云兴鹏虽然避开了右侧那名武士的刀锋，但还要回身应对为首那名武士的进招，一时便无法脱身而去了。

这四名武士训练有素，一旦动手，几乎同时出招，从不同的方位攻向云兴鹏。云兴鹏见他们刀法绵密有序，显然是师出同门，与寻常所遇的乌合之众不可相提并论，心下不敢大意，强打精神，连出数招与他们周旋。他所练的"佛云手"，因为内力充盈，双掌如同双剑，这些招式使出来，疾风扑面，这四名武士倒也不敢小看了他。

激战中，云兴鹏本想且战且退，但无奈那几名武士武功不弱，且配合有方，对他咬得极紧。云兴鹏稍将其中一人迫退一两步，另外三人便很快紧紧围上来了。如此一来，他不仅无法突围，而且险象环生，被他们越困越紧。斗了数十招之后，云兴鹏身上已数次中刀，所幸闪避及时，对手只是将他的衣服划破，尚未伤及身体。

云兴鹏看这情形，知道再打下去，今日势必无幸。这几个人，若是单打独斗，都不是自己的对手。但好汉难敌人多，何况他们因为师出同门，联手之后，刀法招招相扣浑然一体，单凭自己一人之力，实是无法破解他们。

又过了大约半个时辰，云兴鹏虽然出掌伤到了其中两名武士，但自己的肩头、大腿也被他们的弯刀砍中，鲜血渗出，身上现出几处殷红。比较起来，还是自己吃了更大的亏。那几名武士见他顽强不屈，边打边骂道："好你个南蛮子，果真不识抬举。咱们有的是工夫陪你玩，看你还能支撑几时？惹毛了咱哥儿们几个，待会儿有你好看的！"

云兴鹏的"佛云手"掌法虽然威力不小，但很耗内力。此时，他的内力已消耗过半，为了不分心，在苦战之中，不管对方说什么难听的话，也只好充耳不闻。他心里打定主意，实在无法闯过这一关的话，便把最后一掌留给自己，以自尽的方式保全一辈子的名声。

那几名武士见云兴鹏渐处下风，心里得意，故意不断说话扰乱云兴鹏的心神。其中一个说道："寨九坳过了这么多年的好日子，也该到头了！可惜的是云总寨主今日死在外头，你的属下们却不知该去何处收尸呢！"另一人说道："我们费了这么大的工夫才打听到云总寨主的行踪，若是让你逃回寨九坳，如何对得起达鲁花赤大人？"为首那名武士说道："姓云的，今日你要么活着去见达鲁花赤大人，要么死在这荒山野岭。现在选择还来得及，再过片刻就没有开口的机会了！"其他三人同声嬉笑道："死人当然是没法开口了！"

云兴鹏一言不发，专心与他们见招拆招。正当他感到招架不住、突围无望时，忽听得其中一名武士喝道："什么人？有种的给我滚出来！"

林木摇曳处，只见一名身着青衣的中年汉子钻出来，说道："嚷什么嚷！我走我的路，碍着你们什么事了？"

那名武士见这人不仅不赶紧开溜，还胆敢凑上来看热闹，骂道："有种的你别走！大爷先把这个南蛮子拿下，待会儿再来收拾你！"

那青衣汉子说道："我和你们原本井水不犯河水，但冲着你这么说，我还真不想走了呢！也不消等待了，我现在就来领教领教你这个官老爷的手段，看你这个官老爷到底是怎么收拾人的。"说罢，纵身一跃，从路旁一棵枫树上折下一根烧火棍粗细的树枝，三两下将枝叶除去，大喝一声："官老爷们别抖威风，小民来领打啦！"说话时，树枝已向那出言骂他的武士扫去。

那武士见这青衣汉子还真要加入战团，心头火起，怒喝一声："既然你要找死，那可怪不得大爷了！"侧转身子，抡刀向他当头劈下。

那青衣汉子喝道："打狗棒来了，小心打你的狗头！"树枝一抖，那武士但觉他招数古怪，连忙回刀格架。不料，那树枝却在中途拐了个弯，蓦地从左侧横挥过来。那武士来不及变招，便听得"啪"的一声，树枝已打到他

的左肩上。好在这只是一根树枝，那武士虽然感到左肩一阵酸麻，但并未伤着皮肉。

那武士叫道："好家伙，你想造反了呢！"挥刀向青衣汉子急砍数招。那青衣汉子用树枝将他的刀锋一一带过，说道："官逼民反，不得不反！可惜没打到狗头，只打到了狗身。"趁那武士收招之际，树枝一晃，又"啪"的一声在他身上打了一下，不等那武士还手，接着连续攻出数招。那武士嚷道："好家伙，还是个硬点子哪！"脚下连连后退，离云兴鹏他们几个已相距七八步。

为首的那名武士见同伴被青衣汉子逼得连连退步，知道他不敌，低喝一声："老三，你去帮一下！"另一名武士答应一声，虚晃一刀，抽身退出。云兴鹏见那青衣汉子现身之后，自己突然少了两个对手，压力骤减，精神一振，立时反守为攻，向夹攻自己的两名武士击出数掌。

青衣汉子一人对付那两名武士，依然游刃有余，不时出言取笑他们。那两名武士心烦意乱之下，刀法更乱，威力大减。青衣汉子看准破绽，频频出手，树枝打中了他们好几下。

对付云兴鹏的两名武士武功稍强些。但云兴鹏到了这个关头，全力以拼，招招都是暗藏杀机。那两名武士毕竟是吃官家饭的，见了他这种拼命的打法，心下骇然，不禁互相嘀咕了几声。云兴鹏听得他们说的意思是，既然半路杀出一个帮手，自己这边已经没有取胜的把握，来日方长，犯不着与这南蛮子拼命。云兴鹏见他们心下显露怯意，精神愈加振奋，使出"佛云手"最厉害的几招，打得他们二人连连闪避。

便听得为首那名武士提高嗓门喊道："留得青山在，不怕没柴烧。南蛮子今日运气好，兄弟们多多保重，打道回府再说！"其他三人早就不想拼命了，听得头领这么一说，不约而同大喝一声，作势要与人拼命，趁对方回招防守之际，旋即抽刀便走。云兴鹏和那青衣汉子虽然稍占上风，但要拦住他们，一时之间却还不能。更何况，他们也怕夜长梦多，再生变故，见这四人主动退却，正中下怀，便由得他们去了。

待得那四名武士走远，云兴鹏郑重向那青衣汉子道谢。双方互相说明来历。云兴鹏这才知道，原来，那青衣汉子名叫风声鹤，本是中原嵩阳派弟子，因不满蒙古人的统治，年轻时便追随师父、师兄们南下襄阳参与抗元战争。二十年前，襄阳终被元军攻克，风声鹤的师父、师兄们都在襄阳守卫战中慷慨捐躯，只有风声鹤一人因为奉师命出城求援而幸免于难。

此后，风声鹤流落江南，前些年还屡遭元廷派出的武功高手追捕。直到近几年，因为年头久远了，朝廷才放松了追捕。这几年，他漂泊到福建、江西一带，看到元廷统治日益坚固，不禁心灰意冷，只好浪迹江湖，得过且过，走到哪里算哪里。

云兴鹏听了风声鹤的遭遇，肃然起敬，又感念他舍身相救，便热情邀请他到寨九坳做客。风声鹤左右无事，见盛情难却，便欣然与云兴鹏同往寨九坳。

风声鹤在寨九坳小住数日之后，恰逢云兴鹏一位家住赣江桃花岛的亲戚被人寻仇，派人到象山寨向云兴鹏求助。风声鹤听得此事，主动请缨，与象山寨几名好手前往云兴鹏这位亲戚家帮忙。风声鹤凭一手威猛的嵩阳秦王棒法，很快让敌人知难而退。

此后，风声鹤因为居无定所，便常常应云兴鹏之邀留宿象山寨，时日一久，便和全寨上上下下都混熟了。其间，风声鹤也为象山寨办了不少事情。因为风声鹤为人干练，忠厚可靠，加上大伙儿对他的感情越来越深，云兴鹏便在两年前正式吸收风声鹤加入象山寨，并立他为副寨主。

风声鹤在象山寨做副寨主这两年，为人极是低调，除了完成云兴鹏交办的大小事情，平时从不多事。他与其他几个寨的兄弟虽有往来，但并无深交。寨九坳这些山寨虽然公推了总寨主，但各寨内部事务还是由各寨自己说了算。所以，风声鹤入伙象山寨，就是云兴鹏一句话的事，并不需要征求其他寨主的意见。风声鹤也知道自己是因为承蒙云兴鹏看得起，才成了寨九坳的一员。自己作为新人，尤其需要避免不必要的纠葛，于是与其他各寨保持着一定的距离。为了回报云兴鹏的信任，对象山寨的事，风声鹤则不遗余力，竭尽所能，两年来，受云兴鹏所托，常常在外奔波劳碌。

正是因为如此，云兴鹏做梦也没想到，叶宇飞等人密谋把自己搞下台，竟然是为了推风声鹤上位。不过，他虽然万分惊愕，心里到底还是对风声鹤存了一丝希望，希望事情并不是如自己猜想的那样。尽管这希望非常渺茫，但没到最后一刻，云兴鹏总是幻想它也许存在。

于是，心情复杂的云兴鹏定了定神，转头看了看坐在同一席的风声鹤，说道："大伙儿都说完了推举人选，现在，轮到象山寨提名了。其实，这个人选嘛，云某早就在酝酿了，只是没料到会提前大半年推出来而已。云某代表象山寨推举的总寨主人选是——"

尽管十家山寨有五家推举了风声鹤，三家推举了云兴鹏，大伙儿对这个推举结果已经够意外了，但因为云兴鹏是现任总寨主，又是最后一个表态的寨主，大家对他的提名人选还是颇感兴趣，心里都在猜测："云兴鹏口口声声说自己早就不想继续当下去了，会不会口是心非，继续提自己的名呢？""风声鹤是他的副寨主，按理说如果云兴鹏自己不想继任的话，应该会顺水推舟举荐自己的副手吧？""云兴鹏如果也推自己的副手继位，那他和叶宇飞等人算是唱的哪一出？""要是云兴鹏真的推自己，那么，没有明确提出人选的佛盈脑寨到底会支持谁？如果陆观音保支持云兴鹏，两个人选岂不是一半对一半了？"

众人正猜测间，已听得云兴鹏把自己的提名人选说出来了："定光山寨寨主蓝江南！"

话音刚落，便听得蓝江南急急说道："万万不可！蓝某何德何能，能把定光山寨带好就不错了，岂敢妄想总寨主之位！"

众人听得云兴鹏把人选说出来，不禁又颇感意外。场中很快有人悄悄议论："云总寨主怎么不推自己人，反而推别人？以前也没看出他和蓝寨主私交最好呀！""蓝寨主武功似乎比起叶寨主、何寨主还是有所不如吧？如果单论武功，应该推叶寨主或者何寨主才是呀，怎么没人推他们俩呢？""瞧你这说的，叶寨主是带头造反的人，云总寨主再有度量也当然不可能推他接位呀！至于何寨主，谁不知道他和云总寨主是几十年的冤家呀？""风寨主不显山不露水，怎么反而支持者最众呢？难道他武功当真很高明？平时也没怎么看出来呀！""这么看来，到底谁做下一任总寨主，还有好戏看了！"

叶宇飞大声说道："好啦！各寨已把提名人选说完，现下共有三人被提名：象山寨副寨主风声鹤、寨九坳总寨主兼象山寨寨主云兴鹏、定光山寨寨主蓝江南。按照老规矩，但凡提名者，无论支持者多寡，均有资格参与总寨主之位的角逐。寨九坳其他人员，也可以选择站边，在稍后的比武当中，为自己中意的总寨主人选出力。大伙儿对这个老规矩有没有异议？"

场中多人高呼："没有异议！"云兴鹏看得真切，这些人，主要是叶宇飞、谭大年、欧阳福春、何打铁、许黑狗他们几个山寨的人。其他几个山寨的人，因为大局已定，虽然也表示同意按老规矩重选总寨主，但只是低声回应，远没狮子寨等五个山寨的人那么兴奋。

叶宇飞春光满面地说道："那么，你们三位提名人选，需要互相之间各比试三场，既可以自己一直打下去，也可以让别人代打其中两场。是哪两位先比试，还请三位自行商量一下。"

却听得云兴鹏说道："且慢！"

欧阳福春冷冷地说道："怎么了？大伙儿的意见都统一了，难道云总寨主还想反悔？那可由不得你了！"

云兴鹏斜眼扫了欧阳福春一眼，说道："人家说莫以小人之心度君子之腹，欧阳寨主想来不应该是这样的人。云某虽然不才，却也不至于如此不堪吧！寨九坳今日高朋满座，还望各位当家人不要在外人面前自倒架子。"顿了顿，又说道："方才虽然承蒙几位寨主看得起，依然提了云某的名。但云某有言在先，原本就不想再参与总寨主的推选。即便没有今日之事，云某也将淡出江湖，何况此番被人'逼宫'？云某要说的是，今日只有风老弟和蓝寨主比试，云某主动弃权！"

欧阳福春被云兴鹏刺了几句，脸上微微一红，听得他声明不参与总寨主角逐，却又松了口气，说道："那就最好了！风寨主和蓝寨主两家比试就行，大伙儿也巴不得省事些。"

蓝江南说道："这这这……这怎么成？我可没这个想法！总寨主还是你来更好！"

云兴鹏对蓝江南微微一笑，说道："蓝寨主不必过于谦虚。寨里的事，总得有人担起来嘛！我们的先人早就知道，这总寨主人选嘛，不仅要看武功，更要看人品，所以他们定的规矩是，比武时不需要提名总寨主的人选一个人打到底。你为人处世一向公道正派，如果做了总寨主，相信大伙儿会支持你

的！"看了看风声鹤，把那深藏在心底的最后一丝希望翻起来，说道："风老弟，你也对大伙儿说上几句吧。"说这句话时，声音不禁有几分沙哑。

风声鹤一直坐着没吭声，宾客们以及寨里的许多人根本不知道他自己对此有什么想法。云兴鹏虽然怀疑他和叶宇飞等人对今日之事谋划已久，但同时又希望那只是叶宇飞他们单方面的意思。所以，在风声鹤没有亲口表态之前，他总是不肯让那丝幻想破灭。

风声鹤徐徐起身，向云兴鹏作了个揖，说道："事已至此，恭敬不如从命。在下就听从总寨主的盼咐，也不辜负几位寨主的美意，斗胆向蓝寨主讨教几招了。还请蓝寨主手下留情，点到为止！"

此言一出，云兴鹏心头一寒，忽地感到难受得紧。至此，他总算彻底相信，今日之事，正是风声鹤与叶宇飞等人合谋的结果。依照他对叶宇飞等人的了解，风声鹤应该是此事的主谋。若非如此，叶宇飞绝对不可能处心积虑为风声鹤铺路。如果叶宇飞是为了谋求其本人上位而串通其他人算计自己倒也罢了，毕竟他作为寨九坳武功高强的一名寨主，看上总寨主这个位子倒也情有可原。甚至，其他寨主有这个想法，也不足为奇。可是，现在策划这事的，偏偏是自己一手栽培的副手，一个怎么猜都猜不到的人。这种被身边人出卖的现实，令云兴鹏太受打击了。刹那间，云兴鹏眼前一黑，脸色苍白，竟然有些头晕目眩。

好在云兴鹏内功修为颇高，虽然遭此变故，很快暗暗凝聚内力，强定心神，脸色旋即恢复如常。坐在同一桌的宾客或许看出了他情绪的变化，坐得远的则根本没发现。

云兴鹏知道，事已至此，多说无益，现在最要紧的是揭开心里的这个谜团，并设法阻止风声鹤接任总寨主，让人品可靠的蓝江南继位。在云兴鹏看来，风声鹤的武功并不比叶宇飞高明。以叶宇飞的为人，拼着和自己闹翻脸，却是为了推一个和他毫无关系的人上位，这显然是极不正常的。然而，此事如今就摆在眼前，那只有一个解释，就是风声鹤和叶宇飞他们之间必定有不可告人的勾当。以这种阴暗的手段谋事，不用说也知道他们没安什么好心。如果他们的阴谋得逞，只怕将给寨九坳带来重大变故，甚至打破寨九坳多年的安宁，损害众多兄弟的利益。云兴鹏虽然这些年越发看破名利，与世无争,尤其不想多事,但兹事体大,作为现任的总寨主,却也不得不把这事管起来。

按寨九坳各寨早年定下的规矩,推举总寨主时,如果有两人以上参与角逐,则以比武的方式决定当选者。比武共分三场,各寨所有人都有资格以个人名义站边,支持其中一位提名人选,但总寨主人选自己必须至少出手打一场。这次风声鹤与蓝江南竞争总寨主,他们每人最多还可以邀请两人作为帮手参与比武。三场比武当中,哪一方胜了两场,则由这一方推举的人就任总寨主。

叶宇飞说道:"做事要趁热打铁。总寨主人选定下了,接下来,得推举几位'中人',由他们判定胜负。然后,就请双方开始比试武功吧!大伙儿都是兄弟,点到为止就行,只分输赢,不争生死。哈哈,哈哈!"众人听他口气,似乎胜券已然在握,扬扬自得之情溢于言表。一些与叶宇飞相熟的人便暗自想道:"老叶一向为人精明,对自己没利益的傻事他才不干。这姓风的不知给了老叶什么好处,让他心甘情愿地给他人作嫁衣?此事只怕不是这么简单。"

这种比武的"中人"一般由现任总寨主提名,其他各寨没有太大的异议即可。云兴鹏推荐宾客中的仙峰谷谷主邝光扬、长洛帮帮主钟元正、崆峒山沙石庄庄主谢琦三人为"中人"。这几人在武林中年纪较长,威望甚高,武功也了得,叶宇飞等人均无异议。

"中人"定下后,谭大年、欧阳福春分别说道:"叶寨主说的趁热打铁,言之有理,就按这个办!大伙儿先把地方腾出来,方便两边的兄弟大显身手!""各位贵客多担待了,反正桌上有酒有菜有点心,饿了的话先填填肚子,就不必客气了!我们寨九坳的黄元米果、油炸鱼丝味道不错呢,桌上这些荤荤素素也很可口。各位贵客既然来了,可要多吃一些呀!大伙儿一边饱眼福,一边饱口福,也算不虚此行吧!"

众人听得他们如此一说,便一起动手,将摆在大坪里的几十张餐桌搬到两旁,很快腾出了一大块空地。宾客们也顾不上那么多了,和寨九坳众人或坐或站,等待观看比武,对吃什么已不放在心上。其中不少宾客数年难得到寨九坳一次,对他们的武功本来便甚有兴趣,正想借此机会好好观摩。尤其

是风声鹤乃绿林新人,很多人对他并不熟知,今日突然一跃而出,成为总寨主的热门人选,大家心里就难免更加好奇了。

待得场面安静下来,便见蓝江南走出场,抱拳向众人说道:"蓝某不才,无意也不敢想这总寨主的位子。但既然云总寨主推举了我,只好勉为其难凑个角了,就算是为风寨主捧捧场吧!"在他看来,风声鹤突然跳出来抢这总寨主之位,固然是对不起云总寨主的,但这毕竟没有违背寨九坳的规矩,只能说明这个人的人品不怎么可靠。至于其中是否有更大的阴谋,蓝江南则一时并没往深处想。所以,他此番只是怀着不使推举总寨主之事冷场的心思,出来走个过场而已。

钟三壶见蓝江南显然是无备而来,出言提醒他:"蓝寨主不会是亲自打第一场吧?这也太不庄重了。"原来,以往这种比武,正主儿都是最后才出场,前面两场则由其他帮衬的兄弟先出手,这样才显出正主儿的分量,也充分展现了寨众的参与热情。

蓝江南讷讷地说道:"这个嘛……嘿嘿,今日之事,对蓝某来说,实在是来得突然。蓝某也不敢有劳别人,只好硬着头皮走完这些下数①了。"原来,蓝江南因为毫无准备,根本不知道谁愿意在此际帮自己出阵,所以决定自己一个人打完交差便是。

钟三壶说道:"那可不成!再怎么说,你也是一寨之主,何况这是推举总寨主的大事。既然云总寨主不肯继任,我钟某人今日就站到蓝寨主这边。钟某虽然武功低微,但这次帮蓝寨主是帮定了的。如果蓝寨主不嫌弃的话,那就由我来替你老哥打这第一场如何?"推举总寨主时,寨九坳的人站边之后,在比武时可以主动申请为自己所选的提名人打一场,当然,这也得经过总寨主人选同意才行。否则,如果某个武功低微之人怀着某些说不清楚的目的强行出头,反而输了场子,那正主儿自然不高兴。

蓝江南见钟三壶要替自己分忧,心里好生感动。钟三壶的武功在寨九坳仅为中上之选,若非事出紧急,他当然不至于没有自知之明,强行为他人出这风头。但对蓝江南来说,一则他自己从没想过有朝一日会成为总寨主人

---

① 赣南话,意为规矩、礼节。

选，二则寨九坳那些与他交情较好的人，也没料到有今日之事，所以一时根本没法形成一个比武的组合。所以，钟三壶能在此时挺身而出，已是最大的支持了，蓝江南哪能拒绝他的一番好意！便听得蓝江南说道："如此真是有劳三壶兄弟了！蓝某在此先行谢过！"说罢，退回一侧。

钟三壶大踏步走到场中，说道："在下今日不怕献丑，用自己的三脚猫功夫为蓝寨主喝彩。哪位兄弟愿意上来赐教的？有请了！"

便听得一人应道："难得三壶兄弟如此仗义，我也效仿一下，但愿抛砖引玉，有机会为风寨主打头阵！"说话间，此人已迈出几步，正是将军寨寨主谭大年。

谭大年远远地向风声鹤作了个揖，说道："谭某不自量力，不知风寨主是否给谭某这个机会？"

风声鹤当即回礼说道："承蒙谭兄高看，风某不胜感激！谭兄武功远胜风某，如今得以劳驾谭兄，风某真是三生有幸！"言下之意，自是准许谭大年替自己打这第一场。

谭大年闻言，对钟三壶说道："三壶兄弟，既然他们二位都准许了，那我们哥儿俩就练练手，为今日这个大事助助兴。请出招吧！"

钟三壶虽然对他与叶宇飞等人突然提出罢免云兴鹏的总寨主之位有所不满，但他们个人之间毕竟没有什么嫌隙，见他说得亲切，便客气地说道："还请大年兄手下留情。闲话少说，我们这就开始吧！"脚下移步，右掌已向谭大年横推出去。

谭大年微微一笑，霍地击出左掌，接下钟三壶这一招。钟三壶但觉右臂一沉，心里想道："这老谭，这些年没有把功夫落下，掌力又更厉害了些，仅用左掌便能把我击退了！"原来，钟三壶和谭大年武功家数相近，均以掌力见长。二人以前常有切磋，可谓相互知根知底。但今日比试，事关蓝江南与风声鹤谁将胜出，毕竟不是二人之间切磋武功可比，钟三壶明知不敌，却仍得强打精神，与谭大年周旋下去。

谭大年知道钟三壶武功不如自己，心中早有胜算。但他也不想让钟三壶过于难堪，毕竟这人和自己关系不算差，今后还要长期相处，是以出掌时并未尽全力，先与钟三壶周旋了二三十招。钟三壶武功虽然不算很强，但心里

并不糊涂,也知道谭大年有意给自己留了点面子。数十招之后,二人高下已现,钟三壶渐渐只有守势,难有攻势。钟三壶明白,自己竭尽全力,对方却游刃有余,再打下去,当然非输不可。若是平时私下较量,钟三壶自是早已服输,但今日之事是为别人而为,没到最后关头,却又不便主动认输。他只好勉力支撑,看看能否多接数招,甚或有无机会利用对方的疏忽侥幸胜得一招半式。

又过了数十招,谭大年忽地想起,今日之事谋划已久,事情总算走到了这一步,宜速战速决,不能因为这些无关紧要的环节而耽误了,便掌上暗暗加劲,打算在三五招之内把钟三壶击败。恰在这时,钟三壶也在寻找机会制胜。他扬起左臂,虚晃一掌击向谭大年面门,右掌突然一掌斜击,向他腰部拍去。这是钟三壶新创的招数,叫"偷天换日"。这一招因为来得快,谭大年没有防备,虽然闪身回避,但腰部还是被钟三壶拍中,好在受力不重。钟三壶正待发出下一招,却不料,此时谭大年招数变狠,一掌当中击来,用上了十分劲道。钟三壶没料到他突然劲力大增,不禁连退五步,这才止住。

众人都看得出来,至此,钟三壶算是明显输招了。若是按照"点到为止"的办法,即使钟三壶不肯认输,"中人"也可以判定他输了。钟三壶自然知道这个道理,情知自己再打下去也不是谭大年的对手,便双手抱拳,说道:"钟某不才,给蓝寨主丢脸了。谢谢谭寨主手下留情!"

邝光扬和钟元正、谢琦低声商量了一下之后,当众宣布:"第一场比试,风声鹤兄弟这方胜出!"

云兴鹏虽然对这个结果并不感到意外,但心里还是暗暗叹了一口气,脸上却并不表露,向谭大年、钟三壶说道:"二位寨主辛苦了!且先到一边歇歇。第二场,不知风兄弟这边由哪位出阵?"

叶宇飞咳了一声,走出来说道:"风寨主既然是叶某率先推举的人选,叶某也得为他分担一点辛劳才是。这第二场嘛,叶某愿为风寨主代劳!"

风声鹤说道:"叶寨主武功高强,愿意为风某出面,风某当然求之不得。如此真是有劳了!"

叶宇飞见谭大年胜了第一场,心里暗忖,风声鹤按正当程序接任总寨主之位，胜面已是极大。自己想讨好风声鹤，便当抓住第二场的机会。若是自己取胜了，风声鹤便无须比试第三场；纵使自己万一失利，风声鹤亲自下去打第三场，料来也不至于失手。对叶宇飞来说，他为风声鹤打这第二场，没有功劳也有苦劳，不管胜败如何，均不影响最后的结果。

风声鹤盘算，整个寨九坳武功有可能胜过叶宇飞的人寥寥无几。现在蓝江南的支持者本来便少，高手更是不多，就算他本人亲自出面迎战叶宇飞，也未必能获胜。即使他能在叶宇飞这里侥幸取胜，第三场也是输定了的。如此看来，今日之事，尽在自己掌握之中。想到这里，心里不禁感到一阵说不出的欢畅，脸上却依然不动声色。

叶宇飞听得风声鹤同意自己为他打第二场，便大踏步走到场中，朗声说道："不知蓝寨主这边，哪位兄弟愿意出来向在下赐教？"

云兴鹏退出总寨主角逐之后，原本支持云兴鹏的钟三壶和董二秀见他推举了蓝江南，便也跟着站在蓝江南这边。钟三壶已经打了一场且败下阵来，当然不可能再次出面。董二秀见对方出来的是叶宇飞，知道自己的武功和他相差较远，强行出头的话于事有害无益，便只好苦笑着摇了摇头，沉默不语。钟三壶、董二秀手下的人，武功更是没法和叶宇飞相比，他们都有自知之明，只能急在心里却又无可奈何。

场中一时寂静无声。叶宇飞孤零零地站在那里，见对方无人应战，不禁扬扬自得，正待说几句冠冕堂皇的话打破沉默，忽听得一人说道："在下不才，希望向叶寨主讨教几招！"一名年约三旬的壮汉站出来，正是云兴鹏的弟子曾继和。

云兴鹏知道这一场至关重要，如果输了，蓝江南便毫无希望了。曾继和虽然在寨九坳年轻一代当中，是出类拔萃的人物，武功比好几位寨主都强，但与叶宇飞交手，却根本没有取胜的希望。云兴鹏对叶宇飞与曾继和的武功都知根知底，不甘就此白白送掉一场。但他虽是曾继和的师父，此时却不是当事人，倒也不便直接劝阻，当即向蓝江南使了个眼色，希望他制止曾继和出场。

蓝江南心领神会。他也知道让曾继和与叶宇飞对阵的话，就等于让风声鹤胜得太容易了，便对曾继和说道："曾贤侄且慢！叶寨主是我们寨九坳难得

的高手，我已许久没向他讨教武功了。今日难得有如此机会，这一场，我要自己上！"

曾继和听得蓝江南这么说，便退回一旁去。他当然知道自己不是叶宇飞的对手，刚才出头迎战叶宇飞，实属无奈之举。如今蓝江南亲自出马，他的武功和叶宇飞相差甚微，全力一拼的话，胜面当然比自己出战大多了。

风声鹤见蓝江南要亲自出手，心里窃喜："这姓蓝的实在无人帮衬，只好赤膊上阵了。他和叶宇飞打了一场下来，莫说未必能赢，就算赢了，又如何有精力与我再打一场？哈，这寨九坳易手之事，可没有想象中那么艰难嘛！"

蓝江南正待走出去，却听得云兴鹏说道："蓝寨主且慢！你是一方主帅，要留着压阵的，何必急着出手？你与叶寨主切磋武功的私事来日方长，今日之事却是整个寨九坳的大事，这一场你就别争了！"

蓝江南说道："这……这……"他心里想道："我何尝不知道这个道理？可是，自己这边实在没有合适的人可以出头，只好自己撑得一场算一场了。"只是这些话当然不便说出口。

云兴鹏不紧不慢地说道："这一场，老夫愿替蓝寨主略尽绵薄之力，还请蓝寨主成全！"

此言一出，众皆愕然。现任总寨主出面替他人比武，此事在寨九坳还是第一次。叶宇飞心头一紧，方才的得意感一扫而光。风声鹤暗自想道："老家伙来这一出，倒是高明得紧。但谅你也想不到，不管你如何费尽心思，你们所做的都将是徒劳！"

原来，云兴鹏分析，蓝江南这边已败了一场，要想挽回局面的话，第二场务必取胜。蓝江南与叶宇飞交手，胜面不足五成，万一失败，后面的事就无从谈起了。而如果自己替他对付叶宇飞，则这一场的胜面少说也在八九成以上。这样，双方打了个平局，最后就看第三场蓝江南与风声鹤的对决了。根据云兴鹏的了解，风声鹤与蓝江南武功各有所长，如果蓝江南把握得好，未尝没有机会取胜。所以，这第二场，必须由自己出手，才能让事情出现转机。

叶宇飞见云兴鹏执意要出手，心里暗暗叫苦，信心登时消失了七八分，但还是强打精神，哈哈笑道："今日有机会得到寨九坳第一高手的指教，叶某更是红运当头了！叶某但求能在云总寨主手下走上十几二十招便心满意足了，还请云总寨主手下留情！"钟三壶低声对身边的董二秀说道："总寨主出马，看这家伙如何嚣张了！别看他话说得好听，就怕他心里正在后悔不已、叫苦不迭呢！"董二秀笑了笑，点点头，说道："人家不是有言在先嘛，能在云总寨主手下走上十几二十招就满足了！"

蓝江南对云兴鹏说道："这这……唉，总寨主的这份厚谊，江南真是无以为报，只能永铭于心了！"云兴鹏见他不反对自己打第二场，便缓缓走出来，向叶宇飞说道："叶寨主客气了！云某这把老骨头，早就顶不上什么用了。还请叶寨主看在多年老兄弟的份上，下手别太重了！"

事已至此，叶宇飞就算对云兴鹏忌惮多多，也不可能退缩了。他打定主意，好汉不吃眼前亏，若有机可趁便打下去，倘使形势不妙，则见好就收，认输了之。反正最后还有风声鹤压阵，自己输了这一场也不打紧，只要让风声鹤知道自己为他出了力就行。于是，他恭敬地向云兴鹏行了个礼，说道："云总寨主有请！"

云兴鹏说道："承让！"双掌呼地起招，竟是毫不客气。原来，他知道今日事出蹊跷，宜速战速决，查明真相，看看风声鹤、叶宇飞他们到底意欲何为，是以一反常态，不再做谦谦君子，出手便是狠招。

叶宇飞见云兴鹏使出的"佛云手"与平时大有不同，掌风呼啸，显见得运足了内力，当下更是不敢大意，迅即提气于胸，握手成拳，与云兴鹏拳来掌往，互不相让。叶宇飞的"晦明百变拳"以变幻莫测而得名，早在二十年前，便使他在江湖上挣下了不小的名声。他平时城府颇深，与同行比试时，招式从不用老，所以他这套拳法到底有多少招数，谁也搞不清楚。本来按他的设想，他与蓝江南较量时，有好几招以前没用过的厉害招数可以让蓝江南难以应付，没想到对手突然换上了云兴鹏，那就只好走一步看一步了。云兴鹏的"佛云手"也极为讲究变化，而且被他运用得如行云流水般，总是可以顺着对手的变招而及时调整，对叶宇飞来说，简直就是克星。也正因为如此，叶宇飞才做好了准备，要是实在应付不了，不如主动认输，免得暴露了自己留着的几手厉害招数。

众人但见二人在场中四臂挥舞，身法迅捷，腾挪跳跃之间，已然交手数十回合。这一场比武，自是比钟三壶与谭大年二人的比试精彩多了。两旁观

众，不管是宾客还是寨九坳的寨众，都忍不住对二人的武功啧啧称赞。看到出神处，有人还情不自禁为之鼓掌喝彩。

过了七八十招之后，叶宇飞渐渐感到出招迟滞，后劲不足。而云兴鹏掌法气势却似乎依然如日中天，奔涌不绝。叶宇飞心里暗忖："没想到老家伙一把年纪了，内力还这般悠长。看这情形，今日能和这老家伙打到百招开外就很不错了，且再支撑二三十招试试。这样就算落败，风声鹤也不得不领我这份人情。"正待使出一招平时不轻易出手的怪招，蓦地听得云兴鹏暴喝一声："着！"场中众人但觉心头一震，武功稍弱的已不由自主打了个激灵，武功较强的则不禁暗暗赞道："这佛门狮子吼内功，确实不是浪得虚名！"叶宇飞虽然早就领教过云兴鹏的佛门狮子吼内功，但此时疲于应付他的掌法，精力早已分散，被他一喝之下，不禁心头恍惚，拳法松懈。就这么一分神，云兴鹏已是一掌倏地当胸击来。叶宇飞躲闪不及，被他掌力一冲，踉踉跄跄退出数步，情形恰如上一场钟三壶被谭大年击退时一样。

叶宇飞知道再打下去，必输无疑。他头脑本来便灵敏，既知事不可为，也就不愿再做无谓的努力了，当即稳住下盘，向云兴鹏抱拳说道："云总寨主神功惊世，宇飞有幸领教，虽败犹荣！"不等邝光扬等人宣布结果，便退出了场子。

邝光扬说道："好！方才二位都露了一手高明武功，让我等大开眼界，也让大伙儿见识了寨九坳的惊人技艺。这两场，刚好双方各胜一场，不分彼此，皆大欢喜。"

蓝江南见云兴鹏为自己挽回了一场，心里不禁增加了几分自信。他从没想过做总寨主之事，但今日之事，太过反常，云兴鹏与叶宇飞交手时，他稍稍用心琢磨之后，渐渐也想到了一些疑点，是以也和云兴鹏一样，想看看风声鹤、叶宇飞他们到底搞什么名堂。寨九坳数十年来平安无事，蓝江南也不希望发生太大的变故，将寨九坳带入动荡不安之中。所以，不管做不做总寨主，蓝江南觉得都应尽力将叶宇飞他们挫败，然后大伙儿再打开天窗说亮话，重新商议推举总寨主之事。

最后一场已别无选择，必须由尚未出手的两名总寨主人选面对面交锋。蓝江南提振精神，向风声鹤说道："风兄弟，接下来，轮到我向你请教请教了。久闻风兄弟的棒法堪称一绝，蓝某这柄破剑今日也是有福气见识高招了。"蓝江南是绿林使剑的好手，以七十二式"素月剑"闻名。

风声鹤哈哈一笑，说道："蓝寨主客气了！风某才疏识浅，岂敢与蓝寨主一争雌雄？无奈承蒙众多兄弟错爱，只好明知不可为而为之，让蓝寨主教训教训了。"

钟三壶、董二秀、曾继和等人心里均想："说得这般好听，谁知道你为了谋这总寨主之位耗费了多少心机？云总寨主好心收留你，你却这般忘恩负义，就算当上了总寨主，恐怕也难服众。只怕寨九坳今后要成一盘散沙了。"

二人走到场子中间，一个缓缓举起青钢剑，一个徐徐抬起枣木棒，忽地同时喝道："请了！"剑棒相交，"啪"的一声响，二人均感到手腕一震，心下暗暗佩服对方内力了得。

二人旋即变招。蓝江南剑锋抖动，划出一个又一个大大小小的圆圈。原来，他这门剑法颇为独特，仗着腕力，每招使出来都呈弧形，剑光闪耀处，让对手往往不好辨认剑尖将落向何处。在两旁观战的众人看了，都不禁点头赞许，很多人心里更是想道："看来云兴鹏推举这蓝江南接任总寨主，倒也不是一时兴起，还是颇有道理！"

蓝江南剑法了得，风声鹤的棒法却也别具一格。这根寻常的枣木棒在他手上或挑或刺，时扫时拦，不管蓝江南出招如何诡异，尽被他恰到好处化解开去。二十余招下来，剑棒相交之声不绝。二人身手矫健，随着招式不断变换方位，看起来不像比武，倒似在向来宾表演技艺助兴。有人不禁悄声自语："嗯，真是一场比一场精彩！这一场，简直比第二场还要好看哩。"

云兴鹏留心观看风声鹤的招数，见他看似全力以赴，其实游刃有余，忽地心念一动："他有两次可以乘虚而入，破了蓝江南的剑招，可为何不这么做呢？莫非他要等到蓝江南招数用老，或者借这次比武的机会给蓝江南一个面子，以便日后笼络蓝江南？"自从认识风声鹤以来，他一直觉得此人朴实敦厚，这才决意留他做象山寨副寨主，没想到，今日方知此人处心积虑，老谋深算，完全是另一副面孔。如此看来，当年他投靠寨九坳，只怕便是有所图谋而来。想到这里，云兴鹏不禁心头一凛。

正当云兴鹏心神不定之时，场中情景已发生变化。风声鹤蓦地棒法一

变,从半攻半守转为连续进攻。此时,蓝江南的七十二式"素月剑"刚刚用完,只好从头再来,用起旧招。风声鹤低声说道:"蓝寨主端的好剑法,风某着实佩服!"蓝江南正在心烦意乱中,知道他语带嘲讽,更是心头焦躁,被他几招攻势逼得连退数步。风声鹤得理不饶人,趁势逼近。

蓝江南心里想道:"我这般一味退让,可不是办法,得寻找机会还击才是。"强行镇定下来,应付了数招之后,果然瞅准风声鹤左侧现出一个破绽。蓝江南不再犹豫,一剑朝风声鹤左肋刺去。不料,风声鹤忽地身子一闪,枣木棒一个回旋,恰好击中蓝江南右腕。蓝江南当即醒悟,风声鹤早就预料到了自己将有此举,他那个"破绽",其实正是诱敌之计。蓝江南收招不及,但觉手腕一麻,青钢剑竟然拿捏不稳,脱手掉下。便在这一瞬间,风声鹤身形一晃,枣木棒自下往上一抬,竟将青钢剑送回蓝江南手中。风声鹤这个动作快如电光,除了蓝江南,场中无人看出,众人均不知蓝江南手中剑曾被风声鹤击落。

风声鹤压低声音说道:"蓝寨主,得罪了!还要打吗?"至此,蓝江南心里雪亮,对手武功比自己高明,此前只不过是未尽全力而已。对方既然给了一个天大的面子,自己如若再打下去,便未免自讨无趣了。蓝江南心灰意冷,当即一个收剑式,退出数步,抱拳说道:"风寨主武功高明,蓝某自叹不如!这一场不必再打了,蓝某认输。"

风声鹤笑吟吟地说道:"承让承让!蓝寨主剑法超群,风某佩服得很。其实风某并没有占到便宜,充其量是半斤八两而已。"

蓝江南正色说道:"蓝某虽然武功不行,但还算有自知之明。输了就是输了,何须多言?"又对云兴鹏说道:"江南不才,辜负总寨主厚望了!"

两旁围观的人不禁七嘴八舌说道:"他们都还没打完呀,怎么就说到输赢了?""蓝寨主的剑法这么厉害,怎么突然就停手了呢?好歹要争一争嘛!""风寨主的棒法也不比他差,恐怕是蓝寨主感到内力不继,再打下去没有把握,不如体面收场吧!""可惜,可惜!虽然没有再打下去,但能看到这么精彩的比武,可比吃什么酒席都有味道了!"

云兴鹏见蓝江南突然认输,虽觉事出蹊跷,但他知道蓝江南为人实诚,不行伪事,既然承认输招,估摸是吃了风声鹤的暗亏,只好悄然长叹,静观其变。

叶宇飞、谭大年、欧阳福春几人则兴奋不已，说道："风寨主三打两胜，新一任总寨主非风寨主莫属！几位'中人'前辈，话是这么说吧？"

邝光扬等三人虽然没看出风声鹤击落蓝江南手中剑这个细节，但蓝江南本人已经认输，他们自然没有异议。简单商议几句之后，邝光扬对众人说道："第三场，可以判风寨主胜出！"

话音刚落，场中便有数十人欢呼雀跃："恭喜风寨主，祝贺风寨主！"这些人，多是叶宇飞、谭大年、欧阳福春、何打铁、许黑狗他们的部属。

三、图穷匕见

叶宇飞高声叫道:"三场比武已经结束,新任总寨主正式产生!现在,该是总寨主之位交接的时候了!请云总寨主和风总寨主分别给大伙儿说上几句吧!"

云兴鹏对于这个比武结果虽然有几分思想准备,但事情尘埃落定之后,心里还是感到五味杂陈。今日之事来得太过突然,自己与寨九坳众兄弟和睦相处数十年,却没料到会在这种场合以这种方式交班。总寨主之位落到寨九坳任何一位寨主手上,他都不会有这种异样的感觉,唯独风声鹤,在让他意外惊奇之后,更给他带来些许恐惧。

但云兴鹏当然不能在这个时候把个人的那些感觉说出来。他只好把疑惑与惊悸强压在心底,稳了稳心绪,强作平静地说道:"云某忝列寨九坳总寨主二十年来,全仗各寨兄弟全力支持,得以勉强支撑到今。今日应寨中多数兄弟的要求,推举出了新的总寨主,云某如释重负,总算可以过几年清闲日子了。从今开始,寨九坳的重担就要依靠风兄弟挑起来了。在此,再次感谢各寨兄弟对云某种种不是之处的海涵,也祝愿寨九坳在风兄弟的带领下,气象更新,日子红火!"

钟三壶听得云兴鹏如此爽快就把总寨主之位交出来,低声说道:"总寨主,这……"云兴鹏看了他一眼,摆摆手,制止他把话说下去。钟三壶知道自己多说无益,不禁轻轻叹了口气,摇头不已。董二秀、蓝江南脸色灰暗,低头不语。曾继和则满脸愤然,欲言又止。

风声鹤听得云兴鹏把话说完，微笑着向大家抱拳说道："风某何德何能，竟被各位兄弟委以如此重任！云大哥对我恩重如山，风某在寨九坳资历浅薄，本领低微，本来，是无论如何不该接这副担子的。但在众多武林英豪面前，风某又不敢拂了大伙儿的美意，只好勉为其难，暂时挑起这副担子。今后，风某对寨九坳的大事小事一定竭尽全力，赴汤蹈火在所不惜！当然，风某才能有限，还望多多得到云大哥和各位兄弟的帮助指点！"

叶宇飞、谭大年、欧阳福春几个带头鼓掌说道："说得好！风总寨主担当此任，这是众望所归。我们一定唯总寨主马首是瞻，全力支持总寨主！"很快，场中数十人跟着他们吆喝起来，直把左近林中的飞鸟惊得"扑扑"飞起。钟三壶喃喃自语道："什么'众望所归'？分明是乘人不备，搞阴谋诡计。要是做得太过分了，老子偏偏不听你的。"

叶宇飞摆摆手，示意那些起劲吆喝的人安静下来，大声说道："风总寨主武功高强，见识深远，一定能给寨九坳带来不一样的气象！各家寨主今日都在这里，更难得的是还有众多英雄豪杰也齐聚寨九坳，风总寨主上任伊始，有什么宏大的设想，不妨和在场的朋友们、兄弟们说说？"谭大年、欧阳福春跟着说道："对对，我们就盼着风总寨主早日率领大伙儿实现宏图大业！"

风声鹤环顾四周，呵呵一笑之后，朗声说道："风某见识浅陋，哪有什么高明的想法？叶寨主这是赶鸭子上架啊！不过，既然大伙儿这般信得过风某，让风某做了这寨九坳的总寨主，叶寨主又把话说到这个份上，风某也就不怕贻笑大方，且把自己的一些粗浅想法提出来，让大伙儿一起合计合计也好罢！"

云兴鹏看他说得胸有成竹，心里暗想："他到底要搞什么名堂，也许很快就会知道了。"与会的群豪也在想："此人突然谋夺寨九坳总寨主之位，必有所图，且看他到底想做什么。如果是对大伙儿有利的事，倒也不妨参与分一杯羹；如果他寨九坳要侵犯我等的利益甚至想做绿林霸主，那可没这么好说了！"

风声鹤清了清嗓子，正色说道："遥想二十年前，赵宋王朝和大元朝廷兵火正烈，我们寨九坳以及其他绿林同道对天下之事无能为力，只能力求自保。所幸朝廷大军忙着南征北战，无暇顾及我们这些绿林同道，总算让我们

这么多年来与官府相安无事,日子过得倒也太平。"

云兴鹏听他把话题拉得这么远,不禁想道:"莫非他处心积虑要当这总寨主,还真想大显身手干一番大事业?如果光明正大提出来,本来我也是支持的。如今他们耍的这个手段却未免让人感到寒心。"

风声鹤继续说道:"但是,现在的形势,和当年却又有所不同了。前年,大元世祖皇帝驾崩。他做了三十多年的皇帝,可谓雄才大略,天下那些麻烦事,几乎都给他一一处理了。今年是元贞二年①,新皇帝登基至今已三年,天下虽然时不时还有点小骚乱,但已无关大局。蒙古人的江山,可以说已经是固若金汤了。"

钟三壶忍不住插话说道:"蒙古人谁当皇帝,江山稳不稳,关我们寨九坳什么事?便是先前赵家谁当皇帝,我们也不把他们当回事呢!我真不明白你到底想说什么事。"

风声鹤扫了钟三壶一眼,说道:"钟寨主此言差矣!寨九坳虽然一向不和官府通声气,但不等于可以完全对外界之事置之不理。此一时,彼一时,如今天下形势不同了,寨九坳自然也该一改以往做法,唯有这样,方可在绿林立于不败之地。"

钟三壶说道:"难不成叫我们和官府硬碰?像钟明亮那样把赣州城打下来享用几天?你不是说现在他们的江山更牢固了,我们若是招惹他们,那不是找死吗?"七年前,钟明亮在文天祥旧部陈子敬的帮助下,利用文天祥留下的福寿沟秘图打下了赣州城,江南一带义军纷纷响应,此事影响极大,绿林无人不知。但钟明亮没多久便因为争权夺利起了内讧,更和陈子敬等人翻脸,起义终告失败。钟三壶提起这事,自是想要打消风声鹤的幻想。

风声鹤哈哈大笑,说道:"钟明亮以卵击石,当然不值得我辈效仿。我现在要说的恰恰相反,我们不但不能和官府斗,还应和官府多多亲近,密切合作!这才是寨九坳乃至整个绿林的出路!"

此言一出,众皆愕然。绿林人物正是因为不愿意受官府约束,这才投身绿林,图个自由自在。如果像风声鹤说得那般,岂不是要大伙儿接受招安,

---

① 公元1296年。

充当官府爪牙？

还没等在场众人回过神来，风声鹤提高嗓门说道："今天当着这么多英雄豪杰的面，风某向大家透露一个大好消息：赣州路达鲁花赤呼罕拔离大人非常看重寨九坳，已经答应报朝廷敕封寨九坳总寨主为五品武德将军；各寨寨主亦将敕封为武义将军、武略将军。其他大小头目，只要归顺朝廷，都将按武功、功劳封为昭信校尉、忠武校尉、忠勇校尉。呼罕拔离大人还说了，凡赣州路绿林人物，今后只要忠心报效朝廷，都可以得到相应的赏封！对寨九坳的封赏只是个开端，接下来，赣州路各地绿林都将陆续受此恩泽。依我之见，大伙儿过了半辈子提着脑袋干活的日子，也应该好好享受一下了！从今以后，大伙儿都是朝廷的人，不仅可以把眼下的日子过好，还将光宗耀祖，岂不美哉！"

云兴鹏至此恍然大悟：原来风声鹤早就被官府收买了，他此番设计谋夺总寨主之位，无疑是为了将寨九坳献给赣州官府！至于叶宇飞等人，当然是被风声鹤背着大家许以高官厚禄拉拢了。想到这里，云兴鹏不禁怒火升腾，心里暗道："没想到官府游说我不成，却打起了寨九坳其他人的主意。今日祸起萧墙，也怪我平时失察，太相信大家了，只道寨九坳个个都是响当当的好汉子。事已至此，后悔无用，得设法阻止他们才是。"

此时的皇帝是元世祖忽必烈的孙子铁穆耳。忽必烈做了三十多年皇帝，于至元三十一年（公元1294年）正月以八十岁高龄驾崩。其时，太子真金已先他九年去世，皇位由忽必烈的皇孙、真金的第三个儿子铁穆耳继承。铁穆耳即位后，多次下诏减免赋税，天下日渐安定。再加上南宋灭亡已近二十年，各地对大元朝廷渐渐顺从，投身各级官府的汉人也多起来了。但云兴鹏虽然身在绿林，家国大义却向来分明，而且赣州一带百姓因为深受文天祥忠义精神的影响，对宋室的感情又更深了一层，所以云兴鹏对风声鹤的做法万万不能接受。

云兴鹏正待驳斥风声鹤，叶宇飞等人却已欢呼起来。叶宇飞说道："风总寨主好主意！一上任就给兄弟们谋了个好出身，从此以后，我们也是官家人了！"谭大年说道："恭喜总寨主马上要做将军了！连带兄弟们也要做将军、校尉，哈哈，这是多少代才能修得的福气！"欧阳福春也说道："我欧阳家几

十代都没出过官家人。如果这次有幸混个将军出身，那可真是沾了总寨主的光，我们世世代代感恩不尽！"场面一时闹哄哄的，风声鹤见这些人兴奋不已，脸带微笑，不断点头。云兴鹏见了，不由得连连叹气："在这么多宾客面前，寨九坳今日可真是要被这几个人丢尽脸面了！"

忽听得一个粗豪的声音说道："放屁！放屁！你们这些人莫不是吃错了药，说出这等臭不可闻的话来！"众人循声看去，说话的是一个身材魁梧、脸如古铜的壮年汉子。云兴鹏认得，此人是麂山罗家庄的庄主罗汉东，在武林中向来以刚猛豪爽出名。

罗汉东见全场目光盯着自己，昂首说道："大伙儿都是武林中人，好歹要有点骨气。倘若是在前朝，大伙儿学了文武艺，货与帝王家，罗某对此无话可说，这不过是'人各有志'而已，大不了'道不同，不相为谋'。可现在是元人当家，大伙儿空有一身武艺，不图谋把元人赶回去倒也罢了，怎么能倒行逆施，助纣为虐，反而当起了他们的走狗？你风某人自己要做这样辱没祖宗的事，我罗某管不着；但你要将寨九坳交给元人朝廷，罗某虽然不是寨九坳的人，却也要出头管一管这闲事，替寨中兄弟说说话！"

云兴鹏心里不禁暗暗称赞，想道："这罗汉东平时大大咧咧，玩世不恭，以前只知他是个重江湖义气的汉子，未必有多高的眼界。却不料在这大是大非面前，他居然毫不含糊。相比之下，风声鹤、欧阳福春等人平时说话冠冕堂皇，口口声声讲究是非分明，没想到在大节面前竟是这等软骨头的姿态。"

叶宇飞听了罗汉东这番话，恼羞成怒，大声喝道："姓罗的，你也管得太宽了！要不要做朝廷的官，是我们寨九坳的事，和你有什么关系？你要是见不得别人好，眼红我们，尽可滚远点，这里不稀罕你！"

罗汉东哈哈大笑，说道："你们寨九坳如果只是爱窝里斗，确实不干罗某鸟事！但你们今日议的是要将寨九坳拱手献给元人的官府，这就不仅仅是寨九坳的事了！此事关乎平江沿岸武林中人的命运，我们岂能坐视不管？"

谭大年说道："寨九坳自愿追随官府，和你们其他武林同道的命运有何关系？罗庄主这话未免扯得太远了。本来风总寨主的意思是大伙儿同为武林中人，但愿有福同享，所以给大伙儿一起谋个出身。既然罗庄主看不上，大可早点回家，何必在这里把水搅浑？"

罗汉东冷笑几声，说道："既然如此，罗某还得感谢你们的一番好意了？你们认为寨九坳追随官府和别人无关，可是各位有没有想过，寨九坳到了官府手中以后，平江两岸乃至周边百十里之内的绿林山寨、武林山庄，还能和官兵抗衡吗？现在大伙儿还可以与官府井水不犯河水，到时只怕你想躲都躲不了呢！多少年来大伙儿都是唇齿相依，如今却被你们弄得唇亡齿寒，大伙儿怎么能对此无动于衷？"

风声鹤突然提出寨九坳要接受官府招安时，场中多数宾客在惊诧之余便想到了自己的命运，只不过他们碍于情面，觉得这是在人家的地盘上，不方便当即诘问而已。如今罗汉东打破这个局面，直截了当把这个问题提出来，正是说到了众人的心坎上。很快，场中议论纷纷，群情激愤，看样子，不赞成风声鹤做法的人，还是占了多数。

云兴鹏见此情景，心里不禁为之欣喜，当下暗运"佛门狮子吼"功夫，大喝一声，登时将全场噪声压下去。只听得他说道："罗庄主这番话，深有道理。寨九坳如果像这般投靠官府，必将留下千古骂名，不仅谈不上光宗耀祖，还要让子孙后世蒙羞。我象山寨首先反对！"

叶宇飞冷冷地说道："你现在不是总寨主了！你反对不顶用，大伙儿还得听总寨主的决定！"

云兴鹏脸色严峻，慢慢地说道："不管谁做这个总寨主，他首先必须遵从大多数人的意愿，维护整个寨九坳的利益！如果是为了个别人的荣华富贵而不惜出卖寨九坳，这样的总寨主，必然没法受到大伙儿的拥戴，就算一时选上去了，也要被大伙儿拉下来！"

蓝江南说道："云总寨主说得对！如果谁要拿寨九坳作为自己投靠卖身的本钱，我们定光山寨也不答应！"

董二秀跟着说道："我虽然是妇道人家，但在这个事情上，和云总寨主、蓝寨主的想法是一致的！"

钟三壶说道："还有我呢！我马鞍寨也坚决不做这种不要脸的事！"

欧阳福春嘿嘿干笑两声，说道："哎呀，都是自家兄弟，何必为这事翻脸？我看哪，这事我们还是内部再统一一下想法。刚才云寨主也说了，总寨主做出的决定，必须遵从大多数人的意愿。那我们便看看大多数人是怎么想

的吧？若是多数兄弟愿意归顺朝廷的话，那么，少数不愿意和大伙儿一起玩的，就大路朝天，各走一边，离开寨九坳另谋高就如何？"

场中宾客心里想道："今日推举总寨主时，十家寨子有五家都明确支持风声鹤，显然风声鹤早已和这些寨主串通了。欧阳福春如今又拿这个把戏来说事，结果还不是一样？若是把云兴鹏他们赶出了寨九坳，这里便更是由得他们说了算了。到时只怕这些人不仅仅满足于在寨九坳做他们的'官'，说不定还要替官府前来攻打我们这些不听官府招呼的武林人家呢！"

众人正不知该如何制止风声鹤他们，谭大年已接着欧阳福春的话茬说道："欧阳寨主说得有道理，大伙儿还是尊重多数人的想法吧！我们将军寨没的说，当然跟着总寨主走！这将军寨嘛，也确实该出一出将军了，呵呵！"

钟三壶低声骂道："哪有这样当将军的？还不如狗头将军、猪头将军。端的是无耻！"

谭大年听在耳里，脸色一变，对钟三壶说道："钟寨主想来今日还想和谭某再较量一场了？待会儿大事定了之后，谭某一定奉陪，不让钟寨主失望便是！"

钟三壶头一扭，说道："吓煞我的鸟！钟某虽然打不过，但这把骨头不似某些人那么软，随便一顶鸟毛帽子就给收服了！"

谭大年脸色愈加难看，心里想道："早知道你这么不懂事，刚才比武时就不必对你客气了。且让你这鸟蛋嘴上占一下便宜，到时老子有你好看的。小不忍则乱大谋，今日且先放过你。"转头对试剑石寨寨主何打铁说道："何寨主，我和叶寨主、欧阳寨主都是愿意归顺朝廷的，接下来该你和许寨主两老表说一说了！"

试剑石寨寨主何打铁和鬼面寨寨主许黑狗是一对姑表兄弟。何打铁武功高强，在寨九坳是排名前几位的高手。许黑狗一向尊敬表哥，何打铁的意见，其实也就是许黑狗的意见。在此前讨论推举总寨主时，何打铁和许黑狗是明确站在风声鹤这一边的，所以，谭大年说这话，其实是明知故问。只要何打铁、许黑狗答应和他们一起归顺朝廷，剩下一个陆观音保即使不明确表态跟他们走，至少也不会支持云鹏飞。这么一来，云鹏飞那边以四对五，还是属于少数。到了这个时候，如果他们还不肯听从风声鹤这伙人的意见，便只能乖乖退出寨九坳了。

云兴鹏、蓝江南、钟三壶、董二秀和场中宾客都知道，若是按欧阳福春提出的办法，寨九坳很快就要被风声鹤交给赣州官府了。可大家一时间却又不知如何反驳，正想着应对之策，何打铁已接着谭大年的话茬说道："既然这事按大多数人的意思来定，那我们哥儿俩也说说吧。听了风兄弟以及谭寨主你们几位的这番想法之后，我已经和表弟商量过了：我们支持云总寨主的看法，反对归顺元人朝廷！"

许黑狗也跟着说道："没错，表哥的意见就是我的意见！这一次，我还是听表哥的！"

谭大年头脑一懵，说道："何寨主，你——你恐怕是说反了吧？"

何打铁郑重地说道："这么重大的事情，怎么可能说反了呢？没错，这事，我们和云总寨主的意见是一致的！"他特地把"云总寨主"四个字说得很重，众人都听得清清楚楚。

此言一出，全场无不惊愕。此前，大家都认为，何打铁今日既然呼应叶宇飞几个提出的重新推举总寨主之事，自然与风声鹤是一伙的，按理说事先也接受了风声鹤的封官许愿。云兴鹏自从此事发生之后，更是一直猜测，何打铁与自己关系向来比较微妙，今日之事，风声鹤固然是主谋，何打铁定然也是重要参与者。万万没料到的是，在这生米即将煮成熟饭之际，何打铁竟然临阵倒戈，不与风声鹤他们走一路了。

叶宇飞怔了片刻之后，想到在这个节骨眼上，何打铁的意见非常重要，对他的回答还是颇不甘心，双目盯着何打铁说道："何寨主，你不是答应得好好的吗？怎么突然临时变卦呢？这不像你的行事风格吧！"目光急切，只盼何打铁能够回心转意。

何打铁缓缓说道："没错，我是答应过你们，但我答应的是更换总寨主之事！这位风兄弟事先找我商量时说的是，若是推举他做总寨主，他定要有一番大作为，定要让寨九坳名垂青史，定要让大伙儿过得堂堂正正，不再像过去这些年那般庸庸碌碌，不声不响。何某虽然不才，却也是条热血汉子。回想年轻时，因为爹娘病重，要做孝子，没能跟随文丞相奔赴沙场保家卫国，

诚然是毕生的一件憾事。如果垂暮之年有此机会，像文丞相说的那样'留取丹心照汗青'，那也不枉这一生啊！所以，当风兄弟如此这般鼓动我时，我看他有朝气，有志向，有魄力，确实愿意支持他当这个总寨主。我哪知道这位风兄弟说的大作为，原来是投身元人朝廷做走狗这种丢脸的事！所以，对不起了，道不同不相为谋，你们的'志向'既然是这么回事，请恕何某没法跟你们走下去！"

原来，风声鹤为了做寨九坳总寨主，两年来，一直暗中观察各寨寨主的为人。叶宇飞、谭大年、欧阳福春几人重利轻义，最早被风声鹤用重金拿下，并许以高官厚禄。何打铁为人刚直，在寨九坳威望甚高，加上许黑狗一向又最听他的，所以争取何打铁也非常重要。但此人不贪财，重名声，风声鹤不好用金银拉拢他，便用一些豪言壮语取得他的信任，甚至常常顺着何打铁的意思，表示自己若有机会做个领头人，必将改变寨九坳当前这种沉闷的局面，努力率领大家做出一番前无古人的事业。按风声鹤的设想，待得在叶宇飞、何打铁等人的支持下，自己做上了总寨主，就算何打铁对自己的计划有什么不满，那时生米已做成熟饭，也不用怕他反悔了。没想到，朝廷要招降寨九坳的事提出来之后，不仅遭到云兴鹏等人的反对，连罗汉东等宾客也要多管闲事，以致还要这些寨主们再来表一次态。更没想到的是，何打铁竟然这么硬气，不惜推翻自己此前的做法，改为支持云兴鹏。从何打铁不再把风声鹤称为"总寨主"来看，自然，他是和风声鹤等人彻底分道扬镳了。

叶宇飞听得何打铁把话说到这个份上，心里暗暗叫糟。他本以为自己这边五家对四家，是稳操胜券的，不管云兴鹏他们几个如何慷慨陈词，也不用担心翻盘。没想到何打铁态度一变，自己这边只剩三家，云兴鹏那边则起码占了六家，自己这边反而成了不折不扣的少数派了。若是按照自己这边提出的规矩，那岂不是他们几个要老老实实退出寨九坳了？这可真是搬起石头砸自己的脚，亏大了。

风声鹤眉头一皱，不禁为自己的疏忽大意暗自后悔。但他旋即想道："好在事先还准备了另一套方案，不怕你姓何的临时变卦！拼着以后没那么好管教，今日大不了动用武力先把你们收服了再说！"

云兴鹏却在心里暗暗赞叹："这老何虽然平时和我不大对路，但为人还是正直的，在大节大义面前毕竟并不糊涂。他在这件事情上面态度这么分明，看来风声鹤、叶宇飞他们的图谋未必能得逞了。"心里不禁颇感欣慰。

一直没怎么吭声的陆观音保见场面颇为尴尬，出来打圆场说道："这个，呵呵，这个寨九坳到底要不要和官府合作的事，要不大伙儿再商量商量，也不急这一时？做官固然有做官的好，以前那种自在的日子也未必就不好。呵呵，还望各位寨主慎重考虑。"

叶宇飞瞪了陆观音保一眼，说道："陆寨主的话，一向是说了等于没说。今天箭在弦上，不得不发，风总寨主既然提出了大伙儿改行做官，不干也得干！总寨主是大伙儿推举出来的，不听总寨主号令的，尽可自行离开寨九坳！"

钟三壶不禁冷笑道："可笑啊可笑！刚刚还说听多数人的看法，怎么一下又变卦为总寨主一人说了算了？再说，如今出了这样的事，很多兄弟的想法又不同了！姓风的算不算总寨主，还得大伙儿重新商议呢！"

叶宇飞大怒，说道："姓钟的，你既然这般不识相，今日我就先让你长点教训再说！"出拳便向钟三壶扑去。钟三壶骂道："姓叶的，狗急跳墙了吧？我偏不怕你！"正待出拳相迎，云兴鹏已悄然移步，拦在前面，轻轻一掌推出，将叶宇飞挡住，沉声说道："这里是寨九坳，不许向自家兄弟动粗！"云兴鹏知道钟三壶的武功比叶宇飞差得较远，怕他硬拼之下吃亏，是以出手制止二人动武。

叶宇飞见云兴鹏出手，知道自己在他面前讨不了便宜，不禁为自己一时冲动感到懊悔。他本来并不是这么容易动怒的人，无奈今天事出意料，乐极生悲，以致失态。云兴鹏这一掌倒是让他突然清醒了。叶宇飞想到今日的主角乃是风声鹤，不管出了什么岔子，都有他担着，自己倒是确实没必要过于强行出头，于是轻轻哼了一声，讪讪地退回原位。

场中沉寂了片刻之后，忽听得一个声音悠悠地说道："这天下之事，哪有什么少数多数的道理？照这么说，蒙古人那么少，汉人那么多，天下岂非不应该由蒙古人占了？这般想事的人，真是迂腐不堪啊！依我之见，谁的武功强就谁说了算，这才是最过硬的道理！大伙儿说说，什么时候不是这样呢？"众人朝着说话的人看去，此人正是最初在寿宴上向云兴鹏发难的那个

精瘦汉子。起初，云兴鹏等人以为他是哪个武林门派或绿林山寨派来贺喜的代表，宾客们则以为他是寨九坳哪个山寨的头目。现今看来，此人显然是风声鹤一党的。当初由他率先向云兴鹏发难，无疑也是出于风声鹤的安排。云兴鹏心念一动，想道："为了今日之事，这姓风的不知还安插了多少党徒在这里面？"

果然，这名精瘦汉子话音刚落，又有几人随声附和道："自古以来强者为王，识时务者为俊杰。要干大事成大事，不是嘴上说说就行的，关键时候还是得凭真功夫！""风总寨主好不容易给大伙儿谋了个好出身，谁不要谁是蠢猪！""识相的现在就站到风总寨主这边来，要不然再等刻子[①]就怕你后悔也来不及！""你们这些做客的要么一起站过来，要么不想多事的话，还是尽早回家去！"

云兴鹏定睛细看，其中二人自称是木公剑派掌门郭之峰派来贺喜的弟子，另二人则眼生得很，不知是何方人物。郭之峰在武林德高望重，对门人约束也甚严，他门下弟子谅来不至于大老远跑到寨九坳来干涉别家事务。由此看来，这二人定然是冒名顶替的了。

宾客当中的罗汉东听得他们说话太蛮横霸道，大喝一声："住嘴！"随即破口骂道："哪里来的火板子[②]，活得不耐烦了？可惜寨九坳是风水宝地，没地方用来埋你们这些火板子。你们要死就死到水里，顺着平江冲到赣江十八滩去！"群豪也有人跟着说道："就是嘛！寨九坳还轮不到你们来撒野！别当大伙儿都是傻蛋。"

那两名自称来自木公剑派的汉子突然身形一耸，双双奔向罗汉东，喝道："你要找死，今日我们就先成全你！"

罗汉东跨前数步，骂道："火板子，有种的就过来，看看谁死在前头！"见那二人挥掌从左右两侧夹击过来，身形微侧，让过左边那人，右拳已向右边那人胸口擂去。

罗汉东的"八极金刚拳"以刚猛而闻名于江湖。右边那人见他运拳带

---

① 赣南话，意为等一下。

② 赣南话，意为夭折之人。

风，知道内劲不小，不敢硬接，闪身避过。罗汉东身形斗转，左臂一探，左拳旋即向左边那汉子攻到。原来，"八极金刚拳"不仅刚猛，而且变招极快，高手使用出来，可以随着身法的变化而随心所欲打到任何方向。左边那汉子见他分明在进攻自己的同伴，没想到转瞬间便攻到自己身边来了，一时躲闪不及，只好出掌硬接这一招。只听得砰然声响，拳掌相交之后，那汉子禁不住连退数步，张嘴骂道："好个大蛮牛，力道还不小！"随即冲上去，与同伴继续合攻罗汉东。

云兴鹏冷眼旁观，见这二人掌法相类，显然是出自同一师门。但木公剑派修习的是剑法，何以他们不使出本门招数？这更加印证了他们根本不是来自木公剑派。那么，这二人为何要冒用木公剑派的名义来到寨九坳？看来，风声鹤今日耍出这样的手腕，事先下了很深的功夫，也不知他后面还藏了些什么阴招。

场中激斗甚紧。罗汉东以一敌二，数十招之后，便占了上风。云兴鹏在一旁看了，低声对身旁的曾继和说道："麂山罗家庄虽然人不多，但论武功，在平江两岸，能胜出这位罗庄主的可不多。他的拳法和我们的掌法正是刚柔相济，你们年轻人不妨好好观摩观摩，从中领悟些许道理。"曾继和连连点头，看得更加专注。

三人又斗得二三十招，忽听得罗汉东大喝一声："火板子，去你娘的！"双拳左右开弓，以迅雷不及掩耳之势，分别击中二人肋下。这招"驱雷策电"是罗汉东最得意的招数，若非万不得已，轻易并不使用。那两名汉子不识罗汉东"八极金刚拳"的厉害，万万没想到他突然之间内力暴增，猝不及防，经不起他这重重一击，应声摔倒在地，浑身疼痛难忍，这才知道已然断了几根肋骨。

众人见罗汉东露了这一手，心下皆感佩服。钟三壶、曾继和等人则已然大声喝彩。叶宇飞暗自思忖："这姓罗的正值壮年，功夫比上次所见又更厉害了。以前我或许有可能在百招之外胜他，看今日这气势，便是我亲自上场，只怕也未必有把握取胜了。是我先去耗他一耗呢，还是让风声鹤自己去对付他？"正踌躇间，忽听得那名精瘦汉子说道："这位朋友的拳法果然还不错！应某看得手痒，也想领教领教高招！"

叶宇飞一看这人向罗汉东挑战，心里一喜，想道："这家伙的一手'鬼爪印'用来对付姓罗的倒是再妙不过了，我怎么没想到呢！今日真是有点忙昏了头，竟然比往日心急多了。遇事要有定力，此时更得多忍一忍，让他们先出力再说。"

那自称姓应的汉子足尖点地，人已跃到场中。罗汉东见他身法轻灵，只怕武功比刚才二人高明得多，心里倒也不敢小看他。那汉子面向罗汉东，抱拳一揖，说道："在下应如流，特来讨教阁下的拳法！请问阁下如何称呼？"

罗汉东哼了一声，说道："也不怕得罪你们，我是麓山罗家庄庄主罗汉东！假惺惺的话我们就不必多说了，要动手就请便吧！"

应如流说道："那在下就不客气了！"倏地双掌一晃，张开十指，向罗汉东扑面抓到。罗汉东见他指头暗红，心头一凛，知道这人练的是一门阴毒功夫，当即提振精神，双拳避免与他手指相接，小心与他周旋。钟三壶等人见这个名叫应如流的怪客招式诡异，江湖罕见，远非方才那二人可比，不禁暗暗为罗汉东担心。

云兴鹏在一旁留意观看二人过了十余招之后，已看出应如流使的功夫不是出自江南武林门派。他想起宝华寺的一位高僧曾经与他谈论过，祁连山有一派阴邪武功名叫"鬼爪印"，修习者暗练毒功，张牙舞爪的模样甚是骇人；他们与人动手时，悄然运气于指尖，对手一旦为他所伤，功力深厚者，当时不察，可能在数日之后才发觉自己受了内伤，往往因此延误治疗。云兴鹏细看应如流的招式，果然与这位高僧所说的颇为相似。然则祁连山远在万里之外的西北，与江南武林从无瓜葛，这风声鹤怎么和他们也扯得上关系？由此看来，风声鹤的来头只怕比自己想象的还要复杂。

应如流人长得精瘦，一双爪子偏偏还颇为修长。只见他在场中上蹿下跳，声东击西，身似灵猴，形如鬼魅。罗汉东用"八极金刚拳"与他交手，恰如一个在明处，一个在暗处。若论功力，罗汉东并不输于对手。但罗汉东的武功属阳刚一路，重在进攻，而应如流这门功夫偏偏回避正面交锋。在这种情形下，罗汉东如果一味硬拼，便极易消耗功力，时候一长，稍有不慎反而可能中了对方的招。再看得片刻，云兴鹏、蓝江南、钟三壶等人都不禁为罗汉东担忧，叶宇飞、谭大年、欧阳福春等人则看得暗暗欣喜。

二人斗得七八十招，忽听得"啪"的一声闷响，罗汉东一拳击在应如流后背上。钟三壶忍不住叫了一声："好！"但话音未落，却听得罗汉东"噫"的一声，竟然被应如流抓下一片衣袖。原来，应如流因罗汉东刚刚以一敌二打了一场，耗费了几分功力，自己可以捡个现成的便宜，便心生一计，故意卖了个破绽给罗汉东。罗汉东见对手武功不可小视，久战下去对自己不利，正想速战速决，便瞄准这个时机，一拳击到应如流后背。不料，拳头打到身上，才发现应如流背后竟然藏了一块护身铁板。这一拳自然没能伤到应如流，应如流却趁着罗汉东一愣之际，一把抓向他的左臂。好在罗汉东身法敏捷，及时闪避，才没被他抓伤臂膀，但还是被他撕下了一片衣袖。

如此一来，罗汉东更觉得摸不清楚应如流的虚实，又忌惮他的阴毒手爪，生怕再次中了他的诡计，进攻便更加审慎了，转为以防守为主。应如流心里暗自得意，一双手爪舞得更加起劲，一些武功不怎么高明的围观者，已看得眼花缭乱。

如此周旋数十招之后，罗汉东颇不耐烦，忍不住再次向应如流发动进攻。应如流"嘿嘿"冷笑，说道："你这大蛮牛，就是拿我没办法！"忽然又一个转身，以背部对着罗汉东。罗汉东知道他背部暗藏了铁板，打下去也伤不了人，正迟疑该当如何对付，却听得"嗤"的一声，自己已然中了应如流一招。这一次，是右肩被他抓了一下。好在此时尚是正月，衣着并不单薄，罗汉东没有被他伤及皮肉。但经他一抓，还是感到一阵火辣辣的疼痛。

云兴鹏心想："听说这'鬼爪印'的功夫，'爪'还是次要的，更厉害的是'印'。使这门功夫者，先用爪迷惑人，让对手只顾着防止被他双手所抓；待得时机一到，他便化爪为掌，运用阴毒的内功，在对手身上狠狠地拍下一印。如果功力不足，便可能被他伤及筋脉，一身武功即使不废，也要大打折扣。罗庄主这门功夫刚猛有余而阴柔不足，他事先又与人斗了一场，加上没见过这'鬼爪印'的诡异功夫，照这样打下去，只怕还是要吃亏。他是我云某的客人，得想个法子把他换下来才好。"正思忖着找个借口让罗汉东退下来，忽听得身旁一人说道："今日大伙儿是议大事议正事来的，个人之间切磋武功之事，留着日后再说吧！"话音未落，众人但见眼前两道人影一晃，已有两名老者落在场中。说话的那人已冲到罗汉东与应如流之间，双掌一伸一

缩之间，将应如流引开了数步。这人出掌极快，场中除了数名高手，多数人根本不知他用的是什么手法。另一人则对着罗汉东说道："罗庄主且住手！"张开双臂将仍要上前的罗汉东拦下。

云兴鹏心里一喜，暗道："有此二公出手，将此僵局解开，真是再妙不过了！"

原来，出场劝架的这二人，正是三名"中人"当中的长洛帮帮主钟元正和崆峒山沙石庄庄主谢琦。邝光扬、钟元正和谢琦三人被选为"中人"，武功见识自然不凡，早就看出应如流的武功甚是邪门，久战下去，罗汉东难免吃亏。他们同为江南武林中人，当然不忍见到罗汉东在自己眼前被那远道而来的怪客欺负，于是低声商量之后，由钟元正和谢琦出手解困。

钟元正是长洛帮"百花无影掌"的传人。长洛帮本是赣县宝莲山下一个养蜂的帮派。宝莲山北麓有个盆地，四季如春。盆地周边的山岭，长年百花争妍，吸引成群结队的蜜蜂穿梭其间，成为当地一景。这里各个村庄的人们便以养蜂为业，久而久之结成一个武林帮派。当地尤以乌桕树为多，因为花源富足且品质上乘，所产蜂蜜尤其是乌桕蜜闻名遐迩，曾被地方官进献朝廷。长洛帮先辈从蜜蜂的习性中悟得一套掌法，取名"百花无影掌"。这套掌法以快捷见长，招数变幻莫测，使出来端的是来无影去无踪，曾经在武林名动一时。但钟元正处事低调，尤其是年岁渐长之后，很少在江湖上与人动手，是以后辈当中见识过这套掌法的人并不多。他用这套掌法接下应如流数招，掌风飘忽，游刃有余。应如流惊愕之下，见钟元正双掌使得神出鬼没，迅捷无比，摸不清楚他的底细，不禁心生怯意。钟元正趁机说道："这位应兄弟且听老朽一言，就此罢手如何？"

应如流见钟元正虽然是六七十岁的人了，但脸色红润，精神矍铄，与自己动武时说话仍从容不迫，一套掌法又甚是怪异，自忖没有把握胜得了他，便哈哈一笑，说道："既然前辈出面了，好说，好说！"倏地跳开两步，退回一旁去了。

罗汉东被谢琦拦下，他当然知道谢琦是为自己着想，也知道自己一时之间奈何不了应如流，便收招止步。待得见应如流在钟元正面前知难而退，罗汉东低声向谢琦说了一句："有劳谢前辈关心！"便也退回原位。

叶宇飞见应如流即将取胜之际，钟元正和谢琦跳出来做了和事佬，心里甚是懊恼，暗暗骂了二人祖宗几代。但他也知道这二人与尚未出手的仙峰谷主邝光扬在武林威望甚著，武功高强，自己是拿他们没办法的，当然不敢挑明了得罪他们。正琢磨着下一步该怎么办，忽听得一阵马蹄声自远而近传来，寨门外有人喊道："报——报总寨主！"但见一骑飞奔而至，一名劲装壮汉跳下马，急匆匆冲进场中，向云兴鹏拱手行礼。

叶宇飞认得他是将军寨的一个小头目，向他喝道："总寨主在此，别糊里糊涂地认错了人！"伸出右掌引向风声鹤。

那小头目今日在寨外轮值，不知寨里发生了重大变故。听得叶宇飞这般呵斥，他不禁一脸懵懂，看看云兴鹏，又看看风声鹤，一时不知所措。

将军寨寨主谭大年对他说道："叶寨主没说错，我们刚刚重新推举了总寨主。如今寨九坳是风总寨主当家了！你有何事……"

钟三壶厉声打断谭大年，说道："胡说八道！如今只有你们几个才认这姓风的为总寨主！我们认的还是云总寨主！"谭大年、欧阳福春听得钟三壶这般说，当即和他争吵起来，场面一时嘈杂喧闹。

云兴鹏见那小头目满脸焦急，知道他有急事禀报，出声喝道："都别吵了！先听一听是什么情况再说！"他这次用上了"佛门狮子吼"的内功，登时将谭大年等人的声音压下去。

风声鹤见这个在外值守的小头目急匆匆赶回来，心里有数，脸上却不动声色，接着云兴鹏的话说道："谁是总寨主，待会再争论也不迟。且听听这位兄弟有什么急事需要禀报。"

那小头目这才镇定下来。他在惊愕之间也不知道该认谁为总寨主，索性向云兴鹏、风声鹤分别施礼之后，说道："前哨兄弟打探到，兴国方向有大队官兵开向寨九坳！看样子，他们可能将不利于寨九坳！"

此言一出，全场登时如炸开了锅，许多人已脸露惊慌之色。钟三壶叫道："还争什么谁是总寨主了？大伙儿赶紧想办法抵御官兵才要紧！"何打铁也说道："要是叫官兵趁机把寨九坳端了，那可什么寨主也没了！"董二秀向那小头目问道："你们有没有打探到官兵大概来了多少人？要是他们人太多，

我们可得想想最好的办法到底是什么，该迎战还是该撤离？"

那小头目说道："前哨兄弟说，他们已悄悄打探了，官兵少说也有三四千人！"陆观音保闻言，倒抽一口凉气，颤抖着声音说道："这这……这可糟糕了，这么多官兵要打过来，那可怎么办哪？"

蓝江南对云兴鹏说道："这么多年来，我们和官府相安无事，我们不扰它，它也不打我们，怎么今天他们突然派兵进犯寨九坳？这事大有蹊跷啊！"

云兴鹏说道："我也正是这样想。年前，我们就打探到，兴国县那边陆续聚集了几批官兵，似乎是从几个县调集过来的。但我想，寨九坳一向低调行事，也没惹过什么事，官兵不至于如此兴师动众与我们过不去，按理说他们应该不是冲着我们来的，所以，我也就没把这太当回事。但尽管如此，我还是想过，万一官兵要来对付我们，我们该当如何对付，此事须得未雨绸缪。按我的想法，如果官兵人数多，寨九坳与他们硬拼可不是办法，恐怕得往大山里躲一躲了。"寨九坳虽然山峦众多，但这些山都不算高，躲藏不了那么多人，往南边数十里的龙王寨则是高山密林，官兵难以进入。龙王寨一带的土龙庄、里龙庄等几个庄主与云兴鹏交情都不错，云兴鹏早就与他们商谈过遭遇强敌互相声援之事，所以，此时听得官兵大举来犯，云兴鹏心里便盘算着让大伙儿往土龙、里龙那边撤退。

却听得谭大年叫道："官兵马上要围剿寨九坳了！寨九坳众家兄弟，请不要再吵了，大伙儿听风总寨主统一指挥。今日来做客的各位朋友，还是趁着官兵暂时没到，赶紧动身回家去吧，寨九坳可不想连累大伙儿！"

前来给云兴鹏祝寿的客人及其随从，少说也有三百人。听了谭大年这番话，多数人感到颇有道理。这些山寨、帮派的住地离寨九坳远则数百里，近则十数里，势力远不及寨九坳，放在平时，当然不是官兵关注的对象。但如果他们在寨九坳公然与官兵交手，那就难免要惹祸上身了。更何况，就算大家一起上，也是寡不敌众，抵挡不了数千官兵的进攻。所以，谭大年这一说，已有上百人答应道："谭寨主说得在理，我们可不能拖累了寨九坳的兄弟们，大伙儿还是赶紧各自撤离为好！""还望寨九坳的兄弟们也赶紧撤退到隐秘之处！我们就不耽误大伙儿的工夫了，先行告辞！""留得青山在，不怕没柴烧。寨九坳的兄弟们多保重啊！大伙儿后会有期！"说罢，这些人纷纷走出寨门,各自离去。另有一些人稍稍迟疑,随后也跟着前面那些宾客往外走去。

罗汉东高声说道:"远方的朋友但走无妨,大家一路小心!我罗家庄离寨九坳这么近,罗某既然来了,就不可置身事外。我要和寨九坳的兄弟们一起商量御敌之策。"

云兴鹏说道:"罗庄主这等情谊,我等领了。但大敌当前,大伙儿还是能撤离的就尽早撤离,不必硬拼。罗庄主也该回家安排一下,以防不测。"

罗汉东说道:"罗家庄与寨九坳唇齿相依。如今官兵图谋对寨九坳不利,罗某岂可袖手旁观?可惜分身乏术,否则,如果寨九坳决意与官兵大战一场的话,罗某当将庄里人员悉数调到这里来,与大伙儿同生共死才是。"

云兴鹏见他执意不走,心里想道:"罗家庄离寨九坳不远,而且与寨九坳一向亲密,他不走也好。倘若风声鹤他们要搞什么名堂,我们这边还可多个帮手。如今是躲避官兵进攻容易,提防这几个家贼下黑手倒更麻烦些。"便点头应允。叶宇飞见云兴鹏已答应下来,尽管他不希望罗汉东留在寨九坳,但也不好多说什么了。

邝光扬、钟元正、谢琦也提出留下来与寨九坳众人共进退,但云兴鹏考虑到他们三人武功虽强,毕竟年事已高,若是真的要和官兵正面交锋,难保万无一失,是以再三劝他们撤离。叶宇飞等人正担心他们留下来对自己这方不利,见云兴鹏不同意,心里窃喜,也附和着说了一大通冠冕堂皇的漂亮话,总算和云兴鹏他们一道,把这三人劝退了。

片刻间,贺客走了十之八九。各寨寨主已派人通知各自所属,齐集于象山寨、马鞍寨之间的空地,听候命令。

叶宇飞跳到旁边一块大岩石上,大声说道:"大队官兵正向寨九坳进发,大伙儿听风总寨主指令!"云兴鹏寿宴发生重新推举总寨主的变故,此事已过了近两个时辰,寨九坳各寨的大多数人已得到消息,所以叶宇飞要大家听风声鹤的指令,众人倒也没感到惊愕。

钟三壶接口说道:"这话不对,这姓风的我们不承认他是总寨主!大伙儿应该听的是云总寨主的号令!"象山寨、马鞍寨、定光山寨等几个寨的寨众也跟着喊道:"听云总寨主的!听云总寨主的!"

叶宇飞骂道："死到临头，还要嘴硬？"手一挥，狮子寨、将军寨、酒坛山寨等几个寨的寨众跟着他高声喊道："我们听风总寨主的！听风总寨主的！"

云兴鹏眉头一皱，沉声说道："莫吵了！事情紧急，我们怎能还为这等名分之争而延误时机？大伙儿都别闹了，当务之急是定下应对策略。先让风兄弟说一说他的想法吧！"他的"佛门狮子吼"功夫运用出来，果然大有震慑力，众人很快安静下来。

风声鹤徐徐走前几步，说道："据前哨兄弟打探，向寨九坳进发的官兵，少说也有三四千人。我们寨九坳能够上场打仗的总共也就千把人，还有那么多不会武功的老人、妇人、孩童需要有人照料。大伙儿觉得我们可能打得过这数千官兵吗？有必要和他们血拼吗？"

众人听得形势如此严峻，你看我，我看你，不约而同地说道："当然打不过！""没必要血拼！"

风声鹤微微一笑，说道："那就对了！既然打不过，拼命也是白拼，然则如何是好？大伙儿聚集山林，不就是为了讨口生活吗？如果有好的营生，又何必和人家拼命，对不？"

钟三壶说道："又来了！姓风的，说来说去，你还是要大伙儿投靠官府，做他们的走狗是吧？我还是那句话：不答应！"

风声鹤冷笑两声，说道："事已至此，恐怕已由不得你了。今日之事，不答应也得答应，否则只有死路一条！"

钟三壶怒道："你威胁我？少来这一套！老子早就豁出去了，大不了和官兵拼个你死我活，打死一个保本，打死一双有赚！"

忽听得一人哈哈笑道："像你这般又臭又硬，八成没有好下场。只怕你还没来得及见到官兵，便要去见阎王呢！"说话的正是那个不知来路的应如流。

云兴鹏低声对钟三壶说道："钟寨主少安毋躁，且听他们怎么说。"钟三壶见云兴鹏甚是镇定，估摸他自有主意，便不再吭声。

风声鹤见钟三壶不再说话，目光横扫全场，说道："长话短说，咱们就打开天窗说亮话吧！今日之事，相信大伙儿心里也猜到了几分。没错，我和叶寨主等几位，早就商量了要给大伙儿谋个好出路，那就是接受官府招安，风风光光过日子！我知道，有些兄弟一时想不通，这也难怪，谁叫大伙儿这么多年都习惯了一根筋想事呢！不过，这事也好办，多想几遍，我看也就想通了。要是实在想不通，那就自己离开寨九坳另谋高就也行，只要不和官府作对，我们也不为难他。但不管是谁，要想在寨九坳添乱，阻挠大家过好日子，那我们可不答应了！所以，各位兄弟，现在就给自己拿定主意，是走是留，及时给个准信儿。否则，待会儿我们请来的官兵到了，你再叽叽歪歪的，可别怪风某人不客气！"

听了风声鹤最后一句话，除了叶宇飞等几个，众人更加震惊不已。风声鹤不仅在内拉拢了叶宇飞等人，在外还勾结了官兵作为强援，此人之阴险狠毒，远超众人想象。有些人想到自己其实早已落在风声鹤的掌握之中，心里登时涌出一股惧意。

云兴鹏喝道："果然是你小子设的局！"倏地冲到风声鹤身边，一招"追云逐电"，直抓他的琵琶骨。原来，云兴鹏听得官兵向寨九坳进发时，便疑心这是风声鹤勾结官府的结果，但他因为此前对风声鹤好感太深，又恐怕此事纯属偶然，是以还是不敢把话说得太死，便让风声鹤继续说下去，看看他与官府的关系到底已走到了哪一步。如今，风声鹤自己亲口说出来，这些官兵是他"请"过来的，那么，如果不把风声鹤及其党徒拿下，即使寨九坳众人愿意退往龙王寨大山，也是万万走不成了。于是，云兴鹏当机立断，决定擒贼先擒王，出其不意把风声鹤抓在手中再说。以他对风声鹤武功的了解，若非像这般突然袭击，那是断然没有可能一招制胜的。

却听得风声鹤冷冷地哼了一声，双肩一缩，云兴鹏失之毫厘，没能抓到风声鹤。云兴鹏暗道："可惜！"他知道这一招没能得手，自己要胜风声鹤的话，起码要五十招以外了。想到大队官兵正在向寨九坳赶来，此事耽误不得，他只好连出狠招，招招攻向风声鹤要害。

风声鹤左躲右闪，将云兴鹏这些招数一一避过。云兴鹏步步紧逼，不给风声鹤还手的机会。忽听得人群中一人叫道："风兄接剑！"白光一闪，一柄长剑向风声鹤飞来。风声鹤右手一抄，将长剑接在手中，喝道："姓云的，叫你见识见识风某的剑法！"

云兴鹏一愣，想道："这姓风的最拿手的武功是嵩阳秦王棒法，在这危急时刻他怎么使起剑来了？"手下更不迟疑，右掌一招"裂石穿云"，向风声鹤胸口击去。

风声鹤并不闪避，剑尖一抖，疾刺云兴鹏右腕。云兴鹏见他来势甚快，知道如果不收招的话，自己虽然能击中风声鹤，但势必伤在其剑下，相较之下吃亏更大，只好收掌护胸。风声鹤剑锋一转，呼呼有声，连连向云兴鹏周身刺来。云兴鹏见他剑招绵密，不敢大意，小心周旋。

这几年来，云兴鹏和风声鹤也常有切磋武功，对他的嵩阳秦王棒法倒是比较熟悉。风声鹤武功招数虽然厉害，但功力却比不上云兴鹏，所以，每次他们比试时，都在五六十招左右分出高下。但如今风声鹤长剑在手，二人过招十余个回合之后，云兴鹏才发现，这人的剑法甚是精妙，远在他的棒法之上，只怕寨九坳无人及能。然则他何以对自己最拿手的功夫一直隐藏不用？显见得，这人处心积虑，早就料到有这么一天要和云兴鹏以真功夫相见，是以故意留了一手，在云兴鹏面前隐瞒了自己的得意武功。

云兴鹏暗道："难怪这家伙这么有底气，原来他以前所显露的功夫，最多只有七八成，以致大家都错估了他的实力。从他出剑的气势来看，这家伙的功力也比我估计的要高。如此看来，我要取胜倒是很不容易了。也不知他还有多少同伙混进寨九坳来了？那个姓应的武功不弱，如果这姓风的多几个这样的帮手，我们这边的胜算就更小了。这可真是糟糕！"他因为心事重重，出手难免不似平时敏捷，好几次差点被风声鹤的长剑刺中。

蓝江南、何打铁、罗汉东等人见云兴鹏出手相斗风声鹤，竟然没有占到上风，大感意外。在他们的印象中，风声鹤的武功虽然算得上是一把好手，但与云兴鹏相比，还是有差距的。但如今看来，他的真实功夫比大家以前所见的强多了，只怕不在云兴鹏之下。如果云兴鹏拿不下风声鹤，今日许多兄弟恐怕脱身都有困难了。

叶宇飞、谭大年、欧阳福春见风声鹤使起剑来，恍若换了一个人，竟然连云兴鹏也占不到他的便宜，不禁心花怒放。这几人被风声鹤利诱，起先还担心风声鹤的武功不足以服众。待得风声鹤言明有官府撑腰，而且带了若干武功较高的同伴混进寨九坳，一切布置妥当，他们心里才踏实了些，认为即使风声鹤敌不过云兴鹏，但加上一个应如流，便足以制服云兴鹏了。至于寨里其他人，有叶宇飞他们几位便足够对付了。后来，没想到何打铁临时反水，叶宇飞等人暗暗比较了一下双方力量，觉得此消彼长，双方可能变成势均力敌了，心里又生出几分担忧。如今见风声鹤的武功超出自己的预料，叶宇飞等人登时信心倍增，谭大年甚至已经想象自己穿起了将军服，在昔日的绿林同道面前威风凛凛的样子。

云兴鹏与风声鹤转眼间已交手不下百个回合。风声鹤正当壮年，气势不减，手中长剑依然新招迭出，咄咄逼人。云兴鹏越打越惊诧。此前，他只道纵算风声鹤图谋不轨，自己单打独斗的话还可以制服他，所以面对变故，依然沉着镇定。动手之后方知，原来此人远比自己想象的厉害，连武功也大出自己的意料，看样子，寨九坳已无人能胜他。云兴鹏不禁暗暗叹道："只怪自己老眼昏花，竟然引狼入室，给寨九坳埋下了这么大一个祸根。今日强敌当前，我要胜这姓风的已是千难万难。我自己一死不足惜，可怜的是连累了众多有骨气的兄弟，当真是对不起列祖列宗了。"想到这里，悲从中来，愈加心灰意冷，出手越来越缓慢，招数也渐渐乱了。

风声鹤见云兴鹏神态沮丧，知道他陷入自责之中，心里喜不自胜。想到自己隐忍数年，为的就是今日，如今大功即将告成，精神为之一振，忍不住一声长啸，剑锋一横，已瞄准云兴鹏一个破绽，向他胸口刺去。

云兴鹏精神恍惚之际，不慎露出一个破绽，当即省悟过来，可惜为时已晚，对方长剑已疾奔而来。云兴鹏虽欲躲避，但已感到身法迟滞，力不从心，只好嗟叹一声："没想到一辈子与人为善，今日竟然命丧小人之手！"

四、青衣剑客

蓝江南等人在一旁看得真切，见风声鹤一招即将得手，云兴鹏已然命悬一线，不禁发出惊呼，却又无能为力解此危局。董二秀更是闭起双眼，不忍直视云兴鹏血溅当场。曾继和拔出长剑，便要不顾一切冲上去与风声鹤拼命。一旁的蓝江南知道他与风声鹤武功相差太远，上前硬拼只有枉送性命，更担心风声鹤借机斩草除根，当即探手将曾继和扯住。

就在这千钧一发之际，众人忽见眼前青光一闪，一柄短剑倏地向场中飞来，"当"的一声，恰好击中风声鹤的剑身。风声鹤但觉手臂一震，剑锋已被这柄短剑带偏，只是斜斜地在云兴鹏的左袖划出一道尺许长的口子。

云兴鹏死里逃生，惊出一身冷汗，迅即退出数步，双掌护胸，提防风声鹤继续攻来。风声鹤被这短剑一阻，知道掷剑者功力高深，心头一凛，收住脚步，横剑在前。那柄短剑击中他的长剑之后，反弹出去，尚未落地，人群中已跃出一名青衣汉子，落在风声鹤五六步之外，伸手将那柄短剑接下了。

那青衣汉子大约二十六七岁年纪，面目俊朗，神采奕奕，在场众人无一人认得。风声鹤在寨九坳数年，寨中人物虽然未必说得上名字，但个个都面熟，知道此人并非寨九坳的人。前来给云兴鹏祝寿的宾客，风声鹤事先也早就暗暗留意过，并无此人在内。如此看来，此人要么是在宾客们离开之后来到寨九坳的，要么就一直暗中躲藏在寨九坳观察动静。风声鹤想道，不管是哪一种情况，此人既然出手救下云兴鹏，那分明是冲着自己来的，要破坏自己的计划了。

风声鹤暗忖，这名青衣汉子能在一瞬间击偏自己的长剑，武功当然不可小觑。但看他这么年轻，按理说功力再高，也未必能胜过自己。前来贺寿的宾客大多数已离开寨九坳，自己这边还有数名高手尚未出手，硬拼下去，收服寨九坳的计划也未必是他能破坏得了的。当下冷冷地向那青衣汉子说道："阁下是何方神圣，插手寨九坳的事务意欲何为？"

那青衣汉子朗声笑道："我就是一个过路的无名小辈，说到'插手'二字，可不敢苟同了！你现在和寨九坳这些兄弟们之间的事，难道还是内部的事吗？我只不过是看不惯你们侵害寨九坳而已！"

谭大年说道："你这小子胡说八道什么？风总寨主是寨九坳的总头领，他怎么是侵害寨九坳？这里不需要你多管闲事！"

那青衣汉子淡淡地笑道："是吗？怎么我听到的分明是大伙儿不肯认他做总寨主？他也正是因为这个才与云总寨主打起来的吧？"

钟三壶说道："少侠说得不错，这姓风的根本不是我们的总寨主！他是混进寨九坳的奸人，一门心思要出卖我们寨九坳的。我们不答应，他就想以武功要挟！"

谭大年骂道："姓钟的'愣脑子'，尽是满嘴胡话！风总寨主是为了大家好，才苦口婆心劝说大家。你不想在寨九坳混了，就趁早滚出去！否则，到时有你好看的！"

钟三壶毫不示弱，说道："姓谭的，该滚出寨九坳的是你！像你这样认贼作父的人，寨九坳才不稀罕。莫说你们未必能得到寨九坳，就算得到了，看你今后在江湖朋友面前怎么抬得起头！"

谭大年大怒，便要冲上去和钟三壶动手。叶宇飞在他肩头一按，悄声说道："钟三壶这'愣脑子'微不足道，现在可不是和他这种人计较的时候！"谭大年心头一省，想到真正厉害的对手可不是钟三壶，便忍住了，不再和他斗嘴。

风声鹤打量了那青衣汉子几眼，见他左手执短剑，右手还握着一把长剑，估计以剑法见长，说道："看阁下这样子，想必是位使剑的行家了？如果你要强行插手寨九坳的事，那就废话少说，亮招吧！"

那青衣汉子说道："在下既然来了寨九坳，见到了老兄这样的剑术高手，

讨教几招是定然要的。但'插手'这两个字，可得原封不动奉还给你了！"

风声鹤忍住怒气，说道："既然如此，闲话少说。阁下远来是客，先请了！"手下已暗暗运劲于长剑。

那青衣汉子哈哈笑道："要说远，我看那还是你远得多呢！你不辞万里来到江南，也真是用心良苦了！大家就不必那么多客套了，有请出招！"

风声鹤心里想道："这小子看来已从剑法上看破了我的师门，对我的来意也看似颇为清楚。不管他是什么人，既然知道得这么多，那就必须设法除去，以消后患！"想到这里，心头杀气升腾，陡地冲上前两步，手腕一抖，长剑已如电光射向那青衣汉子。

云兴鹏不禁轻轻"噫"了一声。原来，风声鹤这一招，比刚才对付云兴鹏还要凶狠，显然一出手就是杀招。风声鹤之所以这么急着痛下杀手，看来是生怕那青衣汉子道破他的秘密，意图杀人灭口。云兴鹏看那青衣汉子年纪轻轻，风声鹤功力老到，只怕他应付不了，只好紧盯二人身法，随时准备出手接应那青衣汉子。

那青衣汉子微微一笑，说道："旋风剑法，果然名不虚传！"右手长剑轻轻一格，"当"的一声正好拦住风声鹤这一招。双剑相交，二人均觉手腕一沉，暗暗佩服对方的功力。

风声鹤心头一凛，想道："我这旋风剑法在江南从没在外人面前使用过，这人怎么识得？看来他知道的东西还真不少，留着终究是个祸患，务必尽早把他打发了！"当即运剑如风，连连施展本门剑法的厉害招数。

云兴鹏、蓝江南、罗汉东等人听得那青衣汉子称风声鹤的剑法为"旋风剑法"，心里一片茫然。他们在江湖上的朋友也不算少了，却根本没听过这门剑法。那青衣汉子说风声鹤不远万里来到江南，众人听了更是愕然，越来越觉得这人隐藏得太深了。

那青衣汉子左右开弓，右手长剑和左手短剑并进，剑法奇峻，和风声鹤叮叮当当转眼间过了数招，打得难分难解。风声鹤心里不禁越发惊讶。原来，这几年，他对赣州一带的武林人士暗暗留意，哪几家门派剑法较高明，都已心中有数。眼前这青衣汉子双剑齐出，剑法变幻莫测，比那几家门派都要厉害得多。而且，以他对剑法涉猎之博，竟然看不出这青衣汉子是哪个门派的，使的是什么剑法。

叶宇飞看到这青衣汉子蓦然现身，心下也是惊疑不定，不知他是什么来头。在寨九坳，只有叶宇飞知道风声鹤武功之强，不在云兴鹏之下，智计更是远胜云兴鹏，所以，他自从被风声鹤暗暗收买后，便死心塌地追随他，坚信他想做的事一定能成功。风声鹤这次带来了几名武功不俗的帮手，即使何打铁临阵反水，叶宇飞也认为自己这边已胜券在握。没想到，现在凭空冒出一个年纪轻轻的青衣剑客，风声鹤与他交手之后，居然一直没占到便宜，还不知他有没有其他同伴进入寨九坳。想到这里，叶宇飞手心不禁捏了一把汗。

激战中，众人听得那青衣汉子说道："久仰旋风剑法快捷凌厉，今日一见，果然名不虚传！阁下使用起来，刚猛有余而绵密稍嫌不足，在本门当中应该算得上一把好手吧？等闲江湖人物，只怕难敌你数十招。"风声鹤被他的长短双剑裹挟，攻势渐少而守势渐多，心里暗暗叫苦，听得他点评自己的剑法，更加心烦意乱。略一分神，竟然"嗤"的一声，被那青衣汉子长剑刺中右边衣襟。好在只是刺了一个小洞，未伤及肌肤。如果是平常比武，风声鹤已算输招，当主动退出争斗。但此时风声鹤恨不得立取对手性命，自然不肯就此罢手，只装着没察觉衣襟被刺，继续全力迎战。

又过得十余招，风声鹤见那青衣汉子攻守有度，自忖仅凭自身剑法，要想取胜殊不容易。他虽然认为今日拿下寨九坳并无困难，但从长远计，还是希望自己能以武功服众，使寨九坳上下从此心悦诚服追随他。在场众人当中，原以云兴鹏武功最高，风声鹤早已想好了对付他的办法，今日使出秘而不用的剑法之后，果然奏效。如今节外生枝，冒出一个使剑的高手，风声鹤虽然感到以武服众的难度增加了，但没显败势之前，他还是要勉力与这青衣汉子一斗到底。

两长一短三柄剑闪烁翻飞，转瞬间又是数十招。风声鹤感到渐渐适应了那青衣汉子的招数，强打精神，连续使出几招得意招式，竟然将守势扭转为攻势。那青衣汉子见他出招雄浑有力，连连退了两步。风声鹤心里窃喜，一鼓作气，更进数步，将长剑舞得呼啸声起。云兴鹏在一旁看了，暗暗想道："这姓风的剑术果然有过人之处。不仅寨九坳，就这平江沿岸的武林人物，只怕也找不出能对付他的人来。如此看来，即使他事先抖露过剑法，我也胜

不了他。没想到这几年，自己身边竟然隐藏了一个这么可怕的人物，真是被人卖了还不知道！"想到这里，更是不禁感到一丝寒气自心底冒出。

　　钟三壶起初见风声鹤在那青衣汉子的攻势之下，毫无便宜可占，不禁喜形于色。随后却见那青衣汉子被风声鹤逼得连连后退，登时焦急不安，暗暗为那青年汉子捏了一把汗。钟三壶恨不得能上前帮一把，可是知道自己武功远不如他们，只有干着急的份，于是不住地叹气。蓝江南拉了拉他的袖子，示意他先安静下来。原来，蓝江南仔细看过了青衣汉子的步伐，发现他虽退而不乱，并非呈现败象，至少尚可支撑下去，所以让钟三壶先别自行乱了阵脚。

　　果然，青衣汉子又接了风声鹤数招之后，大喝一声："旋风剑法，招式已老！该看我出手了！"身法陡变，如痴如醉，两把剑化作一片片幻影，让众人看得眼花缭乱。风声鹤与云兴鹏斗了一场之后，本已耗去不少内力，此时见对手招式突变，颇感力不从心，但觉眼前白茫茫一片，竟不知对方的双剑要攻向何处。风声鹤不禁心里发怵，始知那青衣汉子刚才并不是抵挡不住自己的攻势，只是想让自己把招数用尽而已。直至此时，对方才算真正发起进攻。勉强抵挡片刻之后，风声鹤见对方剑法闪处，竟生寒气，心里更加生出几分怯意。好不容易又挡了几招，正想着招呼应如流上前联手对敌，忽听得那青衣汉子大喝一声："撤剑！"长剑一挑，短剑跟进，"当"的一声，竟然将他的长剑紧紧夹住。风声鹤运劲要把长剑抽出，那青衣汉子却双剑一搅，风声鹤手中剑再难拿捏，登时脱手而去，落在七八步之外。

　　那青衣汉子道一声："得罪了！"收剑止步。风声鹤脸上一红，身形一晃，将刚刚落在地上的长剑操在手中。

　　钟三壶、曾继和等人见状，不禁发出一声欢呼。钟三壶更是忍不住出口赞道："好一个高明的青衣剑客！我老钟在江湖上也算混了大半辈子了，这么高超的剑法可还是第一次见！这下可省得有些人自以为天下第一，可以为所欲为！"这半日来，他对风声鹤弄出的这场变故极其愤恨却又无可奈何，如今见对方主将被这名年轻的青衣剑客击败，登时心花怒放。

　　叶宇飞、谭大年、欧阳福春、应如流等人却是大吃一惊。在他们眼里，风声鹤的剑法已是江湖罕见，寨九坳自是无人能敌。没想到人算不如天算，眼看着风声鹤将云兴鹏挫败，大功即将告成，却突然来了一个莫名其妙的青衣剑客,而且此人这么年轻就已如此厉害。他们自认单打独斗,绝非他的对手,便相互使个眼色,待要上前合斗那青衣剑客。

蓝江南、何打铁、钟三壶等人一直留神叶宇飞这伙人的动静,一看形势不对,当即走前一步。蓝江南冷冷地说道:"这么快就要群殴了么?我们愿意奉陪各位!"叶宇飞见他们这架势,想到自己这边虽然有数名好手,但论总人数,自从何打铁反水之后,倒是云兴鹏他们那边占了多数,当真群殴的话,倒未必占得到什么便宜,一时踌躇起来。

风声鹤见那青衣剑客不再进招,自忖此人剑法高深莫测,实乃平生罕见,即使再打一场的话,结果恐怕也差不多,实在没必要逞匹夫之勇,当下冷冷地说道:"阁下剑法果然高明,在下佩服!不过,今日之事,只怕也不是单凭个人武功能决定的!"

那青衣剑客微笑着说道:"阁下还有什么高招,但管使出来,在下奉陪到底便是!如果不比武功,谈一谈别的也无妨。"

风声鹤向叶宇飞等人打了个手势,示意他们止步。叶宇飞他们知道今日之事,尽在风声鹤的布置之中,既然他说不用打,当然乐得省事,当即退回原位。蓝江南等人本不想把事情闹得太僵,便也随之退回。

风声鹤摆摆手,大声说道:"寨九坳各位兄弟们听着,官兵很快就要到达寨九坳了!大伙儿想想,即使退出寨九坳,躲到深山老林去,又能躲多久?更何况,拖到现如今才走,只怕也太晚了些吧!大伙儿拖家带口的,能跑得过官兵吗?所以,眼前最好的出路,就是大伙儿跟着我们一起,和官兵做一家人,共享荣华富贵,除此别无更好的选择!"

罗汉东骂道:"做你的白日梦!做元人朝廷的走狗,亏你想得出这样的好出路!别说寨九坳的兄弟们,我老罗对这种行径也看不下去了!"

叶宇飞"嘿嘿"冷笑几声,说道:"罗庄主,看在多年来你与大伙儿经常走动的分上,我劝你还是识相点,赶紧回家躲一躲吧!否则,你还要多管闲事的话,只怕再过半个时辰就走不出寨九坳了!"

罗汉东凛然说道:"罗某今日既然到了寨九坳,遇上这等大事,便决意和兄弟们同生死共存亡,即便走不出寨九坳也无怨无悔。你这番话吓不倒我!"

风声鹤说道:"真要继续打下去,我们也不怕!别以为有人能胜得过我

一招半式，就当真能改变大局。大伙儿也见识过了应兄弟、叶寨主几位的武功。我这里还有几位兄弟尚未出手，在这里也不妨让大伙儿先认识一下，省得万一动起手来不知败在谁手里。"左手一扬，人群中又冲出几名短装汉子。云兴鹏等人看他们双目炯炯，太阳穴高高隆起，知道他们都是内家高手。云兴鹏暗忖："如此看来，如果双方骨干人物斗起来，自己这边虽然有那青衣剑客相助，但要完胜风声鹤那方，却也没有十足的把握。"

风声鹤见众人沉默不语，心下不禁暗暗得意，又说道："更何况，还有数千官兵赶来支援我们！大伙儿想想，待会儿官兵把寨九坳包围起来了，与我们内外夹攻，还有逃生的机会吗？这个算盘，不得不打得精细些啊！"

忽听得一人问道："风……风寨主……那个风兄弟，你说的官兵马上要打过来了，但你能担保官兵一定……一定会接纳寨九坳的兄弟们吗？万一这个……这个官兵的想法是要剿灭寨九坳，那大伙儿一不抵抗二不逃跑，岂不……岂不白白送死了？"说话的是一直没吭声的佛盈脑寨寨主陆观音保。

风声鹤哈哈大笑，说道："陆寨主这个就完全不必担心了！事已至此，我也不必瞒着大伙儿了，索性打开天窗说亮话吧！"满脸得色地扫视全场之后，继续说道："大伙儿也许都不知道，我本来就是赣州路达鲁花赤呼罕拔离大人的部属！你们还以为我真是流亡江湖无家可归之人？哈哈！至于那些官兵，本来就是呼罕拔离大人派过来支援我的！我们早就料到寨九坳有些人可能冥顽不化，放着阳关大道不走，偏要一条独木桥走到黑，所以多作了些准备。我这个'武德将军'头衔嘛，其实是可要可不要的，要的话也是给后任总寨主留着；但我给大伙儿争得的武义将军等功名，那可是真金白银实打实的！总之一句话，只要大伙儿听我的，保管不会吃亏！否则的话，这个后果嘛，呵呵，我看也不用多说了！"

此言一出，在场众人再次惊愕不已。云兴鹏、何打铁、罗汉东等人尽管事先早就料到风声鹤和官府有勾结，但万万没想到他竟然本来就是官府中人。如此看来，呼罕拔离把风声鹤安插到寨九坳，可真是处心积虑了。叶宇飞等人此前只知道风声鹤与官府关系密切，还只道他费了这么多心思把寨九坳献给官府，主要是为了自己增添投靠的本钱，没想到他原来就是呼罕拔离的属下。如今听得风声鹤亲口把自己的身份说出来，叶宇飞等人更是心里大感宽慰了。

场中一时嘈杂不堪，有人主张赶紧逃跑，有人主张暂时妥协，有人则主张不管形势如何也要一拼到底。风声鹤看在眼里，微微一笑，说道："官兵马上就要进寨了，大伙儿还有什么好犹豫的吗？我看还是赶紧列队做好迎接大军的准备吧！"

那青衣剑客听风声鹤说得这么有把握，不禁淡淡地一笑，说道："官兵马上要进寨吗？我看不见得吧！反正我是没见到有什么人要向寨九坳这边赶来。"

钟三壶说道："少侠，这事倒是千真万确，不可耽误。少侠可能是从赣州方向过来的，是以有所不知。我们的兄弟刚刚已经探得了数千官兵正从兴国那边往寨九坳进发。"

那青衣剑客说道："赣州那边的官兵固然是没有动静的，兴国那边的官兵，只怕也未必能来了！此一时，彼一时，刚才是刚才，现在他们就未必能来了。"

风声鹤冷笑道："既然你不相信，那就走着瞧吧！兴国城到寨九坳也就数十里路，官兵不会让你等太久的。"

这时，寨外又有马蹄声响起，众人远远地见得一骑飞驰而来。那人到得近前，翻身下马，快跑几步，喘着气说道："禀报总寨主并各位寨主：兴国出来的官兵……"谭大年不等他说完，便迫不及待地问道："官兵是不是已经逼近寨九坳了？"那人接着说道："官兵……官兵已回转兴国县城去了！"

众人认得这人是狮子寨的一个小头目，今日正是他和其他几个山寨的兄弟在兴国方向的前哨轮值。叶宇飞听他这么说，心里一沉，厉声问道："官兵打道回府了？消息是否准确？你可不许胡说八道！"

那小头目急匆匆赶回，尚不知道寨九坳已于此前刚刚发生巨大变故，一脸茫然地说道："千真万确，属下看到他们突然之间匆忙调头回去了，这才快马加鞭回来禀报，以免众兄弟白忙乎一场。"心里不禁嘀咕："官兵退却了，大伙儿应当高兴才对呀，怎么叶寨主反而看起来很生气呢？"

那小头目见叶宇飞脸色愈加阴沉，只道叶宇飞怪他走得仓促，没有把情况摸得更细致些，便讷讷地说道："我们还有三名兄弟留在道上观察。如果官

兵有诈，他们会及时回寨禀报的。"

风声鹤、叶宇飞相顾愕然。在风声鹤的计划当中，不管寨九坳这边事成与否，官兵都将开到寨九坳外围，堵住寨九坳的所有出入口。如果寨九坳之内事情进展顺利，官兵便在外面为风声鹤他们壮大声威，让寨众们今后更加老老实实听从风声鹤的号令；万一风声鹤所谋进展不顺，官兵则随时攻进寨九坳援助他们。无论情况如何，并无中途退兵的安排。如今官兵突然退却，定然是哪个环节出现了意外。

那青衣剑客哈哈大笑，说道："看你们闹成了丈二金刚——摸不着头脑了！还是我来告诉你们吧！官兵这是回去保卫兴国县城了！他们再不回去，你们的那些千户、将军、县官什么的可要被刘六十的大军通通捉了去喂狼啦！"

风声鹤脸色一变，向那青衣剑客喝道："你究竟是什么人？在这里瞎说些什么？"虽然声色俱厉，却还是掩盖不住心里的一丝惊慌。

那青衣剑客朗声说道："你不用管我是什么人，我劝你还是管好自己的事再说吧！你如果认为我是胡说八道，大伙儿不妨继续较量较量，且看看到时是你的官兵占了寨九坳，还是刘六十的大军占了兴国城。"

云兴鹏问道："这位少侠所说的刘六十，莫非是宝石山的那位刘寨主么？"

那青衣剑客说道："正是！刘寨主这些年韬光养晦，等的就是这一刻呢！这位使旋风剑法的高人，大老远从长白山跑到江南帮助呼罕拔离图谋寨九坳，却没料到螳螂捕蝉，黄雀在后，刘寨主早就洞悉了他们的阴谋，恰好利用这个机会，趁着兴国官兵后方空虚，要把他们的老巢给端了！若是兴国城今日到了刘六十手上，他们的达鲁花赤大人可是赔了夫人又折兵喽，不知他头上的乌纱帽还能不能保住？哈哈！"

风声鹤听得额头不禁冒出汗来。原来，他本是长白山旋风剑派弟子，因武功出众，被同门前辈推荐给大元皇帝忽必烈的近臣月赤察儿，在宿卫军做了一名指挥使。七年前，赣州发生钟明亮义军占城事件，后来虽然被官兵镇压，但忽必烈认为，文天祥在赣州的影响太深远，当地士民忠于前朝，反抗元廷之举持续不断，务必严加防范，是以对赣州的动态一直非常关注。忽必烈晚年，月赤察儿推荐其亲信呼罕拔离到赣州任达鲁花赤，并安排风声鹤随行协助他收服当地绿林人物，以彻底解决朝廷心头大患。风声鹤到了赣州之后，秘密侦探各地绿林情况，与呼罕拔离分析，当前最有可能像钟明亮那般公然聚众造反并形成气候的是兴国县宝石山的刘六十。而要解决刘六十这支人马，就务必把赣州与兴国之间的要塞寨九坳拿下，这样才方便赣州这边大规模出兵围剿宝石山。为此，风声鹤与呼罕拔离商议之后，定下计策，派人察探云兴鹏举动，伺机打入寨九坳内部。三年前，风声鹤侦知云兴鹏前往零都县钟公嶂华家庄赴宴，借此机会，与同伙上演了一场"苦肉计"，取得了云兴鹏的信任，成功进入寨九坳。哪知道，含辛茹苦已三年，眼看就要大功告成，却被刘六十抢了先机，将自己的计划全打乱了。

叶宇飞也看出了风声鹤神色不对，低声问道："这小子不会是使诈吧？"话虽这样说，其实他自己心里也是信了那青衣剑客的说辞，因为他知道，狮子寨那名赶回来报讯的小头目是不可能说谎的。

风声鹤还没回答叶宇飞，那青衣剑客已抢先说道："我不是说了嘛，如果你们不相信我说的，可以继续打下去呀！打到黄昏时，就定然知道寨九坳将迎来什么客人了！"

众人听得那青衣剑客说得把握十足，十有八九已深信其所言。钟三壶等人心头振奋，已忍不住叫道："官兵来不了，你们就别吓唬大伙儿了！""是要继续打下去么？我们奉陪到底！"众人被风声鹤恐吓了一场，此时听得险情已消除，心里大大松了一口气，登时群情激愤，斗志昂扬。

风声鹤心头转了数转，寻思道："目前寨内出了两个变故：一是何打铁、许黑狗反水，对方多了两个寨的力量；二是平白无故冒出这个不知来头的青衣剑客，此人的武功，自己这边没人有把握胜得了他。按当下的情形，若是双方混战一场，自己这边已不占优势；加上官兵合围的计划又落空了，只怕打下去什么好处都讨不到，还要白白损折人手。至于兴国那边，官兵既然杀回去了，料那刘六十也不至于攻下兴国县城。留得青山在，不怕没柴烧。此事只好从长计议。今日既然无法强占寨九坳，当前最好的计策，看来莫过于走为上。"想到这里，风声鹤打定主意，强作镇定地说道："风某有缘与各位寨主相识，本想为寨里的兄弟们谋个好出路。既然大伙儿不识好歹，有福不享，那风某只好'道不同不相为谋'，不再强求各位了！青山常在，绿水长流。风某就此别过，他日江湖再见！"双手一拍，转头就向寨外走去。应如

流等混进寨九坳的七八名同伙见状，也跟在他后面往外走。

叶宇飞一怔，没想到风声鹤刚才还剑拔弩张、踌躇满志，转眼间就偃旗息鼓、溜之大吉了。他原以为，事已至此，风声鹤和自己这些人反正和大伙儿已闹翻了脸，怎么也得硬拼到底，见个高低。他本来想鼓动狮子寨、将军寨、酒坛山寨的人附和自己，豁出去与云兴鹏他们再斗一斗。如今见风声鹤等人要离场，知道自己几个怎么也不是云兴鹏他们的对手了，留在寨九坳更是只能自取其辱，便对谭大年、欧阳福春说道："既然如此，那我们也跟着风兄弟走吧！"

钟三壶见他们要离开，说道："寨九坳不是饭店客栈，哪能说来就来，说走就走？"便要招呼部属阻拦他们。叶宇飞止步回头，冷冷一笑，说道："真要鱼死网破么？老子今日反正蚀本了，也不在乎和你们再拼一把！"

云兴鹏对钟三壶说道："钟寨主不必管他们。好歹当年也曾兄弟一场，今日且由他们去吧！但愿几位好自为之。"原来，他想到风声鹤他们虽然阴谋未能得逞，但这几人武功高强，若要强行留下他们，必定有一番血斗，难免造成己方伤亡。更何况，如此一来，只怕叶宇飞、谭大年、欧阳福春三人所在的狮子寨、将军寨、酒坛山寨部属与其他各寨之间难免产生嫌隙，对寨九坳日后的和睦稳定大是不利，是以宁愿息事宁人，让风声鹤、叶宇飞等人从容离开寨九坳。

钟三壶听得云兴鹏要放他们走，心下虽然有所不甘，但他也知道云兴鹏这样做，必有他的道理，何况自己在寨九坳说话分量也不够，便狠狠地瞪了叶宇飞一眼，不再言语。叶宇飞几人跟在风声鹤身后，疾步向寨外奔去，身影很快隐没在山石之间。

一场重大危机化为无形，众人都长舒了一口气。云兴鹏说道："狮子寨、将军寨、酒坛山寨的兄弟们听着，你们的寨主虽然暂时想不通，离开寨九坳了，但此举纯属他们个人的私事，和各位毫无关系。请你们三个寨自行推举临时领头人，到时和其他七寨共同参与商议寨九坳大事。"他见叶宇飞等人自行离开寨九坳，担心这三个寨的寨众心里不安，横生枝节，是以先说出这番话安抚他们。这三个寨的寨众多数并不知道今日会有此番变故，原本心里无所适从，待得看到寨主出走，更是惶然不安。此时听得云兴鹏如此一说，方才稍稍宽心，便聚在一旁各自推举临时领头人。云兴鹏经此巨变，又恐风声鹤还有其他阴险手段，当即安排蓝江南、曾继和带领几名小头目到寨九坳两端出入口分别察看动静。

将紧要之事处理完毕，云兴鹏这才和那青衣剑客正式见过，连连向他道谢。那青衣剑客作揖回礼，说道："晚辈姓刘名望北。今日因事发突然，未来得及向云总寨主及各位前辈禀报，擅自进入寨九坳，还望各位海涵！"

钟三壶说道："刘少侠这是说哪里话！今日之事，若非少侠仗义相助，寨九坳可真是要血流平江了！风声鹤这小子搞了这么一出阴谋，还暗暗请来这么多帮手，我们虽然不怕他，但当真火拼下去，难免两败俱伤。"众人齐声说"是"，对刘望北的感激之情溢于言表。

云兴鹏心里想道："近年来赣州一带的年轻武林人物，稍有名气的，我即使没见过，起码也听过，似乎没有像他这般出类拔萃的。不知这年轻人是何来历？"正想问问他的师承，忽听得蓝江南在左近大喝一声："什么人？"跟着便是叮叮当当的兵刃相交之声。

云兴鹏大吃一惊，没想到蓝江南这么快便遇上了敌人，也不知敌人到底来了多少人。他担心蓝江南势单力薄，应付不过来，便对何打铁和陆观音保说道："何寨主、陆寨主，烦请二位和大伙儿暂且留在这里等着，其他几位寨主同我一起出去看看！"带着钟三壶、董二秀、许黑狗和几个小头目便往外走。刘望北和罗汉东也跟在他们后面去了。

转过一处山坳，便见到二人持剑正斗得激烈。其中一人正是蓝江南，他的七十二路"素月剑"，在武林也算是响当当的，在平江一带更是罕有对手，云兴鹏、钟三壶、董二秀等人对此当然非常熟悉。敌人却只有一人，是一名灰衣中年汉子，看他的剑法，从容优雅，攻守兼具，竟然毫不逊于蓝江南。二人已斗了片刻，蓝江南初时嘴里还不时呼喝，数十招后，已是只能凝神应对，不敢有丝毫分心，而他的对手却好整以暇，似乎游刃有余。

云兴鹏等人见敌人没有同伴，心里松了一口气。蓝江南虽处于下风，但暂时尚未露败象，云兴鹏几人也就不急着上前相助，驻足围观二人过招。为防不测，云兴鹏暗暗蓄劲于掌，只待蓝江南一旦形势不妙，便即出手化解危局。钟三壶、董二秀、罗汉东则环顾四周，留意观察是否有其他敌人埋伏于

此。刘望北却不动声色，静静地看着二人出招，时不时微微点头。

蓝江南见云兴鹏等人到了身旁，心里一宽，精神振奋，出招愈加沉着有力。众人但见剑锋闪耀，蓝江南划出的银圈一个接一个，一个比一个快，一个比一个大，直将对手笼罩在白炽的剑光之中。云兴鹏、罗汉东见过的剑术高手不少，此时也不禁暗暗喝彩。刘望北更是出言赞道："久闻素月剑称雄平江，今日得见，果然名不虚传！论剑招之精妙，赣州崆峒门的剑法恐怕也不过如此。"

与蓝江南斗得正紧的那灰衣汉子说道："没错！很多年前就听得素月剑之名，但一直无缘相见。今日得以领教，不亦快哉！"一面说话，一面将长剑舞得蛟龙出水般，在蓝江南的剑光中时隐时现。看这情形，蓝江南的剑招虽然发挥到了极致，却仍未给那灰衣汉子构成任何威胁。

云兴鹏、罗汉东听那灰衣剑客之言，似乎对蓝江南并无恶意，只是想见识他的剑法，便稍稍放下心来，但仍是紧紧盯着二人的身法，生怕蓝江南有个闪失。钟三壶则低声嘀咕道："这家伙要打就打，哪来这么多风凉话！"

再斗得十余招，蓝江南的七十二式招数已堪堪用完，而对方却依然剑锋凌厉，新招层出不穷。蓝江南心里一急，只好重复使出几招厉害招式勉强应付，心里想道："对方剑法明显高于我，可他为何还不尽全力将我击败？再斗下去，我只能愈加相形见绌。此际不是争个人胜负的时候，与其自己输得难看，不如让云总寨主出手看看能否制服他。"正待找个空隙脱身而出，却听得那灰衣汉子说道："七十二式素月剑，今日得窥全貌，真是不虚此行！咱们就此罢手吧，敢问这位兄台尊姓大名？"边说边往后一退，避开蓝江南的剑锋，倏然收剑。

蓝江南一愣，见对方突然罢手，自己显然处于下风，当然求之不得，但又不知对方到底是何意图，便淡淡地说道："多谢手下留情！在下寨九坳定光山寨蓝江南。几手三脚猫功夫，让阁下见笑了。阁下身手不凡，方才所用的应该是大名鼎鼎的'梅川诗剑'高招吧？"

那灰衣汉子哈哈一笑，说道："蓝寨主好眼力！在下宁都谢惟志，所使的剑法正是'梅川诗剑'。江湖上使这门剑法的已不多。能识得这门剑法的，恐怕也只有少数几位使剑的前辈高人了！"

云兴鹏一听，走上前说道："原来是谢大侠大驾光临！谢大侠以'梅川诗剑'饮誉武林，只是我等偏居山野，未有机会一睹风采，真是惭愧惭愧，失敬失敬！"

谢惟志笑道："这位想必就是云总寨主了？久仰久仰！谢某这些年忙于俗务，与武林朋友见面不多，难得云总寨主还记得在下的名字。这次唐突来访，还请云总寨主及各位朋友不要见怪。"

云兴鹏心里想道："这谢惟志当年与钟明亮义军攻打赣州城，在武林颇有名声，只是这些年不知怎的在江湖上没他的音讯了，有人还以为他在与元军作战时阵亡了呢。他使的剑法既然是'梅川诗剑'，那么应当和数十年前的江南第一剑客萧立之颇有渊源。萧立之的门人，谅来不至于是蒙古人的走狗。如此看来，他今日到寨九坳，当是不怀恶意。"于是客气地说道："老朽正是云兴鹏。谢大侠拨冗光临我们这穷山沟，寨九坳真是蓬荜生辉。就是不知谢大侠有何见教？"

还没等谢惟志说话，刘望北笑道："谢大侠此行，目的有二：其一嘛，当然是见识蓝寨主的'素月剑'；其二嘛，恐怕是冲着我来的吧！"

云兴鹏、蓝江南、罗汉东等人微微一怔，不知谢惟志为何特地跑到寨九坳来找刘望北，二人之间到底是什么关系。只听得谢惟志对刘望北说道："你这话说对也不对。和蓝寨主印证剑法，只是我此行的意外收获。说起来，还是将近二十年前与蒙古人打仗时，见识过一位前辈的数招素月剑法，所以这次能在蓝寨主这里看到全套剑招，不胜欣喜。"顿了顿，又说道："但是，来这里找你，倒是确实没说错。看来你已经向人喂过招了，但精力还旺盛着，那就再喂一次吧！"手中剑缓缓举起，竟是向刘望北挑战。

云兴鹏、蓝江南等人面面相觑，说道："这……这……"在他们看来，谢惟志既有侠名，自然是正派人士；而这青衣剑客刘望北虽然此前素不相识，但今日为寨九坳解除危机出了大力，按理说也是侠义道人物。然而他们为何还要作对？云兴鹏等人一时想不明白是何道理，不知如何劝解才好。

刘望北却毫不在意，说道："我就知道你不肯放过我。既然来了，总不好让你白跑一趟，那我就献丑了！"长剑一抖，划了半个圆弧，伴着嗡嗡声

响,已向谢惟志胸口刺到。

谢惟志赞道:"好,内力有火候!"长剑一迎,双剑相交,"当"的一声,二人均感手腕一震。谢惟志心里暗道:"这小子果然没偷懒,内力进境甚速。照这个势头,再过几年,只怕在江湖上少有对手了。"刘望北心里也赞道:"姜还是老的辣。我苦练了六年,他忙碌了六年,但我的内力还是赶不上他。"

二人迅即变招。众人但见剑光闪烁,剑招变幻。二人都是奇快无比的手法,比之谢惟志与蓝江南过招,却又凶险了几分。转瞬间便过了十余招,两柄长剑如双龙戏水,形影不离,一时斗得难分难解。众人正看得入神,刘望北忽地低喝一声,右手长剑横劈。待谢惟志侧身避让时,突地身形一晃,左手蓦地多了一把短剑,剑尖上挑,直奔谢惟志面部。谢惟志赞道:"好!'吹角连营''醉里挑灯'并用,亦真亦幻,看来你这'稼轩长短剑'果然练到家了!"嘴里虽然说着话,手上却丝毫不敢含糊,身形一矮,脚步急移,堪堪将这两招避过。

蓝江南听得谢惟志这么一说,心里一动,自言自语道:"'稼轩长短剑'?那不是早就在武林失传了的剑法吗?当今世上竟然还有人会使用?"他是使剑的好手,对江南各路剑法知之甚广,虽然久闻"稼轩长短剑"是前朝大词人辛弃疾一百多年前在赣州任职时开创的一门奇异剑法,但一直没听说当今还有人懂得使用,只道这门剑法早就在武林中失传了。刘望北此前与风声鹤交手时,其实用的正是这套剑法。但当时蓝江南因为从没见过"稼轩长短剑",更没想过这位年轻剑客能懂得这么高深的剑法,是以根本没往这方面去想。如今听谢惟志说起这是武林难得一见的"稼轩长短剑",不禁睁大双眼注视刘望北的一举一动,生怕错过精妙招式。

习武之人对高深武功有着天然的兴趣。云兴鹏、罗汉东虽然不以剑法见长,但对"梅川诗剑"和"稼轩长短剑"之名并不陌生,没想到这两门在武林罕见的剑法今日齐聚寨九坳一争高下,一时好奇心大起,都巴不得谢惟志与刘望北打得久一点,以饱眼福。至于二人到底是友是仇,一时倒无暇分辨了。

只听得刘望北说道:"在'梅川诗剑'面前,只怕什么剑法也难以占到便宜!"双剑交替,或前或后,忽左忽右,招招直逼对手要害。谢惟志说道:"只要自己本领高超,什么剑法都不在话下!同一门剑法,不同的人使出来便大有分别！"一把长剑舞得像扇子一样，恍如在身前筑起一道铜墙铁壁。刘望北双剑虽然出招精彩，一时却无法找到对方的破绽，剑尖离目标总是失之毫厘。

蓝江南看得出神，不禁赞道："蓝某练了大半辈子的剑，知会的剑客少说也有千百人，像今日这般精彩的比剑，却还是头一遭看到呢！"罗汉东也说道："武功之事，学无止境，果然是一山更比一山高。谢大侠是成名剑客，剑术通神，自是不必多说。这位刘老弟在这般年纪便有如此造诣，前程更是不可估量。真是长江后浪推前浪，我老罗一向不轻易佩服别人，今日却不得不折服了。"

二人的较量，在旁观者眼里成了一场难得的剑法盛宴。钟三壶、董二秀、许黑狗等人武功修为虽比不上云兴鹏、蓝江南、罗汉东，但也看得颇为入迷，不时啧啧称赞。

不知不觉间，少说也过了一二百招，二人依然斗得难分难解。蓦地，谢惟志长啸一声，但见两柄长剑重重地撞击了一下，发出一声闷响。便在这一瞬间，但见刘望北退后一步，谢惟志却原地不动。二人旋即住手。刘望北向谢惟志作揖行礼，说道："还是谢叔叔剑法高明，小侄甘拜下风！"

谢惟志哈哈大笑，说道："错了错了！论剑法，该甘拜下风的是我！你只是被我的内力震退了一步而已。要说到剑法嘛，这个我可不得不认输了！"说罢，拉起衣服右襟，说道："你在我衣服上刺了两个小洞，你以为我不知道吗？但我可是一个洞也没刺成。"

云兴鹏等人不禁相顾骇然。在他们看来，二人剑法迅捷凌厉，可谓各有所长。刘望北能在谢惟志衣襟上刺两个小洞，这份本领固然了不起，但谢惟志在过招如此激烈的状态下能察知这两个小洞，这份功力也算极为罕见了。

起初，云兴鹏等人尚不能确定二人到底是敌是友。待得二人比试完毕，听了他们的对话，方知二人原来早就相识，而且关系甚是亲近。想来二人有些年没有比试武功了，是以今日一见面，便先试招再叙旧。按谢惟志所言，年纪轻轻的刘望北，剑法已然在他之上了。从他能在谢惟志这等高手的衣襟上刺上两剑来看，此言倒也不虚。众人心里都感到好奇："这刘望北才二十来岁年纪，剑术造诣竟然达到这个地步，不知是何方高人教出来的弟子？"

谢惟志见云兴鹏等人脸露惊愕之色，笑着说道："我和望北差不多六年没见过了。他这些年躲在山里跟随高人潜心习剑，所以我急于检验他的进境。功夫不负有心人，六年过去，望北剑法已然大成，在江湖上可以算得上一流高手了，真是可喜可贺！"

刘望北说道："谢叔叔过誉了！望北这几年在两位师父的悉心指点下，剑法确实大有长进，这完全归功于两位师父教导有方。但望北资质驽钝，功夫离各位前辈的期望可还差着一大截。"随即将这些年的经历向谢惟志和云兴鹏等人简要说了一下。

原来，七年前亦即元世祖至元二十六年（公元1289年），钟明亮率义军挺进赣州，在文天祥旧部陈子敬、刘溪等人的支持下，借助文天祥留下的福寿沟秘图，设了个"调虎离山"之计，趁官兵大举围攻赣县宝莲山、后方空虚之时，突然占据了赣州城。此事在江南一带反响极大，各地豪杰因此纷纷起兵响应，反抗元廷。宝莲山冲天寨的刘六十也回到兴国老家，以宝石寨为据点，在那里拉起了一支义军。谢惟志、刘望北按照陈子敬、刘溪的安排，前往兴国协助刘六十守卫宝石寨。不料，钟明亮占据赣州城后，野心膨胀，为了独揽大权，不惜与陈子敬等人翻脸。义军力量为此大大削弱，赣州城不久即被元军攻下，钟明亮兵败投降。此后几经反复，钟明亮义军终被朝廷瓦解。

钟明亮变卦之后，陈子敬急速派了宝莲山的义士刁八月、刁十六兄弟俩前往宝石寨通知刘六十，要他提防钟明亮对宝石寨义军发动袭击。刘六十本想加盟钟明亮义军，得知这一重大变故之后，当即与谢惟志等人在宝石寨严防死守，不给钟明亮可乘之机。所幸钟明亮疲于应付元廷官兵，一时无力顾及其他，宝石寨倒也安然无事。

陈子敬、刘溪等人原本在宝莲山隐居数年。钟明亮与他们翻脸之后，特地派人去宝莲山追捕他们，同时寻找文天祥所遗"祥瑞三宝"的下落。当时钟明亮尚未投降元廷，陈子敬等人仍寄望他光复汉人江山，为了避免双方伤亡，便不与他们正面冲突，一行人连夜弃宝莲山而去。因为"祥瑞三宝"事关重大，自从在江湖传出风声以来，备受朝廷、武林和绿林人士关注，陈子敬等人为了更加妥善地保护好"祥瑞三宝"，决定远离赣州城。他们一路往南，几经辗转，来到距赣州城四百多里的一片群山之中。

某日，在这里一个叫雅溪的秀丽村庄，陈子敬偶遇一位当年的抗元义士。此人名叫何一飞，信丰县人氏。文天祥在赣州奉诏勤王时，他便投入文天祥军中。临安失陷后，何一飞跟随陈继周回到赣州继续抗元。不久，陈继周不幸遇害，何一飞则在激战中负了重伤，于乱军中死里逃生，回到老家，隐居雅溪养伤。伤愈之后，何一飞得知文天祥回师赣州，开府兴国，便前往寻找。到了兴国方知，文天祥已败退岭南。于是，何一飞又一路追寻到潮州等地，但终因路途迢迢，未能找到大军。及至打听到文天祥具体行踪，文天祥已被元军俘获。何一飞正一筹莫展，不久，更传来宋朝君臣在厓山投海赴死的消息。至此，何一飞知道报国无望，长叹一声，遂回雅溪安居。

何一飞忽然认出陈子敬，惊喜交集。得知他们一行居无定所，便指点他们，距雅溪村不远的云峰山，有一个叫狮子寨的山头，山深林茂，人迹罕至，极其险峻隐秘，恍如世外桃源，最是适合武功高强之人隐居。陈子敬闻言大喜，便与刘溪等人在狮子寨住下来。随后，他们请一同从宝莲山撤退下来的豪侠白云翀秘密潜入宝石寨，找到刘六十、刘望北与谢惟志，转达陈子敬的意思，让他们在宝石寨安心等待时机。

刘六十在钟明亮投降元廷后，收缩兵力，退回宝石寨。当时元廷大军驻扎赣州路，刘六十听从陈子敬的建议，韬光养晦，不和官兵打照面，只在宝石寨保存实力。不久，陈子敬、刘溪认为朝廷密切关注赣州路绿林动向，刘六十短期内难以举事，便让刘望北离开宝石寨，前往云峰山狮子寨和陈子敬、刘溪等人相会，跟随他们隐居习武。考虑到刘六十部属当中武功出色之人不多，而谢惟志武功高强，陈子敬让他继续留在宝石寨，帮助刘六十打理一些事务，这样也便于双方互通消息。为了不惹江湖人物注意，谢惟志在外行走时很少以真实面目示人，是以江湖上知道他在宝石寨的人并不多。

陈子敬修习了"祥瑞三宝"中的武功秘诀之后，武功已臻化境，在武林中罕遇对手。刘溪是剑术名家，早年便在江湖上闯出了"百剑通"的绰号，隐居期间与陈子敬互相切磋，武功更是又进一层。刘望北是刘溪的侄儿，习武天赋颇高，到了云峰山狮子寨之后，他与文天祥另几位旧部的遗孤尹传鹏、邹上峰、邹上岭、欧阳章、欧阳贡、朱来福一起，每天跟随陈子敬、刘溪苦练各门武功。不出数年，刘望北进境最快，无论是剑法还是内功，均已

然超出同侪。

　　一晃六年过去，时常来往于云峰山与宝石寨之间的白云狲从刘六十那里带来消息：宝石寨义军经过数年精心准备，已秘密壮大到数千人，将整个宝石山数十座山头全部圈占了。新年之后，刘六十计划正式打出反元旗号，攻城略地，先把兴国县城拿下，接着进军赣州城。义军此时正是用人之际，刘六十日益希望能得到陈子敬的支持。

　　陈子敬闻言，心里也感到振奋。但他经历了钟明亮一事之后，行事愈加谨慎，不敢盲目乐观。刘六十虽然满怀激情，但与当年钟明亮的声势相比，只怕还是有所不如。他能打出反元旗号固然很好，但有多少胜算就不得而知了。不过，刘六十既然有此打算，陈子敬当然不能袖手旁观，置身局外。为此，他决定先派遣刘望北陪同白云狲前往宝石寨，一是察看刘六十的实力，二是给刘六十增添一份力量，同时也可让刘望北在江湖实战中检验一下所学的武功。

　　刘望北与白云狲从狮子寨出发，沿着桃江一路北上，沿途倒也平安无事。从龙南、信丰进入赣县，过了王母渡、大埠、大田几个较大的渡口之后，桃江汇入从零都流下来的贡江。黄昏时节，二人在一个叫六十里店的客栈投宿。这个客栈在赣州城上游六十里处，贡江与从兴国流下来的平江在这里交汇，江面开阔，南来北往的商贾不少。客栈规模也不小，一个大院落，前后三排房舍，都是两层的楼房。吃过晚饭后，二人在客房歇息。刘望北数年没下山，看到这座客栈，不禁想起当年刘溪在宝莲山开的那家宝莲旅舍，往事历历在目，悄然涌上心头。思绪飘摇之际，白云狲忽地向他打个手势，示意他留意倾听隔壁的说话声。

　　刘望北一惊，把思绪收回，隔着厚厚的木板凝神细听邻屋动静。只听得两名房客正在窃窃私语，不时提到宝石寨、寨九坳两个地名，还有云兴鹏、风声鹤几个人名。刘望北对宝石寨当然熟悉，对寨九坳也大致知道其方位，但云兴鹏、风声鹤是什么人，他却没听过。二人贴着墙壁听他们说了半宿，直到隔壁响起呼噜声，知道聊天的人已经睡下，这才罢休。这番话直听得二人惊愕不已。

　　白云狲见刘望北脸露不解之色，便与他悄悄步出客栈，来到一处空旷无人之地，细说原委并商议对策。原来，这二人说的是，寨九坳总寨主云兴鹏次日过六十大寿，他的副寨主风声鹤将利用这个时机向他发难，夺取总寨主之位，然后将寨九坳交到官府手上，为官兵对付宝石寨扫清障碍。届时，他们冒充信丰县木公寨木公剑派弟子，与其他同伙混进寨九坳，适时支援风声鹤。同时，他们还隐约提到，兴国那边的官兵也将与风声鹤里应外合，突然袭击寨九坳。

白云翀告诉刘望北，寨九坳这些年在云兴鹏的统领下，在江湖虽然明哲保身，从不多事，但也不和官府合作。正因为如此，赣州官府和兴国官府视其为眼中钉。只是由于云兴鹏并无公开对抗官府的行为，他们恐怕贸然出兵围剿寨九坳，反而激发平江一带绿林的斗志，是以只好维持现状，听之任之。但目前刘六十势力悄然壮大，官府并非毫无觉察，从他们所图谋之事来看，赣州路达鲁花赤呼罕拔离早已在暗中谋划对付刘六十，而拿下寨九坳正是他们整个计划当中的一环。

二人觉得事态紧急，务必帮助寨九坳化解这场危机，方能为宝石寨免了后顾之忧。但云兴鹏因为不愿意惹事，从不与宝石寨交往，如果他们当面揭发风声鹤阴谋，只怕寨九坳众人根本不信。二人商量之后，觉得最佳方案是，武功较高的刘望北潜入寨九坳，在关键时刻帮助云兴鹏等人对付风声鹤；路途熟悉的白云翀则前往宝石寨，请刘六十利用"围魏救赵"之计，佯装出兵攻打兴国县城，迫使官兵退兵守城，使寨九坳有惊无险。

计策既定，白云翀当即连夜行动，奔赴宝石寨。刘望北则回到六十里店，暗中监视隔壁二人的动静，并于次日尾随他们到了寨九坳。

刘望北到了寨九坳之后，想到自己人生地不熟，便先悄悄地在周边察看了地形，确定风声鹤没有布置埋伏，寨九坳众人也全然不知风声鹤的阴谋。他知道，在风声鹤的真实面目没有暴露之前，自己是没法揭穿他的阴谋的，便一直不动声色冷眼旁观。直到风声鹤图穷匕见，与云兴鹏等人公然翻脸，刘望北这才出手将风声鹤击败。

白云翀赶到宝石寨后，向刘六十说了途中所闻官府对寨九坳图谋不轨的消息。刘六十当然知道寨九坳是赣州城与兴国城之间的要塞，落在谁手上，直接关乎宝石寨的安危，当即决定为寨九坳解围。于是，刘六十一大早便亲

率近两千人出山，做出攻打兴国县城的样子。兴国官长闻讯，生怕做了宝石寨的俘虏，便顾不得配合风声鹤围攻寨九坳了，当即紧急传令，让官兵折回保卫县城。

谢惟志听说刘望北单身去了寨九坳，一则数年不见，甚为想念；二则担心他势单力薄，有所闪失；三则听说他剑法大成，谢惟志自己也是使剑的高手，许久没遇到过像样的对手了，心痒难抑，于是在义军成功吸引官兵退兵、准备撤回宝石寨之际，与刘六十、白云翀说了自己的想法，独身前往寨九坳寻找刘望北。

云兴鹏听了刘望北、谢惟志这番话，才知其中还有这么多曲折。他不禁感慨地说道："我们不惹人家，人家却偏偏要惹上门来。看来，在当今形势下，我们寨九坳想要独善其身，不管寨外事，还真是难呵！风声鹤虽然暂时退却了，但官府定然不会就此放过我们。既然这些麻烦事躲不了，我们今后看来还是要和宝石寨的兄弟们同舟共济、唇齿相依才是！宝石寨若有事，尽管吩咐，我们定当尽力而为！"

蓝江南、罗汉东、钟三壶等人闻言，纷纷点头称是。蓝江南说道："树欲静而风不止，既然到了这步田地，大伙儿也只好豁出去了！"罗汉东也说道："官府欺人太甚，我罗某人早就看不惯他们了。宝石寨若要举事，算上我罗家庄一份！"

谢惟志、刘望北大喜。谢惟志知道，这几年来，刘六十曾经几次打主意想争取云兴鹏的支持，但因为听说云兴鹏不愿多事，担心向他说了反而走漏风声，坏了大事，几经斟酌，只好作罢。没想到，这次被风声鹤他们一闹，寨九坳反而成了宝石寨的盟友，真是意外收获了。

天色已晚，云兴鹏、蓝江南热情邀请谢惟志、刘望北到寨中用餐并留宿。二人本来觉得寨九坳风波已经过去，自己也该离开此地前往宝石寨了，这时听得云兴鹏有意和宝石寨联手，便欣然答应，与他们从长计议今后之事。

五、宝石山

刘望北和谢惟志告别云兴鹏等人之后，从寨九坳直奔宝石寨。刘六十闻报，笑眯眯地迎出来，对刘望北说道："啊呀，望北老弟，六年不见，你这个子长得更结实了！刚刚听白兄说，你这些年刻苦练功，等闲人已不是你的对手了，真是后生可畏！你这次返回宝石寨，我们可真是添了一名得力干将啦！"说罢，连连拍着他的肩膀，喜不自胜。

谢惟志笑着说道："好教寨主知道，望北的武功，我刚才已试过了。谢某的剑法自以为在江湖上也算过得去了，但和望北一比，唉，果然是长江后浪推前浪。我这'前浪'啊，已不值一提啦！"

刘六十惊讶地说道："真有这等事？哎呀，这才六年工夫，进境这般神速呀？由此可见，陈将军、刘大侠的功夫可真是太厉害了！名师出高徒，果然如此！"

刘望北说道："谢叔叔谦虚了，寨主千万莫当真，他是让着我呢。要论真实功夫，我比前辈们还差得远呢！"

谢惟志正色说道："单以剑法而论，你确实已胜过我了。赣州武林当中，崆峒门的刘梦凌剑法算是厉害角色，但我看他也未必比得上你了。以前还有个巴如台，也是个使剑的高手，但他的主子、当年的赣州路达鲁花赤哈伯沙里弄丢了赣州城，被朝廷撤职后，此人已不知所终，多半是离开赣州回北方去了。即使他还在赣州，在你面前恐怕也得甘拜下风了。至于年轻一代当中，剑法能和你相比的，我还真没发现。当然，学无止境，武功再好，也不

可扬扬自得，这倒是一个武林中人应有的品德。"

刘望北肃然说道："谢叔叔说得极是！我一定谨记于心，多向各位前辈好好请教。"

说话间，已到了寨顶。这宝石寨在宝石山众多山峦中最是醒目，山体虽然并不算高，但因三面都是绝壁，只有东侧有路径可上，显得特别险峻，当地人也称之为"头寨"。寨门设在半山腰，两旁都是悬崖峭壁，正是"一夫当关，万夫莫开"。山顶却甚为开阔，密密地建了不少房舍，可容数百人居住。近二十年前的宋端宗景炎二年（公元1277年）五月，时任右丞相、枢密使、同都督诸路军马的文天祥率部从梅州挺进赣南，在雩都大败元军，随后在兴国设立抗元大本营。在此期间，文天祥曾亲临宝石山，并在宝石寨驻扎一支部队。这些房舍，有些便是当年文天祥部属所建。七年前，钟明亮在文天祥余部陈子敬的帮助下，巧占赣州城，各地义军遥相呼应，反元形势一度大好。当时因躲避官兵追捕而远走宝莲山冲天寨的刘六十也回到兴国，拉起一队人马，占领了宝石寨。此地易守难攻，数年来，官兵虽然知道刘六十盘踞于此，但因兵力不足，对他却也只能无可奈何。

刘六十住在山顶正北方向的一座石屋，中间是厅堂，左右两侧是卧房。石屋虽然不算宽敞，但在这荒郊野岭，相对于山里众多的土坯房、茅草屋，也可谓不一般了。刘望北以前在宝石寨住过一段时日，对这里倒是并不陌生。

一名荆钗布裙的中年妇女迎出来给他们倒茶。刘六十对刘望北说道："这是我的'压寨夫人'张氏，你以前没见过，是你走了一年之后才找回来的。"刘望北赶忙重新见过。张氏敛衽还礼，甚是腼腆。

原来，刘六十早年在兴国落草，本来小打小闹过着太平日子。没想到，有一次，因为情报有误，打劫了兴国县令送给赣州路达鲁花赤哈伯沙里的一批产自兴国咸潭村的美味咸菜，惹怒了官府，被官兵围剿。刘六十走投无路，只好去了宝莲山冲天寨投奔表兄叶南潭。刘六十在兴国落草时虽然已与张氏成婚，但彼时在绿林奔波，日子过得并不安稳，便未将她带到身边，仍将她秘密安顿在娘家。刘六十逃亡宝莲山后，张氏一家怕受到牵连，举家搬到深山隐居。待得刘六十在宝石寨立足已稳，便派人打听张氏一家的消息，总算找到了他们的下落。这时的宝石寨已与刘六十当年落草时的情景不可同日而语，刘六十便将张氏接过来一起生活。张氏生性恬淡，为人朴实，在宝石寨帮助刘六十操持家务，倒也为刘六十省了不少事。

三人刚落座，忽听得外面响起一阵粗重的脚步声，随即便听得一人大声说道："下山以来首战告捷，小老弟这几年下的苦功夫着实有用啊！"原来是白云翀闻讯赶过来了。他和刘望北在六十里店分手之后，虽然知道刘望北武功今非昔比，但对他孤身深入寨九坳，还是不免有所挂念。现在得知他击退强敌，安然回到宝石寨，自是不胜欣喜，所以当即前来相见。

四人坐下来，边喝茶边叙说近况。刘望北、谢惟志先后说了在寨九坳的经历，最后说到云兴鹏经此一劫，心头大有触动，已和寨众决定与宝石寨联手，同荣辱共进退。刘六十、白云翀闻言大喜。白云翀说道："望北小老弟一下山，就建下奇功，当真是英雄出少年，了不起呀了不起！日后陈将军、刘大侠知道了，定然要好好称赞一番。"

刘六十重重地拍了一下桌子，朗声说道："争取到了寨九坳，我们宝石寨就可以放开手脚好好干他娘的一票了！我老刘隐忍了这么多年，也该出口鸟气了！"

谢惟志、白云翀知道，自从钟明亮与陈子敬等人翻脸之后，刘六十因为势力弱小，既不能抗衡钟明亮，又不敢招惹官兵，这些年来只好韬光养晦，偏安一隅，关起门来做山寨王。钟明亮于七年前的至元二十六年（公元1289年）正月攻下赣州城后，不久即与陈子敬等文天祥余部翻脸。当年五月，忽必烈派出江淮、福建、江西三省大军合力围攻赣州，钟明亮见寡不敌众，光棍不吃眼前亏，便投降了元军。半年之后，钟明亮觉得时机成熟，又率部造反，转战于江西、福建、广东山区。不久，形势失利，钟明亮再次向元军投降。此后，元军稍稍松懈，钟明亮又突然反水。如此反复数次，直到至元二十七年（公元1290年），钟明亮病死，他的少数残余部属仍坚持与元军作战。约一年之后，他们才被元军彻底消灭。在这期间，刘六十对钟明亮的反复无常颇为不屑，更因他过河拆桥，对宝莲山的英豪翻脸无情，是以未曾参与其事。

两年前，元世祖忽必烈驾崩，新君即位。刘六十认为，忽必烈统一四海，勇武难当，天下英雄莫能与之争锋，识时务者为俊杰，不与之硬拼乃上

策。新上位的皇帝铁穆耳长于深宫，无论如何不可能有忽必烈那种雄才大略，此时举事，最是合适。于是，这两年，他不动声色地扩大宝石寨的地盘，终于把整个宝石山全占据了。

宝石山方圆数十里，有大大小小的山头上百个，都是陡峭的丹岩石山。远眺一座座赭红石山，恍如天宫落下的一堆宝石，千姿百态，蔚为壮观，所以这一片群山得名宝石山。百十年来，这里因地形复杂，恍若迷宫，成为来自不同地方的人们躲避战乱的世外桃源。他们零星散居在各个山坳，有缘则时常走动，无缘则老死不相往来，山外也少有人进来打扰。

刘六十仰头喝了一大碗茶，将茶碗重重地放下，抹了抹嘴角，对刘望北说道："望北小老弟可能还不知道，老哥我这几年，地盘可比当年大多了！整个宝石山，全在老哥的手心掌握着了。先前在这山里住着的人，大多数跟着老哥我入了伙；那些不肯入伙，只想安逸过小日子的，老哥都打发他们搬出宝石山，另谋出路去了。现在这山里，各个山头都驻扎着我们的兵丁，加起来已有好几千人了！你小老弟这几年下苦力练功，老哥我也没偷懒吧？哈哈！"

刘望北心里想道："那些不愿入伙的山里百姓，让他们继续住在这里就成了，何必将他们撵出山去？如此让百姓流离失所，恐非良策。要成大事者，当以百姓利益为重才是。刘寨主此举未免不妥。"心里虽然这样想，但毕竟与刘六十是事隔六年初次见面，如今又看他心里喜欢，不便扫了他的兴，便说道："寨主向来便以勤快利索著称。你不说，我当然也知道你是一刻也闲不住的。宝石寨有今日的盛况，当真是可喜可贺。"心里暗暗想道："待日后找个适当的时机，再劝劝寨主扩占地盘时当善待各地百姓。"

刘六十哈哈一笑，说道："老哥我勤快是勤快，但要不是你这一下山就帮我立下大功，我恐怕也很难尽情施展手脚啊！"

刘望北说道："寨主言重了！我离开江湖好些年，对宝石寨寸功未建，谈何功劳？真是惭愧得紧。"

刘六十说道："我说这话，还真不是哄你高兴。你可知道，这一年多来，为了寨九坳的事，我在心里也起过好几次主意了，可总觉得一筹莫展。"原来，刘六十得知朝廷换了皇帝后，有心效仿当年的钟明亮大干一场，甚至打起了赣州城的主意。但兴国与赣州城之间的寨九坳，与绿林同道的关系甚为微妙。云兴鹏做总寨主以来，既不和官府作对，也不与绿林同道协作，明哲保身，以此赢得了多年的安逸。如果争取不了云兴鹏的支持，刘六十要攻打赣州城就困难重重。刘六十也尝试着请了几名与云兴鹏相熟的说客，试探他的口风，但云兴鹏都是以"多一事不如少一事"的想法回应他们。对他这种拒人于千里之外的态度，刘六十一时无计可施。没想到，这次寨九坳内部闹出了一场变故，凑巧被刘望北遇上，把他们的危机化解了，还一举打通了宝石寨与寨九坳的关节。这对刘六十来说，真是瞌睡碰上了枕头，太称心如意了。刘六十唾沫横飞地把这些原委说完，谢惟志、白云翀也不禁再次称赞刘望北此举功劳不小。

刘六十又对刘望北说道："自从你那年离开宝石寨，惟志兄弟就是我最重要的臂膀了！这些年，偶尔也有绿林同道想打打宝石寨的主意。他们欺负我刘某没什么大本事，正想在我面前吓唬谁呢。结果，惟志兄弟一出手，十招八招地就让那些妄想挑事的人熄了这个念头，甚至心悦诚服地投奔我们，哈哈！要说单是在兴国这一带，惟志兄弟的武功，说是没有对手也不为过吧！"

谢惟志赶忙说道："寨主过誉了，谢某愧不敢当！那几个不知天高地厚的家伙，在江湖上充其量就是二三流的角色，我只是替寨主出手而已，哪有什么功劳可言？再说，天外有天，人外有人；真人不露相，露相不真人。真正的高手多着呢，我这三招两式，躲在山里混混饭吃还马马虎虎，要在武林与人争雄，那可差得远了！"

刘六十笑道："惟志兄弟就是这么谦逊，不愧是老一辈高手'梅川诗剑'的高足。"又指着白云翀说道："当然，除了惟志兄弟，白兄弟对宝石寨也是立下汗马功劳的。只不过，白兄弟不像惟志兄弟这般天天帮我护卫着宝石寨，你一年倒有大半年不在寨里，过得比惟志兄弟自在多了。所以，论功行赏，还是得列惟志兄弟之后，你可别生我的气，哈哈！"

白云翀笑道："我哪敢和惟志兄争功劳？别说我老在外面跑来跑去，就是让我天天守在寨里，我也没有惟志兄这么厉害的功夫，让那些不知天高地厚的绿林同道知难而退呢。"

谢惟志说道："寨主刚调侃我，白兄又来取笑我了。再这样说下去，我可得离开宝石寨另谋出路了。"刘六十等人齐声大笑。四人接着聊了一些其他话题。刘六十、谢惟志少不了打听陈子敬、刘溪等人的近况。得知他们仍在潜心钻研武功，暂时无意出山，二人既感到钦佩，又觉得遗憾。

　　随后两天，刘望北在宝石寨住下后，没事时便在附近的山头走走。整个宝石山区除了宝石寨，还有许多姿态各异的山峰，风光旖旎，意境万千。刘望北在宝石寨周边的中寨、三寨、乌仙寨、坪峰寨、横石寨等处浏览，放眼四眺，但觉目之所见，处处美景。远远近近一座座山峦，如万马奔腾，气吞河山。端详各座山峦，则可发现它们形态分明，或如雄狮，或似大象，或像巨龟，或若犀牛，或状宝塔，或比航船，真是妙不可言。刘望北心想，当年跟随陈子敬、刘溪隐居在赣县宝莲山，那里群峰叠翠，溪涧纵横，仿如化外仙境，美不胜收，常常让人怀念。没想到这宝石山虽然不似宝莲山那般山高林幽，但论及景致，却是别有一番风味。尤其是，各个山峦散布在这方圆数十里之内，犹如一座大迷宫，外人进入，很容易迷失方向。若是两军交锋，则据守此处者，易守难攻，占尽地利。刘望北心里想道："刘寨主当初真是好眼光，找到了这么一个地方开寨立足。他的义军以此为据点，蓬勃壮大指日可待。他日大军主动出击攻城略地，这里也是一个坚固的大后方。"想到刘六十谋划的大事，不禁热血沸腾，巴不得义军早日行动，一举打下赣州城，一雪当年钟明亮草草收场的失败之恨。

　　一个人独处时，刘望北的脑海也会时常浮现一个倩影。她曾经穿着一身碧绿的衣裳，坐在溪涧旁光溜溜的岩石上，与伙伴们一起嬉笑玩水。大家手足并用，在清亮的溪水中拍起重重浪花，溅得头发、衣服上遍布水珠……她与他也算是青梅竹马，心心相印，但见面次数并不多。师父已给他们定下了婚约，至于什么时候能朝夕相处，现在还不知道。刘望北深受陈子敬的影响，心里惦记更多的是家国大事，但安静下来时，他还是难免想一想：她这时在干什么呢？她有没有想念自己呢？但愿她，以及她们，都平安，都快乐……

　　第三天，寨九坳的蓝江南和曾继和前来宝石寨拜访刘六十。原来，刘望北、谢惟志离开寨九坳后，云兴鹏因为在自己手上闹出了这么一场变故，虽然最终没有让风声鹤、叶宇飞等人阴谋得逞，但依然愧疚于心，反思自己多年来的作为，认为这"老好人"其实并没做好，便借此机会执意让贤，把总寨主之位传给了蓝江南，同时把自己所在的象山寨寨主之位传给了弟子曾继和。狮子寨、将军寨、酒坛山寨也因叶宇飞、谭大年、欧阳福春逃离寨九坳，各自推举了新的寨主。

经过风声鹤、叶宇飞等人这么一闹，寨九坳众人也明白，既然身在绿林，幻想既不对抗官府，又不和同道互通声气，最终只能是两头不讨好，难有自己的立足之地。因此，蓝江南与众寨主商议之后，决定正式与宝石寨结盟。云兴鹏虽然不做总寨主了，但声望仍在。蓝江南、曾继和行事，少不了征求他的意见。云兴鹏自身虽然因为年岁已高，无欲无求，但对寨九坳的大事，也并非全然撒手不管。他在退位之前便已提出今后寨九坳当与宝石寨联手对抗官府，对蓝江南他们的想法自是十分赞成。于是，蓝江南便携曾继和亲临宝石寨，与刘六十相商合作之计。

刘六十闻言，不胜欣喜。此前，他只盼寨九坳日后在自己借道平江下赣州时，不从中为难便是。如今，蓝江南表示，寨九坳与宝石寨唇齿相依，患难与共，宝石寨若有重大行动，寨九坳将唯刘六十马首是瞻，尽锐出战，全力以赴。寨九坳不仅地处要冲，人丁也不少，这无异于为宝石山增添了一支生力军。困扰宝石山多时的问题迎刃而解，刘六十兴奋不已，专门设宴盛情款待蓝江南一行，直喝得众人一醉方休。

蓝江南、曾继和离开宝石寨后，刘六十对谢惟志、白云翀、刘望北说道："别看寨九坳能舞刀弄枪的也就千把号人，但云兴鹏平素人缘不错，他们和我们结盟之后，平江一带的绿林中人，多半是会和我们合作的。从寨九坳往龙王寨那一条线的山寨，估计也可以争取过来。如此一来，兴国南部这些山寨，都可以成为我们的盟友了。所以，寨九坳一通，从兴国到赣州城这一路就全通了。尤其是蓝江南亲自前来，其诚意由此可见。"

谢惟志说道："这也叫功夫不负有心人。寨主要成大事，连上天都来相助了！"

刘六十呵呵一笑，说道："前几个月，廖白衣对我说，他看过天相，宝石寨今年可成大事，我还不大相信，以为他只是宽慰我而已。如今看来，廖白衣这老先生的话，还真有些准头呢！"

谢惟志说道："有些天没看到这老夫子了，不知他又云游到哪里了？"

刘六十说道："这次他倒不是云游去了，是我派他去帮我看几个地方，以后也许用得上的。"微微一笑，转过话题说道："寨九坳的事解决之后，还有一件事近期也要处理掉。待我再想一想，到时再和几位详说。这几天，望北小老弟先到宝石山走走，把这里的路摸熟了再说。"

刘望北在宝石山逛了几天，越发觉得此处是屯兵的绝佳之地。这里上百座山峰，星罗棋布，错落有致，道路蜿蜒曲折。外人想要进入这个方圆数十里的区域，原本只有三四个狭窄而隐秘的通道。这些通道，如今都被刘六十修建了山门，派人把守，等闲之人根本无法进入。峰峦之间，溪涧纵横。数百年来，在此地居住的人还见缝插针开垦了不少田地，依山就势开挖了许多鱼塘。刘六十将整个宝石山占下之后，把这些田地、鱼塘也接管下来，分派人手耕种打理。如此一来，即使哪天遭遇官兵围山，寨里也还可以自给自足。

这天，刘望北在谢惟志的陪同下，信步走到腊石寨。这是横亘于宝石山区西侧的一座山峦，其实就是一块巨大的岩石。从山下远远看来，一扇赭红色的绝壁巍然耸立，直插云天，恰如天造地设的铜墙铁壁，让人望而却步。当年，文天祥行军于此，见这里极为险要，便在寨上驻扎了一些时日。据说，后来元军统帅李恒率军围攻文天祥，数日之后，文天祥因军中粮草不足，苦思脱围之策。山外已被元军围得水泄不通，根本无法冲出去，所幸有将士在腊石寨一侧找到一条宽不足一丈的崖缝，可通山后。文天祥于是率部从这里悄悄突围而去。李恒久围不见寨中动静，心中起疑，待得派出武功高手攀上山顶，却发现山上空无一人，文天祥所部早已不知所终。李恒大吃一惊，细察之后才发现这条秘道，但已无可奈何，只好悻悻退兵。此事传扬出去，外人不知究竟，便以讹传讹，说道有天兵天将助文天祥从腊石寨脱险，背起宋军飞离腊石寨。到得后来，又被人传说这道崖缝是文天祥祭告上天之后，用一把大关刀劈出来的，所以后人将之称为"关刀岩"。

谢惟志边走边对刘望北聊起这些并不久远的传说，二人对文天祥当年的壮举不禁喟叹不已。刘望北说道："文丞相劈出'关刀岩'的说法，虽然近乎荒诞，但至少说明在百姓心目中，总是相信贵人自有天助，也期盼老天爷能保佑为社稷操劳的文丞相。刘寨主若是能为光复汉人江山干出一番大事业，以后他的传说只怕也会不少呢！"谢惟志说道："那是自然！到了那个时候啊，我看你这个刘大将军也少不了成为传说中的大人物呢！就是不知道后人将把你传得有多神？"二人不禁哈哈大笑。

　　二人沿着山路往上攀，走过一条险峻的栈道，来到一个巨大的山洞前。谢惟志告诉刘望北，这个洞因为位于腊石寨山腰，大伙儿叫它"腊石洞"。刘望北站在洞口往里看，洞内虽然幽暗，但极为宽敞，依稀可见不少石床、石桌、石凳。谢惟志说道："这个山洞是天然的大屋，住上几百人也不拥挤。据说，当年文丞相刚到此地时，没有屋舍，就是与将士们住在这里。"二人往里走了一段，见这些石床、石桌、石凳都不算很陈旧，仿佛看到文天祥正与将领们在这里商讨军中大事，不由得肃然而立。过了片刻，谢惟志说道："腊石寨还有一个禾仓岩，是当年文丞相他们贮藏军粮的仓库。如今，刘寨主也用它存储了不少粮食。要说起来呀，刘寨主武功虽然未必达到一流境界，却是个胸怀大志的人。早在一年多以前，他便想到了要把事情做大，所以做了大量的准备。不但广招人马，粮草、兵刃也储备充足，只待时机成熟，便振臂一呼，大干一场。"

　　刘望北感慨地说道："六七年前，刘寨主在这里也就聚合了数百之众，当时只盼着钟明亮能成气候，把这里建成钟明亮义军的一个据点。没想到这次重返宝石寨——不，已不仅仅是宝石寨，而是整个宝石山了，刘寨主已今非昔比，看这样子，只怕做到钟明亮那般声势也不在话下了。当然，可不能像钟明亮那样昙花一现，让大伙儿空喜欢一场。"

　　谢惟志说道："有了钟明亮的教训，刘寨主应当不至于像他那样做事。到时候，占据赣州城，少不了请出'祥瑞三宝'，让义军如虎添翼。好在上次陈将军有先见之明，只是提供了局部的福寿沟秘图给钟明亮，文丞相留下的军费尚未启用。但愿这'祥瑞三宝'能真正用在光复汉人江山的英雄志士身上。"

　　二人回想起七年前钟明亮占领赣州城的往事，不胜唏嘘。那时，距赵宋朝廷彻底灭亡已十年，文天祥慷慨就义也已六年。钟明亮高举反元义旗，在陈子敬他们的帮助下，轻松占领赣州城，江南一带应者云集。文天祥当年在赣州前线抗元的盛况再现，各地英豪只道光复有望。没想到，钟明亮进城没几天，便因为权位之争，先是谋杀他们所立的赵宋皇室后裔"复王"赵昆，

紧接着追杀识破其阴谋的刘溪，甚至派人上宝莲山搜捕陈子敬等人，令一众英雄闻之寒心。钟明亮失去了各路英豪志士的支持，在强大的元军面前不堪一击，赣州城很快回到元廷手里。陈子敬为此颇为自责，至今隐居在云峰山狮子寨，不与外人相见。刘望北知道，有了钟明亮的教训，如果不是火候相当成熟，陈子敬是不会轻易相信这些举事之人的。这次他派刘望北下山，虽说是为了支持刘六十的义军，但更重要的还是让他增加江湖历练，同时观察刘六十的才略与人品到底如何。

二人走出腊石洞，信步往山顶走去。驻守腊石寨的头目名叫姜修敏，远远地看到谢惟志上来，带着几名喽啰前来迎接。谢惟志介绍刘望北与他相识。那姜修敏五短身材，满脸堆笑，两只眼睛滴溜溜地乱转，一看就是个八面玲珑的人。刘望北六年前在宝石寨时，姜修敏还没入伙，所以刘望北对他一无所知。但这姜修敏听谢惟志说起刘望北这次是重返宝石寨，当即拱手作揖说道："原来是刘少侠，久仰久仰！当年少侠追随寨主在宝石寨大显身手，兄弟我虽然未得亲见，但后来你的事迹听也听得多了。刘少侠人才出众，武功了得，当真是难得的青年才俊啊！这次重返宝石寨，寨里添了一员虎将，真是令大家备感振奋！"

刘望北客气地向他还礼，心里想道："我当年在宝石寨，根本没做什么惊天动地的事，也不知他久仰什么？我这几年在云峰山狮子寨隐居，跟随师父和叔叔潜心学了几年武功，剑法与内功虽然大有长进，但除了谢叔叔，其他人并没见过，这'武功了得'之说，也是信口开河了。看来这位姜头领油腔滑调，喜欢夸大其词，为人未必踏实。"

谢惟志对姜修敏这种喜欢夸张的性格多见不怪，乐呵呵地说道："姜头领以前说话，或许是在给人戴高帽子，但这次倒真是说对了。望北现在的武功确实是相当了得，只怕在宝石山已难找到对手了。所以，姜头领这次确实说得恰如其分。"姜修敏一愣，起初以为谢惟志是在讥讽自己胡吹乱捧，但看他说得认真，不得不信了几分，打个哈哈说道："谢大哥见笑了，我老姜说话，什么时候也是实话实说，绝无虚言嘛。哈哈，哈哈！"心里却不禁犯起嘀咕："瞧他年纪轻轻，再怎么厉害也不可能超过你吧？我看这次倒是你自己在给人戴高帽子了。"

一路说着闲话，不知不觉到了山顶。刘望北极目远眺，东北方向是宝石山连绵起伏的山峦，云雾飘来，恍如万马奔腾，难怪人们常常传说这里有天兵天将下凡尘。其间还有一汪碧绿，那是宝石山区的天鹅湖。刘望北六七年前曾经去过一次，湖水湛蓝清凉，周围岩洞遍布，景致瑰丽。朝西看，不远处是个人烟稠密的圩镇。刘望北知道这个地方叫"高兴"，是兴国通往泰和县途中的一个重要集镇。往南看去，兴国县城清晰可见，一大片黑压压的房屋鳞次栉比。倘若大队官兵出动，这里的岗哨随时可以发现。刘望北心里想道："难怪官兵拿这个地方无可奈何，他们的一举一动，尽在宝石山的掌握之中。待得官兵开到山外，义军早就根据他们的兵力情况想好了对付的办法。"不禁对刘六十图谋的大业又增了几分信心。

几个人正在东张西望之际，刘望北、谢惟志忽见山下从高兴圩出来的道路上，有两个人架着另一人正在拼命赶路，后面几个人紧追不舍，隐约还听得他们不断呼喝。刘望北说道："看他们的身法，除了被架着跑的那人，其余几人武功都很不错，不知是什么来头？那人又为什么被架着跑？"

谢惟志右掌搭在额前，仔细察看那几个人，忽地说道："前面那两个似乎是杨兄弟和万隆道人，被他们架着跑的是廖白衣老夫子！"姜修敏惊道："那后面追来的几个不知是哪里的敌人？看这样子，廖老夫子他们恐怕不敌啊！"

谢惟志说道："不管后面那几个人是谁，也不管杨兄弟他们打得过打不过，我们都得立即赶过去助他们一臂之力，尤其是不能让廖老夫子有任何闪失！"说罢，对刘望北说道："我们俩现在就动身！姜头领请留在这里观察动静，见机行事。"还没等姜修敏答话，已拉着刘望北向山下冲去。姜修敏知道谢惟志武功高强，料得有他二人过去相助，应当不至于落败，便由得他们去了。

腊石寨虽然是天险，高却不过百丈。谢惟志和刘望北几个纵跃，已到了山下。但廖白衣他们离腊石寨少说也有六七里路，还没等到谢惟志、刘望北过来救援，后面几个追赶的人已逼上来，将他们截住。

那两名架着廖白衣的汉子只好将廖白衣放下，回身护住他。追捕他们的共有四人，呈半圆状将廖白衣等三人包围起来。廖白衣是个年逾六旬的落拓书生，见此情景，忍不住低声说道："礼之用，和为贵。先王之道，斯为美。

各位还是不要失了和气，有话好好商量，好好商量！"

护着廖白衣的二人，左边是个身材魁梧的方面汉子，右边是个束发盘髻的灰袍道人。那方面汉子对廖白衣说道："老夫子与他们讲礼，无异于对牛弹琴；与他们商量，更是如同与虎谋皮。还是别费口舌了，不如养足精神准备跑路吧！"

廖白衣微微摇了摇头，说道："公明仪为牛弹清角之操，伏食如故，非牛不闻，不合其耳矣。杨兄弟，老夫看你平时虽然不读书，明白的道理却也不少呵！那老夫就不再多言了。"那灰袍道人不禁笑道："我说你这老夫子，虽然不习武功，胆量却也不比武林人物小，在这个时候还有心情说笑。"

追捕廖白衣的四个人当中，为首的锦衣华服，执一柄长剑。听得他们三人一唱一和，那华服汉子冷哼一声，说道："我看你们还是老老实实投降，跟我们走吧！你这落第秀才虽然眼前没有功名可取了，但跟着我们家大人，也不会比你们前朝那些进士什么的过得差。至于你们二人，如今我们大人正是用人之际，以二位的身手，自然不会亏待你们的！"

廖白衣摇头晃脑地说道："学成文武艺，货与帝王家。诚哉斯言！惜乎不知帝王今何在？"那华服汉子喝道："你这酸丁竟敢目无朝廷？那休怪我等不客气了！"廖白衣悲伤地说道："朝廷早已沉入海中，你却教我如何得见？"忽地低声唱道："小楼昨夜又东风，故国不堪回首月明中。雕栏玉砌应犹在，只是朱颜改。问君能有几多愁，恰似一江春水向东流！"

那华服汉子不耐烦地说道："既然你等敬酒不吃吃罚酒，那就只好让你们吃点苦头了！看招！"长剑一抖，已向那方脸汉子刺去。他旁边一名长得精瘦的汉子见状，附和一声："手下见功夫最好！大爷早就等得不耐烦了！"双手高举，张牙舞爪地向那灰袍道人扑去。

方脸汉子挥刀一格，挡住华服汉子的长剑。二人旋即变招，刀来剑往，互不相让，越打越紧，叮当之声不绝于耳。那灰袍道人右手持刀，向那精瘦汉子喝道："道爷斩了你的鬼爪子！"一刀当头横劈过去。那精瘦汉子低头避过，笑道："且看是你劈了我的手，还是我缴了你的刀！"徒手对付那灰袍道人，毫无惧色。

四人打成一团，华服汉子的另二名同伴则守在廖白衣身边，以免他趁机逃脱。廖白衣脸不改色，喃喃自语道："世有无妄之福，又有无妄之祸。唉，今日之事，实乃无妄之祸矣！"又说道："祸至后惧，是诚不知。君子之惧，惧乎未始。我至此方知无妄之祸临头，实在称不上君子矣！"正在与灰袍道人交手的精瘦汉子听了，忍不住笑骂道："你这落第秀才，既然知道大祸临头，还有这等闲情之乎者也，果然酸不可闻！"

数十招之后，四人渐分高下。那方脸大汉刀法虽然凌厉，但那华服汉子剑法更是精妙，内力亦比他稍胜一筹，终于迫得那方脸汉子守多攻少，不时后退。那精瘦汉子一双爪子虽然透着阴森诡异之气，但无奈那灰袍道人运刀如风，气势夺人，总是找不到进击的机会，肉爪毕竟不敢与钢刀硬碰，渐渐处于下风，只好以防守为主。

守着廖白衣的两名汉子见精瘦汉子难以取胜，其中一人说道："秦兄，你看住这老秀才，我帮应兄一把去！"那姓秦的点点头，说道："周兄放心，这老秀才插翅难逃。当务之急，还是把这两个蛮牯佬①拿下要紧！"

那姓周的猛喝一声："兀那道人，你这刀法不赖，且让我老周领教领教！"他使的是一把铜锏，一锏砸出，虎虎生风，力道颇沉。那灰袍道人闻声，回手挡了一刀，说道："想群殴的尽管过来！你们就是并肩齐上，道爷我也不怕！"面对二人夹攻，精神抖擞，奋勇迎战。

廖白衣见方脸大汉和灰袍道人身处险境，不禁说道："危乎哉！归家之难，难于上青天！厚者不毁人以自益也，仁者不危人以要名。乘人之危，非仁也！"

那姓周的骂道："你这老学究果然是读书读傻了，谁跟你讲什么仁啊义啊！"那灰袍道人也哭笑不得，说道："老夫子，你就省点心吧，别学那东郭先生的样儿了！"

那精瘦汉子与姓周的同伴联手合斗灰袍道人之后，形势很快扭转。十余招之后，那灰袍道人已左支右撑，只有招架之功。方脸大汉心里不禁更加着急，招式一乱，险些被华服汉子刺中右肋。所幸躲闪及时，只是被他在衣襟上划出了一道口子。

---

① 赣南话，意为野蛮人。

那华服汉子见同伴占了上风，精神大振，急欲尽早把对手击败，于是一鼓作气将拿手招数尽数施展出来，逼得那方脸大汉连连后退。那灰袍道人见方脸大汉险象环生，心里越发焦躁，却忘了自己正独自应对两名劲敌，处境其实比那方脸大汉更危险，一个疏忽，竟被那姓周的一铜打在左肩上。这一铜下手不轻，那灰袍道人登时浑身疼痛不堪，出招便渐渐缓慢无力了。

那方脸大汉见状，说道："师兄小心！我这边还应付得了，不用担心！"说这话时，难免稍稍分心，那华服汉子瞅准破绽，一剑刺出，正中那方脸大汉左臂。好在只是皮肉之伤，那方脸大汉强忍疼痛，咬牙砍出几刀，刀风飒然，用的已是同归于尽的打法。那华服汉子见他豁出去了，倒也不敢大意，稍退两步，微微笑道："老兄何必这么急！咱们还可再切磋切磋嘛，何必为此丢了性命！"

灰袍道人见强敌在前，难于取胜，说道："罢了，罢了！今日我们师兄弟算是栽到家了，可惜没能保护好廖老夫子！"正心灰意冷之际，忽听得一声断喝："鹰犬们休得张狂！有种的再接我几招！"但见两条身影几个起落，已立在眼前。

那方脸大汉和灰袍道人一看，认得其中一人是宝石寨武功最强的谢惟志，说话的则是一个面生的年轻人。二人知道来了强援，心里一喜，登时觉得浑身有力。那方脸汉子说道："谢大侠来得正好，保护廖老夫子要紧！"

谢惟志说道："杨兄弟放心，廖老夫子不会有事的。你先歇一歇吧，且让我来领教一下这厮的高招！"长剑出鞘，已向那华服汉子刺去。

刘望北已认出那华服汉子竟然是曾在寨九坳兴风作浪的风声鹤。他知道谢惟志见到使剑的好手便忍不住要一较高下，便让他先与风声鹤斗一斗。转头见那灰袍道人形势更加不利，刘望北便不再多言，挺剑加入战团。

与灰袍道人交手的精瘦汉子，正是风声鹤的帮手应如流。那姓周的与姓秦的二人，刘望北也在寨九坳与他们朝过相，但当时他们未曾出手，众人也不知道他们叫什么名字，是什么来头。刘望北与灰袍道人合斗应如流和那姓周的。这二人在寨九坳见过刘望北的剑法，知道连风声鹤这等高手都不敌，自己万万不是对手。二人见他赶过来，不禁暗暗叫苦，已然心生怯意。本想见势不妙一走了之，但又不敢抛下风声鹤不管，只好硬着头皮勉强抵挡一阵。

那姓杨的方脸大汉知道谢惟志不愿以少胜多，见他把风声鹤截下，便虚晃一刀，退到一边，让谢惟志与风声鹤单打独斗。那姓秦的守在廖白衣身边，见对方腾出了一个人手，心里不禁惶然。他在寨九坳见过刘望北的武功，知道应如流二人决计不是刘望北和灰袍道人的对手；又自忖武功比不上方脸大汉，此时当然不敢主动挑战，心里但求方脸大汉好好歇息一下，千万别多事。

谢惟志与风声鹤交手之后，很快过了数十招，斗了个旗鼓相当。二人剑法各有所长，功力也在伯仲之间。起先，谢惟志要试试对方招数，未尽全力，双方各有攻守。数十招之后，谢惟志逐渐摸清楚了风声鹤的路数，打起精神，全力以赴。风声鹤见他攻势越来越凌厉，自己渐处下风，心里焦躁，恨恨地说道："你这蛮子剑法虽然不错，但我若不是斗了一场，未必就怕了你！"

谢惟志哈哈一笑，说道："你这话倒是说得不错。论剑法，我们不斗上几百个回合，恐怕分不出胜负；论功力，你未必胜得了我，我也未必胜得了你。但你今日仗着人多，欺负我们杨兄弟，消耗了几分功力，就不得不认输了！"

风声鹤说道："今日我或许要输给你，但你这样赢得也不光彩！有种的哪天再来好好打一场！"

谢惟志说道："你这激将之法虽然不高明，但我谢某堂堂八尺男儿，倒也不得不考虑一下。我若是不答应你，你定然要不服，还道谢某怕了你！既然如此，你划出个道，谢某随时奉陪！"

风声鹤听得谢惟志这么说，心里窃喜，但脸上却并不流露出来，装作淡淡地说道："那好，今日咱们暂且作罢，到时风某再与你公平地打上一场！"倏地退出两步，把剑收了。谢惟志见他不愿再打，虽然觉得还没过瘾，却也只好住手。

应如流此时已被刘望北一柄长剑迫得手忙脚乱，那姓周的也被灰袍道人逼得连连后退。风声鹤向二人喝道："今日之事到此为止，你们还和他们争什么长短？都给我住手！"应如流心里骂道："老子何尝不想罢手？可这小子不肯答应呀，亏你还说风凉话。"那姓周的则忍不住叫道："老大快来助我！这

牛鼻子好生厉害！"

风声鹤当然不便上前相助，轻轻"哼"了一声，看了看谢惟志，等他说话。

谢惟志哈哈笑道："既然对这个当头领的都不计较，又何必为难他下面的人？道兄、望北，你们且听我一言，暂且放他们一马，看看他们还有什么话要说？"

刘望北和那灰袍道人听得谢惟志如此一说，果然收招罢手。应如流和那姓周的已累得气喘吁吁，此时总算松了一口气。

风声鹤对应如流说道："这位兄台剑术高明，我与他将择日公平较量。今日之事，咱们就到此为止。"又转头对谢惟志说道："青山常在，绿水长流，咱们后会有期！"

谢惟志说道："这次大爷我心情好，且放你们过去。下次再遇上，可就没这么客气了！"

风声鹤自从见到刘望北赶过来，便知今日只怕难以取胜。待得与谢惟志交手，发现此人武功不在自己之下，更是只盼全身而退，再无其他想法。如今见谢惟志答应罢手，心里巴不得趁早离开这是非之地，当下不再言语，向应如流等三人挥挥手，扭头便走。

那方脸大汉见他们要走，对谢惟志说道："就这么便宜了他们？谢大侠这也未免太大度了吧？"

谢惟志说道："没事儿，我们堂堂男儿，光明磊落，来日方长，不在乎一城一池之得失。"方脸大汉轻轻叹了一口气，不再多说。

待得风声鹤等人走远，谢惟志对方脸大汉等人说道："这姓风的剑法确实不错，也算是难得一遇的对手了。不过，我让他们走，倒不是为了日后与他较量剑法，而是考虑到廖老夫子在此，不要把这伙人逼得太急了，以致伤了廖老夫子。放过几条走狗算什么，廖老夫子可是我们宝石山的智多星、镇寨之宝，寨主离不开他呢！"原来，谢惟志见风声鹤那边已出手的三人身手都不差，另一个监视廖老夫子的虽没出手，但他既然和风声鹤在一起，自然也非泛泛之辈。如果单纯武斗，自己这边当然稳操胜券，怕就怕他们狗急跳墙，伤到不懂武功的廖白衣，所以也不想节外生枝，乐得让他们尽早退去。

廖白衣在一旁笑道："惭愧惭愧，谢老弟取笑了！百无一用是书生，老朽我手无缚鸡之力，除了给各位添麻烦，还真没派上什么用场。这次成了各位高手的累赘，更是愧疚之至。"

那方脸大汉说道："老先生谦虚了！我们只有几斤蛮力，哪比得上老先生一肚子学问，满脑子主意？刘寨主缺了我们，照样干大事，大不了吆喝几声，多拉几个人入伙；少了老先生，那可至少如同少了一只翅膀，力气再大也飞不起来哩！"

说话间，谢惟志向刘望北介绍了廖白衣等几个人。原来，这廖白衣是兴国三僚村人氏，饱读经书，学识渊博，但在前朝数次参加科举考试而落第。元朝统一天下后，取消科举考试，读书人没了出路，廖白衣便继承家学，潜心钻研堪舆术，天文地理无所不知。

三僚村自从唐朝末年杨筠松率徒定居于此，历经数百年，已成为一个大村庄。杨筠松是唐末金紫光禄大夫，掌灵台地理，为堪舆术大宗师。王仙芝、黄巢起义暴发后，中原吏民大举南迁到赣州一带的山区躲避战乱，成为客家先民。杨筠松亦在此时携带宫廷天文地理秘籍逃出京城长安，来到虔州授徒传业。他足迹踏遍虔州诸县山山水水，勘察风水，救贫济困，被民间称为"救贫仙人"。三百多年过去，赣州各地提到"杨救贫"之名，可谓家喻户晓，妇孺皆知。

杨筠松晚年带着两名弟子常居兴国三僚村。这两名弟子一个姓曾，一个姓廖，如今三僚村的村民都是他们的后人，多以堪舆术为业，成为民间有名的风水师。廖白衣的祖上便是杨筠松的弟子，但他和族人不同，虽然一肚子学问，却不随便给人看风水，所以一般人请不动他。刘六十知道廖白衣的名气之后，效仿刘备三顾茅庐，专程上门请了三次，果然打动了廖白衣。从此，廖白衣跟随刘六十来到宝石寨，俨然成为他的军师。

那灰袍道人道号万隆，是那方脸大汉杨火鑫的师兄。二人本是信丰县小茅山天玄观弟子，两年前投入宝石寨，因武功出众，成了刘六十的得力干将。这次，刘六十派遣二人护送廖白衣到兴国县境内的莲花山、大乌山、覆笥山、秦娥山等几个地方勘察地形，为下一步举事做准备。不料，从秦娥山回来的路上，不知何故，走漏了风声，被官府派出的武士盯上了。廖白衣虽然平时深居简出，官府却早已知晓其人，也知道他颇受刘六十倚重，既然打

听到他的行踪，自然不肯放过。杨火鑫和万隆道人一路上打发了几拨武士。没想到，快到宝石山时，被风声鹤这伙人追上来。好在谢惟志、刘望北及时赶到，否则只怕要遭遇不测。

刘望北也向杨火鑫、万隆道人、廖白衣说了风声鹤的来历。得知此人不仅武功高强，而且智计过人，竟然在寨九坳潜伏了数年，取得云兴鹏的信任，差点将寨九坳谋夺到手，杨火鑫等人不禁咋舌。

谢惟志待得他们把各自的事说了，沉思片刻，说道："刘寨主派几位外出，此事甚为机密，我也并不知情。然则那几个鹰犬如何得知？莫非宝石寨混进了官府的奸细？此事倒是不得不防。"杨火鑫也说道："谢大侠说得非常有道理。听他们的口气，确是冲着廖老先生来的。廖老先生平素少有在江湖露面，按说官府中人和武林中人认识他的少之又少，这些鹰犬们怎么会知道呢？"

谢惟志说道："既然如此，此事我们且别声张，回去后，只悄悄告诉刘寨主就行了。宝石山近年来人数倍增，难免良莠不齐，有的可能心怀叵测，有的则可能嘴巴不牢，把不住风。林子大了什么鸟都有，出这种事也不奇怪，以后大伙儿要多个心眼才是。"

一行人从腊石寨下的山门进了宝石山，也不上腊石寨，直接回到宝石寨。刘六十见廖白衣回来，甚是高兴。听他们讲了途中的经历后，又颇为惊讶。

谢惟志将自己的猜疑向刘六十说了。刘六十低头想了想，说道："我前些天派杨兄弟和万隆道兄陪同廖老先生出山，知道的人倒也是有几个，但他们并不了解他为何出山。连赣州官府的高手都追到宝石山外面来了，这当然不是巧合。看来，以后寨里的事，须得更加小心才是。对那些前来投奔的人，也要多留意些。"

谢惟志见刘六十心情郁然，宽慰他道："宝石山如今在江湖上名声大振，人员也越来越多，纵算混进了个别小人，也不足为患，寨主无须多虑。更何况，宝石山名声大了，官府多派些人手盯着我们，也不足为奇。他们越是提防宝石山，天下英豪就越信任宝石山，这未尝不是好事！宝石山今后更应当打开山门，广迎各路英豪加盟。纵算山里真有那么几条小泥鳅，也翻不起什么大浪。"又说道："廖老先生外出这些天，定然大有心得，我们就不影响二位了！"说罢，与刘望北、杨火鑫、万隆道人退出室外。

刘六十本来觉得谢惟志等人留在室内也无妨，但他知道谢惟志处事严谨，既然他要回避，自然有他的道理，便让他们去了。室内只剩下廖白衣。刘六十问道："先生这次走了几个地方之后，认为我们下一步当如何？"

廖白衣说道："宝石山地方是不错的，如果只是安于现状，那是上上之选。但如今元廷中气渐弱，如日过正午，寨主自然不满足于守着宝石山过安逸日子。以我之见，时机成熟之后，寨主登高一呼，大事定当可成。不过，在此之前，寨主要悄悄地把莲花山抓在手中，王气才不外泄。"

刘六十大喜，说道："先生之言，正合我意。我也听人说过莲花山风水甚佳，但到底是怎么回事，便不得而知。当年文天祥丞相曾在那里开设督府，只是时日太短，未成气候，不知又是何故？"

廖白衣说道："此一时，彼一时。文丞相开府兴国时，大宋气数已尽，丞相虽伟岸，亦然回天无力。如今却是不同，元朝新君继位，气势大不如前，蒙古将士懈怠了近二十年，已缺了当年的虎狼之气。当然，最要紧的，还是莲花山离周边几个县城都远，官兵难以突袭，而在绿林当中此地又位置居中，兴国、宁都、永丰、泰和等数县绿林都对这个地方不陌生。正所谓进可攻，退可守，各地头领聚集也方便。这等地方，当然甚好。"

刘六十压低声音，关切地问道："先生所知，应当不止于此吧？"

廖白衣微微一笑，说道："我把几座大山一一走过之后，观这几个地方，虽有祥光，但唯有莲花山呈天子之气……"说到这里，右手食指竖起，不再说下去。刘六十心头一乐，哈哈说道："天机不可泄露，刘某明白，明白！"

原来，这廖白衣精通堪舆、相卜之术，去年底便曾对刘六十预言，元贞二年（公元1296年）将天下大乱，兴国有天子之气显现，但要找准龙兴之地所在，不能让别人占了。刘六十把宝石寨做大之后，本来便不甘心做一个绿林山寨王，听到廖白衣这个预言，心里一动，于是新年一过，便密遣廖白衣四处寻访这个"天子地"，并派出寨里武功较强的万隆道人和杨火鑫师兄弟陪同。

廖白衣随后将下一步的想法向刘六十和盘托出。当前，兴国境内绿林山寨都已和宝石寨结盟，表示愿意听从刘六十号令，唯有宝石山东北约百里处的蜈蚣山蜈蚣寨，其寨主历氏兄弟仗着武功高强，不仅不服刘六十，还与驻扎在永丰县的官兵暗中勾结，密谋剿灭宝石山。廖白衣告诉刘六十，蜈蚣寨占据的范围内，有个叫"皇帝脑"的小山头。如果这个地方把持在他人手中，必定呈"土星犯帝座"之势，对宝石山今后的霸业不利。更何况，蜈蚣寨嵌在兴国与周边几个县之间，若不扫清这个障碍，刘六十不仅难以守住莲花山，也很难打通宁都、永丰等地的通道。刘六十愤然说道："历氏兄弟不除，终究是宝石山的心腹之患。姑且不说我们要不要干大事，就凭他们和官兵勾结，那便是我们的死敌。先生放心，此事已在我的考虑之中，不日便将彻底解决了他们！"

廖白衣点点头，说道："寨主行事果断，有勇有谋，料来解决蜈蚣寨并非难事。"

正说着，忽有刘六十的亲信来报讯，说外面有一位自称姓甘的汉子，声称有要事，求见刘六十。刘六十闻言大喜，对廖白衣说道："今年真是个好年份，想什么就有什么。我谋划的解决蜈蚣寨之策，其中一面正是着落在此人身上。先生前脚回山，此人后脚便到了，真是天助我也！"对那亲信说道："我正要派人找这位甘兄弟，今日他来得正好，速速请他进来！"

廖白衣说道："如此甚好。老夫先告退，不影响寨主见客。"刘六十说道："先生不必回避，此事还需先生多拿主意呢！"廖白衣便不再多说，继续坐着喝茶。

不过片刻，一名头戴斗笠的虬髯大汉踏进屋里。刘六十走上前去，紧紧握着他的双手，说道："甘兄弟真是来得及时！我正要找人约一下兄弟呢！我们哥儿俩真是心有灵犀啊！"对廖白衣说道："这位甘山枫兄弟，正是蜈蚣寨副寨主。不过，他虽然身在蜈蚣寨，心却在我们宝石寨，哈哈！"甘山枫摘下斗笠，向廖白衣点头致意。刘六十又把廖白衣介绍给甘山枫："这位就是大名鼎鼎的白衣先生，一般人请不动的，现在却是刘某最重要的左膀右臂——不，应该说是刘某的脑袋！"说罢，和甘山枫一起哈哈大笑起来，廖白衣也不禁莞尔。

廖白衣虽然不是武林中人，但他的名气在兴国、宁都、永丰、泰和一带，却比一般武林中人还要大得多，甘山枫当然听说过其人。他心里想道：

"连廖白衣这等人物都投奔宝石寨来了，看来，我的选择是十分明智的。"

原来，甘山枫虽然是蜈蚣寨副寨主，但这些年，蜈蚣寨寨主历经雷越来越不把他放在眼里，几乎把他架空了。历家共有四兄弟，历经雷的三个弟弟历经霆、历经霈、历经雰近年来武功大成，尤其是历经霆在外学艺归来之后，打败了无数绿林好手，许多山寨因此不敢提起他的大名。他们自认为兄弟四人联手，在绿林已然无人能敌，便越发骄纵蛮横，鱼肉百姓、欺男霸女的事越做越多，蜈蚣寨在绿林的名声也因此越来越差。

甘山枫早些年颇受历经雷器重，最近几年却被历家兄弟排挤。他估摸，按这个势头，自己只怕迟早有一天要被历氏兄弟逐出蜈蚣寨。甘山枫对此自然心怀不满，却又无可奈何。

宝石山名声渐响之后，甘山枫便寻思伺机借助宝石山的势力，保全自己的绿林地位。他悄悄找到与宝石山相熟的朋友，通过他们打听宝石山的情况。得知宝石山正在敞开山门广纳英才，甘山枫便设法与刘六十的亲信秘密接洽。不久，经刘六十的一个亲信引荐，甘山枫和刘六十见上了面。二人密会之后，甘山枫得知刘六十对历氏兄弟早就看不惯，又觉得刘六十无论是器量还是眼界，皆非历氏兄弟可比，心下窃喜，便暗暗投靠了宝石寨。刘六十此前便因蜈蚣寨势大，且从不把宝石山放在眼里，想找机会铲除历氏兄弟，但苦于手下有把握胜过历氏兄弟的高手不足，恐怕打草惊蛇，因此只好暂且隐忍。待得甘山枫前来投奔，刘六十便开始认真琢磨这件事了。

廖白衣知道甘山枫的想法之后，甚是欣喜，对甘山枫说道："识时务者为俊杰。甘寨主此举，便是俊杰所为。"刘六十压低声音，与甘山枫、廖白衣说了自己刚定下的计策，二人频频点头，觉得此计可行。三人又商议了一阵，刘六十对甘山枫说道："甘兄弟此次虽然找到了良机出来一趟，但蜈蚣寨耳目众多，宝石山也可能人多嘴杂，我就不多留你了。甘兄弟且尽早回蜈蚣寨去，等候我们的消息。到时，还要辛苦甘兄弟出一把大力。"甘山枫点头答应，说道："刘寨主运筹帷幄，我等信心十足！就盼着早日跟随刘寨主冲锋陷阵，建功立业！"他说罢戴上斗笠，悄悄地下山去了。

六、蝶蚣寨

逶迤的山道穿过一片桃林，前面是一个山清水秀的小村庄。正是炊烟四起的正午时分，村庄东头的一户人家却传来妇女哭哭啼啼、男人唉声叹气的声音。

男户主是个年约五旬的庄稼汉，穿一身打满补丁的土灰色衣服，一副老实巴交的模样。他家妇娘边哭边说道："你个黄狗屎，不要老是像个狗屎样，你倒是拿个主意呀！难不成妹崽子①就这样毁掉了？"

男户主姓黄，名叫黄狗屎。这是赣州乡间最普通的名字。当地的习俗，乡下人自知命苦，为了让自家生的小孩好养好带，远离病灾，往往给他取个贱名，认为这样就不会被大鬼小鬼勾去。所以，狗屎、猪屎、七月狗、八月牛、畚箕客、火板子之类的名字，充斥于赣州一带的乡间。人们对此多见不怪，叫人家的贱名很自然，贱名被人叫也很自然。

黄狗屎被妇娘数落着，心里虽然焦急，却只能继续无可奈何地叹气。他家妇娘其实也知道他的老实懦弱，并不是真指望他能改变什么。但妇娘到了发急的时候，除了哭闹和抱怨，又没别的办法。

屋子里面，还有一个年约十六七岁的大姑娘，靠着土墙，泪如雨下，哭得比妇娘还伤心。那是黄狗屎夫妇的女儿秀姑。黄狗屎的妇娘见女儿哭成这样，忍不住号啕大哭道："老天爷怎的就知道欺负我们家呀？我们上辈子到底

---

① 赣南话，意为姑娘。

造了什么孽啊，要受这种报应？"

左邻右舍见得他们一家伤心成这样，有的走过来轻声劝慰两句，便赶紧退回家去；有的悄悄张望一眼，便连忙把家门关上，生怕惹祸上身一般。

黄狗屎六神无主，无计可施，除了痛恨自己命苦，什么话也说不出来。忽地，他家妇娘止了哭声，悄声说道："当家的，他们这么快就来了？这可怎么办哪？我可怜的秀姑妹崽子！"忍不住又落下泪来。

黄狗屎侧头往外面看了看，脸色变得更加灰暗，低声叹道："唉，命苦啊！有什么办法？还是认命了吧，下辈子千万不要投胎到这个地方来了！"走出门外，看着对面来的几个人，不知该怎么和他们说话。

四个携刀佩剑的汉子匆匆赶来，其中一人还是道人打扮。黄狗屎喃喃自语道："怎的又换了几个人过来？唉，只怕他们换了谁过来都是那么凶狠。"

四个人当中最年轻的那个对同伴说道："这个村子的人真是有几分古怪，大白天也喜欢关门闭户，好像家里都藏着金银财宝似的。"一个方脸大汉说道："确实邪门！现在正是吃昼饭①的时分，天气又不冷，没道理把门关得紧紧的呀。难道邻里之间连门都不串一个？"那道人说道："总有哪户不关门的吧？我就不信都到了这里了，问个路会这么难。"

为首那人是个四十来岁的壮汉。他边走边抬眼四望，说道："这里应该是蜈溪村了。前头那座大山，你们仔细瞧瞧，不是活脱脱像一条大蜈蚣吗？看样子，应该不远了。"

便在这时，那年轻人说道："是了，这户人家有人，我们过去问问！"四人见到黄狗屎怔怔地站在门口，当即向他走去。

黄狗屎一脸惊慌，但知道这场祸事躲不了，只好颤声说道："各位大爷……那个……辛苦了！"

那年轻人说道："大叔，我们向你问个路：去蜈蚣寨是从村子前面那条路继续往前走吗？"

黄狗屎一听他们问的是去蜈蚣寨的路，心里一愣，说道："几位大爷……难道不是从蜈蚣寨下来的？"

---

① 赣南话，意为午饭。

那年轻人说道："我们若是从蜈蚣寨下来，就不用打扰你了！我们这是要去蜈蚣寨，但走到村子前面时，看到有一条岔路。为了不走冤枉路，特地前来问一下。"

黄狗屎哆哆嗦嗦地说道："蜈蚣寨……是是……是往前走。敢问几位大爷是寨里的客人吗？"

那道人说道："可以说是客人，也可以说不请自到。总之请不请都要来的，呵呵！"

黄狗屎身上一紧，心里想道："原来他们不是蜈蚣寨的人，而是他们的贺客。他们说请不请都要来，可见关系非同一般。这可一样都得罪不起啊！"垂下头去，一时不知该怎么办。

为首那人目光锐利，见黄狗屎一脸苦相，又见屋里母女二人哭得不成人样，皱了皱眉，说道："老哥家里遇到了什么麻烦事，怎么一家人都这么不高兴呀？"

那方脸大汉也说道："现在正是昼饭时分，我看你们家还没生火做饭，是出了什么事吗？"

黄狗屎吞吞吐吐地说道："没……没什么事。我们……还不饿，没这么快做饭。"

为首那人见他目光闪烁，说道："不对，你们家一定有什么难事。看她们母女俩哭得这么伤心，只怕事情还不小吧？"看了看黄狗屎，问道："是欠了人家的钱还不起吗？不知是为了什么事借的债？"

那妇娘本来缩在屋里不敢吭声，见这几个人不似想象中那般凶巴巴，听得为首那人这么一问，忍不住接话道："要是欠钱还好办些，宽限些时日总能还得起。现在可不是钱不钱的事情呀……"说到这里，又忍不住低声抽泣。

那方脸大汉说道："除了欠债还不起，还有什么事能让你们一家子愁成这样？说来听听，也许我们可以帮上一点忙呢！"

黄狗屎踌躇片刻，说道："几位大爷是去蜈蚣寨的，我怕说了惹大爷们不高兴。"

那道人说道："这和我们去不去蜈蚣寨又有什么关系？我们怎么可能因为这样就不高兴，你也太多虑了。不用担心，但说无妨！"

黄狗屎的妇娘听得那道人这么说，接嘴说道："也不知他们黄家上辈子欠了谁的，这辈子怎么还也还不清。前几年，我们的大妹崽子被寨上的大王看上，逼得她做了吊颈鬼；现在小妹崽子又被寨上的那个大王看上，也不知今后还有没有生路了。我们就这么两个妹崽子，这老天爷还让不让人活下去了？"说到伤心处，与女儿一起哭得更厉害了。

四人闻言，面面相觑。那方脸大汉怒道："真是没有天理，没有王法了！小小一个山寨王，就敢这样鱼肉乡邻，若是让他坐大了，那还了得？"

那道人也说道："常言道：兔子不吃窝边草。这蜈蚣寨如此欺压山下的百姓，端的是太过分了！不消说了，今日拼了老命也要把这些混蛋干掉！"

黄狗屎听得他们这么说，诧异地问道："几位大爷，难道不是上蜈蚣寨喝喜酒的江湖朋友？"

那方脸大汉呸了一口，说道："别胡说八道了！这样的山寨王，怎么可能是我们的朋友？真是污了我们的耳朵！"

黄狗屎颤声说道："小人该死，小人不会说话，还盼大爷包涵则个……"

那年轻人微笑着说道："大叔多心了，我这位大哥不是骂你。他是骂蜈蚣寨那伙人。我们几个呀，正是要找蜈蚣寨麻烦的！"

黄狗屎又是一惊，说道："那蜈蚣寨少说也有上千号人，尤其是几位大王本事了得，你们千万莫要乱招惹他们！否则，这些人手段毒辣，不管你们跑到哪里，他们都能寻找出来。"

那方脸大汉哈哈笑道："这个你就多虑了！我们可不怕他们来找，怕的就是他们躲到哪个旮旯里，让我们难找。老哥，你不要给他们通风报信就行了，估计他们一时片刻也不会躲起来。"

黄狗屎连连说道："那哪能呢，那哪能呢！我们山里人，巴不得一辈子不用见这些大王们才好哩，鬼才会给他们报信。"打量了他们一眼，又说道："不过，我还是要提醒几位大爷，这蜈蚣寨确实是不好惹的。以前，村里有几个力大如牛的大后生，不甘心被他们的人欺压，有一次邀在一起，把他们几个小喽啰打了一顿。结果，寨里的三大王、四大王亲自出马，直接把这几个大后生打断了手脚，他们至今还只能爬着讨吃呢！"说到这里，心里一股寒意油然而生，手脚不禁微微发抖。

那年轻人听了，脸色沉郁，对为首那人说道："看来，这蜈蚣寨真是恶行累累，我们早就该把他们给挑了！"

那方脸大汉说道："寨主以前是有过这个想法。但那时你还没回寨里，寨主盘算来盘算去，总觉得要对付历家那几个人，还不是十分有把握。若是兴师动众的话，又担心牵扯太大，让其他绿林人物想多了，所以只好先把这事放着。"

黄狗屎好奇地说道："听几位大爷的口气，还真是专门来找蜈蚣寨麻烦的？哎呀，那历家几兄弟，功夫真是厉害得不得了！尤其是那老二，听说在外面专门拜了师父的，一拳可以打死一头牛哩！几位大爷若是真要上山，可得千万小心才是。"

那方脸大汉说道："我说你这老哥胆子虽然小，心眼倒蛮好。你放心好了，那历家兄弟再厉害，我们也不怕。他打死一头牛算不了什么，我们这两位兄弟呀，打死一头虎也不足为奇。"说罢，专门向为首那人和那年轻人指了指。

为首那人呵呵一笑，说道："杨兄弟说笑话了。"对黄狗屎说道："这位大哥，实话告诉你吧，我们是从宝石寨过来的。我姓谢，名叫谢惟志。这位小兄弟姓刘，名叫刘望北。"又指着方脸大汉和那道人说道："这位是杨火鑫兄弟，这位是万隆道长。"

黄狗屎见他们这么信任自己，直接把名字报了出来，大是感动，说道："原来几位是宝石寨的高人，失敬失敬！小老汉姓黄，名叫这个……这个黄狗屎。因为蜈蚣寨说今日要来接亲，我们家里没心思做饭，所以很不好意思，本来应该留几位大侠吃了饭再走的……"顿了顿，又说道："你们就来了四个人吗？只怕这个……要对付蜈蚣寨那帮人的话，人手还是少了些。"他平素胆小怕事，少有在外行走，但宝石寨的名字还是听说过的，知道那是比蜈蚣寨还有名气的地方，据说那里高来高去的好汉还不少。只是见到谢惟志他们才来四个人，无论如何也不相信就凭他们几个，能够把不可一世的蜈蚣寨给挑了。

杨火鑫说道："人手少不少，动了手就知道。你别看他们寨里有上千人，真正厉害的其实也就是他们历家几兄弟。至于其他喽啰，也未必个个都是真心实意服了他们几兄弟吧？只怕很多人只是慑于他们几兄弟的淫威，不敢公开反对而已呢！"

黄狗屎说道："那倒确实有这样的事。比如寨里的副寨主甘大爷，对山下的百姓们就挺和气的。甘大爷从不让部属到我们山下的村庄打抢，要抢也只是抢那些过路客，或者外地的财主员外。"

万隆道人微微颔首，说道："看来这甘山枫和历经雷他们确实不是一路货色。他和历家兄弟意见不合，也难为他在这里能待得下去。"

谢惟志对黄狗屎说道："你刚才说蜈蚣寨的人要逼你女儿上山，这是怎么回事？"

黄狗屎长叹一口气，说道："这事真是说来话长。我们家生来命苦，本来有两个女儿一个儿子，可是儿子十岁那年去后山砍柴，路滑掉进山塘里，打短命走掉了。三年前，大女儿被历家第三个大王看上了，要她上寨子里做小。这个妹崽子害怕，在历家三大王下山来接人的头天夜里，悄悄地在村头的枫树上寻了短见。"说到这里，不禁流出两行眼泪。他的妻子和小女儿忍不住又哭起来。

刘望北愤愤地说道："可恶，真是可恶！我看历家的行径，比那些贪官恶霸还有过之而无不及！"

黄狗屎说道："我家大妹崽子寻了短见后，历家三大王下山扑了个空。他见我们一家哭得死去活来，不仅不加安慰，还向我们两口子大发了一通脾气，怪我们没看管好她。他带来的几个手下见三大王生气了，也跟着发怒，把我们家里的桌子凳子都给摔坏了。就在这时，恰好这个小妹崽子从山上砍了柴火回家，被那三大王看到了。三大王眉开眼笑，说道：'好，好！这个也一样，不过眼下还嫩了点。过得三年，不比那个死鬼差！'当即告诉我们，这个小妹崽子不可许配人家，先好好养着，三年后，等着他来接人。说罢，一行人扬长而去。"

杨火鑫骂道："这么无耻，真是畜生不如啊！你们也真是傻啊，竟然老老实实在这里等他三年？早该远走高飞啊！"

黄狗屎说道："非是小老汉太傻，不懂逃跑，实在是大侠有所不知，这蜈蚣寨人多势众，只要有人不听话的，他们就偏偏盯死了你，逃到哪里都要派人追捕回来。以前，我们村里的孙员外得罪过寨里，一家人跑到永丰县投奔亲戚去了。没想到，没过半年，蜈蚣寨的人就查到了他们的去处，不仅追到永丰县把孙员外一家杀了，还连累他的亲戚也被灭门了。蜈蚣寨的人把孙员外两口子的头带回来，挂在村里的枫树上，吓得十里八乡的人再也不敢和蜈蚣寨作对。他们说一，我们就绝对不敢说二。小老汉哪能和孙员外比？要躲也找不到地方呀！所以，三大王说了这话之后，小老汉只好盼着老天爷会不会相助，让三大王贵人多忘事，几年后慢慢不记得这件事了。可哪知道，三大王精明得很，过了三年，果然又来说这事了。"

万隆道人说道："这么说，倒是确实怪不得你。蜈蚣寨如此心狠手辣，换了一般的人家，确实是哪个都不敢得罪他们。"

黄狗屎说道："就是啊！小老汉一家惶惶然过了这三年，端的是度日如年啊！我家妇娘每天晚上都偷偷地去大枫树下的小土地庙向土地爷磕头，就盼着土地爷能够显灵，让三大王整日忙忙碌碌，终于忘了这个事。可是，我们这样的人家命薄，土地爷到底不肯关照，前两日，三大王还是派人送来口信，叫小老汉收拾好家里，让他们今日把小妹崽子带上山去。还专门叮嘱，这次务必看住小妹崽子，她要是有个三长两短，一家人谁都别想活过今日！"

刘望北直听得怒不可遏，骂道："这些伤天害理的强盗，真是欺人太甚！黄大叔你别急，这个事你不用理他们了，我们这就上山教训他们去！我且要看看他们能不能活过今天！"

黄狗屎迟疑地看着他们，心里还是不敢相信，就凭他们几个人能够奈何得了人多势众的蜈蚣寨。谢惟志看出了他的疑虑，笑一笑，对他说道："老哥，你但管放心，我这位小兄弟不是说大话，更不是哄你开心。我们这次来呀，本来就是要找历家兄弟的晦气。现在知道了他们这等卑劣行径，那我们可更不能放过他们了！"便在这时，几只大头苍蝇从房舍一侧的茅厕飞过来，谢惟志说道："对这种可恶的东西，我们就是这个态度！"随手抽出长剑，在身边轻轻一晃，几只苍蝇悄然落地。

黄狗屎看得目瞪口呆，这才确信这几位胆敢前来挑战蜈蚣寨的侠客确有过人本领，对他们的信心登时长了几分。他愁苦了数日，脸上终于露出些许喜色，说道："大侠这神功……哎呀，小老汉真是从没见过。只怕历家那几位大王……确实比不上。时候不早，几位真要上蜈蚣寨，先吃点饭填饱肚子再说吧？"正要让妇娘和女儿生火做饭，忽听得村外人声喧哗，一队人马正向他家这边走来。

黄狗屎脸色一变，低声说道："这这……大事不好了，正说着蜈蚣寨，他们的人就过来了！几位大侠，这可怎么办？是先躲一躲还是……"

杨火鑫说道："我们本来就是要找他们的，还躲什么躲？正愁上山有岔路，找不到带路的，如今他们主动送上门来，真是再好不过了！"

黄狗屎听他这么说，心里颇是犹豫。他寻思，若是谢惟志他们真的躲起来的话，自己的女儿只怕当场便要被蜈蚣寨这伙人抢上山，以后想要解救出来就千难万难了。若是他们当真在这里和蜈蚣寨的人动手，虽然刚刚见识了谢惟志出神入化的剑术，但蜈蚣寨的人这么多，他们到底有没有把握敌得过那些人，自己心里还是没有底。万一谢惟志他们敌不过，蜈蚣寨那些人定然以为是自己悄悄请了帮手过来与他们作对，那就有自己的好看了。

他正六神无主之际，蜈蚣寨那伙人已走到门前。为首那人喊道："黄狗屎，今日可是你们家大喜的日子啊！事情都准备好了吧？咦，没想到你们家还来了客人呀，哈哈！是过来喝喜酒的吗？"

这伙人在谢惟志等人面前站定。为首这人三十多岁年纪，脸如黑炭，獐头鼠目，两眉之间长一颗大黑痣，一把朴刀斜斜地扛在肩上，一副旁若无人的神态。另外八人都是二三十岁年纪，高矮胖瘦各有不同，但个个匪气十足，眼神凶恶，一看就知平时欺压百姓惯了。

黄狗屎颤抖着声音说道："原来是三……三大爷驾到。小老汉有失远迎，还请饶恕则个……"

为首那人说道："废话少说！我谅你黄狗屎不敢玩什么花招。妹崽子打扮好了吧？叫她这就随我们上山去。老家伙，结上了这门亲，以后你可算是沾光享福了！"

黄狗屎吞吞吐吐地说道："这个……这个……小女……"

其中一人"呸"地朝地上吐了一口痰，说道："什么这个那个的？你还有别的什么想法？哪来这么多废话！"

黄狗屎说道："我们家眼下只剩下这么一个小妹崽，还请三大王开恩，饶了小老汉一家。小老汉感激不尽，下辈子做牛做马也要报答三大王的大恩……"

为首那人忽地迈前两步，喝道："好你个黄狗屎，竟敢不听三大王的话，还想讨价还价？赶紧把妹崽子交出来！再敢啰唆的话，有你好看！"忽地飞起右腿，向黄狗屎踹去。

黄狗屎在他们面前逆来顺受惯了，知道他们一言不合便拳脚相向，见这一腿飞来，哪敢躲闪？正待咬紧牙根受了这一脚，忽听得"哎呀"一声，那飞腿踹他的人竟然跌了个仰面八叉。

原来，就在这一瞬间，刘望北身形一闪，伸出右脚向那人左腿一扫。那人猝不及防，左腿往前一滑，整个身子便后仰摔倒在地，屁股恰好落在地上一块有棱有角的石头上，直痛得哇哇乱叫。

那人带来的八个随从一看头领吃了个大亏，齐刷刷围上来。其中二人赶紧把为首那人扶起，其他人则围在刘望北身边，怒目而视。黄狗屎一看，吓得手脚发软，心里暗暗叫苦不迭。

为首那人站直身板，拍拍屁股，捡起朴刀，冲着刘望北骂道："哪里来的短命鬼？活得不耐烦了？竟敢招惹你家大爷！"一刀向他当头砍去。

刘望北不慌不忙，待他刀锋快到面门之际，身形微侧，忽地探出右手，向他左腰一拍。那人没想到刘望北出手如此之快，登时觉得一股巨大的力量冲来，跟跟跄跄退出数步，好在及时稳住下盘，总算没有再次摔倒。

那人连续两次中招，心头大怒，喝道："好小子！有你没我，有我没你！"抢起朴刀，呼呼接连砍来。这一次他知道对手厉害，出招讲究章法，瞄准的都是对方的要害部位。刘望北倒也不敢太大意，腾挪闪跃，一一避过。那人见招招落空，心里更急，将朴刀舞得旋风似的，将刘望北裹在刀光之中。

谢惟志在一旁看了，心里暗道："刀法倒是不赖，只是在他手上尚未发挥到位。"他知道刘望北的本领，当然不用为他担心，只是冷眼旁观。

蜈蚣寨的另外八人见头领竭力进攻，只道刘望北难以应付。在头领尚未发话之前，他们也就不急着动手，只是散立在四周，将谢惟志等人围住，以防止他们逃跑。

刘望北待那人接连进了二三十招之后，对这人的武功已然心里有数，知道他在江湖上充其量就是个二三流的角色，不想和他久缠下去，当即拔剑在手，说道："行了，这点小把式不怎么耐看。你就别再折腾了，还是先歇歇吧！"使出一招"吹角连营"，对准他的朴刀一挑，运用一股巧劲，登时让那人的朴刀脱手而去。

那人起初见刘望北一味闪避，只道加紧进攻，当有取胜的把握。没想到刘望北一出手，只一招，便将自己的兵刃击落。他不禁心里大骇，这才知道自己连续两次中招虽有一时大意的原因，但也并非偶然，论真实本领，对手还是比自己强得多。蜈蚣寨的人行事本来便是不择手段的，那人一看单打独斗不行，当即喊道："大伙儿并肩上啊，还愣在那里做梦啊？"接过随从帮他捡起的朴刀，又向刘望北扑去。其余八人听得头领发令，更不迟疑，拔出兵刃一窝蜂向刘望北攻去。

刘望北喝道："来得好！省得小爷一个一个打发！"谢惟志、杨火鑫、万隆道人也想看看这些人都有些什么能耐，各自退后数步，看着他们合力围攻刘望北。黄狗屎吓得小腿直打抖，退回屋内，站在门边观看。他的妇娘和女儿则早就躲到内室去了。

刘望北右手持长剑，左手把短剑也拔出来，双剑飞舞，说道："痛快，痛快！可惜你们这些人手上也太没劲！"这九个人，除了为首那个，其余八人武功平庸。这些人本是一群乌合之众，平素只是在打家劫舍时欺负身无武功的平民百姓，几乎未遇过真正的高手。偶尔遇到稍有武功的，也是靠一窝蜂而上群殴取胜而已。刘望北使出的"稼轩长短剑"用来对付他们这伙人，无异于杀鸡用牛刀。他双剑声东击西，指南打北，片刻间已将这些人的兵刃悉数打落在地，只有为首那人的朴刀尚留在手上。

这八个人手上没了兵刃，想继续围上去又没这个胆量。为首那人虽然长了记性，保住了手上朴刀，但看到刘望北剑法如此精妙，可谓平生仅见，心里也早生怯意，退出几步，虚张声势说道："你是哪里钻出来的野小子？胆敢在蜈蚣寨的地盘上撒野！你有种的别跑，到时看我们寨主怎么收拾你！"

刘望北哈哈笑道："我当然不跑。你就是给我金银财宝，我也不跑呢！我

要找的就是你们的几个寨主，且看是谁收拾谁！"他起初听得黄狗屎叫为首那人"三大爷"，只道此人便是历家老三。但交手之后，见他身手远没想象中厉害，便猜测他只是蜈蚣寨的一个小头目。

为首那人恶狠狠地说道："你在我'三只眼'马大溜面前逞能不要紧，反正我马大溜在蜈蚣寨也算不上什么顶尖角色。你们不要命的话，等我们几位寨主过来！惹到了他们，可有你好看的。到时只怕你求饶也没用了。"

杨火鑫见他还要嘴硬，说道："你长了'三只眼'就不得了？再仗势欺人的话，小心我把你打成四只眼！"

马大溜心里想道："这几个家伙简直是茅厕里的石头——又臭又硬，恐怕真是不好对付。光是这个后生仔就这么厉害，其他几个年纪更大，练武更久，只怕更不好打。好汉不吃眼前亏，寨主们没到来之前，我还是不要和他们来硬的。"向几个同伴使使眼色，暗示他们赶紧找机会开溜。他却不知道，若是仅论武艺，刘望北在四人当中倒算得上最强的一个。马大溜的同伴们也是和他一般想法，觉得有眼前这四人在场，今日想在黄狗屎家抢亲的事，无异于大白天做美梦。马大溜示意大家三十六计走为上，正中他们下怀。

马大溜一伙正待脚底抹油，跑回蜈蚣寨，杨火鑫在路口一拦，说道："既然来了，哪有这么容易就走的？你大爷正缺个带路的，没想到来一伙人引路，那真是再好不过了。"

马大溜硬着头皮往前一闯，喝道："给老子让开！"他知道这伙人刀剑功夫厉害，不敢再动兵刃，索性将朴刀扔给一名随从，伸出双掌向杨火鑫胸口推去。杨火鑫笑道："看来你还是不死心呀！"双掌齐出，砰然声响，将马大溜击退四五步。跟着一个箭步冲上去，紧紧抓住马大溜的双臂，喝道："你到底听不听话？不听话的话，你信不信我让你胳膊向外拐！"

马大溜但觉双臂一麻，无力挣扎，正骂得一句："你这祭刀的⋯⋯"杨火鑫已手上加劲，捏得他一身疼痛难当。马大溜生怕杨火鑫当真折了他的胳膊，只好改口说道："大爷松手！我听大爷的，听大爷的！"

马大溜的随从们见头领已屈服，早已吓得心慌，谁也不敢多言。杨火鑫手上悄然运劲，厉声喝道："说！你们几个到村里想干什么坏事？要是敢有一句假话，看大爷不好好收拾你们！"

马大溜痛得满头冒汗，连声说道："我说我说，大爷先松手……要不然我痛得说不清楚……"杨火鑫见他老实了，手一松，马大溜登时觉得浑身如释重负，颤巍巍地说道："今日本来是三大王亲自要来迎娶黄狗屎家妹崽子上山的。但因为山上突然来了客人，三大王一时走不开，便派遣小的带领兄弟们过来把妹崽子接上山。"

杨火鑫问道："山上来的是什么客人，你们三寨主这么客气？"

马大溜说道："不止三寨主，寨主四兄弟都在一起接待这位客人。他们在议事厅喝酒，我没见到面。但四位寨主同时接待，想来应该是很尊贵的客人了。"

谢惟志眉头微皱，说道："这等身份的客人在你们寨里多不多？"马大溜说道："不多，不多。小的在山上十几年了，记得以前来的贵客，一般也就是一两位寨主招待就是了。这次三寨主连迎亲的事也放下来，那是很罕见的，小的也想不明白。"

谢惟志对马大溜说道："既然如此，那我们尽早上山去。你们在前面带路，别想着要什么滑头，否则有你的苦头吃！"马大溜说道："是，是！不敢，不敢！"

黄狗屎见谢惟志一行要上山，站在那里不知说什么好。谢惟志见他一脸惊慌，宽慰他道："黄老哥，你就在家好好待着吧，别理会外面那些事。你放心，从今以后，他们不敢找你麻烦的。"黄狗屎点头称是，心里却将信将疑。

谢惟志一行跟着马大溜走出蜈溪村，往蜈蚣寨而去。没行多远，山路越来越狭窄，越来越陡峭。山上长满大树，郁郁苍苍，层层叠叠。几个人边走边向马大溜打听蜈蚣寨的情况，得知蜈蚣寨原本就有好几百人，近几年名头越来越响，入伙的人也多了些，上上下下总共有一千多人了，分散在蜈蚣山几个大大小小的寨子里。早些年，寨里就历经雷一个寨主，另外还有个副寨主甘山枫。这甘山枫先前是蜈蚣山北端的天星寨寨主，与历经雷久有交情。后来，因为天星寨时常受到外敌攻击，历经雷便让甘山枫将人马带上蜈蚣山，让他做了自己的副手。再后来，历经雷的几个兄弟从外面学艺归来，陆续到了山上，寨里便称呼他们四兄弟为大王，而仍称甘山枫为副寨主。甘山枫与历经雷虽是多年老友，但总是比不过人家骨肉至亲，没过多久，寨中

实权便完全落入历氏兄弟手中。甘山枫虽然挂个副寨主的名义，其实在寨里几乎说不上什么话了，只有百余名当年从天星寨上来的老兄弟依然听从他的号令。

谢惟志听了蜈蚣寨这些事，心里暗想："如此看来，这蜈蚣寨对宝石山来说，确实是个心头之患。如果不趁早解决了他们，历氏兄弟势必不断坐大，成为绿林一霸。到时他们若是和刘寨主作对，其祸害不下于官兵，倒是件头疼之事。"刘望北则想道："这历氏兄弟在寨里搞亲亲疏疏，终非明智之举。照他们这个做法，寨里人越多，麻烦事也将越来越多。自家先乱了，别人要攻破你就容易了。"

又行了数里路，山道渐平坦。穿过一大片松林，只见对面山间出现一排排房舍，少说也有上百间。马大溜说道："那就是我们蜈蚣寨的主寨了。四个大王和寨里一些老兄弟就住在这个寨子里。其他还有一些零星小寨，有远有近。"谢惟志见那寨子依山而建，房屋密集，有土坯房，有茅草房，还有少许石头砌成的，规模不小，心里想道："难怪刘寨主这么看重蜈蚣寨，我们只远远一看，便觉得这里甚是气派。看来，除了宝石山，兴国这一带，这里算是势力最大的一个绿林山寨了。我们此番深入虎穴，虽然是有备而来，但还是得小心为上。"

行不多久，进了由几根粗长的麻条石筑成的寨门。守门的喽啰见到马大溜一行带了几个陌生人回来，却不见三寨主所要的妹崽子，心里诧异，可又不敢多问，讪讪地向马大溜问候了一声，让他们进去了。

一行人沿着寨内的石径穿过一条小巷，走到寨子高处。当中是一座石墙黑瓦的大屋，外观与宝石寨的主屋有几分相似。还没走出小巷，马大溜忽地大喊起来："三大王，三大王！"正想引得三寨主历经雰出来相救，却听得屋前响起一片叮叮当当的兵刃相击声，似是有人持剑斗得正紧。

马大溜大吃一惊。多年来，蜈蚣寨从无外敌进入，只有他们欺负别人的份。没想到，今日自己在山下被人挟制倒也罢了，此时竟然还有敌人进入寨里动武。几位寨主都留守在家，怎容得他人在议事厅前如此无礼？

众人心下好奇，快步走出小巷，来到大屋右侧。但见屋前四人刀来剑往，打得难分难解。旁边还站着四个汉子，神色淡定，正对着打斗的四人指指点点。

　　谢惟志等人早已看清楚，屋前的空地上，两名持剑的女子正在合斗两名持刀的壮汉。两名女子二十多岁年纪，身材窈窕。其中一人一袭绿衣，长着一张芙蓉秀脸，身法轻盈，看似柔弱娇羞，眉宇之间却是英气勃勃。另一个身穿紫衣，俊俏的瓜子脸上挂着几丝顽皮的笑意，即便大敌当前，也浑然不当回事。她们手中的两柄钢剑使得宛如两条蛟龙，左冲右突，前后夹击，配合默契。那两名壮汉虽然将手中大刀使得虎虎生风，但一时之间却也没占到上风。

　　刘望北定睛细看，不禁大吃一惊。原来，这二名女子不是别人，其中那名绿衣女子正是他时时思念的萧绿荷，另一个则是她的同门师妹欧阳紫鹃。

　　萧绿荷与欧阳紫鹃是汶潭崇主王玥的弟子，分别是文天祥旧部萧明哲、欧阳冠候之女。王玥和陈子敬年轻时是一对恋人。后来，陈子敬追随文天祥抗元，战乱之中未考虑个人私事，二人终未结成连理，但一直情投意合。萧绿荷与欧阳紫鹃曾经在宝莲山与刘望北、尹传鹏等人相处，几个年轻人互生情愫。陈子敬、王玥对此看在眼里，二人商量之后，觉得不能像自己一样耽误了年轻人，因此有意将刘望北与萧绿荷、尹传鹏和欧阳紫鹃撮合。但陈子敬决计利用几年工夫系统地教刘望北他们武功，为了不让他们分心，便与王玥约了过几年待刘望北、尹传鹏武功大成之后，再给他们完婚。王玥也觉得他们反正年轻，不争这几年，先把武功练精深也好，于是欣然同意，这几年在汶潭崇也从严督促萧绿荷、欧阳紫鹃练功。王玥这一派修炼的是道家气功，萧绿荷、欧阳紫鹃内功已有较好基础。为了增强二人的实战能力，最近几年，王玥又传了二人一套"连枝剑法"。这套剑法既可单独使用，也可二人同使。若是二人配合着出招，则可形成互助互守之势，威力大增。

　　刘望北在跟随陈子敬隐居于云峰山狮子寨时，曾经和尹传鹏陪同陈子敬专程到汶潭崇拜访王玥。当时他们见了萧绿荷、欧阳紫鹃。师尊的意思正合两对年轻人的心愿。他们虽然没有述说千言万语，但彼此心照不宣，从此留下的只是日夜思念。如今一晃五年过去，刘望北没想到竟然在蜈蚣寨见到二人，心里自是惊诧莫名。

　　萧绿荷与欧阳紫鹃与人打得激烈，虽然知道场外又来了一批人，但也只

是把他们当作蜈蚣寨的人而已，并没往心里去。二人来蜈蚣寨之前，已探知这里有上千寨众，场上多几人少几人自是不必大惊小怪。倒是这两名对手武功不弱，让她们心里感到诧异。原来，二人初生牛犊不怕虎，凭着一时胆气冲上山来，只道寨里都是些不堪一击的乌合之众，却没料到对手的武功居然不弱，而且还有几人在旁悠然观看，尚未出手。

那两名持刀的壮汉因为在自己的地盘上与两名少女相斗，有恃无恐，对马大溜等人的到来不以为意，浑然不觉其中还有谢惟志等陌生人。这二人刀法颇为精湛，力气也不小，久斗下去，渐占上风。他们知道二女如今身陷虎穴，难以脱身，嘴上便嘻嘻哈哈说些下流话，要故意气得二女乱了阵脚。

萧绿荷与欧阳紫鹃久斗不胜，本来便心里渐渐烦躁，又听得二人嘴里不干不净，更加怒气难忍，以至好几次剑法出现破绽。二人如果用心专一，全力配合，运用"连枝剑法"，至少可以与对手周旋二三百个回合。如今心情一乱，二人配合便没那么默契，再过得数招，已渐渐落于下风。

围观者当中有一个脑袋滚圆的矮个子。他目不转睛地看着四人相斗，待得二女渐落下风，出口说道："他奶妈的！你们两个标致妹子能和二位历寨主打到这么久，已经可以了！我看还是别打了，小心二位历寨主伤了你们！"

那个年纪稍轻的持刀壮汉笑道："听到了吧？屠兄弟怜香惜玉，怕我们伤了你们二位妹崽子呢！我看你们是不是乖乖投降算了？我们兄弟正需要几个像你们这样才貌双全的压寨夫人呢！"

萧绿荷骂道："狗山匪，不要脸！"一剑疾刺他的脸部。那壮汉说道："乖乖不得了，压寨夫人翻脸不认人了！"侧头避过这一剑，挥刀便要向她胸口砍去。欧阳紫鹃见了，回手一剑刺他右肋，那壮汉只得回刀自救，顾不得向萧绿荷进招了。四人又刀来剑往混战成一团。

那旁观的矮个子摇了摇头，说道："他奶妈的，不听老子良言。再打下去，我看两个标致妹子势必吃亏，这事可真是大大不妙。二位寨主，我看你们就别和小辈计较那么多了！"

那年纪稍长的持刀壮汉说道："屠兄弟说得容易，但这两个母老虎敢在太岁头上动土，不给她们一点颜色看看还了得？只怕她们更要不知天高地厚呢！"手上暗暗加劲，刀风飒然，直将二女逼退两步。

谢惟志听那声音，已认出那矮个子是崆峒门的屠梦冲。数年前，他们在宝莲山曾经朝过相。屠梦冲武功平平，但他的两个师兄刘梦凌、荀梦冰武功颇为了得，一个是使剑的好手，一个是使刀的高人。当年谢惟志在宝莲山分别和他们交过手，打得不相上下。刘梦凌师兄弟几个投靠赣州官府，屡屡和陈子敬等文天祥余部作对。陈子敬等人离开宝莲山之后，谢惟志也没再见过刘梦凌师兄弟。如今屠梦冲出现在蜈蚣寨，他这两个师兄是否一同来了？如果这二人在此，对自己一行来说，可就添了劲敌了。想到这里，谢惟志不动声色，环顾四周，果然在那几个围观者当中，见到刘梦凌正微笑着观战。

谢惟志暗忖，刘梦凌出现在蜈蚣寨，完全出乎意料，自己此行的计划只怕要因此受到影响。本来，他们估摸凭自己四人的武功，足以制服历氏四兄弟；至于蜈蚣寨其他喽啰，有甘山枫做内应，料来兴不起什么风浪。但如果刘梦凌做了历家的帮手，自己四人对付他们五人，取胜就没那么容易了。好在萧绿荷与欧阳紫鹃意外出现在蜈蚣寨，而且看样子，二女武功已然颇为不弱，二人联手，对付历氏兄弟当中的其中一人，应当足以取胜。当然，若是荀梦冰也在蜈蚣寨，那么情形又得另当别论了。

这时，萧绿荷、欧阳紫鹃和那二名壮汉相斗已久，她们招式虽妙，毕竟气力比不上对方，已经左支右绌，险象环生。忽听得那年纪稍长的壮汉大喝一声，一刀当头劈下。萧绿荷步法迟滞，躲避稍慢，眼见得就要被劈中右臂。屠梦冲看得真切，惊叫一声："他奶妈的，快躲呀！这下可真要糟糕！"

便在这时，一个身影飘然而至，那持刀壮汉尚未看清楚来者是谁，手中大刀已被一把长剑一格，荡开了尺许。那壮汉但觉手腕一震，知道来者内力雄浑，大是劲敌。正待向他进招，对方长剑已奇快无比连连刺进。只听他说道："绿荷、紫鹃让开，我来对付他们！"长剑东指西点，迅捷无伦，逼得这二名持刀壮汉手忙脚乱疲于招架，再也无暇顾及萧绿荷与欧阳紫鹃。

萧绿荷避过了一险，心神方定，不由得惊喜地叫道："望北哥，你来了！"与欧阳紫鹃相视一笑，登时如释重负。

屠梦冲见萧绿荷脱离险境，拍掌叫道："哎呀，还好还好！他奶妈的，没事就好，没事就好！否则标致妹子血溅山寨，可真是大煞风景。"刘梦凌眉

头一皱，低声说道："老三，别老是大呼小叫的，干扰了历家寨主们出招！"屠梦冲伸伸舌头，不再说话。

刘望北既然出招，自然不给对方回旋余地。那二人与萧绿荷、欧阳紫鹃相斗一场，气力本来便耗了不少，此时见刘望北剑招凌厉，不禁心生怯意。十余招一过，他们自知难以抵挡，一个喝道："且慢动手！你是什么人，说清楚了再打不迟！"另一人说道："你欺到我们寨里来，不说清楚的话，我们绝不放过你！"

刘望北连续两招出手，将他们各自逼退两步，然后长剑一收，说道："你们要罢手，这还不容易？就算你们要动手，我随时奉陪便是！"

那些旁观的人这时已发现马大溜带着几个陌生人进了寨子。一名身材微胖、五十岁上下年纪的锦衣汉子向马大溜问道："这是怎么回事？带人进来也不通报，还讲不讲规矩了？"

马大溜惶惶然说道："禀报大寨主：这几个人在蜈溪村要挟我们兄弟几个带路，说是要来……要来……"

另一名满脸横肉的汉子喝道："要来干什么？说话吞吞吐吐的，难道谁还敢在蜈蚣寨翻了天？"

马大溜侧眼瞄了瞄谢惟志等人，想想几位寨主就在眼前，他们武功高强，寨里人多势众，料来这几个人讨不了好去，当下胆子壮了不少，大声说道："他们说要找我们蜈蚣寨的晦气，口气大得很！"说罢，赶紧跑开几步，站到那名满脸横肉的汉子身边。

那锦衣汉子闻言，仰头大笑几声，说道："没想到我蜈蚣寨名声在外，惹得江湖好汉专程找上门来了！几位高人，幸会幸会！"顿了顿，说道："老夫历经雷，几位既然找上门来，想来应该听过老夫薄名。"又指着那满脸横肉的汉子和那两名持刀壮汉分别说道："这是我家老二历经霆，他们两个分别是老三历经霈、老四历经雾。几位高人有什么高见，尽管冲着我哥儿们几个来便是。"

谢惟志走前一步，说道："'历氏四虎'在江湖可谓大名鼎鼎、八面威风，可惜做下的事情却是残暴无道、人神共愤。我们几个无名之辈听了，深感不可思议，是以冒昧前来向几位讨个说法。"

历经需冷笑一声，说道："好大的口气，竟然管闲事管到蜈蚣寨来了！就是不知道你们到底有多大能耐，可千万不要进得了寨却下不了山！"

谢惟志淡淡一笑，说道："我们能不能下得了山，几位寨主就不用操心了。既然来了，我们自然也就不想白跑一趟。"

历经雷听得谢惟志这么说，知道来者不善，善者不来，今日恐怕一场恶战是不可避免了。他暗自想道："这几个人胆敢直接冲上山来，想来武功不弱。从刚才那少年逼退三弟、四弟的身手来看，确实大是劲敌。加上那两名女子又是他们的人，我们几兄弟若是和他们单打独斗，倒也未必有取胜的把握。此事须得加些人手才行。且看看崆峒门这二位是否愿意施以援手。"转头对刘梦凌说道："刘兄，今日这般不凑巧，寨里接连来了不速之客，真是怠慢了！要不，刘兄改日再来做客，今日我们兄弟四人先和这几位客人结了账再说？"

刘梦凌已认出谢惟志，知道此人武功厉害，如果同来的几人武功和他差不多的话，历氏兄弟只怕未必能敌。他这次来蜈蚣寨，是游说历氏兄弟图谋大事的。此时蜈蚣寨迎来强敌，正是自己卖个人情给他们的绝佳时机，刘梦凌自然不愿轻易错过，当即对历经雷说道："刘某与贤昆仲既然一见如故，岂可于此时离开蜈蚣寨？不管几位兄弟意下如何，刘某师兄弟今日是决意和蜈蚣寨同进退、共患难了！更何况，我和这位谢兄也是早有'缘分'的呢！"顺便把谢惟志的来历说了出来。

历经雷对谢惟志的名字倒是并不陌生，知道此人在江湖上以剑法出名。听得刘梦凌这么一表态，他心里大是宽慰，也就不再客气，说道："如此有劳刘兄与屠兄弟了！我蜈蚣寨与崆峒门极是投缘，今日先把外敌打发了，以后的事情一切都好商量！"

谢惟志冷冷地向刘梦凌说道："姓刘的，看来你今日是帮定蜈蚣寨了？没想到隔了这么多年，又可以领教你的高招了！"

刘梦凌干笑两声，说道："蜈蚣寨与我崆峒门是兄弟之交。谁若到蜈蚣寨闹事，被我们遇上了，岂有袖手旁观之理？何况我也正想借此机会看看谢大侠这些年武功长进了多少。"

屠梦冲嚷道："他奶妈的！我师兄说了帮蜈蚣寨，那我们当然帮定了！哪

个手痒的，先来和我大战八十回合再说！"拔出身上的凤嘴刀，跃跃欲试。

杨火鑫刚才听得屠梦冲为萧绿荷与欧阳紫鹃说情，觉得此人心地应该不坏，此时见他迫不及待拔刀叫阵的架势，不禁觉得有几分好笑，对他说道："你这哥儿们有意思，人家骂人都是骂奶奶骂娘，你为何单单要骂人家的奶妈？"

屠梦冲说道："他奶妈的！老子从小死了娘，是奶奶辛辛苦苦把我拉扯大的。我娘死得可怜，我奶奶待我这么好，怎么能骂娘骂奶奶？老子村里的王善人，他儿子和我同年，小时候经常欺负我，连带他的奶妈——一个乡下婆子也敢欺负我奶奶，在池塘洗菜时竟然把我奶奶推得掉进水里。他奶妈的，老子讨厌死了他们一家子！所以，当然要骂他奶妈！"

杨火鑫点点头，说道："这么看来，你也是出身穷人家呀！那怎么还为虎作伥，帮这些坏人打架呢？"

屠梦冲一愣，说道："坏人？你说谁是坏人？你们跑到人家寨子里捣乱，我看你们才是坏人！"顿了顿，又说道："反正我听我大师兄的。我大师兄说打谁，我就跟着打谁！"

杨火鑫、万隆道人与刘梦凌、屠梦冲初次相识，听得屠梦冲这么一说，登时感到哭笑不得。万隆道人说道："你这人怎么一点是非都不讲？什么都听师兄的，师兄叫你跳茅坑你也果真跳下去？"

屠梦冲哼了一声，说道："我师兄怎么会好好地叫我跳茅坑？若是他真要我跳，定然是有他的道理，我当然跳下去！"

杨火鑫说道："好吧，你爱跳就跳。但我还是得告诉你，谁才是坏人，免得你稀里糊涂上了当还不知道。你们现在要帮的历家几兄弟，欺男霸女，鱼肉乡邻，伤天害理的事罄竹难书，比你村里的王善人坏了何止百倍！我们正是看不下了，才大老远找上门来和他们算账。现在你就该知道什么样的才叫坏人吧？"

屠梦冲疑惑地看了看历经雷几兄弟，又看了看刘梦凌，喃喃地说道："历寨主对我们师兄弟这么热情，怎么可能是坏人？定然是你们故意冤枉他们，要么就是你们弄错了。那些事或许是别的山寨干的呢？"

萧绿荷愤愤地说道："谁还会冤枉他们？他们做的坏事何止鱼肉乡邻！

上个月，历家老三、老四跑到赣县茅店干坏事，看中了一户庄稼人的黄花闺女，硬要收人家做小。这户人家拒绝后，历老三、历老四竟然将他们一家四口杀了个干干净净，手段极其残忍！他们面对的可是丝毫不懂武功的人啊，也能下这样的毒手！"

欧阳紫鹃说道："我们姐妹二人追踪了这么久，才查到行凶之人是远在蜈蚣寨的历家兄弟。刚才我们找进寨来，他们还是贼性不改，哼！"

屠梦冲讷讷地说道："原来你们是为这事和两位历寨主打架的。这……这……二位历寨主如果确实做了这等事，那倒是不应该了。"说罢，看了看刘梦凌，想听听他的意见。

历经雾哈哈大笑，说道："杀四个人算得上什么大事？真是少见多怪。老子要是心情不好，便是杀他四十个、四百个，也只当家常便饭。"

屠梦冲说道："杀四百个武林人物倒没什么，也许痛快得很。但杀四个不懂武功的人，这个……"再次看了看刘梦凌，等他表态。

刘梦凌淡淡地说道："人在江湖，身不由己。弱肉强食这样的事多着呢，和懂不懂武功有多大关系？如果天天讲仁义，蜈蚣寨的兄弟们怎么活下去？只怕都要散伙了。"屠梦冲挠挠头，觉得师兄所言似乎有理，又似乎有些不对，一时踌躇不决，不知是否还要帮历氏兄弟抵敌。

杨火鑫对刘梦凌说道："你这话可就不对了！古人说的，'盗亦有道'。就算身在绿林做了强盗，也要讲基本的道义，哪能像他们这般滥杀无辜，为所欲为？要是都这样的话，那还不天下大乱，谁的武功高强，谁就可以随时把看不惯的人都杀了。"

屠梦冲嘀咕道："他奶奶的！你这话，听起来倒也有几分道理。师兄，要不我们……"

刘梦凌瞪了屠梦冲一眼，说道："要成大事，哪能拘泥小节？别听他们那些迂阔之论。我们这次来蜈蚣寨干什么？总不是吃饱了撑的来散心吧！"

屠梦冲说道："我们是奉赣州官府的大老爷之命来这里的。但如果他们蜈蚣寨做下了那些坏事，我们还需要和他们混在一起吗？"

刘梦凌心里暗骂一声："糊涂！"环顾四周，大声说道："兄弟我今日奉赣州路达鲁花赤呼罕拔离大人之命，前来劝说蜈蚣寨忠于朝廷。如今蜈蚣寨

几位寨主答应听从呼罕拔离大人号令，与赣州官府已成一家。谁与蜈蚣寨过不去，谁就是与达鲁花赤大人过不去，就是与朝廷过不去。说得不好听，那就是造反！"

谢惟志这才知道，原来，刘梦凌是受呼罕拔离之命，前来蜈蚣寨招安的。刘梦凌此前投靠赣州路前任达鲁花赤哈伯沙里，受命寻找文天祥留下的"祥瑞三宝"，在江湖上奔波了数年。后来哈伯沙里因为丢了赣州城而被朝廷撤职，刘梦凌为了继续获得官府支持，又投靠了新任赣州路达鲁花赤呼罕拔离。最近，呼罕拔离为了对付刘六十，打听到蜈蚣寨有投奔官府的意向，便派了刘梦凌与屠梦冲专程赶到蜈蚣寨，与历氏兄弟洽谈招安事宜。历氏兄弟本来便唯利是图，听得官府将分别封他们为武德将军、武义将军、武略将军，自然大喜过望，满口答应听从官府调遣。经刘梦凌与他们商议，届时，蜈蚣寨将全力配合官兵夹攻宝石寨。没想到便在此时，萧绿荷、欧阳紫鹃与谢惟志一行先后寻上山来，找历氏兄弟的晦气。刘梦凌索性将来意向谢惟志等人说了，意在让他们知道和蜈蚣寨作对，便是和官府作对，最好知难而退，避免一场血拼。

杨火鑫听得刘梦凌语带威胁，不禁心生怒气，当即说道："你少拿官府来吓唬大爷！大爷要是怕了这些狗屁官府，也就不在江湖上行走了！不妨给你们直说了，大爷我就是来造反的，今天还非得把蜈蚣寨挑了不可！"

历经需大怒，骂道："哪里来的狂徒，真是狗胆包天了，竟敢跑到蜈蚣寨来撒野！今日不把你们碎尸万段，难泄我心头之愤！"抡起大头刀，便向杨火鑫砍去。

杨火鑫喝道："来得好！且让大爷看看你这把刀学到了几成功夫！"挥刀将历经需的来招挡了。不待对方使出第二招，杨火鑫刀锋一闪，已向历经需胸口攻到。

历经需没想到杨火鑫出手比自己快多了，只得退后一步，将这招避过，旋即横刀于胸，向前平推过去。杨火鑫也不示弱，硬生生将这招接下。二人你来我往很快斗了上十招。

历经雾见历经需一时难以取胜，喝道："我也来领教一下你们的高招！"身形一晃，扑向前去。万隆道人见他想合斗杨火鑫，说道："我先陪你玩玩吧！"抽刀向历经雳迎去。二人都是使刀的高手，两把刀交在一起，"当当"之声不绝，片刻间，已走上了十几个回合。

历经雷见两个弟弟分别迎战对方二人，沉吟片刻，思索对策。他对谢惟志一行的武功还不了解，便不急着出手。待得看到杨火鑫、万隆道人与历经需、历经雳又斗了二三十招，已知道杨火鑫、万隆道人的武功比自己的两个弟弟要高出一等。从刘望北的身手来看，此人年纪虽轻，武功却可能在杨火鑫、万隆道人之上。为首的谢惟志虽未出手，但料来武功定然不弱。如此看来，自己这边，即使刘梦凌、屠梦冲全力相助，只怕胜面也不大。于是，他对马大溜招招手，让他走到身边，悄悄吩咐："你去将寨内好手悉数调来，守在四周，见机行事。总之，一定不能让这几个人逃下山去！"马大溜点点头，轻手轻脚地去了。

历经雷向历经霆使了个眼色。历经霆会意，拔剑在手，走前几步，说道："蜈蚣寨内，岂容你等撒野！不给一点颜色看看，只怕你们还真以为蜈蚣寨无人！"便要去相助两个弟弟。谢惟志、刘望北他们事先已打听到，历氏四兄弟论武功，要数历经霆最强。他们上山之前，已合计由刘望北对付历经霆，谢惟志对付历经雷，杨火鑫与万隆道人对付历经需、历经雳。如此盘算，自是胜券在握。只是如今寨内多出了刘梦凌这个高手，他们的计划便只好作相应调整了。刘望北见历经霆要动手，当下对他说道："你的对手在这里呢！"长剑一指，上前迎战。

历经霆刚才见过刘望北出手，知道此人虽然年轻，却比杨火鑫、万隆道人更难对付。如今他既然上阵，历经霆只好顾不得给两个弟弟解围，先把刘望北打发了再说。二人走近，同时出招，剑光闪闪，转眼间打得火热。

刘梦凌说道："既然大伙儿都忙起来了，那我们做客人的也不好意思在一旁闲着。这位老对手，机会难得，我们再切磋切磋吧！"说罢，向谢惟志走去。

谢惟志心里想道："我和这姓刘的一旦动手，没有二三百招是分不了胜负的。他们这边还有个历经雷，不知萧绿荷与欧阳紫鹃能不能合力应付一阵子？今日之事，不可拖泥带水，只宜速战速决。但愿望北他们几个能尽快取胜，这样相互之间便有个照应。"这时刘梦凌已走到面前，谢惟志不敢怠慢，挺剑相向。二人对手重逢，一旦出手，自是竭尽所能，斗得异常激烈。

历经雷心念一动，觉得今日之事若要稳居不败之地，最好先拿下对方一两个相对较弱的同伴作为人质，然后再逐一击破，便向萧绿荷与欧阳紫鹃说道："大伙儿都找到各自的玩伴了！看来，老夫只好委屈一下，和两个年轻的妹崽子玩玩了！今日形势使然，但愿江湖上的朋友别笑话老夫才是！"话虽这么说，他心里想的却是，管他什么以大压小，今日务必不择手段，将这几个家伙收拾了再说。最好能够将他们悉数灭口，如此，江湖上自是谁也不知这是怎么回事。

萧绿荷见他靠近，喝道："老贼，说这么多废话干吗？动手吧！"与欧阳紫鹃分别站在历经雷左右侧，持剑待发。

七、山寨易主

历经雷"嘿嘿"阴笑两声，蓦地长剑离鞘，出手如电，已向近旁的萧绿荷刺去。他心里暗道："容情不动手，动手不容情。今日赣州官府的说客上门，蜈蚣寨若是失了面子，难免让刘梦凌他们小看，日后在赣州官府那边便很难抬起头来。既然顾不上和这两个姑娘讲辈分了，不如迅速将她们拿下，腾出工夫来与兄弟们共同对付那几个劲敌。到时伺机将这些不速之客一并痛痛快快地结果了，这事传不出去，也就不必担心江湖上的人说三道四了。"

萧绿荷早有防备，细腰一闪，已飘出数步。她与欧阳紫鹃虽然刚刚苦斗了一场，体力消耗不少，但看到刘望北等人突然出现后，精神一振，斗志昂扬，疲惫之感竟然一扫而光，全然不把历经雷放在眼里。二人将"连枝剑法"使出来，左右夹击，一时与历经雷打得难分难解。

场上登时分成五对，十一个人身形不断变换，刀剑相交之声不绝于耳。杨火鑫与历经需、万隆道人与历经雰这两对使刀的，已渐渐分出高下。历经需与历经雰平时仗着两位兄长的名头，在十里八乡欺男霸女，无恶不作，所到之处，百姓们多是敢怒不敢言。他们纵使在江湖上偶尔遇到武功高明的对手，人家慑于历家的势力，也往往不敢和他们真打实斗，总是让着他们几分。历经需与历经雰骄横惯了，便自以为武功超群，罕有对手，练武时便越发疏怠，是以近些年来武功并无长进。今日二人先是与萧绿荷、欧阳紫鹃斗了一场，虽然占了上风，但毕竟对方只是两名年轻女子，他们再狂妄无知，心里也明白此事可谓胜之不武，倒也不敢像往常那般沾沾自喜。此刻遇上杨火鑫与万隆道人，方知此战压力之大。历经霈与历经雾兄弟俩武功本来便及不上杨火鑫与万隆道人，加上此前刚与萧绿荷、欧阳紫鹃打了一场，很快便感到心有余而力不足，心里不禁颇悔当年没有下功夫好好学点真本事。尤其是眼前的对手不似以往那些江湖人士，不仅毫无退让之意，反而步步紧逼，更是让二人暗暗叫苦不迭。历氏兄弟勉强支撑片刻之后，在对手强势攻击之下，双双中招，节节败退。

历经霆曾经远赴齐云山拜了名师学剑，出师归来之后，几乎没遇过什么对手。他本来便颇为自负，自恃武功有成，更是不可一世，只道天下高手，除了师父和数位同门师兄之外，再无值得一提之人。他见刘望北一出手便化解了萧绿荷与欧阳紫鹃的困境，虽然看出了这个年轻剑客武功颇为不凡，但因为萧绿荷与欧阳紫鹃尚未进入江湖一流好手之列，自己那两个弟弟的武功也算不上出类拔萃，是以自认为有把握胜过刘望北。为了在赣州官府派来的使者刘梦凌面前挣回面子，历经霆当即运剑如风，连出三招，分别刺向刘望北上、中、下三盘。他满以为可以将刘望北逼得手忙脚乱，让他甘拜下风，不敢再战，却不料，刘望北气定神闲，不慌不忙，立在原地不动，右手长剑随意挥洒，不动声色间，已是见招拆招。历经霆几招出手，居然一丝便宜也没占到。

历经霆心里虽然感到意外，脸上却不动声色，手上暗暗加劲，一口气又连续攻了上十招。刘望北从容不迫，举重若轻，抬了抬手，轻轻松松把这些来招化解于无形。历经霆这才确信，这个年轻人比自己所预料的要厉害得多，堪称自己出师门以来遇到的第一劲敌。历经霆再也不敢托大，凝神聚力，招不虚发，长剑笼起重重银圈，只盼着尽快将刘望北压成下风。然而，事与愿违，二人起初还看似打得旗鼓相当，但数十招之后，刘望北左手突然多了一柄短剑，双剑合使，声东击西，神出鬼没，令历经霆不禁暗暗心惊。刘望北待历经霆使了数十招之后，已看出此人剑法杀机重重，确实有几分真功夫。他还招时虽然看似漫不经心，其实心里并不敢大意，表面轻视为的是让对手心浮气躁。若在平时，刘望北倒是愿意与他多磨些时刻，看看他还有哪些招数。但当前身处虎穴，变数甚多，务必速战速决，所以，他不再客气，使出了自己用于压身的"稼轩长短剑"。这套剑法，已让刘望北挫败了不少使剑的高手。历经霆的师父虽然是剑术名家，但多年深居简出，对这套剑法也只是知其名而不知其实，是以从未向弟子提及过，历经霆此前自然无缘见识这套快要在江湖失传的"稼轩长短剑"。硬着头皮应付了二三十招之后，历经霆但觉对手的招数越来越难琢磨，而且变幻无穷，似乎永远不会重复，心下便渐生怯意。再过得十余招，历经霆已然明显处于下风了。

斗得最紧的，还是谢惟志与刘梦凌这一对。七年前，二人在宝莲山初次见面，便有过一次激战。当时他们在山道旁一块巨石上打得难分难解，后来巨石滚落山谷，二人无奈罢手，未能分出胜负。此后，他们心里都暗暗佩服对方的剑法，谁也不敢小看谁。二人本来便功力相当，多年后重逢，都想在对方身上好好亮一手，杀一杀对方的威风，此时自然毫不客气，一出手便是得意招数。谢惟志这些年在宝石寨协助刘六十打理寨务，武功却没落下，一手"梅川诗剑"更胜昔年。刘梦凌是赣州崆峒门使剑的高手，年轻时也是个很自负的人，后来投身赣州官府，在江湖上见识了不少高人，明白了一山更比一山高的道理，始知学无止境，骄傲之心渐渐收敛，练功更比年轻时抓得还紧，这些年武功因此长进不少。二人使出浑身解数，很快交手数十个回合，依然各有千秋，不分胜负。

历经雷原以为可以在二三十招之内击败这两个女娃子，尽早腾出手来助两个弟弟一臂之力。没想到，萧绿荷、欧阳紫鹃二人初生牛犊不怕虎，越战越勇，两柄长剑配合得比双战历经需与历经雾还完美，令历经雷一时之间根本找不到破绽。历经雷暗忖，看这样子，一时之间根本没有取胜的把握。他边出招，边用余光打量其他几个兄弟的战况，已知如此僵持下去，形势大大不妙，倘若不倚仗人多，只怕蜈蚣寨今日要一败涂地，心里便暗骂马大溜办事不力，这么久了也还没把大批人手召集过来。

屠梦冲见对方人手已悉数上阵，大家都找到了各自的对手，自己心头迷茫，不知所措，便只好在一旁观战。他知道师兄刘梦凌一向自视甚高，与人打架不要他做帮手，而对历家兄弟一则不熟悉，二则心有疑虑，便没有上前相助的念头，只等师兄向他下指令再说。

马大溜一路小跑出去，穿过几栋房屋中间的小巷，恰逢一人匆匆走进

来，二人在拐角处撞了个满怀。马大溜走得急切，被那人一撞，不禁倒退数步，好在用胳膊顶着土墙，才没跌上一跤。马大溜正要开口大骂，定睛一看，来人却是副寨主甘山枫，身后还跟着几名他的亲信。马大溜平素仗着是历家兄弟的亲信，和甘山枫不怎么对路，若是换了别的时候，遇此情形，自然不给甘山枫好脸色。但此时劲敌当前，毕竟来者是本寨中人，也就不去计较那么多，赶紧将正待出口的脏话强行咽了下去，心急火燎地对甘山枫说道："甘寨主来得正好！上头几个大王与外面来的贼人打得正厉害，大大王叫我速速调集人手相助，你们几个也一起分头喊人如何？这些贼人很不好对付，只怕去晚了要出大事。"

甘山枫侧头问道："此事当真？我们历家几位大王武功盖世，还需要另外叫帮手？你可有听岔了话、看走了眼？若是会错了意，无端损了几位大王的威名，可有你的苦头吃。"

马大溜急促地说道："这、这、这怎么有假？是大大王见形势不妙，叫我出来邀集人手的哩！这几个闯入山寨的贼人可别提了，简直他妈的不是人，我老马活了几十岁的人了，就没见过这等功夫！"他在蜈溪村吃了杨火鑫等人的亏，当时还没想到后果有多严重，待得回到山寨后，见到历经雷居然一反常态，对这些人不敢大意，方知这几个人比自己起初想象的还要难对付。马大溜跟随历家兄弟多年，深知历经雷的眼光非自己这些人可比。放在平时，历家几兄弟聚在一起，别说在自己寨子里，便是在外面，也是根本不把敌人放在眼里的。而此际历经雷竟然想到要以多取胜，这在寨里可是绝无仅有的事。想到这里，马大溜不禁对蜈溪村的遭遇横生几分后怕。

甘山枫似乎还是不大相信马大溜所言，再次问道："真有这等事？不会是你小子嘴馋，不想在上面服侍几位大王，想溜出去好好喝上几碗老酒过瘾吧？"

马大溜急得直跺脚，说道："这都什么时候了，甘寨主还有闲情开这样的玩笑！我出来的时候，三大王、四大王已经开始和他们动手了，大大王看出了敌人的武功比三大王、四大王高明，而他们另外几个更厉害的还没出手，才叫我快快出来搬兵呢！"

甘山枫微微一笑，说道："这就对了！这就对了！"

马大溜瞪大眼睛说道："我们几个大王都快抵挡不住了，甘寨主还说对了？莫不是还没睡醒啊？"摇摇头，见甘山枫一副漫不经心的样子，心里骂道："大伙儿都要大祸临头了，你还计较以前那些疙疙瘩瘩，在这里幸灾乐祸，看来这天星寨过来的人真是不可靠！待这事过去之后，得好好向大大王参你一本，让你立马滚蛋！"

马大溜心里虽然这样盘算，但光棍不吃眼前亏，此时对方人多，当然不可直接得罪，于是不露声色，只是冷冷地说道："甘寨主既然不急，那就先忙你的去吧。我老马有要事在身，可没空和你瞎扯了。请甘寨主借光让一步，我得赶紧找兄弟们去！大王们的事要紧得很呢！"左手往旁边一摆，示意甘山枫让开，抬腿便要过去。

甘山枫呵呵一声说道："谁说我不急？我和你一样，急着呢！只不过，这事没到火候，急不得而已！"边说边侧开身子，让马大溜过来。待得马大溜走到跟前，甘山枫忽然伸肘往他腰间狠狠地一撞，马大溜猝不及防，被撞了个正着，登时半身麻木，正待破口大骂，甘山枫拉着他的双臂往后一扭，直让他痛得嘴都合不拢。甘山枫将他推出巷口，重重地踹了一脚，马大溜痛不可当，摔倒在地。甘山枫轻轻拍了拍手，对一旁的亲信说道："给我绑了！"其中两名亲信取出身上备着的绳索，当即上前将马大溜绑成了一只大粽子。

马大溜强忍疼痛，咬牙切齿地骂道："姓甘的，你敢这样待我，到时看我怎么向大大王告你！"

甘山枫冷笑道："大大王？从今以后，甘某就是蜈蚣寨的大大王，最大最大的王！我倒要听听你如何告我？"

马大溜惊诧地说道："姓甘的，你敢趁乱造反？别忘了你也是蜈蚣寨的，若是历家几位大王对付不了那几个人，你更别想在他们手下讨到好去！我劝你还是死了这条心，老老实实和历家几位大王共同对付了敌人再说！否则，你也一样死无葬身之地！"

甘山枫哈哈一笑，说道："历家几位大王对付不了我的兄弟，应该是他们死无葬身之地才对呀，我甘某人怎么会死无葬身之地？再说啦，我为什么要对付自家兄弟？我的自家兄弟又怎么会对我动手？你这人平时喝多了酒，脑子颠三倒四，刚才那番话，真是天大的笑话！"

马大溜瞪大双眼，说道："姓甘的，你说什么？原来这几个瘟神是你引进来的？好呀，几位大王真是看走了眼，没想到寨里出了这么大一个家贼……"甘山枫不等他说完，随手从地上抓了一把污泥塞进马大溜的嘴里，直把马大溜气得双眼反白，一时晕过去了。

甘山枫对其中两名随从说道："钱有多、孙三猴，你们俩把这个势利眼扔到那边的茅坑去，让他好好享受享受再说。"又说道："历老大向来眼高于天，这次想着要搬兵以多胜少，可见刘寨主派来的这几位兄弟果然是硬手儿啊！看样子，历家这几个家伙很快就要玩完了。你二人把这个势利眼扔下之后，立马下去通知我们的兄弟把守严一点，别让历家那些手下进入内寨。周老二、翻山狗、大面鬼，你们几个，跟我进去给那几个宝石寨的兄弟掠阵。"正架着马大溜的钱有多、孙三猴答应一声，拖着他向一旁的茅坑走去。

甘山枫脸露微笑，对周老二等几名随从说道："听这刀剑声渐渐低落下去，应该快要分出胜负了，今天这个安排可真是天衣无缝啊！看样子，老天爷都帮着我们这边呢！走，上去看看他们的下场。"周老二低声笑道："寨主神机妙算，谅那几个姓历的草包做梦也想不到会有今天！历老三更是想不到，今天他办的哪是喜事，分明是丧事！"翻山狗跟着笑了几声，说道："到底还是我们的寨主英明！从今往后，整个蜈蚣寨都是我们天星寨——不，都是我们甘寨主的了！"大面鬼说道："我们几个兄弟早就知道，跟着甘寨主才有出息！这下那些蠢家伙就要后悔了！"

甘山枫呵呵一笑，说道："我的就是兄弟们的！也该我们天星寨翻身了！以后你们就等着享福吧！到时候，我们的势力壮大了，还要和宝石寨干一番更大的事，你们几位都是大功臣！"周老二等人连忙躬身说道："全仗甘寨主——不，甘大王栽培！"

杨火鑫与万隆道人几乎同时将历经需与历经雾的手中刀击落。历经需、历经雾兄弟俩早已被对手压得苦不堪言，巴不得早点结束这场苦斗，如今失了手中兵刃，一时不知所措。杨火鑫用刀指着历经需，厉声喝道："打服了没有？不服可以再打，大爷还有一半的招式没机会使出来呢！当然，如果你们乖乖投降，大爷也可以考虑饶你们一命！"万隆道人也说道："既然胜负已分,若是你们愿意痛改前非,从今退出绿林,不再祸害百姓,我们便放你们一条生路也无妨。"

历经需向历经雾使了个眼神,点点头,说道:"绿林之中,强者为王,败者服输。既然我们哥儿俩技不如人,已败在你们手下,这也怨不得别人,只好从此金盆洗手,乖乖退出江湖了。兄弟,我们走吧。"俯身便去拾起被击落的刀。历经雾喃喃说道:"我听三哥的。三哥说走就走。"也将跌落在数步之外的刀拾在手里。

杨火鑫收了手中刀,看了看万隆道人,说道:"师兄,这两人既然服输了,我们就此罢手,让他们快快滚下山去吧?"在他看来,历家兄弟及其他寨众与自己几个并无仇怨,只要他们愿意离开蜈蚣寨,就让他们速速离去,愿走几个算几个,最后大伙儿一起合力对付那些最顽固、最不听话的便是。万隆道人见历经雷、历经霆、刘梦凌那边还没打完,正寻思是否该放历经需、历经雾二人出寨,历经需与历经雾蓦地暴喝一声,两道刀光直向杨火鑫与万隆道人当头劈来。

刘望北在历经霆面前渐处上风之后,便不时用余光打量场中其他人的情形。历经需与历经雾抬手之际,他恰好看在眼里,旋即意识到这二人要偷袭杨火鑫与万隆道人,连忙大喝一声:"两位兄长当心!"急切中将左手短剑一扬,直向离杨火鑫较近的历经需击去。只近得"当"的一声响,短剑与历经需手中刀撞了个正着,历经需但觉手腕一沉,大刀偏向一边,险些脱手而去。与此同时,杨火鑫已将身子一侧,总算脱离险境。

万隆道人横刀于胸前,正在思忖如何处置历氏兄弟为好,突见历经雾发难,架起手中刀一挡,历经雾这一刀便没能砍到他身上。他见历氏兄弟不仅毫无悔意,还使出偷袭的卑鄙手段,甚是恼火,当下也就不再客气,"呼呼"几招出手,反攻历经雾。

杨火鑫险些吃了历经需的亏,心头大怒,大骂一句:"好你个火板子,给你生路不要,偏要走死路,杨爷我今日就成全你们!"连连使出拿手招式,将历经需逼得不住后退。

刘望北失了手中的短剑,"稼轩长短剑"已使不出来,便将长剑一抖,改用"梅川诗剑"的招数与历经霆交锋。"梅川诗剑"由萧立之初创时便名震

武林，甚至被武林中人誉为"江南第一剑法"。这几年，刘溪与陈子敬隐居于狮子寨，二人潜心修习各路武功，少不了钻研这套剑法，又赋予了它一些新的变化，使之威力更胜往昔。历经霆本以为刘望北手中少了一把剑，会更好对付些，没想到这个年轻人单凭一把长剑，使出的招式依然变幻无穷、杀机四伏，照样让人眼花缭乱、压力重重。再坚持了十余个回合之后，历经霆不由得越发气馁。

谢惟志专心对付刘梦凌，对历经需、历经雾兄弟使诈的情节未能看在眼里，但听到他们的呼喝之声，已猜到是怎么回事。他心里暗道："难怪'历家四虎'在江湖上名声不佳，看来这一家子确实是不择手段的无赖之徒。与这种人打交道，务必处处小心。刘寨主所虑着实有他的道理，今日不将他们铲除，历家兄弟终为绿林之害。"好在杨火金与万隆道人并未吃亏，他也就不去分心，依然全力以赴与刘梦凌见招拆招，打得火热。

历经雷在两个弟弟说话之时，便知道他们将以诈降的方式出招偷袭。这是他们历家的惯用伎俩，往往在与敌人交锋处于下风之时，故意示弱装出可怜相，趁对方不备之际，再伺机反戈一击，将对方置于死地。在历经霆外出学艺之前，这个阴招他们曾经屡试不爽，很多江湖好汉因此伤在他们手下。自从历经霆学成高明剑术回到寨里，历氏兄弟在江湖上几乎无人敢惹，这个伎俩也就少有机会使用了，没想到这次居然失手了。历经雷心里暗暗叹了一口气，不禁更加焦躁，暗暗咒骂马大溜办事不力，去了这么久还未搬得援兵上来。

再斗得片刻，历经需与历经雾兄弟俩因偷袭失败，心里发虚，怯意渐浓，恨不得有机会逃出困境。而万隆道人与杨火鑫师兄则满腔怒火，斗志昂扬，下手越来越不容情，终于再次将历氏兄弟手中刀双双击飞。历代兄弟知道大事不妙，转身要跑。万隆道人与杨火鑫不再手软，乘胜追击。万隆道人顺势一刀向前劈去，活生生将历经雾的一条胳膊切下，随即飞起一腿，将他踢倒在地。杨火鑫如法炮制，一个纵跃，挥刀砍在历经需的右臂上。历经需往前一摔，与历经雾痛得满地打滚，惨叫不已。杨火鑫怒骂道："多行不义必自毙！你们几兄弟作恶多端，早该有今日！"

历经霆自从在齐云山学艺归来，打遍蜈蚣寨周边绿林未逢对手，全寨上下因此对他奉承有加，直把他捧成武林第一高手。历经霆本来便自负，此后更是难免狂妄自大。没想到，这次面对一名年轻的剑客，竟然大感束手束脚，只觉得空有一身本事却没法施展出来，心里早就烦闷不已。此时听到两个弟弟的哀号，更觉心烦意乱，出招便越来越没章法。

刘望北见历经霆情绪越来越低落，信心倍增，将一些平时难得一用的招式使出来，但觉酣畅淋漓，汪洋恣肆，后劲无穷。高手比拼，武功底子固然是第一位的，气势也很重要。历经霆如果在气势上没有输下来，以他的真实武功，本可在刘望北面前多支撑一阵。此时气势既输，败局已定。

只听得刘望北冷笑一声，说道："血债血还，时候到了！"长剑霍地拉出一个弧圈，使出一招"山林黄尘三百尺"，直击历经霆右拳。历经霆见他这一招变招突然，来得又快又狠，正不知该用什么招式应对，但觉右手大拇指一痛，手中长剑再也抓不牢，"哐当"一声掉在地上。

历经霆举起右手一看，手掌鲜血淋漓，大拇指已不知去向，原来已被刘望北削飞。他是用剑的人，右手没了大拇指，从此便无法再使剑。见此情景，历经霆登时头脑一片空白，仿佛被人抽去了筋骨，再也挺不起身。历经霆向来心高气傲，除了对大哥历经雷稍稍客气，谁也不放在眼里，而且平时与人争斗，心狠手辣，从不容情，在江湖树敌不少。此时见大拇指竟然被一个不知名的青年剑客削了，自己引以为豪的剑法不仅今日大输特输，日后也再无机会施展了，不禁心灰意冷，不知今后脸面往哪里搁。他越想越懊恼，想想以前所到之处，迎接自己的尽是恭维奉承，现今压身的武功失去，只怕走到哪里都将遭人耻笑，更何况不知有多少仇家要上门来找麻烦。想到这里，历经霆突然觉得往后的日子只怕生不如死，甚至今日也难免丧生于这名青年剑客手下，于是心一横，大喝一声，一头撞向一旁的墙角，血溅当场。

刘望北见此情景，不禁感到心头一凛。他本来爱惜历经霆的武功，觉得他练到今天这个程度也不容易，并不想置其于死地，只是想让他的武功从此大打折扣，难以在武林为非作歹，所以只削去其右手拇指以示惩戒。没想到此人性情如此偏激，一败之下，便要寻死。刘望北不禁悄然叹息："单凭武功而论，历经霆确实是一名好手，难怪宝石寨对他有所忌惮。可惜此人心地不纯，太自以为是，其见识有时反而如井底之蛙。这种人，想来平时走得太顺，又习惯被人吹捧，于是，得意时看似强大，失意时便尤显脆弱，否则，也不至于一旦失败便自寻短见。"

历经雷见自己兄弟当中武功最强的老二竟然一战殒命，大惊失色。此前，他虽然看出了这几名不速之客武功过人，不好对付，但自忖几兄弟联手，加上一个刘梦凌，再不济也不至于落败，更何况这是自家的地盘，寨里还有数百兄弟可以依靠，料来这几个人最终占不到多大的便宜。没想到，自己视为顶梁柱的二弟不仅未能击败敌人，反而最先丢了性命，而另两个弟弟已形同废人。如此看来，今日别说保全蜈蚣寨，就算能保全自身便是万幸了。想到这里，他只好强压心头的痛楚，边舞动长剑护身，边思量对策。

刘梦凌见转瞬间历家四兄弟一死二伤，尤其是武功最强的历经霆已自行了结，心里明白历氏兄弟已无力回天，蜈蚣寨的情形已完全不同于此前所料了。他本是一个精打细算的人，对自己有利的事能出力便出力，对自己不利的事能回避便回避。此前主动出头给历家做帮手，是因为觉得蜈蚣寨实力雄厚，谅谢惟志几个人在这里讨不了好去，乐得做个顺水人情，以便更快收买历氏兄弟为官府效力。没想到蜈蚣寨人虽多，却迟迟不见援兵前来；更没想到刘望北他们几个武功之强，超出预料，历氏兄弟竟然全面吃亏。如今历氏兄弟大势已去，蜈蚣寨要么易主，要么散伙，自己留在这里苦斗已毫无意义，甚至可能惹火上身，得赶紧寻找退路才是。想明白了这些利害关系，刘梦凌边接招边对谢惟志说道："谢兄数年不见，身手依然不凡，在下佩服佩服！本想良机难得，应当好好向谢兄多多讨教，无奈时候不早，我们师兄弟俩还另有要事，只好失陪了！"

屠梦冲一直在旁观战，历经需与历经雱在地上打滚时，他便忍不住嘀咕道："唉，谁叫你们玩阴招啊？这下可没法怨别人了！唉，唉！这做人哪，还是别太阴损。"历经霆撞墙自尽之后，屠梦冲更是摇头叹道："这事真是弄大了，唉！没想到大老远过来看到的是这样的结果！"此时听得刘梦凌说另有要事，便问道："大师兄，我们还有什么事情要办？怎么来时没听你说呢？还是蜈蚣寨的吗？我看我们就别管了，这里的事实在难办。"

刘梦凌暗暗骂道："真是蠢货！带了这么多年也带不出一点灵气。"嘴上自是不能这么说，只是淡淡地说道："当然不是蜈蚣寨的，我们要去的地方，离这里还远着呢！"

屠梦冲挠挠头，说道："莫非是去二师兄那边？那可太好了，我们还是早点去吧，都这么久没见二师兄了呢！"

谢惟志起先担心刘梦凌的另一个师弟荀梦冰也在蜈蚣寨。荀梦冰武功和刘梦凌差不多，如果他也在这里，对方便多了一名高手，自己这边倒是胜算更小。后来迟迟不见荀梦冰出现，便估计他没有和刘梦凌一起出来。这时听了屠梦冲所言，已确认荀梦冰果然没有和他们同行。当然，事已至此，自己这方已稳操胜券，就算荀梦冰赶过来，也帮不了蜈蚣寨的忙了。谢惟志虽然对刘梦凌颇为讨厌，但他毕竟不是蜈蚣寨的人，其背后还有一个在武林颇有实力的崆峒门，犯不着平白无故与他们结下梁子，既然刘梦凌主动提出要退出圈子，为了尽早解决蜈蚣寨的事，谢惟志便不想与他多作无谓的争斗，说道："没想到你这个成天想着当官的人，练武却毫不偷懒，我也佩服得紧呢！你既然不想打了，这个时候我强留着你的话，你心里也不服，那就改天再讨教你的高招也好！"也渐渐放慢了招数。

刘梦凌与谢惟志工力悉敌，对方一收劲，另一方立即便感知。于是，二人又拆得三五招，终于同时收了剑。刘梦凌拱手为礼，说道："后会有期！"便要与屠梦冲扬长而去。

历经雷见唯一的帮手刘梦凌又要撇开蜈蚣寨而去，不禁急道："刘兄，你且慢走！蜈蚣寨已经答应了你的条件啊！"刘梦凌轻轻叹了一口气，说道："还请历寨主见谅，刘某今日未能在这里完成达鲁花赤大人交办的事情，甚感惭愧，只好抓紧把他交代的另一件事情办好了，否则哪有脸面回去再见大人？历寨主，你就自求多福吧！"向屠梦冲一挥手，便朝一条小巷向外走去。

历经雷力斗萧绿荷与欧阳紫鹃，二女毕竟内力尚差火候，招数虽精妙，对历经雷的威胁却不大，所以他得以时不时眼观四方动静。此时刘梦凌已走进小巷，历经雷看着他的背影渐渐远去，心头一急，气往上冲，差点被萧绿荷一剑刺中。历经雷怒骂道："老夫今日无论如何也要够本才死！"忽见另一旁的小巷口出来几个人，为首的正是副寨主甘山枫。

历经雷喊道："甘寨主来得正好，速速调集人手，将这几个人团团围住，一个也不许跑出蜈蚣寨！"又骂道："这该死的马大溜，叫他去找人，怎么老

半天没个动静？回头看老子不把他扔到茅坑里泡个三天三夜！"

甘山枫呵呵笑道："大寨主是说马大溜么？他正在茅坑里泡着呢，就不用您老人家费神了！"

历经雷一愣，说道："这是怎么回事？谁把他扔茅坑里的？"

甘山枫拍拍胸膛，说道："那当然是我啊！我早就知道大寨主要把他扔进茅坑的，所以事事先替大寨主着想，不等大寨主发令，就先把事情办好了，谁叫我好歹也算是这里的副寨主呢！"见历经雷满脸狐疑，又慢吞吞地说道："要说这蜈蚣寨，马大溜除了你们四兄弟，他还把谁放在眼里，又有谁敢把他扔到茅坑里？唉，像这样的势利眼，早就该扔到茅坑去才是啊！"

历经雷知道，这几年，自己越来越不把甘山枫当回事，甘山枫与自己几兄弟积怨日深。若在平时，历经雷当然只允许蜈蚣寨的人欺负天星寨的人，甘山枫若是敢动蜈蚣寨的人，历经雷早就要对他不客气了。但今日之事大不一样，当务之急，乃是对付外敌要紧，自家内部的争执，不妨先放一放，到时再找机会教训他们便是。于是，历经雷干笑一声，说道："马大溜敢对甘寨主不敬，确实该好好给他一点苦头吃。也怪我平时管教不严，让这个混蛋没大没小，冒犯了甘寨主。今日我们还是先把这几个外贼解决了再说，到时我再好好教训马大溜。甘寨主要怎样惩罚他都行。"

甘山枫故作惊讶，左顾右盼之后，问道："不知历寨主说的外贼在哪？请恕甘某眼拙，左看右看，竟然没看到有外贼进入蜈蚣寨呢！"

历经雷见自己已然火烧眉毛了，甘山枫不但不急着施救，还在一旁风言风语，不禁心头大怒，说道："甘寨主这是说的什么话？蜈蚣寨今日眼看就要被人一锅端了，你难道一点也不着急？"

甘山枫哈哈一笑，说道："蜈蚣寨今日会被人一锅端了？我看，不见得啊，不见得！我这几位兄弟，分明是来帮我蜈蚣寨的，怎么可能一锅端了蜈蚣寨？这话真是不知从何说起。我看他们只是对少数几个人看不惯而已，对蜈蚣寨还是很好的嘛！"

历经雷这才知道，原来谢惟志一行竟然是甘山枫引进来的。他们这么做，自然是要置自己几兄弟于死地。想想这些年，甘山枫在自己面前低三下四，自己也只道他无非是敢怒不敢言而已，谅他兴不起什么风浪，因此没把他当回事。没想到，这家伙隐藏得这么深，竟然不知何时从何处悄悄找到了几位武林高手，一出手便将自己打入绝境。如此看来，蜈蚣寨其他寨众也早就被甘山枫收买或处置了。

历经雷心里暗道："再打下去，只有死路一条。留得青山在，不怕没柴烧。老二英雄气短，竟然自行了断；老三、老四伤成这样，要想突围已千难万难。当务之急，还是要靠自己寻找空子冲出去，否则历家一门今日死无葬身之地。"这样想着，主意已定，突然暴喝一声："姓甘的，你这个吃里爬外的奸诈小人，我和你拼了！"剑上力道倍增，将一旁的欧阳紫鹃逼退两步，作势向甘山枫冲去。欧阳紫鹃与萧绿荷见他双眼赤红，如同发疯一般，只道他要找甘山枫拼命，心里不禁一紧，便不再与他相持，闪过一边，让他冲了出去。

甘山枫知道历经雷武功比自己强，轻易也不敢惹他，此时见他不顾一切要和自己拼命，更不想主动招惹他，赶紧退出数步，横剑于胸，严阵以待。却不料，历经雷摆脱欧阳紫鹃与萧绿荷之后，虚晃一招，却并不向甘山枫冲来，而是一头扎进了甘山枫身旁的那条小巷。甘山枫反应过来，骂道："老贼想跑！"待他冲过去时，历经雷已穿过小巷，身影没入了屋外的树林里。

刘望北、谢惟志自从历经霆战败自尽、刘梦凌自动退场之后，便收了剑在一旁观战，杨火鑫与万隆道人则一直盯着地上痛不欲生的历经需与历经雺，防止他们再玩什么花招。历经雷一跑，几个人都没防到他耍出了这么一招。甘山枫紧追过去，冲到密林前面，已看不到历经雷的踪影。他知道历氏兄弟阴险狡诈，生怕钻进密林遭了历经雷的暗算，只好站在那里不住跺脚。

周老二紧随着甘山枫跑出来，见历经雷已无从追起，只好劝甘山枫息怒，甘山枫冲着林子骂了几句，与周老二转身返回。历经需与历经雺还在地上痛苦地扭来扭去。甘山枫看了他们几眼，冷冷一笑，说道："二位历寨主，看在多年老兄弟的份上，我就帮你们一个忙，让你们早日解脱了如何？"历经需与历经雺虽然痛得死去活来，但刚才甘山枫说的一番话还是听明白了，知道这些厉害的敌人都是甘山枫的朋友，蜈蚣寨这场巨变当然全是甘山枫一手预谋的。二人知道今日已是一败涂地，命悬他人之手。这二人虽然作恶多

端，骨头却颇硬，死到临头，索性双双破口大骂甘山枫祖宗十八代。甘山枫见他们骂得上气不接下气，并不生气，心里反而颇为快慰，笑道："自家兄弟，何必这么客气？早死早超脱，但愿你们二十年后又是一条好汉，当然，最好别投胎到蜈蚣寨来，这里可不需要你们这号人了！"向身旁的翻山狗、大面鬼使个眼色。二人会意，一个箭步冲上去，朝着历经霈与历经霁当胸便是一剑。

谢惟志等四人任何一人出手便可阻挡甘山枫这两名随从下手。但他们离开宝石寨之时，刘六十曾经交代，到了蜈蚣寨，只管把为首的历氏四兄弟拿下，他们的生死以及蜈蚣寨内的事务，自有一名叫甘山枫的副寨主出面处理。所以，当他们知道来者便是甘山枫时，也就对他的所作所为不加阻拦。

甘山枫见历经霈与历经霁已然气绝身亡，自言自语道："你们两兄弟害了这么多户穷苦人家，今日才死，已经很便宜你们了！"这才向谢惟志等人抱拳施礼，说道："在下甘山枫，在蜈蚣寨恭候各位兄弟已多时！感谢几位兄弟今日为蜈蚣寨除去四害！"

谢惟志见甘山枫处事麻利，心里想道："难怪刘寨主如此器重他，果然像个干大事的人。看来此人以前在宝石寨虽然没有公开露面，但已深得刘寨主信任。蜈蚣寨的善后事宜，他亦应当早有周密安排。"他们奉命来蜈蚣寨之前，已知道寨里有这么一位内应，此时正式见面，也就免了许多客套，直接将刚才双方交手的情况简要说了。当然，甘山枫听了之后，还是不忘把谢惟志、刘望北、杨火鑫、万隆道人，连带萧绿荷与欧阳紫鹃逐个夸赞了一番。

刘望北向甘山枫问道："我听刘寨主介绍，蜈蚣寨不是有数百上千名寨众么？我们在这里闹了半天，为什么没见到其他寨众进来帮他们呢？"

甘山枫哈哈笑道："这就是他们自己作死哩！今日，本是历家老三成亲之日，他们强抢山下一户民女，寨里的兄弟们自是准备大吃大喝一场。我向历老大提议让兄弟们去山上多捕些野味，把这个喜宴搞丰盛些，历老大不疑有他，便将半数手下遣到深山老林打猎去了。我却暗暗留了天星寨的老兄弟们把守着寨子。所以，这寨子里本来就没多少人，留下的也多是我们的兄弟。除了把守正寨门的几个人，历家留下来的其他亲信也被天星寨的兄弟们拦去喝酒赌钱了，这时只怕正醉得云里雾里呢！等他们醒来时，这寨子早就换主了！我天星寨那些负责守寨的兄弟，对于进入寨子的人都只是暗中盯梢，才不向历家兄弟报告呢。"

萧绿荷说道："难怪我们二人从小路潜入寨子之后，一路没遇到什么阻拦，我还道这寨子里的人草包得很，从不设防呢，原来是你们有意放我们进来的呀！"甘山枫笑道："二位女侠进入蜈蚣寨的事，我安排的人手早就向我通报啦！对于今日进寨的陌生人，我们就看看来的是历家的贺客还是对头。历氏兄弟在绿林名声太臭，本来就没几个人当真会来喝什么喜酒。二位女侠不走正寨门进来，显然不是历家一路的，我们才不吭声呢。当得知你们和历家兄弟打起来之后，我们可喜欢着哩！"

刘望北对萧绿荷与欧阳紫鹃正色说道："你们俩也太莽撞了！竟然敢这样闯入狼窝虎穴。好在我们碰巧进寨了，否则，后果真是不敢想象。"萧绿荷伸伸舌头，不说话。欧阳紫鹃笑道："也怪我们太大意了，只道这些山寨王充其量是一介莽夫，凭我们'绿紫双侠'的威名，定然杀得他们片甲不留，没想到这几个坏蛋手上还真有几分功夫。"

谢惟志微微一笑，说道："吃一堑，长一智。你们年轻人初生牛犊不怕虎，胆气可嘉，但往后遇到这种事情，确实要三思而后行。须知江湖上能人异士不少，小心行得万年船，大意则可能阴沟里翻了船。"萧绿荷与欧阳紫鹃互相看了看，回想这次的经历，不禁点点头。

杨火鑫在一旁问道："蜈蚣寨首恶已除，总算不负刘寨主所托。接下来，我们该怎么办呢？"

谢惟志对甘山枫说道："刘寨主告诉我们，到了蜈蚣寨，我们几个的使命就是对付历家兄弟。把历家这几个人干掉之后，寨里其他事情，甘寨主已有安排。如今历家四兄弟死了三个，老大虽然逃了，但单凭他一个人，我看已孤掌难鸣，未必能兴起多大风浪，不知甘寨主还需要我们几个干哪些事？"

甘山枫兴奋地说道："蜈蚣寨最难对付的，其实就是历家老二，正是因为这家伙跑到外面学了几招野功夫，我和刘寨主密谈了几次，也下不了决心去动他们兄弟几个。没想到我们这位刘少侠果然是高手中的高手，三下五除二，竟然让他早早地去见太公了！历家武功最厉害的人反而死得最快，兄弟我可真是做梦也没想到啊！江湖上的前辈们常常说：强中更有强中手。这

事还真是这个道理呢！刘少侠年纪轻轻，武功就这么了得，前程真是不可估量……"

刘望北听他一直夸赞自己，打断道："那历家老二倒不是泛泛之辈，我打败他并没有甘寨主说得那么轻松。何况，他是自己撞墙而死的，并不是直接死在我的剑下。"

甘山枫笑了笑，继续说道："历家老二不自行了结，还不是要被刘少侠一剑了结？总而言之，结局是一样的，算这家伙有自知之明。刘少侠此行，可谓为宝石寨和蜈蚣寨立下了奇功！"

刘望北心里暗道："历经霆要是不自尽，我可未必会亲手杀了他。"见甘山枫说得正起劲，便不再打断他，由他继续说下去。

只听得甘山枫说道："那历家老大虽然暂时跑了，但我们已不必怕他，就算他有狗胆敢跑回来，天星寨几个好手合起力来，尽可对付得了。蜈蚣寨那些喽啰大多是些墙头草，如今历家不行了，借他们几个胆也不敢闹事，相信大多数是会拥立我当这个寨主了，至于少数不识相的，我天星寨自有手段对付他们。如今蜈蚣寨还需要几位兄弟干的事，那就是好好喝一顿酒，喝完以后几位兄弟就可以回去向刘寨主复命了！哈哈！哈哈！"顿了顿，又说道："当然，也请几位兄弟回去后禀告刘寨主：从今往后，蜈蚣寨就是宝石寨的，刘寨主有何吩咐，只管传下令来。一句话：刘寨主叫我们往东，我们就绝不往西；刘寨主叫我们打狗，我们就绝不撵鸡！"

谢惟志心里暗道："这甘山枫，说话倒是爽快动听，就是不知道是否真心这样做。当然，他眼下能这么说，刘寨主听了倒是定然高兴。"于是哈哈一笑，说道："打了这么一场，难得的是遇上了老对手。当时不觉得，如今甘寨主一说到酒，还真有点饿了呢！那我们哥儿们和小姑娘几个就不客气，先好好喝上几碗再说啦！"

甘山枫对周老二说道："你快快叫厨房将酒菜送到厅里来！另外，叫王老四他们几个好生看着蜈蚣寨那些人，归顺的只管让他们大吃大喝，想造反的就别跟他们客气！"又对翻山狗和大面鬼说道："这里的地上太乱了，你们俩赶紧收拾一下，别影响了几位兄弟喝酒的兴致。"二人答应一声，当即七手八脚收拾场地。甘山枫引了谢惟志等人进入正中那间大屋的厅内，这里是蜈蜈蚣寨头领们平时议事、喝酒的地方，当中摆了一张八仙桌，一旁还另外摆了一些长凳短凳。桌上原本放了一些茶点，是历经雷兄弟用来招待刘梦凌师兄弟的。甘山枫嫌这些东西晦气，叫大面鬼过来将它们全撤下了，推谢惟志坐了上席，其他人便自行坐下。

酒菜很快陆续端上来。甘山枫安排得颇为丰盛，单是野猪肉就做了好几种花样，还有风干野鸡、清蒸田鸡、腌制笋干、油炸黄元米果等。谢惟志笑道："甘寨主早就预料到今日能旗开得胜，准备了这么多酒菜，让我一看就食指大动啊！"甘山枫哈哈一笑，说道："说起来，这些东西本来也是历家兄弟准备的呢！他们原以为今日可大办一场喜事，让兄弟们开怀一醉，没想到，对他们来说，喜事变成了丧事，而他们的丧事，正是我们蜈蚣寨最大的喜事！"敬了谢惟志他们一大碗酒之后，又说道："不过，刘寨主悄悄派人和我接头后，告诉我宝石寨的高手们就要光临了，我心里就非常有谱了！按照刘寨主的约定，我知道他们兄弟几个今日是注定要完蛋的。于是，一大早，我就和天星寨的老兄弟们作了周密部署。除了劝说历老大支使他的手下出寨打猎，我们一方面不让历家的大批人手进入这个后寨；另一方面，让天星寨的兄弟们暗地里游说蜈蚣寨那些平素和历家那伙人来往不怎么密切的兄弟们，今日一起与历家反目，让他们知道强者为王的道理。这些人本来便是只顾眼前小利，不在乎寨子里由谁当家做主。寨里一旦发生变故，他们自然乐于跟随新寨主。"

杨火鑫痛快地干了一碗老酒，把碗一放，抹了抹嘴角，粗声问道："蜈蚣寨上下有差不多上千号人，甘寨主就那么有信心，认为这些人都不会跟着历家几兄弟卖命？"

甘山枫说道："杨兄弟有所不知，这蜈蚣寨的人，都是从周边各个小寨陆续聚拢过来的。早些年还好些，大家相安无事，有活一起干，有酒一起喝，心气也挺顺畅的。自从历家老二在外学艺归来之后，情形就大不一样了。他们几兄弟自以为可以打遍江湖无敌手，不仅对自家兄弟越来越残暴，对周边百十里的绿林同行、寻常百姓也苛刻无情，这些年，可以说是搞得寨内寨外怨声载道！寨里多数兄弟们早就敢怒不敢言了。他们表面上对历家兄弟毕恭毕敬，甚至不惜放下面子阿谀奉承，但暗地里没准都想扒了他们历家的祖坟

哩！若是有人，尤其是我这种本寨的人能够取而代之，他们欢呼还来不及呢！至于历家兄弟那少数亲信，根本不足为患。历家几兄弟完蛋后，他们要么悄悄溜出蜈蚣寨，从此不敢再回来，要么乖乖听我们的号令，从今以后重新做人。"

刘望北说道："看来，蜈溪村那户人家所言不虚，历家兄弟的所作所为真是令人发指。这伙人，做得太过分了，迟早要遭报应的！"

谢惟志点点头，说道："听甘寨主这么一说，我们就放心了。得道多助，失道寡助，古人说得很有道理啊！历家兄弟别说武功还没达到无敌境界，就算真的可以天下无敌，就算他的江湖地位再高，像这般行事的话，总有一天也要被众人推下去的。"

众人起初还担心寨里再起其他变故，如今听甘山枫说了其中原委，再无后顾之忧，便放开肚皮大碗大碗喝起酒来。杨火鑫酒量好，喝到后面，兴致越发高起来，频频劝酒，甘山枫稍有迟疑，杨火鑫便扯着他的胸襟要强行灌酒，颇有反客为主之势。甘山枫因为强敌已除，心情大好，也不和他计较，只好努力应战，直喝得满脸赤红，一股股汗水不住地从头顶流淌下来。萧绿荷与欧阳紫鹃见了，忍不住偷偷笑了好几回。

酒足饭饱之后，谢惟志一行向甘山枫告辞。甘山枫要集中精力重新打理蜈蚣寨，也就不再强留他们，又说了一大堆的好话之后，将他们送到寨门口。

走出蜈蚣寨，果然见到一路平静，俨如什么事也没发生一样。谢惟志说道："这位甘寨主虽然喜欢耍嘴皮子，但也不是信口吹牛之辈，寨里的事确实安排得甚是妥当。"杨火鑫说道："我们就希望他有真本事！今日一战，让宝石山添了个得力帮手，也不枉我们跑这一趟了！"

途经蜈溪村时，一行人特意去了黄狗屎家，告诉他们历家兄弟已败亡的消息，让他们不必担心女儿被强抢了。黄狗屎见到谢惟志等人出现在家门口，又惊又喜，一时合不拢嘴，半晌才说道："几……几位英雄果……果然了得，竟然真的把历家几位大王打下来了！"

杨火鑫说道："你还以为我们被他们打死了吗？我们早就告诉过你，历家今日准完蛋，现在你该相信了吧！从此没有什么历家大王，只有历家死鬼了！"简略地把自己几个人大战蜈蚣寨的情形说了，并告诉他，现在蜈蚣寨当家的，正是他此前所提到的那位从不欺压山下百姓的甘寨主。

黄狗屎一家听了，当场喜极而泣。黄狗屎的妇娘搂着女儿，颤声说道："观音菩萨显灵，派了这几位大仙下来保佑我们，这下可好了，再也不用怕了，也不会天天晚上做噩梦了！"黄狗屎一向胆小怕事，此时却一反常态，大笑几声，说道："我要跟村里的黑老七、野鸡崽、黄番薯他们说去，告诉他们今后再也不用担心蜈蚣寨的人欺负我们了！"忍不住走出家门，在邻里之间奔走相告。万隆道人说道："但愿这方百姓从此过上平安的日子！"

走出蜈溪村，刘望北感叹道："'历家四虎'威震兴国、永丰一带，没想到如此不堪一击，败亡之后连给他们哭几声的人都没有。"谢惟志说道："从这事可知，那些看起来强大的人，其实离灭亡也许并不远。现在元人把我们汉人江山占了，他们的朝廷看起来强大，谁知道到底能支撑多久呢？也许，就差一个人点起这把火来。"杨火鑫、万隆道人也点头称是。

谢惟志又说道："今日之事说来也真是有趣。我们四个有备而来，可谓料敌充分，只道凭我们几个单打独斗，拿下'历家四虎'全然没问题，却没想到对方凭空冒出一个刘梦凌，而且此人大是劲敌。更没想到的是，我们两位女侠也在今日到了蜈蚣寨，刚好帮我们挡住了一个对手，这凭空冒出的敌人就这样抵消了。当然，好在刘梦凌那个师弟荀梦冰没有随同前来，不然此事只怕还要费些周折。这就叫冥冥之中自有天意。"

刘望北笑道："若是荀梦冰来了，说不定我们这边也有哪位朋友不期而至呢！比如传鹏兄弟，他按捺不住前来找紫鹃妹妹呢？"

欧阳紫鹃听刘望北提到尹传鹏，脸一红，说道："我看是你自己算准了来找绿荷吧？"说这话时，心里还真情不自禁地闪过了尹传鹏那憨厚的笑脸。萧绿荷拍打了一下欧阳紫鹃，嗔道："鬼妮子胡说八道，扯到我身上来干什么？"

刘望北说道："那就不说传鹏吧，我倒是希望，我叔叔能突然在我们面前冒出来。但他和我师父深居简出，又怎么会出现在这样的地方？除非刘寨主义旗打出后，势如破竹，光复有望，我师父和我叔叔就可能出山了。"

杨火鑫说道："我看这倒是完全有可能的事！如今蜈蚣寨归顺，宝石寨的

号令可以直通莲花山、宝华山、凌云山等地，永丰、宁都、瑞金、石城一带的绿林本来便和刘寨主互有消息，从此往来更方便了，宝石寨一呼百应之势已然形成。到时刘寨主做了皇帝，定然要请你师父他们出来做宰相、元帅的。"

刘望北笑道："这宰相、元帅什么的，我师父和我叔叔是定然不做的，但若是能够实现文丞相遗志，为光复汉人江山出力，他们是必将全力以赴的。"

杨火鑫说道："我们师兄弟在江湖也算闯荡了十几二十年了，久闻陈大侠、刘大侠的大名，如雷贯耳，可惜无缘一见。这些年他们隐居起来，江湖似乎也平静了许多。我还是喜欢热闹一点，希望他们都能出来好好干一场！"

谢惟志说道："我也盼着有这一天呢！这几年，我留在宝石寨和大伙儿一起干，就是希望有朝一日能成大事，为我舅舅一家报仇，也为众多汉人兄弟报仇！"

谢惟志的舅舅陈继周是当年文天祥在赣州起兵勤王时最得力的助手。宋端宗景炎元年（公元1276年），陈继周在赣州城郊被元廷赣州路达鲁花赤杨孜率兵袭击，与长子陈逢父一起战死。其次子陈桀则追随文天祥转战于江西、福建、广东之间，最后战死于潮州。谢惟志为了给陈继周报仇，在江湖独自闯荡多年，后来终于在宝莲山追查到两名凶手的踪迹。这二人是岭南六石门的高手余宽绪、郭隆昌。经过一场苦斗，谢惟志得以手刃二凶，也因此结识了陈子敬、刘溪等文天祥旧部，从此与他们患难与共，一直为光复汉人江山而出力。这些往事，刘望北、杨火鑫、万隆道人、萧绿荷、欧阳紫鹃当然都知道。

刘望北说道："对了，提到陈继周大人，我忽地想起，下山时，师父和叔叔嘱咐我，得空时要去方石岭和空坑寨走一趟，祭拜一下二十年前他们那些战死的好兄弟。我父亲、两个兄长皆因空坑之战而亡，我却还没去过那里。这次既然出来了，此处离空坑寨也不远，不如我先去一趟空坑寨，然后从方石岭回宝石寨与大家相会。"刘望北的父亲刘洙是文天祥的同乡好友，他年轻时便争胜好强。文天祥喜欢下棋，且棋艺高超，罕逢对手。刘洙起初与文天祥对弈，远远不敌。他不甘认输，整夜苦思冥想，次日再战，竟然与文天祥杀得旗鼓相当。临安失陷，文天祥从元军手中逃出，一路南下寻找流亡朝廷，经过黄岩时，曾经化名"刘洙"，与当地豪杰张和孙等人商议抗元大事，事后留诗《过黄岩》："魏睢变张禄，越蠡改陶朱。谁料文山氏，姓刘名是洙。"由此可见文天祥与刘洙之交情。文天祥率军回师江西抗元，刘洙闻讯，当即召集数千人马来投，深受文天祥器重。

谢惟志听得刘望北提起要去空坑，说道："如此甚好！既然要去，不如我同你一起去。一晃二十年了，我也想去这两个地方看看哩！当年，文丞相从宝石寨经方石岭一路撤退到空坑，今日我们就从空坑折回方石岭再回到宝石寨，一路寻访英烈遗踪。这样吧，杨兄弟，你们师兄弟先回宝石寨，回报刘寨主，以免他挂念蜈蚣寨这边的事。我和望北按刚才所说的办。绿荷、紫鹃，你们俩意下如何？"

萧绿荷说道："我们俩难得出来，既然来了，自然也想跟着你们去空坑寨看看！我听师父说过，当年文丞相在那里打了最惨烈的一仗，夫人、女儿都被元兵抓去了呢！"欧阳紫鹃也说道："我们才没这么快回去呢！反正师父不知道我们来了蜈蚣寨。"

谢惟志其实明白二女的心思，既然她们说了要同行，也就不反对，转头对杨火鑫和万隆道人说道："为了让刘寨主尽早放下心来，就烦劳二位兄弟先回去向刘寨主禀报一下了。我们去了空坑寨便去方石岭，这两个地方都不算太远，得空走走，也不至于耽误了宝石寨的大事。"

杨火鑫和万隆道人见他们已把话说定，也就无异议。他们不是文天祥旧部，对方石岭、空坑寨谈不上特别的情感，何况蜈蚣寨的事也确实需要让刘六十及时知晓，于是向谢惟志等四人作别，直奔宝石寨而去。

八、英烈遗踪

空坑寨在永丰县南，是一座隐没在群山之中的小山寨。宋端宗景炎二年（公元1277年）五月，文天祥率同督府军从广东梅州出兵江西，经会昌、雩都等地，一路所向披靡，江西境内诸县豪杰纷纷响应，文天祥军声势大振。当年六月，文天祥率部来到兴国，派遣手下将领分兵攻打周边城池，只有参军张汴、监军赵时赏等攻打赣州城未能如愿，而其他诸路将领势如破竹，文天祥同督府号令通于江淮。元朝皇帝忽必烈对江西局势颇为震惊，为了对付文天祥，专门设立江西行中书省，任命塔出为右丞，麦术丁为左丞，李恒、蒲寿庚、程鹏飞为参知政事。随后，急令李恒为统帅，自隆兴路率军南下进攻文天祥部。

李恒是西夏王室之后，智勇过人。早在当年攻打襄阳时，便因击败宋军守将吕文焕而被忽必烈升为明威将军。进军江西之后，李恒屡立新功。宋端宗景炎元年（公元1276年）冬，文天祥第一次进军江西，率吴浚部进驻瑞金，便被李恒击败，退至与瑞金相邻的汀州。此后，李恒攻克汀州等地，被朝廷授昭勇大将军、同知江西宣慰司事，加镇国上将军。后调任福建宣慰使，不久又改为江西宣慰使。

几个月后，文天祥收复汀州，旋即第二次进军江西，取得前所未有的大捷。面对老对手，李恒一方面派遣大军分别攻打赣州城外的张汴、永丰县的邹沨、泰和县的黎贵达；另一方面，自己亲率精锐，悄悄来到兴国，直奔文天祥而去。

这天正是中秋节。进入兴国县的李恒，率重兵突然向文天祥的同督府发动袭击。文天祥没想到李恒来势如此凶猛，防备不足，加之留在同督府的兵力不多，无法与元军硬拼，只好退出兴国，前往永丰县，打算与正在永丰的得力干将邹㵧会师共同抗敌。

不料，此时的邹㵧，在永丰同样遭到强敌进攻，无奈退出了县城，正向南部山区转移。文天祥在行军途中，攻打赣州失利的张汴、赵时赏也率部前来会合。部队进入永丰县空坑，邹㵧闻讯率部赶来了。此时，将士们疲惫不堪，再也难以前行，文天祥便命众人在空坑寨暂且休整。当天晚上，文天祥借宿在陈师韩家。这陈师韩本是一个猎户，后来拜倒在邹㵧门下，成为他器重的弟子。空坑是陈师韩的老家，邹㵧便安排他重点保护文天祥。其他将士因为行军数日未曾眯眼，纷纷倒头就睡。此时已是八月中下旬，山里正是天凉好个秋，将士和衣躺下，很快进入梦乡。

文天祥虽然也是困顿至极，但想到此番大败，收复的江山尽失，心情怅然，毫无睡意；更想到下一步不知该当如何，心下焦虑，便传令召集几名部将商议策略。不料，人还没到齐，寨外忽然响起喧哗声，原来，李恒的追兵离此处已不过一箭地之遥。睡梦中的将士被惊醒，纷纷起身备战。陈师韩见形势危急，当即劝文天祥速速撤离。他是当地人，对地形熟悉，带着文天祥等人从一条小路跑出山寨，急向前方奔去。

文天祥走出空坑寨没多久，李恒的追兵已杀到了寨里。这个寨子住的多是些平头百姓。元兵要他们交出文天祥等宋军将领，这些百姓平时虽然胆小，为人却极为仗义，全寨老少竟然没有一人听命，寨里一时鸦雀无声。领兵的元将见无人理睬他们，一怒之下，依照惯例，对空坑寨进行血洗。片刻之间，空坑寨血流成河，寨中老少，除了少数在元兵到来之前已趁着夜色逃进山林的，几乎全部倒在家门口。

元兵屠寨之后，继续向前追赶。文天祥的兵马沿路抵抗，由于寡不敌众，一路损折不少人手。山路崎岖，宋军与元军都走不快。两军且追且打，天色已经微明。经过一处狭窄的溪谷时，文天祥回首张望，元军追兵已近在咫尺。文天祥心里暗暗叹了一口气，没想到自己浴血奋战数年，最终将命丧这个不知名的山谷。

便在这时，忽然山顶轰隆一声巨响，一块比房屋还大的山石正在滚落下来。身旁的陈师韩一看，大叫一声："丞相快跑！"双手往前一推，将文天祥推出数步远，随即自己往路下的山溪一跳，顺水往前游去。只见巨石落到山路当中之后，岿然不动，硬生生将山路拦成了两截。

追在前头的元兵措手不及，当场被巨石压倒数人，一时哀号声不绝于耳。紧随其后的元兵无法向前，只好停在路中，与后面的追兵挤成一团。

靠了这块神来之石的阻拦，文天祥再次虎口余生，在刘望北的父亲刘洙等人的护卫之下，疾向前行。

元军被凭空而降的巨石拦下之后，只好从一旁砍出小路，继续追击。晨雾中，他们又逼近了文天祥军。刘洙因连日操劳过度，在此之前便已抱病在身，此时拖着病体与敌军高手肉搏，终于好汉难敌人多，被他们一哄而上扳倒在地。文天祥眼看也要被元兵俘获，危急中，赵时赏突然钻进他的官轿，喝令轿夫抬着就走。元兵见到官轿，一窝蜂追赶过去，将赵时赏团团围住，喝问赵时赏是何人。赵时赏慢悠悠地说道："我姓文，尔等休得无礼！"元军将士欣喜若狂，拥上去将赵时赏抓住，为了抢功，什么也不管了。文天祥就这样在几名护卫的拼死保护之下侥幸脱险。此后，他一路收拾残部，入汀州，出会昌，经安远，趋循州，从此兵屯岭南，直至在海丰五坡岭落于元军之手。

空坑之战后，文天祥虽然最终逃出重围，但其妻欧阳氏、妾颜氏和黄氏及二女文柳、三女文环皆被元军俘获，次子佛生于乱军中失踪，同督府将士更是损折惨重，刘望北的父亲刘洙与赵时赏、吴文炳、林栋等被俘后慷慨就义，张汴、刘钦等则当场战死。

这些往事，刘望北早就听刘溪讲述过多次。刘溪还告诉刘望北，文天祥留下的诗集《集杜诗》中，其中一首《刘洙第一百二十》专为哭刘洙而作："王翰愿卜邻，嵇康不得死。落月满屋梁，悲风为我起。"刘溪当时跟随文天祥左右，从兴国一路行至空坑。元兵追至空坑时，李恒手下的第一高手贺多琪大耍淫威，杀人无数，文天祥差点落入他手中，正是刘溪与他大战半晌，打得难分难解，使贺多琪无缘立此大功。

山路迢迢，谢惟志、刘望北、萧绿荷、欧阳紫鹃四人虽健步如飞，到了空坑时，天已断黑，好在朗月在天，四人在黑夜里不至于迷失了方向。

二十年前的那场激战，对空坑来说已经远去。这条山谷，陆续又迁入了一些逃避战乱的百姓。他们的房舍三三两两散落在山岭下、溪流畔或密林间。谢惟志一行敲门询问了几户人家，总算在一位老人家那里得知了空坑寨的具体位置，还知道了当地人将那块凭空而落的巨石称为"相石"，每逢节日都会去那里烧烧香，祈祷文丞相在天之灵保佑这个地方的人们岁岁平安。

四人沿着山路悄悄进入寨子，但见一片残垣断壁之间，古木参天，寨子里几乎没有一间完好的房屋。刘望北触景生情，黯然说道："这些屠夫，真是丧尽天良，把寨子里的人杀光了之后，这么多年了也没人敢来这里居住。"想起父兄，虽然已记不清楚他们的容貌，可此时却觉得自己离他们很近。他心里一酸，趴在地上恭恭敬敬地磕了几个响头，随后，环顾四周，神情凝重。

习习的山风拂过，四人在这里沉默良久，各自想象着当年那场战斗的惨状，心里不禁凄然。月光下，刘望北见萧绿荷已是泪光闪闪，怕她过于伤心，便说道："我们去看一看那块神奇的'相石'吧，当年是它保佑了文丞相脱险。"山上突然滚下巨石之事，谢惟志以前也曾经听说过，刘望北在路上再次转述了刘溪所讲的经历，四人都是越发觉得神奇，当即走出空坑寨，循着一条溪畔的小路找去。

走出几里地，果然在溪畔远远地看到一块巨大的石头横卧山路当中，让山路恍如到了尽头。巨石高达数丈，寻常人物唯有尽力攀缘方能越过。几个人正待加快脚步，谢惟志忽然伸手一挡，示意他们止步噤声。

刘望北定睛一看，原来，巨石上面隐约卧着一个人。他的头部靠在石上，看不清楚其面目。但这人双腿交叉着拱起，轻轻抖动着，显然并未睡着。

谢惟志摆摆手，示意大家隐身在路旁的树丛中，观察巨石上的动静。那人并未觉察有人到了近前，仍在巨石上轻轻抖着腿。便在这时，山林中忽地传来"叽叽"的叫声，那人低声喝道："好哇，又来了！"双腿一直，蓦地在巨石上站了起来，右手还持了一把寒光闪闪的长剑。月光下，谢惟志等人看得真切，此人和刘望北相仿年纪，身材修长，站在巨石之上，更显得特别高大。

"叽叽"声渐近，谢惟志等人忽见一团黑影从林中飞出，轻盈地落在石

上。刘望北心里不禁暗暗喝彩："好俊的轻身功夫！"细看那黑影，却是一头巨猿。那巨猿比石上那名青年剑客还高出一头，手里执着一根数尺长的木棒。众人心里正惊诧，只听得那青年剑客喝道："五十招之内不把你手中木棒打落，我便立即离开此地！"起手便是一剑，向那巨猿刺去。那巨猿用木棒一挡，"啪"的一声闷响，显见得一人一猿力道甚劲。

谢惟志与刘望北相互看了一眼，不禁大感稀奇。再看巨石之上，那青年剑客与巨猿剑来棒去，出招还招均迅捷无比。转瞬间，他们已往来了二三十招。刘望北心里暗忖："此人剑法颇有新奇之处，师父和叔叔教了我这么多门剑法，我居然没见过他的招式。也不知此人是哪个门派的高手，来空坑寨干什么？这头巨猿更是邪门，竟然也懂武功，不知是什么来头？"

谢惟志行走江湖多年，对眼前所见也颇为惊异。他见那巨猿的招式，环环相扣，木棒在它手上使来，似剑术，又似刀法，俨然出身名门，却又看不出到底是什么门派路数。从那青年剑客拆招的情形来看，此人剑法高明，只怕不在自己之下，真是长江后浪推前浪，没想到江湖上又冒出了一位少年高手。想到这里，心里不禁莫名生出几分惆怅。

萧绿荷与欧阳紫鹃更是觉得大开眼界。二人在江湖行走不多，见闻自是比不上谢惟志与刘望北，此时看到一人一猿相斗，首先感到好玩，看到精彩处，全然忘了身居何地，几次差点要拍手称赞，好在被刘望北及时制止。

酣斗中，那青年剑客忽然喝道："着！"一剑刺向巨猿右腕。巨猿"吱"地叫了一声，木棒往上抛起，眼看就要落到巨石之外，却见它蓦地在半空中一个翻身，居然将木棒抓了回来，随即缓缓地落在巨石的另一头，用木棒指着青年剑客，蓄势待发。

那青年剑客长叹一声，说道："已经五十一招了！还是没把你的木棒打落。罢了，虽然再打下去，我有把握胜你，但我已将话说在前头，总不能连畜生都欺骗吧！我这就走了，看你拼死护着这块大石头，我不动它便是了！"将长剑一收，轻轻向巨石的另一头飘落。

那巨猿见青年剑客要离去，立在巨石之上"叽叽"叫了几声，还挥了挥左掌，似乎在为他送行。那青年剑客并不回头，径自往前而去。

刘望北略一迟疑，看了谢惟志一眼，见他点头，便站起身来，向那巨石奔过去，谢惟志等人也走上前去。刘望北一跃冲上巨石，却哪里还能看到那青年剑客的身影？山谷幽寂，只有一头巨猿仍在巨石上冷冷地看着他们几人。

刘望北向那巨猿作了个揖，说道："前辈好武功，在下佩服！"萧绿荷站在巨石下面，不禁咯咯一笑，说道："它哪知道你在说什么呢？再说，你俩到底谁的年纪大，谁是前辈，还不好说呢！"欧阳紫鹃也忍不住轻笑起来。

那巨猿颇通灵性，见刘望北彬彬有礼，敌意渐消，目光柔和，将横在身前的木棒放下来。刘望北跃下巨石，对谢惟志等人说道："看来，这块'相石'确实神奇，今日一见，便是奇遇。也不知那位高人是何人子弟，这位猿公又是何方神圣？"谢惟志说道："此事确实怪异，难道这块石头当真有灵性？"

刘望北说道："不管怎么样，这块巨石当年救过文丞相，就冲着这事，我们今日来了，便当好好拜一拜。"谢惟志说道："这个自然！"当即，四人整整衣襟，在巨石前面分两排跪下，恭恭敬敬地磕了几个头。

那巨猿见他们跪倒在地，早已跳下来，站在他们身旁，等他们起身后，向谢惟志和刘望北的身上拍了拍，随即身形一晃，倏地钻进巨石一侧的密林。

谢惟志和刘望北也不去追赶，由它去了。谢惟志说道："先前听得人家说起空坑这块神石，我还存了几成疑问。今日至此看过，始知传闻不假。有此神石相助，当年文丞相确实不该命绝此地。"

欧阳紫鹃说道："不知那个猿公又是什么来头？看样子，它对这块巨石感情挺深厚的。"萧绿荷也说道："就是嘛，那个使剑的男子也说了，它是在舍命保护着这块巨石呢！"

刘望北说道："从刚才的情形来猜测，那个剑客似乎是想动这块巨石，而猿公却不准他动，他们因此动起了手，而且应该不止打过一次。看样子，那个剑客也被猿公感动了，所以，虽然一直打下去，他有把握取胜，但还是就此罢手，不再纠缠。由此看来，那剑客不管出于何意要动这块巨石，但终究不失君子风范。他日若是有缘相遇，倒不妨好好结交结交。"

谢惟志说道："我看他的剑使得很不赖，他日若有机会，倒是要跟他好好切磋切磋。"萧绿荷笑道："谢叔叔就是个剑迷，只要看到剑法好的，都想跟人家打上一架再说。"

谢惟志笑道："你们两个鬼妮子不知道，要在江湖上遇到一名恰到好处

的对手有多难,和这样的对手过过招有多过瘾。这些年我待在宝石寨,少有在外抛头露面,过瘾的机会还真不多呢!我想呀,哪天要是实在手痒,只好找望北练练招了!"萧绿荷说道:"那他恐怕只有挨打的份了!谢叔叔下手可别太狠。"欧阳紫鹃笑道:"就知道心疼你望北哥,万一谢叔叔手软,被你的望北哥伤了咋办?"萧绿荷秀目一瞪,佯嗔道:"鬼妮子,就知道顶嘴,找打吗?"二女嘻嘻哈哈闹了好一阵才安静下来。

谢惟志说道:"走了一整日,大家也累了吧?这地方不错,我们就在这里歇歇再说吧!"刘望北说道:"确实该歇一歇了。"四人便在巨石下席地而坐。萧绿荷与欧阳紫鹃背靠着背休息,谢惟志与刘望北轮换着警戒。天亮后,四人看了看巨石周边,果然有不少线香与蜡烛的痕迹。谢惟志说道:"这块巨石当年保佑了文丞相,当地人视为神明,自然无人敢动它。那个青年剑客,定然是从外地跑过来的,也不知这块石头和他结下了什么怨。不过有那头灵猿在此护着,等闲人物也不能把这里怎么样。"刘望北走进山林看了看,没发现巨猿踪迹,不禁略感遗憾。

离开巨石,谢惟志一行向山民打听到了前往方石岭的路,便径直往那边赶去。一路平静,四人说说笑笑,分别讲述各自遭遇的趣事,饿了就吃干粮,渴了就饮山泉,倒也不觉得疲惫。

正走着,忽闻前头轰然声响,仿佛来了千军万马。萧绿荷与欧阳紫鹃不禁吓了一跳,不约而同拔剑在手。谢惟志笑道:"不必惊慌,听仔细了!"

萧绿荷拔剑四顾,并不见异样,诧异地与欧阳紫鹃对视一眼。二人正迟疑不定,谢惟志又笑道:"看把你们吓的!这是水声呢!你道是蒙古兵打过来了?"

萧绿荷与欧阳紫鹃侧耳一听,不禁莞尔,说道:"这么大的水声,莫非近处有瀑布?"谢惟志说道:"聪明!还真叫你们猜着了!你看——"说话间,峰回路转,萧绿荷、欧阳紫鹃、刘望北顺着谢惟志所指一看,但见前方一条数丈宽的瀑布从山顶倾泻下来,少说也有数十丈高,白花花地砸在下面光溜溜的山岩上,溅起一片片水花,场面极为壮观。三人不禁同时发出一声惊叹。

谢惟志说道："这地方叫龙下瀑布，是我见过的最大的瀑布。此处离方石岭已不远，应当是回到了兴国县的地界。有一年外出办事，我曾经路过此处，所以知道这么一个地方。若是初次经过这里，听到这么大的水声，还真道是千军万马杀过来了呢！我那次走这里过时，便兴致勃勃地跑到瀑布下面，好好地欣赏了半天，才舍得离去。"

萧绿荷高兴地说道："那我们也去瀑布下面好好看一看！这么大的瀑布，我还以为只有仙境才有呢，没想到如今就在眼前！"欧阳紫鹃也说道："要去看，要去看！你们不去的话我们俩自己去！"

刘望北呵呵一笑，说道："你们俩要去看，我们怎能放心走呢？自然一起去了！"欧阳紫鹃抿嘴一笑，说道："就是嘛，绿荷要去看，我谅你不敢不去！"萧绿荷笑骂道："鬼妮子！又拿我来说笑了！"

几个人健步前行，在这罕见的美景面前，赶路的疲劳登时烟消云散。谢惟志边走边吟道："飞流直下三千尺，疑是银河落九天！太白先生这首诗，原来毫不夸张啊！我看他所说的庐山瀑布，也不过如此罢！"

欧阳紫鹃说道："谢叔叔如今看到这么壮观的瀑布，想起那么豪迈的诗句，料来又要对'梅川诗剑'的招式再作翻新了！"谢惟志笑道："'梅川诗剑'原本还真有这么两招，初学时，我一直感到不得要领，挥洒不出那种气势。自从那年见到这道瀑布，我站在下面琢磨了半晌，还真算是悟出了一些道道，后来再使这两招，境界便大不一样了。由此可见，习武之事，单凭想象还是不够的，多在外面走走，长些见识，然后将所思所悟融入武功招数，自然就大有长进了。"

刘望北说道："我师父和我叔叔也曾说过这个道理。他们还说，见多识广之后，须得沉心静气多思量，其中的道道就慢慢领悟出来了。他们早年在江湖闯荡，与各式人等交手，见过了多家武功，这些年隐居深山，不问世事，回想往事专心琢磨，收益大不一样。这可是他们亲口说的。"

欧阳紫鹃说道："那你趁着现在年轻，要多带着绿荷四处走走，长长见识，待得过了三五十年后，你俩就可以找个大山隐居起来，好好钻研武功，到时自然也是一代大宗师了。"

萧绿荷扬手作势要打欧阳紫鹃，骂道："你这个多嘴的鬼妮子，又在满口

胡言。我看你是在说你和传鹏将来要过的日子吧？"

正说笑间，谢惟志忽然指着前方说道："你们看，那是什么人？这身功夫不简单哩！"

三人按谢惟志所指，朝着前方看去，只见瀑布旁边的石壁上，一个灰衣人双手双脚并用，正在"噌噌噌"地往上攀行。那瀑布两旁的石壁经过流水多年的冲刷，早已光溜溜的，等闲之人便是攀爬数步也难，而这人竟然正从底下攀向峰顶，身手之敏捷，实属罕见。谢惟志和刘望北虽然武功高强，但他们自认为没这个把握直接从石壁攀到山顶。

水声轰然，那人自然听不到谢惟志等人说话。不久，他已到了山顶，身子站立起来，找了一处平坦之地，拍了拍手，正在活动筋骨。谢惟志等人此时已到了瀑布下面，望了望头顶的那人，见他身型瘦削，着一身布衣，腰间挎了一个小竹篓，看样子是个采药的。但他能徒手攀上如此陡峭的石壁，显然身负武功，不是寻常采药人。

谢惟志运足内力，仰头喊道："这位朋友身手不凡，我们几个过路客这厢有礼了！敢问尊姓大名？"他内力深厚，声音压下轰然的水声，采药人听得清清楚楚。只见他挥挥手，朝着谢惟志他们回了一句话，但水声太响，谢惟志等人都没听清楚。刘望北喊道："请前辈再说一遍，我们没听太清楚呢！"

那人又说了一遍，声音依然不够洪亮。谢惟志和刘望北猜他的意思，是说自己乃山野闲人，贱名不足挂齿。谢惟志知道，很多奇人异士不喜欢声张自己的姓名，便不再勉强，向他挥挥手，看着那采药人的身影没入山顶的密林中。

欧阳紫鹃说道："这人架子也太大了些吧？我们好意请教他尊号，他竟然不理睬。"谢惟志说道："世外高人，多数不想与外人接触，这并不奇怪。是我们冒昧打扰人家了。"

萧绿荷说道："他这等轻身功夫，也未必是世所罕有吧。谢叔叔不妨追上去试试。"

谢惟志笑道："论这飞檐走壁的功夫，我还真没法和那位前辈相比。若是和他比比剑法，我倒是未必示弱。可惜人家未必使剑。"

欧阳紫鹃说道："要是我师父在此，定可追到他前面去，让他再也不敢眼高于顶。"

谢惟志说道:"令师武功卓绝,轻功更是她的所长,此事对她而言当然不在话下。"刘望北也附和道:"那是自然!我师父和我叔叔都很敬重王姑姑!"萧绿荷与欧阳紫鹃见他们都说自己师父的好话,心里高兴,笑靥如花。

瀑布落处,形成一个不深不浅的水潭。水流极为清澈,潭中大大小小的石块清晰可数。水潭外端,形成几条低浅的水槽,清水汩汩溢出。四人见这水清亮如许,忍不住双手捧起连喝数口,大呼"甘甜"。萧绿荷与欧阳紫鹃脱下鞋子,光着脚板走进水潭,玩水嬉戏,如同天真烂漫的孩童。刘望北和谢惟志见她们玩得开心,也不着急,索性躺在水潭旁一尘不染的石壁上,仰望蓝天,听着哗哗不绝的流水,不禁心旷神怡,恍如忘了身处何地。

估摸着萧绿荷与欧阳紫鹃玩够了,谢惟志坐起身来,说道:"再好的风光,也终有告别的时候。我们该动身了!"萧绿荷说道:"这瀑布实在是太壮观了!宝莲山虽然瀑布很多,但没有这么开阔的。今日先玩到这里,改天我们还要再来。"欧阳紫鹃连声赞同。谢惟志笑道:"以后你们想来,随时让望北陪着过来就是,来日方长呢!"与刘望北走在前面。萧绿荷与欧阳紫鹃这才恋恋不舍地跟在后面,还不忘时不时回头看看那挂在石壁上的巨瀑。

沿着崎岖的山道行不多时,来到一个苍翠的山头。谢惟志说道:"翻过这座山岭,前面就是方石岭了。我们先去巩将军墓前祭拜一下。"刘望北说道:"我叔叔专门说到祭拜巩将军这事。巩将军是文丞相军中一条好汉,他在世时,我叔叔便对他极为敬重。他在方石岭的壮烈之举,我叔叔每每念及,便连连叹息。"

巩将军即文天祥的部将巩信。巩信早年曾任荆湖都统,临安沦陷后,追随文天祥到前线抗元。他是文天祥部众当中唯一行伍出身的正统武将,沉勇有谋,深受文天祥器重。追随文天祥进军江西后,巩信升为江西招讨使。巩信刚投入文天祥麾下时,文天祥提出拨给他千名义士。巩信知道其时文天祥部兵马不足,婉言谢绝,自己招兵买马,汇集了来自四方的豪杰数千人。因巩信本人勇武过人,投入文天祥部的剑客刘溪曾经数次来到巩信军中,与他切磋武功。巩信的大将风度,令刘溪甚为折服。

宋端宗景炎二年（公元 1277 年）八月中秋节，文天祥在兴国被元军李恒部突袭，败走永丰时，取道方石岭。当时，李恒追军已近，眼看着文天祥难以摆脱重兵追击，巩信当机立断，请文天祥大军先走，自己仅率数十名亲信，在方石岭隘口阻击元军。

李恒所部从兴国紧追出来，一路畅通无阻。到了方石岭，忽然隘口箭飞如雨，跑在前面的兵士纷纷倒地。追兵一时大乱。率队的一员偏将正惊疑不定，只见山上现出一员身材高大的汉子，向山下喝道："江西招讨使巩信在此！不要命的尽管上来领死！"

巩信曾经多次与元军交手，元军官兵皆闻其威名，听说巩信守在此处，不禁心生惧意，止步不前。过了片刻，见岭上并无动静，一名十夫长立功心切，冲到前面，想上去看个究竟。不料，没走上几步，"嗖"的一箭自一棵大树后面射过来，从那十夫长前胸直透后背。元军一阵喧哗，前方带队的将领一声令下，勒令数十名士兵强行往前冲。无奈守在岭上的人不仅箭法高超，而且内力强劲，往往一箭穿胸，令元兵折损不少。

元军前方将领见此情景，只好飞报李恒，并将军中箭术好手悉数调到前排，掩护兵士上前。元军长年在草原骑射，军中自是不乏箭术高手。巩信虽然武功超群，但毕竟人手太少，在元军的数轮强攻之下，人员陆续伤亡。待到最后，已是孤身奋战。而元军这边，也在巩信手下战死了数名高手。

几个时辰之后，元军耗费了大量箭羽，岭上总算悄无声息了。元军恐怕其中有诈，一时不敢上前，守在岭下静观其变。又过了半晌，岭上还是没有动静。李恒还是担心文天祥在此埋下伏兵，便命人从附近村庄找来几名樵夫，让他们带路从山岭侧面绕到岭后察看。没想到，他们悄悄靠近巩信等人隐蔽处，看到的却是一具具身上插满箭羽的尸体。而其中那个浑身像刺猬一般的，正是巩信。他虽然早无气息，但依然端坐于树下，不怒自威。

看到巩信他们这数十人如此勇猛，一向骁勇的元军将士也不禁心下骇然。而因为巩信这数十人的英勇阻击，文天祥率领大军已经去得远了。

元兵撤离后，当地百姓有感于巩信的勇武忠义，将他掩埋在方石岭，并立了一块无字碑。文天祥得知巩信已壮烈牺牲，深感难过。他在《集杜诗·巩宣使信第一百一十四》序中专门说了这事："团练使都统巩信，荆湖老将，沉勇有谋。奉朝命，引所部随府。予自兴国趋永丰，虏追在后，于东固方石岭下大战。信据险坚立不动，中数箭死。土人葬之如生，寻奏赠清远军承宣使，立庙战所，而迄未有以慰忠魂也，哀哉！"其诗曰："壮士血相视，斯人已云亡。哀哀失木狖，夜深经战场。"

关于巩信的故事，谢惟志、刘望北早就耳熟能详。萧绿荷的父亲萧明哲、欧阳紫鹃的父亲欧阳冠侯也在此前后慷慨战死，他们都是文天祥麾下知名的义士，其事迹在赣州路、吉安路一带广为流传，所以，对这些义士的大名，她们二人自然也不陌生。

谢惟志上次经过方石岭时，曾经找到巩信墓拜过。此次重来，他对这里已不生疏。在他的引领下，几个人很快从荒草丛中来到当年激战的山岭。

透过路旁的松树，谢惟志指着半山腰的一小块平地说道："你们看，就在那里了——"话音刚落，忽听得一人喝道："住手！你想干什么？"

四人不禁一愣，悄悄地从松树枝中往前看，只见半山腰间，一个身材修长的年轻人和一个穿一身灰色布衣的老汉正在争执着。看样子，年轻人要用手中长剑去挖掘面前的墓碑，而老汉则要阻止他。

那年轻人冷笑道："我自干我的事，与你何关？"老汉右手握着一把镰刀，左手提着一只竹篓，粗声粗气地说道："你去别的地方干什么事我都不管，但想在这里动巩将军的墓地，嘿嘿，却由不得你！"

那年轻人也没好气地说道："这个破坟凭什么动不得？今天我偏要把它挖了，看你能怎么样！"说罢，还抬脚踢了踢地上的茅草。

那老汉喝道："你狗胆包天了，敢对巩将军无礼！老汉我就是拼了老命，也不能让你得逞！"那年轻人哼了一声，说道："口气大了点吧？我倒想看看你有没有这个本事管闲事。"一剑忽地朝那墓碑一侧刺去。

那老汉将竹篓随手一扔，镰刀疾向前伸，恰好架住了年轻人的长剑。年轻人抽回长剑，不再去刺那墓碑，而是往上一扬，剑尖直指老汉面部。

那老汉骂道："哪里来的花鸭公！还挺凶的啊！"速速举起镰刀回格，将这一招挡了回去。年轻人不再说话，长剑霍霍舞动，连续向老汉进招。老汉也不示弱，挥动镰刀，见招拆招，很快便过了十数个回合。

谢惟志向刘望北几个摆摆手，示意他们不要出声，四人悄悄逼近那二

人，伏在灌木丛中看他们交手。那年轻人剑法甚是凌厉，招数也颇罕见，似乎不是江南剑法。刘望北再看得数招，已认定此人便是在空坑那块"相石"上与那头奇异的巨猿交手的青年剑客。而那使镰刀的老汉，谢惟志觉得他应当便是那位徒手攀缘龙下瀑布的采药人。

二人起初打得难分难解，又斗得数十招，便渐渐分出高下了。谢惟志和刘望北都是使剑的大行家，已然看出这青年剑客的剑招环环相扣，少有破绽，放在江湖上，已是一流好手。那老者镰刀使出来虽然颇有章法，但后着尚欠火候，短时可以应付敌人攻击，时候一久，毕竟难敌那青年剑客的精妙剑法。好在那老汉身体轻灵，借助身旁灌木，跳跃闪挪，让那青年剑客的长剑受到阻滞。但饶是如此，二人若是再打下去，不出二三十招，那老汉定将落败。

那老汉已经感到手上镰刀压力越来越大，出招已不似初时灵便，心里未免焦急，嘴里却不示弱，犹自说道："你这花鸭公，本事倒也不孬，可为什么偏偏不学好呢？难道你家爹娘就不好好教导教导？"

那青年剑客冷冷地说道："我爹娘的事，就不用你操心了！你若是识相，赶紧求饶，我还可以放你一条生路。否则，你今日倒是多想想自己死后有无葬身之地吧！"嘴上说话，手上却毫不松懈，一招紧似一招，直逼得那老汉连连后退。

谢惟志和刘望北已猜到，这青年剑客来这里是想毁了巩信墓，而这老汉则一心要护墓。不管他们是什么身份什么来头，此时必须出手相助那老汉。谢惟志向刘望北使了个眼神，刘望北会意，点点头，身子一长，已从灌木丛中跃了出来，说道："大叔莫急，我来帮你！"

相斗的二人见旁边突然冒出一人，心里都吃了一惊。那青年剑客听得刘望北这么说，只道他是那老汉的亲朋，说道："好！我石清泉向来只服软不服硬，便是再来几个，我石清泉也不怕！"长剑往外一点，已向刘望北迎面攻来一招。

刘望北心里想道："原来这青年叫石清泉，但他是哪派弟子？似乎从未听过他的名声。"见他招式来得甚快，不敢怠慢，喝道："来得好！"长剑一挺，剑尖与对方的剑尖碰了个正正着，"叮"的一声响，溅出几颗火星。那名叫石清泉的青年剑客但觉手腕一沉，已知来者大是劲敌，不可大意，登时去了轻敌之心。

刘望北对那老汉说道："大叔且退一旁歇歇，让我们晚辈公平较量一番。"那老汉本已不敌，此时见来了援手，虽然是素昧平生之人，但也乐得退到一边缓一缓劲。

刘望北收剑在手，对石清泉说道："你已经与大叔过了七十余招，我不占你的便宜，先让你三招。请了！"

石清泉暗暗吃了一惊，心里想道："这人连我出了多少招都数清楚了，看来不是好相与的，可得认真对付，别在这荒山野岭折了面子。"当下说道："既然你要托大，那我就不客气了，看招！"运劲于腕，抖了个剑花，长剑蓦地向刘望北胸口刺到。

刘望北赞道："劲道很足！"悄然移步，侧身让过。石清泉见一招落空，紧接着又是一剑横削。这一招来势更快，刘望北若是出剑相迎，自是不惧，但自己既然说了让三招，便不能正面相对了。他不假思索，双足点地，一个"旱地拔葱"，腾空跃起数尺，恰恰将这一招避过了。萧绿荷与欧阳紫鹃看了，险些出口喝彩。

石清泉喝道："果然有几分真功夫！"剑锋一转，又是一招直刺过来。刘望北见他来得依然迅捷，很难躲避，但又不能硬接，情急中见旁边有一棵两人高的柯树，伸手正可抓住其中一根树枝，于是往这根树枝一撑，借力一弹，再次跃上两尺，石清泉的剑锋正好从脚底下削过。虽然未触及脚跟，刘望北已隐隐感到脚底涌出一股寒意。

三招已过，石清泉再出招时，刘望北便不再躲闪，挥出长剑与他打得叮当乱响。他让了这三招后，手心里也不禁捏了一把汗，想道："这姓石的武功甚是了得，我提出让他三招，看来确实有点托大了，说不定激发了他的斗志。险境虽然已过，但还是不可有丝毫大意。古人说：骄兵必败。我今日便差点犯这个错了。"

石清泉见刘望北连避自己三招，心里也暗暗吃惊，想道："我这三招都是轻易不出手的，只有遇到厉害对手才这般使法。这人年纪轻轻，武功竟然有这等造诣，看来大是劲敌。江南武林果然藏龙卧虎，不可小瞧了这些人。"

二人都佩服对方武功，都不想服输，出手便不敢谦让了。刘望北将"梅川诗剑"的得意招式悉数使出，居然始终没占到上风，心里不禁暗暗吃惊，想道："没料到这人的剑法看似平和，却是暗蕴杀机，不管哪一招使出来，都令人不敢有丝毫懈怠。看这人年纪也未必比我大，武功却这么好，怎的在江湖上没听人说过他的名号？此番可得好生对付，千万别输了招给他，那可让师父和叔叔脸上无光了。"

刘望北不知道，石清泉心里也和他一样诧异。石清泉的师父是隐居于终南山的一位世外高人，所传这套剑法叫"玄黄逍遥剑"，虽为一套剑法，包含的招式却逾千数，在武林各家剑法中堪称绝无仅有。玄黄逍遥剑是石清泉的师父所独创，但它融合了大大小小众多剑派的得意招数，变化多端，顺势而为，在貌似不经意间，有的放矢，丝丝入扣，使出来恰到好处。石清泉出师时，师父曾经很自信地告诉他，以他的成就，在当今武林同辈当中，已难有对手；即使在前辈剑客当中，能胜过他的人也不会太多。石清泉下山数年间，交过手的人已不计其数，单以剑法而论，能让他佩服的人还真没找到几个。而在同辈当中，刘望北是他遇到的第一个真正的对手。

刘望北只知道石清泉新招层出不穷，似乎永远使不完，而自己已经使出了几种剑法了，尚未占到一丝上风，因此只道对方的剑法比自己还要高明。石清泉却知道，自己这门剑法，虽然只有一个名字，其实囊括了数十种剑法在内，而对手虽然一忽儿单剑，一忽儿双剑，明摆着使出了几种不同的剑法，但变化之繁复，毫不亚于自己。高手过招，并不拘泥于用哪一门派哪一招，只要能制胜即可。自己虽然有上千招可用，但对手也不是吃素的，未必便会在自己面前败下阵去。

二人互相忌惮，不敢大意，都恨不得将最厉害的招式用出来，尽早将对手压成下风。然而，偏偏事与愿违，数百招过去，二人依然相持不下，谁也奈何不了谁。

谢惟志在灌木丛中看得心痒手痒。他对剑法极是痴迷，看到使剑的高手，总想着与人家比画比画。此时见二人斗得正酣，几次想冲上去将刘望北替换下来。但他也知道，单以剑法而论，刘望北只有在自己之上，而绝不在自己之下。他尚且拿对方没办法，自己上前恐怕只能折了自家威风，所以只好隐忍不发。当看到二人已交手数百回合仍不分胜负，谢惟志知道以他们的武功，再打下去，胜负之数完全在一念之间，双方只要谁稍稍分心，便有可能伤在对手剑下。他爱惜二人武功，唯恐伤了任何一人，便盘算着如何帮他们解了这个僵局。

这二人武功皆不在谢惟志之下，谢惟志要为他们解围，自是不容易。为了防止二人分心，谢惟志不敢轻举妄动，只好暗中留意，寻找机会。数十招之后，总算瞄到二人招式之间的一个微小空隙，谢惟志迅速跃出去，喝一声："二位住手！"长剑往两把剑当中一插，一招"春潮带雨"，内力充盈，直传双剑，使二人不约而同退出半步。谢惟志知道二人一时收招不住，顺势使出一招"寒梅着花"，剑锋向刘望北、石清泉分别进击，将二人的剑势引过，随即一招"孤云独去"，虚晃一剑，抽身退出。这三招一气呵成，在转瞬间使出，连谢惟志自己也甚是得意，自认为平素难得用到这般境界。

刘望北知道谢惟志的武功底细，对此自然不觉得稀奇。石清泉正与刘望北苦斗，没防到旁边竟然还埋伏有人，谢惟志虽然只是亮了区区三招，他已知道这又是一名劲敌，心下不禁惊骇。单是一个刘望北已难对付，再加上谢惟志与那采药老汉，自己要想从容脱身，只怕困难重重。想到这里，石清泉不敢主动进攻，只是将长剑横在胸前，严加防备。

谢惟志见石清泉满怀敌意，笑着说道："二位老弟都是难得一见的高手，我看不必再打了，有什么事大伙儿不妨好好说，不知这位石兄弟意下如何？"

石清泉见他们无意联手对付自己，松了一口气，淡淡地说道："单打独斗，我谁也不惧，但你们若是联手，我自是必败无疑，死无葬身之地。我且问你们，是怎么个打法？"

谢惟志哈哈一笑，说道："这位石老弟言重了，看来你比我还喜欢打架。谁说要联手与你打了？也未免太小看我们了！我的意思是，大伙儿坐下来，好好聊一聊，最好能交个朋友，有什么过节也一笔勾销，如此岂非更好？"

石清泉傲然说道："既然你们不想再打，那就恕我难以遵命了。石某就此别过，后会有期！"收剑入鞘，飘然离去。谢惟志与刘望北见他心性甚高，知道不好勉强，也就不加阻拦，由得他去了。

那采药老汉见石清泉身影已没入林中，也不去理他，与谢惟志、刘望北

见礼，说道："今日多亏二位大侠出手相助，否则老汉我恐怕就要在这个花鸭公手下丢了半条甚至整条老命了。"

谢惟志说道："老哥无须多礼！路见不平，拔刀相助，我们习武之人本当如此。更何况这姓石的对巩将军墓大有不敬，别说他单枪匹马，就算他千军万马，我们遇上了也要舍命抵挡了再说！"

那采药老汉说道："原来二位也是仰慕巩将军的，幸会，幸会！我老汉就住在不远处，还请二位赏光，到寨舍喝一杯清茶如何？"

谢惟志说道："我们是专门为巩将军而来的，不止二位，还有二位呢！"对萧绿荷、欧阳紫鹃说道："两位侄女，出来见过这位大叔吧！"

萧绿荷与欧阳紫鹃应声出来，与那采药老汉见过了。谢惟志见那采药老汉一心护墓，知道他是一位义士，便向他介绍了自己几个人的来由。那采药老汉听得谢惟志是文天祥的旧部，刘望北是文天祥旧部的后人，热泪盈眶，说道："丞相英灵保佑，让老汉今日还能见到你们！"便将自己的来历也向他们说了。

原来，这老汉正是邹沨的弟子陈师韩。文天祥败退空坑寨后，陈师韩家被元军夷为平地，他的家人也和寨子里的邻里一起倒在血泊之中。陈师韩奉师父邹沨之命保护文天祥，因为在途中拦截追兵，后来竟被打散，没能跟上突围的人马。此后，文天祥远走广东潮州一带，陈师韩一路追寻，辗转于宁都、瑞金、石城、长汀等地，却未得任何消息。好不容易在项山找到了文天祥部属、兵部尚书潘任，打听到文天祥的音信，于是与潘任所部一起南下广东，欲与文天祥会师。不料，他们没能来得及找到文天祥，却传来了文天祥兵败被俘的消息。当他们又打听到小朝廷已经流亡至厓山时，便准备前往厓山救援。然而，还没抵达厓山，宋军最后的力量已经被元军统帅张弘范消灭，小皇帝赵昺跳海身亡，一同赴水殉国的还有十余万将士臣民。其中，包括了潘任的父亲、皇室护卫潘毅与潘任的母亲丘氏。

潘任闻此噩耗，悲痛不已，但仍心存东山再起之念，在广东、江西一带遍寻宋军余部，然而一无所获。此时，曾经转战的地方，都被元军据守，潘任自知势单力薄，孤掌难鸣，回天无力，于是将部属遣散，自己带着儿子十三郎回项山隐居。一路跟随潘毅的陈师韩无家可归，想起空坑寨便有说不尽的痛楚，也就不回老家了，来到离空坑寨不远的方石岭，见此地百姓淳朴，风光甚佳，便在这里隐居起来。

谢惟志与刘望北等人听得这采药老人竟然是文天祥旧部，不胜欣喜。几个人一起将巩信墓打扫了一下，并拜了几拜。陈师韩告诉他们，巩将军在当地甚有威望，常有山民过来祭拜，当然，偶尔也有人想破坏此墓，这些人想来是当年阵亡元军的后人。刚才那个剑术高超的石清泉，料来便是这种来头。

刘望北说道："当年的元兵多是北人，看这人的剑法，不似江南武林中人。如此看来，陈大叔所言甚是，这人当是元军后人。以他这等武功，若是与我们为敌，倒是不可大意。"

欧阳紫鹃说道："早知道他是元军后人，望北就别对他客气了，应该好好挫挫他的威风。"

刘望北轻轻摇了摇头，说道："我并没有客气。这次我们都尽了全力了，着实是谁也难以胜谁。下次再交手的话，我依然没把握胜得了他。我师父常说：人外有人，天外有天。今日所遇，果然如此。"

谢惟志说道："刘溪大侠外号'百剑通'，所知剑法之多，少有人能及。这人的剑招变幻无穷，虽然不能与刘溪大侠相比，但他的师父，只怕也是位极厉害的人物。"刘望北点点头，说道："也不知这石清泉的师父到底是何方高人？"

陈师韩说道："大伙儿不要只顾说话了，你们走了半天也累了，先到寒舍喝杯茶再说。这茶叶是我自己种的，应该还不错，你们喝了就知道。"说罢，便在前头引路。

众人在茂盛的林间走了数里路，翻过一座山头，一座修剪得整整齐齐的茶园出现在他们眼前。茶园呈梯状，大约有二三十层，一簇簇新芽正从枝上冒出来，远远看去，恍如下了一场薄霜。陈师韩说道："这是我种的白茶，已有上十年了。住在山里反正没事，我看这里倒是种茶的好地方，便在山间开辟了这块茶园。为了纪念文丞相，我给这茶取了个名字叫'宋瑞白茶'。待会儿可以请各位好好品尝品尝。"

谢惟志说道："'宋瑞白茶'，这名字取得好！喝这茶时，便不由得想起文丞相，想起大宋江山，让人始终不忘要把这大好江山夺回来。"

刘望北说道："没想到陈大叔还是一位种茶的雅人高士，当年文丞相麾下真是人才济济。"

陈师韩笑道："我本是一介山野匹夫，哪里谈得上文雅二字。但说到种茶，这是我当年追随文丞相时，在武夷山学来的。那边种茶的高人多，我们随便路过，住上几天，听他们常常谈论茶事，不知不觉也就知晓了那么一点。"

刘望北说道："记得宝莲山的宝莲寺里种有一种绿茶，方丈惠丛禅师说，那茶名叫'贡茗雪'，还是当年苏东坡先生取的名字呢！惠丛禅师有时送一两包给师父尝鲜，我们也喝过，在茶品当中算是极好的了。"

赣州是产茶名州，种茶之人自是不少。陈师韩对"贡茗雪"也不陌生，笑道："我这山里粗茶，当然没法和这种名品相比。各位喝了别见笑便是了。"

谢惟志说道："白茶乃茶中珍品，陈老哥就不必谦虚了。你这'宋瑞白茶'虽是新品，但托了丞相的福，焉知日后会不会成为赣州茶品中的一绝？"陈师韩大笑："但愿如此！若是这'宋瑞白茶'被后人传了下去，也不枉我老汉下半辈子守在这山里了！"

此时正是暮春，茶园绿意盎然，散发出淡淡的清香。萧绿荷与欧阳紫鹃心情欢畅，忍不住跑进茶丛，凑近嫩芽，狠狠地呼吸了几回。萧绿荷说道："真是好茶！单是在这里闻一闻叶子的味道，就知道它非同一般，只怕你们说的那什么'贡茗雪'还未必能比得上它呢！"

陈师韩乐呵呵地说道："小妹崽过誉了！喜欢的话，等会儿不妨多喝几杯。"

不多时，一行人到了陈师韩的居所。这是几间建在一处小山坳的茅顶木房，其中一间是专门的茶室。陈师韩说道："我老汉独居此处，无聊得很，平时出门采采药，回来便泡一壶茶度日。偶尔也有几个一起采药的朋友过来共饮一杯。日子就这样过着，一晃已是十数年矣！唉，就是当年出生入死的情景，有时总难免梦到。"

谢惟志怕他想起往事过于伤感，说道："那些岁月，过去了就过去了。老哥在这里隐居，这等神仙日子倒也不错。"

陈师韩一边生火烧水，一边说道："那又能如何？我这把老骨头早就不中用了。再说嘛，现在没有文丞相这等英豪，老汉我也懒得瞎凑热闹了。"

欧阳紫鹃说道："前辈也太谦虚了，你这身子骨可硬朗着呢！你的身手更是了得，你从瀑布旁边的峭壁直攀上去，这身轻功，谢叔叔和望北哥都自叹不如哩！"

陈师韩笑道："老汉唯一可提的，也就这攀岩走壁的功夫了。其实这也没什么了不起的，无非就是打了几十年的猎，采了几十年的药，攀缘的悬崖峭壁太多了，自然而然也就比常人快一些了。"

谢惟志说道："这可不是寻常人能做到的。老哥这功夫，我等不服不行。"

说话间，水已烧开。陈师韩取了茶叶出来泡好，倒入杯中，一股清香扑鼻而来。谢惟志、刘望北、萧绿荷、欧阳紫鹃不禁同声赞道："好茶！端的是好茶！"

陈师韩说道："赣州名茶众多，茶家自是不少。我这白茶虽然声名不显，但品过的都喜欢得紧哩！我每年留足自己用的，送一些给邻近村庄一起采药的好友，有多的便拿到集市去换点碎银子。我也不卖给达官贵人，只有遇上那些懂茶的雅士，才卖给他们。再穷也不能把自己辛苦种出的茶叶给糟蹋了嘛。"

刘望北说道："陈大叔是世外高人，自然不能和那些朱门酒肉臭之辈一般见识。"

陈师韩哈哈一笑，说道："'世外高人'那是谬赞了！我老汉也就一介凡夫俗子，年轻时在山里打猎，两耳不闻山外事，但求一家老小每天都填饱肚子就是万幸。但自从追随师父投于文丞相门下，见文丞相为了汉人江山，一生奔波劳碌而从不后悔，不知不觉也就沾到了几分正气。近朱者赤，跟随文丞相，老汉我就觉得，人这一辈子，岂能只为自己一餐饭而活，那和山里的野猪野鼠也没多少分别了！"

谢惟志正色说道："说到文丞相，当年我舅舅最是钦佩其人。文丞相少年时期便立有大志，见到学宫立有乡贤前辈欧阳修、杨邦乂、胡铨诸公的画像，便立志要做他们那样的人，也要让后人瞻仰。他二十岁便中了状元，入仕之后，几乎就没过上几天安稳日子，可以说吃尽了苦头，人家不干的事都由他来干，最后舍生取义，我等无不景仰。"

谢惟志的舅舅陈继周，字硕卿，宁都县人，历知永丰、高安、衡阳等州县二十八年，后寓居赣州城。宋度宗咸淳十年（公元1274年），文天祥在赣州起兵勤王时，曾向陈继周问计，并请他联络当地豪杰。因陈继周在赣州威望素著，响应者众，文天祥将他留在军中，陈继周被授江西安抚司。文天祥率赣州、吉州勤王义士赴江浙前线不久，因主和派首领、时任丞相陈宜中等人从中作梗，义军被朝廷解散，陈继周率部分勤王军回江西，随后朝廷诏令其知南安军。陈继周秘密聚集旧部，与元兵作战，不幸战死于赣州城郊。宋廷闻报，追赠其敷文阁待制，谥忠节。

当年文天祥召集赣、吉义士三万余人勤王，多数人已不留其名。在民间名气较大的，除了陈继周，还有吉水人邹沨、蜀人张汴、宁都人尹玉、吉州敢勇军将官张云、文天祥的妹夫永新人彭震龙、曾任兴国知县的抚州乐安人何时、吉水人刘伯文等。而刘望北的父亲刘洙，与文天祥是幼时的邻居，更是一直追随其左右，专将一军护卫文天祥，时人称之为"刘监军"。

这些人，谢惟志、刘望北、陈师韩有的见过，音容恍如在眼前；有的虽没见过，但熟知其大名。萧绿荷与欧阳紫鹃虽然年轻，但对这些名字也是多数稔熟。一行人边喝茶边说着这些英烈往事，心情时而慷慨，时而惆怅，时而拍案叫好，时而扼腕长叹。

刘望北忽地想起一事，将在空坑寨见到石清泉与巨猿比试的事说了出来，问陈师韩是否知道这巨猿是什么来历。

陈师韩沉思片刻，说道："这石清泉为何与巨猿打起来，这事我还真想不明白。敢情是他想对'相石'不利，那巨猿拼死护着'相石'，就如同我护着巩将军墓一般。如此看来，那石清泉的父辈或许战死于空坑或方石岭，是以他专程跑来泄愤。"

谢惟志说道："石清泉的来历，应当正如老哥所言。但那头巨猿，不知老哥以前在空坑寨时有没有见过或听过？"

陈师韩说道："我倒是未曾见过。但我年轻时听老人们说过，寨后的山上曾有一种奇怪的人，相传叫'赣巨人'，长得跟猿猴一般，比我们这些人还要高大，跑起来很快，谁也追不上他们。莫非这巨猿就是'赣巨人'？"

萧绿荷说道："我想起来了，我师父曾经讲过'赣巨人'的故事，她说这是《山海经》记载过的，在我们赣州一带，深山有这种遍体乌黑的'赣巨人'。空坑离赣州不远，有'赣巨人'出没也不奇怪。那巨猿全身正是这个模样，当是'赣巨人'无疑。没想到连'赣巨人'也景仰文丞相，不许坏人坏了他的遗踪。文丞相在天之灵，当因此感到欣慰。"刘望北笑着说道："这么说来，那猿公恐怕还真是'赣巨人'了！以后若是还能遇上它，可得好好向它讨教一下棒法，多学一门武艺总是好事。"欧阳紫鹃笑道："不要整日想着学武，当心绿荷不理你呢！"萧绿荷在她肩上一拍，说道："鬼妮子，你是说传鹏呢？"

喝了几杯茶，谢惟志等人但觉酣畅淋漓，精神抖擞。看看时候已不早，谢惟志对陈师韩说道："我们也该回宝石寨了，他日得闲，再来老哥这里喝茶！"陈师韩见他们执意要走，便不再挽留，送了一包新出的茶叶，将他们送到山下，才依依不舍挥手道别。

九、大捷

谢惟志一行回到宝石寨，已经夜幕降临。刘六十与白云翀、杨火鑫、万隆道人几个正待开饭，听得谢惟志等人回来，喜不自胜，连忙吩咐上酒添菜，要和他们一醉方休。

厨子很快将碗筷、酒菜端上来。刘六十首先给谢惟志、刘望北倒了满满一大碗酒，说道："这次铲除历氏兄弟，几位兄弟立下大功，真是辛苦啦！"先与他们一起干了。随后，众人大快朵颐，喝酒的喝酒，吃菜的吃菜，一屋子闹哄哄的。

白云翀重重地拍了拍刘望北的肩膀，说道："老弟可以啊！你这从狮子寨一下山，先是在寨九坳出其不意立了一大功，现在又轻轻松松把令人头痛的蜈蚣寨拿下来了，给宝石寨扫除了一个大障碍，果然没有辜负刘寨主的期望，更没有辜负陈将军和刘大侠的精心栽培！来，我敬你一碗！"

刘望北仰头将碗中酒一饮而尽，笑道："这可是大伙儿的功劳，我只是跟着出了一点绵薄之力而已。白大叔你就别捧我了。"

杨火鑫说道："望北老弟就是这么让人佩服，不仅武功好，做人还这么谦虚。蜈蚣寨这一仗，你和谢大侠出力最大，我们哥儿俩才是陪打，这事就不必争了。"

谢惟志说道："杨兄弟客气了！谁说你们哥儿俩是陪打的？把蜈蚣寨拿下来，不仅你们哥儿俩少不得，绿荷与紫鹃出的力气也不可忽略哩！这次要不是两位姑娘意外出现在蜈蚣寨，只怕我们还要多费些周折。但是，大伙儿别忘了，最重要的，还是要数刘寨主的周密安排。倘若不是事先有甘寨主在寨里布置好了，我们一是进寨要多费不少工夫，二是历氏兄弟若是将寨众纠集起来，我们好汉难敌人多，不仅未必能灭了历氏兄弟，自己能否全身而退也难说呢。所以呀，依我之见，我们所出的只是匹夫之勇而已，刘寨主运筹帷幄，这才叫干大事哩！"

谢惟志这话一说，刘望北等人均觉得极为有理，便一起敬了刘六十一大碗。刘六十心里高兴，嘴上却说道："哪里话，哪里话，我刘某一介粗人，才疏那个……那个学浅，若非各位兄弟鼎力相助，我可是什么事也干不成。哈哈！"又说道："这两天你们几位高手悉数出动，若不是白兄弟在寨里帮我看着，我还怕一不小心把宝石寨给弄丢了呢！所以，要说起来的话，你们这些兄弟，一个都不可缺少！"

白云翀哈哈大笑道："我天天只在这里好吃好喝，狗屁大的事也没遇到一个，倒是将宝石寨好吃的东西给吃了不少，实在是惭愧得很啊！"

刘六十笑道："白兄弟觉得没遇到什么事，那是因为有你坐镇寨里，宵小们不敢随便打这里的主意嘛！这就叫不战而胜，哈哈！"

萧绿荷与欧阳紫鹃虽然初次来到宝石寨，但她们在宝莲山曾经见过刘六十和白云翀，也就不感到拘束，与他们说说笑笑，陪着吃菜。

闹了一个多时辰，众人都喝得差不多了。谢惟志想到元军一直觊觎宝石寨，恐怕喝醉了误事，便劝大家到此为止，不再喝了。刘六十心情大好，说道："酒可以不喝，但睡觉可没那么早，兄弟们再好好聊一会。自从你们去了蜈蚣寨，兄弟我就一直惦记着你们呢！好在杨兄弟他们先回来说了结果，不然的话，我这颗心总是不踏实，放不下来哩！"

谢惟志也想把空坑寨、方石岭的遭遇与刘六十等人说一说，便将陈师韩所送的"宋瑞白茶"取出来，说道："我们也想和寨主好好多聊一会。那就把酒宴变茶话，大伙儿尝尝新鲜的白茶！"将"宋瑞白茶"的来历说了。

刘六十喜道："这白茶用来醒酒那是最好不过了！早知谢兄弟带回了这个好东西，大伙儿多喝一碗也无妨嘛，哈哈！"

待谢惟志、刘望北将空坑寨、方石岭的所见所闻说过了，刘六十说道："如今蜈蚣寨历氏兄弟既除，甘寨主已经是我们自己人，我们宝石寨往宁都、石城、瑞金一带扩大势力范围便不再有什么阻碍。今日正午，赣州城的细作送来密信，赣州路达鲁花赤呼罕拔离正在调兵遣将，意欲对宝石寨不利。我正在想着如何对付这事，最好索性搞出一番动静来，以便联手各地绿林干一番大事。晚饭前我曾经和廖老夫子合计过此事，本来想请廖老夫子和大伙儿一起商议商议，无奈廖老夫子要早睡，他又不喜欢热闹，我也就不勉强他。但这事还是得先和兄弟们说说，到时候也好有个准备。"

白云翀重重地拍了一下桌子，说道："这些狗官兵，他们要来便来，我们宝石寨以前都不怕他们，如今还要怕他们不成？他们来了，我们正好打个痛快！"

杨火鑫也说道："我正想着蜈蚣寨打得不过瘾，寻思哪里有仗可打，既然官兵要来，那可是正合我意！我这把刀有点饿了，刚好可以用他们的血好好喂一喂！"

谢惟志笑道："打当然要好好打，但如何个打法，这才是最重要的。官兵人多，总不可能大伙儿冲出寨门与他们一个对一个打吧！若是这样，我们宝石山只怕吃不消那么多官兵哟！"

刘六十说道："正是！我合计了一下，要是和官兵当面锣对面鼓地对阵，我们宝石山总共只有四五千人了，呼罕拔离手下的官兵如果全部出动，总该有两万人吧？我们这边一人起码要对付四五人，这对你们几位高手来说，自是小菜一碟，轻轻松松，但对寨里大多数人来说，那就只有被官兵鱼肉瓜分的份了！所以，蛮干当然是不可行的，这事还是得使点巧劲儿。除了宝石寨，我还想好好利用一下寨九坳的力量。他们和我们既然联盟了，有这么大一宗生意送上门来，不分点利给他们，也说不过去嘛，呵呵！"

谢惟志听刘六十这么一说，知道他心里已有计划，便点点头，听他说下去。

说到宝石寨的地形，毕竟还是刘六十最熟知。待他将自己的想法说了，谢惟志等人都觉得十分可行，宝石寨未雨绸缪，便是官兵大举来犯，也不必怕他们。

原来，刘六十早就料到随着宝石寨在江湖上的名声渐大，迟早会被官兵找上，但在实力尚未完全壮大之前，又不能和官兵硬拼。于是，在廖白衣的建议下，他便对外宣称麾下大概有两千人。他的部属散布在宝石山数十个山头，每个山头人数不等，除了少数几人，其他寨众根本不知道这方圆数十里之内到底隐藏了多少人。这样，官府以为宝石山仅两千人，也就不至于派出一两万官兵前来围剿，刘六十便可以利用地形优势打他们一个出其不意。

白云狮说道："这廖老夫子还真是深谋远虑呢！简直就是宝石山的诸葛亮。"刘六十说道："那还真是这么回事！别看他平素不大和别人说笑，却总是不声不响给我提供些十分管用的智谋。不瞒大伙儿说，自从把廖老夫子请到宝石山，我老刘的眼界比以前宽了，想法也比从前多了！"

杨火鑫说道："这正是寨主要干大事的气象！说起来，这读书人就是不一样，我和师兄随着廖老夫子出去走了一趟，听他说的一些话，乍一听以为是疯疯癫癫胡说八道，细细思量却觉得蛮有道理的。如今宝石山文武人才都有了，刘寨主要做什么事都可谓万事俱备了！"

刘六十哈哈大笑，说道："我要做的大事，也就是各位的大事！我老刘有话说在先，不管走到哪一步，定然是和大家有福同享，有酒同喝，绝不亏待哪一位兄弟！"

谢惟志说道："那是自然！刘寨主义薄云天，兄弟们早就看在眼里，所以才会走在一起，才会有越来越多的兄弟们投奔宝石山！"白云狮、杨火鑫、万隆道人、刘望北也点头称是。萧绿荷与欧阳紫鹃对这些事却兴致不高，二人只顾坐在一旁交头接耳。刘望北因宝石山聚集的都是绿林人物，恐她们在此久居不便，已安排她们次日离开宝石寨返回汶潭紫。二女心里虽然颇不情愿，但想到出来已有数日，师父未免担心，只好答应了。

瞅准一个没有旁人的机会，刘望北悄悄将一支翡翠发簪塞在萧绿荷的手里。这是他从云峰山狮子寨下山时，路过信丰城时买下的。发簪上镶着一朵吉祥云纹，刘望北觉得萧绿荷定然喜欢。一路上，他放在怀里，无数次想着该如何交给萧绿荷，可又总是鼓不起勇气。如今想到一别之后，下次再见不知是何时，便利索地把这事办了。萧绿荷握着发簪，一脸娇羞，心怦怦直跳，眼睛朝着刘望北眨了眨，便匆匆走开了。刘望北怔怔地望着萧绿荷的背影，好一会儿才缓过神来。

三天后，前方暗哨果然来报，大队官兵正从兴国县城向宝石山方向行进。据估计，官兵人数大概有五六千之多。

刘六十闻报，当即召集宝石山大小头目到宝石寨安排对敌之策。刘六十的人马主要驻扎在宝石山的坪峰寨、腊石寨、乌仙寨、三石寨、马脑寨、门子寨、横石寨、湖肚寨、秀水寨和灵山等处。各处头目所领人马多少不一，由刘六十统一调度指挥。这些头目多是早年便跟着刘六十的老兄弟，早就盼着大干一场，此时听得大战在即，多数摩拳擦掌、跃跃欲试。

刘六十说道："官兵来了五六千，我们就出动三千兄弟对付他们，其他兄弟还得留守在各个山头，以免'螳螂捕蝉，黄雀在后'，被别人乘虚而入，把老巢给丢了。那可真叫替别人做过了，哈哈！"

万隆道人说道："寨主所虑极是，倚仗宝石山的地形，区区五六千官兵，我们有三千人对付他们足够了。后方的守备也不可空虚，毕竟绿林当中人心叵测，还真得防着哪个山寨王悄悄打我们的主意呢！"

坪峰寨头目朱重九说道："我们坪峰寨易守难攻，只需留几个兄弟守家就行了，其他人都跟着我打前锋去！"乌仙寨、三石寨、马脑寨等处的头目听得朱重九率先请战，也纷纷表示要打头阵。

刘六十满意地点了点头，说道："各位兄弟都是好汉子，勇气可嘉！但这次打仗，我们还是不给他们来蛮的。进入宝石山，只有几条路，而外人所知的，主要是腊石寨那条路。此次大队官兵来犯，他们也只有从那边进来。我们排兵布阵，便从这腊石寨开始。"

负责把守腊石寨的头目是姜修敏。朱重九等人主动请缨时，只有他一言不发。此时听得刘六十这么一说，姜修敏不禁心里一紧。刘六十见了他的神情，心里暗暗发笑，嘴上却故作郑重地对他说道："修敏兄弟，我想来想去，这一仗的开局事关重大，也只有你才担得起这个重任！所以，这次可得由你来打头阵。"

姜修敏讪讪地说道："寨里武功强过我的兄弟那么多，我能担什么重任。寨主别笑话我了。"刘六十说道："这事和武功关系不大，确实需要着落在修敏兄弟身上。不过，你别紧张，我可不会要你卖命。你带三百名兄弟在腊石寨前和官兵朝个相……"

姜修敏脸色煞白，说道："这这……我三百人对付五六千官兵……这如何使得？"

刘六十哈哈大笑，说道："我就知道修敏兄弟胆小怕死，果然没看错人嘛！没错，我要的就是你这副模样，看到官兵，吓得两腿打抖！"

姜修敏额头冒汗，说道："寨主，这……这……三百人打五六千人，纵是神仙恐怕也没这个胆吧！"

刘六十笑道："你别怕！还真吓倒你了。我是告诉你，你带着三百兄弟守在寨前，看到官兵逼近，便是你刚才那模样，让众兄弟吓得屁滚尿流，赶紧撤退回来，跑得越狼狈越好！"转头对众人说道："大伙儿还真别说，这事呀，也就是修敏兄弟出面最合适了，装都不用装，谅那官兵也想不到进了宝石山有他好吃的！"众人看到姜修敏的紧张模样，不禁嬉笑不已。姜修敏这才知道并不是要他真打，只是让他率一部分兄弟诱敌深入，不禁长长地松了一口气。

刘六十又说道："修敏兄弟放了官兵进来之后，就由不得他们了，下面的事，见者有份，大家听清楚了。"将在座诸人的任务一一解说了。

等众人听明白了，刘六十说道："那就这样，大伙儿马上各就各位，领兵到相应的地点去恭候他们的大驾！"又对姜修敏说道："不出半个时辰，官兵就要逼近腊石寨了，修敏兄弟你可得跑快些。修敏兄弟武功虽然不算厉害，但说到脚下功夫，却是相当了得的，呵呵！"姜修敏尴尬地赔了个笑脸，出门一溜烟去了。

艳阳高照，一大队官兵正在兴国城北的官道上大踏步前行。沿途百姓见了，知道这是些惹不起的人，早就避得远远的。官兵们专心赶路，穿过高兴圩不久，便看到一座屏风般的丹岩大石山远远地矗立在前。

先头部队主将阿速吉是一名千户。他勒马止步，仰望巍然耸立的石山，对左右说道："这就是腊石寨了！这是打进宝石山的主要通道，这些山匪必然在此设防，传令下去，全体作好杀敌的准备！"

听说马上可能要与敌人短兵相接，官兵们纷纷打起精神，严阵以待。

通往石山的道路甚是狭窄，官兵们排成两列，并排前行。路旁正茁壮成长的草丛被踩得成片成片趴在地上，奄奄一息。

果然，山崖下，一群手持兵刃、衣着各异的汉子守在路口。看到大队官兵逼近，这些人东张西望，交头接耳，很是惊慌失措。

阿速吉大喝一声："朝廷大军到此，尔等区区山贼，竟敢螳臂当车？识相的，赶紧投降，否则格杀勿论！"他声音洪亮，几句话对着山壁说出，回音嗡然。

腊石寨头目姜修敏看着气势昂扬的官兵，心里直打鼓，两腿直打战。虽然事先被刘六十叮嘱只需败退，不必求胜，但当着手下这些兄弟的面，他还是不好意思当即不战而逃，于是强打精神，冲着官兵骂道："你们这些火板子，不要虚张声势，老子才不怕你们！要想从这里过，留下你们的狗头！"

阿速吉骂道："一群不识相的蠢驴！"取过弓箭，拉了个满弦，一箭直飞出去。

姜修敏见对方二话不说，便是一箭呼啸而来，"啊哟"一声，急忙抱头蹲在地上。只听得"扑哧"一声响，姜修敏后面的两名喽啰来不及躲闪，被这支利箭当胸射穿，两人竟然被一支箭串在一起。姜修敏回头一看这惨状，吓得魂飞魄散，再也顾不得面子，叫一声："哎呀，这蛮牯佬不是人，兄弟们快快扯呼！"边说边撒腿就跑。其余喽啰见首领跑得比谁都快，自然不甘落后，纷纷往山谷逃窜。

阿速吉哈哈大笑，说道："这些没见过世面的小山贼，还没动手就吓得落荒而逃，谅他们没啥真本事！"他素来以箭术高明而自得，见一箭奏效，便又搭上几支箭，连连射出，登时又有几名落在后面的喽啰应声倒地。

姜修敏等人见敌人凶狠，逃得更快了，转眼间已从逼仄的峡谷逃进了群山之中，沿着隐秘的小道冲进了腊石寨上的寨门，随即用粗大的木头将寨门死死地顶住，生怕敌人很快追到这里来。

阿速吉见这数百人被自己一箭吓得立时逃得无影无踪，心情大是快慰，说道："我道这些山野匹夫有多大的本事？若是早把我们派过来，只消半日功夫就灭了他们！"喝令部下加速向前，恨不得当场生擒匪首，立了首功。

山道高低起伏，两旁杂草丛生。阿速吉率部长驱直入，行了数里地，除了惊起几只躲藏在灌木丛中的野鸡，吓跑几个在地里干活的老人，一路畅通无阻。阿速吉心里寻思道："这群山贼胆小如鼠，不堪一击，后续部队很快就要跟进来,我们得赶紧找到他们的老巢,可莫让别人把头功给抢了。"于是不断催促部队往前冲。

这宝石山就像一只大口袋,从外面看不出,通过狭窄的山道进来以后才知道,里面别有洞天,山峦重重复复,山路纵横交错。每逢三岔路口,阿速吉都要分出一支人马前往另一条路搜索,这样分了几次以后,身边的兵士越来越少,只剩下二三百人。一名百户劝他道:"这宝石山颇为古怪,我们对山里的道路不熟,还是不可大意。如今人越分越少,为防遇上强敌,兵力不可再分散了。"

阿速吉轻蔑地一笑,说道:"就凭这些山贼的怂样,便是来他上千人,我们有二三百人也足够对付了!我担心的倒是这些山贼跑得太远了,可别跑出了宝石山,让我们在这里空转半晌。"

正说着,忽然前面轰然声响,山上滚落一块巨石。走在前头的几名士兵躲闪不及,惨叫几声,竟然被巨石砸了个稀巴烂。阿速吉的坐骑受了惊吓,嘶叫一声,前蹄悬空,险些将阿速吉翻下马来。

阿速吉大怒,骂道:"臭山贼搞什么名堂?"仰头望去,山上并无人影。正待喝令兵士继续前进,忽听得"嗖嗖"声响,几支羽箭从路旁的小树林飞出来。有眼尖的兵士说道:"山贼在这边!"

阿速吉往侧边一看,七八个青壮汉子正穿过茅草丛,向左前方逃去。若非他们这么一跑,隐没在茅草丛中的这条路还真难以发现。

阿速吉说道:"总算逮到了几个山老鼠!看你们往哪里跑!"策马便追,手下兵士随即蜂拥而上。

在若隐若现的山道上走了一段之后,前方忽地豁然开朗。原来,他们来到了一个甚是宽敞的山洞前面。阿速吉说道:"原来这是一条死路!看你们这些山老鼠还能往哪里躲!"

跑在最后的那个青壮汉子闻言,驻足回头,说道:"没错,这是一条死路!你们很快便要死无葬身之地了!"扮了个鬼脸,一头钻进那个大山洞。

阿速吉大怒,手一挥,说道:"给我抓活的!我要好好扒了他们的皮!"他找了半天,没找着"山匪"的藏身之所,心里有气,此时见到几个活人,想到后面的事都要着落在这几个人身上,是以不再放箭,一心只想活捉了他们。

九 大捷

那洞口甚是狭窄，阿速吉恐怕里面转身不便，将马放了，徒步而入。待得冲进山洞，但见里面空无一人，洞中宽敞明亮，却是有阳光倒射进来。这个山洞足可容纳数百人，不多时，跟在阿速吉后面的兵士都挤进来了。但他们找遍四周，既不见那几个青壮汉子，也没发现其他出口。阿速吉等人觉得奇怪，顺着阳光举头仰望，原来，这个山洞上方是空的，抬头见天，恰如一口大枯井，足有数十丈高。头顶隐隐传来"沙沙"的声音，却是几条绳索正在向上收缩。

正诧异间，头顶的树丛中露出几个脑袋，正是刚才逃跑的那几个青壮汉子。原来，他们进了山洞之后，立即沿着上面吊下的绳子往山顶攀去。他们上山之后，将绳子收了，知道下面的官兵已对他们无可奈何，胆子便大了，其中一个探出头来喊道："喂，你们这些狗官兵，我说了你们马上死无葬身之地，如今该相信了吧？"又有一人从旁边探出头来，说道："你们且听清楚了，这里是宝石山的天井架，可要记得自己是死在何处，否则变成鬼了还要迷路呢！"

阿速吉大怒，骂道："我看你才是死无葬身之地！"正要弯弓射出一箭，忽地头顶呼啦啦砸下一大片石头，官兵们无处可躲，登时砸得哭爹叫娘，倒下了十数人。其他人尚未缓过神来，又是一大片石头如倾盆大雨般落下来，官兵们又应声倒下了一片。

阿速吉见敌人在山顶，自己倘若不离开这个山洞，势必被没完没了的石头活活砸死，只好下令撤出山洞。乱成一团的部属闻令，如获大赦，靠近洞口的几人赶紧往外跑去。不料，刚跑到外面，迎面一阵羽箭射来，这几人惨叫连连，纷纷倒地。

原来，山洞外面，不知什么时候埋伏了一排弓箭手，只要有人出来，羽箭便如雨点般扑面而来。阿速吉的部下冲刺了数次，无一逃离险境，悉数中箭身亡。阿速吉这才确信自己中了对方的诱敌之计，气得破口大骂却又无计可施。

没过多久，阿速吉身边兵士已所剩无多。他眼见头顶仍不断有乱石砸下，外面则有强弩把守，知道如果不拼死冲出这个天井架，定然要被石头活活砸死。这时，他也顾不得手下这些兄弟了，蓦地呼啸一声，只见洞外一匹黄马一闪,他的坐骑从外面冲进来了。这匹马颇有灵性,阿速吉等人进洞之后,它便在洞外守着,听得主人召唤,立即出现在主人面前。阿速吉贴在黄马腹下,轻轻一拍,那黄马便向洞外冲去。

守在洞外的弓箭手见一匹黄马冲进洞里忽又冲出来,一时踌躇要不要射杀了它。待得那马跑近了,才发现腹下有人。带队的头目叫道:"快截住这畜生!"然而,黄马离得近了,弓箭反而不好使。待得黄马蹿过去跑远了,他们才乱箭齐发。那马中了几箭,吃痛之后跑得更快了。

弓箭手眼看黄马跑得远了,只好大叹可惜。阿速吉的几名部属也想趁乱跟在后面跑出来,这些弓箭手哪肯放过他们,齐刷刷射出一排羽箭,竟将他们射成了刺猬。

过了良久,山洞里再无人出来,也没其他动静。这些弓箭手近前检视,只见二三百名元兵陈尸于地,已无一个活口。

阿速吉脱离险境之后,翻身坐在马背,一路狂奔,恨不得立时跑出宝石山,远离这个是非之地。刚跑到一个小山坳,那马忽地打了个趔趄,随即一头栽倒在地。阿速吉猝不及防,被摔了出去。好在他身手敏捷,一个"鹞子翻身",双脚落地。

阿速吉看那黄马,已不再动弹,估计是被什么暗器击中而毙命了。他低骂一句,正待跑离此地,却见对面的岩石上,一个怀抱大刀的方脸大汉,正冷冷地站在那里看着他。

阿速吉知道来者不善,善者不来,这人正是冲着自己来的,说不定自己的坐骑也是死于他手。狭路相逢勇者胜,阿速吉心里清楚,要想跑路,只有先将这人打发了再说。

那持刀大汉朗声说道:"今日宝石山贵客盈门,我看各个山头都门庭若市,偏偏我老杨在这里守了半天,才守到这么一位,无论如何也不能让贵客就这样回去啦!"

阿速吉喝道:"你是什么人?少在这里装神弄鬼,识相的快快让路!"

那持刀大汉说道:"在下宝石山寨民,姓杨名火鑫。今日寨主请客,我负责在这个山坳迎宾。没想到等了个半天,才等到你这么一位贵客。我看你这样子,应该是个当官的,也不知当了多大,可否见告?以免今晚寨主论功行

赏时，少赏了我的银子。"

阿速吉大怒，骂道："活得不耐烦的臭山贼！我把你的狗头砍下来，看你们寨主如何赏你！"在他看来，这些山匪能有多大本事，自己这次大败特败，只怪一时大意，中计进入了"天井"绝境，否则，这些山贼岂能是堂堂大元官兵的对手？如今见对手只有杨火鑫一人，自是不把他放在心上。

杨火鑫慢悠悠地说道："我们好心好意请客，你却在这里骂骂咧咧，也太无礼，哪有这样做客的道理？既然你要砍，且看看砍下的是谁的狗头吧！"忽地一跃而起，立在阿速吉面前。

阿速吉的弓箭早已遗失在天井架，所幸身上的佩刀还在，当即拔刀在手，也不多说，向杨火鑫当头便是一刀。

杨火鑫说道："来得好，来得巧，来得妙！我正想见识见识你们蒙古人的刀法。"刀锋一展，已将阿速吉的来招给接了。

阿速吉不待对方进招，旋即又是一招出手，直劈杨火鑫左肩。杨火鑫赞道："听这刀风，你这个当官的手上恐怕还有两下子。我再试试！"横刀迎上，与阿速吉来了个硬碰硬。"哐当"声响，二人手腕均是轻轻一震。杨火鑫说道："果然还行！难怪能当官，看来比人家多吃了两碗饭还是有作用的。"

阿速吉不理会他，只想速战速决，手中刀一招接一招，频频进攻。杨火鑫边格架边说道："乖乖不得了！这当官的只动手不动嘴，不知道他心里想着什么呢！难道是我们宝石山怠慢了客人，惹你不高兴了？"抵挡了二三十招之后，又说道："不过也难为你了，带了这么一大队人马进山来，没能带一个出去，唉！换了谁，也高兴不起来啊！"

阿速吉想到手下兵士无一人活着出来，心里正懊恼不已，偏偏杨火鑫又喋喋不休，不禁越听越烦躁，心慌意乱之中，刀法难免露出破绽，竟然被杨火鑫伤了数次。好在受伤不重，犹能坚持打下去。

杨火鑫又说道："不过，你也别着急，我可以告诉你，跟在你后面的那些兄弟们，进了宝石山之后，也和你们差不多，不知被这里千百条山路带到哪里去了。这也不怪你，我老杨要不是在这里住了这么多年，叫我带人进来，也一样会迷路呢！"

阿速吉听他这么一说，才知道原来这宝石山的地形远比自己想象的要复杂。他们利用众多的山道引诱自己不断分兵，再仗着地利对付自己就容易多了，可叹自己以往把这些山匪看得太轻了，竟然导致今日这般败局。

又过了数十招，阿速吉渐渐感到力不从心，而对手却似乎游刃有余。他心头焦躁，怒吼一声："可恶的山贼，今日不是你死，便是我亡！"索性不再防守，发疯般地向杨火鑫连砍数刀。杨火鑫见他用上了拼命打法，倒也不敢大意，边退边说道："哎呀呀！这当官的要欺负山野小民了！这可如何是好！"忽然踢出一块石子，直击阿速吉右腿。阿速吉只顾往前冲，不防有它，石块击中右腿，但觉一麻，登时摔倒在地。

杨火鑫一脚上前，用刀指着阿速吉的胸口，说道："你这不识好歹的当官人，现下服不服了？我看你出去了也没活路了，不如老老实实投降，跟我们在这山里做山贼罢了！"

阿速吉想到自己今日全军覆灭，纵使能孤身逃出去，也无活路，不禁万念俱灰，忽地大喝一声："罢了，罢了！"一刀抹向脖子，登时血流如注。杨火鑫见他性子刚烈，兵败之后自寻短见，摇摇头，说道："在这里白守了半天，好不容易请个客又是个死的。唉，只好去别处看看还有没有我老杨做事的份了。"侧耳听了听动静，循着人声鼎沸的方向去了。

跟随在阿速吉之后的元军大部队见阿速吉一路畅通无阻进入宝石山，也从腊石寨那条狭窄的山道鱼贯而入。与此同时，另一队人数近千的官兵，则从宝石山乌仙寨方向潜入宝石山。

乌仙寨这条秘道，是呼罕拔离派人从一名樵夫贺老七那里打探出来的。这贺老七早年一家人在宝石山居住，过着与世无争的自在日子。刘六十强占宝石寨之后，他不肯入伙为寇，被刘六十的部下驱逐出山。而且，一家人迁徙时，刘六十的部下还将贺老七的儿子打伤了。他们一家因此对宝石山这些人怀恨在心。恰在这时，呼罕拔离派遣风声鹤等人在兴国打探宝石山的消息。有一次，贺老七父子从高兴圩赴圩回家，路上被人抢劫，贺老七父子拼死抵抗，眼见不支，风声鹤从这里经过，三下五除二把抢劫者打跑，为贺老七解了围。贺老七感激不尽，听风声鹤是外乡人口音，便邀他到家里吃了饭再走。风声鹤正欲从周边百姓口里打听宝石山的情况，便欣然前往。席间，

听得贺老七对刘六十那伙人颇有微词，风声鹤便不动声色地打听山里的路况，总算知晓除了众所周知的腊石寨，还有一条从乌仙寨通往宝石山腹地的秘道。这条道路，除了少数几个樵夫，山外几乎无人知道。

呼罕拔离在派兵围剿刘六十时，自然要用上这条秘道。按他的设想，这支从乌仙寨进入宝石山的部队，倒不是以进攻为主，而是防止刘六十被正面进攻的官兵击溃之后，从这条秘道逃跑。在呼罕拔离的计划当中，五千人的官兵从腊石寨攻入宝石山后，刘六十区区一两千人定然抵挡不住，逃离宝石山是必然之事。而他此次谋划剿灭刘六十，已做了充分准备，麾下武功高手也几乎悉数派出，料来可将刘六十等匪首生擒。

率领大部队尾随阿速吉的将领王惟信，当年曾跟随其堂兄王惟义参与了围捕文天祥。十八年前，正是南宋末帝赵昺祥兴元年（公元1278年）。当年十二月，元军统帅张弘范率军在潮州进攻文天祥部，文天祥移师海丰县，准备通往南岭，利用山区险峻地势自守。不料，熟悉路径的当地海盗陈懿带领元军于海丰登陆，突袭文天祥。这陈懿是潮州巨盗，有兄弟五人，在当地号称"五虎"，一贯为非作歹，鱼肉乡民，后被与文天祥齐名的宋廷重臣张世杰招降，但不久又反叛。文天祥到了潮州之后，应百姓请求，将陈懿驱逐出海。待得元军进入潮州，陈懿立即投靠张弘范，做了元军急先锋。这年十二月二十日，文天祥率军来到海丰县城北五坡岭，正与将士们一起吃午饭，张弘范之弟张弘正在陈懿的引导下，率骑兵突然杀到，文天祥督府军猝不及防，当即溃败。文天祥在护卫的保护下，正要冲出重围，张弘正的部将千户王惟义一看这是宋军首领，立功心切，舍命紧追过来。一场混战之后，文天祥被王惟义生擒，督府军七千余人战死，文天祥的得力部将邹沨、萧资、陈龙复，以及文天祥的四女监娘、五女奉娘均死于乱军之中。此后，陈懿因带路有功，被张弘范奏请元世祖忽必烈封为招讨使，兼潮州路军民总管。

王惟信当时是一名十夫长，跟随堂兄在侧，虽未立大功，但也算是见证了生擒文天祥的人，从此对堂兄大吹特吹，难免把自己也连带夸一夸，很多不明就里的人便以为文天祥是他们兄弟俩合力抓获的，王惟信也乐得大家这么说。

南宋彻底灭亡之后，南方汉人虽然反抗不断，但大规模战役已少见。王惟信在江淮等地升官，几乎再没参加过激烈的战斗。此次朝廷调遣他到赣州，他听得江湖上仍有文天祥余部陈子敬等人的传说，便再三放出大话，说是如果陈子敬等人妄图卷土重来，他王惟信必将像当年生擒文天祥那般把陈子敬活捉了，还要将他们的余党一网打尽，云云。呼罕拔离见他信心满满，起初将信将疑，后来又想到他是当年张弘范的部属，连文天祥这等英雄人物都被他抓获了，便对他越来越有信心，因此由他率领主力进攻宝石山。

王惟信一路大吹特吹，甚至认为由他出面对付刘六十这等无名山匪，简直就是杀鸡用牛刀。随行的武义将军庞山鹏提醒他，别小看了刘六十这些山匪，他们人数虽然未必很多，但能人却颇不少，尤其是仗着地利人和，很有可能以少胜多，与两军面对面拉开架势打一仗大有区别；达鲁花赤大人之所以迟迟未对宝石山用兵，正是因为这些山匪诡计多端，剿之不易，否则，也不至于推至今日才动手。王惟信哈哈大笑，说道："达鲁花赤大人虽然也是立有战功的人，但毕竟没打过大仗，尤其是掌管一方大权之后，更是谨慎有余，刚勇不足，未免太长山匪们志气了！今日我大军出马，岂能让这些山贼再嚣张下去？"庞山鹏见他志得意满，知道多说无益，便轻轻摇了摇头，不再说话。

大军很快进入了宝石山腹地。山路时高时低，四面满是周身光溜溜的石头山，活像行军时使用的锅底。山间飞禽走兽被惊起无数，然而就是难以见到人影。王惟信说道："莫非这些山贼知道我大军降临，又或者他们已打听到我就是当年活抓文天祥的勇士，知道不敢螳臂当车，于是早就收拾家伙逃得一干二净了？"庞山鹏说道："这些山贼平素窝在山里，就算知道我们要来，也未必知道主将是谁。依我看，在赣州，除了达鲁花赤的大名他们或许知晓，其他将官大名，只怕他们未必听说过，或者听了也不知来历。"

王惟信听他这话说得颇不中听，心里不禁有气，"哼"了一声，说道："庞将军，你不能因为自己籍籍无名，便当作大伙儿都是一样的。在别的地方我或许不敢乱吹，在文天祥的老窝赣州路，这些山贼会不知道谁抓了他们的头儿文天祥？只有你庞将军如果落草为寇，才可能如此孤陋寡闻。"庞山鹏听了，嘿嘿一笑，不再理他。

这时，前头出现一条岔路。王惟信说道："今日好不容易大军出动剿贼，

每条路都不可放过。庞将军，你带五百兵士，沿这条岔路搜寻下去。"他嫌庞山鹏多嘴，不想让他跟在身旁，便要将他尽早支开。

庞山鹏迟疑道："这山里岔道只怕不少，我们贸然分兵，倘若遭遇了山贼……"王惟信哈哈笑道："我说你没打过仗你还真不服气。区区几个山贼，能有多大能耐？你有五百人跟着，还怕山贼吃了你？"庞山鹏听他说话难听，心下甚是不快，也就懒得与他争辩，便淡淡地说道："好吧，王将军自己多保重！"带着五百人朝另一条山路行进了。

王惟信把庞山鹏打发走了，一路继续吹牛，便没人与他抬杠了。他心下得意扬扬，对众人夸下海口，今日务必将宝石山搜个底朝天，尽数活捉山匪大小头目。为了防止漏网之鱼，每逢岔路，王惟信便分兵一支，到得后来，自己所率人马也不过数百人而已。

这时，王惟信面前出现了一座恍如庞然大象的石山。王惟信说道："一路所见的山头千奇百怪，眼前这座山更是好看！我听人说，这宝石山群山当中有一座叫丹象岩的，看来便是此处了。可惜今日军务繁忙，无暇闲走。待得把这些山贼赶尽杀绝，再来宝石山好好观赏观赏这些奇妙的风光！"

便在这时，忽听得半山腰一人朗声说道："山贼是不可能被赶尽杀绝的，官兵倒是今日要被赶尽杀绝了！"王惟信抬头一看，山腰一棵苍松斜伸出来，一人正悠悠地坐在树上。

王惟信喝道："你是什么人？在这里做什么？老实招来，可以饶你一命！"

树上那人说道："你这官老爷问话，大爷着实不爱听。我且问你，若是不老实又如何？"

王惟信大怒，见这人竟敢对自己无礼，便对身边的弓箭手多赤察儿说道："给他一箭，让他知道官兵的厉害！"

多赤察儿在蒙古草原长大，箭术甚是了得，当即弯弓搭箭，"嗖"的一箭射出。

树上那人见这箭来势凶猛，叫道："哎呀，官老爷果然不是好人！一言不合便要你的命！"话音刚落，那箭已到了他身上。那人身子一翻，向树枝后面倒去。王惟信说道："你自己找死，这可怨不得谁！"只道那人便要从岩壁跌落下来。

不料，那人双腿勾在粗大的树枝上，不仅没有跌落下来，反而开口说话了："奇也怪哉，这箭怎么伤不到人呢？莫非文丞相在天之灵保佑？"只见他身子一挺，复又坐了起来，喝道："来而无往非礼也，还给你！"手一扬，那支箭向多赤察儿疾射而来。

多赤察儿大吃一惊，好在他身手敏捷，急忙侧身躲过。那箭向后射去，一名兵士躲闪不及，"哎呀"一声，利箭穿胸而过。

王惟信大怒，喝道："大胆狂徒！竟敢在本将军面前耍威风！"正待命令手下万箭齐发，却见那人跳下松树，沿着悬崖峭壁一溜烟下了山岩，边走边说道："你这笨蛋狗头将军，我看你得去阎王爷那里当将军啦！"

王惟信手一挥，说道："拿下他！别让他跑了！"手下几名武士正要冲上前去，忽然四周杀声震天，乱箭如雨般从四面八方纷纷射来。

王惟信的部下齐声喊道："不好了！我们中了埋伏了！"一些兵士已中箭倒地。王惟信喝道："不许惊慌！小小几个山贼，能围得住我们大军？"边说边指挥兵士往前冲。然而，前方射出的箭又多又狠，兵士接连倒了几排，也没法往前移动。

一名偏将劝王惟信："敌人占据地利，前头形势不明，我们还是原路退回，与其他兄弟会合了再说吧？"王惟信想想也只能如此，便下令撤退。

不料，原本空旷无人的后头，现在居然也冒出敌人来了。部队刚掉头往回走，又一阵羽箭射来，跑在前面的兵士应声倒下。

王惟信这时已知道自己遇到了山贼布下的伏兵。自己身边的人不多，也不知山贼埋伏了多少人在此，相比之下，当然是退回原路更安全些。于是，他也管不了那么多，喝令兵士一个劲地往回冲。兵士们知道留在原地只有坐以待毙，为了活命，纷纷往回跑。虽然免不了颇有伤亡，但总算跑出了这个狭窄地带，来到了一处比较开阔的山谷。王惟信点了一下人数，竟然损折过半。

正庆幸那些山贼只是守在暗处，没有追过来，忽然谷中锣鼓喧天，一队人马冲了出来，为首那人冲他们喊道："狗头官兵们听着，赶紧给老子乖乖投降，否则教尔等死无葬身之地！"

王惟信见对方人数不少，又恐他们还埋有伏兵，心里想道："我的兵力确实过于分散了，以致拿这些山贼没办法。眼下之计，只有拼死冲出宝石山

再说。至于剿灭这伙山匪之事，只好等收拢大军之后再作计议。"喝令部属："大伙儿给我狠狠地打！打出了宝石山再商大计！"将士们也知道只有往外冲才有生机，于是强打精神迎面冲上。

两军一场混战，各有伤亡，但宝石寨的人马知己知彼，渐占上风。王惟信不敢恋战，总算被数名手下护卫着冲出了包围，继续往前赶路。走出数里地之后，总算将追兵甩下了，王惟信松了一口气，自言自语道："这次怪老子没料到这里的地形如此复杂，下次再杀进来，老子可不怕你们！"正在这时，忽见一条身影从对面山岩下疾速下来，王惟信心里暗道："这人身手不凡，只怕来者不善。"

果然，那人到了近前，说道："狗头将军，你叫人射我一箭，我还没还你一剑呢，就想开溜？"正是在丹象岩松树上接箭的那人。这人大约四十来岁年纪，手执一柄长剑，神采飞扬，一看就知武功不凡。

王惟信虽然行伍出身，但他只是带兵打仗的人，并不以武功见长。要他和这人比剑，他当然心里没底，只好对身边几名贴身亲信说道："'秦岭四虎'，你们快快上前给我杀了他！"

四名长相差不多的汉子应声跃出，将来人挡在面前。他们手中各持一对短戟，分站四个方位，把来人围在当中。

那持剑者冷冷一笑，说道："好哇，我谢惟志打过江南江北的狼，倒是没打过秦岭的虎，今日一打就是四只，太过瘾了！"长剑一抖，已向右侧那人攻到。

这"秦岭四虎"是两对双胞胎，四兄弟年纪相差不到两岁。他们本是秦岭猎户之子，后来被一位武林高人看中，同时收为徒弟，传授了一套"四连八合戟法"。这套戟法既可单独使用，也可由四人同时使出，而四人同使，极为难破。那位武林高人正是看中了这四兄弟同为一母所生，心意相通，习之事半功倍，所以把他们收在门下。这套戟法包括砍、刹、刺、撩、挂、削、扫、擢、架、掤、探、压、带、勾、拦、钻十六式，每式又可衍生其他招式，变化繁杂。王惟信偶然遇上这四兄弟，对他们的武艺大为惊奇，虽然这些功夫在战场上派不上太大的用场，用来对付武林人士却颇为管用，于是花了重金说服其父母，将他们收为亲信。这四兄弟平时沉默寡言，但为人甚是忠心孝顺，既然跟了王惟信，便唯其命是从。

谢惟志遇敌无数，见这四人长相憨厚敦实，不像什么武林高手，自然不将他们放在心上。他也不想重伤了他们，只想速战速决，于是连续使出四招"梅川诗剑"的招式，要将"秦岭四虎"逼退。不料，这四人看似愚钝，动起手来却颇为灵敏，四兄弟短戟使出来错落有致，谢惟志这四招居然毫不奏效，一招攻出，立即遇到阻拦，只好半途而退。

谢惟志这才知道，这四人虽然其貌不扬，但所学却是上乘武功，今日要想活捉元军将领，首先得认认真真将这四人打败不可。他一鼓作气，再次使出数招精妙招式，意欲将"秦岭四虎"的短戟招式攻破。"秦岭四虎"见招拆招，八把短戟环环相扣，直让谢惟志又是寸功未建。

王惟信见这个高手被自己的贴身护卫粘住，一时施展不开手脚，总算把悬着的心放下了一半多。他担心久留谷中还有变数，对"秦岭四虎"说道："你们四兄弟好好教训一下这个山贼，但也不必恋战，我率兄弟们往外冲，你们稍后就来。"说罢，率领残部便往外奔去。

谢惟志眼睁睁看着王惟信逃跑，却始终无法摆脱"秦岭四虎"的纠缠。这四人的短戟联手攻进来，不亚于一名一流高手，谢惟志剑术虽然高超，但在这套"四连八合戟法"的进攻下，竟然渐渐处于下风，转为以防御为主。他暗暗想道："这次可真是阴沟里翻船了，竟然在自己的地盘上遇到这等鬼事，若是被这几个名不见经传的傻蛋给打败，那可真是丢人丢大了。"心里虽然这样想，但还是不愿意服输，强打精神，将长剑舞成一个大银圈，不让"秦岭四虎"有得手的机会。

"秦岭四虎"自下山以来，四兄弟一起对敌时，几乎没有遇过对手。这次见自己几兄弟联手与对方战了不下百招，居然还未取胜，心里也迟疑不定。他们见王惟信已率兵士走远，偌大的山谷只剩下自己几兄弟尚在苦斗，心里发虚，不想恋战，便互相打了个招呼，且战且退，渐渐收招。谢惟志知道凭自己一人之力，断然无法阻拦他们撤退，久斗下去，倒是落败的可能性更大，只好不再紧逼，由他们去了。看着这四人远去的身影，谢惟志心里想道："下次他们若是再敢来犯，我邀上望北或白兄弟联手，定可好好教训他们一顿。"

谢惟志在几条山谷转悠了一下，遇到几支被打败的残军，都是王惟信的部下。这些人与王惟信分兵之后，遭遇和王惟信差不多，都在某个山谷被刘六十的部下伏击。因为他们兵力分散，地形不熟，自然难免吃亏，混战之后，都是丢盔弃甲往回逃跑。谢惟志被"秦岭四虎"斗得心情郁然，见到这些人，便冲上去一阵砍杀。这些将士单打独斗哪里是谢惟志的对手，一看他这个劲头儿，赶紧一窝蜂地逃跑，少数倒霉的落在后面，则惨叫着倒在谢惟志的剑下。

风声鹤率领近千人从乌仙寨下的秘道长驱直入，到了一处喇叭口一般的山谷，便不再前进，让兵士隐在路旁，守株待兔。他这支部队虽然人数不多，高手却不少。风声鹤盘算，此前遇到过的那几名高手如果从这里逃跑，单打独斗自己是没希望取胜的，必须联手对敌才是上策。于是，他将手下武功较好的人编成几个小组，重点便是对付刘望北、谢惟志等人。

按照风声鹤的设想，官兵主力从正面攻入宝石山之后，用不了多久，这些山匪便要从这里仓皇逃出。他在寨九坳住过一段时间，知道这些山寨主手下多是平庸之辈，真正面对强敌是不堪一击的。宝石寨和寨九坳相比，无非就是人更多些，高手多了那么几位，其他并无分别。所以，到时候，他只需集中强手对付刘望北、谢惟志等数名武林高手，而其余寨众，有这些兵士已足够将他们生擒或格杀了。

然而，过了半晌，乌仙寨这边依然一片静谧。风声鹤艺高胆大，安排一名副手率队在此继续把守，自己带着一直追随其左右的应如流、周野驹、秦山牛几个人沿着曲折细小的林间山道往宝石山腹地而去。

转过了几处圆滚滚的石头山，眼前出现一块水田，田旁是一座小茅屋。风声鹤说道："总算见到有人家了，且上前去瞧瞧。"几个人疾步前行，忽听得有人冷冷地说道："老朋友总算到了！我等恭候多时。"只见茅屋前的松树下，一条赭红色的麻条石上，整整齐齐坐了四个人，说话的是个灰衣道人。应如流认得，此人正是上次追赶廖白衣时，与自己对阵的万隆道人。而坐在最外面的那个年轻人，风声鹤怎么也忘不了，那就是在寨九坳让他的心血付之东流的刘望北。

刘望北等人见风声鹤已到，便起身站成一排。万隆道人指着应如流说道："那位狗爪子，上次想必打得还不过瘾，今日机会难得，还是你我单挑如何？"

应如流和万隆道人交过手，知道他武功在自己之上，听他向自己挑战，不禁头皮发麻。还没等他回答，万隆道人旁边那位大汉说道："你们怎么打，我且不管，但我铁罗汉这么久没有和人动过手，早就手痒心痒了。不管如何，你们当中要出一人陪陪大爷！"白云翀前不久听了杨火鑫他们说起蜈蚣寨的那场酣斗，兴致难耐，深为自己没能参与蜈蚣寨之行而懊恼，这次听说官兵大举来犯，早就盼着挑一个武功好手过过招了。

站在白云翀另一侧的黑瘦汉子说道："白老哥不用着急，这不刚好四个对四个嘛，大伙儿见者有份，谁都吃不了亏。宝石山做事就是这样，要的就是公平，哈哈！"此人是把守坪峰寨的头目朱重九，也是刘六石多年的兄弟。坪峰寨在宝石山南面，寨门恰可遥望兴国县城。此次官兵大举出动，早被守在坪峰寨的朱重九看得清清楚楚。风声鹤这一支部队从乌仙寨方向进军，也被朱重九他们看在眼里。刘六石听了朱重九的禀报之后，知晓了官兵的意图，对付他们也就胸有成竹。他让姜修敏从腊石寨故意败给官兵，让他们以为宝石山的寨众都是姜修敏这般胆小如鼠之辈，于是放心进入山区。然后，按照廖白衣的计策，利用宝石山山多路密的地利，在道路上做了些手脚，该掩蔽的掩蔽，该放开的放开，使官兵不断分兵，刘六石则在易守难攻之处设下伏兵，对官兵采取"关门打狗，瓮中捉鳖"之策，逐个击破，分而歼之。偏偏官兵带兵将领自大惯了，没将这些山贼放在眼里，果然一路挺进，不断分兵，终于被刘六十一路痛打，死伤过半。风声鹤在等待宝石山寨众溃败至乌仙寨时，却哪里知道，他们的将士们不仅没能打败宝石山的人马，反而被宝石山的人马打得狼狈不堪，运气差的，早已命赴九泉，运气好的，此时正在拼死逃出宝石山。而他所率的这支部队，很快也要面临这个命运了。

风声鹤见此情景，心里暗暗盘算："自己若是和刘望北交手，结果和寨九坳的情形并无两样；应如流对付那灰衣道人，同样没有取胜把握。周野驹、秦山牛武功更次，对方另外二人武功如何虽尚不清楚，但料来能和刘望北他们在一起，理应差不到哪里去。如此看来，己方四人和对方四人一对一打下

去，实在无胜算可言。"如果风声鹤一行与刘望北等人是偶然相遇，风声鹤自然不愿冒风险与他们硬拼，但风声鹤此时想到官兵正在进攻宝石山，如果自己能够支撑到大军获胜，与追赶过来的官兵合围刘望北等人，这个险倒也值得一冒。于是，风声鹤强作镇定，说道："山贼休得猖狂！今日我大军压境，尔等若是识相，早早投降，我还可以免你们一死，甚或看在你们有一身武功的份上，向大人引荐你们做个武官光宗耀祖。倘若不识好歹，那就别怪我没把话说在前头了！"

刘望北哈哈一笑，说道："我说你这个人是官迷心窍，果然没说错吧！你看看，又把这一套恶心的话放出来了。寨九坳的兄弟们尚且不吃你这一套，宝石山的堂堂好汉们岂能容你在这里胡说八道？"

朱重九也笑着对风声鹤说道："看来你还在做白日梦哩！你就别指望你那些兄弟们来救援了，他们如今自身难保呢！告诉你吧，我们家寨主神机妙算，端的是诸葛再世、孔明复生，早就算到了你们今日要来送死，因此早早安排了各位兄弟在相应的地方等候。你们这一路，算是来得最迟的了！害得我们兄弟几个等了这么久，真有点不耐烦了。"

万隆道人说道："道爷今日本想好好开个杀戒，可是刘寨主因为知道老对手要从这里过，特地安排我在这里守候。想想其他兄弟正打得热热闹闹，我们哥儿几个却在这里冷冷清清守你们几个送死的，心里真是不痛快啊！"

白云翀跟着说道："难道你们认为自己算计中的这条路，如今却是静悄悄的正常吗？还是死了这条心吧，老老实实和我们几个打一架再说，我可等不及了！"话音刚落，人已跳前数步。

风声鹤听他们说得有板有眼，再想想这么久了，前方果然没什么动静，已明白他们所言不虚。他寻思，倘若没有大部队支援，自己四人被对方四人纠缠上了，只怕脱身不易，不如趁着还没交手，现在便往回跑。只要和自己的人马会合了，就算这四人敢追上来，也不必怕他们。于是，他当机立断，对应如流等人说道："做大事者不拘小节，今日不必和他们计较，赶紧归队！"说罢，转身便跑。应如流、周野驹、秦山牛见识过刘望北、万隆道人的武功，本来便不想和他们对阵，听得风声鹤这么说，如获大赦，便也飞奔而去。

白云翀骂道："胆小鬼！还没动手呢，就跑了？不是让我们白等了半天，早知如此，就先不吓坏你们了，干了一仗再说！"率先追了出去。刘望北知道风声鹤有大队人马守在外面，他们此时虽然不敢应战，但自己只有四人，倒也不宜相逼太近，便在后面叫嚷几声，示意白云翀不必追得太紧，由他们去了。

风声鹤见刘望北等人并不紧追，心头稍稍松了一口气。不多时，退出山外，找到大队人马，却见这里已乱成一团，地上躺了不少伤亡兵士。听了带队的副手禀报才知道，原来，他们几人离开队伍不久，两面山顶上突然射出一排羽箭，兵士们猝不及防，中箭者不少。这名副手见山上有伏兵，也不知敌人到底有多少人，只好下令让部队退却到山外一处草地。部队正休整时，突然一彪人马从左近的林中杀出来，他们五人一组，每人所使招式不一，将跑在前面的兵士围起来，冲着他们一通乱砍之后，这些兵士一时不知该如何应付，立时伤的伤，死的死。还没等后面的兵士过来救援，这些人便一溜烟地离去了。其他兵士尚未反应过来，忽地另一侧的林中又杀出一队人马，如法炮制，五人一组，朝着外围的兵士一阵乱砍，然后也匆匆离去。大伙儿怕中了敌人的诡计，不敢追赶，只好由他们去了。但这里地形复杂，也不知刘六十他们还安排了些什么名堂，部队便不敢轻举妄动，只守在原地严阵以待。

风声鹤听了，黯然不语。他知道，这次进剿可以说彻底失败了。刘六十他们早有防备，一切都在他们算计之中。而官兵对刘六十料敌不足，以致损折惨重。自己这支部队运气还算不错，没有深入腹敌，伤亡不大，从正面挺进宝石山的主力，不知已损失了多少人马。

风声鹤更想到，宝石山这些人，果然和寨九坳的人不一样。宝石山地形远比寨九坳复杂，刘六十以及他手下那些人也比寨九坳难对付多了。这样下去，只怕他们还真要形成气候。对付宝石山，像今日这般硬打，显然不是良策，得另想办法才行。经此一役，风声鹤已毫无斗志，清点了人数之后，默默地拉着队伍往回走去。

十、住店

天色早已断黑，宝石山的头寨宝石寨依然灯火通明。山顶的厅堂内外摆了十几张桌子，觥筹交错间刘六十与一众豪杰正在大快朵颐，一时人声鼎沸，嘈杂不堪。

在大厅内的主桌，白云翀扯着大嗓门叫道："这次刘寨主大显神通，官兵大败而归，从此宝石寨定然威震江南，光复汉人江山指日可待！我等再敬刘寨主一碗！"众人轰然答应，纷纷把手中的酒碗高高举起。

刘六十哈哈一笑，站起身来，说道："今日之事，全仗各位兄弟出力！"仰头将一大碗酒一饮而尽，抹了抹嘴角淌出来的些许酒水，又说道："这次宝石山大捷，首功还得归于廖老夫子，大伙儿再敬一敬廖老夫子吧！"众人齐声答应，却听得杨火鑫说道："廖老夫子不胜酒力，早就醉卧沙场了，哈哈！"说罢，用手向门外指去。众人一看，果见廖白衣正躺在大厅外一堆细沙上呼呼大睡。这细沙本是从山下小溪挑上来建房时所剩，没想到这时还真成了廖老夫子的"沙场"。

刘六十说道："廖老夫子虽然手无缚鸡之力，上不了沙场杀敌，但他满肚子的计谋，随便甩一个出来，便可以让大伙儿多杀几百几千的敌人。我刘某人有廖老夫子，就像当年刘备有诸葛亮，何愁大事不成？"众人齐声称是。

刘六十拍了拍坐在他左侧的一名大汉，说道："这次把官兵打得落花流水，除了我们宝石山显神威，寨九坳也同样功不可没哩！大伙儿再敬一下寨九坳的蓝寨主！"这人正是寨九坳总寨主蓝江南。他端起酒碗，笑着说道："要说的话，应当由我们寨九坳再敬宝石山各位兄弟才是！这次我们跟着宝石山捡了点尾财，练了一下兄弟们的胆气，确实要好好感谢刘寨主和众位兄弟！我蓝江南虽然能力平平，但只要宝石山有吩咐，我们动起手来一定不含糊！"说罢，将碗中酒倒进嘴里喝了。

刘六十说道："蓝寨主过谦了！寨九坳的实力，谁敢小看啊？我们既然已经是一大家子了，今后有酒同喝，有肉同吃，有福同享，有官兵同打，这是不在话下的，哈哈！"

原来，这次官兵进剿宝石山，刘六十因为早已获知他们的行动计划，不仅在宝石山早早做了谋划，还邀请寨九坳共同参与伏击官兵。寨九坳自从蓝江南接任总寨主之职后，与宝石寨常来常往，知道刘六十迟早要高举义旗，因此也陆续接纳了不少江湖好汉，只待刘六十正式举事时，立即呼应。这一次得知官兵进剿宝石山，刘六十已布下"关门打狗"之局，蓝江南亲自率领数百精干力量，守在官兵的退路。从宝石山败退的官兵本就军心涣散，哪想到离开宝石山这么远了，竟然还另有一支人马打起了他们的主意。他们正垂头丧气往回走，看到蓝江南一伙人突然杀出，惊慌失措，也不知对方到底是何方神圣，有多少人马，根本不加抵抗，只顾四处逃命。经过蓝江南的一阵追杀，官兵为此又损折了一部分人马。

刘望北说道："这次大战，刘寨主还让'霹雳五禽阵'小试牛刀，让官兵们开开眼界！可惜宝石山地势开阔之处太少，这阵法的威力只显现了数成。待来日出山与官兵大战，宝石山的'霹雳五禽阵'定然可让官兵饱尝滋味！"

刘六十笑道："我们眼前所用的'霹雳五禽阵'，那还只是得了些皮毛而已，远没得到冲天寨的真传。我看到时还得把我表哥请过来，让他手把手再教一教大家！"白云翀说道："如果叶寨主亲临，那宝石山可是如虎添翼了！"原来，刘六十在冲天寨时，他的表哥、寨主叶南潭曾经讲解过"霹雳五禽阵"的布阵之道。刘六十在宝石山尝试着组织少许人马演练，虽有所成，但与冲天寨的人马相比，差距还是不小。这次大败官兵，刘六十信心大振，正想着说服叶南潭前来助自己一臂之力。

谢惟志说道："官兵这次损兵折将，回去定然交不了差。也许过不了多久，他们要纠集更多的人马卷土重来。不过，我们也不必担心，宝石山这一

仗把声势打出去了，我们赶紧招兵买马，攻城略地，在官兵重来之前，把地盘再扩大它几个县，他们就算来再多人马又有何惧？"

刘六十"哐当"一声把酒碗摔在地上，大声说道："谢兄弟方才所言，正是刘某今日要说的话！以前，宝石寨人马有限，虽然有心大干一场，终究底气不足，有所顾虑。最近几个月，我们先有寨九坳加盟，后又打通了蜈蚣寨，今日再狠狠地打击了官兵的嚣张气焰，让他们一仗丢下了一半多人的性命，从此我们还要怕谁？我们要的就是广纳天下英雄豪杰，让江南江北义士都聚到我们的旗下来，共襄盛举，把蒙古人的皇帝赶回去！"

众人听了这番话，登时血脉偾张，齐声高呼道："把蒙古人赶回去！还我汉人河山！把蒙古人赶回去！还我汉人河山！"

刘六十见此情景，哈哈大笑，倒了满满一碗酒，叫道："兄弟们，干了，干了！"

一大伙儿人闹哄哄地又畅饮了好几碗酒，有些酒量小的，已开始动手动脚，强行灌别人的酒。有的拉拉扯扯，把别人的衣服也扯破了，互相之间闹个不停。有的甚至喝多了憋不住，当场把尿拉到别人身上，逗得大家乐不可支。刘六十心情大好，看在眼里，也不制止，由得大伙儿闹下去。

眼看着桌上的酒菜已差不多尽了，万隆道人忽地大声说道："今日大伙儿的酒也喝得差不多了，再喝下去，我看也没多少味道了。刘寨主还有一个天大的秘密没告诉过大家，不如趁此良宵，让刘寨主把这个大秘密跟大伙儿说说？"

众人一听，精神振奋，齐声叫好，便要刘六十将秘密说了出来。

刘六十笑眯眯地听众人闹了片刻，慢条斯理地说道："其实也不是什么秘密，本来早就应该和兄弟们说说了，只是一直忙着各种杂事，没找到适当的时机。今日大伙儿既然提起来，那便说说也无妨吧。"

刘六十见大家越来越安静，都想听他的"秘密"，心里高兴，继续说道："这话还得从去年腊月说起。廖老夫子来到我们宝石寨后，仔细地询问了我刘某人的世系出身，还找到了一部我们刘家的族谱，最后推算出，我老刘家原来源自宁都凌云山。廖老夫子告诉我，那里有个'天子地'，至今尚有刘姓人家居住，而这里的刘姓人家可大有来头。廖老夫子叫我抽个空，去凌云山走一走，看一看，寻根问祖。我想，凌云山既然这么神奇，这事还真有必要弄个明白，便选了个日子与他出行。"

杨火鑫说道："这事我记得，寨主年前出去了几天，临行前还专门叮嘱我们要好好看住寨子，可别让山神野鬼把寨子给夺了。"

刘六十点点头，说道："那天，我和廖老夫子离开宝石寨，走了几天山路，总算来到凌云山，又费了不少工夫，打听到了这个叫'天子地'的地方，还找到了一个叫汉口的村庄。果然，这里有十几户人家，全是姓刘。难得的是，这些刘氏宗亲手上还保存着一部更老的族谱。看了这部族谱之后，廖老夫子说：'没错，寨主果然是高祖之后！'原来，这部族谱上，有我爷爷的名字，有我太公的名字，而且，一直追上去，我们竟然是汉高祖的血脉哩！"

刘六十见众人不约而同露出惊讶的眼神，更加得意，微微一笑，又说道："大伙儿都没想到吧？不错，我老刘起先也万万没想到。老刘出身穷苦，年少时饭都吃不饱，后来被逼得上山落草，还一度被官老爷赶到天高皇帝远的宝莲山去了。这几年杀回宝石山，也就想和众兄弟混口饭吃，过几天安稳日子而已，哪敢有其他什么想法？如今才知道，原来老刘也不是天生的草寇，我身上可是正宗的皇族血统啊！"

原来，宁都凌云山有一座古墓，相传是汉高祖刘邦的祖父刘荣的葬身之地。当年，刘荣携孙刘邦不远千万里到凌云山问仙，终老于此，享年六十四岁。刘邦将他安葬后，回到故里沛县，后来起兵反秦，建立汉朝，做了皇帝。刘邦认为，自己能从一介平民登上皇位，与祖父生前问仙、身后庇佑不无关系，此后，他每年要派人前往凌云山祭祀。刘荣的葬身之地，便被后人称为"天子地"。汉朝的皇位传到昌邑王刘贺手上，因其得罪权臣霍光，在位不足一月，便被废为庶人，后被汉宣帝封为海昏侯，前往豫章郡海昏县就国。刘贺去世后，其后人的一支因为时常到凌云山祭祖，便从豫章迁至山下定居，又过了数代，人丁繁盛，他们便将这个村称为汉口村。此后数百年间，当地刘氏又不断迁徙到别处，有些因年代久远，便不知自己从何处而来了。其中，刘六十的祖上也正是从汉口村迁出来的。

姜修敏当即喊起来："刘寨主原来是高祖后人，真是天佑宝石山！刘寨

主洪福齐天，我等愿拥立刘寨主做皇帝！"众人也跟着喊道："寨主你就别等了，早点登基做皇帝好了！兄弟们也可以混个宰相将军什么的干干！""我早就看出了寨主不是等闲之辈，所以铁了心要紧跟寨主！""当今之世，除了寨主，更有谁人有能耐号令天下，把蒙古皇帝撵下去？寨主不必再推辞了！"

刘六十见众人无不拥戴自己，心里大快，咳嗽一声，让大家安静下来，朗声说道："我刘六十何德何能，竟让众位兄弟这么看得起？我原本想的是，能和众位兄弟一起占个寨子，多交一些绿林朋友，过过快活日子就行了。若是说到干那么大的事，我心里还真是没想过呢！再说也没那个底气哩。"

万隆道人说道："寨主本非凡夫俗子，岂能像燕雀那般过活？兄弟们早就坚信寨主能成大事！寨主叫兄弟们往哪边走，大伙儿保管想也不想就往哪边走，寨主尽可放心！"

杨火鑫说道："我师兄说得对，大伙儿跟着寨主，当然不满足当个绿林好汉。那个谁说的，王侯将相，宁有种乎？我看就是这样，他蒙古人都可以来当我们的皇帝，寨主身为高祖后人，还跟他们客气什么？早就该好好地大干一场了。这下可好，兄弟们个个都可以做个开国将军，那才是真正的光宗耀祖呢！"

蓝江南跟着说道："想当初，我们寨九坳有些没出息的人，竟然想做蒙古人朝廷的什么将军，还认为那是光宗耀祖，我们当场呸了他们！但如今大不一样，刘寨主若是做了皇帝，我们寨九坳的兄弟们沾光做个将军，这个我们可就不推辞啦！正如杨兄弟所言，刘寨主成了大事，大伙儿都连带着光宗耀祖了！"

谢惟志说道："我们这一干人，一直想着继承文丞相遗志，尽早恢复汉人江山。依我之见，这汉人江山，也未必非得姓赵的当皇帝，汉高祖那可是早得多的皇帝，他的后人坐了天下，又有何不可？相信各地绿林都不会有异议。纵算有的人有不同看法，我们也不必怕他。大伙儿说是不是？"

众人齐声叫道："谢大侠所言极是！刘寨主这皇帝，完全做得！"

刘六十见众人越说越慷慨激昂，欣喜不已，说道："感谢众位兄弟的信任！既然如此，我刘某也就不敢偷懒，只好按照兄弟们说的，尽力把事情继续做大。我这里有言在先，老刘和各位兄弟有福同享，有难同当，绝不食言！"

待众人一阵欢呼雀跃之后，刘六十正色说道："各位兄弟！既然大伙儿立志把蒙古人的皇帝赶回他们老家去，单凭我们目前这数千号人当然是不够的。我决定，从明天开始，正式向江湖豪杰发出邀请，广泛吸收各方英杰，共同加盟我们的反元复汉大业！各位兄弟也可以在江湖上多加走动，最好让各路好汉都来投奔我们宝石山，让远近的绿林都成为我们宝石山的盟友。这样，我们就不怕他官兵有多少人了，他不来打我们，我们还要出动去打他们呢！"

杨火鑫高声说道："我等谨遵寨主指令，明日便开始游走江湖，广纳人才！"众人跟着说道："正是如此！"

一个多月后，赣州城的细作孙小七忽地前来宝石山，向刘六十禀报了一件要事。原来，赣州路达鲁花赤呼罕拔离因为打了个大败仗，让皇帝震怒。呼罕拔离的靠山月赤察儿因呼罕拔离在赣州任职数年，谈不上什么建树，对他也颇为失望，见皇帝不满，为了避免被猜忌，便主动提出让呼罕拔离去职。如今，呼罕拔离刚刚黯然离开赣州城，据说朝廷派了江西行省左丞董士选前来坐镇赣州。把这么一个大官派到赣州来，足见朝廷对平定当地绿林还是很看重的，孙小七在赣州听到有人议论，届时官府或将继续派出重兵对付宝石山。

这孙小七是刘六十前几年专门安排在赣州城打探消息的。他本是兴国县城一个小商贩，因为和同行抢生意伤了人，有一天去乡村收购土产时，被那同行邀了江湖上的朋友相助，将他痛打了一顿。眼见打得孙小七只剩半条命，恰好刘六十与手下路过，见他们欺人太甚，便拔刀相助，将那伙人打跑，把孙小七救了下来。孙小七对刘六十感恩戴德，听说他是宝石寨的寨主，便毅然投奔到他手下。刘六十见他做人甚是灵活，又是商贩出身，便将他派到赣州城，让他随时关注官府动态。孙小七能说会道，出手大方，到了赣州城后，很快在三教九流结交了不少关系，一些在官府当差的也成了他的酒肉朋友。孙小七隔三岔五请这些人喝喝酒、赌赌钱，这些人不疑有他，但凡孙小七有问，个个都争相回答，以显其能。朝廷对赣州换将之事，便是从衙门里传出来的。

刘六十听得这个消息，觉得倒也算是个事，便将留在寨里的谢惟志、刘望北请过来，共同商议对策。刘六十说道："这董士选不知是什么来头？若是一介书生，他官虽然当得大，我等也不必怕他。"

谢惟志说道："董士选的来历倒是不简单。这人是忽必烈手下名将董文炳的次子。当年，忽必烈派伯颜等三路大军大举南下侵宋，董文炳便是左路军将领。这人和伯颜在安庆迫使大宋守将范文虎投降，在镇江打败张世杰、孙虎臣，后来与伯颜一起打进了临安城。再后来，经略浙闽等地，一路不知打下多少地方，因此深受忽必烈信任，死后还被追封为平章政事。当年在前线勤王的义军说到这个董文炳还是挺头痛的，这人打仗还确实是有一套。俗话说'将门虎子'，这董士选既然是董文炳的儿子，恐怕不简单呢。"

刘六十笑道："原来是个官老爷的儿子啊！我看哪，那就未必有什么真本事了，只怕是靠着老子的功劳混到这个官位的呢。这么说，我倒觉得不必放在心上了，这人不见得比那个蒙古人达鲁花赤厉害。"

谢惟志说道："寨主所言，也有一定的道理。但不管怎么说，小心行得万年船，我们刚刚大败官兵，就怕兄弟们疏忽大意了，心里过于轻敌。现在既然赣州官府新官上任，让兄弟们谨慎行事，总是好的。"

刘六十拍了拍桌子，哈哈笑道："几千官兵都被我们打跑了，这些混饭吃的官僚，没那么可怕嘛！我看即使再打一仗，也是这样的结果吧！大伙儿看看，这一个多月以来，那些官兵都龟缩在城里不敢动，我们的兄弟跑到城下去挑事，他们也不敢出来应战。这样的事情放在以前，那是想也不敢想啊！但现在我刘六十做到了，我们宝石山做到了。就算换一个将领，他又能奈我何？有种的尽管放马过来！不瞒大家说，上次那一仗，我都觉得还不怎么过瘾，一直想再打一打。他们想来挨打最好，我还生怕他们不来呢！"

原来，宝石山将官兵打得大败而归的消息传出去后，各地绿林为之振奋，刘六十的名气也越来越响，短短一个月间，前来投奔宝石寨的各路人马达到数千。刘六十大为高兴，也想再次显示宝石山的实力，于是连续两次派人去攻打兴国县城，没想到官兵畏之如虎，竟然不敢出城应战。刘六十为此更是感到底气十足，颇不把官府放在眼里了。

谢惟志见刘六十豪气万丈，心里虽然觉得对官兵还是不可小视，但也不想太扫他的兴,便不再谈论这个话题,转而向孙小七询问赣州城的近况。

孙小七说道:"目前赣州城倒是甚为平静,呼罕拔离是悄悄离开赣州城的,他去职的事并没怎么传开去。新的官老爷董士选似乎还没进城,反正没人见过他,只是传闻他要来赣州督战。"

刘望北忽道:"我倒是有个想法。不管这个董士选是将门虎子也好,纨绔子弟也罢,反正是我们宝石山的敌人,不如趁着他刚到赣州,立足未稳,我潜入城去一剑了结了他!"

刘六十一拍大腿,说道:"这个计策妙得很啊!倘若这个新官一到任,还没来得及烧三把火,却被我们一把利剑给送掉了性命,那可比前次打败官兵几千人还令朝野震惊呢!望北老弟若是愿意跑这么一趟,真是再好不过。你需要多少人相助,尽管开口,我都答应了!"

刘望北说道:"干这等事,自然不必人多,我孤身一人便可,行动还更方便些。"

谢惟志说道:"你一个人去,恐怕不妥吧?赣州城藏龙卧虎,虽说你是年轻气盛,艺高胆大,但终究难以让人放心。"

刘六十也说道:"人手的事,望北老弟不必操心!这些天宝石山又陆续来了一批武林好手,你是挑熟识的还是新入伙的,都不是个事!"

刘望北笑道:"我还真不想多带人手。我一个人进城,遇到这个姓董的官老爷,若是人少,打得了就打,若是人多,打不过就跑,谅他手下那些人拿我没办法。"

刘六十、谢惟志想想也是,刘望北武功高超,若是遇到敌人围追,凭他一个人的武功,脱身倒不是什么难事,但如果让他带几个武功不及的同伴,反而要分心照顾他人,情形就大不一样了。二人于是不再坚持,同意了刘望北孤身去赣州城。

孙小七说道:"我武功低微,自然不敢主动请缨做刘兄弟的帮手,但去赣州的路上,给刘兄弟做做伴是可以的。到了城里,如有需要照应的地方也尽管吩咐。"

刘望北说道:"那行,去赣州说近也不近,一个人走这二百里路,难免寂寞烦闷。和孙大哥同行,正可解解闷,也可听孙大哥讲讲城里的故事。"当

下几人说定了这事，午饭后，刘望北便和孙小七离开宝石山，往赣州城方向而去。

二人各骑一匹快马，很快把宝石山远远地甩在后面。宝石山附近早已无人家居住，道上也不见什么行人。快到兴国县城时，总算遇到几个赶路的小商贩迎面而来，边走边低声发着牢骚。孙小七也是生意人，本来便八面玲珑，与同行更是见面熟，便驻足和他们攀谈起来。原来，这几个小商贩来自宁都县，常年游走于宁都和兴国之间贩卖土产，可是最近这些天，兴国县城城门紧闭，盘查极严，无关人员一概不准进城。他们在城外住了几天，依然没法进去，看看盘缠所剩无多，只好乖乖打道回府。

刘望北问道："你们只是寻常商贩而已，又不是绿林豪强，为什么不让进城呢？这些当官的也太不讲道理了吧。"其中一名年长的商贩愤愤地说道："官老爷还会跟你讲理？小哥你还年少，遇到的事不多。我何老叉活了五十多岁了，见过的大大小小的官也不算少了，这世上哪有会讲道理的官？"

刘望北说道："没人做生意，城外有东西没人买，城里有人却没东西卖，那怎么成呢？他们当官的也要吃要用呀。"

何老叉说道："当官的就算一年不出门，他们也吃不完啊！老百姓有吃没吃，他们才不管呢。你说绿林好汉打进来要紧，还是自己保命要紧？傻瓜也知道这个道理啊！"

刘望北说道："他们要防绿林好汉，这个道理我当然懂。可是，你们并不是绿林好汉，为何也防得死死的？"

何老叉摇了摇头，说道："绿林好汉脸上又没写字，他们哪知道谁是好汉谁是老百姓？唉，说起来这些官兵也太脓包了，被宝石山的好汉痛打一顿之后，真叫一朝被蛇咬，十年怕井绳，如今吓得见谁都觉得是绿林好汉了。照这样下去，我看城外的老百姓都要投奔宝石山，当绿林好汉去了！"

孙小七说道："老哥既然这么说，那还回宁都干吗呢？索性去投了宝石山岂不更好？"

何老叉眼一瞪，说道："你以为我不敢？惹火了老子，还真上山落草去！不过，现在家里还有老娘老婆孩子，日子还算过得下去，还是先回老家再说吧。"

何老叉的同伴们笑道："二位兄弟别听他吹牛，他是我们村里最怕老婆的了！他要是上山落草，他老婆第一个拿着烧火棍杀上山来了，那可比官兵厉害多了！"何老叉笑骂他们几句，几个人嘻嘻哈哈地和刘望北、孙小七拱手道别。

刘望北与孙小七继续往前走。一直走了数里路，再没遇到行人。刘望北说道："看来那何老叉没说错，官兵平时耀武扬威，看起来好强大，其实外强中干，胆小如鼠。自从被我们打败以后，就吓得只敢躲在城里睡大觉，连老百姓也不敢放进城去。我看刘寨主一定得趁势而上，快快把兴国城、赣州城打下来再说。"

孙小七说道："可不是吗？刘寨主大败官兵的事，在赣州城也传开了。有些商贩本来就不安分，听说这事后，倒是果真在想着投奔宝石山呢！哪天宝石山的豪杰们打到赣州城，我看很多人会争着给他们开城门的！"

刘望北说道："赣州城归于蒙古人已经二十年了。所幸这里的老百姓还念念不忘汉人江山。我师父说得对，只要大伙儿记着这个事，总有一天，这江山要回到我们手上的。"

孙小七说道："蒙古人得了天下之后，把我们南方人当作最低等的人对待。他们越是这样，我们越是要反对他们，要和他们对着干。"

刘望北说道："但是，也有一些人却甘心做他们的走狗。那些当官的就不说了，就说武林当中，刘梦凌他们几个不就是死心塌地跟着他们吗？这些人空有一身武功，做人却毫无气节，让人看不起。"

孙小七说道："老弟说的是崆峒门那几个人吧？他们在赣州城挺有势力的，一般人都不敢招惹他们。我也听说了，他们这个门派一向和官府走得近。只不过，换了外族人当官，他们也去靠，这就确实没气节了。不是我自夸，像这样的没骨气的事，连我们这等小商贩都不愿意干哩。"

刘望北轻轻叹了口气，说道："赣州沦陷时，我还年幼不懂事。到了后来，听叔叔和师父时常提起文丞相，由此知道了过去的很多事情。像文丞相这样的好官，我看天下也不多。我叔叔本是谁都不怎么服的人，却独服文丞相。我师父更是将文丞相视为天下最该敬仰的人物。他们经常吟诵文丞相的

《过零丁洋》和《正气歌》。我虽然不太懂诗，但这两首诗我是懂的。我想，也只有文丞相以这股浩然正气，才写得出这样的好诗。"

孙小七说道："其他什么人的诗啊文的，我们小老百姓当然不懂。但文丞相写的这两首诗，我们也是时常有所耳闻的。文丞相虽然早就不在人世了，但赣州百姓对他依然怀念。这样的好官，一百年也未必能遇到一个。我们看到的多是贪官、恶官，欺负老百姓的官，哪怕是前朝的官吏，其实多数也是如此这般。"

说话间，已经到了赣县六十里店。这里是贡水和平江汇合之处，离赣州城只有六十里路。刘望北从云峰山狮子寨下山前往宝石山时，曾经与白云翀在这里落脚，也由此意外获悉了官府对付寨九坳的阴谋，帮了寨九坳一个大忙。孙小七说道："天色已不早，我们在这里吃过晚饭再看是否赶路吧！反正等我们赶到时，赣州城门已关，要么在这里住宿一晚，要么赶到七里镇住宿一晚。"刘望北正有此意，说道："也好！这个地方我来过，饭菜挺好，客房也不错，先吃饭再说。"

客栈虽然颇大，但南来北往的客人不少，还不到断黑时分，客房已住得差不多了。刘望北和孙小七走进客栈时，刚好还剩下最后两个铺位。二人相视一笑，异口同声说道："运气真不错！"

店小二将二人的马牵去了。刘望北对孙小七说道："先填饱肚子再说！这个店有几个菜的口味还真不错，今天再次尝尝！"孙小七说道："我们平时往返赣州与兴国，常在这家店吃饭，他们做得比较好的是素炒鱼丝、蒸板鸭、香菇烩鱼饼和江口倒菜①，这都是我们每餐必点的。还有，这里的'百味稀饭'也做得特别好吃，煮得香喷喷的，最绝的是上面撒些油条末、黑芝麻、碎花生米和干炒萝卜干，真是五味俱全，我有时一口气要吃上七八碗呢！若是再来一碗新打出来的'绍坤世家'黄元米果，那可当场就饱了，什么也不必再吃了。"

刘望北说道："'绍坤世家'黄元米果这时节定然还没有，'百味稀饭'晚上也未必有这口福了。江口倒菜我上次却是吃到了，还真是回味无穷呢！虽

---

① 腌菜。

然只是一碗腌菜,但它和别处的腌菜大有不同,吃了让人胃口大开,连带吃什么都特别有味。提到这碗菜,我就想起兴国的咸潭咸菜。刘寨主曾经说过,早年他在兴国做山寨王时,误打误撞打劫了兴国县衙进贡给赣州官府的咸潭咸菜,结果惹恼了当时的赣州路达鲁花赤哈伯沙里,派兵把他打上了宝莲山。也正是因为上了宝莲山,他才结识了更多的英雄好汉,才有了宝石山的今日。"

孙小七哈哈笑道:"这个故事我也听过,刘寨主常和大伙儿提起呢。他还说,从那以后呀,他倒是真的喜欢上了咸潭咸菜。我们下次捎一些江口倒菜给他尝尝,说不定他就趁早下定决心一路从兴国打到赣州,让大家天天吃上好菜了!"

二人在客栈大堂挑了一张靠近角落的桌子坐下,点了素炒鱼丝、江口倒菜、香菇烩鱼饼几个菜,要了两斤米酒。大堂摆了大大小小十几张桌子,今日生意特别好,几乎满座,上菜也就慢了些。那江口倒菜倒是现成的,很快就和米酒一起端上来了。刘望北、孙小七也不急,坐在那里边喝酒边低声闲聊。

客栈吃饭的人操着不同的口音,三三两两只顾各自谈天说地。有几桌喝酒喝起了劲,吆喝着划起拳来,让大堂越来越热闹。

几个菜陆续上来,刘望北和孙小七不住地赞叹菜肴的味道。正吃着,忽地听得大堂外一阵喧哗,有人大声喝道:"把当中的桌子让出来,让他们快点滚蛋!"

刘望北向门外看去,只见五个官差模样的人大大咧咧地走进来,后面跟着一名店里的伙计,正低三下四地向他们说着什么。为首那名官差不耐烦地说道:"少啰唆这么多!就按老子说的办,否则有你好看的!"

大堂中间是一张八仙桌,刚好坐了八个客人。他们听到叫嚷声,早就看到了进门的几名官差。坐在首座的是一名高大的胖子,见那伙计愁眉苦脸地走过来,问道:"刚才是说我们吗?我们可没犯什么事,凭什么滚蛋?"

那伙计赔着笑脸说道:"几位客官,真是抱歉了,这几位老爷有公差在身,他们需要借用这张桌子吃饭,还请几位客官看小店的薄面,先让一让……"

那胖子说道:"这可奇怪了,吃饭总有个先来后到吧!我们吃得好好的,

凭什么要我们让开？再说嘛，他们五个人，也不需要找这么大的桌子呀！"

那伙计连连作揖说道："承蒙各位客官关照，小店连日来生意总是这么红火。但实在是抱歉得紧，今日满座了，而这几个官爷又看中了当中这张桌子，只好麻烦几位大爷了！"

那胖子不高兴地说道："这么多桌子，怎么偏偏就要我们兄弟几个让？莫非觉得我们好欺负？"

为首那名官差见那胖子不情愿让座，走前几步，一拍桌子，喝道："还在这里废话？大爷们看中了哪里就是哪里，哪容得你啰唆？再不识相，看老子不把你当贼寇抓起来！"

那胖子脸色一变，说道："我们是堂堂正正的生意人，青天白日，你就是官老爷，也不能这样无端诬陷好人！"

另一名长得五大三粗的官差骂道："火板子装的，竟敢顶撞你家老爷！看来不给你一点颜色，你还真不知道自己的斤两！"拔出身上的佩刀，作势要动手。那胖子重重地拍了一下桌子，便要站起身来。

胖子的几名同伴见状，赶紧把他按住，一人低声劝道："老大息怒，就别和官爷计较了，我们还是让一让吧，反正也吃得差不多了。"另几人则赔着笑脸对官差们说道："几位官爷别在意，我们老大喝醉了，我们这就离席。"

那胖子见同伴们个个都劝他别得罪官差，心里虽然不服，却也无可奈何，只好在同伴的拉扯下，骂骂咧咧地离开了大堂，回客房休息去了。为首的那名官差重重地哼了一声，不再理他们，大马金刀地坐下，喝令店里的伙计赶紧上酒上菜。

那伙计点头哈腰地问道："可是……可是，几位官爷还没点菜呢，不知要吃哪几种菜？"

那个五大三粗的官差骂道："好个火板子，又要啰唆了！老子还需要点什么菜？有什么拿手的，尽管端上来就是！要是敢以次充好，小心老子当场把你这个破店给拆了！"

那伙计见这几个官差实在不好招惹，赶紧答应一声，一溜烟地去了。没多时，已陆续端上一坛米酒和几盘菜肴，自然都是店里的招牌菜。那几个官差也不客气，在碗里倒满酒，抓起筷子便风卷残云一顿海吃海喝。

几碗酒下肚，那为首的官差又将店伙计喝过来，说道："老子几个今晚还要在这里住，赶紧将最好的客房给老子们收拾好了！"

那伙计低声说道："回几位官爷，今日真是不凑巧，本店已经满客，连最后两个床铺也被前面进来的两位客官给住了。这可如何是好？"

那个五大三粗的官差离店伙计最近，忽然抬起手，"啪"的一声甩了店伙计一个耳光，骂道："火板子装的！这么大一个客栈，怎会没客房？客满了，你不会叫他们滚出去吗？赶紧叫那几个住上房的给老子搬出来！否则，老子连他们一起打！"

那店伙计捂着红肿的脸，讪讪地退到一边，向大堂左侧一桌客人说道："几位客官，真是抱歉了！大伙儿也该听到了那几位官爷说的话，他们要的是上房，我们客栈也就是你们几位客官住的这间是最好的。"

这一桌为首的是一位大胡子客人。他向那店伙计问道："你的意思，是要我们把客房腾出来给他们？这倒不是什么事，但我们几人今晚住哪里呢？不知你是否另外给我们安排了客房？"

那店伙计支支吾吾地说道："这个……这个，呵呵，刚才几位客官也听到了，小店承蒙多方客人的关照，今日生意特别好，客房早就住满了。几位客官恐怕要移驾别处了，真是抱歉至极！"

那大胡子说道："真是岂有此理！天色已晚，你此时叫我们去哪里投宿？你若是不给我们找到住的地方，我们让不了！"

那店伙计说道："几位客官不知是要往哪边去？若是去赣州城，行不多远便有个叫茅店的地方，虽然是茅店，其实也还干净整洁；若是往兴国城，平江沿岸的吉埠有好几个客栈，明天还可以赶上吉埠的圩日；若是要到零都城，那么到了峡山便有客栈，那里依山傍水，住着其实也挺舒服的。这几个地方，离我们六十里店都是差不多一个时辰的路程而已，很快就可到的。只是要辛苦几位客官赶一回夜路了。"

那大胡子摇摇头，说道："要走一个时辰？那可不成。如今兵荒马乱，到处都是强盗，晚上赶路尤其要当心。若是遇上几个打劫的，可别把小命给丢了。"

那店伙计正无计可施，那个五大三粗的官差已忍耐不住，大步走过来，

冲着大胡子喝道："你这火板子，废话连篇！说来说去，就是不肯让对不对？"

那大胡子说道："天下事总抬不过一个理字，我们早就住下来了，如今天色已黑，却叫我们再去赶路，哪有这样的道理？"

那个五大三粗的官差骂道："谁有耐心跟你讲什么理？老子说要住哪间，就住哪间，不让也得让！"

那大胡子说道："照你这么说，难道就没王法了？那我们老百姓还怎么活啊！"

那个五大三粗的官差仰天大笑，说道："王法？就凭你们几个贱民还敢提王法？告诉你吧，在这里，老子几个就是王法，你们这些贱民不服也不行！"

那大胡子听他这么说，气得胡子都抖起来了，说道："你们这些官老爷，就知道在我们面前耍威风！有本事你们怎么不对付宝石山去？就因为你们拿宝石山没办法，害得我们生意都没法做！"

此言一出，为首那个正坐着喝酒的官差一拍桌子，他的几个同伴一起站起来，走前几步，和那个五大三粗的官差将大胡子一行围在中间。客栈大堂其他客人顿时安静下来。

那为首的官差冷冷地对大胡子说道："你刚才说什么来着？宝石山？大伙儿可听清楚了！这几个人是宝石山下来的贼人！来呀，给我拿下了！"

那大胡子急道："我们是老实本分的老百姓，做点小生意而已，和宝石山有什么关系？你们官老爷可不得随意陷害！"

那为首的官差说道："谁陷害你了？分明是你自己说起的宝石山！你如果不是宝石山的细作，哪会知道宝石山这地方？"

那大胡子说道："你你你……你怎么能这么说话？官兵和宝石山打了仗，这事谁不知道？怎能说提到宝石山，就是宝石山的人？"

那为首的官差"嗤"地笑了一声，说道："是不是宝石山的人，由不得你说了算，是我们说了算！今日我说你是，那你就是，说再多都无益！"

那大胡子的几名同伴见官差讹上自己几个人了，都慌了神，两人使劲拉扯大胡子，示意他不可再争执，另一人则向几名官差解释道："几位官爷息怒！我们这位兄弟一向不大会说话，刚刚喝了几碗酒，没想到这酒后劲十足，竟让他先醉了，弄得口不择言，不小心冲撞了几位，真是对不住，对不住！还请几位官爷大人有大量，不和我们小人计较！"

那为首的官差冷冷地看着大胡子，看他怎么说。那大胡子本来还想辩解几句，但看到同伴们恳求的目光，想到家里上有老下有少，终究不敢真的得罪了这些蛮不讲理的官差，只好点点头，嘟哝道："这酒……真是好酒，我……喝多了……"

那几个官差见他们到底还是软下来了，不禁得意扬扬。为首那个说道："既然如此，你们快快将客房给我们腾出来！还有，你们身上带的银子，统统给我留下，一个子儿也不许带走，大爷这是防止你们去宝石山串通贼人！"

那大胡子一听要没收他们的银两，心里又急了，正要再次顶撞，几个同伴眼明手快，赶紧捂住他的嘴，说道："是是！我们听几位官爷吩咐，把银两全交给官爷便是。"说罢，又低声对那大胡子说道："钱财事小，通匪的罪名事大！老大你就忍着点吧，银子去了还能再赚，人被抓去了就麻烦了！"

刘望北见这几名官差如此蛮横霸道，心里有气，正寻思要不要上前教训他们一顿，孙小七已猜测到他的心思，轻轻扯了扯他，低声说道："他们没什么事了，我们吃饭吧，别理那么多。"刘望北想到自己此行是为了行刺董士选，便忍住了心头怒火，低头吃了一口菜。

大胡子一行正要去客房收拾行李，大堂右侧忽地有人说道："且慢！几位官爷和客官，且听老夫一言。"只见一位年约四十来岁、衣着朴素的方巾文士站起身来，冲着他们说话。

那为首的官差一愣，对几个同伴说道："莫非又有人吃饱了撑的，想通山贼？"几个同伴哈哈大笑。

那方巾文士走前几步，说道："在下方才听得几位官爷要这几位客官让出上房，但这几位客官让出上房后却只能露宿野外。出门在外，与人方便，即是与己方便。在下倒是有个提议，不知几位可否听听？"

那五大三粗的官差说道："有话就说，有屁就放，老子们可没工夫听你那么多废话！"

那方巾文士微微摇了摇头，说道："这位官爷好大的脾气。那在下就说了。在下一行四人，因为来得早，加之在下性喜清静，是以要了一间五张铺的客房。那方位，在这客栈也算是不错的了。如今在下有个同伴因赶路太急，竟然跑到前头茅店投宿去了，在下三人正商议着要退房赶路。我看那几位客官一行四人，料他们也就是订了四张床铺，而几位官爷一行五人，岂不是有二人要挤一挤了？恰好在下这个客房有五张铺位，所以，在下有个不情之请：几位官爷不如将在下这个客房接下来，这样睡得也舒坦些。当然，到时还请掌柜的把房钱退回给在下，也好让在下省几个铜板。"

那为首的官差说道："原来你是打这个主意，想省几个钱。"转头问那大胡子："你们那里几张床呀？"

那大胡子心里有气，尚未回答，他的一名同伴已抢着答道："回官爷：那位夫子说得不错，我们一行四人，正是订了一间四个床铺的客房。"说罢，心里巴不得这几名官差答应那方巾文士。

那为首的官差对方巾文士说道："这样倒也可以考虑，哈哈！睡这么一宿，睡哪间房倒不是特别要紧，睡得舒服才要紧。不过，我可告诉你啊，会不会退钱，你找掌柜的商量去，老子们可是出门在外走到哪吃到哪住到哪，但就是从不掏钱的。"另几名官差哈哈大笑，说道："正是！正是！哪有草民叫老子们掏腰包的道理！"

大胡子一行听得官差们这么一说，生怕方巾文士变卦，忙看着已经赶过来的客栈掌柜，想听听他怎么说。

那掌柜从这几名官差进店开始，便头疼不已。尤其是他们要强占客房的事，更是让他六神无主。如今见到方巾文士主动提出退房，哪里还敢心疼几个小钱，连声答应道："我们退钱，我们退钱！几位官爷能入住我们小店，那是看得起我们，哪敢收你们的钱？有什么事尽管吩咐便是，小店无敢不从。"

为首那名官差点点头，说道："算你懂事！那行，今日就这样将就一下。日后路过这里，我们还要来尝尝你们的各式菜品！"掌柜的连声说道："欢迎光临，不胜荣幸！"那五大三粗的官差对大胡子一行说道："你们腾客房的事可以免了，但交出银两的事还是不变，否则你们就是宝石山的贼人，懂不？"大胡子的同伴说道："不变，不变！我等这就将银两取出来交给几位官爷！"

换房的事总算解决了，在大堂用餐的客人们暗暗松了一口气，有些胆小的已快速吃完饭，悄悄回客房歇息去，生怕一不小心招惹了那几名官差。那方巾文士的一名随从去客栈掌柜那里退钱了,另一名随从则陪着方巾文士重新回座,继续吃菜喝酒。刘望北冷眼旁观,见他们吃得慢条斯理,偶尔低声说上几句话,倒也没其他异样。

那几名官差酒饱饭足之后,打着饱嗝正要上客房就寝,忽见大堂外面一名十六七岁的少女提着一篮碗筷经过。其中一名肥头大耳的官差登时两眼发亮,说道:"哪里来的标致女客?快过来陪大爷们玩玩!"冲上去扯住那少女的衣袖。那少女受了惊吓,失声大叫,篮子掉在地上,打破了好几个碗。那肥头大耳的官差往她脸上一摸,说道:"长得还有几分看相嘛!"那少女"哇"地哭起来,使劲挣脱,却被那官差死死拽住。

刘望北见状,在桌子上重重一拍,便要起身教训那官差。孙小七赶紧将他按住,低声说道:"不急,不急!他们自会处理!"果然,掌柜带着几个伙计匆匆赶过来,边走边说道:"官爷息怒,官爷息怒!"那掌柜小心翼翼地向为首那名官差奉上一个小包裹,赔着笑脸说道:"大人多关照,多关照!这个妹崽子是小人的一个亲戚,因为家里遭了灾,前来投靠小人的,还请各位大人看小人薄面,不要为难了她。"为首那名官差接过包裹,掂了掂,对那肥头大耳的官差说道:"今晚就别闹了吧,明早还要赶路,大伙儿省着点劲儿!"那肥头大耳的官差闻言,只好嘟哝一句"算你走运",放了那少女。掌柜千恩万谢,点头哈腰目送这几名官差上楼去了。那方巾文士冷冷地看着这一幕,向刘望北这边瞟了一眼,轻轻地点了一下头。

这几名官差一闹腾,客栈大堂冷清了不少。刘望北心里不快,与孙小七埋头吃饭,把酒菜消灭干净之后,见大堂已没剩下几个人。那方巾文士一行三人也不知何时离开了客栈,想是赶路去了。刘望北和孙小七坐着闲聊了一阵,回到客房时,同室的其他客人已此起彼伏打起了呼噜。

睡到临近子时,刘望北忽然听到客栈外面有夜行人的脚步声。他武功高明,听声音,辨认来者当有两人。同室的其他人早已熟睡。刘望北轻轻下床,推了一下孙小七,他也睡得一动不动。刘望北便让他继续睡觉,独自走到窗前,观察外面的动静。

六十里店院子前后有三排房舍,客房在后面两排。刘望北他们住的这间

客房位于最后一排楼上比较偏的角落，透过窗户，正好看见两个蒙面人走到大院外一棵大樟树下。二人在树下驻足，似乎商量了几句，然后，其中一人在树下坐着，另一人则走到院墙外，一个纵跃，已悄然落在院内。

刘望北暗道："此人轻身功夫甚是不错！不知是何来头？看这身手，不应当是寻常偷盗之徒。且看他意欲何为。"想到这里，他悄悄推开门，闪身出去。刘望北轻轻走到楼层尽头，沿着楼柱溜下去，贴着墙根往前走了不远，恰好看到那个进了大院的蒙面人往前面那排客栈的楼上去了。

刘望北隐身至一株小树下，看那蒙面人要找谁下手。却见那蒙面人来到一间客房的窗户前，轻轻地揭开窗纸，用手指往里面弹了弹，便听得"啪啪"声响，似乎屋内的人被吵醒了，隐约听到有人含糊地说道："好大的蚊子！"

却听得那蒙面人沉声说道："里面的龟孙听着：你们的好日子到头了！想要活命的，乖乖起来给大爷叩三百个响头，大爷或许可以只废掉你们一条胳膊半条腿，留你们一条狗命！否则，你们就准备上路见阎王吧！"

屋里的人一听，登时清醒过来。其中一人骂道："哪个火板子活得不耐烦了，敢来戏弄你老子！"那蒙面人手指又弹了弹，屋内有人"哎呀""哎哟"叫了两声，随即房门打开，一条大汉冲了出来，正是那个五大三粗的官差。

那蒙面人见有人出来，退出几步，招手说道："你们几个龟孙，有种便跟着大爷来！大爷不想吵了别人，到外面好好教训你们几个再说！"

几个官差大怒，纷纷拔出佩刀，便要追过去。那蒙面人轻轻一跃，跳下楼去。几个官差也不示弱，跟着跳下。

那蒙面人三两步跑到客栈院门处，把院门拉开，冲了出去。几名官差见他颇有些笨手笨脚，更不将他放在眼里，齐齐追上去。刘望北见过那蒙面人跃进大院的身手，估摸他是怕几个官差见他功夫太高明，不敢强追，是以故意示弱，引诱他们追出去，心下好奇，便也悄悄跟随在后。

七个人分成三段，先后向野外跑去。那蒙面人跑得也不快，与五名官差始终保持着数十步的距离。刘望北也不敢靠得太近，不紧不慢地跟在五名官差后面。

很快，到了贡江之畔一棵大榕树下。这榕树树冠颇大，如同一把巨伞张开。那蒙面人在树下站住，不久，五名官差喘着粗气赶过来，将他团团围住。刘望北见他们已止步，知道双方将在这里打上一场，便在左近的茅草丛中躲藏起来。

只听得那蒙面人冷冷地说道："你们几个听着，就在此处各磕三百个响头，然后自己断了一条胳膊，伤了一条腿，就可以回去了。"

那五大三粗的官差骂道："火板子！我看你真是活得不耐烦了！今日不把你的胳膊卸下，难消老子心头之气！"抡起佩刀，带头向那蒙面人砍去。另外几名官差也不示弱，将手中刀舞得呼呼作响，砍向蒙面人不同方位。

那蒙面人冷笑道："既然你们不够爽快，也好，那就让大爷见识一下你们的斤两，看你们到底有多大的本事。"手微微一抬，掌中已握了一柄长剑。剑光闪烁，五名官差见他来势甚疾，急忙收招自卫。

那蒙面人将五名官差逼退一步，却并不进攻，立在原地不动。那五名官差互相使个眼色，调整方位，齐喝一声，同时向那蒙面人进招。刘望北看他们所使刀法甚是驳杂，显见得不是师出同门。再看那蒙面人，只是见招拆招，并不主动出击，似乎有意要考量这几名官差的武功。

那几名官差见他一味抵挡，只道他心生怯意，出招便更迅猛了。待他们使了十余招之后，刘望北已看出，这五名官差当中，有三名武功勉强可进入江湖三流角色，另二人则招式极其平庸，简直毫无章法，看来没有正儿八经习过武，只是仗着一身蛮力舞刀弄棒而已。

那蒙面人显然也看出了这几人的武功底数，不想和他们再纠缠下去，冷笑一声，说道："我道你们有多大本事，原来三脚猫都不如啊！和你们玩，真是一点劲儿都提不起来！"忽地挽了一个剑花，旋即出剑如电，指东打西，忽上忽下，让那五名官差一时手忙脚乱。数招之后，那蒙面人喝一声："撒手！"剑尖抖动，那五名官差但觉手腕似被虫子狠狠地叮了一口，"哎哟"一声，手中刀已纷纷脱手落地。

那五名官差目瞪口呆，一时立在当地，不知所措。那蒙面人伸腿一扫，将五把刀扫出丈远，冷冷地说道："你们还待怎的？想要命的话，乖乖地磕头吧！"

那五名官差互相看了看，不知该当如何。他们平素作威作福惯了，此时

虽然威风尽失，但要他们磕头求饶，却难免心有不甘。

刘望北看那蒙面人使的几招剑法，觉得有似曾相识之感，正琢磨这是哪一派的高手，忽地从他说话的口音想起，此人不正是那个与自己交过手的神秘剑客石清泉吗？上次因为他要破坏巩信墓，刘望北已认定他是蒙古将士的后人。然而，这次他却和官差对着干，刘望北就疑惑不解了，也正因为如此，刘望北才没有立即断定此人是石清泉。

那蒙面人见几个官差并不磕头，却不强迫他们，说道："你们不磕头也行，那就听我们家老爷的吧，且看他老人家如何处置你们。"

那为首的官差听他这么一说，心里暗道："原来这人只是某个土豪乡绅的下人，并非绿林盗匪，那就不必怕他了。"想到这里，顿时觉得又有底气了，说道："你们家老爷是谁？我们又没得罪你们，干吗如此为难我们？哼，你可知道，得罪了官府，任凭你有多大本事，也讨不到好果子吃！"

那蒙面人嘿嘿笑起来，说道："得罪了你们就是得罪官府？我看不见得吧！官府的人难道个个都和你们沆瀣一气、狼狈为奸？"

那为首的官差听他口气没那么凶了，只道他提到官府，大有忌讳，不敢太过分，便大着嗓门说道："哼！自古都是官官相护，你得罪了我们，我们的上司自然要护着我们，这样一级一级报上去，谅你武功再厉害，你的主人又如何吃得消？他纵有万贯家产，恐怕也会倾家荡产！到时看看你如何向官府求饶。"

忽听得有人冷哼一声，说道："果然有这么可怕的后果？我倒要看看你的上司是何许人，如何纵容你们四处行凶的。"只见大榕树背后，缓缓走出一个人，却是那个在客栈将客房让给这几名官差的方巾文士。他踱到大榕树下的一块麻条石上，慢吞吞地坐下，对那蒙面人说道："清泉，你今晚辛苦了，也坐下来歇歇吧。明善，你也坐到这边来，一起听听他们的高论。"

刘望北心里想道："原来这人果然是石清泉。不知他的主人是什么来头，手下竟有这等高手？"正想着，只见榕树背后又转出一人，面目清秀，不到三十岁年纪，正是在六十里店见过的方巾文士的一名随从。

那几名官差大是诧异，不知这方巾文士到底要搞什么名堂。石清泉待方巾文士那名随从在大榕树裸露的根枝上坐下，说道："好了！我们老爷要问你们话了，你们就好好回答吧。我们家老爷一向慈悲为怀，如果你们老老实实，或许这一条胳膊半条腿还可以寄存在你们身上。"说罢，在旁边一块圆滚的河石上坐下。

那方巾文士坐在麻条石上，虽然文质彬彬，却是不怒自威。那几名官差见了，心里不禁发虚。为首那名官差自言自语道："他娘的，这不过是个土财主而已，怕他作甚？"可话虽这么说，心里却还是底气不足，目光不敢直视那方巾文士。

那方巾文士说道："先说说，你们是谁的手下，何至于如此嚣张？"

为首那名官差心里想道："老子是谁的手下，为何要告诉你？"转念又一想："这个土财主虽然没什么可怕，但他手下那个凶神恶煞，一时不可得罪，否则只怕今晚难免要吃些苦头。光棍不吃眼前亏，我便告诉他又如何？料他听了我们的来头，总得客气一些。"于是昂首说道："告诉你也无妨，我等是赣州路总管府推官马梦龙大人的亲信！这次奉马大人之命前往瑞金办一件公差，若是被你等耽误了，到时马大人怪罪下来，嘿嘿，就怕你担待不起。"

那名五大三粗的官差接嘴说道："他是我们领头的马一虎兄弟，马大人的堂侄！你们要是胆敢无礼，马大人定然不会放过你们！"

那方巾文士点点头，说道："赣州路总管府推官，这可是掌管刑狱的官员呵！这官虽然不算大，但在赣州百姓眼中也不算小了，难怪你们几个能够横冲直撞，白吃白喝。莫非你们马大人平时也不管教管教？"

马一虎说道："你这话说得真是可笑。我们在衙门当差的，若是出门在外吃几餐饭的能耐都没有，这些草民还不要反了？"

那方巾文士说道："如此说来，你们四处吃白饭，倒是维护了衙门官威了？果然是高论啊！那么，刘六十在兴国造反，莫非是因为兴国的官员爱民如子，从不白吃白喝、强占强取？"

马一虎忍不住笑道："谁说兴国官员是那么回事？真是天大的笑话！天下乌鸦一般黑，世上官吏自然也一个样，哪有不白吃白喝、强占强取的。"

那方巾文士说道："原来你们都是这样想的，而且认为这是天经地义之事。如此说来，兴国万民跟着刘六十造反，的确是事出有因了。唉，官逼民反，自古都是这个道理啊！"

那五大三粗的官差听得不耐烦了，冲着方巾文士说道："你找我们兄弟几个到底有什么事，倒是爽快些的好！总不会大半夜只是为了让我们听你讲这些酸腐的道理吧？你让了客房给我们是没错，但掌柜的也退了钱给你，况且这也是你自愿的，我们可没逼你。"按他平时的性格，早就要破口大骂了，但这次因为领教了石清泉的厉害，心有顾忌，所以不敢过于无礼。

那方巾文士说道："少安毋躁！我们深更半夜把你们请来，自然不是因为区区一间客房的事，更不是为了计较几个铜板，那当然是……"

便在这时，忽听得一阵脚步声响，有人正朝着江边疾行而来。刘望北和那五名官差都不由得向来者看去，那方巾文士和石清泉及另一名随从却依然端坐不动。

十一、新官

来者脚步甚快，转瞬间已到了那方巾文士面前，向他说道："那边的事情已交代好。"那方巾文士点点头，说道："霆镇，你也辛苦了，先坐下歇歇吧。"那人不再多说，在大榕树的另一根枝上坐下。刘望北透过草丛看去，依稀认得那人正是方巾文士的另一名随从，在客栈吃饭时曾经见过。

那方巾文士对马一虎等人说道："你等在百姓面前如此飞扬跋扈，恐怕并非个例。如今官场之人，但凡仗着有点势力，都不把百姓放在眼里，而百姓一旦被逼造反，这些人又畏缩不前，束手无策。长此以往，今日兴国出一个刘六十，谁知明日瑞金是否出一个张五十，宁都再出一个王四十？到那时，只怕天下全被你们这些大小官吏给逼反了。"

马一虎听他一番说教，颇不以为然，说道："你一个土财主操这么多心干什么？真是狗捉老鼠多管闲事。你若是看不惯，有本事你也去做官呀，看你能做一个什么样的清官，是不是比包拯还像青天大老爷？"

石清泉手指一弹，一粒沙子向马一虎疾飞而来，便听得马一虎"哎哟"一声，骂道："哪个砍脑壳的用石子打我？"忍不住"呸"地吐了一口，又骂道："好你个雷公打的！打掉我一颗牙齿了！"

石清泉冷冷地说道："你要是再不老实，管保叫你满口牙齿一颗不剩！不信你再试试。"

马一虎已见识了石清泉的手段，知道这人说得到做得到，心里虽然狂骂他祖宗十八代，嘴上却不敢顶撞，只好不再吭声。

那方巾文士轻轻咳了一声，继续说道："我要不是一路亲眼所见，也不敢相信大小官吏肆无忌惮到了这等地步。如此看来，首先需要治的，倒不是占山为王的草寇，而是你们这些贪吃民脂民膏的庸官恶吏。"

那五大三粗的官差说道："喂，听你说了大半天，到底想做什么嘛！我们只是奉命当差的人，你老是教训我们算什么本事！有能耐的，你去赣州城找我们总管、同知等几个大老爷说理去呀！"

那方巾文士说道："赣州城，那是自然要去的；你说的总管、同知那几个大老爷，自然也是要找的。不过，今日既然遇到了你们几位，有些事，还是要着落在你们身上来办，效果也许会更好些。"

马一虎听他这口气，心里想道："这人竟敢去赣州城找总管、同知，只怕有一定来头，莫非不是寻常士绅？"想到这里，不禁越发心生疑窦，便不再接话，且听他接下来还要说什么。

那方巾文士却不理马一虎了，转头问一直跟在他身边的那名随从："明善，我们这一路走了几个地方了？遇到了多少官吏、豪绅？他们表现如何？"

那叫"明善"的随从答道："从辰时出来，如今已过子时，一路经过了储潭圩、七里镇、梅林村、茅店、六十里店。这五个地方，分别见到了赣州路总管府、赣县县衙、千户所、巡检司官吏十二人，当地豪绅七户。这些人，最擅长干的便是鱼肉乡民、敲诈勒索、欺男霸女、强取豪夺之类的勾当。"

那方巾文士对马一虎说道："你看看，我们一行今日所见所闻，尽是这等事。这位石兄弟，便是因为赶到茅店找当地一名豪强调解一件事，这才来得晚了些。否则，他在晚饭时分便可以和你们几位见上面，那也就未必要让你们深夜到这江边来说话了。"

马一虎终于忍耐不住，也顾不得石清泉的厉害，问道："你啰唆个半天，到底要找我们什么晦气？你再不直说，我们几个有公差在身，可真没耐心再听下去了。"

那方巾文士说道："这么快就没耐心了？好罢，那我就不扯那么远了。只是，我若不说那些，就怕你们对后面的话听不大明白。如今已将该说的差不多都说了，现在就说说你们需要做的事吧。"顿了顿，双眼在马一虎等五人身上扫视一遍，慢慢地说道："我要你们做的是，待天亮后，你等五人，先将所收的那几名客商的银两退回给他们,然后负荆跪于六十里店门口,告诉过往客官,并请他们互相转告,从今往后,赣州官吏若敢欺负百姓,便是这个下场!直到午时,你等方可离开。今后若是还有刁难百姓的行迹,必将严惩不贷!"

马一虎愕然说道:"你……你……凭什么说这些话?在赣州,敢这样教训我们的,也就那三四个大人而已,你算老几?我等若是不听,却又如何?"

石清泉忽地一跃而起,挥剑劈向榕树一根枝条,待那枝条被削落,只见他剑光闪动,片片碎叶如蝴蝶翻飞。转眼间,那些叶子和枝条齐齐落在地上。石清泉冷冷地说道:"你们自己看看,再掂量掂量自己的脑袋是否经得住这一剑便是了。"

马一虎等人低头一看,只见那根树枝和这些碎叶落在地上,恰好组成了一个"石"字。马一虎和同伴们面面相觑,心里均是一般想法:"这家伙剑法神通,看来刚才和我们动手还没尽全力呢!若是得罪了他,哪天再次遇上,他当真发起狠来,我等哪有活命的机会?"想到这里,脸上不禁渗出冷汗,只好默然不语。

刘望北躲在草丛里,虽然看不清楚地上写了什么,但他从石清泉的剑法当中已猜测到,此人定然是在地上摆布了一个什么图案之类的,以震慑马一虎等人。刘望北曾经与石清泉交过手,打得不分胜负。此时见他运剑如风,心里暗忖:"此人的剑法确实高明,在年轻一代当中,实属罕见。下次与他交锋,只怕还是没把握胜他。"

那方巾文士见马一虎等人不吭声,说道:"我刚才说的话,你们听清楚了吧?如果能照此办理,那么你们还可以回去睡个回笼觉。"

马一虎心想:"若是真按这人说的去做,那可是什么脸都丢尽了,以后在同僚面前如何抬得起头?但不按他说的去办,只怕这几个人当场就饶不过我们几个。"权衡利害关系之后,几人心里十分纠结,不知到底该不该应承下来。

那五大三粗的官差见马一虎不说话,忍耐不住,问道:"你们武功厉害,要我们做这等事,我们也别无办法。可是,你们这样得罪官府有什么好处?难道你们还真想为那些穷鬼打抱不平?你们武功再厉害,能和朝廷作对?"

说到"朝廷"时，他觉得自己底气又硬了些，希望眼前这几个人能想明白这个道理，不再为难自己几个。

那方巾文士呵呵一笑，说道："原来你们总是觉得自己是朝廷的人，朝廷会给你们的胡作非为撑腰。可是，你们有没有想过，朝廷真会这样支持你们吗？若是大小官吏都像你们这样，对朝廷来说又有什么好处？"顿了顿，又说道："你有一句话倒是说对了——没错，我们正是要为这些黎民百姓出头。而这样做，不但不是和朝廷作对，恰恰是为了朝廷。"

马一虎说道："原来你们是想行侠仗义。但是，仅仅对付我们几个，也不算什么大本事吧？不说远的，单是赣州路这么多官吏，看你们如何管得着？"

那方巾文士说道："虽然未必都能顾得上，但事在人为，能管多少算多少，先从你们几个管起，希望其他知情者能得到教训，也是好的。如此费他一年半载工夫，总能见点成效吧？"

那五大三粗的官差冷笑道："听你这口气，倒不像个乡绅土财主，却像个大官一样。你有本事先去赣州弄个官来做做呀，这样大伙儿才会听你这些酸腐调调。"

那方巾文士微微笑道："我这次到赣州，还真是做官来的，而且是主动要求过来的。你们好好转告同僚们，若是谁也像你们这般行事，落在我手上，必定严惩不贷！你们就说，这是董士选亲口说的。我董某人敬天敬地敬神明，但就是不信这些邪！这番话，一定说到做到！"

此言一出，不仅马一虎等人当场"啊呀"叫起来，连刘望北也差点失声叫出。他们虽然觉得这人迂腐之中不乏正气，看起来出身官宦之家，但万万没想到，他竟然就是朝廷派到赣州路主政的董士选。而刘望北更是惊喜交加："真是踏破铁鞋无觅处，得来全不费功夫。正愁无处寻找这个赣州新官，没想到在这里轻易就遇上了。可是，更没想到的是，他身边竟然有石清泉这么一个高手！如此看来，要行刺这人，只怕颇不容易了，只好小心寻找机会。"

马一虎等人本来便是媚上欺下之人，听得眼前这人竟然是传说了数日的，要来赣州主政的江西行省左丞董士选，早就吓得魂飞魄散，当即齐齐跪下来，如鸡啄米般磕头。马一虎边磕头边说道："小人有眼不识泰山，冒犯了董大人，实是罪该万死！还望董大人宽宏大量，饶过小人这次，小人一定痛改前非，再也不敢干欺负老百姓这样的事！"另几人也连连说道："小人该死，小人该死！请大人开恩！"

关于董士选的来头，马一虎早就从他叔父那里知道了一二。原来，董士选不仅自己身居高位，而且出身名门。其父董文炳在元世祖忽必烈时期便战功累累，是元朝灭宋的主将之一。当年元军兵分三路进攻临安，董文炳便是左路统帅。攻克临安之后，忽必烈诏令其留守治事。因为长期陪同忽必烈征战，董文炳深受忽必烈信任，甚至被忽必烈称为"董大哥"。董文炳晚年，忽必烈更是对其委以重任，专门交代中书省、枢密院大小政务均需由其过目。董文炳去世后，其次子董士选也得到忽必烈的器重。据说，当今皇帝铁穆耳登基后，依照其祖父忽必烈对董文炳的称呼，竟然称董士选为"二哥"。马一虎在上官面前从无胆量，面对这位高不可攀的朝廷大员，自然不敢再说半个"不"字。

董士选说道："你们还知道怕本官，总算还不是十分糊涂。既然如此，你们就按本官所说去做吧，其他惩戒就暂时免了。本官要的就是通过你们的悔改把这些事情传出去，把本官的想法传出去，让越来越多的人知道。大小官吏知道了，从此不敢欺负老百姓；老百姓知道了，自然就不再造反。如此，本官这次赣州之行，便可以说是不辱使命了。"马一虎等人连连说道："谢大人开恩！小人一定奉命行事！"

石清泉见这些人总算真正害怕了，便喝道："既然知道该怎么做了，还不快滚？我告诉你们，我们这位霆镇兄已经在六十里店安排了人手盯着你们，倘若敢偷懒耍滑，回头有你们好看的！"马一虎等人如获大赦，忙不迭地说道："是，是！不敢，不敢！"连滚带爬往六十里店而去。

董士选见他们去得远了，拈着颔下的胡子，轻声说道："大小官吏、土豪乡绅，但凡有点权势的，都往死里去压榨百姓，百姓们如何不反？刘六十之辈何愁手下无人？真正的祸患，并非刘六十之流，而是各级衙门这些大官小吏们，以及那些土豪劣绅啊！"

那个叫明善的随从说道："大人所虑正是！也只有似大人这般见识者，方能真正解了赣州匪患！"

董士选微微摇了摇头，又点了点头，说道："治刘六十不难，治衙门之害倒是着实不易。虽如此，我等又岂可坐视之？只能一步一步走下去。"

刘望北见董士选等人便要从榕树下离开，心里想道："他这么一个大官，平时出门定然前呼后拥，回到衙内更是有重兵把守，难得此时身边仅几名随从，或许今夜便是最好的下手机会。虽然有石清泉这样的高手在侧，但如果出其不意刺他一剑，石清泉没能防备，待他发现时，董士选只怕已命赴黄泉，而自己大不了被他们三人围攻，力战不敌而死。"想到以自己一命可以换得赣州路最高官员一命，刘望北但觉甚是值得。眼看着董士选离自己已不过十步之遥，刘望北不禁热血沸腾，再也忍耐不住，从草丛霍地拔身而起，冲着董士选便是一剑。

不料，便在这时，榕树上突然"扑哧"惊起一只大鸟。那石清泉为人极是警醒，一闻动静，立时戒备，目光环顾之际，忽见一团黑影从草丛中跃起，心知不好，叫一声："大人当心！"一个闪跃，将董士选轻轻推开，随即自己矮身躲过刘望北刺出的这一剑。那名叫霆镇的随从身形一晃，已挡在董士选面前。

刘望北见一剑落空，暗叫"可惜"。他也顾不得石清泉在旁，接着一招"大漠孤烟"，再次向董士选刺去。石清泉喝道："休得逞能！"他已认出刺客是曾经与自己交过手的刘望北，知道此人武功了得，不敢大意，斜身过来，挥手将长剑一格，与刘望北手中剑碰了个正着。"当"的一声响，石清泉因为事出仓促，这一招纯属孤注一掷，长剑被刘望北压下，但刘望北要刺中董士选，已是失之毫厘。

石清泉情急之中，再次冒险，回手一剑，竟然不顾自身防护，直击刘望北前胸。刘望北看他这一招，却是两败俱伤的打法。自己如果出招击其要害，固然可以得手，但对方这一剑却是不得不受。刘望北的目标是董士选，他当然知道为了击败石清泉而伤了自己并无意义，只好移步回避石清泉这一招。就这么一瞬间，石清泉赢得了一个喘息的机会。

石清泉暗道一声"惭愧"。他也知道刘望北未必愿意和自己两败俱伤，是以冒险一试。待得刘望北退让，石清泉便将被动局面扳回正常交手状态。二人重整旗鼓，见招拆招，转眼间已过了十余个回合。

刘望北见识过石清泉的剑法，知道自己要和他分出胜负的话，说不定要千招之后。放在平时倒也罢了，今日对方却还有帮手在侧，而自己孤身一人，处境甚是不利，久战下去更是凶多吉少。想到这里，心里便不免焦躁。石清泉看出了他的情绪，笑道："上次你们人多，我不敢和你久拼，打得不过瘾。这次你送上门来，真是求之不得！要找一个好对手实在是太不容易了，这次我可要看看你到底有多少本事！"边说话，边出招，不给刘望北任何占便宜的机会。

刘望北说道："你也不要太得意！你剑法虽然高明，但我也未必就怕了你！"手下毫不示弱，长剑与石清泉针锋相对。二人直打得丝丝入扣，仿佛一对经常演练的老朋友。

董士选已退到一边，在两名随从的护卫下，不慌不忙地看着石清泉与刘望北激烈交手。他虽然是名文人，不通剑法，但从二人互不相让、难分难解的情形来看，已知道他们棋逢对手，将遇良才，没到一定时候分不出高下。他轻声对二名随从说道："这人年纪与清泉相若，也是个难得的人才。从客栈所遇来看，为人也甚是正直。似这等良才，若是也去跟着刘六十之流造反，岂不可惜？"那个叫明善的随从说道："此人极有可能便是刘六十的部属。宝石山的人有这等身手，难怪前次进剿遭遇失败。"

二人又斗了两百余招，双剑相击之声不绝于耳，却还是谁也胜不得谁。石清泉有恃无恐，打得起劲，对胜负之事已然不放在心上，不时说道："痛快！痛快！不妨再战八百回合！"刘望北心里却暗暗叫苦，想道："若是你没有同伙，我便与你再战一千回合又有何妨？但此时如何能与他争这口闲气，须得设法撤离才是上策。"无奈石清泉出招太紧，一时竟然找不到机会脱身而出。

董士选见二人打得精彩，心里不禁起了惜才之意，更担心石清泉稍有不慎，伤在对手剑下，便对二名随从说道："似他们这般打下去，总有一方难免有个闪失，被对方所伤。不管伤了哪个，都是可惜之事。还是想办法让他们尽早罢手为好。"那个叫霆镇的随从说道："大人所言极是。我来试试。"说罢，从腰间解下一根长索，左手扯住一头，右手抓住另一端，在手上不停地晃着。

刘望北听到董士选与随从的对话，只道那两名随从准备上前帮石清泉，心里更加戒备，防止他们从身旁出招袭击。不料，那个叫霆镇的随从却并不上前，只是右手忽地一抖，长索直向刘望北左腿扫去。刘望北没料到他会来这么一手，待得感知有软物向下盘袭来，正待跃起，但觉左腿一紧，踝部已被长索套住。那个叫霆镇的随从用力一拉，刘望北脚下一滑，收不住势，登时摔倒在地。还没等他跃起，石清泉的长剑已顶到了他脑门。

刘望北暗暗叹息一声，心里懊悔不已："没想到今日杀贼不成，反而死在贼人手下。明知道对方人多且实力不弱，自己知其不可为而为之，没有想清楚后果，真是死得有所不值。"

石清泉见刘望北双眼瞪着自己，知道他心里不服，笑着说道："我若是就这样一剑要了你的命，谅你死不瞑目。不错，这一次，你我依然没有分出胜负，换了我，也是一样不甘心、不服气。但今日你冒犯了我家大人，你的死活可由不得我了。"说罢，抬眼看了看董士选，等他发话。

董士选从石清泉眼中已看出，他想为刘望北求情饶他不死，当即微微一笑，说道："这年轻人武功好，人品也不差，从他在客栈的举动便可以看出。清泉放心，我不会让你杀他的。"顿了顿，又说道："先让他起来说话吧。"

石清泉闻言，收了剑，对刘望北说道："先站起来吧！我家大人慈悲为怀，饶你不死呢！"

刘望北"哼"了一声，身子一挺，立起身来，长剑依然在手，一时却不知是否该和石清泉继续打下去。

董士选说道："这位壮士好身手！你今日和清泉切磋良久，也该歇歇了，这次你们二位就不必再动手了罢！老夫且问你一句话。"

刘望北又"哼"了一声，说道："有什么话你就直说吧！今日落在你们手上，也不必跟我来假仁假义这一套。"

石清泉说道："你这样说话未免太难听了吧？我家大人又如何假仁假义了？你若是不服，我奉陪到底便是！"

董士选摆了摆手，说道："年轻人气盛，何必计较太多？你我初次相识，有所误会也难免。我且问你，你行刺本官是受何人指使？又是为了什么？"

刘望北哈哈一笑，说道："这还需要人指使吗？你是赣州最大的官，既然遇上了你，哪有放过的道理？我只恨自己学艺不精，今日未能如愿亲手杀了你！"

董士选微微一笑，说道："你一见面就要杀我，然则我和你之间有什么深仇大恨呢？董某刚到赣州，即使十恶不赦，也还没来得及干坏事呀！"

刘望北怒道："你是朝廷派来的命官，是来对付我们黎民百姓的，虽然和我个人毫无恩怨，但我愿替赣州百姓出头！只要能把你杀了，便是粉身碎骨又何足惜！"

董士选说道："此言差矣！我虽是朝廷命官，但可不是来对付黎民百姓的。恰恰相反，我是来为黎民百姓主持公道的。这些欺负百姓的贪官污吏、土豪劣绅，才是我的敌人。即便是刘六十之流，如果能放下屠刀，不和官府作对，我们也一样爱护他们的。"

刘望北说道："说得这么动听，谁信？如今当官的有几个好人？老百姓不就是被你们这些当官的逼反的么？"

董士选说道："当官的并非天下乌鸦一般黑，其中有恶吏，自然也有好官，否则这天下岂不大乱？那些逼良为娼者，朝廷也是不容许的。正因如此，我这次来赣州，首要之事便是好好整治一下这些官吏。"

刘望北说道："就算你想为老百姓主持公道，但不管怎么说，你做的是元朝的官，我刘望北还是和你们势不两立！"

董士选说道："原来壮士大名叫刘望北。这名字不错，一听就是前朝遗民之后。唉，其实，赵宋之所以覆亡，不正是因为朝廷不得民心么？想当年，赵宋皇帝一味任用奸邪，排挤正人君子，屡屡自毁长城，这样的朝廷，除了几个愚忠之臣，又有谁愿意为他们卖命？是以北兵一路南下，所向披靡。依我之见，对黎民百姓来说，皇帝姓什么并无太大关系，只要他们能对百姓好就行。宋朝的贪官对百姓有什么好？元朝的清官对百姓又有什么不好？所以，我做了元朝的官，你便要不顾一切和我势不两立，这话真是不知从何说起。"

刘望北听他这么一说，心头不禁一时茫然。他虽然并不认同董士选这番话，但却又觉得不知如何驳他，一方面觉得他是强词夺理，一方面又隐隐觉得他说的似乎又有几分道理。正不知如何说下去，却听得石清泉说道："你这

小子真是毫不讲理！我家大人素来清正廉洁，心系苍生百姓，你们前朝那些官吏，又有几人能和我家大人相比？照你说的，难道这些百姓反而愿意请秦桧、史弥远、贾似道之流回来做官？"

虽然刘望北懂事时赵宋已灭亡，但当年那些庸官贪官的名字还是知道一些，也时常听得长辈提到赵家天子不用贤人的议论，对此不禁一时语塞。

董士选见刘望北不再说话，微微笑道："你年纪尚轻，很多道理未必想明白了，不妨回去再好好想想。今日之事，我们也不想为难你。我想说的话已经说完，你走吧，我们也要赶路了。"

刘望北疑惑地看着董士选，没想到他竟然这么轻易就让自己离开。他虽然不愿意相信这是事实，但从董士选的脸上，却看不出任何做作的表情。这使他又不得不相信，这位赣州新官并没有骗他，他们确实准备让他就这样离开。

石清泉在一旁说道："还不快快谢过我家大人？哼，我倒是真不舍得大人杀了你。我看在赣州这地方，要找一个像你这样的对手着实不容易，就这样死了未免太可惜。"

董士选说道："清泉看到高手就惺惺相惜，真是英雄惜英雄。"说到这里，指着另二人对刘望北说道："相识是缘，我这两位同伴你也索性认识一下吧。这是元明善，一介书生，不是你们武林中人。这是李霆镇，算半个武林中人吧，刚才他绊了你，还望你不记仇。"

元明善向刘望北作了个揖，微微点头，并不说话。李霆镇打了个哈哈，抱拳说道："对不住啦！刀剑上的功夫，我是不行的；跑跑腿使使绊子，这个我倒还马马虎虎。"

刘望北说道："今日在你们面前失手，我无话可说。但你们不要以为这样施点恩惠就可以收买我。我有言在先，他日如果相见，我们仍然是敌人。如果你们后悔，现在还来得及。"

董士选呵呵笑道："刘壮士过虑了！我们既然让你回去，自然并无附加条件。至于他日相遇是友是敌，那是他日之事，今日何必提及。"

刘望北见他们果然要放自己走，心想多说无益，在家国大义面前，自己也不必和他们做口头争议，当即对他们说道："那么就此告辞，但愿后会有期!"转头便走。走出数十步后,还听到石清泉在后面说道:"下次再遇时,我们先好好比上八百回合再说!"

刘望北回到六十里店,天色已经微明。孙小七已经醒来,发现身边不见了刘望北,正急得团团转,不知该去哪里找他。见到刘望北回来,孙小七总算长长地松了一口气,说道:"好你个刘小哥,怎么深更半夜不好好睡觉,让人好生着急!"刘望北摆摆手,向他使了个眼色,说道:"睡不着,出去随便走了走,现在倒是想睡了。"孙小七知道他是因客房还有其他客人,不便说话,也就不再多问,也躺进了被窝。

待得天明,客房内的其他客人陆续起床赶路去了,房里只剩下刘望北和孙小七,刘望北便将夜里的遭遇说了一遍。孙小七双眼圆瞪,惊讶不已。刘望北忧心忡忡地说道:"这个董士选,恐怕不一般,和我们想象中的官员大不一样。依我之见,他比那些杀气冲天的官员难对付多了。"孙小七挠挠头,说道:"这真是邪门了,我在城里这么多年,几曾见过这样的官?竟然还想着替老百姓打抱不平,那不是戏台上才有的包青天吗?"

二人洗漱毕,出了客栈,果然看到马一虎等人跪在大门口,不断地向过往客人请罪,并表示这是赣州路新来的青天大老爷董士选要他们这样做的。客人当中有些胆小的,不知马一虎他们到底在玩什么名堂,远远地避着走,生怕招惹了这几个官差。也有些胆大的,在一旁观看并指指点点。刘望北和孙小七故意走近一点,听得几个客人议论道:"这董大人果真有这么好啊?那我们老百姓以后可不用担心受这些人的鸟气了!""赣州有这样的好官,那可真是大伙儿的福气啊!""这些年,我们真是受够了!但愿这位董大人来了,确实能主持公道,让老百姓好好过几年日子。"也有人低声说道:"天下乌鸦一般黑,官官相护才是个理。我看是这几个小吏不小心得罪了董大人吧?"

刘望北与孙小七离开六十里店,走到僻静无人处,刘望北说道:"小七哥,你也听到了,虽然也有人不尽相信董士选的做法,但他这一招,确实能够收买很多民心。"

孙小七说道:"这倒也是。对老百姓来说,最盼望的就是遇到一个爱民如子的清官。这董士选若是真的爱民如子,赣州百姓自然喜欢他。"

刘望北说道："这样一来，刘寨主的号令只怕就要打打折扣了。本来，官逼民反，只要有人登高一呼，自然应者云集。可是，这官府若是做得并不过分，要这些老百姓冒着这么大的风险来造反，他们也许就不大情愿了。"

孙小七抓了抓头皮，说道："这……这……这个道理我倒一时还没想到，那你说该怎么办呢？他身边有个那么厉害的高手，要刺杀他，我们得加派人手才行，你可不能再冒险了。"

刘望北说道："若能杀了他，当然最好。可是，杀了他，朝廷再派一个坏官过来，赣州百姓岂不遭殃？唉，这事真是……"一时踌躇不决，不知该当如何。

孙小七见他甚是为难，说道："要不，我们先去赣州城住下来，到时再找机会？"

刘望北说道："董士选从赣州城出来，他应当没这么快回城，极有可能会去兴国。他不在赣州城，我去那里便成了守株待兔，也不知几时才能等到。不如我们分手行动，你仍回赣州城打探消息，我先取道兴国县城回宝石山，一则看看董士选这些人还要弄些什么名堂，二则尽早和刘寨主他们商量一下该如何对付赣州这个新官。"

孙小七想了想，觉得刘望北所说极是，便叮嘱刘望北若是遇上董士选一行，千万要小心行事，不可暴露行踪，以免打虎不成反伤己。刘望北答应了，与孙小七分道扬镳。

从六十里店往兴国县城方向走，途中有一个吉埠圩。刘望北寻思，董士选此行带着察访民情的目的，若是去兴国，也许会在这个圩上逗留，便有意在这里转了一圈。果然，从一个小茶馆打听到，有四个如此这般的客人在这里喝过茶，聊过天，问东问西的，尤其问了当地几家大户的口碑如何如何，依这情形，正是董士选一行无疑。于是，刘望北马不停蹄，继续朝着兴国县城而去。

沿着平江而上，离寨九坳已经不远。刘望北想到自己刚下山时，便在这里和呼罕拔离的部下风声鹤斗了一场，揭穿了他的阴谋，帮了寨九坳一个大忙。当时的寨九坳总寨主云兴鹏把总寨主之位传给蓝江南之后，寨九坳与宝石山来往密切，已是刘六十在外围的重要力量。想起这些，刘望北很想重返寨九坳看看，但转念想到跟踪董士选要紧，便立即打消了这个念头，只在对岸朝着寨九坳方向遥望几眼，便往前骑行。

快到兴国县城时，已是午饭时分。刘望北寻思，在县城吃饭很容易遇上董士选一行，暴露了自己的行踪，不如在城外吃过饭后潜入县城。离城不远处，刘望北看到路边有一家"埠头旅舍"，规模比六十里店小多了，客人也不多，刘望北心想正好在这里解决午饭，顺便把坐骑也寄存了，到时孤身入城，以便相机行事。他走进旅舍，将所骑的马交给小二，在大堂角落找了个位子坐下来，点了饭菜，埋头便吃。

边吃边想着进城后该当如何，忽闻门外响起脚步声，抬眼一看，又进来三个客人。为首那人，狮口豹眼，甚是威武，一看便是武林中人。另二人，一个脸色蜡黄，如同病夫；一个身材矮小，体瘦如猴。三人见刘望北在一处角落吃饭，便在另一个角落坐下来。

刘望北不愿多事，见他们远离自己，正中下怀。那三人点了酒菜，在上菜之前，便一直低声说着话。起初，刘望北也没在意他们说什么。待酒菜上来之后，这三人越吃越起劲，嗓门渐渐大起来，那狮口豹眼的大汉忽地迸出一句话："我崆峒门却又怕了谁来？"

刘望北一听"崆峒门"，不禁警觉起来。崆峒门的刘梦凌等人投靠赣州官府，屡屡与宝莲山、宝石山的英豪们作对，刘望北因此对这个门派甚无好感。这人若是崆峒门的，刘望北便不得不戒备了，只怕他们又要图谋对宝石山不利。

脸色蜡黄那人右掌往下压了压，示意那狮口豹眼的大汉小声些说话。身材矮小那人说道："吴兄想多了！我们自然不是这个意思。我们说的是，这一票干下去，到时崆峒门定然名声更加大震，江湖上谁也不敢得罪贵派。嘿嘿，嘿嘿。"

崆峒门那人骂道："你解猴子的心思我还不知道？你一面要我给你撑腰，一面又怕我做大，呵呵，最好就是一直和你保持这个样子。"

身材矮小那人笑嘻嘻地说道："吴兄这是说什么话呢！你老哥要是能做大，做兄弟的当然最高兴了！最好你老哥能当上掌门，以后我们兄弟就可以铁了心跟着你了！"

崆峒门那人说道："我才不像刘梦凌这小子，一门心思想当掌门，弄得自己累成什么样子了。我吴梦冷但求这辈子吃穿不愁，来去自由，既不想管人，也不想被别人管，这就够了！"

刘望北心里道："原来这人叫吴梦冷，果然是刘梦凌的同门。但他的志向倒是和刘梦凌大有不同，却不知这几个人勾结在一起想图谋什么事。"

身材矮小那人说道："吴兄这想法，最合我们的心意了！人活一辈子，有钱就行了，当什么掌门呀，县官啊，累不累？反正我解万难和初有雪兄弟与吴兄都是一般心思，把日子过得自在就行！"脸色蜡黄那人点头说道："正是这个道理！"

刘望北心里说道："原来这二人一个叫解万难，一个叫初有雪。江湖上似乎没听过他们的名号，也不知道是什么门派的。听他们这番话，这几个人倒是臭味相投。"

吴梦冷说道："若非如此，我这个出身名门大派的弟子，怎么会和你们混在一起？哈哈！"解万难和初有雪也不禁笑起来。

刘望北暗道："原来遇上了几个江湖上的混混，并不是图谋什么大事的。看来我是过于谨慎了，见谁都觉得是冲着宝石山来的。"心里不禁觉得好笑。

刘望北已吃得差不多了，正待起身出去，忽听得解万难说道："兄弟我就是闹不明白，这姓董的刚到赣州，万家和他有什么深仇大恨，要花这么大的价钱请我们去刺杀他？"

刘望北心里一惊，想道："莫非这几个人竟然也是要去刺杀董士选？是什么人想刺杀他呢？"事关董士选，刘望北当然不肯放过，当即倒了茶水，慢吞吞地喝起来，其实却凝神听着吴梦冷几个人说话。

初有雪说道："管他为什么呢！冲着这三万两银子，咱兄弟几个便是赌了这条命，也值得！我们合伙儿也干了五六年了，这么大的单，还是头一次接到呢！干成了，就算从此金盆洗手，今后的日子也过得够逍遥自在了！"

吴梦冷说道："万老爷虽然没说原委，但我派兄弟众多，我还是很快打听到了他的事。这姓董的一到赣州，便听说了万老爷的大名，竟然找上门去，要他吐出万贯家产，退回给十里八乡的穷鬼，这万老爷哪受得了？只好趁着他还没公开上任，没几个人识得他，把他结果得了！"见解万难和初有雪听得入神，吴梦冷又说道："不过，话说回来，这万古长做人是过于霸道了。他们万家看到改朝换代，便趁着兵荒马乱，鱼肉乡邻，这才十几年工夫，竟然霸占了差不多半个县的田地了。再这样下去，别说逼得穷鬼们造反，只怕衙门都要起来造他家的反了。"

解万难说道："原来如此！我们从岭南来赣州才几年工夫，对当地豪门望族的发家史不甚了解。如此看来，这万老爷倒也称得上是心狠手辣之辈了。不过，我们才不管这些恩怨，谁给钱，我们就给谁干！"吴梦冷说道："要说这万老爷的毒辣手段，那可是三日三夜也未必说得完。你说赣州有几个人有这本钱，一下就拿出三万两白花花的银子请人做事？"

刘望北听他们说了这么一番话，总算大致知道了事情的来龙去脉。原来，赣州的大土豪万古长由于劣迹斑斑，被董士选察访到了。董士选要他将讹诈所得的家财散尽，万古长不甘心，表面答应，暗地里却请了江湖上厉害的杀手去行刺董士选。这几名杀手来自不同的门派，因为共同的利益而走在一起。他们分工协作，共同作案，行踪不定，所以在武林中名气并不大。他们接受东家的请托之后，行动倒是挺迅速，很快便侦知董士选正在从赣州前往兴国的路上，于是一路追踪过来。

刘望北暗道："我也要找董士选的晦气，这几个人若是与我目标一致，倒是可以省了我不少事。只要他们武功不是太差，大家齐心协力，也就不怕石清泉他们几个了。我不妨尾随他们，到时见机行事便是了。"

主意已定，刘望北恐怕在店里坐得太久，引起吴梦冷他们的怀疑，便不紧不慢地走出门去，找了个僻静的所在，暗中观察吴梦冷他们的动静。

平江之滨的兴国县城，连日来戒备森严，守门的兵士对过往行人盘查得死死的，出城的固然不容易，进城的更是难上加难。

董士选一行四人来到县城南门，几个兵士对他们问了又问，虽然没查出什么疑点，但就是不肯给他们放行。石清泉被他们弄得不耐烦，便想发作。元明善见状，笑着向他摇了摇手，示意他别吭声，随后，从囊中掏出几锭白花花的银两，给每个兵士手里塞了一锭。

其中一名兵士掂了掂手中的银两，斜着眼睛问道："你们几个，真不是从宝石寨下来的山贼？我看还是有几分像嘛。"

元明善赔着笑脸说道："总把①明鉴，您看我们几个手无缚鸡之力，哪敢想什么宝石寨的事？我们就是寻常生意人，这都许久没生意了，还请几位高抬贵手，让我们进城。"

另一名兵士冷冷地说道："照你这么说，如果你们生得孔武有力，就非得投奔宝石寨不可了？嘿嘿，你们现下虽然还没投奔宝石寨，但你们的心已经投奔宝石寨了！来呀，把你们抓去见官再说！"几个兵士作势便要围上来。

元明善一看，赶紧说道："几位总把说笑了，我们可经不起这等惊吓！"边说边从囊中又掏出数锭银两，塞到几位兵士的手中。

几位兵士将银两收下，其中一人夺过元明善的行囊摸了摸，将最后两锭银两掏出来，懒洋洋地说道："行吧，姑且相信你们暂时还不是宝石寨的人，进城以后，可给我老实点！"

元明善忙不迭地说道："那是一定，那是一定！"与董士选等人从门洞进城去了。石清泉恨不得立时几拳将那几个兵士打倒在地，但看到董士选脸上平淡如故，只好强忍着心里的怒气，跟着进了城。

董士选见旁边无外人，说道："像他们这个样子守城，刘六十若是想打进县城，那真是轻而易举啊！"李霆镇说道："这些家伙哪里是在守城？分明就是借机谋取私利。"元明善说道："从这一路所见来看，冰冻三尺非一日之寒，官兵败北、刘六十做大，都是情理之中的事了。"

董士选连连摇头，说道："老规矩，还是到城里的集市先逛逛。"元明善向路旁的人家打听了集市的方向，一行人便朝那边走去。

兴国县城在赣州路所辖县城当中，算得上比较大的一座城。今日虽然逢圩，但由于城内城外通行不便，集市不似往常热闹。已是午后，摆摊的人早已散去，街道两旁的店面倒是仍开着门，但冷冷清清，门可罗雀。董士选踱进一家杂货店，店主正坐在椅子上打瞌睡，被脚步声惊醒，见到进来几名顾客，心里一阵高兴，连忙站起来问道："几位客官，不知需要买点什么？小店的货都是兴国城最好的，尽可放心挑选！"

---

① 元朝武官名。

董士选说道："我们先看一看有没有需要的。"见靠墙有一张凳子，也不客气，走过去坐下来，和店主东拉西扯。

那店主听说他们是从外地过来的，有几分吃惊，说道："几位客官进城时，想必花费不少吧？"董士选听他话里有话，问道："此话从何说起？你又怎知我们花费不少？"

那店主说道："唉，客官别提了！这兴国县城弄得这么冷清，城里人都知道是怎么回事呢！外面的人要进城，不把他们身上搜刮干净，那些兵老爷哪有那么好说话？更要命的是，进来倒也罢了，到出城时，他们还要再搜刮一遍。若是没什么油水可刮了，碰上狠一点的角色，还要被诬陷是宝石山的细作，直接被人关进大牢，等着家里拿银子来赎回去。各位客官说说，遇上这样的官老爷兵老爷，是不是鬼都不敢再来兴国城啊？这样下去，我们哪里还会有什么生意可做？"

董士选一行边听边频频点头。那店主见他们附和自己，牢骚更多了，一个劲儿地说得不停，直把兴国县衙、军营那些文官武将的劣迹说得一点不漏。比如，县尹大人看中了某户人家的闺女，直接抢了过来要纳为小妾，没想到被县里的达鲁花赤大人知道了，达鲁花赤当即派人过来把那女子接走纳为自己的小妾，县尹大人虽然十分不甘心，但也只敢背地里骂娘；比如，县里的张富户和胡富户为了争一处风水宝地，把官司打到县衙，张富户送了五百两银子给县尹，以为官司必赢，没想到县尹的师爷是胡富户的远房亲戚，悄悄将张富户送银子的事透漏给了胡富户，胡富户连夜送了五百五十两银子给县尹，就因为多出了这五十两，竟然让张富户吃了一个大大的哑巴亏，在县里传为笑谈；还比如，县里的钟大户看中了小户人家杨十三郎的祖传老宅，硬是要低价收购，杨十三郎不肯，钟大户便买通县里的官员，硬是给杨十三郎扣上通匪的大帽子，将杨十三郎活活整死在牢里，杨十三郎的妻子、老母亲因此发疯，时常跑到街上大哭大喊，县里的百姓虽然同情他们，但也是敢怒不敢言而已。

石清泉听了，勃然大怒，说道："这些贪官污吏，当真是无法无天，残暴至极！若是遇上我石某，我说不定一剑就结果了他们！"

那店主见石清泉发怒，连忙朝门外张望了几眼，低声说道："客官息怒！

在这里千万别大声说话，可别被他们听到了，到时可是飞来横祸哩！算我失言了，不说了，不说了！"

董士选慢吞吞地说道："没什么要紧的，你尽管说吧，我们还想听呢！没想到这小小兴国县，故事还这么多啊！"

那店主却不肯再说，只是说些其他闲话，到后来，索性把话题转到店里的各种土货上面，只盼着董士选他们能多买些东西。

董士选见他心有顾忌，不敢多言，便不再逗留，让元明善他们挑了点轻便的杂货，算是照顾店家的生意。那店主难得遇上顾客，连连道谢。

出了这家店，董士选一行又在其他几个店里坐了坐，和店主攀谈。听到的东西大同小异，无非是大小官吏横行霸道，横征暴敛，直弄得民不聊生，怨声载道。董士选听了，沉默不语。石清泉却越听越愤怒，时不时骂出声来，好在元明善和李霆镇不时制止，总算没有把店家给吓着。

董士选一行走到街尾，这里有一家茶馆。董士选说道："大家行了这么一程，也辛苦了。这个茶馆安静些，咱们就到这里喝几杯茶，再去县衙看看吧。"元明善等几人说道："听大人安排！"

进了茶馆，元明善问店主有什么好茶。店主答了几个品种，都是寻常绿茶。元明善眉头一皱，说道："赣州是产茶重镇，怎的到了兴国却没什么像样的茶品？"那店主听了，只道他们是赣州来的客商，便压低声音说道："客官若是喜欢，小店倒是还有一种白茶，产自本县的方石岭。因种茶的人脾性古怪，寻常人家很难买到，纵算偶尔遇到，也买不到多少，是以平时并不拿出来招待客人。既然几位客官是懂茶之人，我便煮一壶给大家尝尝如何？"

石清泉听他说起方石岭，问道："你这茶，有什么名字没？若是好记，我们下次来时就知道点这个品种了。"那店主略微迟疑之后，说道："其实说给几位客官听了也无妨。我们都按那种茶人的说法，管这茶叫'宋瑞白茶'。当然，客官也未必要管它叫什么名字，只要滋味对路就行了，不知是不是这个道理？"

元明善说道："宋瑞？莫非这茶与文……"

那店主连忙摇了摇手，说道："客官就不必多说这茶的名字了！我是看几位从赣州过来，料想对当年的文丞相也是一般感情，这才提到这个茶名。

若非如此,我们也只是管喝茶而已,并不提它的叫法。反正也就是一种茶而已,他种茶人喜欢怎么叫,本来也不该我们去管。"

元明善、李霆镇、石清泉一起看了看董士选,见他脸色平静,便不再多说。元明善向那店主挥挥手,说道:"既然这茶被你说得这么好,快快煮上来便是。"那店主答应一声,便去忙碌了。

董士选轻声说道:"文天祥在南朝深得人心,这是不争的事实。百姓需要什么样的官,看看文天祥就知道了。可惜他们的朝廷太不懂得用人,像这样的好官,早就该用起来。"元明善说道:"赵氏如果知道任用贤能,这天下也轮不到其他人来坐了。朝廷那些掌权者,又怎么会想到老百姓所想的?就算想到了,又怎么会放在心上?"

董士选说道:"我们该做个什么样的官?看看文天祥身后的声名,就该明白了。'人生自古谁无死,留取丹心照汗青。'文天祥这句诗说得太好了。也只有他这样的气节,才写得出这等好诗!"

说话间,店主已将茶壶提上来,给每个人倒好茶,又端上几小碟小吃,说道:"这是我们兴国咸潭村最有名的咸菜,用来伴茶最好了,尝尽它的滋味却又不口渴,真是平生一大乐事!"董士选笑道:"就凭你这张能说会道的嘴,我们非得尝尝不可了。"店主赔着笑脸退到一边。

几个人边喝茶边品尝萝卜干、腌菜条、辣椒酱等几种咸菜。李霆镇说道:"这店主倒也没吹牛,我这人一向不怎么喝茶,但今日配着这几种咸咸辣辣的小玩意儿喝上几口,怎么觉得这日子确实是过得有滋有味呢!"

元明善说道:"倘若老百姓的日子都能过得这般有滋有味,你看看天下谁会跑到山上落草为寇。"董士选说道:"不错!让他们从山上下来,就是要让他们把日子过得有滋有味!"

正聊着,忽听得外面有人大声说道:"告诉你也无妨,我乃宝石山排名第四的大王满天飞!你们老老实实把珠宝交出来,我还可饶你一命!"

董士选一愣,尚未说话,石清泉已按捺不住,怒道:"光天化日之下,贼人竟然如此猖狂,还跑到城里撒野来了?"起身站到门边往外看去。却见斜对门一户人家门口,一个身如瘦猴的黑衣人正手持钢刀,挟持着一个幼童,逼迫这户人家把钱财交出来。那户主吓得浑身颤抖,不断地向黑衣人求情。

石清泉见他手上有人质，投鼠忌器，想着该当如何为那户人家解困。举目四顾，忽见一只大黄狗正从对面的墙根匍匐前行，石清泉从地上摸起一只小石粒，对着那大黄狗狠狠弹去。那大黄狗骤然被小石粒击中，受痛之后，惨叫一声，呼地向前蹿去。那黑衣人被这突如其来的变故吓了一跳，情急之下，将手中幼童一推，自己往后一跃，避开了那嗷叫的大黄狗。便在这时，石清泉大喝一声："大胆狂徒，看招！"一剑向那黑衣人刺去。

那黑衣人"啊唷"一声，顾不得去抓那幼童，挥起手中钢刀，向石清泉挡去。石清泉剑招一变，直奔黑衣人左臂。黑衣人骂道："哪里来的多管闲事的入娘贼！"侧身让过这一招，钢刀"呼"地向石清泉砍去。二人刀来剑往，瞬间斗了数招。

那户主一家见一过路客在门口与贼人打起来，一时呆若木鸡。石清泉喝道："还不把门关起来？嫌家里钱多么？"那户主如梦初醒，赶紧把幼童拉进屋里，将门板关上。那黑衣人也无暇理会，与石清泉一直打到街心。

又过得十余招，那黑衣人见石清泉剑法高明，情知不敌，说道："你小子等着！待我喊几个兄弟过来，看看要不要扒了你的皮，抽了你的筋！"边说边往后退。石清泉笑道："不用你去喊，我这就找你的兄弟们，将你们一锅煮了再说，省得你爷我日后还得动手！"

那黑衣人说道："好！算你有种！有本事这就跟我走，不去的是缩头乌龟生的小乌龟！"虚晃一招，然后转身便跑。石清泉喝道："好小子，哪里逃？没门！"持剑追去。那黑衣人轻身功夫甚好，石清泉一时竟然追不上他。

那黑衣人见石清泉一路追来，还不时回过头来骂他几句。石清泉大怒，喝道："今日不把你们这些狗贼打得求饶，难消我心头之恨！"脚下发力，又追近了数步。那黑衣人见石清泉动怒了，倒也不敢懈怠，跑得更快了，专拣弯曲的小巷子钻来钻去。石清泉跟着他拐了几道弯之后，因为岔道甚多，竟然不知此人躲到哪里去了，只好在附近搜索。

石清泉与那黑衣人相斗时，李霆镇已走到门口观战。见石清泉追得远了，李霆镇笑道："清泉武功不错，就是年轻人太好胜了些。"坐回桌旁喝茶去。董士选笑道："年轻人，就该这般有血性，冲动一点也无妨。"李霆镇指着元明善说道："同样是年轻人，这位元先生却是早就修炼到了老夫子的境界,哈哈!"元明善呵呵一笑,说道:"我一介书生,手无缚鸡之力,不稳重不行啊!"

三个人正说笑着,忽听得"嘿嘿"两声冷笑,门口已多了两人。董士选等人不约而同向他们看去,只见二人手执长剑,一个相貌威武,一个形同病夫,眼神却是一般地透出一股阴郁的杀气。

李霆镇"腾"地站起身,拔出腰刀,护在董士选面前,喝道:"你们是什么人,想干什么?"元明善也站在李霆镇身边,二人将董士选挡在身后。

那形同病夫的人冷冷地说道:"我们是谁,你就别管了!我们只想要你们老爷的项上之物,和旁人无关。当然,如果你们执意要陪死,那我们也就不客气了,无非买一送二,再加两把剑而已。"

李霆镇喝道:"好大的口气!"这时,他心里一亮,已猜到这二人与那黑衣人定然是一伙的,他们早就盯上了自己一行,故意让那黑衣人将武功厉害的石清泉引开,如此一来,他们就大大增加了胜算。事已至此,石清泉只怕一时半刻难以赶回,元明善则丝毫不懂武功,只好靠自己舍命相拼,以保护董士选了。于是,他紧握腰刀,聚气于身,只待那二人一动手,便快速出击。

那相貌威武的汉子说道:"这里地方狭窄,容不得那么多人动手,不如我一个人先出手好了。"挥剑起招,向李霆镇面门刺去。

李霆镇腰刀劈出,将他的来剑格开,随即连出两招,意欲将店门封住,让他们进不来。那相貌威武的汉子说道:"舍命救主,是条汉子!只怕你挡不了多久。"手腕抖动,剑招如雨,疾攻李霆镇身上不同部位。李霆镇心里说道:"好家伙!果然有几分真功夫!"不敢怠慢,使出浑身解数,将他的剑招一一化解,手里却已不知不觉捏了一把汗。

元明善见势不妙,赶紧护着董士选退到茶馆角落。那店主见有人在面前动武,吓得躲在另一个角落,嘴里只是不住地喃喃自语,祈求观音菩萨保佑,不要伤了人,不要毁坏了店里的东西。

李霆镇又挡得十余招,无奈对手剑锋凌厉,出手越来越快,他只好渐渐往后退让。那相貌威武的汉子说道:"我说了你不是对手,何必白白送死,若是求饶还来得及!否则丢了小命可怪不得别人!"李霆镇也知道,再打下去,自身难保,自己丢了性命倒也罢了,没能保护董士选却是于心不甘,当

下只好硬着头皮抵挡下去，心里盼着石清泉能及时赶回来解围。

那形同病夫的汉子见门洞已开，阴笑着对同伴说道："你把这个硬骨头打碎，我且将买主要的货取到手。你放心，功劳还是我们三人的，银子也照旧平分！"一闪身，已溜进茶馆，冲着董士选说道："别怪我们远无仇近无冤，只怪你项上人头太值钱！"长剑一挥，已向董士选刺去。

元明善一看形势危急，也顾不了那么多，举起一张薄木凳挡在胸前，喝道："休得无礼！"那形同病夫的汉子一剑将木凳刺穿，骂道："你一个穷酸书生，也要来送死，真是活得不耐烦了！"把剑拔出，飞起一脚，将元明善踹倒在地。

元明善强忍疼痛，翻身爬起，见墙角有一堆萝卜，捡起来便向那形同病夫的汉子掷去。那汉子侧头避过，元明善也不知从哪里来的力气，将萝卜一颗又一颗扔过去，快则快耳，只是毫无章法，准头太差。那汉子笑骂道："老子出道这么多年，这般打法还真是第一次，也够为难你这个穷酸书生了！"

不多时，萝卜已扔完，元明善手中已无他物，索性向那汉子冲了过去，说道："有种的先把我这条命取了再说！"那汉子说道："你这条命可没人出钱，白干的事老子才不干。"再次飞起一腿，将元明善踢了个跟跄。元明善一头撞在壁上，直撞得眼前金星乱闪。

那汉子冷笑着对元明善说道："老子没工夫跟你玩了！"转头对董士选说道："你这当官的，谁叫你乱得罪人，乖乖把项上人头交给我吧！看在你我无冤无仇的分上，明年此时，我或许给你烧几张纸。"手起剑落，已向董士选当头砍去。

十二、故人

元明善一看董士选有性命之忧,"啊哟"一声,便要扑过去,不料一脚踩中刚才自己所扔的萝卜,摔倒在地。董士选见那汉子将元明善打得七荤八素的,已知今日凶多吉少,此时见这一剑便要砍下,地方逼仄无处可躲,心里叹道:"出师未捷身先死。本想来赣州平定匪乱,没想到今日莫名其妙死在这些江湖贼人手里。"

李霆镇自从那形同病夫的汉子闯进了茶馆,便知大事不妙。他本想转到那边护卫董士选,无奈被对手死死缠住,根本脱不了身,心里一急,还被对手接连刺中几剑,鲜血溅得身上、墙上、地上到处都是。此时听得董士选那边危急,怒吼一声:"我跟你拼了!"不顾一切,挥刀死命往对手身上砍去。那相貌威武的汉子笑道:"我这是稳赚的生意,老子才不和你以命相赌呢!要知道,老子钱还没花完,可不能便宜了别人!"稍稍退后两步,却依然缠得甚紧,还向里头叫道:"老初,下手快一点,省得夜长梦多!"

那形同病夫的汉子正是初有雪。他飞腿将元明善踢开时,听得同伴叫喊,答应道:"吴兄莫急,这就得手了!"他心里欢欣,似乎已看到一大堆白花花的银两雪片般正向他们飞来。

说话间,眼看这一剑便要落在董士选头上,便在这时,忽然"啪"的一声,一块黑色的东西从屋顶飞下来,不偏不倚打在初有雪执剑的手腕上。初有雪猝不及防,手腕吃痛,"哎哟"叫出声来,手中剑险些拿捏不住。那黑色东西掉落在地,碎成几块,原来是屋顶的瓦片。

不待初有雪再次举剑，旋即又是一块瓦片向他面门击来。初有雪慌乱之中，扭头躲避，可还是慢了一点，那瓦片从他左颊擦过，初有雪但觉脸上火辣辣的，显是被擦伤了。他心头大怒，骂道："哪里来的野种，躲在暗处伤人？"

只听得上端"喀啦"一声响，屋顶忽地仿佛开了个天窗，随即"呼"的一声，一条身影从屋顶降落下来，立在屋中，冷冷地对初有雪说道："你们用这种下三烂的手段害人，还有脸面叫骂？"

初有雪吃了一惊，心道："莫非这事还真要节外生枝了？"定睛细看那人，并不认识，但又似乎在哪里见过。董士选和元明善一看来人，却认出了正是在六十里店与石清泉交过手的那个青年剑客刘望北。

元明善心里暗暗叫苦："这两个瘟神已够难对付了，现在又来了个更加厉害的魔王，就算石清泉此时赶回来，只怕也难以保全大人安全了！"

初有雪见刘望北来者不善，问道："你是何人？为何妨碍我发财？"

刘望北说道："你不认识我，我却认得你们，也知道你们为何而来。其实，我原本和你们一样，也是想要这个官老爷的命。只不过，我和你们不同的是，你们是冲着人家的银子来的，我是冲着百姓的利益来的。"转头对董士选说道："你们只怕死到临头都不知道这几个人是谁吧？告诉你们，这位初大爷初有雪和那位吴大爷吴梦冷，他们还有一位同伴解大爷解万难，也就是冒充宝石山所谓的'四大王满天飞'，骗得你们那姓石的傻小子追出去的那位。他们是为了雇主的三万两雪花银，而前来借你人头一用的。他们和我的目的完全不一样，所以，你千万别误会了我和他们是一伙的。"

初有雪诧异地说道："你怎么知道这么多？既然你也是想要他的命，那又为何救他？我杀他和你杀他，有什么区别？莫非你是想亲手杀了他，扬名立万？若是这样，那我也不和你争了，把这个机会让给你便是。"说罢，收了剑，退后一步，想看看刘望北如何动手。

不料，刘望北笑了笑，说道："换在以前，我当然不会谦让这个机会。但今日我却不想杀了他，不仅我不杀他，我还不许你们杀了他！"

初有雪说道："这是为什么？你这边想杀他，那边又说不杀他，还不许我们杀他，你不会是个疯子吧？"

刘望北说道："像你这种眼里只有银两的人，我说了你也不懂。总之不必废话了，你们走吧，这几个人你们别想打主意了。另外，我还要警告你们，以后干坏事不许冒用宝石山的名义。宝石山的英雄好汉光明磊落，可不会像你们那样尽使些上不得台面的伎俩。"

初有雪"哼"了一声，说道："说得轻巧！你叫我们走，我们就得走？你算什么东西？你也不去打听打听，这江湖上，老子除了认金子银子，还会给谁面子？至于宝石山的名头，你以为老子很稀罕么？今日要不是为了调虎离山，老子才懒得提起这个地方呢。"

刘望北说道："既然你们不愿意听我的，那我只好让手中这把剑来跟你们说话了！"长剑一挺，喝道："出招吧！我不想占你的便宜！"

初有雪说道："那就休怪老子出手无情了！"挽了个剑花，冲着刘望北前胸便是"唰唰唰"几剑。刘望北冷冷地说道："我且看看你的功夫到底如何。"立在当地，长剑舞动，将他的来招一一化解了。

初有雪见他不动声色，便让自己手中剑找不到进攻的机会，心里暗道："看来这小子敢管闲事，倒不是狂妄自大。"手上一紧，将长剑上下挥舞，要将刘望北逼退。刘望北淡淡地说道："出招还算快，但放在江湖上，还没到一流境地。"见招拆招，将初有雪的攻势一一挡了回去。

初有雪见刘望北立在眼前，犹如一堵坚固的墙一般，让他丝毫攻不进去，心里不禁着急，向吴梦冷喊道："吴兄，这边形势有变，你快快打发了那小子，一起过来做个帮手。"

吴梦冷正将李霆镇刺得遍体鳞伤，若非李霆镇使出了玩命的打法，他早就冲到里面来了。此时听得初有雪遇到强敌，不敢怠慢，运足功力，一剑刺在李霆镇左臂，旋即一脚将他踹倒在地，奔过来与初有雪共同对付刘望北。

刘望北见他们二人联手出剑，恐怕茶馆场地狭窄，伤了董士选，说道："窝在这么一间破屋子里打，未免太不过瘾。不如到外头打个痛快去！"左手拔出短剑，使出"稼轩长短剑"的得意招数，吴梦冷和初有雪没见过这种打法，但觉剑招诡异，神出鬼没，不禁被他逼得连连后退，二十余招过后，三人果然退到了茶馆外头的街面上。

吴梦冷平时对自己的剑法颇为自负，只道除了本门师兄刘梦凌，其他人的剑法都不在话下。此时见了刘望北的身手，但觉这人年纪虽轻，剑法却比刘梦凌更显变幻莫测，不禁去了轻敌之心，强打精神，将本门剑法中的得意招数一一使出。

初有雪剑法虽然比吴梦冷略逊一筹，但也算得上一把好手。街头开阔，他和吴梦冷联手，左右夹击，两把长剑尽情施展，一时与刘望北打得难分难解。刘望北边接招边说道："崆峒门这位剑法虽然比不上刘梦凌，但也还算过得去。你们三个臭皮匠凑在一起，倒也确实可以在那土财主面前骗几两银子花花。"吴梦冷大怒，骂道："不知死活的火板子，懂几招剑法就敢在老子面前信口开河，胡说八道！看老子不在你身上捅几个窟窿！"话是这么说，手中的剑却总是无法招呼到刘望北身上。

李霆镇与元明善强打精神，守在茶馆门口。见他们三人打得分身无术，李霆镇对董士选说道："大人，这几个贼人现下虽无暇顾及其他，但此处终非久留之地。咱们还是赶紧到县衙去吧，让他们调集人手将贼人拿下如何？"

董士选微微摇头，说道："不急！我估摸清泉也该回来了，且看他们玩的是哪一出。"

便在这时，一个身材矮小的黑衣人远远地跑过来，见到吴梦冷、初有雪正与人打得紧，"咦"了一声，问道："两位兄弟，这是咋回事？还没得手吗？"

吴梦冷、初有雪听得解万难回来了，精神一振。吴梦冷说道："解兄弟，快快过来做帮手，先将这个刺头打发了再说！"初有雪则说道："解兄弟，点子还没得手，你先不用管这边，把正点子解决了再说！他们还在茶馆里呢！"

解万难听他们各说各话，心头微微一愣，很快明白他们遇到了意外的敌手。他见吴梦冷、初有雪以二敌一，虽然无法取胜，但一时也不至于落败，便不再犹豫，向茶馆冲去。

李霆镇见对方又来了一个帮手，心里暗暗叫苦，对元明善说道："保护好大人，退到里面去。"持刀守在门口，喝道："不怕死的就过来吧！"

解万难冷笑道："为了白花花的银两，我只好不怕死了！"挥起手中钢刀，便向李霆镇砍去。李霆镇浑身是伤，武功大打折扣，但到了此际，也顾不得那么多了，只好先发制人，拼尽全力，发疯似的向解万难砍去。

解万难见对手双眼通红，就如要喷火一般，又见他的打法完全是两败俱伤式的进攻，吓了一跳，说道："老子的好日子还没过够，可不想陪着你送死。"不自觉地退出两步。李霆镇并不追出去，仍然守在门口，向解万难怒目而视。

解万难骂道："原来遇上了一个不要命的二愣子。看大爷如何收拾你！"摆了个姿势，忽地奋起一招"狼吞虎咽"，作势要迎头痛击李霆镇。

李霆镇将腰刀交到左手，右手往怀里一探，随即一抖，一根绳索倏地贴着地面向解万难脚跟飞去。解万难猝不及防，但觉右脚一紧，已被绳索套中。李霆镇用力一拉，解万难险些跌倒。原来，李霆镇最拿手的本领便是使用这根"无影索"，常常出其不意对人下手，可谓百发百中，屡试不爽。刘望北与石清泉在六十里店附近的榕树下激斗时，便不小心中了他的招。李霆镇在茶馆与吴梦冷恶斗时，苦于地方狭小，无法施展这根绳索。如今面对门外的解万难，这根绳索便派上了用场。只是，他因为刚刚和吴梦冷拼了一场，身上多处受伤，力气也耗去大半，这一拉，却没能像平常那样将对手绊倒在地。解万难打了个趔趄，总算站稳了，对着绳索连砍几刀。李霆镇但觉手腕一松，原来这绳索已断了一截。

李霆镇暗暗叹了一口气，将绳索收了，左手刀交回右手。解万难骂道："二愣子，看你还有什么名堂使出来！"深深吸了一口气，使出一招"风卷残云"，刀风飒然，直奔李霆镇面门而去。

李霆镇见他这一招来势凶猛，倒也不敢大意，将浑身力气凝聚于右臂，挥刀向前。两刀相击，"当"的一声响，二人均觉手腕一震。李霆镇吃了力气损折的亏，情不自禁倒退一步，回到了茶馆里面。

解万难见对方气力不如自己，心头大喜，喝道："不想死的，快快给你大爷让开！"钢刀一晃，便要趁势往屋里冲。李霆镇说道："纵算我粉身碎骨，也不能让你得逞！"顾不上自己是否要受伤，勉力向前砍出一刀。

解刀难架开他这一招，刀锋一挑，说道："切你胳膊！"李霆镇力气不足，躲避不及，左臂一痛，已被他划了一刀。李霆镇咬咬牙，说道："还你一招！"使尽全身力气，往解万难右臂砍去。解万难笑道："还真不要命了？以一命换我一条胳膊，我可不干！"退后一步，让过了这一招。

李霆镇见一击不中，暗道"可惜"。此时他已是浑身无力，再难举起刀来迎敌。他心里叹道："我自己一死不足惜，可惜终究未能保护好董大人。"

正伤心绝望之际，忽听得一人喝道："好你个贼子！原来转了个大圈，果然回这里来了！"正是石清泉的声音。李霆镇心头一喜，叫道："清泉，快……快保护大人！"说罢，倚在门边，气喘吁吁。

石清泉大吃一惊，这才知道自己离开这一阵子，茶馆已发生大事。他一个飞跃，纵到解万难面前，喝道："好贼子，拿命来！"剑光闪动，解万难见他来势太快，急忙避过一边。

石清泉本来便憋了一肚子的火，此时见到解万难，哪能客气，一剑接一剑往他身上招呼。解万难知道自己武功远远比不上石清泉，当下扬长避短，将轻功施展到了极致，总算没让石清泉刺中，但手心和额头已满是冷汗。

吴梦冷与初有雪双战刘望北，仍是不分胜负。吴梦冷心里想道："老子的剑法并不差，怎的这小子的剑招却似乎总是没有穷尽？尽是些古里古怪的招数。"他见石清泉赶回来后，很快便将解万难杀得手忙脚乱，心里不禁越来越着急。

解万难最擅长的便是轻功，论真实武功，则比初有雪尚有所不如。他被石清泉逼得左退右避，情知这样下去，迟早要被石清泉的剑给赶上，便想着赶紧逃之夭夭。他见吴梦冷与初有雪并无取胜的把握，便冲他们叫道："二位哥哥，今日风紧，我们兄弟还是扯呼为上！"说罢，也不管他们是否答应，扬手甩出一包灰尘，趁着刘望北止步之际，往旁边一条巷子一窜，飞也似的跑了。

吴梦冷低声骂道："这解猴子，什么时候都是这样，有难跑得比谁都快。"向初有雪说道："今日时辰不佳，哥儿仨后会有期！"二人一般心思，同时向刘望北虚晃一招，趁着刘望北防守之机，旋即退后数步，转身撒腿便跑。刘望北以一敌二，只能确保立于不败之地，要想拦截他们，却也不能。

石清泉见敌人一下跑了三个，只剩下老对手刘望北，说道："好呀！原来又是你小子，总想着害我家大人！今日我再与你见个高下！"挺剑上前，便要动手。

刘望北冷哼一声，说道："你以为我会怕了你这个有头无脑的人么？"举剑于胸前，蓄势待发。二人实力相当，再次对阵，谁也不敢小看了对方。

没等二人出招，却听得有人喝道："清泉不得鲁莽！"说话的正是董士选。他已走出茶馆,正向二人走近。

石清泉一愣,虽然不明就里,还是收了剑,说道:"大人,这小子不识好歹……"董士选说道:"什么这小子那小子?要不是这位刘兄弟,老夫项上人头只怕早就被那几个人取去换银两了!"

石清泉大奇,说道:"这小子……你不是要谋害我们大人么?怎么……"

董士选说道:"不管他以前或往后如何对我,但今日,他确是救了老夫一命。这个情,我们不得不领呵!"说罢,向刘望北作了一揖,说道:"感谢刘兄弟拔刀相助!"

刘望北说道:"你……你也不用谢我!我今日救你,未必以后还会救你!也许,以后还是要找机会杀你!"

董士选微微一笑,说道:"以后的事以后再说!就今日而言,我还是希望刘兄弟成为我们的朋友。"

刘望北轻轻"哼"了一声,说道:"朋友?哈,我刘望北怎么会成为你们的朋友?"转念又不禁自问:"既然不是朋友而是敌人,你今日为何反而救他?"想到这里,但觉心头茫然,忽地拔腿飞奔而去,头也不回。

石清泉见他突然离去,说道:"喂,你怎么就这样跑了?我们不打了还不行吗?"正想追上去,董士选说道:"让他去吧!不要为难他了!"石清泉只好止步。

元明善回到茶馆将茶费付了,还对打坏的东西折价赔偿。那店主劫后余生,难得遇到这么好心肠的主顾,感激涕零,连连道谢。元明善悄悄对他说道:"我们老爷是刚到赣州主政的董大人。遇到董大人,正是黎民百姓之福!以后你们就安心做生意吧!"那店主听了这话,惊得半天合不拢嘴巴。

待元明善走回来,董士选说道:"该去县衙看看了!"一行人边走边谈论方才的遭遇,元明善说道:"这些贪官劣绅心狠手辣,远超我们的想象,大人今后务必更加小心才是。"石清泉得知事情真相,惊出一身冷汗,心里懊悔不已。

刘望北一路狂奔,一直跑到城墙脚下,一个纵跃,上了城墙,随即飞身跳了出去。几名守城的兵士但见一条黑影飘忽而过,还没反应过来,却又

不见了人影，还道是看花了眼。互相一问，大家的感觉居然都一样，不禁嘀咕："莫非大白天的果真活见鬼？"

出城后，刘望北依然觉得心头乱糟糟的，不禁一次次回想此前的一幕。

他尾随吴梦冷一行进了兴国城后，听得他们三人合计，由轻功最好的解万难设计引开董士选手下武功最强的石清泉，然后由吴梦冷和初有雪突袭董士选，取其人头。刘望北心想，这个计策倒是不错，只要石清泉不在场，他们应当可以顺利得手。

便在这时，初有雪问了一句话："这万古长不惜花数万雪花银要了董士选的命，他就不怕朝廷追究么？"解万难笑道："自古官官相护，但这董士选却实在没法和其他官吏相护。像他这般不但不捞钱，还要给穷人讨公道的官，世上能找到几个？那些官员巴不得他早点死了呢！谁会帮他追究？"吴梦冷说道："解兄弟所言极是。这姓董的死在外头，别的官员不拍手称快就不错了，谁还会可怜他？到时候定然是随便捏造个事由上报朝廷而已，他算是白死了。我们放心出手便是，杀他和杀一个平头百姓并无区别。"

初有雪说道："然则万古长花了这么一大笔银子，他不心疼么？"吴梦冷笑道："你这人就是少一根筋。董士选一死，朝廷另换一个贪官过来，万古长只需送上一笔银子，那贪官必定允许他继续鱼肉乡民，那时别说三万，只怕三十万、三百万两银子他也捞回来了！你以为万古长是个傻瓜么？"

刘望北听得他们一问一答，忽地想道："像董士选这样为百姓讨公道的官，还真是少见。赣州好不容易来了一个这样的清官，若是就这样被那个什么恶霸万古长请江湖杀手给杀了，到时派来一个贪官，对百姓来说岂不是遭殃？"继而又想道："那么，我眼睁睁看着他们帮一个恶霸把一个清官杀了，此事到底对还是不对？"

想到这里，刘望北忽地觉得，自己如果真为赣州百姓着想，似乎应该阻拦这些杀手才是。可转念一想，董士选是宝石山的头号敌人，如果自己出面保护他，岂不是在为宝石山帮倒忙？这如何对得起刘六十，对得起试图匡复汉人江山的义军？

再想开去，刘望北更想道：对黎民百姓来说，他们到底是喜欢刘六十造反呢，还是喜欢董士选这样的清官为民做主？他们到底希望过上什么样的日子？他们如果能够安居乐业，还愿意舍命上沙场打仗吗？想着想着，刘望北不禁心如乱麻，一时不知如何是好。

也正是因为心里矛盾重重，刘望北趴在茶馆屋顶察看屋内动静时，一时下不了决心到底要不要帮助董士选。但当初有雪手中的利剑正要伤了董士选时，刘望北脑海里闪现的却是董士选那副正义凛然的形象，不禁想道："纵算让他死在宝石山众豪杰手下，也不能让这几个为钱财而谋的人得手！"再也忍耐不住，当即揭下屋顶的瓦片，击中初有雪手腕，阻止他加害董士选，随即跳下去，出手将董士选救下了。

虽然帮助董士选脱险了，但这事到底做得对还是不对，刘望北心里依然毫无头绪。他就这样一路狂奔着，想把头脑放空，不去琢磨这些事。但事与愿违，不管他如何回避此事，这个问题仍然一直萦绕在脑际，久久挥之不去。着实苦恼时，刘望北甚至忍不住高叫几声，引得路人以为来了一个武疯子，唯恐躲闪不及。

不久，已回到埠头旅舍。因为不是饭点，旅舍没什么客人。刘望北渐渐冷静下来，取了坐骑，漫无目标地走了一段。这当口，他也不知道自己该去哪里。赣州城自是不必去了，董士选一时半会不可能回城。重返兴国县城？总不可能再去刺杀董士选，何况石清泉在侧，自己也没有这个把握。回宝石山？出来之后未建寸功，如何向刘六十他们交代？

正茫然不知所至，忽地想起，汶潭紫离这里不远，萧绿荷她们回去后，也不知情形如何了，不如去那里稍作逗留，看望一下未婚妻。想起萧绿荷，心里不禁泛起一股蜜意柔情。他们虽然订婚已久，但陈子敬一心念着家国大事，为了让他练成一流武功，数年没让他下山。刘溪当然是支持陈子敬的，也是一直督促他们这些年轻人抓紧练功。王玥深知陈子敬的心思，这么多年，也不主动出山，只是与女弟子们在汶潭紫静静地等待着他们的来访。萧绿荷与师父王玥的性情甚是相似，虽然满怀温情，但并不轻易流露。有时，刘望北甚至想，不知自己这一代人是否也会像陈子敬、刘溪他们那样，为了家国大业，终于将个人终身大事放一边了？

想到这里，刘望北不禁心潮起伏，恨不得立时飞到汶潭紫。他平时想的都是打打杀杀的事，只是偶尔闲下来时，才在心里暗暗想想这些儿女私情。

在这心情复杂之际，突然想到往昔那些温馨的片段，登时把烦恼抛到九霄云外，竟然萌生出什么也不再想的念头，只想与自己喜欢的人好好隐居几日。

汶潭崟在贡江右岸。贡江流经此处时，形成一个深不可测的漩涡，过往船只稍有不慎，便卷入漩涡，凶多吉少。所以，在水路上，几乎无人靠近山崖。汶潭崟并不算高，但因为临近凶险的汶潭，从崟上往下看，江水汹涌，深不见底，似乎杀机四伏，让人不寒而栗。民间因此有云："汶潭崟，汶潭崟，麂子路过吓得抖抖动。"王玥师徒隐居之地，便在江边山崖下的一个小山窝里。此处崖险路陡，古木森森，极为隐蔽，寻常人很难找到。

刘望北纵马飞驰，不到一个时辰，已到了赣县的茅店。这里开了一家简陋的小客栈，以茅草盖成，虽然简陋，却不失宽敞整洁，水路、陆路的过往客人都喜欢在这里打个尖，久而久之，人们便将这个地方叫成了"茅店"。其周边散居着一些从北方南迁的客家人。此地离汶潭崟已不远。刘望北一路走得急，感到口渴，在茅店讨了一碗大叶茶喝了。往汶潭崟走已是崎岖的山路，刘望北便将马寄存在客栈，徒步上山。

走了几里路，绿树掩映之中，隐约可见青瓦屋角，刘望北知道，那里便是王玥她们所住的庭院了。想到马上要见到萧绿荷，心里不禁怦怦跳得厉害。正想着该如何找个说词，忽听得前头有人大声说道："你们若是识相点，乖乖修书一封，让陈子敬把东西老老实实交出来，也是可以的。"声音雄浑有力，显见得发声者内功了得。

刘望北大吃一惊。这声音比较苍老，听起来竟然有点耳熟，但一时想不起这是何人。此人敢在汶潭崟如此说话，定然是有恃无恐。如此看来，今日汶潭崟当有大敌来临，这可是罕见的事。

刘望北知道庭院后面地势较高，自己身旁有一条林间小道可通往围墙之后的高处。他悄悄往那边走过去，又听得一个清脆的声音说道："大胆狂徒！竟敢欺到汶潭崟，想必是活得不耐烦了！"听这声音，当是欧阳紫鹃在呵斥对方。

又一人说道："哈哈！今日且看是谁活得不耐烦！你这两个小姑娘，我们可还舍不得就这样送了你们的小命呢！先让长辈们议大事，待会我们再商量商量一些小事如何？"听这声音，是个年纪较轻的人，似乎也在哪里听过他说话。

只听得另一名女子说道:"你们这些人不请而至,已是无礼之至。到了这里还敢口吐狂言,当真以为我汶潭峚是糯米团子,可以任由人家搓圆搓扁?"说话的正是萧绿荷与欧阳紫鹃的师父——汶潭峚主王玥。她的语气甚是严厉,对方似乎被她的威严所慑,一时无人接话。

刘望北悄悄上了院外的峭壁,从树丛中往院里看去,只见王玥带着萧绿荷、欧阳紫鹃站在房屋前面,严阵以待。她们的对面站了八个人,着装各异,有男有女。刘望北一看为首那人,竟是岭南六石门掌门人黎富达。再看其他人,居然"熟人"不少。站在黎富达旁边的那人留着一撮花白的山羊胡子,手持一根长烟筒,分明是黎富达的师弟狄万壬;黎富达身后跟着两名较年轻的汉子,一高一矮,是他的两个弟子钱无忌和王斑虎。七年前,黎富达率门人上宝莲山索要"祥瑞三宝",刘望北见过他们,还与狄万壬、王斑虎动过手。那时,狄万壬武功强过他不少,王斑虎则远不如他。

另外四人,离黎富达稍远些。当头一人,刘望北看着眼熟,稍稍想了想,记起了这是南安路鹰盘山飞鹰帮的三当家"黑头鹰"向三通。此人曾经,两次上宝莲山,第一次上山时,联合赣州官府派出的高手巴如台、刘梦凌等人,与刘溪在黄婆地圩的宝莲旅舍大战一场,虽然最终未能得手,但刘溪他们的行踪因此暴露。后来,向三通随同飞鹰帮二当家郭双龙联合六石门黎富达等人再上宝莲山,幸亏陈子敬早有准备,邀请了一帮武林朋友上山相助,他们的企图再次落空。也就是那次,宝莲山豪杰知道了向三通与六石门的狄万壬是姑表之亲。所以,这次看到他们一起出现在汶潭峚,刘望北倒也没感到特别惊诧。向三通身后站着二男一女,刘望北倒是没见过。飞鹰帮前些年为了壮大势力,到处招安武林门派,刘望北猜测,也许,这又是他们麾下某个门派的人物。

刘望北知道,在这八个人当中,黎富达、狄万壬、向三通都是江湖上一等一的高手。他们若是一对一和王玥动手,王玥自是不怕,但若是联手相斗,王玥便难于抵敌了。其余五人,钱无忌和王斑虎武功虽不怎么样,但比萧绿荷与欧阳紫鹃要强些。另外三人武功虽然不知如何,但即使他们不出手,王玥师徒也是处境凶险。

刘望北暗暗想道："好在自己及时赶到，可以助绿荷她们一臂之力。但要说取胜的把握，只怕还是没有。此事不可力拼，须当智取。"正盘算着该如何应敌，忽听得黎富达说道："我六石门倒也不是有意欺负女流之辈。只因那陈子敬躲得太远，让人好生难找，想来想去，当今之世，他或许也就对你王女侠说的话还会听一听，因此只好借助王女侠的威名了。"

刘望北心里骂道："端的是无耻！斗不过我师父，就用这种下三烂的手段，难怪六石门的名声这么臭。"

王玥说道："你们打的什么主意，谁会不知道呢？汶潭崟师徒虽然都是女流，却也不至于怕了你们。要动手就快点吧，何必饶舌！"

黎富达干笑一声，说道："这个……这个王女侠不必动怒，有话还是好好商量嘛。我们远无冤近无仇，按理说，能不动手则不动手。只是……只是此事毕竟事关重大，老夫等人已然耗费数年精力，怎么说也得有个着落吧。嘿嘿，还请王女侠多多包涵了。"他在说话时，心里已盘算着："这个汶潭崟主在宝莲山曾经露过一手武功，若是单打独斗，我可没有必胜的把握，狄师弟和向老三也没这个本事。若是搞车轮战法，那又便宜了后面出手的人。此事还是得速战速决，不可让飞鹰帮得了渔翁之利。"想到这里，心里已有了主意。

王玥轻轻哼了一声，说道："废话少说，要动手就来吧！今日之事，我汶潭崟师徒三人全力担当，与其他人无关。我把话说在前头，如果谁敢为难这里的女仆，那就休怪我无情！"原来，自从黎富达等人闯入汶潭崟，王玥便知道今日少不了一场恶战，为了不连累几名不懂武功的女仆，便让她们都躲在屋内。但她还是担心这些人不讲武德，所以把话先挑明了，如果有人敢对不懂武功的人下手，她便立下杀手，以儆效尤。

黎富达心想："我们现在以八人之众对付你们三个女流之辈，早就绰绰有余了，哪里还需要用这么卑劣的手段，自毁名声？"哈哈一笑，说道："王女侠过虑了！黎某虽然不才，却也不至于这么没出息，王女侠尽可放心对我等赐教便是。这样吧，我狄师弟与飞鹰帮的这位向三爷是嫡亲表兄弟，他们一直想找个机会联手试试武功，可惜江湖上高手难逢，今日难得遇到王女侠这等绝世高手，便让他们向王女侠讨教几招如何？"说罢，向狄万壬和向三通使了个眼色。

刘望北暗道:"这黎富达真是阴险,找一个如此冠冕堂皇的理由,便让王玥姑姑没有退路。狄万壬和向三通单打独斗虽然胜不了王玥姑姑,但相差也不会太大。若是二人联手,只怕王玥姑姑很难取胜。"他想,自己此时贸然出手,即使能挡住他们三大高手的其中一人,也无济于事,唯有暗中观察,伺机行事。

狄万壬说道:"既然师兄有令,那我们兄弟俩就抛砖引玉,向王女侠请教请教吧!"向三通知道黎富达的意思是既然联手寻宝,双方都要出力,便走前几步,说道:"今日可要冒犯了!"

黎富达又说道:"大伙儿都是武林成名人物,自然还是要讲究江湖规矩。我们长一辈的与长一辈的过招,至于小辈们嘛,自然是他们之间玩玩便行了。"言下之意,同时要让钱无忌和王斑虎对付萧绿荷与欧阳紫鹃,以使王玥心有牵挂。

萧绿荷说道:"要打便打,谁还怕了你们不成?便是你们男女老少一起上,我们也不怕!"

王斑虎与钱无忌初上宝莲山时,曾经与萧绿荷与欧阳紫鹃路遇,当时因为调戏不成,四人打过一场。那时萧绿荷与欧阳紫鹃武功尚浅,好在被刘望北等人赶上,才将王斑虎与钱无忌打败。他们此时见萧绿荷与欧阳紫鹃出落得比当年更加标致了,一直色迷迷地盯着她们,生怕她们突然飞了。此时听得师父安排他们与二女动手,立即蠢蠢欲动。王斑虎已嬉皮笑脸地说道:"二位妹子,一别七八年,不知有没有经常想念哥哥呀?"

萧绿荷与欧阳紫鹃恶心地"呸"道:"真是一对癞蛤蟆!"

王斑虎与钱无忌正待上前,忽听得黎富达大喝一声:"什么人?给我滚出来!"刘望北心里一惊,想道:"这厮竟然这么厉害,发现我的藏身之处了?"正要跳下去,却听得院门外一人说道:"真是可笑了!我来自己姑姑家,还轮得到别人教训?"话音未落,一个英武的年轻汉子已然大踏步走进来。

刘望北一看,心里不禁一喜,原来,来者正是他的同门师弟——欧阳紫鹃的未婚夫尹传鹏。刘望北从云峰山狮子寨下来时,尹传鹏仍留在山上习武。他此时突然出现在汶潭崇,却大大出乎刘望北的意料。刘望北心想:"传

鹏师弟武功虽然尚未达到一流境界，还对付不了黎富达、狄万壬、向三通他们三个高手中的任何一个，但不管怎么说，也是多了一名帮手。"

尹传鹏见过王玥师徒，对王斑虎、钱无忌说道："你们两个没出息的小子，别老想着欺负姑娘人家！今日要动手，我一人对付你们两个就行了。如果你们当中的其他高手不服气，一并上来也无妨。"

狄万壬冷笑一声，说道："年轻人，好大的口气！既然如此，斑虎、无忌，你们就好好向人家讨教讨教吧！"他当年在宝莲山见过尹传鹏的武功，在年轻一代当中虽然算是不错的，但要以一敌二对付王斑虎和钱无忌，只怕不能，所以，乐得借这个机会让王斑虎和钱无忌教训他一顿。

王斑虎、钱无忌心里均是一般想法："若是要我单挑这小子，倒是心里没底。但我师兄弟联手，还怕你不成？在这两个娇滴滴的美人面前，不把你打得爬不起，我们算是白跑了这一趟。"想到这里，二人不约而同走过去，站在尹传鹏左右两边，拔出软鞭，便要动手。

欧阳紫鹃说道："传鹏哥……"她见尹传鹏此时赶到汶潭岽，又喜又忧。喜的是平时难得见上一面的人，今日竟然就在眼前；忧的是偏偏今日危机重重，自己师徒几人脱困艰难，却还多连累了一个人。

尹传鹏回头笑了笑，说道："紫鹃别担心！这两个没出息的家伙，我还没放在眼里。"蓦地长剑出鞘，对王斑虎、钱无忌说道："废话少说，上吧！"

王斑虎说道："既然你要找死，那就别怪我们不客气了！"软鞭霍地挥出，直击尹传鹏左肋。钱无忌也不怠慢，一鞭抽向尹传鹏右肋。

尹传鹏挥剑出招，瞬间将两条软鞭格出去。刘望北远远地看了，心里说道："几个月不见，传鹏的剑法又大有长进了。看来我叔叔近来对他指导不少。"刘望北的叔叔刘溪剑法之快，江湖上没几人能超过他。尹传鹏这一招快如闪电，正是刘溪的风格。

王斑虎、钱无忌见一招不成，继续出招。二人想在师父、师叔面前好好表现一番，出手自是不遗余力。尹传鹏知道强敌环伺，也不敢怠慢，挥剑力敌二人，一时打得难分难解。

狄万壬对向三通说道："年轻人已经动起手来了，咱哥儿俩也不好落后呀！"向三通说道："正是！我们就好好领教一下这位王女侠的高招吧！"二人齐向王玥抱拳说道："得罪了！"狄万壬手中长烟筒已向王玥点去。

王玥说道："要打就打，何必假惺惺！"她手中持了一条彩练，微微运劲，彩练忽地甩出，卷住狄万壬的长烟筒。狄万壬但觉手上一紧，长烟筒竟然险些脱手而去，好在及时加了一把劲，才将它抓稳。便在这里，向三通手中的一对铁爪也向王玥袭来。王玥听得呼啸声响，知道对手出手强劲，不敢轻慢，彩练转向那对铁爪，将它们挡了回去。仅此一招，狄万壬心里暗道："这婆娘虽是妇道人家，内力果然了得！我们虽是以二敌一，但还是不可大意，否则，要是不慎失手，传出去可要在江湖上把脸面丢尽了。"向三通也暗暗吃惊："我这对铁爪刚硬无比，却被她一条软绵绵的彩练挡住，这人内力之强，当真少见。难怪当年连洪老大的妹子这么狂傲的人也要服她。"七年多前，王玥和飞鹰帮大当家洪亿浩的妹妹"六指鬼姥"曾经在宝莲山大打出手，打得旗鼓相当。桀骜不驯的"六指鬼姥"因此与王玥惺惺相惜，化敌为友。当时，向三通、狄万壬等人均在场目睹了这一幕，因此他们知道王玥内功深厚，所以不敢托大而单打独斗。

王玥未能将狄万壬的长烟筒卷去，已知道此人不是泛泛之辈。她接了向三通一招这后，也知道他的铁爪威力亦不小，在这两大高手夹攻之下，唯有小心应对，方能周旋下去。当下三人各有忌惮，全力以赴，场面比尹传鹏那边凶险多了。

刘望北悄然旁观，不多时便知道眼前的情形对自己这边非常不利。尹传鹏对付王斑虎、钱无忌还好一些，虽然未必能取胜，但总能支撑数百招。王玥独斗狄万壬与向三通，则非长久之计，只怕不出百招，便要落败。自己此时如果出去相助，黎富达定然要出手把自己拦下。黎富达身为一派掌门，功力深厚，自己要胜他，也没把握，更何况，对方还有另外三人未出手。如果他们趁机向萧绿荷、欧阳紫鹃发难，这局面可就乱得一发不可收拾了，到时自己这边寡不敌众，定然要吃大亏。面对这个情景，刘望北真是小孩骑门槛——进也不是，退也不是，一时心急火燎却又无计可施。

再看得片刻，尹传鹏与王斑虎、钱无忌之间依然互有攻守，不分上下。王玥内力虽强，招数虽精，但毕竟两名对手都是江湖成名的高手，在他们的夹击之下，渐渐相形见绌，处于下风。狄万壬的长烟筒如同鬼魅，向三通的

一对铁爪威武强劲，王玥好几次差点要中招，好在闪避及时，但已不似当初那般好整以暇。

刘望北心想："王姑姑冰清玉洁，超凡脱俗，岂能在这几个恶徒面前失了风度？管不了那么多了，我且下去替她抵挡这两个魔头再说。"当即大喝一声："无耻恶贼，休得猖狂！"一个纵跃，飘然落进庭院，指着狄万壬、向三通说道："亏你们是江湖成名人物，如此以二攻一，竟然不怕丢脸？"

狄万壬用余光瞄了一下刘望北，知道是曾经在宝莲山见过的年轻人。当时刘望北武功尚未大成，狄万壬知道他虽然比自己的几个师侄高明，但在自己面前就不算什么，便冷冷地说道："原来你们还埋了伏兵啊！还有多少人，尽管亮相呀！你若是不服，便一起上，咱们二对二，这样就公平吧？"

黎富达却没认出刘望北，见他年纪比自己的徒弟看起来还要小一点，谅他武功高明不到哪里去，便在一旁说道："年轻人，你是从哪里来的？打抱不平是需要本事的。你要上去尝尝挨打的滋味？那就给你一个机会吧。"

刘望北不理睬他们，对王玥说道："姑姑，我来帮你！"又转头对萧绿荷、欧阳紫鹃说道："绿荷、紫鹃，你们在一旁好生看着，提防小人玩阴招！"萧绿荷、欧阳紫鹃见刘望北突然现身，心里都是惊喜交加，齐声说道："望北哥，我们理会得，你自己小心点！"尹传鹏听得刘望北到了，也在百忙之中叫道："望北，你来得正好，我正要找你呢！"

刘望北知道形势紧急，宜速战速决，随口答应一声，当即双手分执长短剑，起手便是"稼轩长短剑"的得意招式，直向狄万壬攻去。

狄万壬曾经与刘溪在宝莲山交过手，败在刘溪的剑下，见刘望北双剑齐出，一长一短，认得是刘溪的套路。他领教过这套剑法的厉害，不敢大意，赶紧停止对王玥的进攻，全身心对付刘望北。王玥少了一个对手，精神大振，彩练翻飞，立时扳回败势，转为攻多守少。过了二三十招，向三通渐渐处于下风，心里想道："这个婆娘真是武林奇才！女流之辈练就这么深湛的内力，实属罕见。"

狄万壬以一根长烟筒力敌刘望北的双剑，虽然未落下风，但也没占到多少便宜，心下不禁大骇："短短七八年工夫，这小子武功竟然进展神速，虽然还比不上当年的刘溪，但恐怕和我已相差不远了。可不要一个大意，败在这小子的剑下，那可真是声名扫地了！"他本来颇为自负，但自从那年在宝莲山见识了一批高手之后，自大之心总算有所收敛，此时想到有外人在场，更是不愿失了面子，便去了轻敌之心，全力与刘望北周旋。二人出手越来越快，直让旁人看得眼花缭乱。

黎富达在一旁看了一阵，知道刘望北加入战团后，王玥的形势已彻底扭转。刘望北虽然年轻，武功却比此前冒出来的尹传鹏还要高强，大是劲敌。若是任由他和王玥联手与狄万壬、向三通相斗，只怕自己这边毫无胜算。他想，此行目的乃是为"祥瑞三宝"而来，岂可因为一些面子上的江湖规矩而坏了大事？还是将他们及早拿下，作为人质要挟陈子敬才是正事，于是，仰天打了个哈哈，说道："老夫数年没到岭北，未曾想岭北武林少年英雄辈出。看到年轻人有这等武功，老夫真是越看越喜，按捺不住啊！说不得，老夫今番看得手痒心痒，也想领教领教高招了！"他自持武功高强，在岭南一带少有对手，平时难得使用兵刃，身上只是带了一把寻常的铁剑。此时见对手不好相与，便拔出铁剑，准备上前助阵。

萧绿荷听得黎富达要上去相助狄万壬与向三通，不禁为师父和刘望北担忧，说道："好不要脸，就想以多胜少！我先接你的高招再说！"挺剑便要上前。

黎富达笑道："小姑娘武功虽然高明，但要老夫与你动手，呵呵，终究说不过去。这样吧，我给你们俩引见一下。"指着跟随向三通的三人说道："这三位是飞鹰帮的三位堂主：穿黑衣的这位是丑牛堂牛百叶堂主，穿黄衣这位是未羊堂杨生黄堂主，那位和你们一样长得标致的，是申猴堂侯服玉堂主。你们两位小姑娘若想试招，尽管由他们奉陪着便是。"牛百叶、杨生黄、侯服玉齐声说道："我们乐意奉陪！"他们心里都明白，黎富达的意思，便是这两个姑娘交由他们三人处置了，不得让她们脱逃。

欧阳紫鹃和萧绿荷并肩而立，说道："你们想要恃多取胜，那便一起上来吧！"侯服玉"咯咯"笑道："两位妹子我见犹怜，我们哪里舍得与你们动刀动剑的呀？要不这样吧，我们都是女流之辈，如果两位妹子闲得慌，就让姐姐先陪你们玩一玩吧！"走上几步，横剑于胸，对二人说道："有请了！"

萧绿荷与欧阳紫鹃对视一眼，点点头，也不客气，同时出剑，分刺侯服玉左右两路。侯服玉娇笑一声："哎呀，两位妹子出手不轻啊！"侧身避过萧绿荷这一招，挥剑挡回欧阳紫鹃那一剑。还没来得及反击，萧绿荷与欧阳紫鹃的新招又到了。二人使出"连枝剑法"，互相呼应，环环相扣，侯服玉勉强接了十余招之后，不禁左支右绌，手忙脚乱。她在飞鹰帮位居十二堂主之一，又是唯一的女堂主，平时大家让着她几分，她便难免有所自大，只道自己在武林已少有对手。侯服玉原以为这两个年轻女子手上未必有几分真功夫，这才贸然叫阵，没想到她们的武功大大出乎自己的意料，似这般打下去，不用多久，自己便可能落败。侯服玉表面上不动声色，硬着头皮苦苦支撑，心里却不禁暗暗叫苦。

牛百叶是侯服玉的丈夫。他起先也以为妻子一人足够对付王玥那两名年轻的女弟子，所以只是在一旁掠阵。此时见妻子不敌二女，生怕她吃亏，不敢怠慢，当即说一声："我们夫妇向来同进退共患难，我来也！"持刀上前迎战萧绿荷。侯服玉少了一个对手，登时压力大减，打起精神，与欧阳紫鹃你一剑我一剑越斗越紧。

庭院里分成三组对打，王玥这边的人已悉数上阵，黎富达这边则还有一个杨生黄在袖手旁观。刘望北眼观六路，耳听八方，知道敌众我寡，形势对己方极为不利。他与王玥合战黎富达等三人，初时尚能勉强应付，但总是处于下风，久战下去，终将不敌。尹传鹏独斗王斑虎、钱无忌，虽然未露败象，但要取胜也殊为不易。萧绿荷与欧阳紫鹃双斗牛百叶、侯服玉夫妇，在数十招之后已处于下风，只怕也难以持久。而对方还有一人尚未上阵，随时可以提供援手。如此看来，今日要想脱困，只怕千难万难。

其中又以刘望北与王玥的处境最为凶险。五人武功都堪称一流，虽有差距，但相差有限。若是以二对二，王玥与刘望北联手对付他们当中的任何二人都不至于落败。但黎富达他们此时不顾身份，以三敌二，王玥与刘望北便难以抵挡了。又斗得片刻，刘望北只能勉强抵挡黎富达，而且渐渐只能以防守为主。王玥则和先前一样，疲于应付，否则稍不留神便要被向三通的双爪或狄万壬的长烟筒击中。

数百招之后，王玥内力虽强，也感到接续不及。她心里想道："今日遇到这几个凶徒，我自己一死不足惜，可惜没能帮他保护好这两个女娃子，而且还要连累望北、传鹏两个好少年！"王玥与陈子敬本是青梅竹马的恋人，后来因为抗元战争，二人终究未能结合，但依然感情甚笃。萧绿荷、欧阳紫鹃是陈子敬托她照顾的抗元英烈之后，王玥与她们名为师徒，其实与母女无异。依王玥的性格，宁为玉碎，不为瓦全，若是平时，面对强敌，最后关头散尽全身功力与其中一人拼个同归于尽便是，但此时因为要顾及几个年轻人，一时便下不了决心。

狄万壬见王玥心神不定，出招渐乱，心头大喜，对向三通说道："这个母老虎支撑不了多久了！"趁着王玥抵挡向三通铁爪之际，长烟筒倏地向王玥右腿的曲泉穴点去。此举如果得手，王玥便将单腿下跪，大失脸面，而且身子失去平衡，立即将被他们击倒。

王玥见狄万壬用心险恶，勃然大怒，也顾不得向三通铁爪厉害，彩练往长烟筒一卷，左掌运起"先天一炁功"，向狄万壬前胸一击。只听得"轰"的一声响，狄万壬连退数步，"哇"的一声喷出一大口鲜血。他做梦也没想到王玥会置自身安危不顾，与自己以命相搏。王玥这一招用尽全力，狄万壬受伤极重，登时全身气力尽失，双腿发软，再也无力上前。

与此同时，向三通的一对铁爪已飞向王玥脑后。眼看着王玥便要血溅当场，刘望北恰好面对这一幕，惊得大叫一声，却又无可奈何。

向三通见这一招便要得手，心头狂喜，忽听得"呼"的一声响，但见一条细长的黑影凭空而落，迅疾缠住自己这对铁爪的链条，竟然活生生将这对铁爪拉到一边。向三通大吃一惊，顺手一扯，竟然未能扯动。定睛一看，原来缠着链条的是一根黑色绳索。再一看，身边已多了一名身着玄衣、脸如鸡皮的白发老妪。

向三通惊道："您……您老人家怎么来了？"

那白发老妪"咯咯"怪笑几声，说道："你们来得，我就来不得么？我正是跟着你们来的呢！"她的声音极为刺耳，让人听了很不舒适。

向三通说道："您老人家这次出来，洪帮主是否知道呢？"

那白发老妪又怪笑几声，说道："我洪雪娇来去自由，你们帮主知道不知道又有什么关系？向老三，我问你，是不是如果不看你们老大的面子，你就

敢与我动手？那好呀，我正愁没人陪我玩玩呢！你的功夫虽然不算太高明，但玩几招也还勉强可以对付过去。"

这白发老妪现身后，刘望北和黎富达因为牵挂场中变故，也放慢了招数。此时，他们和向三通、王玥等人一样，都认出了来者乃是飞鹰帮大当家洪亿浩的妹妹——江湖上人称"六指鬼姥"的洪雪娇。

洪雪娇突然喝道："喂，你们怎么还不停一停？难道都不欢迎我老太婆过来凑热闹吗？"黑索一挥，冲向刘望北和黎富达。二人但觉寒气逼人，同时退后两步，横剑于胸，不再出招。

洪雪娇又喝道："牛百叶、侯服玉，你们两口子也不肯给我老太婆面子吗？"牛百叶、侯服玉知道这老妪最爱胡搅蛮缠，倚老卖老，向三通都住手了，自己可得罪不起她。二人于是答应一声，双双收招，退到一边，与杨生黄一起见过了洪雪娇。

黎富达见两个弟子还与尹传鹏打成一片，说道："你们也先歇一歇吧，不急这一刻。"王斑虎、钱无忌双战尹传鹏，原本还没分出胜负，此时见其他人都已住手，巴不得罢手，听得师父发话，赶紧对尹传鹏说道："傻小子，真不怕累啊？我师父发话了，歇会儿再说！"三人便也各自收招住手。

洪雪娇对向三通说道："向老三，你们谁都先别动手，我要和大妹子较量一百招！"刘望北一听，急道："你……你岂可乘人之危？"便要上前拦下洪雪娇。

王玥向刘望北摆摆手，笑道："多年不见洪前辈了，能再次得到您老人家赐教，不胜荣幸！"洪雪娇说道："你已和他们打了这么久，功力打了折扣。这样吧，这次我和你只比招式，不比功力。我让你三招，你先发招！"

王玥说道："如此不客气了！"彩练出手，上下飞舞，登时连袭洪雪娇三次。洪雪娇身形晃动，在彩练之中穿梭而过，身轻如燕。王玥忍不住赞道："好一个'飞燕游龙'！洪前辈这身轻功，与您的内功堪称两绝！"向三通、黎富达等人也不禁暗暗喝彩，想道："这老婆子虽然行事颠三倒四，真功夫却也着实了得。"

三招已过，洪雪娇说道："我要还手了！"手中黑索抖动，如一条长蛇，蜿蜒盘旋，紧随彩练。二人竭尽所能，身形不断变换中，彩练与黑索时而交织，时而分离，时而彩练追逐黑索，时而黑索捕捉彩练，直将众人看得眼花缭乱。

过得片刻，忽听得洪雪娇说道："好！九十九！"二人同时立定，只见彩练与黑索已紧紧地纠缠在一起，你中有我，我中有你。洪雪娇喝道："最后一招！"二人同时回手一拉，彩练与黑索"哧"的一响，已然各自回到主人手中。洪雪娇"咯咯"笑道："不错！你没能尽全力，我也没有尽全力，论招式，还是算不分胜负！"王玥说道："洪前辈招数精妙，再比下去，我可要甘拜下风了！"洪雪娇说道："今日如果当真比拼，你自然不是我的对手了！毕竟你已和他们战了这么久。但是这可不公平，算不得数的。"又说道："老婆子自从知道你是气宗高手，平时使用的武器只是一根练子，回去后便弄了这么一根索子，试着练了几年，倒似也可以拿出来玩玩了。老婆子这次来，本来除了和你比较软武器的高下，还要和你再比比内功。你那'先天一炁功'与我的'薄暮冥霜功'相生相克，上次一碰，好生过瘾，这七八年间再没遇到过这么有趣的对手了！但这次来得晚了些，比试内功已不是时候，只好等你复原了再试啰！"

原来，七年多以前，洪雪娇和王玥在宝莲山首次交手，二人的内功一寒一暖，针锋相对，斗了个旗鼓相当。当时差点要两败俱伤，却因二人瞬间心意相通，化敌为友，同时收招而自行脱困。此后，二人惺惺相惜，一向性情乖张、不近人情的洪雪娇竟将王玥认作朋友。

王玥说道："前辈大老远前来赐教，王玥不胜欣喜。只是，这次不知前辈大驾光临，有失远迎，王玥惭愧得紧。"

洪雪娇笑道："你当然不知道我要来了！便是他们，也一样不知道。"转头对向三通说道："向老三，你们合起伙来欺负我的大妹子，太不给我面子了！要不是那天我闲着没事，去鹰盘山闲逛，无意中听他们说起你去汶潭崟办事了，我还真不知有这事呢！我老太婆一听呀，你们人多势众，本事也不算差，我大妹子只怕对付不了那么多人。于是，我赶紧动身，一路打听，总算也找到这地方来了！还别说，大妹子这地方，山不算高，水却够险，不用点心思的话，还真不容易找呢！"

向三通、黎富达等人这才知道洪雪娇的来意，心里不禁暗暗发愁。他们知道，莫说此时狄万壬已受重伤，三五个月之内只怕难以恢复元气，即使狄万壬还能正常动武，洪雪娇若要相助王玥他们，自己这方也难有取胜的把握。更何况，洪雪娇毕竟是飞鹰帮大当家的妹妹，真动起手来，向三通、牛百叶、杨生黄和侯服玉四人，也不得不有所顾忌。

　　洪雪娇说道："我难得大老远跑一趟，既然来了，除了和大妹子过几招，总还得叙叙旧。你们几个留在这里太烦人，赶紧给我走吧！总不需要和我老太婆过几招吧？"

　　向三通知道，洪雪娇既然来了，自己一伙人的如意算盘只好重新打过了。见她把话说得直白，便说道："既然您要叙旧，那我们就不再打扰，就此告退了！"挥挥手，与牛百叶、杨生黄、侯服玉出了庭院。黎富达见他们要走，自己更难对付王玥等人，只好愤愤地"哼"了一声，让两名弟子架着狄万壬，跟在向三通后面走了。

十三、铜钵山

王玥见向三通等人已走远,再次与洪雪娇见礼,说道:"这次多亏洪前辈出手相助,否则汶潭峚老少今日必遭大殃。"洪雪娇笑道:"你跟我还客气什么?我老太婆活了快七十岁了,在江湖上也就认了你这么一个朋友,我不帮你却去帮谁?"王玥微微一笑,连连致谢。

洪雪娇眼光扫了刘望北、尹传鹏一眼,对王玥说道:"我老太婆向来喜欢独来独往。今日难得到了汶潭峚,本想趁机盘桓几天,和你切磋几招武功。但我看你这里另有娇客,老太婆不喜欢热闹,也不喜欢那些繁文缛节,就不打扰你们了。谅向三通这些人近期不敢杀回马枪,这里也没我啥事了。这次就此告辞,若是有缘,他日江湖再见!"说罢,身形一晃,人已出了庭院之外。王玥叫道:"前辈请留步!"洪雪娇却头也不回,跑出数十丈外,才回了一声:"下次再见时,我还是要伸量你的'先天一炁功'!"

王玥见她已走远,微微摇了摇头,说道:"这位洪前辈,真是来无影去无踪。以前江湖上都传她不近人情,极难相处,其实,我看她倒真是一位性情中人。"刘望北说道:"由此可见,江湖传言,多半不实。了解一个人,还是要见了面才知道。"尹传鹏说道:"光是见一次两次也未必看得清楚,还是要遇到紧要事情时,最能识别人心。"萧绿荷笑道:"传鹏哥说话越来越老到了啊!一看就是江湖历练颇深之士了。"欧阳紫鹃笑骂道:"鬼妮子,我看你是想我捧一捧你的望北哥吧?"

几个年轻人嬉闹一阵之后,王玥说道:"时候不早,你们二人,该说说正

事了。你们先后不期而至,却是为何而来?"

尹传鹏说道:"我先来,那就我先说吧。"刘望北心里想道:"要论谁先来的话,那分明是我先到,只不过没有及时现身而已。也好,我来这里,并无要事,纯粹是随便走走。且听听传鹏有什么急事,专程大老远跑这么一趟。"

尹传鹏说道:"就在半个月前,我师父他们从云峰山狮子寨迁出来了,现在已经隐居在瑞金的铜钵山。"

王玥、刘望北、萧绿荷、欧阳紫鹃听了,都感到甚是惊讶。王玥问道:"他们在狮子寨住得好好的,为什么要换地方?"萧绿荷、欧阳紫鹃异口同声说道:"我们都还没去过狮子寨呢,怎么就搬走了?"

尹传鹏说道:"此事说来话长。我这次前来汶潭崟,正是奉师父之命,前来通报的。"便将前因后果说了一遍。

原来,陈子敬在狮子寨住了数年,逐渐与云峰山的山民混熟了。因为大山深处常有虎狼出没,许多山民不敌,伤于虎狼之口,甚至丢了性命,陈子敬有暇时,便给山民们传授一些防身的武功。久而久之,云峰山的山民习武成性,大家还把自己居住的这一片山岭叫作"武岭"。狮子寨地势险峻,山民们上不了,所以他们并不知道陈子敬到底住在哪个山头。但陈子敬经常去武岭走走,除了教授武功,还为山民们纾困解难,深受当地人敬重。

大约两个月前,云峰山不断有陌生面孔出现。他们行事遮遮掩掩,虽然不说想干什么,但有些机警的山民已觉察到,这些人应该是为探寻陈子敬他们的行踪而来,于是将此事陆续告诉了陈子敬。陈子敬意识到,当年江湖上那些想探寻"祥瑞三宝"的人,已经追踪到这偏远之地来了。如果行踪泄露,届时前来找自己麻烦的人将络绎不绝。对寻常武林人物,陈子敬当然不放在心上。但这些人若是接二连三成群结队上山,总是要花费一些精力对付他们。陈子敬心里装的是家国大事,岂肯将精力浪费在这些人身上?所以,他和刘溪一合计,决定三十六计走为上,离开狮子寨,换个地方继续隐居。

早年,陈子敬追随文天祥抗元时,曾经在汀州与瑞金县接壤的太阳山遇到过一位王姓隐士高人。这位高人原本隐居在铜钵山。文天祥当年在赣州起兵勤王时,瑞金县也有不少义士投入其军中。临安沦陷后,文天祥受流亡朝廷委派,率部在前线抗元,瑞金县更有许多豪杰投到他麾下。这位王姓隐士虽未从军，但也为文天祥大军做了不少事情。那次在太阳山与陈子敬偶遇，二人一见如故，相谈甚欢。这位王姓隐士告诉陈子敬，他们家在瑞金的开基祖乃是东晋书圣王羲之后。刘裕篡晋立宋之后，他的先人从绍兴一路西迁，一直到了瑞金，传了数代之后，在隋朝初年，一位先祖因见当地的铜钵山不仅风光旖旎，而且颇富灵性，正合自己寄情山水的情怀，便在此地隐居，至此已传了七百余年。这位王姓隐士与文天祥见过几次面，他悄悄对陈子敬说："文丞相的面相与常人迥异，这是一位伟岸的大丈夫，但他日后恐怕必定为国死难，其眷属也将大受连累。"又对陈子敬说道："如果战事失利，大势不可为，贤弟可来铜钵山做伴。"陈子敬当时一门心思想着打仗，也没太把他说的话当回事。但时至今日，陈子敬想到当年文天祥的故旧已所剩无几，常常心生孤独之感。此时面临再次迁徙，便想起了那位王姓隐士，于是决定前往铜钵山看看。

陈子敬吩咐刘溪在狮子寨好生看护，自己独身去铜钵山走了一趟，找到了那位王姓隐士。一别将近二十年，那位隐士依然神清气朗，风采不减当年。一看到陈子敬，他便拊手笑道："陈贤弟，总算盼到你大驾光临！我就知道，你一定会来找我的。"不由分说，带着陈子敬在山中转了一圈，说道："你看看，此山虽然不算太大，也不算太高，但是不是特别适合我们这些归隐之人？你还是赶紧过来吧，省得我这么多年找不到几个可以说说话的人。"这位王姓隐士一家人隐居的山谷甚是隐秘。他们虽然偶尔也会与山下的山民走动，但山民们去过这条山谷的人极少。所以，王家在这里端的是过着世外桃源般与世无争的日子。

陈子敬平生也算是跋涉过无数山水了，但此次来到铜钵山，感觉颇不一样。大概是受了这位王姓隐士的感染，他很快喜欢上了这个地方，下决心转移到这里。于是，陈子敬回到狮子寨，很快就安排了迁徙之事。

刘望北下山后，留在狮子寨的年轻人，尚有尹传鹏、欧阳章、欧阳贡、邹上峰、邹上岭、朱来福。这些年，陈子敬和刘溪一门心思教授他们武功，他们虽然心无旁骛，武功大有进境，但年轻人毕竟天性好动，在山上待久了，难免感到烦闷。此时听得要换个地方住了，大家兴高采烈，一路上有说有笑，自然还分心干了些闲事。陈子敬、刘溪也不着急赶路，便由着他们适

当胡闹一番。

到了铜钵山安顿下来后，陈子敬首先想到的是要把迁徙的事告诉王玥和刘望北他们，于是，派了尹传鹏下山，嘱他先后去汶潭崇和宝石山走一趟。没想到，尹传鹏刚到汶潭崇，便遇到六石门和飞鹰帮的人联手向王玥发难。更巧的是，刘望北也不早不晚，在这一天赶到了汶潭崇。

刘望北听得陈子敬他们已迁到瑞金，高兴地说："那太好了，以后大伙儿去宝石山和汶潭崇都近多了！"

尹传鹏正色说道："以后不是说来汶潭崇远近的事情了。师父这次还特意提到，要恭请姑姑和两位妹妹撤离汶潭崇，也迁到铜钵山去。他已经在那里选到了一处宜居之地，保管姑姑去了以后住得满意。"

王玥一愣，问道："这话从何说起？"以她对陈子敬的了解，他定然不会无缘无故动员自己搬家。

尹传鹏说道："我两位师父都不约而同地打听到，江湖上最近又掀起了一股寻找'祥瑞三宝'的浪潮。像飞鹰帮、六石门、崆峒门这些野心比较大的帮派，都在四处追踪我们的居所。还有一些武林宵小也凑起了这个热闹。有些人找不到我师父，就打起了汶潭崇的主意。我师父说，姑姑虽然武功绝世，但毕竟明枪易躲，暗箭难防，谁知道这些无耻之徒将使出些什么下三烂的手段。为安全起见，还是请姑姑移驾铜钵山，这样大家相互之间也有个照应。"

刘望北一听，已明白了陈子敬的良苦用心，说道："如此看来，师父所言极是！今日飞鹰帮和六石门便已找上门来了。今后这种事情恐怕不少。还请姑姑斟酌之后，早做决定。"

王玥沉默片刻，说道："我在汶潭崇住了这么多年，本来已经很习惯这里的清静。但你们师父所言也有道理。我本人倒也罢了，这些人要过来找死，与他们奉陪到底便是。但你们两个女娃娃可不能这样跟着我受累。"萧绿荷与欧阳紫鹃说道："师父，要去的话，当然是我们一起去。如果师父不离开汶潭崇，我们也不走！"

王玥笑道："你们两个急什么！若是要离开，自然是大家一起离开，我什么时候丢下你们不管了？"萧绿荷与欧阳紫鹃拍手笑道："那么师父答应了！

我们也要搬家了！"她们在汶潭紫虽然过得很自在，但毕竟寂寞少伴，如果能够经常和亲朋在一起，自然高兴。

尹传鹏见王玥答应了迁徙至铜钵山，心里松了一口气。当时，陈子敬对于王玥是否同意撤离汶潭紫，其实也不是很有把握，所以交代尹传鹏务必尽力说服她。尹传鹏生怕王玥固执，不肯撤离，那么回去就不好交差了。

刘望北对尹传鹏说道："你要说的话，都说完了吧？那么轮到我说一说了。"于是将自己如何离开宝石山，准备行刺董士选，如何偶遇董士选，如何行刺不成反被擒，如何在兴国县城又救下了董士选这些经历说了，听得萧绿荷、欧阳紫鹃、尹传鹏直伸舌头。待得听刘望北讲完，他们才长长地松了一口气。

萧绿荷说道："听你这么一说，那个什么姓董的大官，岂不是没有大家想象的那么坏？"

刘望北说道："这个董士选，确实和我们平时听说的官员大不一样。我觉得，赣州来一个这样的官，对百姓来说可能是好事，但对刘寨主来说，恐怕更难对付。所以，我也不知道在兴国救他，该是不该。"

王玥说道："那几个刺客是为了劣绅的钱财而刺杀董士选，不是为了黎民百姓而来。对黎民百姓来说，他们宁愿董士选当官，也不希望换一个和土豪劣绅相互勾结的人为官。所以，你救了就救了，并没做错，无须自责。"

刘望北说道："姑姑这么一说，望北心里就更好受些了。"又说道："如今董士选刚到，尚在微服私访，一时半会也不至于派兵攻打宝石山。我横直无事，不如与姑姑一道去一趟铜钵山，也省得传鹏到时又得出山帮我带路。"他想的是，向三通他们尚未走远，如果他们跟踪王玥一行，在半路发难，到时王玥师徒和尹传鹏只怕不敌，自己与王玥等人同行，总是多了一个帮手。

王玥自然明白刘望北的意思，点点头，说道："也好，那我们就一起去铜钵山认个路吧。"

王玥办事利索，既然决定了走，很快便将几名女仆遣散回去，收拾好行装，即日出发前往铜钵山。一行人只有刘望北寄存在茅店的那匹马，刚好用来背负行李。一路上，刘望北、尹传鹏轮番讲述自己的近况，萧绿荷、欧

十三 铜钵山

阳紫鹃不时插话，两对年轻人在一起，倒也热闹。王玥任由他们海阔天空闲聊，有时便想道："子敬为了救国，顾不上成家，其实未免迂腐。我们这一代人年华已逝，只能如此了，对这些年轻一代，可不能让他们也像这样。否则，这代人没完成的事，却交给谁去继承？"

沿着贡水往上走，进入雩都县境，夜幕降临，一行人在江边找了一个客栈吃晚饭。客栈比六十里店小得多，刘望北一行进去时，里面已有一桌客人在等着店家上菜。王玥他们在角落挑了一张干净的桌子坐下来。那先到的一桌客人都是壮年男子，五六个人聊得正欢，见有人进店，向他们打量了几眼，继续聊天。

因有外人，刘望北、尹传鹏他们便没有再聊具体的事情，只是说些无关紧要的闲话。另一桌客人的酒菜先上了。他们喝了几碗酒之后，嗓门越来越大。刘望北留意一听，居然听到他们频频提到"宝石寨""刘大王"。刘望北寻思："他们说的宝石寨，当是宝石山的宝石寨，然则'刘大王'却又是谁？我们宝石寨只有刘寨主呀。"因为事关宝石寨，他便向尹传鹏使个眼色，认真听他们说下去。

只听得一个满脸大胡子的汉子说道："要发财得赶早，要做官也是这个道理。你说我们这些人这当口赶过去，会不会晚了点呢？也不知刘大王还收不收我们？"坐在他旁边的一个短须汉子说道："收倒是会收，刘大王刚刚举事，正是用人之际，莫说我们，便是再晚些时日的，他定然也不会拒绝。但至于会有多大的官给你做，那就不知道啦！第一，得看我们前面已经到了多少人；这第二嘛，还得看我们的本事和别人比，是更大呢还是更小。"

另一个脸色黝黑的汉子说道："我倒不是图着他封个什么官。我爹说，刘大王这是准备把江山夺回来了，我们要跟着出力。刘大王坐了江山之后自然就成了刘皇爷，到那时，我们的儿孙就可以好好读书考秀才、考状元，这才叫作有出息。"那大胡子笑道："许三哥真是个大孝子，老爹叫你往哪就往哪。"刘望北心里想道："蒙古人得了天下之后，不再开科取士，寻常百姓读书便没了出路。这人的想法倒是淳朴得很。"

那脸色黝黑的汉子说道："我爹说了，现在那些当官的，没几个好人。以前文丞相爷爷在赣州做官时，对百姓可好了。我外公那时在赣州城里，文丞相爷爷给他奶奶过生日，将城里的老人全请去吃寿宴了！我外公活了一辈子也没见过这么好的官呢！这件事，我外公念叨了好几年。没想到，几年后，番邦人攻打赣州，我外公竟然死于乱兵之中。所以，我爹我娘都说，还是要让文丞相爷爷做官，天下百姓才有好日子过。以后刘大王要当皇帝，自然要请文丞相出来做官。"

那短须汉子笑道："文丞相早就不在世了！刘大王当了皇帝，也没法请出文丞相了。"

那脸色黝黑的汉子说道："那个大好人文丞相爷爷不在世了，但刘大王还可以请其他文丞相做官呀！"那短须汉子哈哈一笑，说道："好，好！原来许三哥心里，只要是个好官，就叫作文丞相。"其他几个汉子也大笑起来。那脸色黝黑的汉子跟着嘿嘿一笑，神色甚是憨厚。

刘望北心里想道："原来他们说的刘大王就是刘六十寨主。看来，刘寨主四处发英雄帖，声名已经弄得很大了，连这些江湖上的无名之辈都慕名前去投奔宝石山了。只是，他们这么早就把刘寨主叫成大王，还说他要做皇帝，不知会不会让朝廷更加震怒，加派重兵？"想到那姓许的汉子连连说到文丞相，心下不禁黯然："一个官员对百姓好，他们总是记挂着，而且一代一代传说下去。这个姓许的虽然不知文丞相是何等人物，但在他们家，只怕已把文丞相传成天下好官的化身了。"忽地想道："如果说对百姓好就是好官，那么董士选这个人算不算好官？从他的所作所为来看，这人似乎心里是有百姓的。可他如果是好官，为什么又要来对付宝石寨？"想到这里，一时心头又迷糊起来。直到萧绿荷扯了扯他的衣袖，他才知道原来饭菜已端上来了。

刘望北边吃饭边继续听他们聊。他们的声音时而大时而小，但刘望北内功深湛，用心一听，便几乎都听进了耳。听了好一阵之后，总算大致知道了他们几个人的来路。原来，这几个人都是同一个村的，他们家就在贡水对岸的全角村。得知刘六十即将登基做汉人的皇帝，这几人认为报效朝廷的时候到了，有的想着做开国将军，有的想着为国尽忠，有的则本来就喜欢打打杀杀，图的是痛痛快快打仗。就这样一合计，几个人便决定结伙投奔宝石寨建功立业。他们又考虑到，刘六十的新朝廷即将开张，需要大量花销，便想着带点见面礼去。几个人已瞄上了附近罗江村一个张姓大户，商量好了夜深人

静时便去"拜会"。到时让张大户"借"几件珠宝出来，到了宝石寨，便有面子了。

刘望北心里想道："这几个汉子既鲁莽也质朴。此事好在是我们听到了，若是让官府的高手听去了，只怕人还没到宝石寨，就先关进大牢了，还要连累家人。得想个法子提醒他们小心为妙才是。"很快想到一个办法，于是不动声色，埋头吃饭。

吃过饭，王玥一行继续赶路。他们都是有武功在身的人，连夜赶路是家常便饭，即使是萧绿荷、欧阳紫鹃二人，对此也习以为常。出了客栈，刘望北把自己的想法对王玥等人说了，让他们先行一步，自己稍后追赶上来。王玥对这几个人所说，也听得清清楚楚，欣然同意刘望北的做法，只是叮嘱他一路小心。

刘望北返回客栈附近，守着来自全角村的那几个汉子。夜色渐浓，几个人吃饱喝足，出了客栈，往罗江村而去。走到空旷无人处，刘望北忽然现身，挡在他们面前。那几个人大吃一惊。短须汉子问道："你是什么人？若是想打劫，可真是找错人了！"另一个眼尖，已认出他是同在客栈吃过饭的路人，说道："朋友，我们没有什么冤仇吧？如果没什么事，还请让开，我们兄弟几个还要办事呢。"

刘望北说道："我当然知道你们要办事，我还知道你们要去投奔宝石寨。"

脸色黝黑的那个汉子说道："你……你都知道了？那你想要怎的？"拔出身上的朴刀，守在胸前。

刘望北嘿嘿一笑，说道："我想让你们看看我的武功。"长剑出鞘，忽地纵身跃起，对着路边一棵大树一阵挥舞。只见落叶缤纷，瞬间，碎叶在地上铺出一幅图画。

那几个汉子不解地看着地上，一时没明白刘望北此举用意何在。

刘望北笑道："你们有没有识字的，看看这地上是什么？"

其中一个脸色稍白净的汉子凑近一看，说道："全角？你写这两个字是什么意思？难道你连我们是哪里人也知道了？"他的几名同伴一听，互相看了看，满脸疑惑。

刘望北说道："我不仅知道你们是全角村的，我还知道你们正要去罗江村打劫张大户。"这几名汉子闻言，一起"哎哟"一声，纷纷拔出兵刃，将刘望北围了起来。

刘望北站着不动，问他们道："我们先别急着动手。刚才我那几剑，你们也看到了。你们先掂量一下，如果动起手来，你们有我这么快么？能挡得住我一剑么？"

这几个汉子面面相觑。满脸大胡子的汉子说道："挡……挡不住。可是，你……你想干什么？你要拿我们见官么？如果这样，拼了一死，我们也要挡一挡。"

刘望北似笑非笑地说道："你们觉得我是什么人呢？如果我是官府的人，你们该当如何？"

那个脸色黝黑的汉子说道："我不知道你是什么人。但如果你是官府的人，我们这就和你拼了！哪怕送了一条命，也要和你拼。我们既然准备去宝石寨，自然是不怕死的。"

刘望北哈哈笑道："你这个许三哥，果然是条硬汉！打不赢也要打，还真不怕死。宝石寨，需要你这样的人！"

那个脸色黝黑的汉子抓了抓头皮，说道："我姓许你也知道了？外人只是叫我许三，只有村里几个好朋友才叫我许三哥。你是外人，怎么也叫我许三哥，真是怪了。"

刘望北说道："我敬你是条汉子，便也跟着叫你一声许三哥又如何？或许，有朝一日，我们还会在宝石山见面呢。"

许三大喜道："莫非你也是去投奔宝石寨的？那不如我们一起结伴好了！你武功这么好，去了宝石寨，一定可以当将军——不，你应该是元帅才对！"

刘望北摇了摇头，说道："我今日不能同你们去宝石寨，我也不当元帅。不过，我要提醒你们的是，去投奔宝石寨这样的事，在路上千万不要随便说出口，随时要防隔墙有耳。今日好在是我听到了你们的那番话，如果是官府高手听到了，后果不堪设想。"

那短须汉子听得他默认自己不是官府的人，松了一口气，说道："你的武功可太厉害了！官府的人，只怕没这等本事，听不到吧？听到了也拿我们没办法吧？"

刘望北再次摇了摇头，说道："山外有山，人外有人。我能做到的事，人家为何不能做到？你们这几位兄弟，须知小心行得万年船，无论何时何地不可麻痹大意呵！"他心里说道："刚才击落树叶成字的把戏，我便是学的董士选手下剑客石清泉的。今晚你们若是遇上了他，还想逃出去？"

那几个汉子听他说得认真，不敢掉以轻心，说道："是，是！我们听大侠的。""大侠亮了这一手，我们相信世上确实有高人。""希望在宝石寨早日见到大侠！""宝石寨有大侠这样的神仙般人物，定然能打赢官兵！"

刘望北说道："我知道你们要去找见面礼。问大户人家借点小宝贝，也不是什么大不了的事。但需要提醒你们的是，如果对方是不懂武功的人，千万不可伤人性命。不管是他们的家眷，还是仆人，都不可轻易伤了。否则，传出去，必然有损宝石山声望。"

许三等人答应道："这个请大侠放心，我们也不是滥杀无辜之人，若非迫不得已，一定不伤不懂武功的人。"

刘望北听他们说得恳切，便抱拳说道："如此甚好，后会有期！"身形一晃，转瞬间，人已消失在夜幕之中。许三等人见他身手了得，虽已不见其踪影，仍在那里啧啧赞叹。

王玥等人走了十几里路，听得背后脚步声响，回头一看，刘望北已经追上来了。尹传鹏说道："办事好利索啊！才这么一下功夫，就赶上我们了。"萧绿荷说道："那是我们走得慢好不好，哪是他利索。"欧阳紫鹃笑道："才这么半个多时辰，绿荷就觉得如隔三秋，难怪要说望北哥慢哩！"萧绿荷假嗔道："鬼妮子，又想讨打了？别以为传鹏哥在这里，就没人敢打你！"在嬉笑声中，刘望北将刚才之事简要给大家说了。

天亮后，一路上，王玥一行又遇到几拨相约前往投奔宝石寨的江湖豪客。有的人看到刘望北和尹传鹏二人年富力壮，还主动动员他们同行，一起去宝石寨参加义军。从他们的只言片语当中，刘望北感受到宝石寨威名远扬，可见刘六十前些时日派人出去散布消息、广发英雄帖，已取得明显效果。各路英豪听说宝石寨大败官兵，又听说刘六十是汉高祖后裔，信心大振，都看好宝石寨，争相投奔。刘望北见此情景，心里也为刘六十感到高兴。王玥对此却不置一词，萧绿荷、欧阳紫鹃二弟子对她说起这些，她也只是淡淡一笑。刘望北暗道："姑姑毕竟是世外高人，对这些俗务毫不在意。也亏了她还能这般理解师父。"

黄昏时分，一行人总算到了铜钵山。尹传鹏带着他们在山林里转来转去，数次从隐秘路口经过。萧绿荷说道："也亏了传鹏哥特意给我们带路，否则，我们就算找到了铜钵山，也要在山里迷路。"尹传鹏笑道："若非如此，师父又怎会选择这里隐居？"

绕来绕去走了好一会儿，总算在一条曲折幽深的山谷中，见到了陈子敬等人。陈子敬一见王玥师徒和刘望北一起到了，大喜过望，亲手打扫房舍，先把王玥师徒安顿下来。刘溪、朱来福等人也七手八脚忙起来了，搬桌凳的搬桌凳，烧水的烧水，做饭的做饭。欧阳紫鹃看到两个哥哥欧阳章、欧阳贡，更是高兴。兄妹三人以前难得一见，自然少不了多说几句话。

此时夕阳虽落，余光犹亮。王玥师徒见空谷苍翠，几间新建的房屋掩映其间，别有韵致。房前是一块开阔的草坪。大家搬了凳子在草坪上的桌子旁坐下。脚下不远处，流水潺潺，伴以各种鸟鸣，煞是悦耳动听，让人心旷神怡，流连忘返。王玥心里想道："他真是会选地方。以前在宝莲山，选了个仙境般的地方。现在换了一座山，依然是仙境。"萧绿荷和欧阳紫鹃则直接说出来了："这个地方，我们喜欢！"

陈子敬呵呵笑道："若不是找到了一个好地方，谁敢叫你们舍弃汶潭崇？这座山谷本是人迹罕至之地，自然也是没有名字的，我们来了之后，给它取了个名字。"

萧绿荷说道："叫什么名字？先别说，我猜猜——卧龙谷？"她想，陈子敬虽隐居于此，但念念不忘兴汉大业，自是犹如卧龙。

一旁的邹上峰哈哈笑道："还卧龙呢？我看不如猜'引凤谷'算了，今日不是有凤来仪吗？"刘溪笑骂："多嘴！竟敢在此乱开玩笑。"萧绿荷与欧阳紫鹃从地上抓起一把落叶，狠狠地向邹上峰当头掷去。

陈子敬说道："我看你们定然猜不着，不如我直接说了吧。我们这条山谷，如今叫作'祥瑞谷'！"

刘望北拍手说道："好名字！它让我们住在这里，时刻想起文丞相风范，时刻不忘文丞相遗志。"

陈子敬说道："正是此意。其实，当年在宝莲山的时候，我在观音谷、八仙谷之外，也曾经找到了一条幽美的山谷，想给它取这个名字。宝莲山那条山谷，当地山民管它叫'猪多坑'，也就是野猪太多，时常把坑里的竹笋拱得乱糟糟的。但那条坑的风光甚为秀丽精致，尤其是山谷深处，一条双叠瀑布飞流而下，形成一个深潭，潭中寒气逼人，正是练内功的好地方。我把这潭称为'浣心池'，到了此处，相信再有杂念的人，心里也可被这一汪清泉荡涤得明镜一般，一尘不染。而那条山谷，我便给它取名'祥瑞谷'，一则纪念丞相，二则希望住进这里的人，一生祥瑞，无灾无难。可惜，还没来得及在谷中建几座竹木小屋——按我的想法还得在屋檐写上'晴耕雨读'几个字，我们就离开宝莲山了。"

尹传鹏说道："宝莲山的'猪多坑'我知道，确实很美。但师父把它改建成'祥瑞谷'的事，我怎么没听您说过？"

陈子敬说道："想法还没实施，后来宝莲山的宁静就被寻宝的人打破了。那一年，我们忙着把赣州城拿下，后来自然就顾不上这事了。再后来，我们都下山了，这事还提它作甚？"众人知陈子敬当年在宝莲山运筹帷幄，以"祥瑞三宝"为诱饵，设了个"调虎离山"之计，成功帮助钟明亮义军打下赣州城，但没想到钟明亮旋即翻脸，陈子敬前功尽弃，这是他一辈子的心结，便不再接话。

陈子敬又说道："没想到，事隔多年，无意中在铜钵山居然发现了一条与宝莲山'猪多坑'差不多的山谷。这次，我就不再迟疑了，当即决定将它命名为'祥瑞谷'。不瞒大家说，这事我都没和刘溪兄商量呢，料来刘溪兄不至于怪罪我吧？哈哈！"

刘溪也哈哈一笑，说道："哪里话，哪里话，这名字，我也喜欢！商量不商量，都是这个叫法！"众人一起笑了起来。

王玥听得陈子敬他们打趣，心里想道："总算有点变化了，不似以前那般刻板。岁月如流，到了我们这等年纪，很多事情该放下就得放下，何必总是把日子过得那么索然无味、紧张兮兮的。"

陈子敬又说道："这几间房子是我们到了之后建起来的。这些年在山里做野人，伐木建房倒是我们的拿手好戏了。我们几个没费几天工夫，就把它们建起来了。你们住了就知道，舒服得很。"

欧阳紫鹃说道："不需要住，只消在外面看看，就知道定然是非常舒适的。"

萧绿荷说道："但是，我们在这里，也住不了几天吧？师父喜欢安静，你们这里这么多吵吵闹闹的小子……"

邹上峰说道："哼，这都才来呢，就嫌我们吵闹了？好哇，那以后你和望北哥也不要说话，你们俩呀，就你看看我，我看看你就行了。"刘望北说道："好端端的扯上我干吗？"

陈子敬微微一笑，说道："你们两个妮子放心。我们既然敢邀请你们移居铜钵山，自然不会亏待你们师徒的。你们看看对面那个山峰的半山腰——"

王玥师徒和刘望北顺着陈子敬的手指望去，只见暮色中，对面一座山峰墨绿浓密，不知有何妙处。陈子敬笑道："明日你们上去看看就知道了。那里的丛林当中，有一块天然的坪地，建上几座木屋，白昼可望蓝天，晚上可观皎月，我把它称为'天月岭'。以后那里就是你们的独立王国了！"

萧绿荷与欧阳紫鹃鼓掌道："叔叔对我们就是好！我们喜欢'天月岭'！"

刘溪说道："快了，快了！过不了几天，你们就可以搬过去了。自从传鹏下山后，我们就估摸着你们师徒要来，于是先行动手做房子了。放心吧，我们这进度，慢不了！"

陈子敬说道："今日时候不早，大家只好先在祥瑞谷坐坐。明日我带大家到山里转转，让大家好好欣赏欣赏铜钵山风光。当然，也可以顺便拜访一下引我们进铜钵山的那位前辈高人。他们一家住在无名谷，离我们这里也不远。"

欧阳紫鹃问道："无名谷？是没取名字呢，还是就叫这个名字？"

陈子敬笑道："可以说没取名字，也可以说就叫这个名字。"见欧阳紫鹃与萧绿荷一脸困惑，又说道："这条山谷本来便没有名字。这位前辈高人已在这里居住数代人，都没给他取名字。我问这位前辈是何因，他说，他们就直接叫它'无名谷'，所谓大道至简，无名即有名。"

欧阳紫鹃说道："有意思！无名即有名，这名字取得好！"

王玥微笑着说道："一听这个名字，就知道果然是位雅士高人。你们这些人来了之后，铜钵山只怕就要热闹起来了。"

陈子敬对王玥说道："这位前辈高人和你只怕是同宗呢。他是琅琊王氏，你也是琅琊王氏。八百年前定然是一家人。"

王玥莞尔一笑，说道："我们的祖上是晋元帝时期衣冠南渡，来到江南，继而来到赣州的。若往前追溯八百年，倒真有可能是一家。不管是不是一家，结识一位雅士高人，总是雅事一件。"

王玥师徒与陈子敬等人许久不见，要说的话自然不少。刘望北下山之后，时日虽短但经历丰富，也有许多话要告诉陈子敬、刘溪以及各位伙伴。众人你一句我一句，饭前聊到饭后，直聊到月上中天，还觉得意犹未尽。

次日一早，萧绿荷与欧阳紫鹃便迫不及待地要尹传鹏带她们去天月岭。陈子敬笑道："天月岭虽然听起来远在天边，其实却近在眼前，你们两个妮子急什么？吃过早饭，大家一起去。"正说着，朱来福已端了一大盆热气腾腾的稀饭出来，还有艾米果、咸鸭蛋等点心。陈子敬说道："稀饭和艾米果是来福做的，看看他这个客栈伙计的手艺有没有长进？咸鸭蛋是铜钵山这位王先生送的。我们刚住进这里，他便送了一篮子过来。大家尝尝这里的风味小吃再说。"朱来福以前和刘溪在宝莲山的黄婆地开着宝莲旅舍，萧绿荷她们都知道。看到这稀饭煮得香气逼人，艾米果绿油油、咸鸭蛋黄澄澄的更是诱人，二女不禁食指大动，也就不再客气，和大家一起坐下来便吃。

吃过早饭，陈子敬、尹传鹏带着王玥师徒三人和刘望北沿着密林间的小道，一路走到对面的天月岭。这里虽然不是山峰的最高处，但视线果然极佳，抬头可观蓝天皎月，低头可看祥瑞谷，双目平视，远方则是重重叠叠的莽莽大山。还没等王玥表态，萧绿荷与欧阳紫鹃已兴奋地说道："就住这里好！我们喜欢这里！师父，不用再挑三拣四了！""就是，就是！"

王玥微笑道："你们两个，怎么还像长不大的小孩？青山处处佳，谁说一定要选这里？"二女急了，说道："师父，我们觉得能住这里就满足了！""我觉得未必找得到更好的地方了！"

陈子敬已安排人手在这里建木屋，房子快要封顶了。几间木屋旁边，还设计了一座亭子。四周用篱笆围起来，环境甚是优雅。王玥看了，也觉得颇为满意，也就不再逗两名弟子了。

陈子敬说道："既然来了，铜钵山顶还是要去看看的。"一行人沿着曲折的山道一路往上，翻过几个山头，登到了最高峰。这里却被一座寺庙占据着。庙里数名僧人正在做功课，对他们的到来视而不见。陈子敬对王玥等人说道："我们外面看看即可，不必打扰他们清修。"又告诉他们，铜钵山自唐代以来，便建有寺庙。相传，当时，僧人掘地得一铜钵，故而将此山叫作铜钵山。当然，也有人认为是因为山体远看像一只巨大的铜钵而得名。不管因何而名，这里被人视为通灵之地倒是真的，瑞金、雩都、宁都数县的善男信女常常不畏山高路远，前来这里许愿还愿。这里的僧人本来并不多，但因为香火日盛，近些年僧人也多起来了。不过，这些僧人只是在寺庙静修，少有在山谷中行走，庙里也没发现武僧，所以，他们看到陈子敬等人，根本不知他们是武林人物，只当是寻常香客而已，也不多问，任由他们东走西顾。

站在山顶极目四顾，又是另一番情景。原来，这铜钵山四周层峦叠嶂，千峰竞秀，立于山顶，无数风光尽收眼底，让人不禁思绪飞扬，遐想无尽。萧绿荷说道："看着这些风光，终老此地也无妨啊！"欧阳紫鹃笑道："我看你的望北哥就未必这样想，他心里恐怕还在惦记着宝石山呢。"萧绿荷笑骂："鬼妮子，怎么不去问问传鹏哥什么想法？"王玥说道："到了这里，想过神仙日子的更加想过神仙日子；心系家国大事的，则愈加对天下念念不忘。二者皆有妙处，算是各得其所吧！"陈子敬笑道："什么事情都在你的预料之中，呵呵！"

转到山顶的另一边，却是一座道观。陈子敬对王玥等人说道："铜钵山因为被几个县的人朝拜，到后来，道观也进驻此地了。道士虽然不及僧人多，但看这情形下去，再过得多少年之后，只怕僧道会越来越多。"王玥说道："山不在高，有仙则名。其实，仙是没有的，僧倒是名山多见。这铜钵山虽然不算太高，但僧道云集之后，不出名也不行了。还好山路幽深，此地离祥瑞谷、天月岭虽然不远，但等闲人物一时找不到那里去，不至于破坏我们的清静。"

陈子敬说道："引我来这里的那位前辈高人，正是因为此地幽静不容易找

到，才劝说我过来的。进山之后，按寻常道路，便一直走到了这铜钵山顶。而要寻找无名谷、祥瑞谷、天月岭，若无人引路，非得绕上几个大圈子不可，运气不好的话，还未必能找到。"萧绿荷说道："这个呀，我们上山之时已感受到了。这铜钵山，真是有几分神奇！"

陈子敬说道："这位王前辈懂八卦图。这些路，其实是他有意布置的。他出来见其他人容易，其他人想找他，却千难万难。所以，能进入无名谷、祥瑞谷的，都是故旧至交。这样的人自然不多。"

欧阳紫鹃说道："这么说，我更想早点见到这位世外高人了。"陈子敬说道："接下来，我正要带你们去无名谷拜访呢！"

萧绿荷与欧阳紫鹃拍手叫道："太好了！太好了！现在就去吗？"尹传鹏说道："那当然是现在，难道还要等到明日吗？"

陈子敬带领众人沿原路返回一段，然后，在丛林中一忽儿左拐，一忽儿右转，绕来绕去也不知绕了几个圈，直绕得萧绿荷、欧阳紫鹃晕头转向，莫辨东西。峰回路转处，众人忽地感到眼前豁然开朗，一幢古朴的砖木结构房屋赫然在目。房屋正门之上，挂着一块古色古香的牌匾，上书几个苍劲有力的大字："右军世第"。王玥说道："料来便是此处了！"陈子敬微微一笑，说道："正是！"

只听得屋内一人朗声说道："有朋自山中来，不亦乐乎！"话音刚落，一名鹤发童颜的老人走出屋来。王玥、刘望北等人与他初次相见，看他仙风道骨，果然气度不凡。

陈子敬走前几步，作揖道："今日介绍一位本家与前辈相识。这位王女侠与前辈同为琅琊王氏，五百年前是一家。"那老人哈哈笑道："幸会，幸会！子敬贤弟说了多次芳名了！今日群贤毕至，老夫王化康深感荣幸，当真是蓬荜生辉啊！"王玥师徒和刘望北这才知道这位老人名叫王化康。刘望北心想："武林当中没听过他的大名，看来他并非武林中人。但看他太阳穴高高鼓起，当是内功深湛之人。"

王化康指着萧绿荷和欧阳紫鹃，说道："这二位，自然是王女侠的高足了！"萧绿荷与欧阳紫鹃连忙点头致意。王化康又指着刘望北说道："这位少年英雄，想来就是陈贤弟派去宝石山的那位弟子了！"陈子敬笑道："前辈料事如神，什么都瞒不过你的双眼。这位正是小徒望北，也是刘溪兄的侄子。"刘望北心里暗道："这位前辈好生厉害，仅一眼，便将我们几人的身份说准了，至少说明他的记性太好。师父估计也就是刚到时给他说过我们这些人的事情。"

王化康边说边将众人迎入屋内，在厅堂坐下喝茶。众人也不客气。萧绿荷、欧阳紫鹃、刘望北等年轻人见主人热情爽朗，也就少了许多拘束。王化康说道："这是我自己种、自己炒的铜钵山绿茶，大伙儿看看是否适合口味。老夫少有出山，平日便在山中种茶、种菜，消遣光阴。"陈子敬向王玥等人介绍道："铜钵山绿茶是瑞金名茶，山民们种的，几乎被官府收购一空。王前辈种的，只供自己和好朋友享受，那些俗人休想染指。"

王玥轻轻喝了一口，赞道："清香萦绕，真是好茶！"萧绿荷与欧阳紫鹃也说道："味道挺好！"刘望北忽地想起方石岭的陈师韩和宝莲山宝莲寺的惠丛禅师，他们一个种了"祥瑞白茶"，一个种了赣州名品"贡茗雪"，和眼前这铜钵山绿茶相比，堪称各有特色。他心里说道："我认得的这几位世外高人，怎的都喜欢种茶？"继而想到，赣州自宋代以来便是全国产茶大州，隐士高人自种茶叶，原也不足为奇。

萧绿荷问道："王前辈，你这房子不似新建的，我看起码有数十年了吧？以前这山里就住了你们一家吗？"

王化康说道："说到我这房子，那可不止数十年喽！要说嘛，我们王家八百年前就到了这铜钵山了。从家谱来看，那时，这山里并无其他人家。到了唐朝，山巅有僧人建寺，前来朝拜的人便渐多。到了宋朝，山下开始有南迁的人家居住。他们这些姓氏的人来了又走，走了又来，走马灯似的换个不停。我王家却连屋子都没动过，实在太破旧了，便在这里拆了老屋重新再建。你们现在看到的房子，已经是第十二次重建的了！但这块牌匾却是当年的，不管怎么建，先人留下的牌匾还是不能换了。"刘望北说道："这块牌匾是纪念前辈先祖书圣的，自然不能更换。"王化康呵呵一笑，说道："正是！这里还有一幅字，也是一位先人临摹先祖的。"从内屋取出字展开给大家看了，正是王羲之的《兰亭集序》，只见上面写道：

永和九年，岁在癸丑，暮春之初，会于会稽山阴之兰亭，修禊事也。群贤毕至，少长咸集。此地有崇山峻岭，茂林修竹，又有清流激湍，映带左右，引以为流觞曲水，列坐其次。虽无丝竹管弦之盛，一觞一咏，亦足以畅叙幽情。

是日也，天朗气清，惠风和畅，仰观宇宙之大，俯察品类之盛，所以游目骋怀，足以极视听之娱，信可乐也。

夫人之相与，俯仰一世。或取诸怀抱，悟言一室之内；或因寄所托，放浪形骸之外。虽趣舍万殊，静躁不同，当其欣于所遇，暂得于己，快然自足，不知老之将至。及其所之既倦，情随事迁，感慨系之矣。向之所欣，俯仰之间，已为陈迹，犹不能不以之兴怀，况修短随化，终期于尽！古人云："死生亦大矣。"岂不痛哉！

每览昔人兴感之由，若合一契，未尝不临文嗟悼，不能喻之于怀。固知一死生为虚诞，齐彭殇为妄作。后之视今，亦犹今之视昔。悲夫！故列叙时人，录其所述，虽世殊事异，所以兴怀，其致一也。后之览者，亦将有感于斯文。

《兰亭集序》是书圣王羲之在浙江绍兴兰渚山下以文会友，写出的"天下第一行书"。晋穆帝永和九年（公元353年）三月初三日，时任会稽内史的王羲之与友人谢安、孙绰等四十一人在会稽山阴的兰亭雅集，饮酒赋诗。王羲之将这些诗赋辑成一集，并作序一篇，当场挥毫写就。全文三百余字，挥洒自如，通篇飘逸，字字精妙，被历代书界奉为极品，并获得"行书第一帖"之誉。唐太宗李世民对之推崇备至，认为其"尽善尽美"，将临摹本分赐贵戚近臣，并以真迹殉葬。

萧绿荷轻声念道："此地有崇山峻岭，茂林修竹，又有清流激湍，映带左右，引以为流觞曲水，列坐其次。虽无丝竹管弦之盛，一觞一咏，亦足以畅叙幽情。"转头对王化康说道："这话说的不就是前辈所居之处吗？哈，我知道前辈为什么这么钟爱这幅字了，也知道前辈为什么选择这里隐居了！"

尹传鹏问道："你不是初次和王前辈见面吗？怎么就知道了这么多？说来听听。"

萧绿荷说道："王前辈钟爱这幅字，当然是因为这是先祖最得意的作品；王前辈选择这里隐居，那是因为这里和书圣所说的地方简直一模一样啊！'崇山峻岭，茂林修竹，又有清流激湍，映带左右'，我一到这里，就感受到了！只是不知前辈为什么不给这里取个名字？"

王化康说道："道，可道也，非恒道也。名，可名也，非恒名也。'无'，名天地之始。'无名谷'，便是它最好的名字嘛，呵呵！"

尹传鹏抓抓头皮，说道："我还是没怎么闹明白。管它有名还是无名吧，反正名字就是用来叫的，前辈爱怎么叫，我们跟着怎么叫便是。"

欧阳紫鹃白了尹传鹏一眼，说道："你就是不爱动脑子，什么事情都不愿意想明白。难怪越看越觉得笨。"尹传鹏嘿嘿笑道："要那么聪明干吗？这些事，你们想好了，不也一样吗？"萧绿荷对欧阳紫鹃说道："鬼妮子，听到了没，以后你可不能偷懒了，要你多想事！"欧阳紫鹃小脸涨得通红，一时找不到话来驳她。众人看了，无不莞尔。

刘望北忽地问道："冒昧地请教一下：前辈既然如此钟爱这幅字，为什么不把它挂到厅堂，以便随时观赏？放在内室，毕竟不如挂在厅堂显眼。"

王化康哈哈一笑，说道："这事还真被你问到了！这幅字不轻易拿出来，确实是有原委的。只是，此事说来话长，一言难尽。"刘望北说道："那我真是太唐突了，问了不该问的事，还请前辈海涵。"

王化康说道："无妨，无妨！你不问，这事本来我也要对陈贤弟说的。"喝了一口茶，说道："真可谓冥冥之中自有天意。陈贤弟，昨天我就料到了今日有贵客光临，这不，你们果然就来了。"陈子敬笑道："前辈本来便是神仙般的人物，我等一举一动自然早在前辈预料之中。"王化康大笑道："陈贤弟这么一说，老夫都快成千年山妖了！"

说笑几句之后，王化康却不再提这幅字，转而问道："望北小兄弟，可否跟大家说说宝石山眼下形势如何了？"

刘望北一愣，心里想道："我还道王前辈不问世事，怎的他忽然问起宝石山的事来了呢？"虽有疑惑，还是恭敬地说道："宝石山刘六十寨主与官兵打了一个大胜仗之后，在江湖上声威大震，各地前往投奔的人络绎不绝。"将宝石山近几个月的情形简要说了，包括此前联盟寨九坳、兼并蜈蚣寨，此后

自己刺杀董士选不成等几件事，都一并向众人说了。这些事，有些萧绿荷、欧阳紫鹃已向王玥说过，有些在路上刘望北向尹传鹏等人说过，有些则还没来得及对大家提及。

王化康说道："如此看来，刘六十是近些年动静闹得最大的一个了。此人还知道去找族谱，看来也不会是一介莽夫。虽说是手下谋士的主意，但起码他要听得进谋士的话，明得了那些道理。"刘望北说道："这一点刘寨主倒是做得不错，他对廖白衣简直言听计从。"王化康说道："当前大事未成，听得进别人的话，这个不难。若是大事已成，还能这样，那便是唐太宗这样的明君了。可惜这种人并不多见。老夫虽然不问山外之事，但对这种事，却也见得不少。"

陈子敬说道："前辈出身名门望族，家学渊源，兼之博览群书，自然世事洞明。"他心里不禁想起七年前的钟明亮，在尚未占领赣州城之前，慷慨豪爽，义薄云天，与各路英雄兄弟相称，深得大家拥戴。然而，一旦进城，其争名夺利的本性便暴露无遗，不仅设计暗算"复王"赵昆，还与提供福寿沟秘图助他攻下赣州城的宝莲山庄翻脸。此事深深刺痛了陈子敬。也正是经历此变故之后，他更加谨小慎微，对江湖上那些动辄打出反元旗号的人物，不敢轻易相信，更不敢随便提供"祥瑞三宝"。

王化康说道："姑且不管刘六十日后会不会变了性情，现在他面临的真正困难，是新到赣州主政的董士选。听望北小兄弟这么说，这人虽然只是一介书生，但显然是个极其厉害的角色，比那些赳赳武夫难对付多了。刘六十若是不好好重视他，只怕难免要吃大亏。"

刘望北说道："这也正是我所担心的。正因为董士选这人如此复杂，所以，这些天来，我总是难免责备自己，当初竟然鬼迷心窍，把他给救下来了。今日听前辈这么一说，我更感负疚。"

王化康手一摆，说道："不！此事望北小兄弟千万不可自责。你是为黎民百姓而救下一名清官，并非为他董某人而救下一名朝廷高官。对黎民百姓来说，这名清官不应死于土豪劣绅的杀手刀下，否则天理何在？"轻轻摇了摇头，又说道："照这么说，刘六十就算掌权，也未必比得上这位董士选清正廉明呢。若是刘六十不如董士选，百姓宁愿需要谁来做这个官？"

尹传鹏说道："那当然还是要刘寨主呀！董士选再好，也是元朝廷的官。"

萧绿荷说道："那也未必吧？朝廷离百姓那么远，眼前的官好坏才关系百姓的日子过得好不好呀！"刘望北沉思片刻，说道："我觉得你们说的都有道理。唉，这事情，真是闹得我头脑越来越糊涂了。"

陈子敬说道："不管百姓拥戴董士选还是刘六十，望北都不算做错了。你要知道，我们的目标当然不是为了刺杀一个地方官员，而是为了把汉人的江山夺回来。所以，光是杀一个董士选，有何意义？若是任由这几个刺客杀了董士选，朝廷立马便要另派一名官员到赣州，这人的官德未必比得上董士选，但手段未必比不上他。到时，只怕不仅刘六十遭殃，赣州百姓还得遭殃呢！这董士选既然爱护百姓，至少不会对百姓下毒手。"

刘望北自从救了董士选，心里一直不踏实，虽然此前王玥也曾安慰过他，但他还是没有彻底放下心头的包袱。此时听得陈子敬这么一说，长长地舒了一口气，说道："这事让我一直纠结着。今日听了王前辈和师父的高见，我心里才好受了。话说回来，看到董士选那模样，我当初若是没有出手救他，只怕也是要内疚一辈子的。"心里想道："要是这位姓董的是汉人的官多好啊！那不就可以像文丞相那般令人景仰吗？"想到这里，不禁暗暗叹息。

王化康说道："俗话说：逮到驴子当马骑。老夫已是年过七旬之人，有生之年，也未必能见到比刘六十更强大的反元力量了，只好不管他是驴子还是马，先将他当成马再说了。陈贤弟二十年前只是在心里承诺了文丞相，这些年便一直在为此奔波。这等精神，老夫是佩服至极的。老夫到了这个年纪，这把老骨头已经不起折腾，没办法帮上陈贤弟什么忙。但有一条线索，不妨透露给陈贤弟，或许哪一天能用得上也未可知。"

陈子敬连忙说道："前辈客气了！前辈一直对子敬关心备至，子敬心怀感激。前辈有什么吩咐尽管说，子敬一定不遗余力去做。"

王化康说道："刚才我说了，冥冥之中自有天意。说起来，此事我也是昨晚才悟出来的。你若是提前一日过来，我便无可奉告了。"见陈子敬等人颇感诧异，王化康又说道："宝石山闹得风风火火，若是真能成事，我想陈贤弟不甘隐居山林，定然要出手相助。可是大伙儿想想，刘六十只是一个山寨王出身，他能有多少积蓄招揽天下英雄，壮大自己的兵马？除非向百姓横征暴敛，明抢暗夺，否则，他要以弹丸之地抗衡元廷，必难持久。老夫出不了

十三　铜钵山

力，但若能替陈贤弟找到一笔财宝，解了义军的后顾之忧，不也等于帮了天下百姓一个大忙吗？"

众人听了这话，大惑不解。陈子敬更是想道："我和王前辈相识这么多年，从未听说他有巨额家产，然则他哪里来的财宝？"却听得王化康说道："没错，老夫是一介寒士，家无余粮。但我却知道，有一个地方可能藏着一个大宝藏。如果把它找出来，也许足够一支义军开销数年呢。"

尹传鹏大吃一惊，脱口而出："前辈说的莫非是当年文丞相留下的军费？"此言一出，立即想到不妥，料来王化康不至于如此无聊。

果然，王化康哈哈一笑，说道："文丞相留下的'祥瑞三宝'，其中有一项便是巨额军费，吸引了多少江湖人物满地打转，这事老夫当然是知道的。至于这笔军费在哪里，老夫可就一无所知了，要问也得问陈贤弟。我说的，当然不是这笔财宝。"端起茶杯喝了一口茶，说道："我说的这笔财宝，比文丞相留下的军费可是早多了。那是七百多年前，南朝陈武帝留下来的！"

尹传鹏说道："陈武帝？七百多年过去了，那该从何处找起啊？"

王化康说道："陈武帝听起来离我们甚是遥远，但这笔财宝是陈武帝还没当皇帝之时储藏起来的。这地方离铜钵山可不远，它就在瑞金的罗汉岩！"

刘望北问道："陈武帝的宝藏怎么会留在罗汉岩？"

王化康说道："所以老夫说来得早不如来得巧。老夫也是昨晚才弄明白这事的。这事说来话长，我们王家代代相传，曾经有一代祖先替某朝一位皇帝保管了一处宝藏。但传到老夫的祖父那一代时，因为曾祖父走得突然，而老夫的祖父年纪尚幼，曾祖父没能说清楚，祖父也没能听清楚，是以只知道是某位先祖，却不知道到底是哪位先祖；只知道是某朝开国皇帝，却不知道到底是哪朝。但还好，先祖早就料到可能出现这种情况，是以另外交代，在这幅字上面还留有线索。老夫的祖父、父亲只将这幅字上有线索的事传下来，但究竟是什么线索，他们也是不明所以。这些年，老夫也曾琢磨这事，可惜总是未能理出头绪。直到昨晚我仔细察看家谱，才恍然大悟。原来，这位先祖是茂竹公，而那位开国皇帝，却是陈朝开国君陈武帝。至于财宝所藏之地，便是瑞金的陈石山，也就是罗汉岩。"

王化康见大家听得专注，轻轻啜了一口茶，开始讲述七百多年前的故事。

十四、罗汉岩

早春时节，江南之南的南康郡依然寒意逼人。一名戎装汉子独自纵马在群山中穿行了数个时辰，来到一片赭红色的山岩之前。山道崎岖，坐骑已疲惫不堪，戎装汉子终于勒马止步。他见不远处一峰如石柱般巍然耸立，卓尔不群，心里叹道："我眼下不正如此峰一般，纵有全身本事却孤立无援？事已至此，还想那么多干什么？不如就在这里一了百了。"拍拍坐骑，让它自行离去，自己孤身循着茅草丛中狭窄的小径往山中走去。

山道拐了一个弯，眼前出面一道绝壁。除了右侧一条细小的缝隙，似乎已经无路可走。戎装汉子心里想道："俗话说天无绝人之路，然而今日，我却偏偏遇上了绝人之路。"转念又想："既来之，则安之，何不走上前去看个究竟？看过之后，便是死在此处，也无甚遗憾。"

走上前去，却发现那山岩之间的缝隙可以容人进入。戎装汉子尝试着往里走了几步，岩缝上空通透，一缕光线照射下来，依稀可见前方还可往里走进。戎装汉子自言自语道："这地方，原来是'一线天'啊！且看能不能走到里面去。"抬腿继续前行，岩缝弯弯曲曲的，时而可容二人并行，时而仅供一人贴着岩壁而行，但总算没有中断。到得后来，戎装汉子吸气收腹，通过了一个最狭窄处之后，但觉眼前豁然开朗。原来，他竟然穿过了这座绝壁，进入了山岩的后面。

里面却是别有洞天。四周都是同样赭红色的山岩，但岩下绿树掩映，流水淙淙，不时还传来几声清脆的鸟鸣。那戎装汉子轻声说道："人言有'世外

桃源',看来此言不虚啊!此处不正是传说中的'世外桃源'么?只是不知有无避秦时乱之人。"往外走得数步,来到岩缝右侧一处开阔之地,却见群山环绕之中,有一天然大湖,湖水清冽可鉴,碧波微澜。再看湖中,倒映两座山,一如蜡烛,一如巨龟。那戎装汉子抬眼往前看,却见来时所见的那柱卓尔不群的山峰,便在眼前,如一支巨烛等待燃烧。而其侧的那座石山,与那形似蜡烛的山峰连在一起,恰如一只硕大无比的乌龟正欲出水。那戎装汉子说道:"既有蜡烛峰,又有神龟探水,倒是个好所在。"忽地想道:"我如今数万雄师毁于一旦,敌人的追兵迟早要找到这里来,风景再美,又与我何关?这天下,终究是要归别人了。我与其被人俘去受尽屈辱,不如自行了结,至少也可保全一世名声。"想到这里,眼前仿佛出现数万军马厮杀的场景,看到自己的兵马误入埋伏圈的情景,看到自己的亲信或为了荣华富贵而悄然背叛,或为了掩护自己脱险而与敌人同归于尽的一幕幕。想到自己一路大捷,百战百胜,所向无敌,不料却在阴沟里翻船,落得个全军覆没的下场,那戎装汉子再也按捺不住,冲着天空大吼一声:"苍天不公!我陈霸先宁死不屈!"

声音洪亮,在山谷间不断回旋,仿佛无数将士在持续呼喊:"陈霸先……宁死不屈!"

陈霸先喊完这一句,脑海里蓦地闪现当年与汉高祖刘邦争夺天下的西楚霸王项羽的形象。西楚霸王战到最后,自刎于乌江,而不肯见江东父老。"同样一个'霸'字,我陈霸先的气节难道就不如他西楚霸王么?他不怕死,我又何必怕死?西楚霸王死时,追兵已到眼前,我又何必等那些追兵到了再说?"想到这里,陈霸先心一横,双眼一闭,纵身便向那湖中跃去。轰然声响,湖中激起一条条水柱,荡开一层层波澜。陈霸先但觉身子迅速往水底沉去,呼吸越来越困难,身外的一切,都在渐渐远去。

这是南朝梁简文帝大宝元年(公元550年)二月。投湖者,是刚被梁湘东王萧绎授为明威将军、交州刺史、南野县伯的陈霸先。

正当陈霸先满脑子混沌之时,他却感到头发被一股力量拉扯着往上提,整个身体也因此随之上浮。很快,双眼迷离中,陈霸先竟然发现自己的头部露出水面，从即将到达的阎罗殿回到了人世间。

听着耳边"咯咯"几声娇笑，陈霸先被人拖到了一只小木船上。一个男子的声音说道："晚妹，这人还有大口的气息，死不了呢！"一个清脆的女声说道："当然死不了！一个五大三粗的大男人，哪有这么容易见阎王爷的！你以为阎王爷是土地神呀，谁都可以随处拜见？"

那男子"嘿嘿"笑道："晚妹言之有理！晚妹说见不到，那自然见不到的。"

陈霸先睁开双眼，只见小船上一男一女分别坐在自己左右两侧。男的大约二十来岁年纪，脸色微黑，浓眉虎目，英气逼人。那女子不到二十岁年纪，面若凝脂，双眸黑亮。他们见到陈霸先睁开了眼睛，一个说道："哎，你总算醒过来了！"另一个说道："我说了他没事的，你看这不就是喝了几口凉水而已嘛！"

陈霸先看那男子全身湿淋淋的，问道："是你把我救起来的？"不等那男子说话，那女子说道："喂，你这人懂不懂事啊？你以为就他一个人能把你捞起来吗？我虽然没下水，但也出了力的！"

陈霸先说道："多谢姑娘！多谢二位！但你们又何苦如此呢？陈某已生无可恋，不如早早解脱。"

那男子说道："这位大哥此言差矣！蝼蚁尚且偷生，怎么说也是好死不如赖活啊，我就不相信你七尺男儿能有什么想不开的，需要寻短见？"那女子也说道："就是嘛！你要是就这样死了，白长这么大的个子了！"

陈霸先苦笑道："人没到那个地步，怎么会自寻短见？唉，你们二位，怎么会知道我心中的苦楚呢？"

那女子说道："你有什么苦楚，说来听听？大老远跑到罗汉岩来投湖，准是遇到了什么麻烦事。但你也莫要怕，说不定我爹或者我师父就帮你解决了那些事。"

陈霸先说道："原来此处叫作罗汉岩？非是我不肯告诉二位，实在是我这事，并非一两位高人可以帮忙的。也许，当今世上，无人可解。"

那男子说道："你到底有多难的事，我也不懂。你不告诉我们俩也行，要不，还是去见了师父再说吧！如果师父觉得你应该跳湖，到时回来再跳便

是，我和晚妹一定不再阻拦。"

陈霸先心头一乐，想道："这年轻人甚是有趣，若非我不想再活，倒是可以好好交个朋友。"却听得那女子说道："你想让我们就这样把你扔回湖里去，那可不成，我们的力气不能白出了。师父没发话，你可不能死在这里。"

说话间，小木船已靠岸。这对少年男女不由分说将陈霸先拖上了岸。陈霸先身材魁梧，少说也有二百来斤，这对少年男女拖着却不费力。陈霸先见他们手上劲道不小，说道："别拖了，你们要带我去哪里，我自己走便是了！我这双腿可不是长着看的。"

那少女嗔道："原来你自己会走呀？早说嘛，谁稀罕拖着你走，就像一头大笨牛一样。"那男子说道："晚妹，休得无礼！这位大哥不是故意的，也怪我们没问他呢。"那少女说道："就你会做好人！那行吧，让他自己走便是。"

陈霸先双足点地，一个挺跃，已站了起来。那少女赞道："看不出来，身手还不错嘛！喂，我问你，既然有这等身手，为什么还要跳湖寻死？难道有什么厉害的对头追杀你不成？告诉你吧，到了这里，再厉害的对头也不用怕，我们会帮助你的。"

陈霸先苦笑道："对头当然厉害，可惜他不是一个两个，而是数以万计，只怕你们武功再厉害，也难以抵挡。"

那少女眉头一皱，说道："你这人也真是，怎么得罪了那么多人？难道你做的坏事太多，以致江湖上人人与你为敌？这事可真是麻烦，好汉难敌人多，真来几万人，就算他们武功再差，我们也挡不住啊！"

那男子说道："晚妹，这位大哥不像江湖人物。你看他的穿着，应当是哪里的将军吧？"

陈霸先说道："小兄弟眼光不错。实话告诉你吧，在下姓陈名霸先，本是梁朝明威将军、交州刺史、南野县伯……"那少女抿嘴一笑，说道："你一个人咋当了那么多官？别说那么多吧，我可记不住，你就说你是个将军便是了。"

陈霸先嘿嘿一笑，说道："好罢，其实这些官衔都没意义了，因为我的兵马已丢，现在孤身一人，可以说什么也不是了。"

那男子问道："原来是陈将军大哥。我姓王，名叫茂竹。这位是我师妹墨晚宙。我们都是无名小辈，陈将军大哥只需分别叫我们茂竹、晚宙就行了。"

陈霸先说道："原来是王家小兄弟和墨家小妹妹，我陈霸先在此谢谢你们了！我年长，你们叫我陈大哥就行了，将军什么的不提也罢。"

王茂竹说道："陈大哥客气了，客气了！那么请问陈大哥，你的兵马为什么丢了呢？是他们造反了吗？"

陈霸先摇了摇头，说道："不是我的兵马造反。我本在岭南带兵，因为前年侯景造反，攻破京师，把皇上给加害了，我要率部北上平叛，却一路遭到同僚的阻拦。此事说来真是一言难尽。"

那少女墨晚宙说道："侯景？我听我爹说过，这是个白眼狼。他从北方投降过来，皇帝封他做了大官，然而他很快就造起反来，还把皇帝给活活饿死了。这样的恶人，该打！"

原来，侯景本是北方朔州羯族人氏，年轻时做过怀朔镇功曹史。北魏末年，北方大乱。侯景率部投靠了权臣尔朱荣，被尔朱荣任命为先锋。南朝梁武帝大通二年（公元528年）八月，尔朱荣与原怀朔镇将领——自称天子的葛荣大战于滏口，葛荣被侯景俘虏。侯景因功升为定州刺史。

尔朱荣因为心怀异志被杀后，侯景率众投降东魏权臣高欢，被提升为吏部尚书，封濮阳郡公。此后，高欢又封他为司徒，仍兼定州刺史。高欢知道侯景的为人，临终前特别嘱咐儿子高澄要小心他。果然，高澄上台后，侯景便率部投靠南朝梁武帝。

侯景投奔梁后，很快与曾为梁武帝养子的临贺王萧正德勾结，图谋不轨。梁武帝手下不少大臣相继向朝廷报告侯景欲谋反的消息，梁武帝却从不当回事。梁武帝太清元年（公元547年）八月十日，侯景以诛杀中领军朱异等人为借口，起兵于寿阳，史称"侯景之乱"。侯景军一路势如破竹，梁武帝太清三年（公元549年），侯景攻破京师台城，梁武帝萧衍被其囚禁后活活饿死。侯景立太子萧纲为皇帝，自封为大都督，迫使溧阳公主嫁给他为妻，后又逼皇帝封其为"宇宙大将军"。侯景进入京师后，杀死文武官员三千多人，还纵兵大肆烧杀抢掠。侯景军所到之处，民不聊生，路有遗骨。

"侯景之乱"至此已两年，墨晚宙虽然隐居僻静的罗汉岩，但也从父辈口中听说了那些惨绝人寰的事情，所以，一提到"侯景"之名，便不禁心生厌恶之情。

十四 罗汉岩

289

王茂竹说道："原来陈大哥是要去打叛贼侯景的，那你更不能在这里跳湖啊！你这一跳，叛贼侯景不是正中下怀吗？"

陈霸先叹了一口气，说道："我如今已是自身难保，还打什么侯景？你们还是别管我了吧，别惹祸上身。我既然让你们辛苦救了一回，也懒得再跳湖了，还是马上离开此地为好。"

此时，三人已走进对面的竹林。只见道路平坦，湖水已被身后茂密的树丛挡住。那男子下意识地回头看了一眼，说道："陈大哥既然到了罗汉岩，也就不急着走了吧！好歹得吃了一餐饭再走，不然师父要说我们太不懂客情了。"

便在这时，忽听得背后一声阴笑，接着有人说道："果然好客情！这餐饭嘛，姓陈的是吃不成了，还是留给我们兄弟几个吃吧！"

三人闻声，急忙转身，只见八名脸色粗黑的汉子疾步追上，很快围在三人四周。

陈霸先一看，说道："好啊！'南海八仙'的脚力果然了得，这么快就追上来了！"

领头那人怪笑两声，说道："陈将军脚力才够快呢！这一路上，多少人被你甩开了，他们都被你的部下引到歧路了。只有我们八兄弟坚决不上当，这不，果然是往这条路跑的嘛！"言下甚为得意。

另一个身着玄衣的汉子说道："为了给死去的主公报仇，不管你跑到天涯海角，我卫无甲也不会放过你！"

陈霸先说道："卫兄弟忠心耿耿，元景仲泉下有知，下辈子还要你做他的护卫。"转头对王茂竹和墨晚宙说道："这几位是岭南赫赫有名的'南海八仙'。他们以前是广州刺史元景仲的部下。元景仲死后，改投高州刺史李迁仕门下。他们非得和我过不去，我只好陪陪他们了。你们俩和他们没任何关系，还是速速离去吧！"

元景仲、李迁仕在岭南一带威名甚著，但王茂竹、墨晚宙生在这山野之地，却没听过他们的大名，当然也不知其中的利害关系。王茂竹说道："那怎么成呢？陈大哥在罗汉岩被人围打，我们不可能袖手旁观的。"墨晚宙也说道："就是呀！谁敢在罗汉岩仗势欺人，我们当然不会置身事外。"

陈霸先不禁心头一热，想道："这两个年轻人与我素不相识，却如此侠义。今日若是能逃过此劫，一定要和他们好好交个朋友！只是，眼下敌众我寡，恐怕凶多吉少。我一死不足惜，可惜连累了两个好人！"头一昂，对王茂竹和墨晚宙说道："二位有所不知，他们这八个人可不是寻常人物，个个都身手不凡。若是等到他们动起手来，你们要走便没那么容易了。"指着他们八个人，一一介绍道："他们八人是结义兄弟，都是南海人氏，江湖上人称'南海八仙'，也是南海武林最厉害的角色了。这位是他们的老大新孤玄，这位是老二卫无甲，这位是老三卢天雄。嗯，这几位是孙元火、王绍隆、蔡首乌，我记不得他们的排行了。剩下那两位，分别是黄伯象和黄仲象，他们是亲兄弟。"

王茂竹说道："我都不认得。我只是个山里人，不知道山外的能人异士。不管他们是几兄弟，反正来了这里，就不能欺负人。"

卢天雄冷笑道："好大的口气！我们偏偏就要欺负他，看你能拿我们怎么样？"

墨晚宙说道："你，你……你要是欺负陈大哥，我们就对你不客气！"

新孤玄等人见墨晚宙气得小脸通红，哈哈大笑。蔡首乌说道："这么说，我们可非得欺负这姓陈的不可了！我们倒想看看你这小姑娘如何个不客气法？"孙元火笑道："看不出这小姑娘还挺有情有义呢！我要是陈霸先啊，今日便是死在这里，也没什么遗憾了！"

王茂竹大怒，喝道："你竟敢对晚妹无礼！"霍地跳起，一记长拳向孙元火前胸击去。孙元火"啊呀"一声，说道："这小后生好大的火气！"伸出右掌，"啪"的一声，与王茂竹的拳头碰了个正着。孙元火但觉对方劲道十足，自己这一掌用了八分力，居然抵挡得颇为勉强，身形一晃，险些要后退两步，好在及时使出"千斤坠"的功夫，将下盘稳住，这才没有乱了步伐。王茂竹被他掌力一震，双脚落地，旋即左拳又到，直击孙元火右肋。孙元火喝道："好小子，真要打么？你以为我怕了你不成？"右掌挥出，格开这一拳。二人拳来掌往，"啪啪"已过了数招。

新孤玄使了个眼色，说道："老五喜欢和年轻人玩，我们年纪大，和年轻人可玩不来，还是找正主儿吧！"卫无甲会意，对卢天雄说道："老三，我们几个只好倚老卖老,和陈大将军过过招了。还望陈大将军不要嫌弃我们才是。"

陈霸先说道:"你们要以三对一,直说就是,我陈霸先几时怕了你们?便是你们八人齐上,那又如何?"新孤玄嘿嘿笑了两声,说道:"我知道,单打独斗,我们都不是你的对手。但要说你能以一敌八,这牛皮可也未免吹得太大了些。你能打过我们哥儿仨,我们便不再为难你了。"

陈霸先知道,"南海八仙"以新孤玄、卫无甲、卢天雄武功最强,自己全力以赴的话,至多能与他们当中的二人打个平手。这三人齐上的话,自己久战必败。若在平时,被这八人包围,自然难以幸免。今日虽有两个年轻人做帮手,但他们要对付孙元火等五人,却也无能为力。如此看来,这回已是在劫难逃,而且还要无端让这两个重情重义的年轻人跟着自己送死。新孤玄等人越逼越紧,陈霸先暗自想道:"也罢,虽然难免一死,但也不能太便宜了他们。杀得一个够本,杀他两个算赚了。我起码不能亏本了!"想到这里,蓦地大喝一声,纵身飞起,朝着数步之外的蔡首乌一脚踹去。

蔡首乌正色迷迷地盯着墨晚宙上下打量,做梦也没想到陈霸先竟然舍近求远,突然偷袭自己。这一脚来势凶猛,蔡首乌猝不及防,被陈霸先当胸踢中,当即身子跌出丈外,心窝一痛,"哇"的一声喷出一口鲜血,登时不省人事。

黄伯象离蔡道乌较近,急忙过去将他抱起,一探鼻息,发现其已然气绝身亡。黄伯象说道:"众位哥哥,蔡六哥已被陈老贼打死了!"

新孤玄骂道:"好你个陈野狼,手段果然狠毒!"几个人拔出兵刃,一起向陈霸先身上招呼。

陈霸先出其不意毙了对方一人,主要是为了给王茂竹、墨晚宙减轻压力。此时见新孤玄等人出招,知道不可大意,说道:"八个人围攻三个,且说说谁更狠毒!"手上不停歇,双掌挥舞间,既避过了他们的刀剑,又伺机进攻了数招。新孤玄见他掌风飒然,知道此人内功雄厚,若是被他一掌击中,不亚于被人砍了一刀,不敢怠慢,攻守兼顾。

王茂竹与孙元火打得甚紧。二人起先数十招不分胜负,但王茂竹年纪虽轻,功力却不浅,加上招数精妙,数十招过后,他出招越来越娴熟,孙元火渐渐守多攻少。王绍隆见状，知道久斗下去，孙元火恐怕要吃亏。自己一行好不容易追到这里，主要目标是生擒陈霸先，可不要阴沟里翻船，被一个名不见经传的小人物搅了大事，于是对孙元火说道："老五，独乐乐不如众乐乐。做哥哥的看得手痒，要和你抢着打架了！"拔出随身携带的铁笛，便向王茂竹点去。

墨晚宙见他们双战王茂竹，娇斥一声："不要脸！"举起早就握在手中的短剑，便要去迎战王绍隆。黄伯象说道："小妹子不要闷坏了，还有我们哥俩没事做呢！"向黄仲象挥了挥手，二人同时手持长剑迎上来，将墨晚宙拦住。墨晚宙知道若不击败这二人，便帮不了王茂竹，短剑画了个圈，已分刺黄伯象、黄仲象。二人见她手中剑虽短，但出招如电，而且招式凌厉，大有名家风范，登时去了轻敌之心，挺剑守住门户。

十个人分成三组，在竹林混战，直打得落叶纷飞，林中翠竹也被掌力或刀剑击倒数根。陈霸先、王茂竹、墨晚宙的对手均非庸手，他们以二或三对一，组合起来力量更是强大，三人处境均是险象环生。再斗得一阵，三人身上都不同程度受了伤，渐渐难以支撑。

墨晚宙毕竟年纪尚轻，功力稍浅，激斗良久之后，出招已不似当初那般咄咄逼人。她知道，再打下去，必将败在这二人手下，想到可能受其侮辱，心里激愤难当，索性不顾自身安危，倏地使出一式险招，佯攻黄伯象。待他执剑防守时，却瞅准一个破绽，疾刺黄仲象。黄仲象不防她来这么一手，闪避不及，左臂暴露在墨晚宙剑下，更没想到墨晚宙这把短剑锋利无比，这一剑下来，正好将他的左臂整整齐齐地切下来。黄仲象痛叫一声，几乎便要晕过去。也正在这时，墨晚宙自己的后背失去防守，黄伯象一剑直刺过来，正要将她刺个透心凉。王茂竹一瞥之间，眼见得墨晚宙便要丧生于敌人的剑下，不禁发出一声惊呼。

便在这时，竹林中一条黑影一闪，黄伯象忽地觉得后颈一紧，随即身子腾空而起，竟然被人用力甩出去。还没等他看清楚是怎么回事，身子已向竹林旁的山岩撞去。只听得"砰"的一声响，黄伯象脑袋重重地撞在岩石上，登时脑浆四射，当场毙命。

黄仲象正痛不欲生，见哥哥忽然死于非命，不禁失声大哭。那蓦然出现的黑衣人冷冷地说道："你也一起去吧！"随手一抓，夺过黄仲象手中长剑，如法炮制，将黄仲象也向山岩扔去。只听得又是"砰"的一声响，黄仲象惨叫一声之后，没了声息。

墨晚宙死里逃生，扑到黑衣人怀里，哭道："爹，这些坏人欺负我们！"

那黑衣人慈祥地说道："晚儿别怕，这些人敢到这里撒野，他们一个都跑不了！"轻轻推开墨晚宙，身形一晃，已将孙元火踢了个四脚朝天。手一晃，王绍隆但觉手上几处穴位一紧，登时半身麻木，眼睁睁看着王茂竹一拳砸下，竟然无法躲避，直被他砸得眼冒金星，头脑一昏，倒了下去。

王茂竹转眼间没了对手，忽然觉得心里空荡荡的。片刻之后回过神来，向黑衣人说道："感谢墨伯伯出手相助！"

黑衣人"嗯"了一声，眉头一皱，说道："这几个人还不住手么？"将从黄仲象手中夺得的长剑一甩，只听得卫无甲、卢天雄先后大叫一声，双双倒地。原来，这支剑穿透卢天雄之后，又直插卫无甲胸膛，二人均伤了要害，眼见得活不成了。

新孤玄见突起变故，转眼间几个兄弟非死即伤，惊慌失措，下意识便要转身逃跑。陈霸先喝道："既然到了此地，岂能让你生还！"身形一晃，紧追上去，朝他背后便是一掌。新孤玄眼前一黑，倒在地上。

黑衣人见陈霸先出了这一招，"咦"了一声，盯着陈霸先看了几眼。陈霸先单膝跪地，恭敬地对黑衣人说道："在下陈霸先，感谢前辈相救之恩！"

黑衣人淡然问道："你那最后一招'雷霆万钧'是谁教你的？"

陈霸先大吃一惊，说道："前辈识得我这招式？这是我恩师亲手所教，二十年来，弟子一直不敢忘却。只是囿于资质，虽然苦练了二十年，依然尚欠火候，让前辈见笑了。"

黑衣人点点头，说道："火候倒也不差，已经达到八成了。天惠老和尚是你什么人？"

陈霸先一怔，说道："正是我的恩师啊！二十年前，恩师传我这一套大力金刚掌法之后，便云游他处，我再也没能见到他老人家。前辈既然认识我恩师，不知可否告知他老人家的行踪？"

王茂竹张大嘴巴，说道："原来我师父……就是陈大哥的师父呀！天下真是太小了，原来我们是一家人呢！"

陈霸先大吃一惊，说道："你说什么？我师父……是你师父？他现在哪呢？"

墨晚宙说道："远在天边，近在眼前。你要找的恩师就在罗汉岩呢！"

陈霸先大喜过望，手舞足蹈，朝天喊道："我找到师父了！我终于找到师父了！"连叫数声之后，忽地对王茂竹说道："小兄弟……不，王师弟，快快带我去见师父！二十年了，可想死我了！"

墨晚宙说道："陈大哥急什么？师父他也不会跑了。我们本来便说了要带你去师父的，只是万万没想到，我们的师父竟然也是你的师父。"说到这里，不禁越想越开心。

王茂竹忽地说道："这几个追进来的人怎么办？"陈霸先头脑一激灵，说道："唉，我真是高兴过头了，竟然忘了这事。这几个人，万万不能让他们活着，否则大家都有无尽的麻烦。"走到八个人身边，管他们有无气息，在每人身上补了一掌，然后，对王茂竹说道："王师弟，我们将这八个家伙扔到湖里去喂鱼，别让人发现了他们来过这里。"王茂竹答应一声，与陈霸先将新孤玄等人的尸身拖到湖边，扔了下去。

墨晚宙对黑衣人说道："爹，好在你及时赶到了，要不然，我们几个可就糟糕了！你是怎么知道我们在这里的呀？"

黑衣人说道："你爹年纪虽然大了，耳朵可还不聋。上十个人在这里打成一团，便是聋子也该听到了点动静啊！何况我还隐约听到了我家闺女的声音。"

墨晚宙高兴地说道："我就知道爹最关心我了！我和茂竹哥在湖边采药，恰好看到这个大个子跳湖，我们就把他救起来再说。没想到天下事竟然这么巧，这个陈大哥竟然是老禅师的弟子、茂竹哥的师兄。"

说话间，陈霸先和王茂竹已从湖边返回。墨晚宙说道："陈大哥，我们这就见师父去！"

一行人便往山岩里面走去。陈霸先将自己年轻时在家乡莫干山拜了天惠禅师为师，后来天惠禅师离开莫干山，不知所终的事说给大家听了。王茂竹

和墨晚宙也穿插着讲了一些趣事。那黑衣人话虽然不多，但待人尚和气。陈霸先与他交谈几句，得知他名叫墨守成，祖上本是中原人氏，西晋灭亡时衣冠南渡，来到南康郡宁都县，到他这一代，才迁至瑞金县境内的罗汉岩隐居。

陈霸先武功大成后，罕遇对手，但今日见墨守成挥洒间便将强敌一击毙，惊为天人，一路上对他的武功赞叹不已。墨守成淡淡地说道："天外有天，人外有人，世外高人不知尚有多少呢。我这点微末功夫，实在不值一提。不说远的，便是你师父天惠禅师，武功便不在我之下。"

陈霸先心里想道："我师父武功盖世，那是不必说的，但他老人家现在年纪大了，要说比你厉害多少，只怕也不见得。你们既然是好朋友，料来武功各有所长，谁也不敢小看了谁。"

不多时，来到一处丹岩下面，但见山顶两条飞瀑相对冲下，煞是壮观。陈霸先走南闯北，见过的瀑布自是不少，但似这般两条飞瀑凌空而下，俨然双龙争斗的景观，却还是第一次见，不禁啧啧称奇。墨晚宙说道："陈大哥，这是罗汉岩最独特之处，堪称天下奇观。来过这里的人，无不赞叹呢！我爹就是因为喜欢这两条瀑布，才移居罗汉岩的。"

飞瀑旁边的岩缝，有一条高不过三尺的小道通往山上。墨晚宙说道："陈大哥，到了这里，任凭你是顶天立地的男子汉，也不得不弯腰了。"陈霸先说道："大丈夫能屈能伸，在这里弯弯腰不算什么！"与众人一起弓身前行。走了数十丈之后，小道折而向上，前方出现一处开阔之地，一座古寺依山而建。王茂竹大声叫道："师父，师父！我师兄来了！"

一名年约七旬的老僧走出寺门，说道："茂竹，你说什么来着？"陈霸先一个箭步迎上去，倒头便拜，说道："师父！您老人家可好？弟子时常想念您老人家！"

那老僧一向淡定，此时也不禁"哎哟"一声，说道："霸先，你怎么到这里来了？"

墨晚宙在一旁拍手说道："这事说来话长，快让陈大哥坐下来，好好说给大家听听。"

原来，二十年前，天惠禅师离开莫干山云游之后，陈霸先回到家乡吴兴，继续勤学武功，时常为乡邻打抱不平，深得乡邻推崇，大家还推他做了里司。后来，陈霸先不满足在乡野做那些小事，离开老家，到建邺谋事，被人举荐做了油库吏。因为他武功过人，性情豪爽，朋友越来越多，终于被梁朝宗室、新喻侯萧暎看中。十五年前，萧暎任吴兴太守，邀陈霸先回家乡效力。十年前，萧暎任广州刺史，带了陈霸先随行，任直兵参军，并令他率军驻防广州下属的宋隆郡。陈霸先没辜负萧暎的信任，招兵买马，将原本不服梁朝管辖的两个县一举平定。萧暎因此更加器重陈霸先。

此后，交州发生了一起震惊朝廷的大事：当地土豪李贲叛乱，公然挑战官府，交州刺史、武林侯萧谘不敌，逃离交州。梁武帝屡派大将讨伐而无果。六年前的正月，李贲自称越帝。梁武帝震怒，命新州刺史卢子雄、高州刺史孙冏火速出兵镇压。然而，李贲势力强大，官兵战事不利，梁武帝怀疑官兵首领对朝廷怀有异心，竟敕令在广州赐死卢子雄、孙冏。没想到，梁武帝此举激怒了卢子雄的旧部杜天合、杜僧明等人，他们发动兵变，率兵包围广州城。陈霸先在高要县获悉这一紧急情报，亲率三千精兵，火速前往广州救援，擒获杜天合、杜僧明等叛将。梁武帝闻报大喜，授陈霸先为直阁将军，封新安子爵。

不久，萧暎在广州病故。梁武帝任命陈霸先为交州司马，领武平太守，随新任交州刺史杨蒨前往交州讨伐李贲。陈霸先奋勇杀敌，经过几年苦战，终于在三年前击溃李贲。梁武帝为此加封陈霸先为振远将军、西江督护、高要太守、督七郡诸军事。

两年前，侯景之乱爆发。陈霸先一心报效朝廷，正待率兵北上，广州刺史元景仲却心怀异志，准备暗算陈霸先。陈霸先早有防备，与成州刺史王怀明联手对抗元景仲。去年七月，陈霸先在南海召集兵马讨伐元景仲，元景仲兵败身死，陈霸先迎宗室曲江侯萧勃镇守广州。然而，萧勃得知陈霸先要起兵讨伐侯景，不仅不支持，反而想方设法阻挠。前不久，陈霸先率部从始兴出发北上，抵达大庾岭，萧勃派部属蔡路养在南野拦截。陈霸先毫不畏惧，果断出击，打败蔡路养之后，进驻南康，被朝廷授为明威将军、交州刺史，改封南野县伯。正当陈霸先高歌猛进，继续北上时，不料，与侯景密切勾结的高州刺史李迁仕兵临南康，向陈霸先发动了进攻。

十四　罗汉岩

陈霸先身经百战，屡战屡胜，此时自然没把李迁仕放在眼里。没想到，李迁仕竟然许以高官厚禄，偷偷买通了他身边数名大将。这些人被李迁仕说服，认为梁朝大势已去，侯景终将成就帝业，于是临阵倒戈，打了陈霸先一个措手不及。陈霸先阴沟里翻船，竟被他们打得溃不成军，所幸还有一些忠诚的部下一路掩护，总算逃出重围，直到无意间转入罗汉岩。此时，陈霸先身边已无一人追随，也不知道那些一路不断引开敌人的部属生死如何。想到自己自出道以来，十战九胜，声名日隆，而此时却落得如此凄凉的结局，绝望之际，正要投湖自尽，没想到，绝处逢生，竟然在这里遇到了久违的恩师。

众人听了陈霸先的述说，嗟叹不已。墨守成、王茂竹、墨晚宙刚才虽然听陈霸先说了一些自己的经历，但没这么详尽，至此才知这位器宇不凡的大汉，原来是南朝风云人物。墨守成说道："朝廷有难，这些地方官却各打各的算盘，难怪天下大乱。自从北方被胡人占据，天下不太平已一百余年。这些人打来打去，无非就是想自己坐天下。我等平民百姓不想理会这些杂事，躲进山里过自己的日子，也好！"

天惠禅师双手合十，说道："阿弥陀佛！这百余年来，兵燹不断，百姓深受其害。老僧虽是出家之人，四大皆空，但看到霸先利用平生所学匡扶社稷，护佑黎民，老僧还是深感欣慰。大难不死，必有后福。霸先，你虽然一时失利，但一定要重新振作起来，不可再言失败。"

墨晚宙也说道："就是嘛！师父在这里支持你，你还怕什么？天无绝人之路，老天爷让你闯到罗汉岩，正预示着你要重整旗鼓，建更大的功业呢！"

王茂竹说道："师兄，不管多大的困难，我们都会帮助你！没有兵，还可以再招；没有粮，还可以再筹。师兄雄才大略，一身武功，还会担心没人跟随你吗？"

陈霸先点点头，说道："当时投湖，也是一念之差，现在想起来真是惭愧。有师父墨大叔和王师弟帮我，我陈霸先岂能就此认输？我一定要把敌人打败！"

墨晚宙"哼"了一声，说道："还有我呢？难道我就帮不上你吗？"

陈霸先呵呵一笑，说道："对对，晚宙妹妹的帮助那是极其重要的，可万万不能忘了。"

天惠禅师对陈霸先说道："你今日奔波已久，又和敌人苦斗一场，也该歇息歇息，养养精神了。待明日我考较一下你的武功，再做下一步打算。墨老弟，你们父女也别客气，就在这里简单吃一餐斋饭吧。"墨守成说道："我们和大师还有啥客气的？这不隔三岔五在你这里蹭饭吃吗？既然大师有请，恭敬不如从命。"

次日，天惠禅师让陈霸先演练了一遍武功，王茂竹奉命在一旁观摩。墨晚宙虽然不是天惠禅师的正式弟子，但以前王茂竹习武时，她也常常在旁跟着学几招，这时也不回避，凑过来看热闹。陈霸先不敢怠慢，使劲平生所学，将一套大力金刚掌发挥得淋漓尽致。天惠禅师边看边点头，说道："霸先，这些年来，你确实未曾懈怠。你这套掌法已经非常娴熟，除了三两处小破绽，所欠者只是功力。功力当然不是一蹴而就的，任凭你怎么练，也是无止境的。依你现在的功力，在江湖上已是少有对手。按这个底子再练十年，只怕为师的功力也不如你了。"陈霸先恭敬地说道："多谢师父指点！弟子不才，永远也追不上师父。"

天惠禅师呵呵笑道："长江后浪推前浪，弟子超过师父那是理所当然的，否则天下武功岂非一代不如一代？别说你，便是茂竹，二三十年之后，也要超过为师才对。"王茂竹说道："师父的武功博大精深，弟子难学到万一。"天惠禅师说道："你这小鬼头，真是没出息。你要是这样想，可辜负你父亲的期望了。"原来，王茂竹家住罗汉岩附近一个叫中潭的小村庄，其父亲与天惠禅师是故交，是以将王茂竹送到天惠禅师门下学艺。

天惠禅师正色说道："霸先得了这套大力金刚掌，只要矢志不移练下去，必可达到炉火纯青的地步。为师本来想把另一门武功大乘罗汉拳传给你，但如今看来，贪多嚼不烂，你的大力金刚掌已练到这个火候，再练其他掌法、拳法已无必要，这套拳法便不必费心去学了。"转头对王茂竹说道："你陈师兄的掌法，是我二十年前的得意之作。你练的这套大乘罗汉拳，却是我隐居罗汉岩以来所创的武功，所以外人若是单看你俩所使武功，万万想不到竟是同一师父所教。"

王茂竹问道："那么我要不要学大力金刚掌呢？"天惠禅师说道："刚说了贪多嚼不烂，你这套拳法尚欠火候，若又急着学别的武功，到时每一种功

夫都是浅尝辄止，进入不了高层境界。"

王茂竹说道："那弟子就老老实实学好大乘罗汉拳，苦练五十年，看看能不能进入一流高手行列。"天惠禅师笑道："苦练五十年那倒未必。若是天赋着实够高，再过数年，待你把这套拳法练到七八成之后，趁着年轻，再学学其他武功自然也是可以的。霸先毕竟快五十岁的人了，他的掌法已到了相当高的境界，此时再重新学一门武功，反而得不偿失。"

陈霸先说道："弟子明白了。弟子一定专心致志，将本门掌法学好，不给师父丢脸。"

天惠禅师说道："丢脸当然是不至于了！你便是不再长进，以目前的成就，也足可给为师长脸了！为师不再传授其他武功给你，还有一个原因，就是你和其他人不同，你还有肩负平定天下的重任，不可因为学武而耽误了更重要的事。"陈霸先心里想道："师父所言甚是。我的武功已足够称雄江湖，但就算是做了江湖第一高手又如何？大丈夫要做的事，当然不能仅止于此。"

天惠禅师说道："霸先刚刚脱险，此时若是出山，难免遇到敌人。你先到这里好好练一个月武功，我助你将其中几个招式完善了。这几个小破绽修补之后，除了当今有数的几位世外高人，武林之中应该无人可与你为敌。"

陈霸先大喜，想道："在这里住一个月，一则追兵难以寻到这里，即使寻到这里，一线天只容单人通过，大队人马无法进来，有师父和墨前辈两位高人相助，料来也不碍事；二则可以在师父的亲手指点下增进武功，从此纵横江湖更是不在话下。这可真是一举两得。"当下叩首谢过天惠禅师。

一个月后，陈霸先告别天惠禅师，出了罗汉岩。天惠禅师为了让他有个照应，让王茂竹陪同陈霸先一起出山，顺便让这个小弟子开开眼界，长长阅历。陈霸先想到这位师弟虽然年轻，但武功不弱，在江湖上也是一把好手，放在身边正是一个得力的帮手，欣然答应。王茂竹多年来足迹不出罗汉岩数十里外，听得师父让自己跟随这位大有能耐的师兄闯荡江湖，喜不自胜。

墨晚宙这一个月来，常常观看陈霸先、王茂竹练武，天惠禅师、陈霸先也时不时指点她几招。一个月来，几个人相处，其乐融融，日子也似乎过得比以前更快了，常常是还没睡醒，天就亮了，还没玩够，天就黑了。此时忽然和陈霸先告别，甚至经常在一起的玩伴王茂竹也要随之出山，墨晚宙心情大是郁闷，也闹着要和他们一起出去看看。天惠禅师考虑到墨守成与女儿相依为命，视女儿为掌上明珠，自然不允。墨晚宙闹了一阵之后，见天惠禅师不松口，知道多说无益，只好老老实实目送他们走出一线天，叮嘱他们早日把消息传回来。

三个月后，陈霸先和王茂竹回了一趟罗汉岩。他们告诉天惠禅师和墨守成父女，陈霸先陆续找到了失散的部属，并且新招了不少兵士。他们如今集合在雩都县境内的钟公嶂，准备操练两个月之后，便出山和李迁仕交锋。天惠禅师听了之后，没有多说，只送了陈霸先一句话："不为不可成，不求不可得，不处不可久，不行不可复。"墨守成原本对天下之事不怎么放在心上，听了他们的叙述之后，也送了他们一句话："为者常成，行者常至。"言下对他们颇为肯定。墨晚宙听得心花怒放，再次提出要和他们一起出山，当然再次被天惠禅师和墨守成否决。为此，墨晚宙赌气一天没吃饭。

半年之后，王茂竹回了一次罗汉岩。他告诉天惠禅师和墨守成父女，陈霸先看中了罗汉岩的地形地势，想在这里诱敌深入，打一个伏击战，但又怕干扰天惠禅师和墨守成清修，所以特遣王茂竹先行请示。天惠禅师和墨守成都说，自己年岁已大，耳朵不灵，山外打得再热闹，自己也很难听得到。王茂竹会意，当日便回报了陈霸先。过了几日，陈霸先果然带着人马过来，隐伏在罗汉岩四周。李迁仕率部一路追击，快到罗汉岩时，山路狭窄，兵马行进不畅，被截为几段。当面前出现一块大绝壁时，已几近山穷水尽之境地。李迁仕正疑惑敌人怎么不翼而飞了，忽地四周杀声震天，陈霸先所部如神兵天降，霎时将李迁仕打了个措手不及。陈霸先身先士卒，奋勇杀敌，一个又一个敌人倒在他的掌下。很多人往往还没近身，便被掌力震倒。不明就里之人，便以为这是一双神掌，为之所慑，不敢靠近。

激战中，陈霸先忽然看到一个倩影，将一把短剑舞得银光闪闪，原来，墨晚宙也悄悄潜出一线天加入战斗了。她杀得兴起，娇斥不断。这时，一名身材高大的剑客从墨晚宙身后袭来。墨晚宙猝不及防，眼看便要中剑。陈霸先暴喝一声，朝那剑客挥出一掌。这一掌积聚了平生所有的力量，掌力所至，竟将那剑客逼退了一步。陈霸先旋即冲过去，三招两式将那剑客打得晕头转向。墨晚宙见陈霸先如猛狮出山，一时看呆了，忘了自己差点要在鬼门关走一趟。

这一仗，李迁仕人马损折了大半。他自己在部将刘蔼等人的竭力保护之下，总算逃出了罗汉岩。刘蔼是宁都县人氏，带着李迁仕一路逃至宁都，收拾残部据守宁都县城不出。

陈霸先经此一役，声威大震，前来投奔者络绎不绝。他一路追击，军队离罗汉岩越来越远。因为正在着手谋划进军宁都，陈霸先这次没有前去拜访天惠禅师和墨守成，只派了王茂竹回去通报消息。天惠禅师和墨守成对罗汉岩的战况早已了然于胸，听王茂竹转达了陈霸先的意思之后，频频点头。墨守成对天惠禅师说道："看来，你这个高徒果然是干大事的人。在这里取胜，对他来说只是个开端。"天惠禅师说道："二十年前，我便看出他胸怀大志，果敢善为，是个可以造就之才。今日看来，老僧还真没看走眼。"墨晚宙虽然就近参加了战斗，但未得父亲允许，终究不敢远行。当王茂竹告辞出山时，墨晚宙又试着提出要与王茂竹一起跟随陈霸先共建功业，天惠禅师和墨守成还是未允许。

又过了大约半年，罗汉岩再次响起了铿锵的步履。这次回来的，有陈霸先和王茂竹，还有一支马队，以及数名护送马队的兵士，马背上满载着沉甸甸的包裹。陈霸先告诉天惠禅师和墨守成父女，他的人马经过几个回合的拉锯战，终于将李迁仕的部队彻底打败了，李迁仕已被擒并斩首。这次俘获李迁仕，王茂竹立了首功。是他力敌李迁仕身边六大护卫，使李迁仕终究未能突围。如今，陈霸先在南康郡一带已无敌人，他不日便将率主力沿赣江而下，前往长江沿线与侯景叛军作战。走之前，陈霸先想到天下大局动荡，前景尚未可知，日后或许还要将罗汉岩一带作为自己退守的大后方，于是，决定将部分军费留下来，藏在罗汉岩，以备他日之需。这次随同护送军费的，都是陈霸先的亲信。此事极为隐秘，其他人并不知晓。天惠禅师听了，深知责任重大，但为了让陈霸先放心北上，还是答应了帮他保管好这笔巨额军费。

陈霸先深感南康郡各方豪杰与百姓对自己重整旗鼓的恩德，放下这些军费之后，慷慨激昂地对天惠禅师和墨守成等人发誓说，南康郡是他的再生之地，他日自己若在朝廷能说上话，一定请求朝廷免除南康郡百姓所有赋税。如有违背，老天爷让自己死后尸骨无存！一旁的墨晚宙听了，连忙"呸呸"几声，说道："陈大哥说这种不吉利的话，真是难听死了！以后不许这样说！"

陈霸先留下军费之后，让王茂竹留下来陪师父，自己带着那几名亲信离开了罗汉岩。临走前，他对王茂竹说，如果有什么事要自己帮忙，可以随时找上门来。墨晚宙本想提出跟随陈霸先他们出山，但看到王茂竹已留在罗汉岩，只好努了努小嘴，什么也没说。

此后，天惠禅师数次派王茂竹出山，陆续打听到，陈霸先与梁朝都督王僧辩联手对敌，侯景已由攻势转为守势。侯景废掉了梁朝简文帝萧纲，立豫章王萧栋为帝，陈霸先则向湘东王萧绎劝进。萧绎授予陈霸先使持节、都督会稽东阳新安临海永嘉五郡诸军事、平东将军、东扬州刺史等职务，领会稽太守、豫章内史。此后，陈霸先率大军从豫章出发，与王僧辩缔结盟约。两路大军在建康与侯景大决战，终于击溃侯景。不可一世的侯景被部下所杀。侯景死后，暴尸于建康街头。萧绎下令将侯景的头悬挂在江陵闹市示众。一场大乱，总算平息下来。

关于陈霸先的消息还是不断从山外传来。萧绎在江陵即位称帝后，任命陈霸先为司空。然而好景不长，萧绎得罪西魏权臣宇文泰，江北的西魏攻破江陵，南朝的皇帝萧绎竟然被杀了。王僧辩与陈霸先商定，拥立萧绎的第九个儿子晋安王萧方智继位。然而，不久，王僧辩改变主意，迎立北方的北齐扶植的贞阳侯萧渊明为梁帝，以萧方智为太子。陈霸先与王僧辩产生重大分歧，突然袭杀王僧辩，废黜萧渊明，拥立萧方智为帝。新君即位，任命陈霸先为尚书令、都督中外诸军事、车骑将军，领扬、南徐二州刺史。朝野人士都说，如今的江南，其实是陈霸先说了算了。

天惠禅师听到这些消息，对墨守成父女和王茂竹说道："霸先如今是一人之下，万人之上。但愿他还能惦记着天下苍生，造福南朝。"墨守成默然不语。墨晚宙和王茂竹却坚信，陈霸先一定能像他所说的那样，把百姓福祉放在心上。

随后两年，不断听说各地官员、将领和陈霸先过不去，纷纷起兵反陈。震州刺史杜龛、义兴太守韦载、吴郡太守王僧智等出兵与陈霸先打了一年多

十四　罗汉岩

的仗。刚把这些人平定，曲江侯萧勃又在广州举兵北伐陈霸先。湘、郢二州刺史王琳也不服陈霸先，几乎与萧勃同时向陈霸先发起进攻。陈霸先毫不畏惧，兵来将挡，水来土掩，愈战愈勇，声望越来越高。待这些反对势力被消灭得差不多时，太平二年（公元557年）十月，萧方智再也坐不住，将皇位让给了陈霸先，梁朝灭亡。陈霸先称帝，改元永定，改国号为"陈"。

消息再次传到罗汉岩。天惠禅师对此并不感到惊诧。梁朝自武帝晚年，战火不断，民不聊生。梁武帝去世后，短短六七年，皇帝换了三个，没一个像是有雄才大略的英主。这个王朝显然气数已尽，天下易主，只是早晚之事。陈霸先文韬武略都是当今天下第一流人物，江山传到他手上，对天下百姓来说，未必不是好事。

墨守成对此还是没说什么。也许，在他心里，谁当皇帝差别都不大，反正他自由自在，什么皇帝都管不到他，他也不把皇帝们放在眼里。

王茂竹和墨晚宙却兴奋不已。没想到，几年前还闹着要跳湖的陈大哥，如今成了一代王朝的开国之君，冲着这份感情，由不得他们不高兴。

王茂竹更是想到，陈霸先答应了，如果他掌握了话语权，将免去南康郡百姓的一切赋税。如今他当了皇帝，自然是说一不二的人了。王茂竹寻思，事隔数年，陈师兄南征北战，要事多多，当年所说的这句话，不知是否还记得？为了提醒他兑现承诺，王茂竹提出，他要去京师建康走一趟，面见陈霸先。

天惠禅师答应了。陈霸先刚即帝位，手下正是用人之际。天惠禅师认为，如果陈霸先需要，王茂竹还可留下来帮他几年。

墨晚宙也提出要和王茂竹一起去建康见陈霸先。这一次，天惠禅师没有反对。王茂竹没有出过远门，路上多一个伴互相照顾也好。墨守成本来不想让墨晚宙跑这么远，但见女儿一脸恳求，想想此前几次都没让她出山，心里难免有几丝内疚。又见天惠禅师也不反对，便终于答应了墨晚宙的请求。那一天，两个年轻人欢天喜地走出了罗汉岩。一路上阳光灿烂，王茂竹却觉得，墨晚宙的笑脸比阳光还灿烂。

二人一路跋涉，不知走过了多少村寨，穿过了多少丛林，翻过了多少山岭，渡过了多少江河，终于到了京师建康。皇宫护卫森严，王茂竹和墨晚宙在城里等了数日，也没机会见到陈霸先。好不容易，有一次，陈霸先出行时，被王茂竹和墨晚宙远远地看到了，他们高喊"陈师兄""陈大哥"，终于引起了陈霸先的注意。陈霸先见到他们，喜不自胜，将他们带到身边，问长问短。

　　陈霸先安排二人在宫里住了两天。找到一个时机，王茂竹终于向他提起了为南康郡百姓免除赋税之事。陈霸先一愣，很快想起来当时的确说过这话。陈霸先哈哈大笑，毫无做作之情，对王茂竹和墨晚宙说道："当时你们的陈大哥还没做皇帝，只道减免百姓赋税是件很容易的事。如今做了皇帝才知道，天下很多事情，并不是那么简单的，即便是皇帝，也没办法随心所欲。没错，南康郡是我的福地，如果不是罗汉岩，世上早就没有陈霸先这一号人物了，更谈不上陈朝。然而，我若是减免南康郡赋税，此事传出去，当年我最早领兵的岭南各郡会怎么想？我的故乡吴兴那些百姓会怎么想？还有啊，我现在虽然是皇帝，但尚有大片江山还在别人手里，真正服我号令者也就建康周边千里之地，所以，我必须尽力笼络江左豪族，争取他们最大的支持，朝廷才能日益强大。若是单单减免南康郡一地的赋税，其他地方势必对我不满，江左这些豪强恐怕也会有不少想法，到时，我岂不要陷入孤立无援的境地？再说，朝廷没有赋税，如何为文武百官提供用度？如何与敌人打仗？如何做其他各种事情？这事实在难办，所以，还请王师弟理解。"

　　王茂竹一听，心里不禁凉了半截。他原以为一向豪气冲天的陈师兄会满口答应这事，没想到说出的却是这么一大段的道理。王茂竹心里虽然不以为然，可是，又觉得陈霸先所言，句句有理，自己竟然无从反驳。

　　陈霸先见王茂竹不吭声，知道他心里不是很高兴，说道："师兄我也是出身寒门，自然知道民间疾苦。但我这样做，正是为了更多的百姓早日过上更安定的日子。师弟和晚宙妹妹放心，我虽然当了皇帝，虽然未能免除南康郡百姓的赋税，但我本人一定不会像以前那些皇帝那样，奢侈豪华，锦衣玉食。你看看我这宫中，不是和平民之家一般简朴吗？你们没住进宫之前，万万料不到我的皇宫竟是这等模样吧？"

　　王茂竹和墨晚宙想想，陈霸先所言甚是，他虽然贵为皇帝，但吃穿用度，和自己想象之中的帝王景象大是不同。想到这里，他们也就不便多说什

十四　罗汉岩

么了，于是以不愿耽误陈霸先公务为由，向他辞行。

陈霸先说道："二位既然来了，何必这么急着回去？王师弟，你不如留在我军中，待我先封你一个将军，稍后再逐步提升，这样也好让其他将士服气。晚宙妹妹就留在宫里吧，我封你为南康公主。"

王茂竹摇头说道："我不想当官。我来找陈师兄，也不是为做官而来的。我若是想做官，当初就不从师兄的军中返回罗汉岩了。师兄这里人才济济，也不缺我一个，我还是回去侍奉师父为好。"墨晚宙也说道："我可当不了什么公主，我要回去陪我爹。"

陈霸先见他们说得坚决，便不再勉强，说道："既然如此，做哥哥的就尊重你们的选择。你们留下来我固然高兴，若是回去也好，师父和墨前辈身边有伴，也省得我挂念。"

王茂竹突然问道："当年师兄留在罗汉岩的那笔军费怎么办？是派人运到京师来……"

陈霸先手一摆，打断王茂竹，说道："这事我早就考虑过了。我如今定都建康，江南之地甚为富庶，目前当然用不上那笔军费。即使以后有用得上之时，我也不想动用这笔军费。罗汉岩是我陈霸先重生之地，我无以为报，就以这笔军费作为回报吧。这笔军费，以后就归师父、墨前辈和你们支配。你们愿意怎么使用便怎么使用，接济百姓也好，购田建屋也好，留给子代后人也好，都行！这就当作是哥哥的一点心意吧！"

王茂竹说道："这……"陈霸先打断他，笑道："不用这啊那的了，就这样说定了！你也知道，我这做哥哥的不喜欢啰唆，大家都爽快点！"

王茂竹和墨晚宙见他说得坚决，知道多说无益，想想这笔军费千里迢迢运送着实不易，暂时留在罗汉岩也好，便不再坚持。二人虽然没能说服陈霸先免除南康郡赋税，但陈霸先做了皇帝之后，并没把罗汉岩忘了，他们也就不好多说什么。当天，他们便与陈霸先道别，踏上了归程。

陈霸先做了三年皇帝便去世了，终年五十七岁，是为陈武帝。史称他"常膳不过数品，私飨曲宴，皆瓦器蚌盘，肴核庶羞，裁令充足而已，不为虚费。初平侯景，及立绍泰，子女玉帛，皆颁将士。其充闱房者，衣不重彩，饰无金翠，哥钟女乐，不列于前。及乎践祚，弥厉恭俭"。陈霸先果然如他所言，生活俭朴，不喜声色犬马。在位虽仅三年，但能任贤使能，政治转为清明，江南局势较之前朝大为好转。

陈霸先建立的陈朝只存在了三十三年，传到第五任皇帝陈后主陈叔宝手上，便被北方的隋朝所灭。陈亡后，陈霸先以前的盟友——后来的政敌王僧辩之子王颁纠集其父旧部，找到陈武帝所葬的万安陵，掘坟破棺焚尸，万安陵也被夷为平地。远在罗汉岩之侧中潭村的王茂竹听得此事，震惊不已，心头久久不能平静，往事似乎历历在目。此时，天惠禅师已去世十年，心情沉郁的王茂竹再次来到罗汉岩，将这里的每条道路都走了一遍之后，毅然举家搬迁到了百里之外的铜钵山。

这一年，是隋文帝开皇九年（公元589年）。这一年，隋文帝杨坚将南康郡改名为虔州。

十五、义旗高张

众人听得王化康讲了这么长的一段往事,不禁感慨不已。欧阳紫鹃说道:"原来前辈的先祖还有这么一段奇缘啊!那么罗汉岩和陈石山又有什么关系呢?"

王化康笑道:"这罗汉岩,也就是陈石山。陈霸先当皇帝后,虽然没有免除南康郡包括罗汉岩一带百姓的赋税,但因为他在那里重整旗鼓、东山再起,这事还是被越来越多的人知道了。再加上陈霸先当皇帝那几年,励精图治,天下相对安定,老百姓总的来说还是比较认可他的,于是,为了纪念这位皇帝,当地人便将罗汉岩也叫作陈石山。但因为罗汉岩本来的名字通俗易记,所以,这个名字并没有消失,依然被人们叫着。"

萧绿荷说道:"陈石山,或者说罗汉岩,这地方,定然是个好地方。那里既然离铜钵山不远,那么,得空时我们要去走走才是!"

王化康说道:"老夫给你们讲这么长的一个故事,正是要你们去罗汉岩走走,把陈霸先留下的那笔财宝找出来。"

尹传鹏说道:"可是这故事里也没说财宝藏在哪个地方呀?罗汉岩想来也不会太小,总不能跑到那里挖地三尺,胡找一气吧?"

刘望北说道:"师弟别着急,王前辈既然叫我们去找,定然是有眉目了。我们且听听王前辈是如何发现这个秘密的。"

王化康呵呵笑道:"还是望北小老弟细心。没错,这个故事虽然说完了,但老夫是怎么知道这些事情的,还没告诉大家呢。"指着桌上的《兰亭集序》，说道："说起来，还是这幅字让老夫找到这些线索的。"

尹传鹏说道："这幅字？这里也就数百字而已，哪里讲了罗汉岩呀？"

王化康笑道："这里当然没说，但它让老夫找到了很多以前没留意的东西。"见大家脸上满是疑惑，顿了顿，又说道："大家注意看，这幅字，其实有几个地方是做了记号的——看看，不是有几个字的下面画了小圈吗？"

众人从头到尾看那幅字，果然，看到"茂林修竹"这一句时，发现"茂"和"竹"字下面各有一个小圆圈。再往下看，"天朗气清"的"天"字，"惠风和畅"的"惠"字，"已为陈迹"的"陈"字，"古人云"的"古"字，也各打了一个小圆圈。尹传鹏说道："啊，我明白了，这'茂'字和'竹'字连起来，正是前辈那位先祖茂竹公的名讳！"

王化康笑道："传鹏小老弟果然聪明，正是如此。"尹传鹏见自己果然猜中了，心花怒放，得意地瞟了欧阳紫鹃一眼。欧阳紫鹃说道："你以为就你聪明么？其实大伙儿心里都知道了！"话虽这么说，心里却甚是高兴。

尹传鹏又说道："这'天'字和'惠'字连起来，说的正是天惠禅师。"王化康说道："正是！"

尹传鹏指着最后那两个字，疑惑地说道："这'陈'字嘛，难道是陈武帝？但这'古'字却不知道是指什么？"

王化康微微一笑，说道："起先，老夫也习惯地以为这是'古'字。直到昨天晚上细看，才发现原来先祖在这里开了个小小的玩笑。大伙儿看仔细些，这到底是什么字？"

欧阳紫鹃说道："呀，原来这不是'古'字，而是'石'字！"萧绿荷笑道："这六个字，全叫你和传鹏哥认去了，你们俩可真是天生地设的一对呀！"欧阳紫鹃佯嗔道："你个鬼妮子，想找打呢？别以为望北哥武功厉害我就打不着你！"刘望北说道："怎么把我给扯上了？"萧绿荷说道："他是想挑唆你和传鹏哥打一架呢！"尹传鹏一愣，说道："我和望北是好兄弟，怎么可能打架？"

陈子敬和王玥听得几个年轻人胡搅蛮缠，相视一笑。王玥心里想道："你总算没把弟子调教得跟自己一样。总不成江山收不回，就什么都不要了。"

王化康说道："没错，这位先祖写这幅字时，故意把'古'字写成'石'

字,一般人不留意,一时真难看出来。若非正面画了个小圆圈,我也没注意这个字其实不是想象中的'古'字,而是'石'字。既然是'石'字,就不难理解了,它与前面的'陈'字连起来,说的便是陈石山了。"

萧绿荷说道:"这位先祖确实高明。原来,他把重要线索留在这幅字里,做上记号,如果不知道头绪的人,即使看到了这几个字,也莫名其妙,不知所云。而王家的人因为知道一些往事,把这几个字联系起来,也就把它的意思破解了。"

王化康点点头,说道:"正是如此!仅靠这几个字,是根本不知道说什么的。老夫也是琢磨了这几个字之后,才找到相关的东西,还原了当时情景。"

刘望北说道:"是啊!这几个字和前辈刚才所说的故事相去甚远,想来前辈应当是从这几个字当中,还另外找到了一些线索。"

王化康说道:"正是如此!老夫先前说了,我们王家代代相传有一位先辈曾经给一位皇帝保管了宝藏,但传到老夫的祖父那一代时,已不清楚是哪位先辈、哪位皇帝,所幸还知道这幅字上留有线索。昨晚老夫仔细研读这幅字,看到茂竹二字时,便想起这是一位先祖的名讳。"

尹传鹏问道:"但前辈又如何知道这位先祖的事迹呢?"

王化康说道:"这个外人当然不知,但老夫却心里有数了!不瞒众位,我们王家世代书香门第,文武兼修,在勤奋练武之时,也不敢荒废读书。所以,我们每一代先祖都留下了自己的著述。老夫的书房里,有一半书籍都是族谱和先祖们的文集。我从族谱里找到了茂竹公的记载,再去读他留下的著作。说起来,这位茂竹公的著述颇丰,但我年轻时翻看第一卷,觉得文辞粗俗,与其他先祖的文风颇为不同,与老夫的情趣也大是不合,后面那几卷便没去翻看。直到昨晚想到这位祖先可能是茂竹公,这才将他的所有著作找出来,一一研读。看到后面几卷,便把这些事情弄明白了。"

尹传鹏问道:"莫非这位茂竹公在文集里记载了这些事情?"

王化康说道:"没错。虽然不是像老夫讲得那么细致,但他后面的诗文,说的几乎就是自己的生平所历。老夫将这些诗文逐一读过,终于将事情的来龙去脉厘清楚了。唯一不明白的,便是那位墨晚宙婆婆不知去了何方。"

众人大是惊奇。萧绿荷与欧阳紫鹃不约而同问道:"墨婆婆不是茂竹公的夫人吗？"

王化康说道："根据族谱记载，茂竹公只有一位夫人，但不姓墨。"

陈子敬与王玥等人听了，默然不语。虽然是七百多年前的古人，他们在不在一起，已经没什么关系了，但因为刚刚听了他们的故事，众人对这个结局，还是颇感意外。其中发生了些什么，后人已无从猜测，只能为他们感到遗憾。

王化康见大家不说话，便打破沉默，说道："他们两位前辈只是青梅竹马而已。茂竹公的文集里，并没谈到婚约之事。也许，他们本来便只是好朋友，并不似我们想象的那般，非得结为夫妇。茂竹公的文集最后一卷，还绘了一幅罗汉岩地形图，其中一处也做了个记号。老夫猜想，这便是当年埋藏陈武帝那批财宝的地方了。"

说到这里，王化康走进里屋，从柜子里取出一张黄纸，正是一张地图。尹传鹏看了看，说道："这张图尚有墨香，不像留了七百多年了呀？"

王化康说道："它当然不是七百多年前的。这是老夫昨晚发现这幅图之后，临摹下来的。先祖的遗著，可不能在老夫手上有所损毁。"众人点头称是。

王化康又说道："方才老夫向望北小老弟打听宝石寨的情形，便是想知道刘六十到底只是个占山为王的草寇呢，还是胸怀大志的英豪。如此看来，此人志向不小，或许能成就一番事业也未可知。老夫已然老朽，无力为天下英豪出力，但你们这些年轻人不一样，浑身都是热血。老夫若是能帮助各位把这笔财宝找出来，在有必要时提供给义军，岂非也是一大功德？老夫想想，太平盛世，这笔财宝是没什么大作用的，让它现世，只怕还要害人。如今却不一样，刘六十他们干的是为汉人争光的事，动用这些财宝，正合其时。"

众人不禁对王化康更增几分敬意。陈子敬心里暗道："王前辈这等世外高人尚且把家国大义放在心上，我辈岂敢懈怠？望北他们如今已成材，有这些好男儿接力，丞相遗志总有一天可望实现！"

王化康将地图交给陈子敬，说道："跋山涉水之事，就别麻烦老夫了。这事还是辛苦你们去走一趟吧。先把埋藏财宝的地点找到再说，至于什么时候起用，你们视情而定便是。"

陈子敬收了地图，肃然说道："恭敬不如从命，子敬且代天下英雄谢过了

前辈！我等一定不负前辈重托，将此事办好。"

又寒暄片刻，陈子敬等人向王化康告辞，径直回祥瑞谷去了。

次日，陈子敬与王玥带上刘望北、尹传鹏、萧绿荷、欧阳紫鹃前往罗汉岩。刘溪则在祥瑞谷督促邹上峰、邹上岭等年轻人练武。邹上峰等人也想跟着出去走走，但是陈子敬因为人多动静太大，还是没答应他们。

铜钵山在瑞金县城西北方向，罗汉岩在瑞金县城东北方向。一路上，陈子敬有意考较几名年轻人的轻功，步履如飞，一口气走了两个时辰。王玥始终跟在他身后，刘望北与他们保持着数十步的距离。尹传鹏原以为萧绿荷、欧阳紫鹃功力有限，故意落在后面，没想到二女的轻功甚是了得，即使不让着她们，自己也未必比她们跑得更快，只好发力追赶，总算没有落下。

陈子敬一直把握着火候，让几名年轻人既要奋力追赶，又不至于疲惫不堪。两个时辰之后，他放慢步伐，待他们陆续追上来之后，说道："绿荷与紫鹃这些年可真是一点懒也没偷，功夫比我预料的还要好。"

萧绿荷说道："师父抓得紧，我们便是想偷懒也不成呢！"欧阳紫鹃也说道："就是嘛，师父说了，要是不教我们学到真功夫，就没法向叔叔交差。"

王玥笑着对陈子敬说道："当年你把这两个女娃子交给我，不就是希望我替你好好教一教么？我也不能太丢自己的脸呀！"

尹传鹏微喘着气说道："汶潭姊的功夫，我可真是佩服了！哪天还得请姑姑指教指教我几招。"

王玥说道："贪多嚼不烂，你把师父的功夫学到几成，便足够了！"

说话间，来到了一个叫壬田的村庄。远远地看到村头有个小酒店，陈子敬说道："大伙儿走得也有几分累了，不妨在这里歇歇脚，顺便吃点东西。"刘望北和尹传鹏说道："好！"便冲到前面，进酒店要了一张桌子。

酒店不大，总共也就三张桌子，此前已有一桌客人在喝酒。刘望北和尹传鹏刚把凳子整理好，忽地听得那一桌客人当中有人叫道："哎呀，这不是宝莲山的两位兄弟吗？这么多年不见，什么风把你们吹到这里来了？"

刘望北和尹传鹏大吃一惊，没想到在这里竟然被人认出来。定睛一看，那人虎背熊腰，天庭饱满，却是当年曾经上过宝莲山相助抗敌的石城县通天寨副寨主范经火。

这时，陈子敬等人已走进酒店。刘望北正待告诉陈子敬，范经火已嚷起来："啊哟，庄主也到了！这些年可想死我老范了！"

陈子敬一看，认出了他是通天寨的副寨主，拉着他的手说道："范兄弟，没想到在这里见到你！我也很是想念大伙儿呢！"

范经火性格极是豪爽，见到久违的老朋友，喜出望外，一个劲地拉着陈子敬的手，述说别后情景。陈子敬等他说完，才坐下来。范经火又将几个同伴介绍给了陈子敬等人，并说了自己此行的目的。

原来，刘六十在宝石山筹备举事，专门派人联络了通天寨。通天寨寨主范经行本来便深明大义、豪气干云，听得此事，欣然答应加盟宝石山，共襄盛事。这次，范经行专门派了弟弟——副寨主范经火前往瑞金联络几个向来交好的山寨，请他们共同参与刘六十发起的大事。与范经火同行的几个人，正是通天寨的头目。他们离开通天寨，行至壬田村，恰好到了饭点，便在这里吃饭，没想到巧遇了陈子敬一行。范经火对陈子敬素来佩服，此时相见，自是欣喜不已。

范经火还告诉陈子敬，如今，石城、宁都一带的武林人物，前往兴国投奔刘六十的不少。通天寨届时也将派一些骨干力量前往宝石山，帮助刘六十打仗。同时，寨里最近也新进了不少武林好手，范经行随时准备在石城举事，呼应刘六十。

范经火还问了一下宝莲山的近况。原来，他虽然知道陈子敬当年和钟明亮闹翻了，但并不知道陈子敬他们早就离开宝莲山，另觅地方隐居。陈子敬也不点破，只说宝莲山一切还好，后来也没遇上什么大事。其实，自从他们离开宝莲山之后，起初还有一些寻找"祥瑞三宝"的江湖人物上山，后来这些人见找不到陈子敬等人的踪影，知道再去宝莲山只能是徒劳，便转而在其他地方打听陈子敬等人的行踪，宝莲山倒也确实安宁下来了。

这家小酒店以豆腐出名，店主热情地推荐了几种豆腐的做法。范经火也在一旁说道："壬田的豆腐很有名的，我们在通天寨便听说过。寨里有的兄弟还不怕路远，没事时专门来这里过过瘾。这里的豆腐有水煮的，油炸的，热锅煎的，青菜炒的，还有火炉烤的……豆腐脑也是一绝，来了的都要吃上一碗才甘心。"

萧绿荷与欧阳紫鹃听了大喜，连连对店家说道："把这些做法都亮出来！我们每样都尝尝！"尹传鹏说道："豆腐再怎么做，也就是豆腐而已，打两碗酒过来解解渴倒是真的。"欧阳紫鹃白了他一眼，说道："就知道牛饮，再好的滋味也是浪费！"

范经火说道："还没说完呢！除了豆腐宴，这里还有一大美味，叫作牛肉汤。今天店里刚好有牛肉，我看到店家煮了一锅。我们上了一大盆，应该还有一大盆。"转头对店家说道："喂，伙计，我没看错吧？剩下半锅可不能偷偷吃了，赶紧端上来。"他声音洪亮，说话颇有气势，那店家不敢怠慢，赔着笑脸说道："开店的哪有自己偷偷吃了的道理？但凡客官需要，小店拿得出的，巴不得让客官们全吃了哩！"果然先将牛肉汤端上来了。

一行人美美地吃了一餐，果然觉得这里的豆腐颇不一般，下锅前洁白如玉，细腻如脂，经过不同的做法下锅后，端上来或雪白，或金黄，或鲜嫩，或柔韧，吃进嘴里或清淡，或咸辣，或喷香，果然是五味齐全。那牛肉汤也别有风味，看起来黏糊糊的，吃起来口感嫩滑，鲜美无比，再配一小把姜丝，更是别有一番滋味在心头。刘望北、尹传鹏原本没把它放在心上，岂知尝过之后，二人忍不住一口气喝了两大碗，惹得萧绿荷与欧阳紫鹃又笑骂了几句。两伙人吃罢，便互相道别。范经火一行向瑞金县城方向去了，陈子敬等人则继续向罗汉岩行进。

此地离罗汉岩已近。没多久，便看到了远处巍然耸立的蜡烛峰，裸露的山岩在阳光下分外显眼。萧绿荷说道："这罗汉岩一看就知道是个好地方，难怪王前辈的先祖会来到这里学艺。"美景在前，一行人身上的疲倦一扫而光，再次运起轻功，很快便到了一线天前面。

刘望北说道："根据王前辈所讲的故事，当年陈武帝就是从这里进入罗汉岩里面的了。这里果然险峻，一夫当关，万夫莫开。纵是有千军万马，也拿里面的人无可奈何。"

欧阳紫鹃说道："如果不是陈武帝在这里落难，在这里翻身，这个地方，也许至今还是世外桃源般，外人哪能轻易寻得着？"

刘望北说道："想当年，陈武帝在这一带打仗，罗汉岩附近定然是热闹过的。可如今物是人非，陈武帝早已远去，知道当年那些事的人，恐怕也没几个了。罗汉岩只能这样冷冷清清了。这样也好，该留着的东西，便都留下来了。"

萧绿荷对刘望北说道："好了，别在这里发感慨了！大家寻找财宝要紧呢。"

刘望北不再说话，走在前面开路，众人跟着他鱼贯而入。走到狭窄处，欧阳紫鹃说道："好在我们这里没有一个大胖子，若是太胖了，还真担心卡在这条岩缝里呢。"

尹传鹏说道："王前辈曾说陈武帝练武时常在这里试剑，莫非这条岩缝是陈武帝用剑劈出来的？"欧阳紫鹃说道："你就是记性差。王前辈分明说了，陈武帝是循着这条岩缝，才得以进入罗汉岩，巧遇茂竹公和他师父天惠禅师的。再说，就算他武功再厉害，这把剑再锋利，又怎能劈出这么大一条岩缝来？你就是说话不过脑。"

刘望北说道："此处既然有试剑石，料来陈武帝和茂竹公在这里练剑倒是极有可能的。至于说这条岩缝是陈武帝劈出来的，那自然是后人附会之说。陈武帝从这里重新起家，最后竟然当了皇帝，他的故事自然会在当地越传越神。"

欧阳紫鹃忽地说道："望北哥，你说，要是以后你也做成了大事，那么，后人是不是也把你传得像神仙一般的人物了呢？"

刘望北笑道："我哪是做大事的人？小事只怕也做不成。像我们这样的人，数十年之后，江湖上便没人知道了。"

王玥说道："你们这些年轻人，想得够多了。也好，年轻人就该多些想法。"

穿过了一线天，里面豁然开朗，但见山明水秀，林丰草茂，凉风习习，别有洞天。陈子敬说道："时候不早，我们就先不欣赏风光了，且把藏宝地点找到再说。"掏出地图，按照方位一路寻过去，来到两条飞泻而下的瀑布下面。

萧绿荷看着那两条相向从天而落的瀑布，叹道："果然是天造奇观啊！竟然有这样的瀑布。我们见过的瀑布也不少了，论壮观，当然得数兴国的龙下瀑布；而论奇妙，却是哪里也比不了这里。"欧阳紫鹃说道："与这一对瀑布为邻,谁愿意搬离此地呢?唉!"萧绿荷笑道:"鬼妮子发什么感慨?要不你和传鹏哥留下来,隐居在这里好了,这样就可以天天看着这对瀑布。"欧阳紫鹃嗔道:"怎么又扯到我头上了,为什么不是你和望北哥?"二女嘻嘻哈哈,说个不停。

陈子敬说道:"从图上来看,这藏宝之地,竟然在这双瀑下面的水潭里。"左右看过之后,对王玥师徒和尹传鹏说道:"你们到四周看看有无旁人。"又对刘望北说道:"你和我看看这水潭有何机关。"王玥师徒和尹传鹏答应一声,分别去四周察看动静。刘望北随着陈子敬走到水潭边,看看这里有什么异样。

那水潭之水从天上源源不断降下来,清澈见底。水满了,便从边沿低矮处流到下面竹林中的溪涧里。水中有几尾小鱼和一些不知名的小动物来去穿梭,为水潭增添了些许活力。陈子敬察看水潭四周,并不见什么特别之处。他想,根据地图标示,藏宝地在此处当无须争议。这笔财宝,要么埋在水底,要么藏在水潭四周。倘若在水底,得将水潭抽干才可找出,那自是麻烦多了。按理说,这两条相向飞下的瀑布形成何止千百年,天惠禅师他们若要将财宝埋于潭底,虽然可以做到,但未免费力太多。但愿他们囿于地形,没把事情搞得太复杂。想到这里,陈子敬决定先看看水潭岸壁有无玄机。

水潭呈圆形,潭岸半边高,半边低。靠近溪涧这边,岸壁离水面高则尺许,低则不足半尺。靠着山岩那边,则高达五六尺。陈子敬看过地形之后,心念一动:"如果当年由我来处理这件事,最隐蔽而又最省工夫的办法,莫过于在潭壁上挖出一个洞来藏这些财宝。且看看潭壁有无机关。"于是对刘望北说道:"你原地站着,别动。"忽地纵身飞起,落到对面的潭壁,身子半倾,双腿在壁上斜步疾走,瞬间沿着潭壁走了半圈,身子平稳地飞落在原地。

刘望北赞道:"师父这'云中八步'轻功,又更进一重了!这一走,何止八步,我看十六步也差不多了吧!"陈子敬说道:"这是脚踏实地,当然不能和凌空虚蹈相比,便是走上十六步,也不足为奇。"

原来,陈子敬使出的这一手轻功名叫"云中八步",在轻功当中堪称绝顶功夫。这门轻功传人不多,练到最高境界,可在空中连续走上八步。遇上数丈宽的河流、峡谷,紧急时便可使出这手功夫脱险。陈子敬在云峰山狮子寨隐居之后,便将这门功夫练到了极致。两年前,陈子敬在龙南县的南武当山寻找一种当地特有的草药时，遇到朝廷派出的几名高手。陈子敬不想和他们纠缠，且战且退，到了南武当两座耸立的山峰之间，陈子敬使出"云中八步"，跃到了对面那座山峰。那几名朝廷派出的高手目瞪口呆，他们没这等轻功，只好眼睁睁看着陈子敬从另一座山峰扬长而去。这门功夫妙就妙在可以凌空连续行走。而如果脚下有支撑点，那就当然不止走上八步了。

刘望北问道："师父在此时施展绝技，想来必有道理。但弟子愚钝，一时却还没想明白。"陈子敬说道："果然不出所料，天惠禅师他们和我的想法一样。我用脚这么一踩，已初步探出虚实。"伸手抓起几枚小石子，先将其中一枚轻轻弹到对面，发出一声脆响，说道："听出来没有？这一处潭壁是虚空的，与实地大不一样。你再听听。"说罢，将手中其余石子弹向潭壁其他地方，发出的却是几声闷响，果然与前者不同。刘望北惊讶地问道："这等奥秘，师父如何得知？真是神了。"

陈子敬说道："藏宝之地既然在此处，那就必有机关了。对岸离水面虽只高出数尺，但任凭这两条瀑布怎么飞泻，潭子里的水也无法淹没它。当年天惠禅师他们在这一处潭壁开凿一个秘洞，果然是妙得很，既方便动手，又不容易暴露。如果没有地图指引，后世谁也想象不到这样的地方竟然藏着一批财宝。"

陈子敬跃上对岸，俯身下去，右手正好探到潭壁那个虚空之处。潭壁长满了杂草，陈子敬用手指在草丛中抠了抠，果然找到了一条缝隙。他轻轻拍了拍周边，已感知这里有一块两尺见方的石碑，料想石碑后面便是一个洞穴。至于洞穴有多深，则需要扳开石碑才知道。

陈子敬将石碑上的杂草拨正，站起身来，对刘望北说道："此事已经验证了，将他们几位请回来吧。"不多时，王玥师徒和尹传鹏回到水潭边。陈子敬说道："这张地图所示无误，当年陈武帝留下的财宝，正是藏于此处。我刚才已找到了它准确的位置，便是在这潭壁。只要把草丛盖着的石碑挖出来，找这些东西便不难了。"

尹传鹏大喜道："原来这么简单啊！那我们还不赶紧动手？马上天黑了，可就没那么方便了。"

陈子敬说道："不！这些财宝嘛，暂且让它们继续藏在这里。我们这次来

罗汉岩，并非把财宝挖出来，而是确认王前辈的先祖留下的线索是否属实。如今这些已得到确认，我们不仅不能动这批东西，而且不能暴露了这个地方。所以，我刚才连草都没损折一棵。"

尹传鹏说道："师父的意思是，让这批财宝在这里继续睡大觉吗？那岂不可惜了？"

欧阳紫鹃说道："有什么好可惜的，师父说让它在这里，自有它的道理。你就算把这些财宝取出来，又能用到哪里去？"

陈子敬微微点头，说道："正是，眼前还没到动用这笔财宝之际。你们也别见笑，当年钟明亮闹了那么一出，让我长了不少教训。今后不管是谁举事，没到节骨眼儿上，我们这点本钱不可轻易出手。若是遇上了真能成大事的，到时我们再将这些用得上的东西，包括'祥瑞三宝'全盘奉献也不迟。"

王玥说道："吃一堑，长一智。对这些绿林豪杰，多观察观察也是应该的。且不说他们是否真的想举事，到底能不能成事。就说成事之后吧，那种一阔就变脸的人物，我们活了大半辈子，也没少见哩。"

刘望北说道："这地方，除了王前辈，也就我们几人知道了，可千万要小心别说漏了嘴。"他这话是对着尹传鹏和萧绿荷、欧阳紫鹃说的，尹传鹏和欧阳紫鹃说道："那是当然！"萧绿荷说道："就你心细？谁不知道这道理呢！"

夜幕降临，陈子敬说道："天色不早了，我们今晚就在这山里找个地方住下吧！既然辛苦跑了这么一趟，明日总得好好游览一下罗汉岩的风光。"众人拍手称好。

沿着山路拐了一道又一道弯，终于找到一座古朴的寺庙，只见寺门上端挂着一块旧木板，上面写着"罗汉古刹"几个字。陈子敬说道："根据地图标示，罗汉岩少说也有三四处寺庙。这里既然叫'古刹'，历史必定悠久。"尹传鹏说道："莫非就是当年天惠禅师那座寺庙？"陈子敬说道："天惠禅师的寺庙距今已七百年，只怕早已不复存在。这些庙当是前朝所建。看这房子，少说也有二百年了。"

庙里却并无僧人，墙角满是蜘蛛网，看样子已许久没有人来过。想来江南，尤其是赣州路一带连年兵火不断，百姓居无定所，连罗汉岩的寺庙也没有香火了，僧人们只好另谋出路。陈子敬说道："如此也好，就省得打扰别人了，我们自己做主便是。"找了两间僧房，稍稍打扫，陈子敬、刘望北与尹传鹏在外间，王玥、萧绿荷与欧阳紫鹃在里间。

次日，众人吃过干粮，在罗汉岩闲逛了半日。这里地方虽不算很大，景点却不少，蜡烛峰、玄月湖、狮子峰、梅香谷、卧龙潭、千丈岩、望龟石……一路走来，风景各异，千姿百态，一处接一处，让人目不暇接，流连忘返。萧绿荷赞叹道："真是天下处处有奇景，不来罗汉岩，焉知这里别有洞天？看来今后更要多出去走走才是！"欧阳紫鹃说道："那就叫望北哥以后走到哪里，都别丢了你这个小尾巴！"萧绿荷骂道："嘴贱的鬼妮子，你要做传鹏哥的小尾巴，尽管去做，扯到我来干吗？"尹传鹏搔了搔头，说道："你俩斗嘴，怎么又把火烧到我身上了？"

在回铜钵山的路上，陈子敬等人又遇到几群前往兴国投奔刘六十的绿林豪杰。这些人来自瑞金、会昌、长汀等县的一些山寨，在江湖上的名头不算响亮，自然不认得陈子敬他们。陈子敬是从他们的言谈中得知他们将往何方。他对刘望北、尹传鹏说道："刘六十的义旗已然打出，在赣州绿林声名越来越大，连这些离兴国颇远的山寨都起来响应，这是大好事。但四方豪杰前往投奔，他们随意泄露自己的行程、意图，若是为官府获知，难免有些麻烦。另外，刘六十以前管的都是自己认识的部属，如今阵容一下扩大成这样，前来投奔的人三教九流都有，难免泥沙俱下，良莠不齐，只怕他一下子还未必对付得了。你们二人就别耽误了，即刻前往兴国，帮助刘六十打理这些事务。同时，路上也注意保护那些前往投奔刘六石的义士，别让他们被官府给害了。"

刘望北离开宝石寨数日，对寨中之事日益挂念，正想着回到铜钵山后，便向师父提出重返宝石山，此时听得师父如此交代，正合心意，便向陈子敬、王玥、萧绿荷和欧阳紫鹃道别。尹传鹏本来便想去宝石山一显身手，可惜一直没找到机会，此时听师父发话，更是高兴。萧绿荷与欧阳紫鹃提出要和刘望北他们同行，陈子敬以她们武功尚未大成为由，坚决不允。二女心下甚是不快，王玥说道："按你们这位叔叔的行事风格，他会答应才怪呢！此事

无须多说了，你们还是老老实实回去把武功练好再说。"

刘望北和尹传鹏心下快慰，一路疾走，黄昏时节，来到了一个叫大柏地的村庄。尹传鹏说道："今晚我们就在大柏地住吧！这个地方小有名气，我听王前辈说过，这个村虽然不大，却以村里一条路为界，一边的住户属瑞金县管，另一边则属宁都县管。路两边各开了好几个小酒馆，分别做瑞金、宁都两县的几道名菜，为此还吸引了不少客人在这里留宿，这里也便形成了一个圩场。"刘望北说道："居然有这样的地方？也好，我们今日走得也累了，且品尝品尝两县的美味佳肴再说。"

大柏地村庄不大，和宝莲山的黄婆地圩差不多。村里那条路不宽，果然如王化康所言，南边住的是瑞金人，北边住的是宁都人。刘望北说道："这可真是让人为难，宁都、瑞金的名菜都在这里，你说我们今晚吃哪里的好呢？"尹传鹏说道："嗯，两个地方的菜，都是只闻其名，但没怎么吃过，不知到底哪里的更好些。哎，哪天叫来福也在这里开个店，这样两个县的菜就都可以做了。"朱来福曾经与刘溪在黄婆地圩开过宝莲旅舍，做菜的手艺在这些年轻人当中算是最好的，所以尹传鹏看到这些酒馆，突然便想起了朱来福。

刘望北说道："今日就先不提来福了。要不这样吧，我在瑞金这边的酒馆点几个菜，你到宁都那边的酒馆点几个菜，然后你把菜端过来和我们一起吃，这样两个县的美味就都兼顾到了。"尹传鹏拍掌道："此计甚妙！就这样办了！"

二人各选了一家酒馆坐下，点了几种菜后，拼到一桌吃起来。瑞金这边的酒馆，推荐了牛肉汤、酒糟红鱼、芋皮包饺、清炖仰山山羊几个菜；宁都的酒馆则推荐了肉丸、鱼丸、松丸等"宁都三丸"，以及三杯鸡、大块鱼、魔芋豆腐几个菜。刘望北与尹传鹏大快朵颐，吃得酣畅淋漓，连连叫好，竟然一口气喝了六七碗酒。

正吃得痛快，忽听得隔壁酒馆有人说道："几位兄弟一看便是大好身手，这次投奔宝石寨，料来可获重用。"另一人说道："你怎知我们要去宝石寨？"先前那人说道："如今宝石寨刘寨主，不，刘大王广纳天下英才，但凡是条汉子，哪个不想前往效劳？我看你们几位英姿勃发，自然是绿林豪杰，再看你们行色匆匆，却不是去宝石寨还能去哪里？"

刘望北闻言，向尹传鹏做了个手势，二人默不作声，透过两家酒馆共用的木板墙缝隙，向隔壁看去。只见两张桌子旁，各坐了五六个人。问话的那人印堂发亮，满头赤发，耳朵又大又长。他身边还坐着一个长着鹰钩鼻子的大汉，从外貌来看，这二人都不像江南人物。与他们一起的还有三个人，背对着刘望北他们，看不清楚面目。另一桌有六个人，高矮胖瘦不一，答话的是一个长得瘦削的汉子。

那瘦削汉子说道："那也未必吧？行走江湖，可去的地方多着呢，也未必一定得去宝石寨。"那赤发汉子哈哈一笑，说道："话是这么说，但如今刘大王义旗高张，要为汉人打回天下，我等热血男儿，岂有袖手旁观之理？不瞒各位说，我们兄弟几个，便是要去兴国投奔刘大王的。"

坐在瘦削汉子旁边的，是一个年约三十岁的胖子。他听了赤发汉子一番话，说道："这位兄台真的也去宝石寨？那太好了，我们一路同行，可多了几个伙伴了！"

那赤发汉子笑道："正是如此！我们结伴而行，声势浩大，顺便还可以一路拉一些人入伙，这样到了宝石寨，刘大王岂不更加喜欢？"

那胖子说道："对对，老哥说得有理！我们还应多邀些朋友共同参与，帮助刘大王早日成就大事。"

那赤发汉子说道："敢问几位兄弟如何称呼？在下姓仇，名乌。"指着身旁的鹰钩鼻子大汉说道："这是我师弟，姓穆，名多。"又指着另三人说道："这几位也是我们的好朋友，平时一起做无本生意。这刘大、刘二是亲兄弟，也是刘大王的本家，他们听得刘大王举事、非游说我们几个参加不可。那位陈三与刘大、刘二自小一起长大，刘大、刘二去哪里，他都要跟着的。"

那瘦削汉子听仇乌把自己一行都介绍了，便也说道："在下姚万谷，这几位同伴是潘粟田、杨三七、谭四六、黄康崽、廖满崽。"

仇乌见姚万谷除了几个人的名字，一个字也不愿意多说，知道他对自己仍然心存疑虑，呵呵一笑，说道："久仰久仰！各位英雄一看便是干大事的，想来不至于像我们兄弟几个一样，在江湖上漂泊不定，吃了上顿不知道下顿在哪。"

那胖子杨三七说道："这你还真说对了！我们的人手，那可不止这几个……"姚万谷瞪了他一眼，说道："三七，这里的菜不错，快快多吃一点，等下还要赶路呢！"

杨三七嘟哝一声，说道："吃菜赶路，那也不急这一下。"对姚万谷打断自己说话甚是不爽，夹了一只芋皮包饺，狠狠地塞进嘴里。

仇乌微微一笑，待杨三七把芋皮包饺吞下肚，又说道："这位杨兄弟，想来少有在江湖行走。慢慢吃，不急不急。"

杨三七喝了一口酒，抹抹嘴角，说道："谁说我少有在江湖行走？我们白竹寨称霸绵江，哪次和人打架少得了我？"

仇乌看了看陈三，说道："原来诸位兄弟是白竹寨的。陈兄弟想来应该知道白竹寨的威名。"

陈三恭敬地说道："白竹寨是瑞金南部山寨，在瑞金和会昌一带颇有势力。他们的寨主徐武阳，在绿林当中算得上比较难惹的一位，官兵数次进剿，皆因山路迢迢无果。"

杨三七见他们听过白竹寨的威名，心里不禁得意起来，提高嗓门说道："白竹寨原先也就是一个小寨而已，自从徐寨主接了寨主之后，一双铁拳打遍绵江无敌手。这不，百十里之内的好汉都投奔我们来了！"

仇乌点点头，说道："原来白竹寨这么厉害，失敬失敬！可为什么只有你们几位去宝石寨呢？莫非徐寨主和你们闹翻了？"

杨三七往地上"呸"了一口，说道："说什么瞎话呢！徐寨主怎么会和我们闹翻？徐寨主是派我们几个先去和刘大王接头，到时官兵都去兴国打仗了，我们白竹寨便借机把……"

便在这时，姚万谷突然夹起一块酒糟红鱼，疾速往杨三七嘴里一塞，说道："三七，这块鱼味道特别好！"杨三七猝不及防，嘴巴一满，登时说不出话来。

仇乌冷冷地说道："你们想借机把瑞金县城占了是吧？"陈三说道："白竹寨离会昌县城也近，还有可能是想占领会昌县城。"

仇乌哼了一声，说道："果然好主意！刘六十在兴国振臂一呼，各地绿林同时发难，官兵顾了东头，顾不了西头，到时，只怕这些县城十有八九被打下来了！"

杨三七将酒糟红鱼咽下肚，说道："可不是吗？徐寨主专门派出姚副寨主带领我们去找刘大王，自然不是闹着玩的。到时候，白竹寨也需要大量人手，你们几位如果武功了得，到我们白竹寨一样可以大显身手的！"

姚万谷说道："三七，你真是喝多了，越说越不像话！"转头对仇乌说道："我这位兄弟，酒量不行偏偏又贪这几口，喝了之后总是乱吹牛。其实，我们白竹寨只是一个小山寨，能够不被别人欺负上门就谢天谢地了，哪敢有那么大的野心？徐寨主叫我们出来，只是想开开眼界而已，并无其他想法。真是让各位见笑了！"

杨三七涨红了脸，说道："姚寨主，我可没喝醉，我几时吹牛了？"姚万谷脸色一变，对谭四六、黄康崽说道："三七喝醉了，你们俩扶他到外面喝几口凉水，醒醒酒去。"谭四六、黄康崽答应一声，拉着杨三七便要出门。

仇乌霍地伸手往谭四六身上一推，说道："你们就别想走出去了！"谭四六但觉对方这一出手，力大无穷，一时站立不稳，身子不禁往后跌倒。杨三七和黄康崽受了余力冲击，也不禁踉跄后退数步。

姚万谷一见仇乌出手，便知道事情不妙，向几名同伴喝道："操家伙！"自己先将摆在桌上的刀执在手中。潘粟田、廖满崽也赶紧执刀剑在手。杨三七见仇乌翻脸，已知上当，骂道："好哇，你这厮痢疾的，竟然敢骗老子！"操起大头刀，便向仇乌砍去。

没等仇乌出手，坐在他身旁的穆多飞起一腿，正踢中杨三七右腕，大头刀脱手而去，扎在酒馆的木墙上。那酒馆主人见了，吓得两腿哆嗦，赶紧躲进里间去了。刘望北这边的酒馆主人听得隔壁有人打起来，也吓得脸色苍白，嘴里喃喃自语："千万别出事，千万别出事！"

姚万谷等人见穆多只一脚，便踢飞了杨三七的兵刃，知道对方厉害，只好将刀剑护在胸前，不敢轻举妄动。

仇乌对陈三说道："这是你的地盘，你好好跟他们说说吧，省得大家费劲。"

陈三说道："是！"对姚万谷说道："姓姚的，你不认得我，我可知道你。今日碰到我们手上，你还是劝说兄弟们乖乖投降吧，或许还可留下一条性命。"

杨三七怒道："我们和你们坦诚相待，你们竟然这样对待我们，是何居心？叫江湖上的朋友评评理！"

陈三说道："谁要你们的江湖朋友评理？告诉你们吧，我是瑞金县衙的捕头陈罗汉，你们这些山匪可没少给我惹麻烦！"指着其他几人说道："这两位刘爷，是赣州衙署的捕头刘有牛、刘有狗，那可是我们的教师爷。至于这两位大爷，你们做梦也想不到，他们是赣州路新到的高手秃发乌求、乞伏多木。他俩可是打遍大江南北没遇过对手的！"

刘望北暗道："难怪这二人不像江南人物，听他们的名字，原来是胡人。他们骗这些人说叫'仇乌''穆多'，原来是将自己的名字颠倒过来了。他们若不这样说，一听便知道是胡人的名字，自然要引起别人的怀疑了。这陈罗汉也真能吹，竟然连打遍大江南北没遇过对手都说出来了。"

杨三七骂道："原来你们是官府走狗，却在这里骗人！你个屙痢疾的，老子便是血溅当场，也不可能向你们投降！"

秃发乌求冷冷地说道："那你们便试试吧！"忽地暴喝一声，与乞伏多木双双拔出身上的月牙刀，刀光闪闪，向姚万谷等人砍去。刘望北见他们刀法凌厉，不禁为姚万谷等人担心。

姚万谷等知道身处险境，唯有全力一搏，方有可能全身而退。一行人硬着头皮，奋力抵挡。酒馆地方不大，转眼间，桌椅被他们打得乱七八糟。刘有牛等三人知道秃发乌求、乞伏多木武功过人，自己几人武功平平，这次出来主要是给他们带路，若是上去助阵反而碍手碍脚，便乐得在一旁观战。

刘望北透过墙缝看了片刻，知道白竹寨这些人当中，姚万谷和潘粟田武功较强，但比起秃发乌求和乞伏多木颇有不如。其他几人则只是江湖上的三四流角色，他们加在一起，只怕也不是这两个胡人的对手。刘望北心里想道："姚万谷他们在绿林中虽然不算什么顶尖角色，但毕竟是要去投奔刘六十的，当然不能让他们伤在官府鹰犬手中。"便轻轻对尹传鹏说道："我们没法看热闹了。走，打架去！"尹传鹏早就跃跃欲试，听他这么一说，当即说道："好！这就去！"

二人来到隔壁酒馆门口，尹传鹏说道："大胆狂徒，仗着学了几手快刀，竟然敢到这里来撒野！有种的出来，和你大爷过几招！"

秃发乌求正打得痛快，盘算着再出得十几二十招，便将这些人收服了，忽听得门外有人叫板，大是诧异。转头向门口看去，只见两个年轻人站在那里，冷冷地看着自己几个人，看那架势，似是有恃无恐。

秃发乌求寻思："光是这两个年轻人，自是不在话下，只怕他们背后还有高手撑腰。我们人生地不熟，可别螳螂捕蝉，黄雀在后，让别人给算计了。"想到这里，他对乞伏多木说道："师弟，这几个人已是死老鼠，跑不掉了。外面那二人不知是何来路，你先对付这几个山老鼠，我先将他们料理了再说。"又对刘有牛等人说道："你们几个，守住这门，别让他们跑了！"刘有牛等人满口答应，守在酒馆门口。

秃发乌求冲到门外，对尹传鹏说道："哪里来的野小子？竟敢在这里管闲事！"不由分说，一刀便向尹传鹏砍去。尹传鹏说道："你这蛮牯佬想打架，正合我意！"长剑在手，"唰唰唰"几剑向秃发乌求刺去。

秃发乌求见对方来势之快，竟不在自己之下，登时去了轻敌之心，挥刀将剑招化去。尹传鹏说道："再打！"二人有来有往，以快制快，转瞬间已过了十余招。刘望北在一旁看着，他知道尹传鹏剑法大有长进，这胡人刀法虽快，但要在尹传鹏面前取胜却也不易。

姚万谷他们少了一个对手，压力登时大减。他们强打精神，扭转败势，与乞伏多木打得难分难解。刘有牛等人守在酒馆门口，时而看看里面，时而看看外面，但见秃发乌求这边一时未占上风，乞伏多木这边也转为平局，而门外还有一个青年剑客若无其事袖手旁观，心里不禁颇为忐忑，不知这事还会发生什么变故。

刘望北待尹传鹏与秃发乌求又斗了数十招之后，已看出这胡人使的乃是北方有名的"贺兰黄沙刀法"。这路刀法本是西夏党项族秘传，以前曾经有一个叫贺多琪的高手，用这路刀法和刘溪打成平手，刘望北便是从刘溪那里知道这路刀法的。如今这路刀法重现江南，这二人只怕是贺多琪的同门。他见尹传鹏与秃发乌求一时难分胜负，不想拖延太久，便对秃发乌求说道："这位老兄，你这路'贺兰黄沙刀法'学得不错啊！兄弟我看得手痒心痒，你师弟再不出来应战的话，我可要和我师弟一起领教领教你的高招了！"秃发乌求听得他说出自己刀法的名称，不禁一惊，想道："我只道自己这路刀法在江

南没几人能识，没想到这人年纪轻轻，竟有如此见识？"又听得此人还是尹传鹏的师兄，估计他武功只怕比尹传鹏还要高明，心里暗忖："单是眼前这一个，已够我对付了，再加一个这等实力的对手，只怕很快便非败不可。这时可顾不得那几只山老鼠了！"便对乞伏多木叫道："师弟快快出来帮忙！这两个南蛮子不大简单！"

乞伏多木听到刘望北道破自己刀法的来历，也暗自吃了一惊，又听得师兄求援，知道外面形势更加紧张，便在手上加了一把劲，使出最拿手的一招"飞沙走石"，刹那间如黄沙滚滚，将姚万谷等人逼退。不等对手攻上来，乞伏多木一个转身，已冲到门外。刘望北笑道："好啊，总算闲不住了！来来来，我们比试一百招再说。"

乞伏多木平素沉默寡言，此时也不答话，一招便向刘望北当头劈去。刘望北说道："一点也不客套呀？"出剑将这一招挡住。他此前已看过他们的招式，此时有意试试对方的内力，刀剑相交后，已大致知道此人内力不弱，但自己有把握制胜。

姚万谷等人见对手悉数被两个年轻人吸引过去，便不急着逃跑，拥到酒馆门口观看。刘有牛等人见他们围过来，生怕吃亏，便往门外退去，远远地站着观战。

乞伏多木武功比秃发乌求稍有不如，刘望北武功则在尹传鹏之上。乞伏多木与刘望北交手二三十招之后，已感到对手武功厉害，自己越来越感到吃力。秃发乌求原指望师弟出来挡住刘望北，此时已知他那边更加吃紧，心里思量："我们师兄弟奉董大人之命，四处捉拿有意依附刘六十的反贼，眼看着今日大有收获，挖出了一个白石寨，却莫名其妙冒出两个厉害的家伙，导致功败垂成。如今敌强我弱，最要紧的还是想办法退却。"

想到这里，秃发乌求对乞伏多木说道："师弟，今日风紧，来日再战！"乞伏多木会意，二人同时使出那招"飞沙走石"，但见刀光闪闪，如大片黄沙滚滚而来。尹传鹏见他来势凌厉，转攻为守。便在这时，秃发乌求虚晃一刀，趁着尹传鹏退却之际，抽身而出，向刘望北背部砍出一刀。刘望北避过乞伏多木那招"飞沙走石"，正待挺剑进击，忽听得背后风声飒然，只好收剑侧身闪过。便在这时，只听得乞伏多木说道："师兄，走！"这二人已退出圈子，往村外跑去。

刘有牛等人早就站得远远的，随时做好开溜的准备。此时见正主儿先跑，便也毫不怠慢，呼啦一下全跑开了。杨三七在后面骂道："屙痢疾的，骗了老子还想跑？看打！"作势要追上去，却哪里追得上？

姚万谷见强敌一下跑了个精光，松了一口气，过来与刘望北、尹传鹏见礼。姚万谷说道："在下瑞金白竹寨副寨主姚万谷，感谢二位少侠相助之恩！"他见刘望北、尹传鹏与官府高手相抗，当是同道中人，便毫不隐瞒自己的身份。

刘望北早已知道他们将去何方，便与他们坦诚相见，将自己二人的来路告诉了他们。姚万谷听得刘望北竟然早就在宝石山，心头大喜，说道："刘大王有刘兄弟这样的帮手，何愁大事不成？我们白竹寨跟着宝石山，是跟定了！回去后便要建议徐寨主多招些人马，到时把瑞金城、会昌城一并拿下来！"

刘望北说道："白竹寨有这等雄心壮志，自然是好事。到时赣州路各地豪杰与刘寨主相约举事，官兵定然顾不过来，参与的好汉越多，刘寨主所谋之事便指日可待。但是大伙儿也一定要明白，赣州官府并不是吃素的，他们也没有睡大觉，正在想方设法阻挠各路豪杰联手。今日大家遇到的，便是其中一伙人。这两个胡人的武功在官府人物当中，还不是最厉害的。倘若当真遇到他们的顶尖高手，事情可要麻烦多了。"

杨三七懊恼地说道："这事都怪我！这几个屙痢疾的，竟然欺骗老子。老子还以为天下好汉都要造反呢，哪知道也有做走狗的。"

刘望北说道："杨兄也不必太自责。他们既然盯上了你们，即使你不说，他们也一样要下手的。我要说的便是，今后大伙儿无论做什么事，都要多留个心眼。武林当中，什么人都有，并非大家就只一个想法。"

姚万谷说道："刘兄弟提醒得甚是！今日之事，教训太大，今后大伙儿要多多小心才是。"

刘望北说道："既然大伙儿都要去宝石山，那我们就一路同行吧，这样也可多个照应。"杨三七大喜，说道："有你们俩在，我们可就不用怕那些狗腿子了！"

一行人朝着兴国县行进，途中在宁都县的白鹿营住了一晚。这里本是宁都古县城所在地。三国时期，吴国孙权便在此地设立阳都县，至西晋太康元年（公元280年），县名更为宁都，县治亦迁至阳田营。隋朝时，县治迁至雪竹坪至今。千年过去，当年的县治白鹿营早已成为一个普通村落。刘望北、尹传鹏想起陈子敬的授业恩师白鹿道人便是这里人氏，在村里走访了一遭，想听听师祖的轶事，可惜竟然没人听过他的名号。想来白鹿道人少小离家，此后又漂泊在外，村里人根本不知道这里竟然出过这么一位武林高手。

次日，一行人进入兴国县境，想到离宝石山已不远，众人心头甚是愉悦。一路上，不时看到身带兵刃的江湖人物，看他们的模样，多是前往投奔宝石寨的。姚万谷感慨地说："当初徐寨主叫我们几个去宝石寨联络，我还不以为然，觉得刘大王未必有多大的号召力。但这一路上所见，却知道了刘大王的名头确实够大，难怪官兵都龟缩起来不敢动手了。"

尹传鹏说道："这事还不是靠一传十，十传百。到时候你们回到白竹寨一说这边的盛况，不仅瑞金、会昌，便是更远的那些县，也要响应宝石山呢！"

刘望北说道："当然，这也不是光凭嘴上说说就有用。宝石山之所以有今日的威名，最重要的还是刘寨主实实在在把官兵打退了，让各路豪杰大受鼓舞，从此有了信心。若非如此，大伙儿又凭什么相信刘寨主，听命刘寨主？要想振臂一呼，应者云集，说到底，还是要靠真本事、硬功夫啊！"

姚万谷说道："刘兄弟言之有理！我回去以后，也要好好和徐寨主说说，一是多派些人手到宝石寨学学打仗。我们平时在绿林江湖打打杀杀还算马马虎虎，但要面对面和官兵打仗，可就差了那么一截。二是要像刘大王那样，放开胸怀，招贤纳才，不要再分瑞金的、会昌的、安远的、长汀的，只要有真本事，愿意一起干，尽管招进寨里来！"

尹传鹏说道："自从钟明亮失败之后，这么多年过去，一直没看到哪个英雄好汉起来反抗朝廷。如今刘寨主在宝石山义旗高张，真是振奋人心。大家说说，刘寨主这次成功的机会有多大？他比钟明亮要可靠多了吧！"

刘望北低头想了想，说道："万事开头难，宝石山的事，开头倒是很不错的。但若是非得论到成功的胜算有多少，这个还真难说。毕竟元人的朝廷立足已久，要一下把他们打垮，自然不是那么容易的事。但事在人为，只要像刘寨主这样的人多一点，总有一天，我们是要成功的。至于刘寨主的为人，当然不是钟明亮可比的。他这人豪爽得很，才不像钟明亮那样奸猾。"

姚万谷点点头，说道："如此说来，这刘大王倒是可交之人。这样我们就放心了。"潘粟田、杨三七等人也说道："就是！我们在绿林混，最怕的就是被人算计了。""要是跟到一个只顾自己吃肉，不管兄弟们喝汤的，那可不如做个独来独往的小毛贼哩！"

这时，道路两旁越来越开阔。看样子，走不了多远，便有人家了。一行人正聊得起劲，忽听得前方传来兵刃相交之声，似是有人在厮杀。刘望北说道："大伙儿先别声张，我们上前看看去！"

一行人沿着路旁的树丛悄悄往前走去。只见前方一棵大枫树下，七八个人分成三组，打得正紧。其中两组一对一，刀来剑往的难分胜负；另一组则是三个人围攻一名剑客，但那名剑客以一敌三，挥洒自如，稳稳地占了上风。

刘望北一看那剑法，便认出了这名剑客正是数次与他交手的劲敌石清泉。

十六 不速之客

姚万谷见刘望北若有所思，问道："刘兄弟，不知这是些什么人？我们该帮谁？"刘望北悄声说道："那个以一敌三、剑法高明的，是赣州路官府最厉害的角色，名叫石清泉。我和他几次交手，都未占到便宜。"

尹传鹏惊愕地说道："原来这人便是那姓石的？今日可不能放过他了！"姚万谷更是惊讶不已："官府还有这等人物呀？连刘兄弟都这么说，看来确实比那两个秃发什么的胡人厉害多了。现下我们人多，可不要让他跑了。"

刘望北摇摇头，说道："倘若我们一窝蜂而上，这小子这次当然死定了。但这人虽是敌人，为人却也算光明正大。以这等手段对付他，他定然死也不服气，而我们只怕也会觉得心里有愧。"

潘粟田说道："对付官府的人，还讲什么江湖规矩？我们把他们三个一起杀了，这事也未必会传出去。"

刘望北说道："我倒不是担心会不会传出去的事，只是觉得此人也算个汉子，若非出生在官宦人家，也许，我们本来是可以成为朋友的。用这种胜之不武的手段对付他，我无论如何下不了手。"

尹传鹏说道："这话说得也是，如果不是十分奸恶之人，要我们这样做，我也于心不忍。可一对一的话，胜算又不大……哎呀，这人似乎是翠微派的蔡五九？"

刘望北仔细一看，与石清泉相斗的其中一个年轻人，果然是翠微派弟子蔡五九。翠微派是宁都县武林重要门派，前辈当中曾经出了数位江湖闻名的人物。后来，该派大多数弟子追随文天祥抗元，血战之后所剩无几，因此元气大伤，人才凋零。翠微派继任掌门人陈声雁面对现状，深知重振门派雄风必须韬光养晦，于是闭门不出，专心调教一批年轻弟子。八年前，陈子敬在宝莲山发起群英会，广邀天下英豪上山，帮助对付意欲抢夺"祥瑞三宝"的江湖人物，陈声雁因为陈子敬是文天祥的余部，派了五名弟子上山声援，蔡五九便是其中之一，刘望北、尹传鹏对他印象颇深。

这时，石清泉越战越勇，妙招连连，蔡五九和另二人虽然勉力抵挡，却渐渐不支，不住后退。刘望北知道如果不出手相助，过不了多久，只怕这几人便要伤在石清泉的剑下。即使不认识蔡五九，他们也猜测这些人定然是和官府作对的江湖好汉，既然遇上了，不可能坐视不管。此时见其中竟然有翠微派弟子，刘望北不敢耽误，当即大喝一声："姓石的，休得猖狂！你我再战三百回合！"脚下生风，旋即到了石清泉面前，挺剑向他刺去。

石清泉眼看着便要取胜，心里欢愉，正待一剑出手，将其中最强的对手蔡五九击倒，忽听得刘望北的叫声，随即见他现身，心里吃了一惊。刘望北这一剑来势甚疾，石清泉知道他大是劲敌，不敢怠慢，急忙将攻向蔡五九的这一招收回来，身形一闪，避开刘望北这一剑。刘望北这一招本来便是为了围魏救赵，石清泉这么一避，蔡五九便脱离了险境。刘望北叫道："蔡兄弟，你们歇息歇息吧！且让我和这姓石的比试比试。"蔡五九也认出了刘望北，意外得到强援，喜不自胜，抹了抹脸上的汗珠，招呼两名同伴退到一旁。

这时，尹传鹏等人也走上前，与蔡五九见过。蔡五九大喜，起初他还担心刘望北一人对付不了石清泉，此时见到还有尹传鹏等同伴，心里总算踏实了，暗暗想道："要是实在打不过，大不了大伙儿一起上。以刘望北、尹传鹏的功夫，加上我们这些人，料来无论如何不至于落败了。"心里这样想着，眼睛却一直盯着刘望北与石清泉。待得他们交手二三十招之后，蔡五九便心下坦然了，想道："原来刘望北武功精进如斯！看样子，他并不比那姓石的差呢！也不知这些年他是怎么练的。"

蔡五九的另二名同伴正与对手打得难分难解，此时见到来了援手，精神大振，出手越来越狠。而他们的对手见形势逆转，心里发虚，斗志渐退，渐渐落于下风。

刘望北与石清泉两柄长剑若双龙斗法，只把众人看得眼花缭乱。刘望北正欲一鼓作气，与石清泉一较高下，石清泉却突然叫道："姓刘的，且住！我有话说！"说罢，连退数步，横剑于胸。

刘望北见他主动罢手，只好收了剑，听听他要说什么。石清泉说道："姓刘的，你心里也有数，若是单打独斗，石某虽不能胜你，也未必输给你。但今日你们人多，加之我已战了一场，如果你要讲江湖规矩，咱们就另找机会再打；如果你不按江湖规矩行事，欲借此机会除了我，那便大伙儿一起上好了，还可省些工夫。你放心，要打便打，石某再与你们混战一场，虽死无憾。"

刘望北知道今日若是仗着人多把他打败，他死也不服气，自己也会觉得脸上无光。刘望北其实也是心高气傲之人，自然不肯因此让人耻笑，当即说道："我知道你是条汉子，今日我也不想为难你。之所以出手，纯粹是为了帮我这几个兄弟解围。既然你把话说到这个份上，那么，今日大伙儿便罢手吧，你带你的同伴离去便是。"

蔡五九说道："刘大哥，他们是官府的走狗，不能放他们走！这姓石的我不知道是什么来路，那两个却是宁都县衙和兴国县衙的人！"

刘望北笑道："这位高手姓石，大名清泉，是蒙古将士的后人。他虽然继续为元朝廷当差，但他本人倒也是条汉子。我们江南武林人物首先讲的是武德，今日他既然不想与我决战，就不必强人所难，让他走便是。他日再遇，我们总得公平地再打上一场！"

蔡五九听刘望北说得正义凛然，心里暗道："刘大哥不仅武功好，而且有气度。他这样最容易让人折服了，以后我也得学着点。"便点点头，对自己的两名同伴说道："火生、十三郎，你们也住手吧，听刘大哥的！"

那二人听得蔡五九这么说，答应一声，向对手说道："今日便宜你们了！"收了兵刃，退后几步。他们的对手正愁脱身无术，听得他们说不打了，求之不得，赶紧向石清泉靠拢。

石清泉知道刘望北说话算数，也不客套，说道："就此别过，后会有期！"带着那二名官差扬长而去。

刘望北这才引姚万谷等人与蔡五九见过。蔡五九将自己的四名同伴向刘望北等人做了介绍。原来，这几人当中，与两名官差动手的是宁都县石上村李氏的弟子，名叫李火生、李十三郎。另二人则是与石上村隔梅江相望的斫柴岗人氏，名叫谭天保、杨山民。尹传鹏一听，便说道："这几位壮士是石上和斫柴岗的朋友？久仰，久仰！"

原来，石上李氏从宁都凌云山下的琳池村迁出，是当地有数的旺族，也出了不少武林人物，当年曾有一批武功高强的青壮子弟追随文天祥勤王。石上村在梅江东岸，其对岸的斫柴岗则出了一位大名鼎鼎的人物谭全播。唐朝末年，天下大乱，宁都人卢光稠占领时称虔州的赣州城，自称刺史，统辖虔州、韶州、潮州等地。唐朝灭亡之后，取代唐室的后梁太祖朱温置百胜军于虔州，任命卢光稠为百胜军防御使兼五岭开通使，并封其为舟汝王。卢光稠因此被后世称为"卢王"，是赣州本地有数的名人。卢光稠占领虔州后，拓宽城池，繁荣街市，赣州城因此成为江南重镇。卢光稠建此功业，首先倚仗的便是其军师谭全播。谭全播长卢光稠六岁，是卢光稠的表兄，有勇有谋，德才兼备，被称为"小诸葛"。谭全播辅佐卢光稠治虔二十六年，卢光稠病逝之后，又续治虔州七年，在赣州威望极高。卢光稠、谭全播治理赣州三十余年，宽仁勤政，济贫恤孤，广纳良才，政绩卓著，历来为百姓所称颂。尹传鹏也是宁都人氏，其父尹玉乃当年文天祥帐下勇将，率五百勇士战死于常州，一时名动朝野。尹传鹏从小便听过文天祥勤王军的壮烈之举，以及前朝乡贤卢光稠、谭全播的故事，所以一听石上和斫柴岗这两个地名，便想到与父亲尹玉一起追随文天祥的李氏英豪和当年叱咤风云的谭全播。一问谭天保，他果然是谭全播的族人，但如今斫柴岗姓谭的已不多，居民倒是多数姓杨了。

刘望北问道："蔡兄弟一行在这里遇敌，想来这次贵派陈掌门是派你们几位前往宝石山了。"

李十三郎掩嘴而笑："我们去宝石山倒是没错，但除了蔡兄弟，我们几个却不是翠微派的，自然和陈掌门无关。"

见刘望北、尹传鹏脸露诧异之色，蔡五九尴尬地笑了笑，说道："说来惭愧，兄弟我这次去宝石山，却和上次去宝莲山不同。去宝莲山是掌门所派，去宝石山，这个，呵呵，却是我私自行动。"便把事情原委说了一下。

原来，这次刘六十也向翠微派发出了邀请。但陈声雁觉得本派人才大不

如前，为了保存力量，便以与刘六十不熟为由，婉言谢绝了刘六十，不派弟子参与其事。但蔡五九对兵家之事一直饶有兴味，得知此事后，主动请缨要去宝石山杀敌，陈声雁依然不允。蔡五九见掌门人不答应，心有不甘，便暗地里和向来交好的武林朋友李火生、李十三郎、谭天保、杨山民商议。这四人本是英烈之后，得知宝石山要起兵收复汉人江山，欣然表示要前去投奔。于是，蔡五九便冒着被掌门人逐出门墙的风险，悄悄溜出翠微峰，与他们结伴同行，前往兴国投奔刘六十。不料，路上被官差发现行踪。那两名官差将此事报给石清泉，蔡五九一行因此在这里被他们拦截。好在刘望北等人及时赶到，否则只怕凶多吉少。

刘望北等人听了蔡五九的经历，纷纷出言称赞。蔡五九说道："惭愧惭愧！其实，我们掌门不让大伙儿参加，也是为了本派好。我这样不听话，掌门定然不高兴。但建功立业的机会就在眼前，如果就此错过，难免遗憾终生。"

刘望北安慰道："陈掌门深明大义，蔡兄弟这等热血，相信他定然不会怪罪。既然出来了，那就到宝石山好好杀敌吧。陈掌门知道了，也会感到欣慰。"蔡五九说道："我也是这样想的。既然来了，那当然得好好干它一场！"

刘望北说道："天下英豪投奔宝石山的事，已经引起了官府的注意。他们派出高手劫杀前往宝石山的英雄，我们这一路上已遇到两起了。只怕有些英雄没防备，还遭了他们的暗算。"蔡五九说道："还真有这个可能呢！我们经过宁都与兴国交界的地段时，便发现了几名遇害的武林人物，正想不明白这是谁下的毒手，听刘大哥这么一说，极有可能便是官府那些人干出来的事！"

尹传鹏说道："我们得趁早把这事告诉刘寨主，让他早做防备，尤其是提醒各地前来效力的兄弟们路上小心为上。"蔡五九说道："那我们还是快快赶路吧！有了这么多伙伴，就不怕官府的狗腿子们了！"

一行人进入宝石山，来到宝石寨，已是近黄昏。刘望北隔了些时日不在寨里，这次重返，但见寨子四周插了不少五颜六色的旗帜，有的写了"兴汉"二字，有的则写了个"刘"字。刘望北心里想道："这'刘'字自然是指刘寨主,但这'兴汉'二字不知是何意?以前可没听过。"正东张西望,守寨门的兵士见到有人靠近,大声向他们喝问。还没等刘望北回答,那头目已认出了刘望北,知道他是刘六十最器重的帮手之一,热情地迎下来,并赶紧派人去向刘六十通报。

刘望北问那头目:"那旗子上写的'兴汉'是什么意思?莫非寨里又来了哪位高人?"

那头目哈哈大笑,说道:"刘少侠离开宝山石有些时日了,难怪不知道。这是我们大王定的国号哩!大王前几日正式打出这个旗号,以此广聚天下英豪,这也是廖老夫子的主意。大伙儿都说,这个国号定得好,从此,汉人江山就要复兴了!"

刘望北一愣,问道:"大王?哪里的大王?"那头目说道:"就是刘寨主啊!他现今不叫刘寨主了,改名叫兴汉王!等会儿刘少侠见了大王,可别喊错了哦!"说到这里,压低声音,神秘兮兮地笑道:"我还听说,做兴汉王还只是第一步,接下来,大王还要做兴汉皇帝哩!到时候,大伙儿都有官做了!"

刘望北惊愕不已。虽然他知道,刘六十举事之后,未必像钟明亮那样借助赵氏名号,有朝一日或许要亲自称帝,但此事还是来得太突然。短短几日工夫,没想到刘六十竟然把国号都定下来了,而且这么快就公然称王了,也难怪路上遇到不少江湖人物提起"刘大王",看来此事很快便传出去了。

那头目见了刘望北的神情,知道他感到意外,又悄悄提醒道:"大王的名讳也改了,不能再叫'刘六十'了!如今他的大名叫刘贵。反正寨里的兄弟都知道,以前的名字是不能再提起的。"

刘望北点点头,心里暗道:"刘寨主既然做了兴汉王,原先那个名字自然土气了些。更名'刘贵',估计也是廖白衣的主意。"

一路上山,山道拓得更宽了。这条路以前是没有台阶的,如今路中间新铺了厚重的青砖,道路一级一级往上延伸。到了寨顶,房屋还是以前那些,但屋外张灯结彩,洋溢着一股喜庆氛围,就好比村里某户农家刚刚办完喜事一样。正中那间大屋,新添了一块牌匾,上书"兴汉王府"二字。刘望北心里想道:"刘寨主在这样的荒山野岭登上王位,就算不是前无古人,也该算得

上极其罕见了。也不知他做了'兴汉王'之后,有什么变化么?"

刘六十正与谢惟志、白云翀、万隆道人、杨火鑫等人在大厅商议要事,听说刘望北回来了,一起欢笑着迎出来。见到尹传鹏也来了,刘六十、谢惟志、白云翀更是意外惊喜,你一句我一句地向他们打听陈子敬等人的近况。当得知陈子敬已离开狮子寨,在瑞金另觅佳地隐居,刘六十说道:"瑞金离我们更近了,这是好事!待我们大事有望,还得请他们下山出大力气呢!"谢惟志也说道:"如此甚好,以后大伙儿想见见他们就比以前容易多了!"白云翀乐呵呵地说道:"没想到这么突然就搬家了呀!我还以为下次还得跑这么远送信呢!今后总算可以偷点懒了。"

众人进了大厅重新坐下。刘望北将姚万谷、蔡五九两伙人也向刘六十等人做了介绍。刘六十说道:"徐寨主、姚寨主威名远扬,刘某真是仰慕已久!宝石山随时欢迎白竹寨的兄弟共谋大事!"又对蔡五九说道:"这位小兄弟在宝莲山见过,如今越发精神了!你来了便代表了翠微派,很好,很好!"对李火生、李十三郎、谭天保、杨山民也说了一些客套话。

刘望北见刘六十还是和以前一样朴素豪放,并没有想象中那些王公贵族的威严,也就和他有说有笑。姚万谷等人初次见刘六十,见了宝石寨的阵容,本来有几分拘谨,待得相处片刻之后,见刘六十平易近人,并无王侯的架子,完全是江湖好汉模样,这才放心交谈起来。

刘望北说道:"我离开宝石寨数日,未能赶上寨主——不,大王定下'兴汉'国号的大喜之日,真是抱憾!可惜回来时又不知道这个盛事,见面礼也没带上一件,还望大王包涵!"姚万谷也说道:"我们几个走得匆忙,也没想到这些礼数。否则,我们白竹寨再穷,也得备上一份薄礼!只好等下次双份补上了!"他们初时只道刘六十就是个人马稍多的山寨主,所谓的"大王"是为了好听随便叫的,到了宝石山之后,才知道刘六十手下人马之多、阵容之大,远非白竹寨之流可比。

刘六十哈哈大笑,说道:"在各位兄弟面前,称什么'大王'?大家还是好兄弟,继续兄弟相称又何妨?说起来,打出'兴汉'旗号,称个什么'兴汉王',那正如廖老夫子说的,纯属为了更好地邀集天下各路英豪共谋大事。如果没个旗号,单凭一个宝石寨刘某人,你说能有多少人信服我们呢?大家说是不是？"姚万谷心里说道："那是当然。你如果只是个寻常寨子，谁会大老远地响应你？这立国了可就大不一样。"

杨火鑫说道："大王这话说得在理，确实是这样！要干大事，还是要先有个名分。有了名分，很多事情就好说好办了。否则，要是别的什么山寨先打出个国号来，那我们不是替人家干了？"

刘六十说道："大伙儿还别说，我们弄了个国号，确实有效果哩！我们兴汉国开张才几天，便有几个以前和我们不大来往的帮派、山寨送上贺礼了。听他们的意思，以后也要跟着我们干呢！我们的人马越来越多，好啊！"

谢惟志告诉刘望北他们，自从刘六十广发英雄帖之后，如今已募集数万人马，分布在宝石山各寨。另有寨九坳、蜈蚣寨、十八排、大乌山等地的豪杰，也表示遵兴汉国号令。加起这些外围力量，刘六十可调度的人手已有近十万。

刘望北说道："'兴汉'立国后，相信聚集于大王旗下的英雄会越来越多。只可惜，在下不才，没能如愿刺杀董士选。"便把自己与董士选的数次遭遇说了，并提醒刘六十，董士选是个厉害角色，还是要对他多加小心。

刘六十笑道："望北老弟也不必内疚！区区一个董士选，没杀成便没杀成，谅他也没有通天的本事！他如果有胆量来和我们宝石山——不，兴汉国大战一场，看我们要不要把他生擒活剥！我还真担心他不来呢！"

杨火鑫说道："大王说得对！当初，宝石山仅有几千人，大王便指挥大伙儿把官兵打得落花流水。如今我们的人马增加了十倍，还怕他一个董士选？只要他敢来，我们定教他有去无回！"

刘六十说道："他若是不来，我们先打下兴国县城，再杀到赣州城，把这个董士选活捉了再说！倘若他愿意投降，我看在望北兄弟说他是个人才的分上，可以考虑封他一个小官做做。否则，杀无赦！哈哈！"

刘望北见刘六十、杨火鑫不把董士选放在眼里，本想再说几句，但看到刘六十踌躇满志，不忍扫他的兴，便没有说下去。这时，厨房已将酒菜端上来。刘六十说道："好啦！各位兄弟赶路辛苦了，其他事留着明日再说。今晚大伙儿先痛痛快快喝一场，不醉不散！"

宝石山自从敞开山门招兵买马之后，用度大增。刘六十知道创业艰辛，

平时也就是家常便饭,并不铺张。今日因为刘望北、尹传鹏、姚万谷、蔡五九等人到来,他心情大好,菜肴便丰盛了许多。众人开怀畅饮,风卷残云,果然喝得天旋地转方才散去歇息。

次日,刘望北带着尹传鹏、姚万谷、蔡五九等人在宝石山各个山寨之间转悠,熟悉地形。刘望北对尹传鹏等人说道:"今年初,我重返宝石寨之后,因为大王把范围拓宽了许多,很多山寨我都没去过,谢叔叔专门带我转了一圈。今日,我算是这里的熟人了,便有样学样,也带你们转一圈。以后又不断有新朋友过来,到时候,可就要靠你们来带路了!"蔡五九说道:"宝石山这么快便聚集了这么多英雄好汉,我相信,今后要来的人定然越来越多,我们一定给新朋友们带好路,让大家尽快在这里混熟了!"姚万谷说道:"正如蔡兄弟所言,我们也是一般想法哩!"

宝石山方圆数十里,大大小小的山头上百个,巍峨挺拔,壁如刀削,洞幽林深,景象万千。尹传鹏、姚万谷、蔡五九等人初次来到这里,见奇景满目,赞不绝口。尹传鹏说道:"宝莲山也有这种光溜溜的绝壁,但没这么多。看到这种悬崖峭壁,我就想起宝莲山的山歌所唱的:'老鼠爬了三天三夜,才爬到半壁。'这里的风光和宝莲山相比,却是另一种味道。"

蔡五九说道:"我只道翠微峰的丹岩风光是天下绝无仅有的,没想到这宝石山竟然和翠微峰有得一比!看它的范围,只怕也不比翠微峰小呢。"姚万谷等人更是啧啧称奇。

在山中穿梭,来到一处山崖下。这里三面绝壁,下面是一道深谷,隐约可见密林中有小道蜿蜒。刘望北说道:"这个地方叫'回音壁',出口喊一声,回声不绝,甚是有趣。"说罢,朝着对面的山崖喊道:"兴汉必胜!"果然,话音未落,便听得四面有人跟着喊道:"兴汉必胜——""兴汉必胜——""兴汉必胜——"

尹传鹏拍手笑道:"果然有趣!"跟着也喊道:"尹传鹏在此!"但听得山谷中"尹传鹏在此"之声不绝。姚万谷对潘粟田等人说道:"我们喊一下'白竹寨来也'吧!"几个人一起开口,顿时,"白竹寨来也"响彻云霄,姚万谷等人乐不可支。

蔡五九对李十三郎、谭天保等人说道："我们宁都来的也不能落后了！我们一起喊'翠微峰最神奇'吧！"翠微峰被列为道家七十二福地中的第三十五福地，声名远播，在宁都更是家喻户晓。相传，西汉民女张丽英在翠微峰的金精山修道成仙，长沙王吴芮征战福建时，听说了此事，前往翠微峰寻访，被张丽英的美貌吸引，要纳她为妾。张丽英当然不答应，对吴芮说道："这山里有个石屋，要我嫁给你，除非你能把它凿通。"吴芮心想："我有千军万马，这等小事岂能难倒我？"连夜指挥部属动手，凿了三天三夜，果然把石壁打通了，但见里面别有洞天。吴芮只道张丽英别无退路，只能委身于他。不料，眼前这位美人却在此时腾着紫云缓缓飞上天空，边飞升边说道："我乃金星化身，岂能嫁尔辈凡夫俗子！"吴芮无奈，只好眼睁睁看着张丽英远去。后人为了纪念张丽英，便将这个山洞称为"金精洞"，还在洞里建了一个灵泉观，并设坛奉祀。千余年后，自称"教主道君皇帝"的宋徽宗听闻金精山传奇，亲笔御赐张丽英为"灵泉普应真人"。翠微峰因此更加名闻遐迩。李十三郎、谭天保等人听了蔡五九的提议，齐声答应，几个人放开嗓子，一起吼道："翠微峰最神奇！"刹那间，"翠微峰最神奇"之声如雷鸣般响起，四处山鸟"扑棱"惊起。众人见状，哈哈大笑，笑声久久不绝。

　　大家玩得正高兴，刘望北忽地看到底下的山谷一个灰色人影一晃，转眼间不见踪影。这人身手敏捷，若非刘望北内功深厚，眼力颇好，还真发现不了。刘望北暗忖："宝石山虽然新进了许多江湖豪杰，但没听说武功特别高明之士加入。看这人的身手，只怕不在谢惟志、白云翀两位大叔之下，那会是谁呢？莫非是外面混进来的歹人？"这人早已隐没在密林中，刘望北知道一时无从寻找，便不动声色，继续与大伙儿边走边聊。

　　又走了一阵，来到腊石寨。这座山峰甚是雄伟，远远看，如一道铜墙铁壁拔地而起。刘望北告诉众人："宝石山是当年文丞相驻军之地。被称为'头寨'的宝石寨，那几间大屋便是当年文丞相所建，这个前面已经和大伙儿说过了。眼前这座腊石寨，也是文丞相亲临过的。山腰有个'腊石洞'，当年文丞相与将士们一起在洞里住过。还有一个'禾仓岩'，是文丞相贮存粮草的地方。大伙儿可以到山顶看看。"

　　一行人往山上走去，还没到寨门处，驻守腊石寨的头目姜修敏已看到刘

望北，大呼小叫地迎下来。刘望北知道这人武功不高，却甚是圆滑，料得他又要说一大通恭维话。果然，姜修敏还没走到近前，便不断地说道："刘少侠这可回来了！大伙儿可想念得紧呢！你那次亮的一手武功啊，可真是让我们大开眼界呢！我们在兴国县，不，整个赣州路，也没见过哪个剑法比你更好的了！兄弟们都盼着，若是有机会让刘少侠指点几招，以后行走江湖，可就再也不用担心受谁欺负了……"

刘望北打断他，说道："姜大哥就别谬赞了！我这样的三脚猫功夫算什么呀？武林当中比我强得太多了。"

姜修敏说道："哪里哪里！刘少侠可千万别客套，我姜某别的好处没有，最大的好处就是为人实在，从不胡吹乱夸。要说比刘少侠武功更厉害的嘛，我看只有那些前辈高人……可惜他们又不出来行走江湖。所以，江湖上，还是数你刘少侠厉害，哈哈！"

刘望北呵呵一笑，说道："你这样乱捧我，也不怕其他高手听到了对你不满？到时弄得自己人缘不好，可别怪我哟！"话锋一转，对他说道："这几位是新到宝石山的朋友，我来引见一下。大家都是一家人，今后多亲近些。"便将尹传鹏等人一一介绍了。

姜修敏见他们是刘望北带来的，自然不怠慢，一个一个地"久仰"了一番，少不了给每个人送了一顶高帽子。姚万谷是老江湖，对这等事见惯不怪，蔡五九等年轻人却差点忍不住要笑出声来。

到了山顶，这里地势较高，视野开阔，四周数十里风光尽收眼底。众人见了宝石山连续不断的山峰，都称赞刘六十很会选地方，立足这等险要之地，易守难攻，可进可退，难怪官兵拿他们毫无办法。姜修敏告诉刘望北，如今腊石寨驻扎的人马也翻几倍了，山上山下加起来，归他统领的人马逾千，在诸多寨子里面是兵强马壮的一个。自从上次打了大胜仗之后，再也没有外人敢靠近腊石寨了，言下颇有得意之色。刘望北想想那次打仗时姜修敏的胆怯模样，心里暗暗发笑，想道："但愿这里人手增加后，你这当头目的胆量也能更大些。"

告别姜修敏下山时，尹传鹏说道："这个姓姜的油嘴滑舌，只怕为人不够踏实，不知武功如何？"刘望北笑道："他是早几年投奔宝石寨的，手脚上的功夫平平，嘴上功夫倒是了得。"蔡五九说道："我正寻思，嘴巴特别喜欢说的人，武功往往不行。还真是这样啊！"众人不禁笑出声来。

回到宝石寨，刘望北他们已被告知安排在不同的山头住下。刘望北和尹传鹏住在宝石寨，与刘六十、谢惟志等人在一起。姚万谷等白竹寨一行安排在乌仙寨，蔡五九等宁都来的几人则暂时安排在坪峰寨。

刘望北悄悄地将发现一名身手敏捷的灰衣人之事给谢惟志说了。谢惟志说道："此事果然蹊跷！其实，前日，我在八仙岩也曾经见过这么一个身着灰衣的人。当时他从岩下飘过，我还以为看花了眼。后来，看到他在一个洞穴里寻找什么，我想追过去看看，但此人轻功极好，听到我的脚步声之后，很快从洞穴里窜出来，眨眼间便不见了人影。"

刘望北大吃一惊，问道："这事刘寨主——大王知道吗？"

谢惟志说道："因为兴汉国旗号刚打出，大王事情太多，为了不让他分心，我暂时没把这事告诉任何人。从那时想，我便想暗地里观察一下，看看到底什么人潜入了宝石山，意欲何为。"

刘望北说道："这人有这等身手，定然不是等闲之人。告诉其他人，除了让大家心里不安，没别的好处。不如我们几个先暗暗察探一下。叫上白叔叔和传鹏一起如何？"

谢惟志点点头，说道："如今宝石山人马大增，这当然是好事。但近期进来的这些人，大多数我们并不熟识。知人知面难知心，机密之事还是不跟他们说为好，以免走漏了风声，动摇了军心。眼下最可信任的，也就是我们从宝莲山过来的几人，再加上万隆道长和杨火鑫师兄弟。我的想法和你一样，有什么事，还是我们几个多商量。"

于是，二人将白云翀、尹传鹏叫过来，将这事与他们说了。二人听后，颇为惊讶，没想到拥有数万人马的宝石山，竟然被身份不明之人混在其中。但转念又想，宝石山范围广大，山多林密，武功高手隐藏其间，也不是什么难事。尤其是刘六十如今公然立国称王，有人混进宝石山图谋不轨，更不算什么意外之事。只是，不知这人是官府派来的，还是绿林中的对手。但不管怎么说，宝石山出现了这种人物，都必须时刻警惕，尤其要注意保护好刘六十。四人商定，今后无论出现什么情况，都得留一人在刘六十身边，以免

给敌人可乘之机。

刘望北问道:"大王现在去哪里了?"白云翀说道:"他刚刚去坪峰寨了,说是要看看县城方向官兵的动静。万隆道人与杨火鑫陪同去的。"谢惟志说道:"他们师兄弟武功不弱,遇到一流高手的话,二人合力,也能抵挡得下。但敌人在暗处,我们在明处,也不知他们有多少人。要不,白兄辛苦一下,先去坪峰寨守护在大王身边?我们几个去各处走走,察看一下有无形迹可疑之人。"

白云翀说道:"按谢兄弟的吩咐,我这就去!你们也小心些。"

谢惟志与刘望北、尹传鹏从宝石寨一路出去,每逢洞穴,都去察看一番,果然发现一些平时无人问津的岩洞,都有新近留下的足迹,显然有人来过。谢惟志说道:"看样子,这人是来寻找什么东西的,这些东西应当是藏在哪个岩洞里。"

尹传鹏说道:"会是什么东西呢?为什么以前没人来找,现在宝石山人多了,他反而敢进来寻找?"

刘望北低头沉思片刻,说道:"也许,这人最近才获悉他要找的东西在宝石山。我起初以为他是要找与文丞相有关的东西,因为以前文丞相在这里驻扎过,难免留下一些让人觊觎的物品。但现在看来,也未必:如果他是想找文丞相留下的东西,早就可以进山的,以前人少,行动还更方便呢。刘寨主刚刚立国称王,他就在这里到处乱翻,莫非是冲着大王来的?但也没听说过大王藏过什么东西在哪个岩洞呀!"

尹传鹏一拍脑袋,说道:"你说到文丞相留下的东西,会不会是'祥瑞三宝'呢?难道那些家伙怀疑'祥瑞三宝'藏在宝石山?"

谢惟志想了想,说道:"这事还真有可能。当年,传出'祥瑞三宝'在宝莲山之后,你们看看,多少人跑到山上来,有本事的没本事的都来了。大伙儿离开宝莲山后,这些贼心不死的家伙失去了目标,虽然没能在江湖上兴风作浪,但谁知道他们暗地里在搞些什么勾当。如今刘寨主突然打出兴汉国旗号,公然称王,难保有人不服气,有人视为眼中钉,于是想象出'祥瑞三宝'在宝石山这样的事,把宝石山当成了第二个宝莲山。"

刘望北说道:"这么一说,完全有这种可能呢!官府无疑是对宝石山视为眼中钉,必欲除之而后快的,而那些一心想着私利的武林中人,他们当然也不希望宝石山的势力能够壮大。就拿飞鹰帮来说,他们敢去汶潭崇打主意,便有可能来宝石山打主意。"

尹传鹏说道:"对了,我看就是飞鹰帮或者六石门那伙人!你说他们失去汶潭崇这个目标后,能去哪里呢?与师父有关联又比较好找的人物,不就是大王么?所以,他们完全有可能来宝石山!师兄再仔细想想,那天看到的人,是像黎富达呢还是向三通?"

刘望北说道:"都不像。这二人我们刚刚见过,如果是他们,应该会觉得眼熟。但那个灰衣人,我看着挺陌生的。"谢惟志也说道:"我见到的那人和望北老弟所见的应该是同一个人,我也觉得以前没见过他。"

尹传鹏说道:"那就可能是其他江湖人物。不管来者何人,这般鬼鬼祟祟的,定然不怀好意。不管他躲藏得多深,我们还是要尽早把他挖出来。"

他们在山中迂回良久,虽然发现不少疑点,但终是未见可疑之人。谢惟志说道:"宝石山这么大,要找一个人,比大海捞针也容易不了多少。我们别泄气,今晚就在山里随便找个石壁歇息一下,明日继续找。把每一条路都走一遍,每一个岩洞都看一遍,总归会有收获的。"刘望北说道:"也好!这个季节在岩壁上睡一觉,正凉快呢!"尹传鹏笑道:"搞阴谋的人往往喜欢夜里行动,说不定我们在外面睡觉,还会有意外收获呢。"

一觉醒来,天色已微明。刘望北说道:"可惜师弟的意外收获还是没有到来。不过,舒舒服服睡了一觉,也好!"谢惟志说道:"我们就近找个寨子吃点东西,然后继续查找。"看看周边山头,说道:"这里最近的是乌仙寨,我们便去这里讨口饭吃吧。"

谢惟志经常与刘六十在宝石山各个山头行走,被刘六十称为宝石山第一高手,宝石山上下无人不识。乌仙寨的头目罗青瓜见谢惟志等人上来,喜出望外。听得谢惟志一行要在这里吃一餐饭,更是倍感荣幸,赶紧吩咐手下将最好的菜肴端出来,还专门烧了一壶酒。谢惟志笑道:"还是乌仙寨伙食最好,除了管饭,还可以吃上早酒。"罗青瓜说道:"哪里哪里!如今人手多了,用度得划算好。若非谢大侠等几位到来,别说早酒,晚酒都得半个月才喝上

一碗了！"

吃过饭，谢惟志向罗青瓜告辞，只说是带两个小兄弟四处走走。罗青瓜也不多问，热情地送他们下了山。三人又循着一条条山路走了一遭，到了饭点便就近找山寨"打秋风"。晚上，又找了一处岩壁歇息。

尹传鹏说道："这样走下去，只怕走遍了宝石山也找不到这个人。会不会是这人已离开了宝石山呢？"

刘望北说道："不管他有没有离开，我们先排查一遍，做到心中有数，总是好的。"

谢惟志说道："正是！既然被我们知道了有这么一个人，不排查一遍，心里总是不踏实。大王接下来将有大行动，如果混进了奸细还不知道，那可就糟糕了。"

三人在岩壁并排坐下。谢惟志说道："我们正坐在丹象岩上面。这丹象岩从下面看上来，活生生就是一头大象，有鼻子有眼睛。这里地势高，看得远，大家用心观察，说不定真会有收获。"

几个人吹着晚风，东拉西扯地闲聊着。刘望北与谢惟志相处时日较久，该说的话平日也说了，此时难免有些旧话重提的事。尹传鹏与谢惟志自从七年前在宝莲山分手后，便没有见过，这次难得聊上那么多，相互之间的了解又深了一层。

月上中天，刘望北、尹传鹏都觉得困倦了，正想躺下睡一觉，谢惟志忽然扯了一下他们的衣服，低声说道："你们看下面那条路！"二人循着谢惟志的手指往下望去，只见一个黑影疾速往前奔走，时而在路面出现，时而隐入林间。谢惟志说道："找了这么久，总算没白费功夫！走，我们追上去！"

刘望北、尹传鹏登时精神抖擞，睡意全无。三人沿着小路冲下丹象岩，按刚刚所见的方向往前，林间果然有一条时隐时现的小路。三人小心翼翼，生怕被人发觉。走了一程，前面出现一条岔路。谢惟志悄声说道："看看这人往哪边去了，别追岔了。"三人仔细察看之后，刘望北说道："可能往左边这条支路去了，这里有几根草折断了，看样子是刚刚踩折的。"谢惟志点点头，说道："往前的主路没什么痕迹，应该是往左边去了。"

又行了约二三里，林子越来越密，道路已不分明。尹传鹏说道："看样子，前面已无路可走，不会走错了吧？"刘望北借着月光看了看，说道："有些灌木似乎被人动过，应该没错。"谢惟志说道："越是没人去的地方，越是可能躲着人。我们就一直走下去，走穿了这片林子再说。但小心不要弄出了声响。"

三人蹑手蹑脚地在林中前行。走了一阵，忽听得前面传来说话声。三人不约而同互相打了个噤声的手势，心里一阵狂喜。

谢惟志走在前面，一步一步轻轻往前挪。刘望北、尹传鹏紧随其后。行了一段之后，林子已快到尽头，前方却是一个巨大的岩洞。谢惟志招手让刘望北、尹传鹏隐蔽在树丛中，透过枝叶缝隙往前看。月光照下来，只见那岩洞从山岩窝进去，纵深有数丈，宽则达上十丈。岩洞里面，左右两旁各竖着堆放了一捆捆杂草，想来是有人在这里住宿时用来做铺盖的。

岩洞正中，两个人正在说着什么。一个穿着一身灰衣，一个穿着一身黑衣。谢惟志转头看了看刘望北。刘望北点点头，示意他，这名灰衣人应当便是自己所见的那人，而这黑衣人，便是方才他们一路追踪的那个人了。

那灰衣人蒙着头，脸上只露出一双眼睛。他面向岩外，说道："你何必苦苦纠缠我？我说了没有，那便是没有。"声音颇为苍老，听起来似乎是个六七十岁的老人。

那黑衣人身材高大，脸朝里面，谢惟志等人只能看到他的背影。只听得他说道："你来了数日，想必要找的东西都得手了？何必在我面前说假话。"谢惟志和刘望北忽然觉得，这声音听起来似乎耳熟。

那灰衣人说道："我若是找到了，还会在这里等你来兴师问罪？这回只能说是徒劳一场，也许那些东西根本不在这里。"

那黑衣人说道："我看你几乎把这里该找的地方都找遍了，呵呵，收获应该还是有的吧？虽然不一定找全了。"

那灰衣人说道："这么多年了，耿老弟一直没放弃跟踪我们啊！唉，当年那事，老弟真是误解了！其实，事情根本不是你想象的那样。"

那黑衣人说道："好吧，当年的事就先不管它。那我且问你，如今你打算如何？你如此死心塌地为他们卖命，难道对得起主公的在天之灵？"

谢惟志和刘望北几乎同时想起了这黑衣人是谁。二人对视一眼，刘望北

举起左掌，右手食指在掌上写了个"星"字。谢惟志点点头，示意他和尹传鹏继续隐蔽，先别惊动他们。

原来，那黑衣人是当年占领赣州城的义军首领钟明亮最器重的部下耿星星。元世祖至元二十六年（公元1289年），钟明亮在陈子敬、刘溪的帮助下占领赣州城，不久因官兵围困而投降元朝廷。待官兵退去，钟明亮又继续造反，没多久再次投降。如此反复之后，随着钟明亮病死，义军终于被朝廷瓦解。谢惟志与刘望北在赣州城见过耿星星，知道他是钟明亮手下第一勇士，其时武功与刘溪差不多。此后，谢惟志与刘望北离开赣州城，前往宝石山，便没见过耿星星。钟明亮义军土崩瓦解之后，耿星星不知所终，江湖上再也没人提起过他，没想到事隔多年，这人竟然出现在宝石山。

只听得那灰衣人说道："主公早就不在人世了。我与他宾主一场，也算仁至义尽了，你总不能要我追随他到九泉之下吧？"

耿星星说道："谁敢指望你追随主公到九泉之下？你做了高兴的座上宾，当我不知道么？你如今所做的一切，都是为了博得高兴的欢心，主公若是地下有知，真是死不瞑目。"

谢惟志一听，不禁愕然："他们怎么和高兴扯起关系来了？难道高兴的手竟然伸得这么长？"

高兴是福建行省平章政事，数年前则为江西行省左丞，所以谢惟志知道其人。高兴是蔡州人氏，少年时便慷慨豪爽，力大无穷。有一次，他与同伴在南阳山中打猎，突然遇到一只凶狠的老虎。那老虎一声大吼，高兴的同伴全被吓跑了，他却临危不乱，镇定自如，一箭射出，老虎当场毙命，众人赞叹不已。南宋末年，高兴投于南宋制置陈奕麾下，本想做一名抗元志士。陈奕见他英武过人，便将外甥女许给他为妻。元世祖至元十二年（公元1275年），元军大举南侵，高兴随陈奕以黄州降元，封为千户。此后，高兴由抗元志士转为灭宋勇士，一路南下，战功累累，不断升迁。

元世祖至元十四年（公元1277年）夏，福建政和县人黄华在当地起义抗元，建宁府其余各县和括苍等地义军纷纷响应，一时声势浩大，元廷为之震惊。次年，元廷命高兴前往建宁府镇压黄华义军。两年后，黄华经不起收买，投降元廷，与汀漳抗元义军为敌，并被元廷授为建宁路管军总管。至元二十年（公元1283年），黄华再次起兵造反，并打出反元复宋的旗号，称"至元二十年"为宋"祥兴五年"，很快拥有十万人马，攻下多个城市，威震东南，震惊朝野。时为江西道宣抚使的高兴，奉命率军围剿黄华。黄华不敌，节节败退，最终自焚身亡。高兴因此江湖威名更盛，仕途更加得志。

谢惟志知道，钟明亮病故之后，高兴调任江西行省左丞，对钟明亮余部打击甚重，难怪耿星星对此人耿耿于怀。但高兴后来升任福建行省平章政事，与江西行省之间便没什么直接关系了，不知那灰衣人为何要追随他到福建。

却听得那灰衣人说道："良禽择木而栖，这事没什么对与不对。你这些年跑到福建来跟踪我，难道就因为这样的事？这么说来，你也未免太没器量了啊！"

耿星星说道："你爱跟着谁，这个我当然管不着。但这'祥瑞三宝'，是我们汉人用来对付元廷的，你要献给你的新主子，我可不同意。"

那灰衣人干笑几声，说道："什么老主子新主子，当年，你的主公不也是降过朝廷吗？为什么别人就不能另择明主呢？既然能为钟明亮寻找'祥瑞三宝'，为什么就不能为高大人寻找呢？钟明亮要是不死，说不定今日也是高大人手下一员干将呢，甚至可能还要和我争着寻找'祥瑞三宝'，向高大人献忠心呢！"

谢惟志一听，想道："原来他们果然是来这里寻找'祥瑞三宝'的。奇怪的是，谁告诉他们'祥瑞三宝'在宝石山？这事连我们也没听说过呀！"刘望北和尹传鹏也想道："'祥瑞三宝'明明被师父藏在隐秘之处。师父可没来过宝石山，这些东西怎么可能被藏在这里？也不知是什么人骗他们过来的。"

只听得耿星星气愤地说道："你……你竟然这样说主公！主公那时是权宜之计，不得已而为之。你做的事，能和主公相提并论吗？"

那灰衣人冷笑一声，说道："有何不可？钟明亮也没有比谁更高尚。他当初举事，还不是为了自己想做皇帝。我看他身边，也只有你才什么都信了他的。我无果和尚本来倒是没想那么多，正是看到钟明亮反复无常，才觉得江湖水深，人心叵测，才明白'天下熙熙，皆为利来；天下攘攘，皆为利往'。和钟明亮相比，倒是高大人更像个英雄好汉，我们给他干，也不亏嘛！"

耿星星听他言语中对钟明亮越来越不客气，心头大怒，骂道："好你个贼秃！亏主公当初这么信任你！我一直怀疑主公的死与你师徒有关，看来你们早就怀了异心！"

谢惟志与刘望北、尹传鹏又对视了一下。二人向谢惟志点点头，表示明白了这灰衣人的身份。原来，这人竟然是当年钟明亮从武夷山请来的无果和尚。钟明亮在赣州城暗算傀儡复王赵昰时，被刘溪发现秘密。钟明亮因此想杀人灭口。当时钟明亮、耿星星与无果和尚三大高手合斗刘溪与白云翀，二人险遭不测。无果和尚来到赣州城时，谢惟志、刘望北已离开赣州城去了宝石山，所以他们没见过这人。直到后来，他们与尹传鹏才从刘溪、白云翀那里知道无果和尚其人。钟明亮死后，无果和尚也从江湖上消失了，没想到他竟然投于福建行省平章政事高兴麾下了。

谢惟志、刘望北、尹传鹏听了他们的对话，心里均想道："这无果和尚哪像个出家人？简直与那些江湖大盗没什么区别，都是利字当头，见利弃义。至于钟明亮之死与这和尚有关，恐怕是耿星星想多了吧！钟明亮当时翻云覆雨，无果和尚与他之间不再互相信任倒是有可能。但说到无果和尚要下毒手，只怕也没那么容易。"

耿星星与无果和尚越说越急，显然二人都动怒了。一个咬定对方暗算了钟明亮，一个认为对方血口喷人，谁也说不服谁。忽然，耿星星喝道："今日有你没我，有我没你！"手中寒光一闪，拔剑向无果和尚刺去。

无果和尚冷笑道："我们本来便谈不上什么情义，你要翻脸，谁又怕你！"早有防备，抽剑在手，迎面格开耿星星这一剑。

二人互相知道对方武功不容小觑，既已动手，便都全力以赴，使出浑身解数。谢惟志、刘望北见识过耿星星的武功，一别数年之后再看，觉得比之当年又大有进境。那无果和尚虽已年迈，却毫无惧色，见招拆招，攻守兼顾，耿星星一时拿他毫无办法。二人都是武林有数的高手，耿星星胜在年富力壮、内力雄浑，无果和尚胜在招式精妙、沉稳持重。看了数十招之后，刘望北暗暗想道："这些年，我自觉武功大有长进，但看看他们二人的身法，便知道武林当中高人还是不少。若是单打独斗的话，宝石山只怕没哪个是他们的对手。所幸他们只是想在这里寻找'祥瑞三宝'，要是他们想加害大王，我们可得万分小心。"

激斗中，无果和尚慢慢向岩洞里面退去。刘望北看他步履稳健，并无败象，心里不禁纳闷："这老和尚虽然年迈，内力未必如耿星星悠长，但完全可以再支撑一阵。他此时往后退，待得里面没有退路时，可怎么办？他如果不想与耿星星久斗，应当设法往外退，伺机逃走才是呀。"谢惟志也觉得无果和尚此举颇为不妥，忽地想道："莫非这洞里还有什么暗道，无果和尚想找机会逃跑？"

耿星星手中长剑一招紧似一招，见无果和尚往后退却，心里想道："你若是往外逃跑，山深林密的，我只怕难以阻拦。你想往里面躲，我可不会给你退路。哪怕两怕俱伤，今日我也要和你这个奸贼做个了断！"步步逼近，剑锋将无果和尚的前路封得死死的。

忽听得无果和尚大喝一声："你这蛮牛，明年今日便是你的忌日！"与此同时，他身旁两侧的杂草堆突然散开，两条黑影倏地从草堆里跃出。谢惟志、刘望北、尹传鹏在外看得真切，耿星星左右两侧剑光一闪，两柄长剑已同时刺进他的腰部。事发突然，耿星星躲闪不及，惨叫一声，无果和尚已一剑前挺，当场刺穿他的胸膛。

尹传鹏惊得当场叫出声来。无果和尚听得外面有人，心头一凛，喝道："什么人？"谢惟志知道自己几人已暴露，向刘望北、尹传鹏一挥手，说道："兄弟们一起上！别让贼人跑了！"率先从林中跃出，一剑向无果和尚刺去。刘望北随后赶到，他知道光是这和尚已够厉害，没想到他还埋伏了两名帮手，自己三人对他们三人，只怕胜负未可知，便跟着一剑向无果和尚攻到。尹传鹏见谢惟志、刘望北夹攻无果和尚，便持剑守在洞外。

无果和尚慌乱中回了两剑。谢惟志和刘望北毫不懈怠，下一招已接续跟上。无果和尚是用剑的行家，一看便知这二人剑法高明，也不知道他们是什么人，更不知道还有多少伏兵，便向那二名同伴说道："见佐、见佑，赶紧撤！"虚晃一剑，抢出岩洞。他那二名同伴也跟着冲出去。尹传鹏正要追上去，谢惟志说道："穷寇勿追，且让他们去罢！"他已知道，原来这两个暗中埋伏的人，正是无果和尚的弟子孙见佐、孙见佑两兄弟，其中孙见佑当年是他见过的。

三人冲到耿星星身边，将他扶起来。耿星星浑身是血，目光迷离。谢惟志说道："耿兄弟，还认得我吗？我是谢惟志！望北也在这里。"耿星星睁大眼睛，看着谢惟志，艰难地说道："啊，是谢兄弟！我……不行了……这无果老贼秃，和他的……两个徒弟暗算我……"

谢惟志说道："我们看到了，你还是先治一下伤吧！"取出金创药，便要给他敷伤口。

耿星星摇摇头，说道："我……不成了……你们不要让……老贼秃取了'祥瑞三宝'……"

刘望北说道："耿大侠放心，'祥瑞三宝'根本不在宝石山。他们那是痴心妄想，徒劳一场！"

耿星星眼睛一亮，问道："此话当真？他们……没找到？"

尹传鹏说道："当然是真的！在这里怎么可能找得到'祥瑞三宝'，也不知道谁造的谣言。"

耿星星嘴角一笑，说道："那就好！让他们白忙乎去！哈哈！"头一歪，已然气绝。

谢惟志等人将耿星星放下。沉默良久，谢惟志说道："这耿星星是钟明亮最重要的帮手，虽然与我们谈不上交情，但相比那无果和尚，总是更像条好汉。没想到，他一世英武，最后竟然死于宝石山。我们找个地方将他安葬了吧。"

三人在月色下，就近挖了个坑，将耿星星掩埋了。谢惟志用剑砍倒一棵树，削了一块狭长的木板，说道："这人也算是一代豪杰。当初要不是他相助，钟明亮也做不成那么大的事。没想到今日他竟然丧命于此，真是可惜！我们还是给他立一个碑吧？"

刘望北、尹传鹏点点头。刘望北说道："他如果不是跟了钟明亮，或许会做一个更大的英雄。"尹传鹏说道："木板上怎么写呢？"

谢惟志微一沉吟，说道："就写'东莞豪杰耿星星之墓'吧。望北刻一下。"刘望北答应一声，用剑在木板上刻了一行字。

耿星星是岭南东莞县人氏，少年时便勇武过人。他年轻时浪迹江湖，一天晚上投宿于一座古寺，恰遇一群强盗与寺里的僧人合谋抢劫当地一大户人家。耿星星无意中撞破了他们的阴谋，群盗与僧人便胁迫他入伙，否则便要杀人灭口。耿星星大怒，见寺中有一口大铜钟，便走上前去，伸手轻轻托起它。群盗与僧人见他有此神力，大惊失色，不敢再提抢劫之事，讪讪离去。到了深夜，群盗不甘心白跑一趟，便想将寺中那座精铜所铸的韦驮天尊背去卖钱。一伙人正在搬移时，不料那铜像太重，轰然倒地，当场压死二人。群盗以为天尊显灵，吓得一哄而散。寺中的僧人也被惊醒，起来一看，目瞪口呆。他们想把铜像扶起，可合力之下，那铜像依然纹丝不动。在寺里借宿的耿星星被吵醒，出来看热闹。见众僧人不知所措，耿星星走上前去，双手一用力，那铜像便被他扶回了原位。众僧人更加骇然，赶紧伏地而拜，表示今后再也不敢和群盗为伍。耿星星微微一笑，并不说话，回去呼呼大睡一觉，天亮后便飘然离去。

后来，耿星星在海丰县认识了钟明亮。那天，钟明亮被官兵追捕，寡不敌众，眼看就要束手就擒。耿星星对官兵素无好感，见状打抱不平，一声怒吼，冲向官兵，夺了他们的兵刃便是一顿好打。那些官兵见他勇不可当，心生怯意，不敢围得太紧。钟明亮就这样被耿星星救出来了。二人惺惺相惜，一见如故，当即结为异姓兄弟。后来钟明亮在南雄府举事，耿星星闻讯赶来相助，从此不离其左右，与军师张师旦一起，成为钟明亮的左膀右臂。

耿星星因钟明亮对自己极其信任，所以他对钟明亮忠心耿耿。钟明亮几次投降元廷，可谓大节有亏，很多正义的绿林人物因此与他疏远。耿星星却不以为意，总认为钟明亮有自己的盘算，投降只是权宜之计。为了让钟明亮壮大势力，到了赣州之后，耿星星想方设法寻找"祥瑞三宝"，但一直没找到头绪。钟明亮病死后，耿星星仍不甘心，寄望寻得"祥瑞三宝"，聚集其余部东山再起。他知道，钟明亮军中，觊觎"祥瑞三宝"还有无果和尚。钟明亮死后，无果和尚师徒不辞而别，他便对他们起了疑心。待得后来打听到他们投靠了福建行省平章政事高兴，耿星星对无果和尚起的疑心就更大了，为此，最近几年，他一直跟踪无果和尚。这次来到宝石山，也是由此而起。那无果和尚早就知道耿星星在背后盯着他，到了宝石山之后，他知道终究要和耿星星面对面，于是和两个弟子孙见佐、孙见佑合计，将耿星星引到自己的藏身之处，当自己与他动手时，早已隐藏在杂草中的孙氏兄弟听到暗号，

便同时出手袭击耿星星。他们兄弟俩练的"昆仲剑法"最讲究配合，双剑齐出，毫无防备的耿星星武功再高，也在劫难逃。

　　谢惟志、刘望北、尹传鹏在耿星星墓前默立片刻，想到这个曾经纵横驰骋数省的绿林人物，就此魂归山野，化作一堆黄土，不禁感慨不已。谢惟志说道："那个无果和尚还在宝石山。这人武功比我还要高出一筹，他要是对大王不利，单凭哪一个人护卫都不成。既然人已经找出来了，我们不宜在此久留，还是赶紧回宝石寨去吧。"

十七、疑云

谢惟志、刘望北、尹传鹏回到被称为"头寨"的宝石寨,却见山顶灯火通明,一片嘈杂。谢惟志心里一紧,想道:"这深更半夜的大伙儿还没睡,可不会出了什么事吧?"急忙加快脚步赶进当中那间主屋。刘望北、尹传鹏也觉得事出反常,紧随其后进了屋。

刘六十、白云翀、杨火鑫、万隆道人等人正坐在大厅的四方桌旁,你一句我一句地说着什么。见谢惟志进来,杨火鑫说道:"谢大侠来得正好!山里进了贼人,大伙儿正商议着如何捉拿他们。"

谢惟志大吃一惊,心里暗道:"那无果和尚竟然这么快就跑到宝石寨来了?他们师徒剑法厉害,轻功竟然也这么了得!"见刘六十满脸不悦,问道:"贼人是什么时候过来的?往哪里跑了?"

白云翀说道:"大约一个时辰之前,大王起来如厕,忽见一个蒙面人从室内呼地窜出去。大王大喝一声'什么人',追出门外,却见原来外面还有两个蒙面人守着。他们三人也不说话,径直冲下山去了。大王说,看他们的身法,只怕不在我们这些人之下。还好他们只是想偷点东西,尚未造成什么损失。但这事说出去,总是失了我们兴汉国的颜面。"

刘六十气哼哼地说道:"我这兴汉王府,也真是够寒酸了!贼人竟然偷到我的卧房!好在他们未必看得起我这颗人头,否则,我哪里还能和兄弟们见面了?"

刘六十虽然打出了兴汉国旗号,但既没新建王府,也未加封百官。他自

己名义上是"兴汉王",其实在生活上与平时并无太多差别。大家知道打这旗号主要是为了吸引八方豪杰共同参与反元大业,也就不以为意,刘六十本人起初也并无讲究排场的想法。但这次弄出一个盗贼入室事件,他心里却很不高兴。

谢惟志说道:"已经有一个时辰了么?那么,这事应该不是无果和尚师徒。一个时辰前,他们正顾着与人拼命,就算长了翅膀,也不可能这么快就到了宝石寨。"

白云翀惊讶地问道:"无果和尚?哪个无果和尚?"

谢惟志说道:"就是当年钟明亮手下那个和尚。他还有两个弟子叫孙见佐、孙见佑,白兄应该还记得吧?"

白云翀"啊呀"一声,说道:"这贼秃竟然到宝石山来了?你见过他们了?"当年在赣州城,钟明亮与刘溪翻脸时,白云翀也在场。无果和尚与耿星星联手伤了刘溪,此事白云翀自然记忆犹新。

谢惟志说道:"是的!他们师徒三人潜入了宝石山,而且在一个时辰前,联手把耿星星杀害了。"将自己与刘望北、尹传鹏追踪他们几人的过程说了一遍。众人听了,无不讶然。白云翀叹道:"当年钟明亮与无果和尚、耿星星三人,差点置我与刘溪大侠于死地,每每想起这事,我就恨不得有机会手刃他们!但万万没想到,耿星星最终竟然死于无果和尚之手。不过,听谢兄弟这么说,这耿星星虽然对钟明亮效愚忠,但与无果和尚相比,却还算得上一条好汉。这无果贼秃认贼作父,竟然想把'祥瑞三宝'献给朝廷高官,我们一定不能饶了他!"

刘六十说道:"既然潜入宝石寨行窃的这几个不是无果和尚他们,那又会是什么人呢?以他们的身手,在江湖上也算得一流好手了,绝不可能是寻常偷盗之人。也不知他们到底想找什么?"

尹传鹏说道:"依我之见,这几个人与无果和尚他们几乎同时出现在宝石山,而且胆敢潜入大王住处行窃,极有可能也是为了寻找'祥瑞三宝'而来。"

刘望北说道:"我也认同传鹏的说法。自从我们离开宝莲山隐居别处后,'祥瑞三宝'在江湖上失去了目标,但觊觎这些东西的人,未必就此死心。那些家伙定然还在四处寻找,就如他们当年发现我们隐居在宝莲山那样。如今他们突然不约而同出现在宝石山，很有可能是谁有意在江湖上放出了风声，将这些人引到这里来和我们为难。"

万隆道人说道："两位老弟的说法很有道理。尤其是我们兴汉国初立，那些有意和我们过不去的人，一时拿我们没办法，便试图把水搅浑，用这种方式给我们添乱，那也是有可能的。"

杨火鑫说道："和我们过不去的人？那最大的可能便是官府了。对！官府不敢出兵对付我们，便挑唆各路江湖人物来对付我们，让我们斗个两败俱伤，他们得渔人之利。这个'一箭双雕'之计，真是狠毒！"

白云翀说道："除了官府，也不排除江湖上的某个门派，出于某个见不得人的目的，给我们宝石山树敌。这种人唯恐天下不乱，恣意造谣，只要大伙儿互相猜忌，互相争斗，他便可趁机捡便宜。偏偏那些利欲熏心之徒宁信其有，不信其无，最容易上这样的当。"

众人这么一分析，都觉得此事很有可能是官府或者某个门派故意在江湖散布流言，说"祥瑞三宝"被文天祥的余部藏在宝石山，让那些有野心的人纷纷往宝石山寻宝去，从而给"兴汉国"添乱。宝石山当年曾经做过文天祥抗元的大本营，如果说"祥瑞三宝"藏于此地，也不由得大家不信。

想明白了这一层，谢惟志说道："既然如此，人家要造谣，我们可堵不了他的嘴，只能说是树欲静而风不止了。这些江湖人物要来，我们无法一一阻挡，但今后必须加强戒备。尤其是宝石寨，这是兴汉王府所在地，护卫人员必须倍增，而且等闲之人不得随便上来。在山里无论何处发现形迹可疑之人，都要多加留意，不可放过。"

刘六十说道："寻找'祥瑞三宝'，竟然找到老子睡觉的地方来了，真是贼胆包天！守护这几样东西，还真是不容易，也好在它们不在我手上。待得我们得了天下，定然要想个更稳妥的法子来解决这事。"

谢惟志说道："那些打私人算盘的家伙只能是痴心妄想。文丞相留下的东西，岂能为他们所用？但他们既然要混进来，我们也不能听之任之。我建议，白兄和杨兄、道长三人，今后随侍大王左右，其他事就暂时不管了。我和望北、传鹏两个老弟则在山里留意搜寻这些人。宝石山虽小，但岂容这些人胡作非为！"

刘六十说道："我又不是小孩子，哪里需要那么多人整日跟着我？大伙儿还是把山里盯紧些吧，别让这些贼人小瞧了我们便是。"

白云翀说道："我赞成谢兄弟的提议。大王如今不一样了，身边的护卫确实要加强。再怎么说，我们这里已不再是个寻常山寨，而是兴汉王府所在地，今后还要谋划更多的大事，可不能让大王有任何闪失。今晚这几个贼人露了行踪，谅他们不敢再来，大伙儿先歇息吧，养足精神明日捉贼去！"众人齐声答应，便分头回房。谢惟志、白云翀叮嘱屋外值守的兵士务必时时小心，发现动静及时示警。

次日，天刚放亮，宝石山和前些天一样，陆续有人开始上门造访。这些人都是从各地慕名前来入伙的。江湖名望较高的，山下便将姓名通报到刘六十这里来，由刘六十决定是否与他们见面，在何处见面。那些名头不怎么响亮的江湖人物，则由在入口处值守的头目统一接待，人数被报到宝石寨之后，由廖白衣根据需要安排其到各处住下。

谢惟志和刘望北、尹传鹏在山里搜寻半天，未见无果和尚及其他几个蒙面人的踪影。刘望北说道："无果和尚师徒已暴露行踪，说不定不敢久留，已连夜溜出山了。那几个蒙面人则有可能混在这些前来投奔的人当中。如今山里增加了这么多人，确实鱼龙混杂，也增加了我们识别贼人的难度。"谢惟志说道："这个可能性完全存在。但总不能因为怕坏人混进来，宝石山就拒绝外人加入了吧。兴汉国刚刚开张，还需要大量用人，哪怕是有坏人浑水摸鱼，也不能关起寨门做土皇帝。"刘望北、尹传鹏说道："这个自然！"

正说着，忽见坪峰寨头目朱重九急匆匆地赶路。谢惟志问道："朱兄弟，这是上哪里呢？看你满头大汗。"朱重九说道："寨前来了一彪人马，带队的自称是大王的表兄——宝莲山冲天寨寨主。今日恰好轮到我在外面值守，事关重大，我得亲自禀报大王。"

刘望北说道："是冲天寨叶南潭寨主到了么？"朱重九说道："对对，那寨主姓叶，但我没见过，也不知大王是否见他，所以先去禀报为妥。"

谢惟志说道："你不用去见大王了，赶紧回去把叶寨主请上宝石寨！别人来了，大王或许未必有空接见，叶寨主光临，哪有不见之理？我们这就替你上宝石寨禀报去。"

朱重九听得这冲天寨主在刘六十心里分量如此之重，不敢怠慢，答应一声，赶紧往回跑。

刘六十听得谢惟志等人说冲天寨主叶南潭到了宝石山，大喜过望，说道："我与表哥数年不见，今日他竟然亲临，赶紧备酒席，大伙儿好好喝一顿再说！"七年前，刘六十在兴国被官兵围剿，走投无路之际，只好上赣县宝莲山投奔冲天寨的叶南潭。钟明亮率义军占领赣州城后，刘六十才重返兴国，建立据点。前不久，他准备举事时，也专门派人上宝莲山邀请叶南潭入伙。但刘六十知道叶南潭的性格和自己大有区别，缺乏雄心壮志，未必愿意下山，所以对此事并没抱太大的希望。如今叶南潭亲率人马下山，刘六十自然惊喜交加。

不多时，朱重九领着叶南潭上了宝石寨。刘六十老远便冲过去，拉着他的手问寒问暖。谢惟志、白云翀、刘望北、尹传鹏也纷纷上前与他见过。故友相见，分外亲热。一伙人说说笑笑，在大厅依次坐下。开怀畅饮之际，叶南潭说了宝莲山近些年的情况。

原来，自从陈子敬等人下山后，宝莲山逐渐恢复了往日的宁静。虽然偶有江湖人物前来东寻西找，但他们只是悄悄行动，不动声色。冲天寨有时发现了这样的人，便向他们示警，让他们速速下山。冲天寨虽然只有三百人左右，但山高皇帝远，他们既然不下山惹事，官府自然不去招惹他们，其他绿林帮派也不敢轻易去冒犯他们。宝莲山的山民们因此相安无事。

刘望北说道："离开宝莲山七年多了，我还经常梦见在黄婆地赴圩呢！起初，我还担心山上的百姓被那些寻找'祥瑞三宝'的人连累，如今看来，这个担心是多余的。有叶寨主在，谁敢上山撒野！"

尹传鹏问道："叶寨主这次下山，那冲天寨由谁把守呢？寨里应该还留了些兄弟吧？"

叶南潭喝了一大口酒，说道："大伙儿放心，冲天寨是我落脚的地方，哪能让别人占了？听说表弟要做一番大事，我这次带了一半人马前来出点小力。冲天寨还有一百多人守着。有刁氏兄弟在那里镇守，我是放一百个心啦！"

谢惟志说道："两位刁兄弟也上寨里入伙了？那可真是太好了！他们离

开宝石山之后，我还担心从此没他们的音讯呢，没想到他们到底还是回老家了！"

原来，当年钟明亮与陈子敬等人翻脸后，陈子敬恐钟明亮对刘六十不利，专门派了宝莲山的刁八月、刁十六兄弟俩前往宝石山报讯。刁氏兄弟到了宝石山后，刘六十、谢惟志曾想挽留他们。但刁氏兄弟住了数日之后，觉得不习惯这里的生活，还是坚持要走。他们离开宝石山之后，在其他地方也住过些时日，但总觉得不如宝莲山，于是，最终还是回到了老家。叶南潭知道他们回山后，邀请他们一起上冲天寨。刁氏兄弟也担心自己二人势单力薄，难以应付那些前来找麻烦的江湖人物，便答应了。如此一来，叶南潭添了两名高手，冲天寨力量更加强大了。

尹传鹏说道："我说叶寨主平时难得下山，这次竟然跑这么远也敢来，原来后方如此巩固，那我们也放心了！说不定哪天我们也要返回宝莲山呢！"

刘望北说道："我们就暂时别打这个主意了！宝莲山能恢复安宁，正是因为我们这些人不在山上。若是我们再去，岂非把那些做白日梦的家伙又引回来了？到时候，只怕叶寨主又要疲于应付了呢！"

尹传鹏扮了个苦脸，说道："那行吧，为了宝莲山的安宁，我们就忍一忍，不回了。"心里忽地想道："其实，在铜钵山也挺好的，风景秀丽，还有这么多伴儿。倘若在那里和师父、紫鹃他们相伴到老，不是此生的一大幸事吗？大伙儿在一起，练武、打猎、种菜、游玩……该有多开心……嗯，我怎么刚出来就想回去了呢？"

刘六十说道："我表哥带这一百多人过来，那可是以一抵五的！我正愁怎么把'霹雳五禽阵'引进宝石山呢，你这一来，就有了最好的师父了！"

原来，冲天寨的看家本领便是"霹雳五禽阵"。这个阵法，是唐代末年虔州刺史谢肇受华佗"五禽戏"的启发而创出，取虎、鹿、熊、猿、鸟的特点，安排五人为一组，研习不同的武功，取长补短，攻守结合，让敌人一旦被困，便难以脱身。此后，历经数百年，被后世绿林不断改进之后，传至冲天寨寨主叶南潭手上，这个规模并不大的山寨因此在绿林崛起。刘六十曾经在冲天寨跟着叶南潭干过一阵，对这个阵法很感兴趣。回到宝石山之后，刘六十也尝试着让手下操练此阵，无奈只是形似，离"神似"还颇有差距。如今叶南潭亲临，刘六十首先想到的便是，可以请他手把手将这阵法传给自己的部属。

叶南潭说道："自家老表要干大事，我这做表哥的惭愧得很，自己胸无大志，也拿不出什么见面礼，想来想去，也就是把这手不入流的功夫传给大家玩玩。若非如此，我这大老远下山图什么呢？"刘六十大喜，说道："表哥亲自捧场，比带什么见面礼都好！在我心中，你一个人就抵得上一万人！"

这时，酒菜已端上来，刘六十招呼大家放开手脚，大吃海喝。刘六十虽然号称"兴汉王"，但平日饮食颇为简单，大伙儿也以粗茶淡饭为主。若非有重要客人或重大喜事，难得打打牙祭。众人因为老友重逢，心情更佳，要说的话总是说不完。尤其是刘望北与尹传鹏，把宝莲山那些认识的人都问了个遍。

午后，叶南潭便带着他的部属去传授"霹雳五禽阵"了。刘六十先安排最早追随自己的数百名寨众学习阵法。宝石山目前人员大增，他对许多人的底细并不清楚。按刘六十的打算，这个阵法只能传给自己信任的人，以免外泄。对那些尚不了解的入伙者，则留待以后再说。

谢惟志叫上刘望北、尹传鹏继续去巡逻。三人下了宝石寨，选了一条偏僻的山道往前行去。谢惟志说道："大王真是有贵人相助，山中混进坏人之际，叶寨主突然不期而至。有他守在宝石寨，我们也放心多了。"刘望北说道："他把'霹雳五禽阵'引进宝石山，以后和官兵作战就更有把握了！"尹传鹏说道："叶寨主这阵法是看家本领，以前他可不肯轻易外传。这次他肯下山，可见对大王的兴汉大业大有信心。"

翻过几个山头，走到一条深坑，谢惟志忽地听到路旁的草丛中有动静。三人停下脚步，仔细一听，草丛中似乎有人。尹传鹏喝问道："什么人？快出来！"草丛中传来一声呻吟，却不见有人出来。刘望北走近前去，拨开茅草一看，却见地上躺着两个人，浑身是血，也不知是死是活。他急忙招呼尹传鹏一起，将二人拖起来。看二人有点面熟，谢惟志、刘望北随即想起，他们好像是乌仙寨的，曾经在罗青瓜那里见过面。

刘望北一探二人鼻息，发现其中一人已气绝，另一人心脏尚在微弱地跳动。他掏出随身携带的灵芝丸，塞进伤者嘴里，又运足内力帮他活血。这

灵芝丸本是刘溪利用宝莲山极佳的灵芝所制，混入宝莲山的药莲，并佐以蛇胆、虎骨等物，对恢复元气有奇效。刘溪离开宝莲山后，用其他地方的灵芝也制过，但因为缺乏药莲，效力有所不如。这人服了一颗灵芝丸之后，加上刘望北内力所助，缓缓地吐出一口气，但气息颇为虚弱。

刘望北俯下身子，问道："是什么人伤了你？"那人断断续续地说道："山里……进了……歹人……一个用剑……一个用刀……只一招……"

谢惟志看他说得吃力，说道："先别问他吧，把他送回乌仙寨再说。"尹传鹏说道："我来背他！"将他背起，三人疾向乌仙寨而去。

乌仙寨头目罗青瓜见谢惟志等人又上山来，正高兴，忽见他们还背了一个伤者，大吃一惊。待得看清楚那人的面目，罗青瓜愕然问道："这不是我寨里的黄鳝子么？这是怎么回事？"谢惟志说道："他与一个同伴在山下遇到了敌人。这个兄弟伤势较重，先让他歇息一下。"

将重伤的黄鳝子放到床上后，谢惟志、刘望北察看了他的伤口，其实也就胸口一处剑伤。这一剑正中胸膛，刺得颇深，按理说黄鳝子非毙命不可。但也许是他心脏长得稍偏，所以施害者只道一剑得手，便不再理会，没想到他后来竟然活转过来了。

待罗青瓜安排人手将黄鳝子的伤口处理了，刘望北又给他吃了一颗灵芝丸。谢惟志说道："他伤势较重，先让他好好睡一个时辰养一养，别急着问话。"留下两名寨众在室内看着，谢惟志等几个人同罗青瓜到外面说话去了。

谢惟志对罗青瓜说道："这名重伤的黄鳝子兄弟说，山里来了两个歹人，一个使刀，一个使剑，大概是见面只一招，便将二人打得一死一重伤。最近几日，乌仙寨这一带有没有发现什么异常情况？"

罗青瓜想了想，说道："要说异常嘛，还真有那么一点，但我又不敢确定，所以一直没有说出去。"原来，昨日，罗青瓜与寨里几个兄弟闲聊，较晚才回房歇息。刚到屋前，忽觉眼前一晃，似有一个黑影飘过。他揉了揉眼睛，却没看到什么。回到室内，觉得床上的草席似乎被人翻动过。他赶紧看了一下收藏在枕头下面的几两碎银子，却没人动过。他想一想，自己屋内除了几两碎银子，别无他物，既然银子还有，也许草席没人动过，只是自己的错觉。又想想刚才所见的黑影，晃得那么快，自己可从没见过身手如此快的人,只怕世上也没这样的人,定然是自己眼花了,也就不再多想,酣然入睡。现在看到手下两名兄弟遇敌,便又觉得当初看到一个人影的事,只怕还真没看错。

谢惟志说道:"身手这么快的人,武林当中当然是有的。如此说来,这人说不定便是大王所见的那伙人当中的一个。"罗青瓜大惊失色,说道:"大王也见到这人了?那是什么人啊?他没有伤到大王吧?"

谢惟志说道:"这人在宝石寨翻过东西,在乌仙寨翻过东西,说不定在其他寨也动手了,只不过大伙儿还没发现而已。罗兄弟,这事你心里有数便是,暂时不要声张,以免在山里造成更大的混乱,让兄弟们平添猜疑和恐慌。但今后寨里的防守要更严密些,兄弟们巡山时也要倍加小心,最好加点人手。"罗青瓜点头说道:"要得要得!既然真有歹人混进来了,那可一定得小心为上。"

过了不到一个时辰,屋里的人出来禀报说黄鳝子苏醒过来了。谢惟志对刘望北说道:"看来,你这颗灵芝丸效果不错,以后不妨请刘大侠多炮制一些。宝石山准备打大仗,这东西还真派得上大用场。"刘望北说道:"这倒也是。只是炮制这东西颇费功夫,若是太容易了,只怕效果也没这么好。"

几个人回到室内看望黄鳝子。只见他脸上已有血色,料来生命无大碍。见到罗青瓜,黄鳝子精神一振,说道:"禀报头领:山里进了歹人,被我们发现,想杀人灭口……"谢惟志见他说话吃力,示意他不急,喝完寨里专门为他煮的山鸡汤再慢慢说。黄鳝子喝了半碗汤之后,果然气色好多了,将自己与同伴的遭遇说了一遍。

原来,当日,黄鳝子与同伴巡山。走了上十里路,没发现什么异常,二人感到有些累了,便躲在山岩阴凉处歇息。过了片刻,他们听得附近的路上有两个人走过来。那二人见路旁有一汪山泉水,便停下来,喝了几口水之后,坐在一旁低声说话。因为有一块岩石挡着,那二人没发现黄鳝子他们。

起初,黄鳝子以为他们是新近投奔宝石山的绿林豪杰,正待起身向他们打个招呼,不料,忽然听得其中一人说道:"这次若是能找到'祥瑞三宝',师兄今后就不必看那官府的脸色了!"

黄鳝子与同伴一听,大吃一惊,原来这二人竟然是为寻找"祥瑞三宝"

而来的，而且与官府有关！黄鳝子他们虽然武功低微，在江湖上全然是无名小辈，但也听人说过"祥瑞三宝"的事，知道那是前朝丞相文天祥在赣州路留下的宝物，各级官府与各门派武林人物都想得到它们。兴国是文天祥抗元的大本营，他的传说家喻户晓，黄鳝子与同伴从小便听熟了这些故事。如今听了这句话，二人惊出一身冷汗，互相使个眼色，大气也不敢出，继续听他们说下去。

只听得另一人说道："荀师弟，你以为我真喜欢看那些官老爷的脸色么？还不是因为这几件东西没着落。我们崆峒门这么多年群龙无首，在武林同道面前，可以说是一盘散沙，我刘梦凌不甘心啊！可那些不成器的同门不理解、不支持，我们只好先借官府的力量用一用了。没想到吴梦冷这家伙狗胆包天，竟敢收人钱财去刺杀董大人。你说这董大人今后怎么可能信任我们崆峒门了？真是可恼！"

那个"荀师弟"说道："吴梦冷就是成事不足，败事有余。他的事和我们无关，师兄不必理会他。我理解师兄的良苦用心，所以这些年，我们几个一直跟随师兄左右。但我还是觉得奇怪，宝石山是当年文天祥丞相驻扎过的地方，以前从没听说过这里藏了那几样东西，为什么突然之间就说藏在这里呢？刘六十占据宝石山多年，如果这几样东西真在这里，岂不是早就被他找出来了？"

刘梦凌说道："你这疑问，确实有几分道理。不过……什么人？"便在这时，那二人忽然起身，跃到黄鳝子他们面前。原来，黄鳝子不小心挪动了一下脚，脚下一块小石子滚落下来，刘梦凌他们听到响声，觉察到有人，当即循声过来。

黄鳝子一看被他们发现了，便站起身，喝道："你们是什么人，竟敢到宝石山捣乱！"那二人一个持剑，一个持刀。持剑的冷笑一声，说道："你们偷听我们说话，那对不住了，只好让你们永远闭嘴！"二人互相使了个眼色，刀剑同时出手。还没等黄鳝子他们反应过来，二人但觉身上一凉，眼前一黑，便倒下去了。

尹传鹏听到这里，脱口而出："原来是刘梦凌和荀梦冰！崆峒门竟然跑到宝石山来撒野，这次可不能饶了他们！"

罗青瓜问道:"尹少侠认识他们吗?这二人是什么来头?"

没等尹传鹏回答,谢惟志说道:"何止传鹏认得他们,我们三个和他们都算是'老朋友'了!看来,这次可真有机会和他们一较高下了!"便将刘梦凌他们的来历告诉了罗青瓜。

罗青瓜说道:"这么说,大王与我在夜里见到的黑影,也可能是他们了。这两个家伙武功这么厉害,难怪在眼皮底下也没发现他们。"

谢惟志摇摇头,说道:"我看未必是同一伙人。那天晚上,大王见到的不速之客有三人。据大王说,他们身手都不凡。刘梦凌师兄弟二人身手不错,但与他狼狈为奸的同门当中,却无第三个有如此身手的。所以,很有可能这是两伙人,甚至不排除第三伙、第四伙。"

刘望北说道:"我也相信宝石山不止混进了刘梦凌他们。根据荀梦冰所言,他们也是最近才听闻'祥瑞三宝'藏在宝石山,所以才跑到这里来凑热闹的。想想无果和尚和耿星星也突然到了这里,便知道,这事已在江湖上悄然传开了,但凡有点本事的人,恐怕都会想办法混进来。"

罗青瓜说道:"这么多坏人混进来,这些人武功定然不差,那宝石山岂不是很危险了?"

谢惟志说道:"那倒不必惊慌。兵来将挡,水来土掩。宝石山有这么多人,能人异士也不少,不需要怕他们。当然,小心谨慎是要的,无论什么时候,也不能马虎大意。"

尹传鹏对罗青瓜说道:"这刘梦凌师兄弟武功虽然不弱,但罗大哥放心,他们想在这里逞能,门儿都没有。我们就怕他们像老鼠一样躲起来不敢见人。"罗青瓜想想宝石山已有好几万人马,其中谢惟志、刘望北、白云翀、万隆道人、杨火鑫等都是高手,纵算来几个厉害人物,也尽可对付得了,心里总算踏实了些。

谢惟志见乌仙寨这边已提供不出更多线索,便与刘望北、尹传鹏下山,转了一圈之后,回到宝石寨,将今日的发现向刘六十等人说了。刘六十听说崆峒门的刘梦凌、荀梦冰潜入宝石山了,颇为不屑地说道:"这两个小泥鳅想掀起什么大浪?做他的白日梦去!"谢惟志提醒道:"我们虽然不必怕他们,但他们在暗处,我们还是应多加提防。"刘六十说道:"他们敢来?看老子不

把他碎尸万段！如今就算十万官兵过来，老子也不怕，还怕几个鸡鸣狗盗之徒？"吩咐摆上酒菜，要与叶南潭等人一醉方休。

谢惟志见刘六十在兴头上，便不再多说。酒菜上来之后，刘六十忽地想起廖白衣，对杨火鑫说道："今日我表哥给宝石山送来一份厚礼，得把廖老夫子请来高兴高兴！我们平时尽量不打扰他，但今日不一样，也要让他好好喝几碗。杨兄弟这便去把他请来。"杨火鑫说道："这个应该，确实应该！"转身便去。

廖白衣住在宝石寨半山腰一间清静的石屋，距寨顶大屋不远。最近宝石寨陆续加盖了不少房屋，刘六十本来要他一起住在寨顶。但廖白衣不喜欢吵吵闹闹的环境，自从盖了不少新房子后，选了这间比较僻静的屋子居住。刘六十尊重他的意愿，有事时便请他上来，没事时则由得他去。廖白衣只要刘六十有召唤，从不讨价还价，都是随叫随到，所以宾主相处极为融洽。

不多时，杨火鑫已将廖白衣请到。刘六十将叶南潭、尹传鹏引见给了廖白衣。二人初次见廖白衣，见他不修边幅，一副落拓书生模样，却深得刘六十器重，知道人不可貌相，江湖异人往往如此不拘小节，便也对他客客气气。

廖白衣听得叶南潭来这里传授"霹雳五禽阵"，大喜，话也比平日多了。原来，他虽然不懂武功，但饱读兵书，对"霹雳五禽阵"知之甚详。该阵创始人谢肇的老家，在唐朝是赣县衣锦乡，兴国于宋太宗太平兴国七年（公元982年）立县后，衣锦乡便是兴国的属地了，距廖白衣的老家三僚村很近。廖白衣因此对这位先贤很是仰慕，对"霹雳五禽阵"的来龙去脉说得比叶南潭还清楚。叶南潭他乡遇故知，心情大好，连敬廖白衣数碗老酒，直将廖白衣喝得脸红耳赤。刘六十见廖白衣难得一醉，心情大是快慰，席间连连劝酒。

闹到将近亥时，众人才算尽兴，各自回房歇息。杨火鑫将廖白衣送到住处之后才回屋就寝。廖白衣酒量平平，今日一开心，竟然多喝了几碗，当时觉得老酒顺口，没想到后劲十足，晕乎乎的觉得口渴。回到屋里，廖白衣连喝了几碗凉水下去，很快便有了尿意，踉踉跄跄地去屋后的茅厕解手。刚走到茅厕门口，但觉头重脚轻。人还没站稳，忽然喉头一紧，眼前一黑，不禁喃喃自语道："我这……可真是喝醉了……"再也支撑不住，软软地往后便倒。

过了数天，宝石山却甚是平静，刘梦凌等人也没闹出什么事来，众人便估计他们无所收获之后，离开了宝石山。叶南潭传授"霹雳五禽阵"进境甚速。他将带来的一百余人混编进刘六十的部属当中，同时教数百人操练。待得阵法有了基础，叶南潭请刘六十等人现场观摩。刘六十来到山下一处空谷，见数百人排成上百个圈子，攻守有序，声势威武，果然比自己先前所传的像样多了，心里十分高兴。

叶南潭说道："外人觉得此阵难学，是因为不得要领。只要掌握了要领，其实有个把月功夫，便可以发挥作用了。继续操练下去，自然越练越强。"

刘六十说道："这可好了！按这个做法，一个月后，再将这几百人混编到其他队伍当中，便可教出上千人。这样转上几圈，很快便可使数千人掌握这个阵法。我看先别急，让那几千老兄弟先学着用；那些后面入伙的，我还不知道他们有没有自己的小算盘，就留待以后再说了。"

谢惟志说道："后面入伙的那些人，难免鱼龙混杂，这秘法确实不宜轻易传授。大王这样考虑，是有道理的。"

刘六十点点头，说道："只要等我这几千嫡系人马学会了，便向官兵发起进攻。我们先把兴国城占了，再把赣州城打下！"

刘望北说道："我也巴不得大王早日打下赣州城，让我们再次去赣州城好好逛一逛！"

尹传鹏说道："打下赣州之后，再打龙兴，把江西行省占了。随后打到大都去，大王就把汉人天下给夺回来了！"

回到宝石寨，派到赣州的细作孙小七求见刘六十。刘六十见他从赣州回来，也想知道赣州官府动静，便叫了谢惟志、刘望北等人一起过来。

孙小七告诉刘六十，董士选到了赣州之后，一直没有备战的迹象。他只是每日带几名随从行走于街巷或乡野，访贫问苦，对官吏却管束极严，对恶霸也毫不给情面。赣县县丞纵子行凶，受害人在街上拦轿告状，恰好被董士选遇上。董士选问明原委之后，立即将县丞父子投入大牢，赣州城百姓无不拍手称快。城郊七里镇、梅林村、沙石村有几户豪强，一向鱼肉乡里，百姓敢怒不敢言。如今听得董士选爱民如子，当地百姓纷纷前往他的衙署告状。结果，董士选一一查明，将这些豪强全投入了大牢。一时，董士选声名甚隆，

有好事的文人已将他的故事搬上戏台，俨然把他说成了赣州的包青天。

刘六十奇道："这人以江西行省左丞的身份来赣州管事，原来只是想做一个清官。看来，果然是迂腐书生一个，不足为惧，哈哈！"

孙小七说道："对，这姓董的还真有几分清官的模样。这些天，听说他还费了不少工夫，把关在牢里的犯人都提审了一遍，结果不得了，查出好多冤案来了！以前那些买通官老爷的豪强，这下算是倒霉了，不但他们进去，收了他们好处的官老爷们也进去了不少。听说赣州、赣县、兴国都查到了这样的事，还听说他接下来要去雩都、宁都、瑞金等县查这样的冤案呢！老百姓听了，都很期盼。"

谢惟志说道："这姓董的到了赣州，不谋打仗，却谋民心，看来厉害得紧，我们不得不防！"

叶南潭说道："竟然有这等事？照你这么说，这姓董的要是早些年来赣州，我叶某也不用上山落草了！"叶南潭本是雩都县一富商子弟，因其父亲被同行勾结官府陷害致死，一怒之下手刃仇人而亡命江湖，最后做了宝莲山冲天寨寨主。

刘六十"呸"地吐了一口痰，说道："清官顶什么用？清官有什么可怕？我们要担心的是英勇善战的大将。这等迂腐的书生，除了收买几个不懂事的百姓，真是不堪一击！难道打起仗来，那些穷得饭都吃不起的百姓会给他卖命？做梦去吧！"

刘望北说道："话是这样说，但我总觉得，这姓董的并不是一个迂腐之人。听说他来赣州，朝廷也没派什么兵给他，他只带了几个随从而已。若非胸有成竹，他何必放着好好的行省大官不做，来这里冒险？"

刘六十说道："我看他是猪油蒙了心嘛，才会从龙兴不远千里跑到赣州来。他不带兵过来，我看他多半是知道自己不懂兵法，带了也白带，带了也带不好，恐怕还成累赘，所以干脆不带。"

孙小七说道："自从大王那次大败官兵之后，赣州城百姓私下说起来，都说官兵们是脓包，经不起打，如今更是人人听到宝石山便害怕。"

刘六十说道："那不正是嘛！我们这一仗，把官府打怕了，谁都不敢来赣州主政。董士选估计是个软柿子，朝廷叫他来，他不得不来。但来就来，打仗他就不打了，在赣州做几天清官回去交交差便是了！这伙书生，肚里这点小九九儿，还能骗过我？哈哈！"

刘望北见刘六十把董士选想象得如此不堪，说道："可是，我所见到的董士选，还真不像这样的人……"

刘六十手一按，说道："望北老弟不用多说了！你因为董士选放了你一次，便对他心存好感，这也可以理解。但他也就这点能耐。如果有真本事，还能眼睁睁看着我们日益壮大？好了！赣州官方的底细，我们算是摸清楚了。接下来，他不来找我们，我们不得不找他们了！至于哪天动手，到时请廖老夫子算算日子便是。"

谢惟志虽然觉得刘望北所言甚是，但看到刘六十不愿意听，怕他们把局面弄僵了，便接过话茬说道："和官府好好打一仗，这个我喜欢！那姓董的就算真是个大清官，也是蒙古人的官，我们不可能因此不和他打仗。当然，如果捉到了他，他愿意归顺的话，大王倒是可以给他也弄个什么官做做。说不定他还可以做一个更好的清官！"

刘六十说道："既然你们说得他这么好，若是他肯投降，让他继续替我治理赣州也行嘛。毕竟我兴汉国更需要清官，哈哈！"

听了孙小七带回来的情报，刘六十豪情满怀，信心倍增。谢惟志与刘望北却不禁多了几分忧思，但看到刘六十兴高采烈的样子，又觉得原本想说的话不知该从何说起。恰好见白云翀、杨火鑫从外面过来，谢惟志问道："怎么就你们俩呀？道长没和你们在一起吗？"杨火鑫说道："我们几个见你们与大王在一起，便借机出去走走，到中寨玩了一下。我师兄说脚下还没过瘾，要从三寨绕回来呢。"宝石寨被称为宝石山的"头寨"，其后依次连着两座山峰，被称为中寨、三寨。万隆道人大概许久没放脚走路了，未免闲得慌，便要一口气把那两座山峰都跑一趟。

谢惟志见万隆道人虽然没回来，但有叶南潭陪在刘六十身边，他武功不输于万隆道人，纵算有敌人来袭也抵挡得住，心里便放心了，对刘望北和尹传鹏说道："既然白兄和杨兄弟回来了，那我们几个继续欣赏宝石山美景去！今日带你们去龟峰、驼峰转转。"

白云翀、杨火鑫知道他们要去继续探察潜入山里的敌人的踪迹，心里会

意，说道："你们尽管去吧！好好看仔细些，这里的风景没个十天半月是看不完的。"

宝石山有不少山峰因为形似人或动物，被人们命名为丹象岩、狮子岩、龟峰、驼峰、圣僧峰等。谢惟志仔细回想，自己几个人把大多数山头走过了，唯有龟峰、驼峰未曾上去，便决定把这两个山头也走一遍。

龟峰如同一只巨龟静卧在宝石山众多山峰当中。三人在山上细细搜寻，只见灌木丛生，不时有野鸡、山兔跑出来。谢惟志说道："这里连条像样儿的路都没有，看来人迹罕至，也藏不了什么人。"正待往回走，刘望北忽地指着右边数丈外的岩壁说道："那边似乎有点不对劲？"

谢惟志与尹传鹏顺着刘望北所指看去，岩壁上长满茅草，并无异样，便问他发现了什么。刘望北说道："那一片茅草，总觉得不该是这个样子。你们看，四周的茅草都这么青，这一小片却有点枯了。"

谢惟志仔细一看，说道："嗯，好像是没那么新鲜。而且这一片比旁边长得还更茂盛些。你们在这里等着，我过去看看吧！"刘望北说道："不，还是我去看看。"谢惟志知道他艺高心细，也就不和他争了，让他从灌木丛中走过去。

刘望北悄悄地走到岩壁，仔细一看那一片茅草，原来，它们根本不是长在这里的，而是别人拔了移到这里的。看茅草干枯的程度，它们被移过来，应当就是这一两天之内的事。刘望北轻轻地将这堆茅草拨开，后面竟然露出了一个岩洞。

谢惟志、尹传鹏在刘望北把茅草移开之后，也看出了后面有个岩洞，不禁大为惊讶。谢惟志低声说道："望北，当心里面！"刘望北点点头，侧过身，通过茅草缝隙一点一点往里面看去。只见这个洞深不到一丈，宽约六七尺，高约四五尺，里面并没有人。

刘望北将茅草全移开，从洞口弯腰走进去。洞里虽然没人，但地上铺了一层干草，似乎有人在这里睡过。干草旁边还有一些干粮碎屑，显然，在洞里住的人还在这里吃过东西。

刘望北也不移动这些东西，悄悄地退出来，将茅草移回原处。往回走时，他更加小心，连脚下的茅草也不弄折一棵。谢惟志和尹传鹏听他说了洞中所见，说道："原来他们藏身于此！""难怪总是找不到他们！"

三人一合计，既然有了目标，便决定在这里守株待兔。谢惟志让刘望北与尹传鹏先在这里看着，自己跑去找了驻扎在附近的头目，让他带一队人马随时备战，听到动静便立马出动，以防敌人逃窜。

安排妥当，谢惟志回到龟峰，与刘望北、尹传鹏守在岩洞旁边的灌木丛中。此时已近黄昏，他们估摸天黑后，敌人便将回岩洞歇息。

夜色越来越深，四周响起虫鸣。谢惟志与刘望北、尹传鹏商议，如果对方是刘梦凌、荀梦冰，那么，由谢惟志对付刘梦凌，刘望北对付荀梦冰，尹传鹏则在一旁相机行事，不让他们二人有逃脱的机会。谢惟志与刘梦凌是老对头，他们二人武功相若，一旦交手，没个几百回合分不出胜负，缠上之后，刘梦凌一时半刻便难以脱身。刘望北与荀梦冰交手，则胜算颇大，只要他这边将荀梦冰困住，刘梦凌一分心，便更难逃脱了。这样一来，刘梦凌与荀梦冰只要一现身，谢惟志他们便胜券在握，谅他们这次插翅难逃。

又等了一个多时辰，附近响起轻微的脚步声，果然有人上山来了。谢惟志等人严阵以待，只等他们一进岩洞，便现身捉拿。

透过树枝缝隙，一个黑衣人进入了谢惟志他们的视线。黑衣人走前数步之后，又有两名黑衣人跟过来。谢惟志轻轻扯了扯刘望北、尹传鹏，用眼神示意他们，敌人竟然比自己估计的要多一人，原定战术只好相应调整。

三个黑衣人越走越近。月色下，刘望北、尹传鹏看得清楚，走在前面那人，却是前不久朝过相的岭南六石门掌门黎富达。而后面那二人，他们也认得，正是黎富达的师弟狄万壬与南安路鹰盘山飞鹰帮的三当家向三通。

待他们走到洞口，谢惟志也认出了对方是什么人。他知道，这几个人武功都不在自己和刘望北之下，更在尹传鹏之上。眼下对方三人，自己也是三人，实力强弱不言而喻。以他们三人的身手，自己几个人稍有动静，便会被发觉。可是，任由他们从眼皮底下溜走，谢惟志等人又不甘心。三人你看我，我看你，一时不知该当如何。

黎富达将洞口的茅草移到一边，对狄万壬和向三通说道："我们还是老规矩，一人望风，两人睡觉。大家轮着来，省得费了精力。"狄万壬和向三通齐

声答应。黎富达又说道:"这宝石山的人越来越多,找个地方睡一觉还真不容易。白天倒是好办些,他们互相之间也不大认得,我们不动声色便是了。这夜里嘛,大家各归各位,可别让哪个夜猫子无意中瞄到了我们的藏身之所。"狄万壬说道:"这些日子,我们把山里的洞穴和他们那些老寨子的房舍都翻遍了,什么收获也没有。这些穷光蛋看来真不可能藏了什么宝物。待明日我们悄然出山,他们一辈子也想不到我们曾经在他们眼皮底下折腾了几天。我们这来无影去无踪的功夫,谅这些山巴佬一辈子也没见过,打死他们也不信。"

尹传鹏听得他们如此贬低宝石山,心里有气,将拳头握得紧紧的。谢惟志轻轻拉了他一下,示意他冷静。

只听得向三通说道:"你说这几件东西在宝石山嘛,我们找了个遍却一无所获;你说它们不在宝石山嘛,这刘六十能力平平,却凭什么与官府作对,还公然立国称王?虽然这恐怕是千百年来最寒酸的一个'王'。总之,江湖上那些传闻总是半真半假,永远让你搞不懂哪些是真的,哪些是假的。"

黎富达说道:"不管怎么样,我们也是来过了。东西没找到,恐怕是缘分还没到吧。不仅是我们,悄悄混进来的人还会少么?看看我们吓退的那几伙人,这样的身手也敢在江湖上寻找'祥瑞三宝',我都服了他们的胆量!以后再遇到这种人,不必客气,直接挑了便是,省得人多了搅浑水。"

狄万壬说道:"这些年,也不知多少人本事小、贪心大,为了这个白日梦而送了区区性命。这些家伙自己活得不耐烦倒也罢了,却累得我们听了这么多不真不实的消息,跟着东奔西跑的。"

黎富达说道:"其实,最难办的事还是陈子敬他们踪影难觅。如果找到了他们,自然就有着落了。上次好不容易找到汶潭紫,想从他的旧情人身上下手,却又被那'六指妖婆'坏了事。"转头对向三通说道:"若不是为了不让向兄弟为难,那次我们可不会轻易罢手。这妖婆还当我们真的怕了她吗?"

向三通说道:"单说'六指鬼姥',她的武功确实不含糊。反正我就算尽全力,也不是她的对手。人贵有自知之明,这个我是心里有数的。"言下之意,黎富达与"六指鬼姥"单打独斗的话,也未必有胜算,不要自我感觉太好。

黎富达一时语塞。他也知道,在汶潭紫,如果飞鹰帮几个人不肯出手,六石门要对付王玥师徒和刘望北、尹传鹏、'六指鬼姥'他们，是万万不可能的。自己这次出来人手没带够，离开了飞鹰帮，只怕有些事还真不好处理。狄万壬怕他们二人越说越僵，接话说道："当时那情形，飞鹰帮的兄弟们也只好让一让那'六指鬼姥'了，谁叫她武功厉害，而且是帮主的胞妹呢！只是可惜，就缓得这么一下，汶潭崟那伙人便跑了个无影无踪。如今要再找他们，倒是确实不容易。"

黎富达抬头看了看天，说道："过去了的事就不多提了。今日大家辛苦了，我和向兄弟先进洞睡一觉，师弟你且在洞口看着点。两个时辰后我来替换你。"向三通说道："还是我先替换吧？"黎富达说道："我们都是好兄弟，就不必客气了！向兄弟到时接替我便是。"

谢惟志见他们二人进了岩洞，心里想道："敌强我弱，不如趁黎富达、向三通歇息之际，先把狄万壬解决了。这样，我们以三敌二，再加上山下寨众合围，便可能困住他们。"等了片刻，估计黎、向二人已入睡，便轻轻对刘望北、尹传鹏说了计划。三人合计好了之后，忽地从灌木丛中一跃而起，三把长剑一起向狄万壬刺去。

便在这里，只听得"啪"的一声响，原来，一只硕大的山蚊叮在狄万壬脸上，狄万壬一掌将它打了个稀巴烂。狄万壬侧过头，恰好看到谢惟志三人冲过来，惊得"啊哟"一声，急忙向后面的草丛退去。谢惟志冲在前面，这一剑本来可以刺中狄万壬胸膛，被他一退，偏了几分，只在他左臂上划了一道口子。刘望北、尹传鹏刺到时，狄万壬已在草丛中打了个滚，将这二剑避开。三人正要追上去，岩洞两条黑影一闪，黎富达和向三通已冲出来。原来，他们刚刚睡着，被狄万壬打蚊子的一巴掌惊醒，随即听到外面响声，知道来了敌人，当即起身出洞。二人都是一流高手，反应当然不慢。

谢惟志见这二人出来，暗道一声"可惜"，顾不上追赶狄万壬，对刘望北说道："我们每人对付一个！"又对尹传鹏说道："你小心别让那个跑了！"接着，长啸一声，喝道："各位兄弟把住要道，千万不可让敌人逃出去！"他发出啸声，是示意附近的头目赶紧带人来增援；至于说那句话，则是为了让黎富达他们心神不定，不敢全力进攻。

刘望北在汶潭崟和黎富达交过手，知道此人武功比自己强，恐怕谢惟志抵挡不住,便一剑攻向黎富达,将向三通让给谢惟志。黎富达一看,认出了刘望北,骂道:"扑你个街!又是你这个不怕死的愣小子!"铁剑一击,将刘望北的来招截住。刘望北不敢怠慢,变换招式继续进攻。黎富达知道这人虽然年轻,武功却不可小视,不敢托大,与他见招拆招,转眼间已交手十余回合。

谢惟志与向三通也打得难分难解。谢惟志剑法快如闪电,向三通一对铁爪神出鬼没,二人互有忌惮,小心应对。

狄万壬早已立起身来,见黎富达与向三通已出来,心里踏实了许多,手持长烟筒与尹传鹏斗在一起。尹传鹏的武功本来不及狄万壬,但狄万壬在汶潭紫被王玥内力所伤之后,元气尚未完全恢复,功力打了折扣,加上刚刚被谢惟志刺了一剑,手法便慢了不少。此时面对尹传鹏,一向自负的狄万壬只好抱着不求无功、只求无过的心态,以防守为主。尹传鹏忌惮他的长烟筒招式诡异,也不敢贸然进击。二人在草丛中跳跃挪腾,谁也奈何不了谁。

黎富达毕竟功力老到,刘望北与他斗了上百招之后,渐渐不支,守多攻少。黎富达心想,要是能拿下这小子,寻找陈子敬的着落便没问题了。可是又不知他还有多少同伴,尤其是不知王玥等人是否和他们在一起,心里便患得患失。他看了看向三通与狄万壬那边的情形,见向三通已渐占上风,狄万壬则虽未能取胜,但也未必输给对手,心里一宽,便强打精神,运剑如风,将六石门剑法当中的精妙招数使出来,要将刘望北击溃。

谢惟志见刘望北难以抵敌,心里着急,可自己面临强敌,心有余而力不足,便边打边喊道:"三寨主、五寨主,你们分别从左右包抄!四寨主、八寨主,你们按兵不动,千万别让贼人跑了!"

向三通说道:"瞎嚷什么呢?谁上你的当!"他和黎富达见打了这么久,山里并无动静,知道谢惟志是虚张声势,便没把他的话放在心上。不料,话音刚落,却听得山下果然响起一片杂乱的脚步声,似乎有大伙儿人马往这边赶过来。黎富达眉头一皱,暗道:"没想到他们果然埋伏了人马,难怪这几个人胆敢向我们挑战!"他知道宝石山人马众多,而且不乏武功高强之人,若是真被他们围住,自己三人要脱身可就千难万难了。想到那些后果,当下不再犹豫,向狄万壬和向三通说道:"今夜风紧,改日再和他们一较高下!"一剑将刘望北逼退两步，身形一晃，已冲到尹传鹏身后，一剑向他后背刺去。

刘望北看得真切，叫道："传鹏小心！"身形一跃，一剑刺向黎富达后背。他这是"围魏救赵"之计，黎富达若不回招防守，虽能刺中尹传鹏，但自己也将伤在刘望北剑下。黎富达当然不会用自己的身躯开玩笑，疾将刺出的一剑收回，回手将刘望北这剑挡了回去。尹传鹏也于此际跃到一旁。狄万千知道掌门师兄意在撤退，也不追进，趁机退出数步。

黎富达连续攻出几剑，将刘望北逼退，随后向谢惟志虚晃一剑，逼得谢惟志只好退出两步。向三通收了双爪，对谢惟志说道："有种的来日再较量！"与黎富达、狄万千向山下冲去。半路上，恰逢一群寨众赶过来，他们不知厉害，见到三人逃窜，便要拦截，口中还喊道："捉贼啦！捉贼啦！"黎富达与向三通大怒，一出手便伤了数人。众人见他们武功厉害，心头大骇，连忙闪避。黎富达等人也不和他们纠缠，当即扬长而去。待谢惟志他们追下来时，三人已隐没在黑暗中，无从追起了。

刘望北大叹可惜。谢惟志说道："由他们去罢！这几个只是为了寻'祥瑞三宝'而来，与官府没什么关联，我们也没必要为了他们而损折自己的兄弟。"刘望北寻思，黎富达等人武功不俗，若是要和他们纠缠到底，宝石山必定要付出伤亡代价。这几个人来这里，并非想和宝石山为敌，确实没必要和他们硬拼。他们在山中搜寻数日，如今行踪暴露，按理说不会留在山里了，对宝石山便没什么祸害，心下不禁释然。谢惟志向那赶来增援的头目道了谢，让他速将伤者安顿好，其他事就不必管了。

三人离开龟峰，回到宝石寨。还没进半山腰的寨门，值守的头目见了谢惟志他们，便急切地说道："谢大侠、刘少侠……这个尹少侠，你们可回来了！刚刚出大事了！道长被人害了！"

谢惟志、刘望北、尹传鹏大吃一惊。尹传鹏问道："你说的是哪个道长？"谢惟志问道："你说万隆道兄……遇难？"那头目说道："正是，正是！大王和杨头领他们正急得不行呢，谢大侠几位快快上去看看吧！"

谢惟志不再言语，抬腿便向山上冲去。刘望北、尹传鹏紧随其后。片刻间，三人便到了寨顶。果然，大厅内，刘六十、白云翀、叶南潭等人脸色凝重，坐在桌旁。杨火鑫则一脸泪水，两眼圆睁，愤怒得要冒出火来。另有数

名寨众立在一侧，神色紧张。大厅当中的地上放了一块木板，一人静静地躺着，浑身是血，正是万隆道人。

众人见谢惟志等人进来，一时也不知该说什么。谢惟志向白云翀问道："这是怎么回事？"白云翀重重地拍了一下桌子，说道："两个蒙面人在山下行凶……可惜我们都没看到当时的情形！"将经过向谢惟志等人说了。

原来，万隆道人自从当日下午说要去三寨走走之后，一直未归。杨火鑫觉得奇怪，本想去找找他，但又觉得师兄为人沉稳、武功高强，不至于有什么意外，何况他平素喜欢清静，或许因为久未外出，于是在山里多转悠了一阵儿，便只在寨里等他。

约莫半个时辰之前，值守寨门的头目忽然听得山下似乎有人厮杀。他一面派人去山上禀报，一面派人下山察看。只见山下跑来三条黑影，其中二人追着一人打。那被打之人边还手边退却，距寨门尚有约百步时，叫道："快快叫……"便在这时，追赶的二人当中，其中一人甩出手中剑，将所追之人击倒。另一人冲上去，双掌往他身上一按，说道："行了！行了！"二人也不理会已经赶到眼前的寨众，飘然而去。几名寨众见他们身手敏捷，自知武功相差太远，不敢穷追，只在后面装模作样喊了几句。见他们已远去，众人便将倒地的那人扶起来，一看，竟然是寨里的万隆道人……

寨众七手八脚将万隆道人抬上寨顶，放下时，才发现他浑身冰凉，已然气绝。刘六十、白云翀、叶南潭、杨火鑫闻讯出来，察看之后，知道万隆道人被剑刺中要害之后，又被人用强劲的内力在胸口印了两掌，心肺受到重创，就此身亡。杨火鑫见师兄惨遭不测，想想自己没有及时去寻找他，悔恨不已，当场放声大哭。

谢惟志向那几名目睹此事的寨众问道："你们说，这事就是约半个时辰前的事？没记错吧？"那几人说道："千真万确！没记错！"

刘望北说道："由此看来，此事和黎富达、向三通他们倒没关系。万隆道人武功高强，寻常武林人物就算二人联手，要想如此致他于死地，只怕也没那么容易。是什么人竟敢在我们眼皮底下追杀他呢？他们冒着这么大的风险追到寨下，其中又有什么原委呢？"

众人一时茫然，屋内一片沉寂。

十八、分歧

过了片刻，白云翀打破沉寂，向刘望北问道："你们刚才说到黎富达、向三通，他们也进了宝石山？这又是怎么回事？"

刘望北将自己三人与黎富达、向三通、狄万壬交手的经过说给大家听了。刘六十骂道："这些臭贼！竟敢如此猖狂，难道我宝石山是圩场吗？想来就来，想走就走。下次发现了，务必先活捉，再剥了他们的皮！"

谢惟志说道："兄弟们一定要多加巡逻。还要通知各寨头目，严防死守陌生人进入宝石山！"转头向杨火鑫问道："杨兄弟，你可知道道长平时有没有什么仇家？"杨火鑫神色黯然，说道："我师兄生性恬淡、为人大度，在来宝石山之前，几乎没有和谁发行过争执，哪有什么仇家？就他个人而言，是绝不可能得罪人的。"

谢惟志说道："如此说来，此事无关私人恩怨。但那二人这么发狠追杀，非置道长于死地不可，定然有什么隐情。莫非是道长发现了他们的什么秘密？"

刘望北说道："我觉得极有可能！最近，潜入宝石山寻宝的武林人物何止一批两批，单就我们已经知道的来说，前有无果和尚师徒和耿星星，后来又发现了刘梦凌和荀梦冰，接着又冒出了黎富达和向三通他们。至于我们尚未察觉的，还不知道有些什么人呢！"

尹传鹏说道："这两名凶手，会不会是刘梦凌他们呢？他们武功不弱，师兄弟联手的话，道长恐怕抵挡不住。"

谢惟志说道："道长首先是被飞剑刺中。以他的武功，避不过敌人掷出的

剑，应当是此前与他们拼斗已久，筋疲力尽。刘梦凌也是使剑的，在这种情形下，他孤注一掷，甩剑伤人，这是做得到的。但另一人在道长胸前补了两掌，从这掌法来看，对方练的是阴毒一路的武功。崆峒门的刘梦凌与荀梦冰分别以剑法、刀法出名，没听过他们的掌法有多厉害；崆峒门的武功比较驳杂，虽然也有人修习掌法，但据我了解，他们的掌法走的是纯阳的路子，和这种掌法大不一样。所以，这二人，未必是刘梦凌和荀梦冰。"

白云翀说道："这么看来，山里确实还有其他敌人潜伏。我们正要办大事，他们却来捣乱，着实可恶！"

刘六十恨恨地说道："这些臭贼既然不把老子放在眼里，待得老子平定了天下，非得将他们一个个彻底灭了不可！"

白云翀说道："大王息怒！当前以大事为重，这些小蟊贼在这里捣捣乱，碍不了什么事，兄弟们平时多加留心便是了！时候已不早，大王还是先就寝吧，这里的事交给我们这些兄弟便行了。"

叶南潭也说道："凶手闹了这一出，现下定然躲起来了。追拿凶手之事，还是当从长计议。表弟还是先保重身体，毕竟数万人马还有很多大事需要你来决断呢。"他见刘六十虽然打出兴汉国旗号并自称兴汉王，但因为目前山寨并无王国的样子，心里还是把他当作自己的表弟。

刘六十愤愤地说道："我这'兴汉王'不伦不类，也确实做得不像个样子。看来，还是得尽早挑一个地方，把宫殿做起来，把百官给封了。否则，他们更是把我们当成一个小山寨、草头王，以为我们是在玩小孩子过家家的那一套，全然不知敬畏！"

众人闻言一愣，不知刘六十为何这般生气。杨火鑫说道："大王放心，宝石寨虽然简朴，但贼子们要想上来，却也没那么容易。我们就等着大王一声令下，早日把兴国城、赣州城打下来，把行宫搬到城里去！"他见师兄忽遭毒手，伤心之余，恨不得刘六十立即发兵，与官兵打一场大仗，以泄心头之愤。

刘六十在众人劝说下，先回房歇息。谢惟志、叶南潭、白云翀、杨火鑫、刘望北、尹传鹏继续在大厅商议。众人知道杨火鑫与师兄感情深厚，先安慰了他一番，让他节哀顺变。杨火鑫说道："大家放心，我杨某人也不是悲悲戚戚的妇道人家。刚才哭过一场，伤心已过，剩下的便是仇恨。师兄已死，怎么哀痛都没用，只有尽快将仇人抓到，才能让师兄瞑目。"

谢惟志点点头，说道："杨兄弟是条硬汉，这个我们都是知道的。从当前情形来看，宝石山确实有内患。能进入宝石山的，自然不是等闲之辈。如果他们只是冲着'祥瑞三宝'而来，倒也罢了，但从万隆道长遇害这事来看，事情恐怕没有那么简单。眼下最重要的，是确保大王安全，千万不可再出岔子了。"

叶南潭说道："兴汉国旗号刚刚打出，官府或者某些江湖人物视宝石山为眼中钉，这也是意料中的事。他们将采取什么下三烂的手段，我们没法猜测。但睁大眼睛看住身边，这个大家应该都懂得。"

谢惟志说道："我看还是这样罢，叶寨主、白兄、杨兄弟几个，不要随意离开大王左右，时刻防着敌人袭击。你们几位都是高手，跟随在大王左右，料来在山里不至于有什么意外。我和望北、传鹏还是继续在山里搜寻，看能不能找到点蛛丝马迹。"

刘望北对谢惟志说道："要不要加点人手，让宁都的蔡五九他们几个也一起参与搜寻？我看他们比较牢靠，做事也稳重。"尹传鹏说道："对，其他人不了解，不好让他们一起行动，这几个人应当是不错的。"

白云翀说道："蔡五九他们已从坪峰寨调到灵山去了。因为那里地方比较宽敞，驻扎了不少人马，大王认为需要派几个得力的人过去协助带队。如果你们觉得需要，可以派人把他们叫过来。"

谢惟志说道："不必叫他们过来了，我正想着要去灵山那边看看呢！直接去那里找他们便是了。"

刘望北说道："宝石山这边，我们几乎走遍了，再走一遍估计也是这样。灵山那边倒是忽略了，确实有必要去察看一下。"

尹传鹏问道："灵山离这里很远吗？它们和宝石山又是什么关系？"

谢惟志笑道："你才来没几天，还没找到机会带你去灵山转转。去了你就知道。"告诉尹传鹏，灵山与宝石山诸峰相连，其实也算宝石山区的一部分，但较之其他区域，相对独立些。这里的主峰山岩中间奇险处，有一座唐代铁船僧所建的龙华寺，寺庙一半悬空，远看甚是巍峨。当地人认为寺里供奉的金观音非常灵验，故将这座山称为"灵山"。灵山周边还有多座山峰，形态

各异，婀娜多姿。刘六十初到宝石山时，灵山这一带还有数座寺庙，来来往往的信众不少。刘六十招兵买马准备举事之后，便将这里的和尚驱散了，把进山的路口也封锁了，专门派了一拨人马驻扎在这里的各个山头。

尹传鹏听了，说道："原来宝石山还有这么一个神奇的地方。这么一说，就算不抓贼人，我也得去那里看看。蔡五九他们住在那里，说不定已经高兴得不想回去了！"

第二天一早，谢惟志、刘望北、尹传鹏便往灵山而去。因为万隆道人意外遇害，三人心情沉重，一路上也就不像以前那般有说有笑。

灵山有钟鼓石、重甑岩、片月岩、猴哥寨、摇篮寨、凉伞寨、仙桃峰等诸多山头，丹岩林立，岩寨之间是一条条幽深的山谷。刘六十将这里占领之后，见缝插针建了不少木屋，陆续安置了数千人马驻扎在这里。

灵山的总头目叫危定胜，年约三旬，脸色白净，出身书香门第。危定胜自小聪慧，其父曾经在县里做过小官，原指望他成年后高中进士，光宗耀祖。不料，蒙古人把宋朝灭亡之后，科举取士制度也取消了，读书人没了出路。危定胜因改朝换代，也不想做元朝廷的官，便弃文习武，专门到覆笥山拜了一位高人为师。

这覆笥山被称为兴国"群山之宗"，原名佛子山。相传，古代有个齐国人在菏泽钓到一尾鲤鱼，剖开之后，发现鱼腹藏有画绢，绘着仙山秘籍图，载明此仙山乃他登仙之地。此人于是四处奔波，寻访画中仙山，某日来到兴国北部的这座大山，终于发现这就是他要寻找的仙山。此人自称"齐绢子"，在这座山上住下后，根据画绢所示，寻得秘籍十二卷，读后大受启发，留下著述《天地人经》四十八卷。因此山形似书箱，齐绢子便将之更名为覆笥山。也不知过了多少年，齐绢子在此羽化登仙，后人把他称为"北海仙公"。自从，覆笥山声名远播，在这里修行者甚众，儒释道诸家均不乏其人。

危定胜艺成归来之后，行侠仗义，深受乡邻信任，也因此得罪了一些豪强。这些豪强与官府勾结，要给危定胜扣上造反的帽子。好在兴国县衙一名受过危定胜帮助的小吏闻讯，及时通报给了他。危定胜知道官府的厉害，自己势单力薄，不敢硬碰，只好连夜亡命江湖。不久，刘六十从宝莲山回到兴国，占据宝石山，危定胜前来投奔。刘六十此前便听过其名，欣然接受，并对他颇为信任。

危定胜听得谢惟志等人到来，连忙出来相迎。他的营寨便在钟鼓石下平坦开阔处。尹传鹏从山下仰视那龙华寺，如同挂在山岩之腰，不禁啧啧称奇。危定胜知道他是初次来此地，笑道："这座古庙，堪称灵山一奇，但凡来者，无不感到惊异。"尹传鹏说道："将寺庙建在这么险要之处，也不知当时的和尚们是怎么想的？他们也不怕搬石头太辛苦。"谢惟志笑道："既然是信佛之人，还怕什么辛苦？要不然怎么有的人一辈子愿意做个苦行僧？"

危定胜听得他们要找蔡五九，说道："我这里数千号人，起码一半我还不认得，尤其是新近住进来的。但你们说的蔡兄弟，我却和他一见如故。这个兄弟虽然年纪轻轻，但想法不少，若是打起仗来，还真是个做将军的料。"便派人去蔡五九住处请他。

刘望北说道："危大哥所言，确实不算夸张。当年这位蔡兄弟受掌门人的派遣，前来宝莲山助我们御敌。敌人退却之后，多数朋友都回去了，蔡兄弟却还在山上逗留了好些天，就是为了向我师父请教武功和兵法。我师父也说这年轻人日后必有大作为。"

尹传鹏说道："更难得的是，他这次来宝石山，还是背着掌门人悄悄溜出来的呢！为了与官兵打仗，他不顾被逐出门墙的后果，这种精神真是让人佩服！"

不多时，便见蔡五九从远处飞奔过来。他的身后，还有李十三郎、李火生、谭天保、杨山民几人陆续跟上来。蔡五九边跑边喊道："谢大叔，望北哥、传鹏哥，你们总算来了！我可是好想念你们哩！"

危定胜招呼大家坐下，谢惟志这才说明了来意。危定胜说道："原来山里出了这么多怪事！我还道只是我们这里有人捣鬼呢！"刘望北问道："怎么？莫非这里也出现了来历不明之人？"

蔡五九说道："可不是么！就在昨晚，两个武功厉害的家伙悄悄潜入悬崖上的那座庙里，也不知想偷什么东西，结果被守夜的兄弟发现了。其中一个兄弟刚叫出声，就被他们出手杀了。其他兄弟一起叫喊起来，又被他们伤了好几个。真是可恶！"

危定胜说道："说来真是惭愧！我听到叫声之后，冲出屋外，恰遇他们跑下来。这两个人一个使刀，一个使剑。我带着几个兄弟想将他们围住，不料他们剑法、刀法都甚是厉害，我手下几个兄弟没接几招便受伤了。大家被他打得毫无还手之力。眼看着岌岌可危，好在蔡兄弟、谭兄弟、杨兄弟和两位李兄弟赶到了。大伙儿一起出手，这二人总算抵挡不住，但还是趁着夜色逃出去了。"

刘望北说道："一个使剑，一个使刀？有没有弄清楚他们的身份？"

蔡五九说道："听他们互相称呼，二人应当是师兄弟。好像听得其中一人叫另一人为'荀师弟'，但至于是什么门派的，我们却不清楚。"

刘望北说道："如此看来，应当又是崆峒门的刘梦凌与荀梦冰。没想到他们贼心不死，到底没有走远，又跑到灵山这边来搜寻了。"

谢惟志说道："此事是昨晚发生的吗？"危定胜说道："正是昨晚。我们死了一个兄弟，还伤了几人，正想着要向大王禀报呢，但又怕大王听了不高兴。"

谢惟志点点头，说道："如此说来，昨晚谋害万隆道长的凶手，确实不是刘梦凌他们。他们不可能分身在两个地方做坏事。"

危定胜大吃一惊，说道："什么？万隆道长……他怎么了？"危定胜入伙宝石山之初，万隆道人是刘六十帐下有数的武功高手，深受众人敬重。如今突然听得他遇害，对危定胜来说无异于晴天霹雳。蔡五九、李十三郎等人刚到宝石山时，与万隆道人见过，听得他被人谋害了，也大惊失色。

谢惟志将万隆道人在宝石寨下被两个蒙面人追杀的事简要说了，并将他们还先后发现无果和尚、黎富达等人行踪的事也告诉危定胜等人。危定胜听得目瞪口呆，说道："宝石山竟然被这么多江湖人物看中，看来今后我们得倍加小心才是！"

谢惟志说道："当务之急，一是保护大王安全，这个已安排了叶寨主他们负责；二是追查隐藏在山里的歹人，今日找蔡兄弟几位，也便是为这事而来。"蔡五九说道："感谢大家看得起我们！这事对我们来说，义不容辞。前面便是刀山火海，我们也毫不皱眉！"

谢惟志点点头，说道："刘梦凌他们偷偷摸摸来灵山，无非是冲着'祥瑞三宝'来的。其实那几件东西根本不在宝石山，但江湖上既然起了这样的传言，他们如何肯信？不仅他们要来，当年跑到宝莲山的那伙人，只要还能动，恐怕都不死心，都想来赶这蹚浑水。只不过，有些武功低微之人，未必有那个本事进来而已。至于那些仗着武功好而潜入山里的，他们夜伏昼出也好，昼伏夜出也罢，除非当日来去，否则总得有个歇脚的地方。我们找不到他们的人，找找他们的老鼠窝也好。只要找到了，他们就不敢在这里久留了。"

刘望北说道："宝石山其他地方，我们几乎都看过了，所以先后发现了无果和尚、黎富达他们。灵山这些山头，我们倒是还没查过，今日便在这里搜寻一遍。"

危定胜说道："你们不说，我还真没想到这些。那我们全力以赴，多派些人手吧！"

谢惟志说道："人手倒未必需要太多，毕竟人多了太嘈杂，容易打草惊蛇。危兄弟与其他兄弟照旧各就各位，看好各自的地盘。搜寻之事，交给我们几个就行了。"危定胜说道："好，那我们听谢大侠的安排！"

谢惟志、刘望北、尹传鹏告别危定胜，带着蔡五九等人出去了。八个人睁大眼睛，对这些山头、山谷的每一条路、每一个岩洞都走了一遍，果然发现了两处有人住过的洞穴。谢惟志说道："如果说其中一个洞穴是刘梦凌、荀梦冰住过的，那么，另一个洞穴又是谁住过的？从洞里铺的茅草来看，都是这几日才铺上的。由此可见，除了刘梦凌等二人，至少还有一拨人来过灵山。"

说话间，来到一处幽暗的山岩下，岩底是一个碧绿的水潭。一行人走到潭边，但觉寒气逼人。蔡五九说道："这里叫'仙女潭'，又叫'冰心洞'，潭中的水奇冷无比。天气热时，跳进去洗个澡，真是浑身通透，比吃了什么都更舒畅。"众人一看，一条飞瀑穿岩而下，潭水蜿蜒而来，乍一看，确实如一位身姿婀娜的仙女飘然而至。尹传鹏说道："可惜眼下没心情，否则真想跳下去好好玩一回，这才不至于辜负了这么碧绿的一潭水。"

刘望北低头看着潭边的小路，说道："这里经常有人走过吗？似乎有脚印。"蔡五九说道："灵山这边，危大哥管教甚严，大家一般都在驻地练兵，很少随意走动。冰心洞地处偏僻，更是少有人来。"

刘望北循着潭边的岩壁往里面走去。越往前光线越暗。刘望北双眼紧盯

脚下，忽然，一支碧绿的玉钗映入眼帘。刘望北俯身拾起，说道："这是女人之物。灵山这边有女人驻扎吗？"

蔡五九说道："据我了解，这边全是光棍汉，没有一个婆娘。这东西应该是外人留下的。"

刘望北端详了一下这支玉钗，说道："这里潮湿得很，岩上还有水滴下来，但这玉钗几乎没沾上什么泥土，应该是刚掉落不久的。这婆娘是哪里冒出来的呢？"

谢惟志说道："整个宝石山，除了大王和坪峰寨、马脑寨、湖肚寨几个头领因为没有什么亲人，家眷不好安置，随同进了宝石山，其他人都是光棍入寨，没带家眷，以免拖泥带水，心有挂念。毕竟我们在这里是准备与官兵大干一场的，不是安居于此。他们这几户家眷都不懂武功，平时大门不出，小门不迈，连寨里的兄弟也很少见面，不可能大老远跑到这里来玩水。"

刘望北说道："这么说来，山里还有女人潜入，而且这女人定然武功不弱，否则她没法进入。"尹传鹏说道："真是越看越复杂了！也不知道到底进来了些什么人，都想图谋什么？"

谢惟志环顾四周，说道："但愿他们都是冲着'祥瑞三宝'而来。毕竟，如果是为了这个目的，当他们无所收获之后，自然远走他方，继续做他们的美梦去，对我们要干的事妨碍不大。如果他们是想做官府的帮凶，这事就麻烦了不少。"

蔡五九说道："这……这要是真有奸细混进来，可真得万般当心才好。"心里虽然希望不会出现这样的事，但还是隐隐觉得这种情形在所难免，一时又找不到应对之策。

在方圆十里之内走了约两个时辰，除了两处有人住过的洞穴和一支玉钗，再无其他发现。谢惟志对蔡五九、李火生、李十三郎、谭天保、杨山民说道："我原想着在这里守株待兔，看看那两处岩洞到底住了什么人。但转念又想到，宝石山潜入的敌人或许不止这些，若是大王那边有什么急难，那才是头等要紧的事。所以这事还是得妥善考虑。"吩咐蔡五九等五人留意那两个岩洞的动静，如果对方现身，他们人多的话，就不要惊动他们；如果对方人少，则相机行事。倘若他们只是志在寻找"祥瑞三宝"的武林人物，便由得他们去也无妨。谢惟志、刘望北和尹传鹏则赶回宝石寨，看看那边的情形。

蔡五九听了谢惟志的安排，说道："谢大侠放心！我们在这里，一定全力协助危大哥，不让敌人有干坏事的机会。保护大王安全的事，就要让你们几位多费心了！我们早就摩拳擦掌，等着大王下令，尽快向官兵进攻！"

三人回到宝石寨，快到山下时，谢惟志对刘望北、尹传鹏说道："为了不让大王分心，今日所见，未必全向他禀报。我们心里有数，加强戒备便是了。"刘望北点头说道："正当如此。眼下大王最需要集中精力谋划大事。这等宵小捣乱之事，我们替他分忧便是了。"尹传鹏说道："也不知大王准备什么时候发动攻击？还是早点打到城里去好，省得那些捣乱的人在山里跑来跑去，这么难找。"

到了寨门，值守的小头目见谢惟志等人回来，说道："谢大侠，今日寨里可热闹呢！甘寨主他们来见大王了！还带了不少厚礼过来呢！"

谢惟志说道："是蜈蚣寨的甘寨主来了么？"那小头目说道："正是，正是！我看大王今日心情挺好的哩。"谢惟志心里暗道："甘山枫携带厚礼大老远跑到这里来面见大王，莫非有什么大事？"便不再理那小头目，疾步拾级而上。刘望北、尹传鹏在他身后紧跟着。

还没到寨顶，便听到了刘六十爽朗的笑声。谢惟志寻思："大王笑得这么开心，看来甘山枫这次带了什么好消息过来。"刚走到大厅门外，刘六十见了，对甘山枫说道："你念叨着的谢兄弟回来了！来来来，你们几个回来得正好，大伙儿再喝上几碗！"

谢惟志一看，大厅的四方大桌上摆满了菜肴，刘六十、甘山枫、叶南潭几人喝得脸红耳赤，白云翀、杨火鑫估计想着时刻要保护刘六十，没喝多少。廖白衣也坐在那里慢条斯理地吃着菜。甘山枫身旁还坐了两个人，一个脸色黝黑，一个脸如白玉，都是三十岁上下年纪，谢惟志却没见过他们。他们见到谢惟志等人进来，便要起身让位。

刘六十说道："都是自家兄弟，随便坐，随便坐，就别推来推去了。"谢惟志和刘望北、尹传鹏便在空位上坐下。刘六十说道："这位甘寨主甘山枫兄弟，和谢兄弟、望北老弟是老朋友了，就不必介绍了。这位尹传鹏老弟，是

望北老弟的师弟，甘寨主以前没见过。这二位嘛，是甘寨主的得力助手，叫什么大名来着……"那个脸色黝黑的汉子站起来说道："在下赖开山，久仰谢大侠及两位兄弟英名！"脸如白玉的那人也起身说道："在下燕如年，初到宝石山，请谢大侠与两位兄弟多多指教！"谢惟志与刘望北、尹传鹏还礼道："幸会幸会！"

刘六十说道："今日当真是巧了。廖老夫子为兴汉国刚刚测了一卦，甘兄弟便到了宝石山，可见一切都是天意。天佑我兴汉，不兴不行啊！那就抓紧按你们说的去做便是！不瞒大家说，其实我刘某也琢磨过这些事，只不过还没想清楚，不好跟大家说起罢了！"

原来，廖白衣因为勘察到离宝石山数十里外的莲花山是龙兴之地，又测算出两个月之后是大吉大利之日，便建议刘六十在莲花山兴建行宫，届时在那里举行祭天仪式，号令各路英豪向官兵大举发动进攻。与此同时，刘六十自己则亲率宝石山大军一举攻下兴国县城，在那里举行登基大典，改称帝号，正式成为兴汉皇帝。刘六十正因为连日来各方来路不明之人潜入宝石山而烦躁，听了廖白衣的建议，欣然接受，决定将王府移至莲花山。至于称帝之事，刘六十虽然也想过，但毕竟囿于现状，想到自己连城池都没占领一处，只怕排场不够，过于仓促寒酸未必能令天下信服，便犹豫着没有答应。廖白衣又劝导他，如今反元形势大好，别处也有一些义军首领准备称王了，到时各地的王太多，不便统领，而率先称帝，便能号令天下，赢得更多的人追随。

恰在这时，甘山枫前来拜见，不仅带了几箱金银珠宝，还带来了一名绝色少女。甘山枫见刘六十愕然，便解释说，数日前，自己忽然梦见天降祥云于莲花山，隐隐见得大王端坐云中。甘山枫醒后，认为此梦兆示大王又要更上层楼，于是精心挑选金玉若干，美女一名，进贡给刘六十，以备大用。刘六十大是惊异。他知道廖白衣和甘山枫素无交通，二人自是不可能串在一起哄骗自己。又看到这个叫瑶珠的少女桃腮粉脸，身姿婀娜，眉眼盈盈，顾盼生姿，着实是娇媚可人，一时心情荡漾，想想若是真的做了皇帝，自此号令天下，要什么有什么，日子胜过神仙，便下定决心，于两个月之后登基称帝。

更令刘六十感到意外的是，甘山枫那位名叫燕如年的副寨主，竟是鲁班门人出身，听得刘六十答应了建行宫之事，主动请缨做监工。燕如年当场表演了一场木工活，请寨里的人找来斧头、锯子、刨子、凿子，再让人搬来几块木板和木头。燕如年起先运斤如风，随后变戏法般轮换使用各种工具，三下五除二的工夫，便将这些木板和木头变成了一张精致的龙椅，连钉子也不用一枚。刘六十大开眼界，连连拍手赞叹，更觉得此事实乃天意。谢惟志等人赶到时，刘六十正在兴头上，是以心情大好。

谢惟志听得刘六十决定两个月之内在莲花山建成行宫，说道："莲花山我去过，那里除了文丞相当年驻扎过的邹公寨尚存数间破屋，其他地方几乎没什么现成的房舍，山路也甚是陡峭狭小。短短两个月之内，即便要建成宝石寨这般模样，只怕也不容易，更何况规格要超过宝石寨。此事是否再斟酌一下？"原来，宋端宗景炎二年（公元1277年），文天祥率抗元大军挺进兴国，当地人邹峄、钟绍安毁家纾难，募集义军上千人响应文天祥，深得文天祥器重。邹峄对兴国地形颇为熟悉，引文天祥驻兵莲花山，并在这里的大坑山选了一处易守难攻的山头建造都督行府，累石为埤，门隘三层，奇险坚严。不料，都督行府竣工之后，开府祭旗时，天色突转昏暗，继而响起一声惊雷，竟然将门匾上"都督行府"的"府"字震落。众人相顾愕然，认为此非吉兆。没过多久，文天祥便将都督行府迁移到宝石山，但仍留了邹峄率一支人马驻守莲花山。因为大坑山这个寨子是邹峄所建，后人便将这个山头称为邹公寨。

刘六十摆摆手，说道："谢兄弟过虑了！这事简单，无非是多加些人手而已。我已决定了，明日起，便调配两万人马前往莲花山开路、运石、建房。我手下这么多人，闲着也是闲着，眼下暂时不打仗，本来便该找点事给大伙儿干干。方圆数十里之内的百姓也一起参加，那些挖土砍树之类的粗活，就交给这些百姓去干。他们既然是我兴汉国子民，也应该为我兴汉朝廷出出力。"

谢惟志说道："但是，说到这莲花山，从当年文丞相他们遇到的奇事来看，论风水，恐怕还不如宝石山才是。到底该选哪里落脚，大王还是慎重考虑为好。"

廖白衣说道："此一时，彼一时，动土还得看时辰。莲花山本是龙兴之

地，信国公当年动土的时辰有误，以致后来诸事不顺。我兴汉朝皇帝祭天、登基的时辰，自然不会有错，大家就不必担心了。"刘望北见他脸色苍白，声音有异，问道："夫子怎么声音沙哑了？"廖白衣说道："老夫本来不大饮酒，上次陪大伙儿多喝了两碗，竟把嗓子给伤了，还染上小恙，真是惭愧。"刘望北说道："难怪今日夫子碗里装的是茶。夫子要多多保重。"廖白衣点头谢过。

谢惟志沉吟片刻，说道："就算选到了黄道吉日，但当务之急，乃是对付官兵，攻城略地。在这当口派出两万人手去建造宫殿，还要惊动百姓，恐怕也是大大不妥。"

白云翀说道："我也觉得惟志兄说得甚是在理，请大王三思。"在谢惟志他们到来之前，白云翀听了刘六十的决定之后，也曾提出异议，但遭到众人反驳。他孤掌难鸣，只好保持沉默。如今谢惟志提出的意见正与他相合，于是他又出言相劝。

甘山枫说道："如今大王手下少说也有十万之众，派出两万人去修路做房屋，我觉得并无大碍！宝石寨这些房子又矮又旧，确实难以匹配大王的伟业。说得不好听些，蜈蚣寨的房舍也比这更气派些，这让我们下属如何心安？再说，大王威望日隆，只是称一个'兴汉王'，未免让外面那些人小瞧了，既然有天子气象，早日登上大宝才是顺应天意。如此一来，众兄弟也可出将入相，封王封侯呀！莲花山建行宫之事，我们蜈蚣寨全力以赴，要人要钱都毫不皱眉！"

刘望北说道："大王声望固然越来越高，但大兴土木这等大事，牵一发而动全身，稍有不慎，或将影响前方交战。我也认为应当三思而后行。"尹传鹏也点头说道："为此事兴师动众，确实宜谨慎。当务之急，还是与官兵打仗。打赢了，城里什么房屋没有呢？"

刘六十将酒碗重重地放下，说道："谁说我没三思呢？这些事，我想得够多了，也想得够明白了！你们也不想想，这宝石寨的房舍破破烂烂的，哪像个王府？难怪这些下三烂的江湖人物想来就来，想走便走，如入无人之境，当真是太小看我刘某人了！我们这些人哪，老是在山里藏着转着，眼界就是和山巴佬无异！如今我们既然不再是山寨王，就得像干大事的样子。莲花山新建的房屋必须气派些，否则哪来的什么威严？到时候，还得加封百官，这才像个朝廷的样子。廖老夫子，你先帮我把名单拟好，像我表哥、甘寨主、谢兄弟、白兄弟、火鑫兄弟、望北老弟、传鹏老弟他们，还有驻守腊石寨的姜修敏他们，都该封个大官做做。此事就不必再议了，甘寨主大老远跑过来，大伙儿多喝几碗酒，高兴高兴！"甘山枫、叶南潭、赖开山、燕如年等人纷纷高举酒碗。谢惟志、白云翀、刘望北、尹传鹏知道再说下去，刘六十定然不悦，于事无补反伤了和气，便不再吭声，也端起酒碗喝了一口。

接下来，刘六十果然调拨两万人马前往莲花山兴建行宫。大军浩浩荡荡，挖山开路，伐木挑石，还驱使沿途百姓砍柴做饭，出资出力。整个工程由燕如年任总监。燕如年虽然看起来白面书生一般，行事却威严果敢，众兵士和百姓稍有怠慢，便被他责罚。工程因此进展迅速，每日都有明显变化。不过数日，山上便修出一条可过马车的开阔道路。

这天，谢惟志、刘望北、尹传鹏不放心莲花山那边的事，便离开宝石山前去莲花山察看。从山下到山上，处处都是忙忙碌碌的兵士和百姓。看到他们累得疲惫不堪，听说还有人悄悄逃跑，谢惟志忧心忡忡地对刘望北和尹传鹏说道："似他们这样干活，固然可以很快把房舍建成，但只怕大家心里怨气也积淀得深了。这样下去，可不要得不偿失。"刘望北说道："大王突然起了在莲花山大兴土木的念头，这事本来便令人不解。而这姓燕的如此役使百姓，大王居然不加责怪，这也不像他以前的性格。难道他当真不把自己的老百姓当回事？"

谢惟志说道："这事首先是廖白衣老夫子挑起。大王最信任的人便是廖老夫子了。这老夫子上知天文，下知地理，对大王来说，把他比作诸葛亮，也不算过分。但老夫子此前只是为大王寻找龙兴之地，祭祀天地祖宗便是，并无兴建宫殿之意，为何突然提出此议？再说，兴汉既然称国，应当将王府或皇宫建在城里才对，怎么反而劳民伤财到山上大兴土木？此事我还真没想明白。"

刘望北脸露忧色，说道："我感觉大王自从称王之后，有点越来越听不进大伙儿的意见了。以前可不是这样，无论大家说什么，他都会好好考虑的。"

谢惟志说道:"也不是不听大伙儿的,其实对老夫子的话,他还是一如既往言听计从。我倒是觉得,老夫子也似乎变了,出的主意与我们的分歧越来越大,导致我们与大王之间的分歧也越来越大。"

尹传鹏说道:"也许,大王是打算建成一座像样的王宫之后,让天下英雄好好领教兴汉国的威严,再一鼓作气与官兵交锋。如果是这样,稍等等倒也无妨。"

刘望北轻轻叹了一口气,说道:"可是,这莲花山离兴国县城更远,如果大王在这里指挥兵马,岂非更不利于攻城?再说,这事把大家弄得太累,就不怕影响打仗?"谢惟志摇摇头,也说不出个所以然。

燕如年对谢惟志等人的到来,显得不亢不卑。谢惟志知道他是甘山枫的亲信,如今奉了刘六十之命督建行宫,以红人自居,于是不把自己这些元老放在眼里,心里暗暗叹息,也不和他计较,客套几句之后便告辞了。

返回宝石山的途中,经过一个小村庄,一行人听得一户人家传来撕心裂肺的哭嚎声。谢惟志说道:"什么事让人如此伤心?看看去!"三人循声找到这户人家,却见一老妪哭得死去活来,边哭边骂道:"这天收的什么鬼大王!老天爷你要是能开眼,就要早早收了他才对!"刘望北问道:"老人家,出了什么事?能告诉我们吗?"那老妪头正眼不看他们一眼,只顾哭骂。

谢惟志见那老妪伤心过度、神志不清,知道多问无益。见对门似乎有人在家,几个人便去向邻人打听。邻人一个劲儿地摇头,低声告诉他们,这名老妪的儿子和十岁的孙子被刘大王的兵马抓去挖石头、修宫殿,没想到遭遇塌方,父子二人当场被掩埋,刨出来时早已气绝。可惜这老妪早年丧夫,儿媳也于去年病死,一家三口如今只剩下一个孤老,遭此变故,哪受得了?所以整日价[①]诅咒老天爷,诅咒刘大王。那邻人还告诉他们,当时丧命的还有村里及邻村几户人家的壮丁,只不过他们因为家里上有老下有小,敢怒不敢言,只能在心里骂,不敢如此放声大骂而已。

谢惟志与刘望北、尹传鹏面面相觑,只好默然离开村庄。刘望北说道:"莲花山建行宫,弄得百姓怨声载道,这事我们还是要再劝劝大王才行。"谢

---

① 方言,意为一天到晚。

惟志摇摇头，说道："事已至今，只怕多说无益。他不可能让这事半途而废的。只能求菩萨保佑，不要再弄出什么人命来了。"

进入宝石山境内，谢惟志见刘望北、尹传鹏心情沉郁，说道："横直无事，我们也不急着回宝石寨，便在这山里随便转转吧，说不定还会有所发现呢。"刘望北、尹传鹏正是这个想法，三人便沿着山里的幽谷随意闲走。

走过丹象岩，谢惟志忽地说道："上次我们在这里无意中发现了耿星星的行踪，因此追寻到了无果和尚。我们好心将耿星星掩埋了，他倘若泉下有知，应当给我们提供些许线索才是。且看看这次有没有这个运气，在这里再发现什么人的行踪。"尹传鹏说道："天下无巧不成书的事多着呢。功夫不负有心人，说不定，还真有。"刘望北若有所思，忽地说道："大家说，无果和尚师徒在那个岩洞里杀了耿星星之后，会不会返回去察看察看呢？如果返回去了，会不会留下一点蛛丝马迹呢？"谢惟志一拍大腿，说道："完全有这个可能！我们以前忽略了这事，现在就去那里看看！"

三人往前疾行，这次轻车熟路，不多时便到了那个山岩下面。刘望北走到前面，快到树丛尽头时，忽地指着前方，悄声说道："好像有动静！说不定真有人在此。"

三人在树丛中屏息蹲下。透过枝叶缝隙往前看去，果然，在耿星星的墓地旁，两个人正在指指点点说着什么。这二人却是一男一女，看样子都是五十多岁的年纪。

那男的说道："老耿武功厉害，在江湖上能轻易击败他的人不多，能杀了他的更不多，怎么会死在这里？若非这木条上说了'东莞豪杰'，我还真不相信这里埋的是老耿。"

那女的说道："刘六十手下虽然也招徕了几个武功不错之人，但要说能杀得了耿星星，却是千难万难。再说，如果是宝石山的人杀的，那么为他立碑的便不是宝石山的人了。"那男的说道："嗯，所以这事邪门得很。我看整个宝石山都邪门得很。"

那女的又说道："这里几十个山头被我们找遍了，没什么可疑之处。或许，真是谁故意骗大家来宝石山找晦气的。"那男的点点头，说道："现在看来，确实如此。你看我们跟踪过的几个人，他们也同样一无所获。说不定螳

螂捕蝉，黄雀在后，我们在跟踪别人，也有人在跟踪我们呢。"说到这里，突然厉声喝道："谁？给我出来！"

谢惟志、刘望北、尹传鹏一惊，不约而同想道："他耳朵这么精，竟然发现了我们？"三人正要现身，却见斜对面的悬崖下树枝摇曳，走出三个人。当先那人哈哈大笑，说道："多年不见，童老弟还是这般精明啊！老僧我刚刚走到崖下，童老弟便知道了。不知是什么风把老弟刮到这里来的？"谢惟志、刘望北、尹传鹏一看，这人竟然便是他们刚才突然想起的无果和尚。跟在他身后的二人，则是他的弟子孙见佐、孙见佑。

那姓童的说道："无果和尚，原来你还活着啊！老耿怎么死在这里了？"无果和尚说道："托老弟的福，老和尚这些年侥幸没死。这位娘子，想必是弟媳阴女侠吧？虽然没见过，但老和尚对你可久仰得很呢！"

谢惟志、刘望北、尹传鹏一听，便知道了这二人的身份。原来，这男的是当年钟明亮旗下的另一员大将——石城县的童义，那女人则是他的妻子阴玉华。元世祖至元二十六年（公元1289年），钟明亮占领赣州城后，南方尤其是广东、江西、福建等地义军纷纷响应，其中著名者有董贤举、丘元、谢主簿、童义、卢大老、陈七师、朱三十五等。几经反复，这些人要么被朝廷剿灭，要么不知所终。童义与阴玉华本是一对雌雄大盗，他们在石城拉起的义军能征善战，多次为钟明亮解围，深得钟明亮器重。钟明亮病死后，义军逐渐瓦解，童义与阴玉华在最后一次战斗中仗着武功高明，杀出重围。他们见大势已去，便退出江湖，隐姓埋名居于石城牙梳山。无果和尚、耿星星等人都以为他们已战死，而他们夫妇也以为无果和尚等人也未必还在人世了。

最近，童义与阴玉华夫妇偶然听闻"祥瑞三宝"现身宝石山。二人雄心复燃，想到如果能侥幸寻得"三宝"，不管是重整旗鼓、东山再起，或者修习武功、称雄武林，或者富甲一方、坐享清福，都是好处不尽之事，于是悄然从牙梳山来到宝石山。他们在山里寻觅数日，发现过几拨东摸西找的人，知道他们是自己的同道，也不惊动他们。但找遍各个山头，最终一无所获，没想到在这里意外发现了耿星星之墓，这才知道耿星星也到了宝石山，更没想到还会遇上另一个"老朋友"无果和尚。

童义说道："无果和尚，你是和老耿一起来的吗？老耿怎么死在这里了呢？"

无果和尚眼珠一转，说道："哎呀，耿星星死了吗？这是谁下的毒手啊？我和他至少五年不见了，怎么就死了呢？"

童乂疑惑地看了无果和尚一眼，说道："奇怪了，原来你们不是一起来的。这些年，大家散伙了之后，全无音信。我们两口子躲在山里，也不知道你们还在东奔西走呢！"

无果和尚说道："你们可是过着赛神仙的日子，哪像我老和尚，还是苦行僧一个。老耿这些年也不知躲在哪里享福，现在人死了，恐怕也不会有人知道了。"

童乂正色说道："我们明人不做暗事，打开天窗说亮话。这'祥瑞三宝'到底是怎么回事，你们有没有找到一点头绪？"

无果和尚双手一摊，说道："童老弟还是快人快语，老和尚最喜欢你这性情了！老和尚被人哄到这里白转悠了几天，连饭钱都亏光了，真是惭愧得紧！"

童乂点点头，说道："你这话我倒是相信。看来我们的确被人蒙了。既然如此，我们老两口儿只好回山里继续过清苦的日子去了。"

无果和尚微微点头，说道："你们夫妇俩日子过得洒脱，好生令人羡慕。不过，老和尚有句话，不知当讲不当讲？"

童乂说道："你这和尚，什么时候变得吞吞吐吐了？有话就讲，何必客套！"

无果和尚说道："好！那我就说了，说错了二位可别见怪。依我之见，二位有这等好本事，窝在山里嘛，简直是暴殄天物，何不出山继续大显身手？"

童乂说道："你是说，像数年前那样，继续拉起人马大干一场？我自己可是没本钱了，但要我去给刘六十干，我却也不愿意看人脸色。"刘六十所部当年也是响应钟明亮的义军之一，但后来因钟明亮与陈子敬翻脸，刘六十便消极应付钟明亮，几乎不听从其号令，童乂因此与他合不来。这时听了无果和尚的意见，童乂以为他是要劝自己投奔刘六十，所以当即谢绝。

无果和尚哈哈大笑，说道："刘六十这里的小庙，哪容得了童老弟这样的大菩萨？老和尚再蠢，也不至于这样看低童老弟。"

童义问道:"除了刘六十,当今又有谁干得了大事?你就别绕圈子了。"

无果和尚说道:"我说童老弟,脑子也该转转弯了,别老想着做草头王那些没出息的事。我就跟你直言吧,如今福建行省平章政事高兴大人求贤若渴,以老弟这个本事,到他帐下去,何愁没有建功立业的机会?"

谢惟志心里想道:"原来这无果和尚还想拉拢童义投靠官府,真是卑鄙!且看童义怎么说?"

只听得童义说道:"原来大和尚是想让我去给官老爷当打手呀!唉,不瞒你说,当年主公反反复复,已经让我等脸上无光了。但那时还可以说主公是权宜之计,并非真降,所谓兵不厌诈,也就忍一忍算了。如今好端端地去给官府当差,那就没有什么借口好说的了,岂不叫武林同道笑话?这事万万提不得。"

阴玉华一直没说话,这时冷冷地说道:"我们老两口儿没这个福分,注定了就是吃糠的命,就不去想那吃米的事了!那些好事,就留给其他人吧。"

无果和尚一听,知道他们意志坚定,难以说服,便干笑几声,说道:"老和尚就知道二位是硬骨头。刚才只是开个玩笑而已,还别当真了。"

童义问道:"你既然提出这个想法,莫非你这些年便是在那高兴手下当差?这次来宝石山,也是奉高兴之命前来的么?"

无果和尚说道:"老弟想多了!来宝石山嘛,老和尚的想法和你差不多,无非是看看有没有这个命发点小小的横财。现在看来,这已经是亏本生意了,只好老老实实打道回府啦!"

童义说道:"如果你们师徒只是想发点横财,那也无可厚非。但如果你们是想替高兴收拾刘六十,我童某可要把话说在前头了:童某虽然不喜欢刘六十,但他好歹也是为汉人谋江山。若是有人要帮着官府暗算他,童某遇上了的话,倒也不会袖手旁观。"

谢惟志与刘望北、尹传鹏相视一笑,三人都是一般想法:"这童义虽然为了私利而潜入宝石山寻宝,但在大义面前却还算是条好汉,与无果和尚不同。"

却见无果和尚脸色微变,旋即满脸堆笑,说道:"童老弟说的是哪里话?老和尚再不济,也不至于帮官府暗算刘六十。更何况,高兴大人在福建,他才不管这里的事呢。刘六十的动静闹大了，江西行省那伙官员头痛得紧，朝廷怪罪下来，正不知该怎么办。好在有个不怕死的左丞董士选主动请缨，前来赣州平乱。否则，我看那些官老爷都得倒霉了！自古官场钩心斗角，江西的官老爷倒霉，其他地方的官老爷不拍手称快才怪呢！"

童义点点头，说道："你这话说得倒是在理，福建的官不至于管这种棘手的事，他们绕着走还来不及呢。当官的若是愿意管麻烦事，老百姓的日子也不会那么苦了。"

无果和尚说道："就是啊！所以，童老弟不必多心了！我们还是齐心协力，多打探打探'祥瑞三宝'的消息，看看这辈子有没有这样的运气找到它一两件才对。若是童老弟先找到，可要记得分一碗汤给老和尚尝尝啊！"

童义说道："这个嘛，若是有这等好事，当然好说。但我空跑了这一趟之事，只怕再也没这个信心了。这些东西看来还是得留待后辈们去寻找吧！"

无果和尚说道："这倒也是，就看谁有这个缘分了。老和尚看来也得学学贤伉俪，找个地方安度余生了……咦，你看那边谁来了？"

童义闻言一惊，回头一看，却没见什么人。便在这时，只听得无果和尚大喝一声："上！"一剑已向童义胸口刺到。孙见佐、孙见佑兄弟俩当即一左一右，使出"昆仲剑法"，分别从阴玉华两侧攻去。

童义闯荡江湖数十年，回头之际，未见有人，已知不妙，连忙一个闪身，避开无果和尚这一剑。饶是如此，衣襟还是"唰"的一声，被划出了一道口子。若非闪避及时，这一剑便将在身上刺出一个洞口了。

童义大怒，骂道："好你个贼秃！竟敢暗算老子！"拔剑在手，迎战无果和尚。阴玉华一直冷眼旁观，心里早就有所防备，见孙氏兄弟突然来攻，以一敌二，毫无惧色。

谢惟志早就料到无果和尚会有此举，但他估计童义夫妇武功高强，无果和尚未必能一招制胜，是以虽然随时准备出手，但并不着急。果然，童义与无果和尚斗了四五十招之后，才开始处于下风。而孙氏兄弟以"昆仲剑法"双战阴玉华，也渐渐占了上风。

童义见无果和尚全然不顾昔日情义，越打越悲愤，骂道："你这个贼秃，老子与你远无冤近无仇，为何要向老子下此毒手？"

无果和尚冷笑道:"我们目前当然无冤无仇。但你们两口子冥顽不化,说不定哪一天我们就有冤有仇了。与其他日纠缠不休,不如今日痛快了结!"

童义说道:"原来你这贼秃果然投靠了官府。我和你井水不犯河水,何必如此苦苦相逼!"

无果和尚说道:"人无远忧,必有后患。现在虽然不相干,但凭你们的武功,谁知道以后会不会坏我们的事呢?所以,还是早日除了好。你们两口子能够同年同月同日死,也算死而无憾了!"

童义说道:"如此说来,耿星星也是死于你之手了?他武功不在你之下,你这贼秃定然使了奸计才杀了他!"无果和尚笑道:"兵不厌诈,你们老想着明面上一招一式打赢别人,未免太迂腐了!这世道,胜者为王,哪管你用什么手段呢!"

童义已被无果和尚逼得难有还手之力,阴玉华那边虽然情形稍好些,但也是处于守势。他想,这样拼下去,自己夫妇绝无幸免之理,不如想方设法让阴玉华逃脱魔掌,总胜于双双毙命。于是,童义向阴玉华喊道:"老婆子!今日你别管我,先走一个算一个!"

阴玉华说道:"老头子,要走一起走,否则大家一起完!你别想那么多歪主意,老娘一把年纪了,说到做到!"原来,童义夫妇感情甚笃,每遇强敌,童义总是奋不顾身,要掩护阴玉华先走。此前遇过两次这种情形,好在最终夫妇二人都侥幸脱险。但阴玉华事后却严正警告童义,如果他再这样舍命掩护,自己不但不走,还要和他死在一起。童义知道妻子性情刚烈,说到做到,从此不敢轻易动此念头。但此时二人又面临生死关头,童义便提醒妻子,要她先走。如果她同意,童义便准备不顾无果和尚攻击,转而袭击孙氏兄弟,为妻子解围。

童义听得妻子这么说,叹了一口气,说道:"傻婆娘!两个一起死,有什么好?那不正中他们下怀了。"虽然知道妻子不肯单独逃跑,但还是试图靠近孙氏兄弟,盘算着死前的最后一搏,希望给妻子杀开一条生路。

无果和尚看出了他的心思,说道:"你们就别打那么多主意了,还是乖乖领死吧!顺我者昌,逆我者亡。除非现在改口跟着我们干,否则,只有死路一条!"

童义"呸"地吐了一口痰，说道："老子就是死在这里，也不会像你们这样做走狗去！"忽地暴喝一声，不再防守，舍命进攻，用的却是同归于尽的招数。无果和尚微微笑道："我已稳操胜券，何必跟着你冒险。"退让两步，伺机一剑攻其要害。

谢惟志、刘望北都是使剑的行家，知道这般打法，不出数招，童义二人便要毙命于高明的对手剑下。二人使个眼色，一跃而起，冲出树丛，喝道："且看谁的死期到了！""有种的这次别走！"尹传鹏也跟在后面持剑跳出。

谢惟志对刘望北说道："我来对付老和尚，你用双剑和他们玩玩！"说话间，一剑已刺向无果和尚。刘望北答应一声，左手拔出短剑，双剑齐出，对孙氏兄弟说道："且看谁的剑法高明！"使出"稼轩长短剑"的得意招式，向二人各出一招。

无果和尚见谢惟志等三人突然现身，大吃一惊，暗暗叫苦。他知道这几个人剑法高明，单打独斗当然不用担心，但谢惟志和童义联手，自己可未必对付得了。而两个徒弟对付刘望北他们二人，更是必败无疑。他向来都是见势不妙便逃之夭夭，当即向孙氏兄弟喝道："撤！"连退数步，忽地向阴玉华虚晃一剑，趁她回剑迎击之际，掩护孙氏兄弟冲出剑阵，向外便跑。随后，无果和尚长剑一挥，护住胸前，旋即也跑进了树林。他这几招来势甚疾，想是师徒三人早就配合默契，每每形势不妙需要走为上，便按这个套路出招，可谓屡试不爽。阴玉华和刘望北未曾配合对敌，谢惟志与童义也是首次联手，一时不备，其中自然有空子可钻。

童义见他们窜进了树林，喝道："贼秃，哪里走？"便要追进去。谢惟志说道："穷寇莫追，让他们去吧！"童义听得他们不追，知道自己追出去便徒劳无益，于是止步。

阴玉华收了剑，对刘望北等人说道："感谢壮士相助！若非你们几位及时出手，我老太婆和老头子今日可就葬身于此地了！"刘望北说道："前辈客气了！这等举手之劳的事，何足挂齿。"

童义说道："大丈夫恩怨分明。今日得几位相救，我童某可不能不领这个情。请教几位壮士尊姓大名？"

谢惟志说道："前辈不必客气。在下姓谢，谢惟志，宁都人氏。自从钟明

亮进军赣州之后，在下便从宝莲山先到赣州城，后到宝石山。"又指着刘望北和尹传鹏说道："这两位是在下的小兄弟，刘望北老弟和尹传鹏老弟，都是从宝莲山下来的。"

童义说道："啊呀，原来是谢兄弟，久仰，久仰！只是当年没机会见面，没想到事隔多年，还是见上了。这两位小兄弟身手不凡，果然是武林后起之秀，佩服，佩服！"钟明亮占据赣州之后，童义主要率部驻扎在石城、汀州一带，虽然知道宝莲山派了刘溪、谢惟志等人前往赣州城帮助钟明亮，可是尚未来得及谋面，钟明亮便与宝莲山翻脸了，所以他和谢惟志只是互相知道对方名号，但从未见过。

谢惟志说道："刚才前辈与无果和尚的对话，我们都听到了。前辈大义凛然，我等佩服。这无果和尚甚是奸猾，这位耿大侠也是在这里遭了他们师徒的暗算，以致葬身于此。"便将当日无果和尚与耿星星争斗之事叙述给童义夫妇听了。童义说道："没想到这老贼秃这么阴险毒辣！我们夫妇和他并无利害冲突，只是不愿意与他同流合污，他也要下此毒手。耿星星怀疑他谋害主公，一直追踪他们，那他当然更要杀之而后快了。"

谢惟志说道："江湖传闻'祥瑞三宝'藏于宝石山，这纯粹是一派胡言。'祥瑞三宝'到底在哪里，便是我们几个也不甚清楚，何况其他江湖人物？文丞相留下的东西，只能用于光复我汉人江山，岂能用来满足个人私欲？前辈如果信得过我们，确实没必要在这里浪费功夫了。"

阴玉华说道："我们找了几天，本来就明白了这个说法是糊弄人的。多半是谁想和刘六十过不去，故意给他添乱。如果不是这贼秃，我们老两口儿正准备离开宝石山，继续回山里去隐居呢。"

谢惟志说道："如今刘大王高举义旗，气势将不下于当年钟明亮。两位前辈身经百战，文韬武略都是一等一的，何不与刘大王携手共创大业？"

童义摆摆手，说道："这事就免提了。我童某当年满腔热血，原以为可以好好干一番惊天动地的事，哪知道后来落得如此结局。从此以后，童某对这种合伙生意已经心灰意冷，再也没了那般雄心壮志，只想安安稳稳地度过余生了。所以，任凭他外面闹得天翻地覆，我夫妇也只能是充耳不闻。"

谢惟志见他说得坚决，便不再勉强，说道："人各有志，不必强求。两位前辈选择归隐山林，也未必是坏事。"

童乂说道："那么我们就此告别！几位壮士的大恩，童某这辈子未必能报了，但我们夫妇定然会记在心上的。"谢惟志说道："前辈千万不必如此客气！这种小事，过去了就过去了，何必挂念。"

童乂夫妇正待离开，刘望北忽地说道："二位前辈且慢！"童乂疑惑地问道："怎么？刘兄弟还有什么要指教么？"

刘望北笑了笑，说道："岂敢，岂敢！"从怀中掏出一只玉钗，说道："我忽地想起一事，便想请教二位，不知有没有见过此物？"

阴玉华惊讶地说道："这是我的钗子，怎么到你手上了？"

刘望北说道："那就对了！完璧归赵，我等便可以放心了。"于是将自己如何在灵山冰心洞拾到这支玉钗的经过说了一遍。原来，刘望北一直在琢磨这支玉钗是何人所留，想起在灵山发现两处住过人的岩洞，一处可能是刘梦凌、荀梦冰，另一处如果不是童乂夫妇，那么便另有其人，而且还有其他女性。如今，阴玉华承认这只玉钗是她所丢的，继而说了自己夫妇在灵山岩洞住宿之事，还将跟踪刘梦凌与荀梦冰的事也说了，这个疑团便算解决了。

童乂夫妇离去后，谢惟志说道："那些冲着'祥瑞三宝'而来的江湖人物，估计瞎忙乎一顿后，都会像他们夫妇那样猜到真相，陆续离去。那些还不肯离去，继续隐藏在宝石山的，就定然是不怀好意，对兴汉国另有阴谋了。所以，接下来，对这类可疑人物，我们务必更加小心谨慎，千万不可让他们坏了宝石山——不，兴汉国的大事！"

十九、交锋

谢惟志等人回到宝石寨，刘六十正与腊石寨寨主姜修敏相谈甚欢。最近，姜修敏往宝石寨跑得勤，几乎每天都要来向刘六十请安，每次都能变着戏法般带点稀奇之物过来。前几日，姜修敏送来两名侍女，安排她们分别服侍刘六十的发妻张氏和甘山枫送过来的那个少女瑶珠。刘六十对姜修敏的细致周到甚是满意。姜修敏还常常向刘六十禀报腊石寨发现的"祥瑞之兆"。他要么看到佛光突然现于西天，要么发现野鸡在草窝生下一只彩蛋，要么从池塘钓起一条金尾鲤鱼，总之，每次见刘六十，他的新发现都能让刘六十分外开心。刘六十因此对姜修敏越来越信任。他本来只是驻扎腊石寨的一个头目，日前，刘六十任命他为腊石寨寨主，还划了附近几个小寨由他代管。今日一早，姜修敏又来见刘六十，恰好廖白衣也在。廖白衣见他们聊得高兴，拿着刘六十与姜修敏的生辰八字对了一下，告诉刘六十，此人的八字与他极为相合，堪称刘六十的股肱，将来可在兴汉朝廷担当重任。刘六十大喜，正想着多拨一些人马给姜修敏统领。

谢惟志、刘望北对姜修敏的印象却不佳，甚至比较反感。他们觉得此人油嘴滑舌，只会说些不中用的好话，并无实际本领，不知刘六十、廖白衣怎么会认为他堪当重任。但反感归反感，因为刘六十对他日益信任，他们也就把自己的看法压在心里，只是冷眼旁观姜修敏的表演。

这一次，姜修敏送来一枝并蒂莲，说是在山外一口莲塘发现的。姜修敏唾沫横飞地对刘六十说道，这是千年一遇的奇观，兴汉国现此"祥瑞之兆"，预示刘六十称帝实乃天意不可违。刘六十听了，哈哈大笑，说道："为什么这些奇异之事，总是被你老姜首先发现？可见你这双眼睛也不一般嘛。廖老夫子果然没说错，你就是一员福将！"姜修敏满脸堆笑，说道："这都是大王洪福，微臣只是沾了大王的福气而已。"

谢惟志差点脱口而出，告诉刘六十这并蒂莲根本不是什么稀奇之物。原来，当时广昌、宁都、石城一带种莲甚多，兴国则极少种莲。谢惟志是宁都人，从小常见莲花，并蒂莲年年见、处处有，对此可谓熟视无睹。而刘六十、姜修敏等人则少有见到莲花，竟然将一枝并蒂莲也夸张成"祥瑞之兆"。谢惟志听了，一时哭笑不得，觉得这姜修敏太会来事了。

刘望北、尹传鹏在宝莲山见过莲花。山上高寒，虽然种得不多，但并蒂莲也是常有出现的。他们也感到姜修敏此举未免荒唐，但看到刘六十在兴头上，又觉得不便道破，便默然不语，由他们二人说去。

姜修敏走后，谢惟志将发现童义夫妇与无果和尚行踪的事向刘六十说了。刘六十奇道："原来童义还在世？这么多年没他的音讯，我还以为他们早就呜呼哀哉了呢！"听说童义不肯加入宝石山义军，刘六十说道："我兴汉国人手有的是，正是多他一个不多，少他一个不少。像他这种当了山大王的，来了还不好安排呢。"

谢惟志知道刘六十与童义心存芥蒂，也就不多提此事了，转而说道："这些寻找'祥瑞三宝'的人悄悄地来、悄悄地走，不是什么大患。倒是无果和尚这样的人心怀叵测，务必时时提防。"刘六十愤愤地说道："这老贼秃，跑那么远了还要回来给我捣乱。下次见到，可不能饶了他！"谢惟志说道："是！如果他还在宝石山，一定要全力拿下他。"

谢惟志又告诉刘六十，莲花山修造行宫的兵士与百姓因为赶工期，非常疲惫，甚至还伤了人命，大家难免有怨言，建议提醒监工多加体恤。刘六十说道："打仗总是要死人。莲花山做这么大一件事，和打仗也差不多，死几个人没什么大惊小怪的。如果连这点事都放不下，以后怎么和官兵大战？当然，尽量避免伤亡是应该的。到时我派人给燕如年说一下，塌方这样的事，还是要看着点，人死在这里可不值得。"

刘六十又说道："不提这些鸡毛蒜皮的事了，给你们说正事。廖老夫子

已算过了，十月十八是个好日子，利于征伐，我们出战必胜。我们就不必等着去莲花山祭天了，省得来回劳顿。到时直接进军兴国县城，一举将县城拿下。现在有些事需要安排一下。"刘望北、尹传鹏一听要打仗了，精神一振，认真倾听。

原来，刘六十计划联络寨九坳共同出兵，对兴国县城形成夹攻之势，以防官兵南逃，同时可阻止官兵从赣州增援。他已拟了一个具体的计划，需要派一个得力之人送给寨九坳总寨主蓝江南。在刘六十看来，此事最合适的人选，当然是刘望北，一则他武功出众，前往送信可保万无一失；二则他曾经帮过寨九坳的大忙，寨九坳上上下下对他最是信任。

谢惟志说道："今日是十月十四。也就是说，此事还是比较紧急的，得让寨九坳有准备的功夫。望北跑一趟，确实是最合适的。如果路上不放心，也可以考虑让传鹏陪同。"

刘望北说道："去寨九坳对我来说是熟门熟路了。大家放心，不会有事的。宝石山这边正是用人之际，传鹏还是继续留在这里为好。"众人听他这么说，也就不再坚持。

当日午后，刘望北带着刘六十亲拟的信函出了宝石寨，径直朝寨九坳而去。一路上，但见风平浪静，百姓们像往常一样过日子，全然看不出山雨欲来的景象。刘望北心想："宝石山与官兵对峙良久，没有面对面交锋，大家都麻木了。这样也好，到时打他们一个措手不及，攻下兴国县城指日可待。"

到了寨九坳，蓝江南听得刘望北来临，非常高兴，召集何打铁、钟三壶、董二秀、曾继和等寨主一起热情接待他。看过刘六十的书信后，蓝江南说道："刘大王有这个想法，寨九坳当然全力支持，按刘大王之命行动便是。"刘望北说道："刘大王目前除了宝石山，最重要的依托，南边是寨九坳，北边是蜈蚣寨。但依我之见，最可依靠的当然还是寨九坳。有蓝总寨主支持，这一仗定然能大获全胜。"

蓝江南笑道："我们只是敲边鼓的，主要还得靠刘大王运筹帷幄。"沉默片刻，又说道："不过，最近这些时日，倒是听到不少百姓说那董士选的好话。说起来也真是邪门，这姓董的来了之后，不提打仗的事，干的都是打击贪官污吏和土豪劣绅的事。据说，赣州各个县有不少百姓的冤情得到昭雪，大家都叫他董青天哩！我听说朝廷派他来赣州是对付宝石山的，可他却不务正业，帮百姓打抱不平去了。这人到底想唱哪一出，我可一下没想明白。"

刘望北说道："我倒是觉得，这人深知官逼民反的道理，先把逼民造反的官和欺压百姓的恶霸处理了，大家都能安居乐业，自然也就没有造反之民了。打蛇打七寸，大概就是这么回事。"

蓝江南说道："你这么一说，还真是有这等事。前些天罗家庄的罗汉东庄主来寨九坳做客。他说，麂山脚下清溪村有个吴老三，原本在瑞峰山一个小山寨干些无本生意。后来，因为董士选派人去田村那一带抓了几个恶霸豪强，让老百姓都能安生过日子，吴老三的同伙纷纷下山做良民了，这个小山寨不得不散伙。如今，吴老三也在村里好好种田哩。"

钟三壶说道："这样的事何止一个吴老三？我前些天去了一趟零都的罗坳，喝亲戚家的满月酒。嘻，他们说如今赣州来了个大青天，那些贪官劣绅都老老实实了。村里几个在外面'打短棍'的后生，都金盆洗手，回来和老婆孩子一起过日子了。"

董二秀笑着说道："我也没想到我这个本家官老爷还有这么好的名声。听了这么多故事，怎么连我都觉得替他高兴哩。"钟三壶说道："你可千万不要被这个本家官老爷灌了迷魂汤！到时骗得你进城过好日子去了，你让我们去哪里找个这么能干的女寨主？"

董二秀佯嗔道："我这老太婆，去哪里都没什么用了。倒是你们这些身强力壮的，当心被他骗得去当什么将军。"钟三壶说道："我倒没这个想法。当年风声鹤不是说给大家弄个将军什么的干干么？要是有这想法，那时就答应他啦！"董二秀指着何打铁说道："人家何寨主还不是这样？一听要戴官帽，当场就不理那姓风的了。"何打铁说道："我也不是反对别人做官，但要看做的是谁的官。出卖祖宗的事，何某可是什么时候也不干。"

蓝江南说道："别扯远了！闲话少说，刘少侠难得来一趟，大家要好好敬几碗酒才是正事。"刘望北说道："我倒觉得刚才大家说的不是闲话，这些事情确实应当关注。我越来越觉得不可小看这个姓董的。"

钟三壶说道："那还能怎么样？那些人不愿意上山落草，总不能我们去劝人家吧？再说人家凭什么听我们的。"

刘望北说道："大家不肯上山落草，倒不是什么坏事。对黎民百姓来说，谁不想过安定的日子？但眼下刘大王要和官兵交锋，董士选这一招，恐怕对我们不利。"

钟三壶说道："这和我们打仗有什么关系？我们打我们的，他们过他们的日子，反正我们又不是靠这些人出力。他们两不相帮，谈不上利还是不利吧。"

蓝江南摆摆手，说道："刘少侠所言，确实在理。这事似乎是有点不对劲，但我一下又好像很难想个明白。唉，我们这些胸无大志的山巴佬，肚子里没那么多弯弯绕绕，还是先不想那么多了。喝酒，喝酒！"

时候不早，蓝江南留刘望北在他亲领的定光山寨住下。次日一早，刘望北便离开寨九坳，急着要往回走。蓝江南知道当前大事在即，也不勉强。

临近兴国县城，刘望北想想时候还早，难得出来走一趟，不如混进县城察探一二。他从南门进城，原以为守备严密，却不料，城门口进进出出的人络绎不绝，守门的兵士虽然双眼紧盯在各人身上，却并不拦下盘问。刘望北不动声色地随着人群进了城，装作漫不经心地在街上闲逛了一圈。与上次进城时的情景大异，如今城里热热闹闹，南腔北调的商贩不停地叫卖，赶集的百姓不紧不慢地讨价还价。大家悠然自得，全然不知一场大战在即。刘望北心里想道："莫非这董士选真如刘大王所说的那样，只知道做个清官，根本不懂得行军打仗之事？若是如此，我们倒是省了很多麻烦事。"心里虽这样想，但又隐隐觉得董士选不可能是这么简单的一个人。

刘望北找了一家小茶馆坐下，要了一壶茶水，边喝边和店主闲聊。那店主听得刘望北问起生意上的事，眉飞色舞地说道："若是几个月前问到这事，我们这街上哪户人家不是满肚子苦水倒不出。为什么倒不出？那还不是当官的太厉害，谁敢去倒？只好硬往肚里吞——对，哪怕是被他们打掉牙齿，也只能往肚里吞。那现在可不一样啦！自从赣州的董大人上次来兴国微服私访，一口气抓了衙门七八个大官小官，还收拾了一批城里城外的恶霸，老百姓的日子可好过多了！客官你不是城里人吧？若是换在几个月前，你进一趟城，那守门的差狗子不把你的腰包掏空了才怪呢！现在不一样了，你进城时，没人搜你的身了吧？谅他们也不敢，敲诈勒索是要蹲大牢的。所以呀，现在城里生意可好做了，不像以前，吓得鬼都不敢进城，街上这些人都要喝西北风了。"

刘望北惊讶地问道："短短几个月，变化竟然这么大？你不是故意说好话讨好衙门吧？"

那店主说道："我讨好衙门干吗？讨好了他们，也没什么好处。我们不敢说县衙的大人怎么样，但那些差狗子，以前我受他们的欺负还会少么？但做人要凭良心说话，现在好了就是好了，没必要冤枉那些差狗子。"

刘望北沉默不语，心里暗忖："没想到董士选整肃这些官吏，收效这么明显。兴国如此，赣州在他眼皮底下，更是可想而知。其他县的情形恐怕也差不了多少。这样的官员，若是……"想到这里，不禁心乱如麻，冒出一个念头：如果他日在战场上与他为敌，有机会擒获他，而这人又偏偏是个硬骨头，誓死不降，那么要不要杀他呢？这事似乎大是为难。

刘望北正胡思乱想，便在这时，外面忽地响起一声惊雷。刚才还是蓝天白云，忽地乌云密布，看样子要下大雨了。这时已是冬日，本来少有打雷的时候。刘望北将思绪收回，不禁暗暗发笑：仗还没打，自己就想着活捉董士选，面临他降与不降的选择，真是做白日梦了，老天爷都要打个雷来叫醒我；打仗若是有这么容易，只怕蒙古人早就被撵回去了。

外面果然下起一阵大雨。街上顿时空无一人，人们纷纷到屋檐下或店里躲雨去了。那店主说道："雷打冬，十个牛栏九个空。这都已经冬天了，怎么好好地打起雷来呢？要是换在往常，大家心里可又要嘀咕了，只怕又有什么天灾人祸的。不过，董大人来了之后，吉人自有天相，只怕不是那么回事。好久没下雨了，下一阵雨也好，要不然，菜园子里那些菜都要旱死了。"刘望北心里想道："对老百姓来说，风调雨顺，再摊上一个好官，日子就很满足了。然而，就这么简单的愿望，又谈何容易？到时董士选调走了，谁知道接任的又是个什么官？"

这雨下了足足半个时辰。雨过天晴，街上又热闹起来。赶集的人们在地上踩来踩去，踩出一股浓郁的泥腥味。看着门外这些情景，刘望北又想道："自己连年奔波劳碌，许久没有这种闲情了。眼前这种日子看似寻常，其实惬意得很。看这些赶集的人，虽然未必富有，但他们过得挺满足的。待得刘

六十帝业稳固，自己退隐江湖，与萧绿荷隐居铜钵山，不是也可以过得像神仙般快活么？"想到萧绿荷，心里不禁泛起阵阵蜜意柔情。

刘望北离开茶馆，从县城北门出城，一路依然平静。回到宝石寨，刘望北将途中所见所闻说与刘六十、谢惟志等人听了。谢惟志脸色凝重地说道："由此看来，这姓董的治理百姓果然有一套，可不是做做样子而已。我们在他面前还是不可大意。"刘六十哈哈一笑，说道："我早就说了他就是想做个青天大老爷，这不，果然做成了个董青天。但朝廷把他派到赣州来，可不是让他做董青天的，朝廷是希望他能打仗！现在看来，这人打仗完全是个外行，所以只好给百姓弄点小恩小惠来交差。这种酸腐书生，根本不足为惧。唉，把他打败，简直是胜之不武，都没什么好炫耀的了。"言下颇为没遇到值得交锋的对手而遗憾。

很快便到了十月十八。是日辰时，刘六十亲率一万五千人马，出了宝石山，浩浩荡荡直奔兴国县城。

谢惟志本来劝刘六十多带一点人马出战。但刘六十派出的细作回报，兴国县城守军最多五千人，而且防守松懈。刘六十认为，有三倍人马足够对付他们了，何况城南还有寨九坳的人马呼应，谅这些官兵插翅难飞。

一路上没遇到阻拦，官兵显然没料到今日有一场大战。刘六十在距兴国城数里地的一片密林中停下，兵分三路，由坪峰寨头目朱重九率领五千人攻打县城北门。另外两路各四千人，分别由门子寨头目闻月光、湖杜寨头目易大面率领，攻打东门、西门。剩下两千人马则跟随刘六十留在林中待命机动。

前方探哨回报，几个城门都大开，护城河的桥也放下了，进进出出的人不少。守城的兵士根本没有防备。刘六十大喜，喝令三路人马同时进攻，会师城内。他事先已算计好，宝石山人马攻入县城之后，官兵不敌，定将从南门撤出，往赣州方向逃跑。宝石山的主力将乘胜追击，这些官兵最终跑不了，因为寨九坳的伏兵正在前方等着他们。到时前后夹击，便可将之全歼了。

进攻北门的这路人马最先到达城下。守城的兵士起先还以为来的是大队商帮，懒洋洋地向他们喊道："排好队，五个五个进来！"待得这些人一窝蜂而上，冲过护城河，拥进城门，守门的兵士才知道事情不妙，来者乃是攻城的敌人。然而，待他们明白过来，为时已晚。刘六十的人马源源不断涌进来，这些兵士知道抵挡不住，也不敢抵挡，只好大叫一声"贼人来了"，随即仓皇而逃。统领这五千人的朱重九见前锋进展如此顺利，不禁高兴地喊道："大伙儿再快些！我们攻打北门的要立头功！"

眼看着已有两千人马进城了，朱重九正得意，盘算着进城之后首先要找到县衙，将官府头脑抓了。忽然，前方发出一阵惊呼。原来，护城河上的桥突然从中间断为两截，正在过桥的人马纷纷掉入河中。

朱重九见此变故，心里想道："这桥也太不结实了，才过两千人，就被压垮了。难道我们的运气就这么差？"赶紧安排人手抬木架桥。

桥还没来得及架，原本敞开的城门却关起来了。朱重九喊道："谁关的门？怎么回事？"他分明看到守城的兵士已经逃得干干净净，想不明白谁会去把城门关起来。便在这时，城墙上忽地射来一排羽箭，那些抬着木头走到护城河边准备架桥的寨众纷纷中箭倒下。

朱重九抬头一看，城墙上不知何时整整齐齐站满了人，看他们的装束，当是官兵无疑。朱重九心里一惊，想道："原来官兵有所防备？可不会是他们故意放我们进去的吧？但我们从三个城门打进去，他们就不怕打不过？"连忙派人将北门的变故飞报刘六十。

攻打北门的两千寨众进了兴国城后，奋勇地冲进一条条街巷。然而，他们发现，城里关门闭户，竟然如一座空城。一路上，他们不仅没遇到官兵，连百姓也没看到一个。很多寨众少有进城，对城里的街巷根本不熟，只是跟着前面的人往前冲。由于事先不知具体目标，城里的街巷纵横交错，大家走着走着就走散了。待他们人数越来越少时，街头巷尾便冒出了一队队官兵，对他们围而歼之。在街巷战中，他们的人数总是不如官兵，一场拼斗下来，寨众们纷纷倒在血泊当中，几乎没人能够突围。更有甚者，在一些小巷子里，正行走着的寨众常常被从天而降的石头砸中。原来，城里的居民早就把门关得死死的，但他们并没走远，而是躲在自家楼上，随时准备用早就储存好的石头对付这些胆敢攻城的"山贼"。宝石山这些人遭此飞来横祸，非死即伤，更加无法逃脱成队的官兵围堵。

城外的朱重九这时也醒悟过来，自己那两千人马，是官兵故意放他们进

去的。如果后续人马跟不上，那两千人进了城，便如瓮中捉鳖，关门打狗，迟早要成为官兵的盘中菜。可是他虽然着急，但面对敌人的箭阵，这护城河上的桥总是架不起来。朱重九也明白，即使架起了桥，城门已关，要想攻破也极不容易。此时，他只能盼着进攻其他几个城门的兄弟能如愿得手。如果他们的人马进城了，几支队伍会合，还是可以和那几千官兵一较高下的。

密林中，刘六十、谢惟志、刘望北、杨火鑫、白云翀等人默然不语，各自想着自己的心事。谢惟志、刘望北等人关心的是这一仗到底能不能大获全胜，这些部署有没有什么疏漏。杨火鑫关心的是把官兵消灭之后，能否把杀害师兄的仇人揪出来。刘六十则憧憬着攻下县城之后，当立即将家眷接到城里来，让她们好好享受荣华富贵。结发妻张氏从没进过城，早年受自己的连累，寄人篱下，过着东躲西藏的日子。后来到了宝石寨，也是几乎足不出户，在屋里操持家务，根本不像"王后"。这次进了城，应该让她好好见见世面，安排几个下人服侍，不能再像庄户人家那样过日子了。甘山枫送来的那个小美人瑶珠，刘六十越来越宠爱，直把她当作王妃看待，只不过还没有正式给名分而已。他已考虑过，自己称帝之后，让瑶珠与百官一起受封。瑶珠的娇柔妩媚，以及甘山枫、姜修敏等人的百般逢迎，让刘六十尝到了权贵的滋味，彻底明白了以前那些帝王家的人为何为了争夺皇位不惜父子反目、兄弟成仇。"权力确实是个好东西啊！"想到这里，刘六十不禁在心里自言自语，"当年自己还只是个小小山寨主时，兄弟们朝不保夕，能解决吃饭问题就不错了，哪想过人间还有这么多福可享？在遇上瑶珠之前，自己根本就不知道女人与女人之间差别那么大。自己称帝之后，这皇后到底是立张氏还是立瑶珠？这事恐怕还得再斟酌斟酌。还有，当了皇帝之后，像甘山枫、姜修敏这样的人，都应当好好重用。只有他们才能让自己真正享尽人间清福，让自己这皇帝当得像模像样。至于谢惟志、刘望北这些人，只知道干事，不知道享受，更不知道如何讨人喜欢，那就安排他们多做事便行了……"

刘六十正想得入神，朱重九派来的手下一声急促的"报——"，把他惊醒过来。看那人惊慌的样子，刘六十估计他们进展不利。果然，那人禀报：进攻北门的人马只进去了一小半，城门就关上了。

刘六十一惊，想道："这是意外还是中计了？难道官兵竟然早有防备，故意制造假象，放我们一部分人马进去挨刀？不知另外两路人马情况如何？"正想派人打听东门、西门战况，前方又有二人飞奔过来传消息。刘六十心神不定，听他们说了情况之后，不禁眉头紧皱。

原来，这两路人马遇到的情形一模一样。两座城门刚刚还敞开着，待进攻的人马赶到城下时，却发现护城河上的桥正在缓缓收起，城门也已关得紧紧的。城墙上面，官兵严阵以待，看样子早就知道他们要来攻城。率队的闻月光、易大面见此情景，料得官兵早有准备，原计划只好改变，唯有实施强攻才可能进城。但如果己方兵力分散，恐怕强攻效果不尽如人意，所以两路领军分别派人前来请示刘六十，是否合兵一处攻城。

这时，刘六十已确信，官兵并不是此前大家想象的那样守备空虚，不堪一击。相反，他们应该是有备而来，诱敌深入。如此一来，宝石山料敌不足，反而陷入被动。刘六十大怒，在他看来，董士选再怎么玩花招，也就一介书生而已，成不了什么气候。他当然不服这口气，也绝不可能无功而返。于是，刘六十下令，将进攻东门、西门的人马全调回来，集中兵力强攻北门。

没想到，传令兵刚刚出发，东门、西门那边又分别派人传来消息：两路人马还没来得及动手攻城，已经自行散去将近一半。两路领军闻月光、易大面正召集手下的头目忙着管束人马，整理队伍。

刘六十闻报，气得手指发抖，问道："这到底是怎么回事？你们好好说清楚些！"边说边拔出佩剑，作势要砍，把那二人吓得脸色苍白。谢惟志在一旁劝道："大王息怒，让他们慢慢讲便是。"

原来，东门、西门的情景又是同一个模样：官兵不知从哪里请来了一大批老头子、老太婆以及村妇、孩童，让他们走上城墙，对着宝石山这些人马大喊名字。这些名字，都是实有其人，而这些人，多数便在队伍当中。这些老人、妇女、孩童来自兴国各地村庄，而他们的亲人，此前由于种种原因投入宝石山。如今，官兵不知通过什么渠道，把这些家眷一一找出来，让他们站在城墙上告诉自己的亲人：现在官府对百姓挺好了；以前欺负我们家的恶霸已经得到惩罚了；刘六十这点人马太不自量力，根本打不过朝廷；董大人说了现在回家还来得及，否则做了俘虏就麻烦了，就算没有被俘，哪天被刘六十派去做苦工也够受的……

这些人齐声叫喊，宝石山那些寨众本来便听说董士选到赣州后，专门为穷人主持公道，很多穷人因此过上了安稳的日子，再加上传闻被刘六十派去莲花山修行宫的那些兄弟苦不堪言，有的被山上滚下的石头砸死了，有的已经悄悄开溜了，心里登时大乱。

偏偏在这个时候，队伍中忽地有人齐声喊道："我们的亲人说得有道理，大家不能再当乱贼了！""大伙儿还是借此机会赶紧回去吧，晚了就来不及了！"随后便有一伙人跑出了队伍，四散而去。带队的头目要想拦阻，可是人太多，场面混乱，根本无济于事，甚至有的小头目自己率先跑了。

队伍乱成一团之际，忽然城门打开，杀声震天，一大队人马冲出来。宝石山寨众没想到官兵竟然还敢反攻，而且人数不少，登时慌了，赶紧应战。官兵人马其实也没有比他们更多，但因为有备而来，先声夺人，宝石山寨众各怀心思，一时抵挡不住，纷纷败退。如此一来，他们的人马又被官兵斩杀不少。眼下，闻月光、易大面不知所措，正率领这两支人马向刘六十这边靠拢。

刘六十听完经过，骂道："岂有此理！都是些什么混账东西！临阵脱逃这些人，今后统统全家处死！"谢惟志劝道："当前还是稳定军心要紧，先不必管那些人。"刘六十双眼一瞪，说道："不狠一点，我看个个都想跑！出现今日这种鬼事，就是平时对他们太好！"

没过多久，闻月光、易大面果然率部回来。刘六十一看这两支队伍垂头丧气的样子，已知道他们此时根本没有战斗力，低声骂道："一群饭桶！这仗还没打，就成了残兵败将。"清点之后，闻月光、易大面分别只带回一半人马，加上留在身边机动的两千人，以及正在进攻北门的那些人马，带出来的一万五千人，转眼间便只剩下大约八九千了。

刘六十恼羞成怒。他信心满满出征，万万没想到出师不利，闹出个这样的结果。看着部属们六神无主的样子，刘六十心里暗忖："这是我第一次大规模率部亲征，如果就这样收场，威信必然受损。传出去的话，今后要想号令天下就难了。无论如何，这次还是要打出一些战绩再说。这董士选一介书生，只不过利用我的一时大意，施了些诡计而已。两军正面交锋，我们未必就怕了他。我以八九千人马如果能把城攻下，照样消灭他们！"于是喝令整理队伍，准备集中兵力攻打北门。

　　进攻东门、西门的寨众见伙伴们受了官兵"攻心计"的影响，已散了一半，继而又被官兵一阵追杀，心思早就乱了。这些人本来便是乌合之众，此前听说宝石山强大，连官兵都不敢招惹，于是前来投奔，大有狐假虎威的心态。没想到上了战场之后，发现官兵没有传说中那么懦弱，心里便发虚了。此时听得又要回去攻城，许多人便浑身紧张，东张西望，准备遇到危险随时逃跑。只有留在刘六十身边的两千人因为没经过惊吓，多数依然跃跃欲试，想和官兵真刀真枪干一仗。

　　刚把队伍拉出树林，忽地前方几声炮响，大队官兵黑压压地冲过来了。原来，不等刘六十集中兵力攻城，官兵却先发动进攻了。

　　刘六十大喝一声："来得好！老子正要找你们晦气，你们自己过来送死了！"勒令全体严阵以待，与官兵决一死战。谢惟志、刘望北、尹传鹏帮着几个头领整理队形，白云翀、杨火鑫、叶南潭则守在刘六十身旁，以防不测。

　　宝石山这些寨众真正打过大仗的并不多。见了官兵这一架势，许多人心里已经慌了，两腿更是颤颤。官兵前锋是训练有素的精兵，双方一交兵，宝石山寨众一时抵挡不住。官兵其实人数并不占优势，此时刘六十的人马若是勇往直前，大可与之一战。无奈许多寨众不像刘六十想象的那般勇敢，见官兵气焰嚣张，心里怕了，不等刘六十下令，已有一些人拔腿便往回跑。刘六十大怒，下令当场斩杀了几个逃跑的寨众，这才将队伍勉强稳住。

　　两军混战，各有死伤。刘六十咬牙切齿，喝令部众舍命杀敌。那些想逃跑的人见军令严厉，已无退路，心里叫苦不迭，都想着此次若是有幸生还，一定寻找机会开溜，这辈子都不想上战场了。

　　两军相逢勇者胜。谢惟志已看出官兵并没有比刘六十的人马更多，无非仗着气势吓人而已，便不断呼喝："兄弟们不必惊慌！官兵没有那么可怕，大伙儿继续坚持，官兵快支撑不住了！"他内力深厚，这么一喊，果然让许多人心思渐渐稳定下来。

　　便在这时，忽听得远处有人喊道："山贼们听着：董大人在此，你们速速投降，或者自行散伙，饶你们一条生路。如若冥顽不化，到时悔之晚矣！"此人内力充沛，虽然相距甚远，大家对他所说的话却听得清清楚楚。刘

六十等人循声望去，只见左方一处山坡上，筑了一个点将台，台上站着几个人，正朝着战场指指点点。在他们身后，密密麻麻站满了人，似乎漫山遍野都是。

刘望北说道："是石清泉！我去会会他！"便要冲过去。谢惟志一把拉住他，说道："不可鲁莽！此时不是靠单打独斗能取胜的，万万不能意气用事！"

宝石山的寨众也看到了一旁山坡上还驻扎了黑压压一大片官兵。他们不禁暗暗叫"糟"，生怕被官兵合围，原本鼓起的信心，一下便泄了。这时，寨众当中忽地有数十人齐声喊道："官兵说得有道理，兄弟们还是赶紧散伙吧！"喊完之后，这些人一哄而散，显见得早有预谋。正与他们厮杀的官兵精神大振，步步紧逼。宝石山寨众打退堂鼓的越来越多。

叶南潭对刘六十说道："看今日情形，官兵似乎对我们的计划了如指掌，宝石山应当是出了内奸。那些呼应官兵的人，定然是早就被他们收买了。若是这样，再打下去，只怕更加不利，不如及早撤退。留得青山在，不怕没柴烧，下次再好好跟他们较量一番便是。"事已至此，刘六十、谢惟志、刘望北等人其实都猜到了宝石山定是混入了奸细，以致出现这等变故。刘六十知道此时已不能硬拼，若是被官兵包抄，人员损伤将更加惨重，于是下令撤退。叶南潭指挥一部分人马利用"霹雳五禽阵"缠住官兵，掩护大家且战且退。在撤退过程中，仍不断有人叫嚷着鼓动大家散伙。带队的头目管不过来，一路上又跑了不少人。

跑出约十里路，官兵总算没追上来。刘六十见大家疲惫不堪，再跑下去只怕筋疲力尽，便让大家在一处山坡稍做歇息。众人刚坐下，忽见后面灰尘滚滚，又有一拨人马往这边赶来。刘六十骂道："欺人太甚！老子与他们拼了！"正待喝令寨众迎战，谢惟志说道："好像是朱重九他们！"

这彪人马跑近，果然是朱重九率去进攻北门的那些寨众。原来，他们守在北门等待增援，却获知官兵正进攻刘六十他们。朱重九闻讯，赶紧率部折回支援刘六十。等他们赶到时，刘六十这支人马已被官兵击溃。朱重九遇上返城的官兵，两军交战，朱重九见他们甚是勇猛，不敢恋战，赶紧率部撤退。好在官兵见好就收，不打算与他们硬拼，他们这才得以追上刘六十。

刘六十叹道："没想到我刘某打了一辈子的猎，却被小麻雀啄伤了眼！若不是被人出卖，我谅他这个姓董的酸书生也没这本事！这个可恶的内奸，把他揪出来之后，非得剥了他的皮不可！"

叶南潭说道："这次长个教训，以后可真要倍加谨慎了。宝石山最近前来入伙的人太多，确实难以辨别他们都是些什么人。"

刘六十恨恨地说道："君子报仇，十年不晚。打仗的事先放一边，回去之后，好好把奸细查出来再说！一个一个过筛，挖地三尺也要把他找出来！董士选，我们走着瞧！"

董士选走下点将台，对身边的元明善说道："古有空城计，今有空山计。明善，今日大捷，你功不可没啊！"元明善笑道："惭愧，惭愧！全靠大人运筹帷幄，指挥有方。就算没有明善这点小伎俩，大人一样旗开得胜，不战而屈人之兵。"

董士选说道："如果不是这空山计，只怕那些山贼还要舍命一搏。我们虽然未必怕他，但伤亡总是难以避免。既要彻底瓦解山贼，又要控制己方伤亡，这才是上上策。"

石清泉说道："按照大人的计策，今日这些目标都已达到了。"李霆镇也说道："一切都在大人掌控中，这刘六十，死期不远了！"

四人走下山坡，纵马而去。身后，数千披着黑衣的稻草人一动不动。这是董士选根据元明善的计策，连夜安排官兵扎起来的。

回到兴国县城，留守城里的秃发乌求、乞伏多木前来向董士选禀报军民巷战的战果：留在城里的上千官兵与居住在各街巷的百姓密切合作，计歼灭被诱入县城的山贼一千一百二十七人，另外活捉伤者七百余人。

董士选挥挥手，说道："能行动的伤者，即刻放了；不能行动的，让他们养好伤，待可行动时放了。"秃发乌求诧异地问道："放了？就这样放了吗？"他生怕自己听错了。

董士选说道："这些人，都是穷人家子弟，若非被逼得走投无路，谁愿意抛妻弃子，落草为寇？我们剿灭山贼，只需要抓住首恶便行了，其他人，能放的都放，出不了乱子。"

元明善说道："制国有常，利民为本。政之所兴在顺民心，政之所废在逆民心。大人以德服人，战无不胜。"

董士选说道："别看刘六十号称有十万之众，其实，死心塌地跟随他的人并没多少。对百姓来说，只要官府对他们好一点，能够体恤他们，谁愿意冒着灭族的风险跟着别人造反？我们继续分化刘六十的部属，让他们真正想明白跟着刘六十没前途，回去与家人团聚过安稳日子才是正道。到时候，捉拿刘六十便如瓮中捉鳖。"

石清泉说道："大人所言极是。眼下他们虽跑回宝石山，但也快活不了几日了。刘六十做梦都想不到，他的每一步都被大人算得死死的。就他这样的能耐，竟然还想称王称帝，真是做白日梦！"

董士选说道："我早就说了，刘六十之所以能闹出这般动静，并不是他有多大的本事，而是当地的官吏自己打败了自己。他们一门心思贪赃枉法，欺压百姓，弄得民怨沸腾，人神共愤。那些恶霸劣绅趁机与他们勾结，鱼肉乡民，百姓哪有活路了？纵是兔子也要逼得跳起来咬人哪！在这种情形之下，别说刘六十还算有几分能耐，便是换一个本事更不济的，也照样能够振臂一呼，应者云集。所以，说到底，不是宝石山成全了刘六十，恰恰是各级官吏成全了刘六十。"

李霆镇说道："自从大人在赣州肃清官场恶习之后，从各处山寨回乡过安稳日子的人越来越多。这一招，真是胜过千军万马。当初大人来赣州赴任时，执意不肯率领大军随行，我还有所担心，如今看来，大人早就成竹在胸，胜券在握，我这担心完全是多余的！"

董士选说道："智者千虑，难免一失。我们所谋划的事虽然胜算极大，但也不可掉以轻心。瑞金、宁都、石城、雩都等县城的防守，也还是不可大意。刘六十只道我会将各县的兵力抽调到兴国，约了各地绿林在当地攻城。他却没想到我在兴国并无增兵之意，用的依然是驻守兴国这些兵。要说有所不同的话，无非是另外请得城内外百姓帮助我们。这些百姓，要么动手与我们共同歼敌，要么动嘴规劝宝石山那些人早日回家。一长一消之际，我们便轻松压住了刘六十。但各县城防守不可因此松懈，要随时关注他们的战况。"

李霆镇说道："大人放心，我们在每个县城都安排了得力之人传递信息。"

董士选点点头，说道："当然，当前最重要的，还是宝石山那边的事。这些事虽然早有安排，但为了做到万无一失，还是要请清泉跑一趟，接应好他们。刘六十身边尚有不少高手，清泉要注意隐蔽，不可意气用事。尤其是看到你的老对手，能避就避，不得恋战。我们此时不需要匹夫之勇。"

石清泉答应道："谨记大人教诲，清泉遵命！"转头对李霆镇说道："大人身边，还请李兄多费心。"董士选笑道："我在城里等着你们的消息，你不用担心。面对数千兵马，他们再厉害，也无法来去自如。"

元明善让人搬来一只木箱，对董士选说道："这些时日，石兄弟安排人手从兴国及周边几个县一些乡绅富户家里搜到了不少信函，与刘六十暗中往来的人果然不少。这些人除了口头上向刘六十示好，还悄悄资助宝石山银两，资助数目都在信函当中记载着。如今铁证如山，该如何处置这些乡绅富户，请大人定夺。"

董士选微微沉吟，说道："这些乡绅富户与刘六十交通，未必出于本意。他们无非是担心刘六十日后坐大，对自己不利而已。如今刘六十离覆亡已不远，这些人岂会继续与他往来？这个箱子就不必打开了，即刻一把火烧了便是。若有人打听此事，只管对他们实言相告，让那些人无须记挂。"元明善说道："大人德政，万民之福。属下马上按大人所示办理。"

布置妥当，各人分头行动。董士选说道："忙了个通宵，我该补个觉了！没睡够的，都回去睡一睡吧！胜负也不在这一两个时辰之内。"

刘六十带着数千人马回到宝石山，因为担心官兵袭击，让朱重九、闻月光、易大面率大部分人马在山外防守，自己只带着一千人进山。值守寨门的头目远远地看到，没想到他们这么快就回来了，正准备了几句恭维的吉利话，但等到队伍走近后，发现状态不对，根本不像打了胜仗的样子，吓得什么也不敢说，小心翼翼地带领值守的寨众低着头迎接大王回山。

刘六十脸色铁青，一言不发。回到宝石寨议事大厅，连喝了几碗闷酒，然后把酒碗重重地摔在地上。忽地想起什么，叫人去把廖白衣传来。

廖白衣正在呼呼大睡，听得刘六十吃了败仗回来，一骨碌从床上爬起，气喘吁吁一路小跑过来。刘六十也不多说，劈头盖脸就问道："老夫子，你自

己说,我们这计划到底出了什么岔子?"

廖白衣口中喃喃几句,说道:"时辰没错,方位也没错,但错在小人作梗。"

刘六十沉声说道:"小人是谁?"

廖白衣半低着头,掐着手指捏拿片刻,说道:"小人就在山里,或许离大王不远。"

刘六十一惊,问道:"你是说,本王身边有奸细?到底是谁?"

廖白衣说道:"应当是。至于是谁,三日之内当现出原形。"

刘六十半信半疑,目光在众人身上扫过。谢惟志、叶南潭、白云翀、杨火鑫、刘望北、尹传鹏相顾愕然,都在琢磨:"大王身边也就这么几个人,难道奸细会是出在我们当中?如果真是这样,那会是谁呢?这廖白衣也真是,又不算准确些,他这么一说,在奸细现身之前,大王岂不是对我们几个全不信任了?"

刘六十见大家脸色尴尬,说道:"我有点累了,想歇息一会。大家也歇歇吧!"说罢,离开大厅,转入内室。廖白衣说道:"大王静一静也好。各位请自便,老夫也失陪了!"说罢,走出大厅回住处去了。谢惟志等人却并不起身,依旧坐在那里沉默不语。

刘六十的居所紧连着议事大厅。自从他称王之后,将几间连着的房屋打通,重新做了布置,里面甚是宽敞。张氏与瑶珠各居一室,每人配了一名侍女,正是姜修敏送过来的。刘六十也不惊动女眷,独自坐在椅子上,想道:"我表哥一向对功名不当回事,他大老远来帮我,纯粹是看在血表亲[①]的分上,他当然不可能做奸细。白云翀、杨火鑫一直不离我左右,按理说找不到机会出去告密,但如果他们有同党呢?谢惟志、刘望北跟随自己这么久,为了宝石山的事东奔西跑、不遗余力,按理说也不至于做奸细,但人是会变的,万一他们被谁收买了,或者说有什么野心呢?他们整日在外面跑来跑去,要是想做奸细,倒是最方便了。尹传鹏来宝石山不久,他是刘望北的师弟,嗯,如果他会做奸细,那岂不是刘望北也是奸细?如果刘望北不是奸细,单是一个尹传鹏能做成奸细么?"一通胡思乱想之后,但觉除了叶南

---

① 赣南话,有血缘关系的亲属。

潭，谁都有可能是奸细，谁都又不像奸细。半天理不出头绪，只好重重地叹一口气，不再想这些，但愿按廖白衣所言，三天之内这个奸细自己冒出来。

天色渐暗。谢惟志本想邀刘望北、尹传鹏继续巡山，但想到刘六十怀疑的目光，觉得既然大王身边出了奸细，自己几个人在外面走来走去，嫌疑便大了。于是苦笑一声，独自走出大厅，来到寨顶空旷处极目四眺。

夜色中，但见四周的山头上、山谷间亮起星星点点的火苗，那是驻扎的寨众在生火做饭。这些留在山里的寨众没参加攻打县城的战斗，很多人还不知道外面发生了什么事。谢惟志心想，如果不是战斗失利，今晚，刘六十该在兴国县城举行庆功宴了。可是造化弄人，踌躇满志的刘六十竟被他眼中的迂腐书生打得落荒而逃，最重要的是军心动摇，今日之事传回山里，只怕还会有越来越多的人不想留在这里了。这一点，谢惟志从那些败归者的脸上已看出来了。谢惟志是参加过抗元战斗的人，深知军心意味着什么。人手少一点，装备弱一点，地形差一点，这些都好办，但意志动摇了，这股"气"松懈了，要想取胜便千难万难了。董士选最厉害的就是这一招，通过收买民心，不动声色便把宝石山的军心给撼动了。

这时，远远地，似乎传来一阵悠长的呼声："二狗子，归来哟！"谢惟志侧耳倾听，呼声不是一个人叫的，似乎是几个人同时发声。他正诧异，这呼声越来越近，越听越清晰，原来，是不同方向，不同的人互相传喊。山里本来回音便大，这些人接力喊下去，很快，喊声竟然响遍了整个宝石山。

叶南潭、刘望北等人也听到了呼喊声，走出来察看究竟。然而，夜色苍茫，只听得呼声从四面八方而来，根本不知是何人在作怪。

刘望北说道："这是怎么回事？莫非官兵又要搞什么名堂？"

谢惟志说道："这是他们在继续施展攻心之术。董士选日间尝到了甜头还不满足，这是要让宝石山的人全散伙了才甘心啊！"

尹传鹏问道："那为什么叫的是二狗子？这二狗子到底是谁？"

谢惟志说道："'二狗子''大狗子'什么的，是乡间最常见的名字，哪个村都能找得到几个叫类似名字的人。董士选正是要用这么一个到处都有的人名，让大伙儿想起老家的人和事，鼓动这些投奔宝石山的人回家。"

刘望北说道："这么说，奸细可不止一个人呀！这些叫喊的人，不都是官

兵的人吗？"

谢惟志说道："当然不可能是一个人。试想，如果只是某一个人，谁能把今日的计划知晓得那么清楚？谁又能让大王手下那么多兄弟中途开溜？我们的一举一动，尽在人家的掌握之中。打这样的仗，不输才怪哩。"

叶南潭说道："唉，山下太复杂，人一多，事情就难办，谁知道大家都在打什么主意呢？等这事忙完，我得早日回到冲天寨去。还是宝莲山的日子单纯些，不用算计这防备那的。"

谢惟志说道："这事太扰乱军心，得想个法子才是。看看大王怎么说？"回到大厅，刘六十果然听到回荡在山间的呼声，走出来找大家商量。

刘六十重重地拍了一下桌子，骂道："这些卑鄙小人，尽使些下三烂的手段！有种的跟老子真刀真枪干，老子输了也没话说！"

谢惟志说道："当务之急，是通知各个头目看住自己的人，别让部属中了官兵的诡计。"

刘六十说道："山里的人马住得分散，少说也有几十个地方。就算马上派人出去，只怕到了天亮也走不完。这事真是棘手。"

叶南潭说道："这倒也是。靠这法子，恐怕不行，等我们派去的人到达各寨时，想跑的早跑了，更别说抓到这些奸细了。"

刘望北说道："我倒有个法子，虽然没法抓住奸细，但好歹先把这些声音压下去再说。"原来，他想到的是，谢惟志内力深厚，不如让他用内功将刘六十的命令传给附近驻军，再由他们接力往外传，这样或许比派人传令还管用些。

谢惟志说道："这个法子虽然未必能将声音传到每个角落，但总能让一些人听到吧，聊胜于无。望北的内力也不错，不如我们俩一起发声，这样传得更远些。"

刘六十说道："对！就这样办，你们俩用把力，把他们的鬼叫声压下去再说！听了都烦！"

谢惟志和刘望北站在寨顶，同时运劲儿，喝令各路人马严防妖言惑众，并在听到之后将这一命令传给邻近人马，大家互相帮助、互相监督，发现奸细，严惩不贷。如此喊了数遍之后，山里果然渐渐安静下来。

到了半夜，宝石寨下突然喊声震天，刘六十、谢惟志、叶南潭、刘望北等人几乎同时被惊醒。他们匆忙起身，只见一名值守寨门的头目匆匆赶上来，见到刘六十，说道："禀报大王——山下——有叛乱——"

刘六十等人大吃一惊，一言不发，赶到寨墙处往下看去，只见山下火光通明，宝石寨竟然被人包围了。

山腰的寨门早已紧紧关闭。所幸宝石寨是一座突兀而起的石头山，周边几乎都是悬崖，只有一条狭窄的上山通道。驻守宝石寨的都是刘六十的亲信，他们发现叛乱者要靠近宝石寨，立即用羽箭将他们封在寨外。面对这条狭窄的道路，叛乱者只能围寨，却无法攻寨。

只听得一人喊道："刘六十快快投降！现在投降，董大人还会给你一条生路，晚了就诛你九族！"这声音听起来甚是刺耳，刘望北定睛细看，说道："这不是赣州官府那个狗爪子应如流么？他怎么跑到宝石山来了？"

刘六十"哼"了一声，说道："你看看他身边——姓姜的，原来是你这个王八蛋搞鬼！我恨不得生吃了你！"

众人一看，应如流身边一人在火光映照下，满脸得色，竟是最近深受刘六十器重的腊石寨寨主姜修敏。

杨火鑫说道："莫非廖老夫子说的内奸便是他？这……这也太不可思议了吧，他有什么能耐？"

姜修敏听不到杨火鑫他们的议论，但刘六十骂他这一句话，因为说得大声，他还是听到了。他也不示弱，冲上面喊道："姓刘的！你以为你真有什么天子命么？那是大家逗你玩的，只当是耍猴呢！寨里的兄弟们听好了：跟着董大人才是出路，跟着姓刘的只能等着人头落地！"

刘六十大怒，夺过身旁寨众的手中弓箭，对准姜修敏射去。姜修敏见一箭飞来，"啊哟"一声，忙将头缩起来。那箭飞到近处，应如流手爪一探，稳稳地抓住。姜修敏的部众见了，纷纷喝彩。

应如流说道："寨上的兄弟们听着！我知道宝石寨易守难攻，我们看在大家都是兄弟一场的分上，也不急着进攻。但只要我们把寨子围起来，你们还能支撑多久？这个数，大家可要算清楚了！想明白了的，赶紧打开寨门，我

们只抓刘六十！董大人说了，其他人是无辜的，不必追究！"

叶南潭问道："寨子里的粮食，能支撑多久？"刘六十说道："这里往常可屯十几日的粮食，但现在住的人多了，可能要减半。"

姜修敏喊道："你们别想着那么美的事了！别忘了，最近几日的粮食，是我安排人手送上来的！"

刘六十脸色一变，当即安排人去库房察看。不多时，那人回来，低声告诉刘六十，姜修敏送上来的粮食，除了面上几包是稻米，底下的竟然都是细沙。

刘六十气极，骂道："好阴险的贼子！原来早就算计好了！"事已至此，却毫无办法。

姜修敏得意地笑道："你道我这些日子讨好你是为了什么？还不就是要让你得意忘形？否则，宝石山这么大，我又怎能轻易困住你。"

刘六十怒极反笑，说道："姓姜的，亏刘某一直待你不薄！我就算养一条狗，它也知道摇尾巴，哪知你却是这样一个狗都不如的东西！"

姜修敏说道："你待我确实不错，这个我可不能说瞎话。但是，董大人待我更好呀！董大人已经答应了封我为武德将军，这可是正儿八经的朝廷命官啊，我还指望着它光宗耀祖哩！当然，你也答应了要给我官职，但你给我的官职，只怕风一吹就跑了，纸糊的毕竟靠不住啊！"

刘六十摇摇头，对谢惟志等人说道："原来这贼子早就被董士选收买了，可笑的是，我还蒙在鼓里。唉，宝石山出了这样的人，难怪这一仗输得莫名其妙。"

谢惟志说道："大王莫急，现在是深夜，我们不清楚他们到底有多少人。待得天亮之后，大家再商量对策。"叶南潭说道："对！是突围还是进攻，待天亮后再做决定。如今先跟他们耗着，谅他们也没什么办法。"

刘六十想想也是，这时不管怎么暴跳如雷，也无济于事，不如省点心，冷静下来寻觅良策。于是叮嘱寨众严守寨门，不得有任何闪失，并留下刘望北、尹传鹏在这里守备，自己与谢惟志、叶南潭等人回寨顶去了。

姜修敏、应如流见刘六十转身离去，也就懒得说那些刺激他的话了，改为动员寨众"弃暗投明"，投靠官府。无奈宝石寨这些人都是最早追随刘六十的人马，根本不为所动。姜修敏见多说无益，便不再徒费口舌。

天亮之后，刘六十与谢惟志、叶南潭等人又来到寨墙。此时，山下情形已看得分明，少说也有两千人围堵在那里。马脑寨、横石寨、秀水寨等几处的头目也和姜修敏在一起。刘六十叹道："昨日攻打县城，留了腊石寨、马脑寨、横石寨、秀水寨等数处人马看家，没想到这姓姜的趁此机会，竟然将他们几家一起收买了。真是可恶可气！"叶南潭说道："或许他们在这之前已勾结好了也难说。否则，仓促之间，这姓姜的要说服这些人，恐怕也没把握。"

谢惟志说道："叶寨主言之有理。姓姜的被应如流收买，绝非一时之事，恐怕时日已久。他们既然阴谋叛变，自然早就做好了准备。却不知留在山里的，还有多少人没被他们收买？"

刘六十说道："听我号令者虽说有十万之众，但我亲领的其实也就四万多。派了两万人去莲花山之后，整个宝石寨留下的也就两万人。除了带出去攻城的一万五，还留下五千人。乌仙寨的人马被我安排在山外驻防，罗青瓜为人正派，应当不至于和姜修敏混在一起。留在山里的，好像也就三石寨、丹象岩等几处的人马没在里面。但这些地方人手分散，别说一时难以召集，就算召集起来，恐怕还没到这里就被姓姜的拦截了。而守在宝石山外的那些人马，又根本不知道这里发生了天大的变故。"

这时，只见一名披着白袍的年轻人手势长剑，缓缓走到前方，冲着寨上喊道："刘六十，你想了一夜了，还不投降吗？再不投降，可别怪我们不客气了！"声如洪钟，显见得内力不凡。

刘六十骂道："狗娘养的，不客气又如何？有种的你上来！"

刘望北说道："这石清泉怎么也跑这里来了？看来他们是志在必得啊！"原来，那喊话的年轻人正是石清泉。

应如流对石清泉说道："如今天色已亮，他们再不投降的话，就强攻几轮再说，看他们能支撑多久！"原来，应如流原本夜里就想发动进攻，但因为黑夜难防对方羽箭，没有多少把握，怕白白送了人命，便还是决定先死守着。没想到一大早，石清泉赶过来了，应如流知道他是董士选麾下第一高手，登时信心倍增，便要发动强攻。

石清泉说道："不试一试，焉知成败？"同意应如流的意见。应如流便

挑选了十余名自己带来的兵士，让他们手执盾牌冲在前面。这些兵士训练有素，身手比姜修敏的部属强。但道路最多只能容二人并行，他们无论怎么攻，在对方羽箭防守之下，还是难以接近寨门。

石清泉见此举不通，对应如流说道："你们确定他们的粮食维持不了多久？如果这样，就继续耗下去吧。等他们没饭吃了，就只能束手就擒了。"姜修敏说道："千真万确，他们没多少粮食了。这些粮食都是我安排人送上去的，我心里有数。"石清泉点点头。他知道，寨里还有刘望北、谢惟志等好手，就算自己与应如流冲上去了，若是没有后援，也无济于事。既然他们补给不足，不如轻轻松松死守他们。

谢惟志对刘六十说道："他们不进攻，倒是明智的办法。看来我们还是得尽快突围，否则，到了没饭吃的时候就糟糕了。"

刘六十说道："可是寨里只有千把人手，明显比他们少。这寨子地形特别，他们攻上来固然不易，我们要冲出去却也甚难。更何况，廖白衣和几个女眷不懂武功，要把他们带出去，更是千难万难。除非派人去通知朱重九他们来支援，否则，我们可是插翅难飞了。"

刘望北说道："我冲下去寻找援兵！"谢惟志说道："石清泉、应如流武功都不俗，你一个人下去，恐怕被他们缠住。他们人多，到时脱身也难。"不赞成刘望北以身试险。

刘六十说道："向他们求援，确实未必有把握。姜修敏既然把我们包围了，进入宝石山的那几个入口，只怕也早就派人把守着。宝石山天险，好就好在易守难攻，一夫当关，万夫莫开，这是大家都知道的。要不然，官兵为什么总是不敢对我们动手？就是因为空有想法，却没办法。没想到，今日这天险反而把我们自己给困住了。"

叶南潭说道："那总得找到个可行之策吧？这样坐以待毙，也不是办法。"几个人想来想去，总觉得这也不行，那也欠妥，就是拿不出一个合适的办法。

到了午后，负责补给的头目告诉刘六十，如果还不能解围，吃饭都成问题了。刘六十眉头紧锁，叫他千万别声张，以免让寨众恐慌。事至如今，与其饿得无力反抗束手就擒，不如趁着大家还能动，孤注一掷，与他们拼一把，若能杀出一条血路，能走几个算几个。刘六十将这想法与谢惟志、叶南潭、刘望北等人说了之后，大家都赞同，认为此时也只有如此了。

众人商议了行动方案，由谢惟志、刘望北、尹传鹏在前头开路，叶南潭、白云翀、杨火鑫护卫刘六十左右，其他人一窝蜂跟上，只要有机会，便向朱重九等人驻扎处靠近。

一切安排妥当，刘六十正要命人打开寨门，忽听得山下一片喧哗，又有一彪人马向宝石寨冲杀过来。刘六十说道："唉，到底还是迟了些！如今他们增加人手，看这样子，要冲出去更是难上加难了。"

二十、流星

却听得那彪人马当头一人喊道:"大王别慌,我们救驾来了!"这些人冲到姜修敏的人马后面,叫道:"叛贼滚开!否则格杀勿论!"抡起刀枪便向他们攻去。

刘望北看得真切,说道:"是蔡五九!灵山的援军!"

刘六十一拍大腿,说道:"唉,真是急中出乱。我都忘了还有灵山这支人马在原地驻守了!危定胜来了么?"他被姜修敏欺骗之后,已不敢轻易相信部属,只怕危定胜也怀有二心,投靠官府了。

谢惟志说道:"你看那个挥舞大头刀的,不正是危头目么?"刘六十定睛细看,果然看到危定胜正在奋勇杀敌,登时放下心来,说道:"我总算没有看错人。危定胜这人忠勇可靠,所以我留他守住灵山这一带。"灵山与宝石山相连,是宝石山的另一个出口,但距宝石寨较远。刘六十固然没有想起还有一支重要力量可依靠,姜修敏只道宝石寨周边已在自己掌控之中,也忽略了灵山这数千人马。

叶南潭说道:"灵山过来救援的人马大概上千,还没有姜修敏那么多人。我们得从寨上攻下去,让他们腹背受敌,方能打退叛贼。"

谢惟志说道:"正当如此。如果前后夹攻,叛贼心里慌乱,没了胜算,必定撤退。"刘六十点点头,说道:"除了防守寨门的,都跟我往下冲!"

姜修敏的部属被危定胜率领的人马从背后袭来,一时不清楚他们到底有多少人,阵脚登时乱了。宝石寨下虽然稍开阔些,但双方无法施展手脚大规模作战。姜修敏人马虽多，却难以调头，一时派不上用场。灵山这边有不少武功好手，此时占了地利，杀得正起劲。石清泉、应如流见蔡五九、李火生、李十三郎、谭天保、杨山民等人大显身手，有心过去拦截他们，但又想到真正的劲敌谢惟志、刘望北等人在寨上，担心顾此失彼，只好继续守在寨下，让应如流的同伴周野驹、秦山牛退到后面去对付蔡五九他们。

正防着谢惟志、刘望北，没想到他们很快便冲下来了。石清泉知道应如流不是刘望北的对手，挺身而出，迎战刘望北。刘望北说道："不是冤家不聚头！我正想着要找你，你倒自己找上门来了！"石清泉说道："我又何尝不想找你！今日剑下见高低！"二人边说边出招，身边很快舞出一片剑光。

应如流见谢惟志奔着自己而来，他见过谢惟志与风声鹤斗得旗鼓相当，知道自己单打独斗不是谢惟志的对手，心里一紧，喊道："兄弟们一起上！对付反贼不必讲江湖规矩！"姜修敏听他露怯，忙喝令几名手下一起协助应如流围攻谢惟志。

这时，白云翀、杨火鑫、尹传鹏等人也冲下来了。姜修敏知道这些人个个都不好对付，忙不迭地叫道："给我顶上！不许他们过来！"指挥一拨又一拨的部属往前冲，自己则不断往后退。回头一看，蔡五九他们正越杀越近，心里想道："可也不能退得太后了，还是留在队伍中间最安全吧！"

两军厮杀，姜修敏所部虽然在人数上略占优势，但他们高手不多，加之因为是背叛刘六十，许多人难免心虚，所以在气势上便先输了一头。石清泉与刘望北一经交手，二人便聚精会神，旁若无人，再也顾不得其他。应如流虽然与人合斗谢惟志，但山里地方狭小，人多未必力量大，谢惟志那把长剑神出鬼没，已经伤了好几个人了。好在有人不断接替上来，否则应如流形势更糟。

姜修敏武功、胆量虽然都不怎么样，但为人却甚是精明。他此时旁观者清，估摸久斗下去，只怕要吃亏，便起了"三十六计走为上计"的念头。环顾四周之后，姜修敏心里想道："这姓应的现在遇到高手，定然和我一般心思，不肯恋战。这姓石的武功虽强，但他只是来帮忙的，要说看脸色，我还是以这姓应的为主。得罪了他，以后在衙门共事恐怕还要受他欺负。"想明白了这一层，姜修敏便对应如流喊道："应将军，如今形势有变，我们退回腊

石寨从长计议如何？"

应如流也不想冒险应战。若不是石清泉在此，他早就要姜修敏下令撤退了。这时听了姜修敏的喊话，知道这个伙计一向怕死，他既然打了退堂鼓，即使不让走，也不会卖力，便回他一句："你的人手，你自己安排好便是！"

姜修敏想道："这家伙死要面子，不肯明示，但也等于同意了我的意见。既然如此，我可不客套了。"于是传令道："兄弟们，这姓刘的跑不了，我们回腊石寨守住他们！"说罢，从人群中挤到道路的另一端，率领几个亲信便往回路跑去。其他寨众一看头领不想打了，正中下怀，一个个边抵挡，边往腊石寨方向退却。

应如流见寨众们已退出一条路来，趁着谢惟志进攻其他几人的空当，对同伴说一声："不必恋战，从长计议！"抽身退出，去追姜修敏了。

刘六十见姜修敏主动撤退，传令道："穷寇勿追！把守好要塞！"危定胜正要指挥人马乘胜追击，听得刘六十这么一说，便没让寨众往前追赶。

石清泉见姜修敏、应如流等人都已撤退，低声骂道："一群不成器的胆小鬼！"他知道再斗下去便要身陷包围，当即退出剑阵，转身飞奔而去。刘望北武功和他不相伯仲，他不想打下去，倒也拦不住他，只好由他去了。

蔡五九、危定胜等人见敌人已尽数退去，便过来与刘六十见礼。原来，蔡五九得知刘六十率军攻打兴国县城，一直关注着战况。昨晚，他在灵山听闻刘六十返回宝石寨，知道进攻县城失利，心里焦急，便连夜前往宝石寨，想找刘望北问问详情。不料，到了山下，竟然发现姜修敏已暗地里将宝石寨围了个水泄不通。蔡五九潜伏在树丛中，偷听到姜修敏的阴谋，仿如晴天霹雳，赶紧跑回灵山找危定胜商量。危定胜二话不说，当即召集寨众，留下一部分人马原地驻守，防止被人偷袭，其余人马火速赶往宝石寨解围。

刘六十感叹道："真是屋漏偏逢连夜雨。刘某在姓董的那里栽了个跟头不说，这次若不是你们这帮兄弟，竟然还要在家门口栽在小麻雀手里了！"

谢惟志说道："这两件事本来便是一件事。姓姜的做内奸，姓董的知道我们攻打县城的计划后，同时便安排姓姜的背后插一刀。但他也有失算的时候，那就是没想到宝石山还有这么多忠义之士！"

刘六十说道："经他们这么一闹，我也不知道下一步该当如何了。快请廖老夫子过来共同商量。"他一向果敢自信，没想到这次被董士选玩弄于股掌之中，一时六神无主。

不多时，杨火鑫将廖白衣请进议事大厅。廖老夫子脸色疲惫，显然没睡好。一进屋，他便说道："这一出好生凶险！但大王吉人天相，终究化险为夷。"廖白衣手无缚鸡之力，昨晚被惊醒后，他知道自己杀敌无能，也不添乱，便在屋里静坐。

刘六十说道："老夫子虽不习武，但危乱面前有静气，最是令我等佩服。如今宝石山出了大叛徒，致使我军出师不利，而且还在家门口遭遇飞来横祸。刘某思来想去，也不知这地方的风水是不是有什么不对之处。不知老夫子怎么看？"

廖白衣说道："祸起萧墙，变生肘腋，唉，大王所虑极是。按老夫此前的推算，十月十八，利于征伐，大王当攻克兴国县城。十月二十是大王大喜之吉日，本来大王应当在兴国县城登上大宝。但因为小人作祟，以致十月十八这一日，兴国县城未能进成。不过，事情也不是全无转机。莲花山行宫当已落成，大王在莲花山登上大宝，也是一样的。只要登上大宝，从此定将逢凶化吉，反转乾坤！"

刘六十听得廖白衣这么一说，原本沮丧的心情又振奋起来，说道："明日便是十月二十了。前几日，燕如年便禀报行宫已建好，只待择日入住。如此说来，事不宜迟，我们今日便搬到莲花山去！这里被那姓姜的一闹腾，大家住得也不安心了，确实该搬。"

谢惟志说道："莲花山行宫建成之后，大王还没去看过。今日便搬到莲花山，是否太匆忙了些？"

刘六十不耐烦地说道："今日不搬，明日如何赶得上？这股晦气，非得利用这个大吉日好好冲一冲不可。否则，刘某还能翻身么？腊石寨那个路口如今在姓姜的手上，他要是把官兵引进来，我们到时只怕想走也没那么容易。"谢惟志知道，自从廖白衣到了宝石山之后，刘六十对风水之事笃信无疑，何况姜修敏把持腊石寨，的确对宝石山构成极大的威胁。此事刘六十既然心意已定，多说无益，便不再言语。

刘六十说道："趁着姓姜的那伙人还不敢返回来捣乱，大伙儿抓紧些，省

得夜长梦多。五九,你率一部分人马驻守宝石寨,不要被人钻了空子。这地方虽然风水被小人破坏了,但毕竟是我们的发家之地,只要大队官兵不来,还是可以守住。定胜继续驻守灵山,那是个好地方,千万不可丢了。山外那些人,我们带一部分护卫便是,其他人仍留在这里对付姓姜的。莲花山此前已派去两万人,只要顺利抵达那里,其他就不必担心了!"

做了这些部署之后,刘六十想到要离开住了多年的宝石寨,还是心绪难平。但想到明日登基之后,尚可重整旗鼓,与董士选再决高下,心头又觉得亮堂起来。

莲花山果然发生了巨大的变化。从山脚往上,设置了三重大门,都在险要之处,若无内应,外敌很难攻入。从山腰开始,每逢平坦之地,便建造了大片的房舍,多是精致的木屋,也有少数石头垒起的。各处山谷还搭建了许多临时营房。山顶上,三间山石垒起的大房子一高两低,巍峨壮观,周边簇拥着十余间木屋。燕如年从山麓接到刘六十之后,一路向他介绍这些房舍的情况,并告诉他,行宫修建好了之后,两万兵士已就地驻扎,随时听候刘六十命令。刘六十频频点头,觉得燕如年做事精干,没有让自己失望。当行至山巅,看到自己的行宫时,刘六十心情大好,但觉果然与宝石寨有天壤之别。在这地方登基,排场只怕不亚于兴国县城。

行宫大殿的四梁八柱,用的都是山上伐来的楠木。莲花山古木参天,楠木尤多。燕如年就地取材,所以在短短一个多月之内,便建成了诸多房舍。刘六十见这些建筑颇有大家气象,对燕如年大加赞赏,说道:"以燕兄弟这等才干,我兴汉朝工部尚书非你莫属!"燕如年闻言,赶紧叩谢。

安顿下来不久,甘山枫前来拜见刘六十。刘六十问道:"甘寨主莫非有未卜先知的本领?我们刚到莲花山,你就从蜈蚣寨马不停蹄赶过来了。"

甘山枫说道:"大王莫非忘了?廖老夫子早就说了,明日是黄道吉日。我想,大王此时不在兴国城,便定然在莲花山。就算大王不在山上,我也得常常过来帮大王看着这些地方。大王的事,甘某可是时时放在心上的。"

刘六十叹道:"还是甘寨主忠心。明日大典,同时加封百官,本王不会亏待甘寨主的。"

刘六十及家眷在行宫住下，张氏和瑶珠各居左右。谢惟志、刘望北、叶南潭、白云翀、杨火鑫、尹传鹏等人在旁边的房舍安顿下来。谢惟志还是安排叶南潭、白云翀、杨火鑫守卫在刘六十左右。因为这地方陌生，他还让尹传鹏也留下护卫刘六十，自己则带了刘望北走到各处察看。

山头下面是一片营房，驻扎着上千兵丁。这些人多是刘六十带过来的。谢惟志叮嘱他们要提高警惕，随时关注四方动静。然后，沿着山道往外走去。

行至一处营房，谢惟志忽地看到旁边大树下，似乎有个人探出半个脑袋，正向自己招手。他心里起疑，便与刘望北向那大树走去。走到近前，只听得那人低声说道："刘兄弟，你们可来了！我有事告诉你们。"刘望北一看，认得他是瑞金白竹寨的姚粟田，便向他点点头，与谢惟志走过去。

姚粟田说道："这里怕有人看到，劳驾二位再往下走几步。"带着谢惟志、刘望北钻入一旁的树丛，来到坎下的草地上。草地上还有两人坐在那里，却是姚粟田的同伴谭四六、廖满崽。

姚粟田对刘望北说道："刘兄弟，我们几个正琢磨着如何上山来找你，没想到忽地看到你走下山来，那真是再好不过了。"

原来，姚粟田、谭四六、廖满崽也在被刘六十安排到莲花山修建行宫的两万人当中。他们在这里干了将近两个月，累得大气都快出不了，几次想逃跑。但想到白竹寨已与宝石山结盟，恐怕回去了让寨主徐武阳生气，便忍气吞声在这里干下去。他们想告诉刘望北的是，如今，这两万人真正留下的，连一半都不到了，山里每天都有人逃跑，很多营房其实都是空的。

谢惟志、刘望北大吃一惊。这个情况，燕如年根本未曾提起，刘六十也蒙在鼓里。兵员相差这么远，若是刘六十根据原来的人数谋划打仗之事，岂不又要吃一个哑巴亏？刘望北气愤地说道："视这等大事如儿戏，看来，这燕如年人品大有问题。"

姚粟田说道："可不是吗？我们没冤枉他吧！"三人又叽叽喳喳历数了燕如年的种种不是，说这人在莲花山大搞亲亲疏疏，不向他靠拢的，就安排最苦最累的活，稍有顶撞则更是没有好果子吃；而那些与他套近乎的，则变成了监工，整日指手画脚，颐指气使，好像做了多大的官一般。很多人因此对刘六十颇有怨言，连山下的百姓都在背地里骂刘六十。

谢惟志说道："看来，这人对上对下完全不一样。大王初来乍到，还当他忠心可嘉，正要委以重任呢。我们得把这事及时禀报大王才是。"于是叮嘱姚粟田等人多加保重，不再逗留，与刘望北赶回去找刘六十。

回到莲花山顶，谢惟志、刘望北见叶南潭、白云翀、杨火鑫、尹传鹏四人坐在大厅，一言不发，刘六十却不在。谢惟志问道："大王去哪了？我有事要向他禀报。"白云翀说道："你还是先歇歇吧！大王此时在气头上，未必理你呢。"

谢惟志奇道："谁惹大王生气了？也不看看如今是什么时候。"他想，刘六十刚刚打了败仗，又遭遇部下背叛，心情定然糟糕得很，此时惹他生气，确实不对。

叶南潭、白云翀、杨火鑫、尹传鹏四人互相看了看。白云翀苦笑着摇了摇头，说道："惹他生气的，都坐在这里呢。你是否要执行家法，将我们几个全关起来？"他和谢惟志是多年老友，此时还不忘调侃一句。

谢惟志心下更奇，说道："怎么会是你们？"他知道，这几人目前是刘六十最可依赖之人，不可能无缘无故惹刘六十生气。

叶南潭说道："为了立皇后的事，我们说了些不同看法，没想到他就这么生气。"

原来，刚才，刘六十提出，明天登基，要册封瑶珠为皇后，以张氏为贵妃。叶南潭、白云翀听了，均觉得不妥，认为张氏是刘六十发妻，为人贤惠，当立为皇后。双方争了几句之后，刘六十请廖白衣拿主意。廖白衣掐着指头念念有词，然后告诉刘六十，根据三人生辰八字，当立瑶珠为后，张氏则暂时不给名号。还说什么以瑶珠为后，兴汉国必兴；以张氏为后，则兴汉国难兴。刘六十本来就越来越偏爱瑶珠，听得廖白衣这么一说，便更加坚定自己的想法。叶南潭是刘六十的表兄，对廖白衣了解不深。因为攻打县城失利之事，他对廖白衣本来便不大信服，此时听廖白衣这么说了一通之后，深为张氏打抱不平，脱口说道："这种神神道道的事，我看也未必有多灵！倘若真有那么灵，今日我们就不是坐在这里商谈大事了。"

廖白衣闻言，脸色一变，对刘六十说道："老夫无能，误了大王大事，无颜再留下去，就此告老还乡！"作势便要走。

刘六十对廖白衣奉若神明，认为虽然攻打兴国县城大出意外，但那是因为没防到出了家贼，不能怪到廖白衣头上。如今登基在即，他心目中的"国师"廖白衣却要辞行，那当然不行，不仅失去一条臂膀，而且很不吉利。于是，为了挽留廖白衣，刘六十当即呵斥叶南潭，要他不得无礼。

叶南潭心里窝火，但想到这是特殊时节，便忍住怒气，向廖白衣致歉。对于立皇后这件事，叶南潭却还是劝刘六十三思而后行。白云狲、杨火鑫、尹传鹏也觉得张氏虽然朴素，但为人端庄正派，比那娇媚的瑶珠更能母仪天下，附和叶南潭的说法。

刘六十见他们几个都和自己意见相左，说道："都是些山巴佬，什么眼光！"拂袖而去。廖白衣见刘六十走了，自言自语地说道："田舍翁能成什么大事？"正眼不瞧叶南潭等人，自行回住处去了。

叶南潭大怒，对着廖白衣的背影说道："装神弄鬼算什么本事？真是被灌迷魂汤了。"白云狲等人知道他前一句骂廖白衣，后一句则是说刘六十，怕传出去伤了和气，赶紧劝叶南潭息怒。叶南潭说道："这装神弄鬼的家伙留在这里，我倒是准备明日就回冲天寨了。叶某从来就没想着要干什么惊天动地的大事，若不是看在血老表的分上，谁愿意受这种鸟气。"提到冲天寨，不禁想起刁八月、刁十六兄弟俩，又说道："还是替我守寨的刁氏兄弟脑子清醒。自从看到钟明亮反反复复闹了一场之后，看透了这些打打杀杀的事，再也不肯下山。我叶某经历了这一次呀，以后哪怕亲爹老子举旗造反都不来了！"

白云狲说道："本来大王也不是这样的人，就是自从称了兴汉王，尤其是甘山枫送了瑶珠到宝石寨之后，就变得和以前有些不一样了。当然，这两天他被人暗算，心情糟糕，倒是可以理解。叶寨主消消气，还是先让大王重整旗鼓，争取打个翻身仗再说吧。"

叶南潭说道："在这里住得比宝石寨舒服多了，他到底会不会想那扳本的事，还不知道呢。人各有志，不必强求。我还是在宝莲山静候大家的佳音吧。"

众人听他去意已决，不知该说什么好，一时只好静坐着。

谢惟志听了这个过程，不禁目瞪口呆，没想到刚迁到莲花山，喜庆的气息还没闻到，兄弟们之间反而出现裂痕了。他说道："大王和大家可能还不知道，莲花山的兵力根本没有两万了，连一半都没有。"便将姚粟田他们说的情况讲了一遍。

叶南潭惊道："这可真是糟糕至极！他怎么会信任这样的人？"白云翀说道："这姓燕的胆子够肥的，竟敢这样糊弄大王！这可是要掉脑袋的事啊！"

杨火鑫说道："他是甘山枫的人。除了甘山枫，谁能要他的脑袋？"

谢惟志问道："甘山枫不是上了莲花山吗？你们争执的时候，他不在吗？"

白云翀说道："他说和燕如年去安排晚宴了。这瑶珠本来便是他进贡的，如果他在，当然是支持大王的意见，那更有得吵了。"

谢惟志说道："这甘山枫也有些变化。当初我们帮他拿下蜈蚣寨，可不是这般模样。现在他的蜈蚣寨据说也掌控了两万多人马，算是大王麾下最强大的一方诸侯了。"

刘望北说道："我感觉此人野心不小。别看他现在对大王毕恭毕敬的，若是哪天得势了，恐怕就不好驾驭了呢！我们得提醒大王，不能对他太过信任。"

叶南潭说道："此时提醒，恐怕适得其反。我对这个表弟还是比较了解的。他认准了的事，十八头牛都很难拉回。这姓甘的花言巧语这么久，早就让他深信不疑了。你们这个时候说他不行，我这表弟还要认为你们是眼红心烧，妒贤嫉能。"

谢惟志说道："叶寨主所言极是。此事不急，留待以后寻找合适时机再说。但我们这些人对那姓甘的要防着点。这人是笑面虎，不地道。看看姜修敏就知道了，整日无事献殷勤的人，遇事往往不可靠。"

这时，已到晚餐时分。燕如年派人过来请谢惟志等人用餐。甘山枫、燕如年果然安排得甚为丰盛，但大家各怀心事，兴致不高，刘六十也没了往日的豪情，所以，众人并未如甘山枫所说的那样一醉方休，匆匆吃过饭便各就各位了。

次日上午，刘六十果然按照廖白衣所说的时辰，举行了登基仪式，自称兴汉皇帝。仪式由廖白衣主持。廖白衣说道："如今皇上即位，文武百官得按朝廷规矩行事。所有人不得携带兵刃参见皇上。"让众人将兵刃放在外面之后，再依次进入大殿。刘六十穿上甘山枫呈上的龙袍，坐在燕如年打造的龙椅上，心潮澎湃，想道："登基之事，由于日前的变故，虽然不如想象中那么盛大，但好歹也算做上皇帝了！接下来，我该怎么办呢？"想到这里，心里不禁一片茫然。

按照廖白衣的要求，为了维护皇上威严，所有人不得靠近刘六十。叶南潭见这登基仪式不伦不类，心里颇不以为然。又看到甘山枫竟然位列众人之前，被刘六十封为"兴国大将军"，而自己与谢惟志、刘望北、白云翀、杨火鑫、尹传鹏等人则分别被封为赣县将军、宁都将军、会昌将军、信丰将军、石城将军、瑞金将军，连那燕如年也被封为雩都将军，心里想道："我虽然不稀罕你给我什么位子，但把那姓甘的放在谢惟志、刘望北等人之前，真是够糊涂了。也罢，我今日且给你捧捧场，以后不再相见便是。"打定主意，登基仪式结束后，便悄然潜回宝莲山。一向不离刘六十左右的白云翀、杨火鑫等人，此时也按廖白衣的安排站在下面，距刘六十就更远了。

刘六十还是立了瑶珠为皇后。谢惟志等人心里虽然不平，但在此际，已不是他们说话的时候，只好心里苦笑。

廖白衣宣读完百官名单之后，让众人依照次序排成数列，拜倒在地，山呼"万岁"。刘六十见殿内数十人同时恭恭敬敬地向自己行大礼，想道："在宝石寨的时候，就是因为省了这些礼数，与大伙儿兄弟相称，以至威望总是上不来，叶南潭他们动不动就和我顶嘴，姜修敏甚至胆大妄为，投敌造反。哼，今后谁敢对朕大不敬，务必严惩不贷！既然定下君臣名分，就要有君臣的样子，谁也不得对朕无礼，不管他功劳多大，本事多强。那姓姜的尤其可恶，这几日先不急，待得把这朝廷的事情理顺了，第一件事便是将这姓姜的捉拿回来，千刀万剐！"想到这里，刘六十不禁将身子往后一靠。

便在这时，刘六十忽觉背心一痛，似乎猛地被硬物刺中，忍不住"哎哟"一声，身子急忙前倾。众人见状，相顾愕然。谢惟志正要出口相询，却见一直站在刘六十身旁的廖白衣突然一个转身，闪到刘六十身后，左臂扼住

他的脖子，右手竟然多了一把明晃晃的软剑。

这一下变故大出众人意料。大殿骚乱之际，甘山枫、燕如年已蹿到刘六十面前，各持一把软剑，与廖白衣一起，将刘六十团团围住。

刘六十强忍背部疼痛，说道："你——你们——"

甘山枫狞笑道："启禀皇上，我们怎么了？我们只是配合你演戏的！当然，演的是猴子把戏而已。现在，这台戏该收场了，我们得带你去见董大人了！"

刘六十、谢惟志等人这才知道，原来，廖白衣、甘山枫也投降官府了。由此看来，他们此前向刘六十进贡美女，煽动刘六十兴建行宫，帮刘六十谋划进攻兴国县城，动员刘六十赶往莲花山登基等等，自然都是早有预谋的，可叹刘六十一步步掉入他们的圈套却一无所知。

谢惟志等人见刘六十被敌人一招控制，一时不知该当如何。他看了看四周，未见埋有伏兵，便轻声对身边的刘望北说道："这廖白衣不懂武功，只不过我们眼下投鼠忌器，无从下手。且与他们周旋片刻，寻找机会反制他。"刘望北微微点了点头。

廖白衣似乎看出了他们的心思，说道："大伙儿还是乖乖听我号令，不要轻举妄动为好！否则，伤了你们的皇上，可别怪我事先没打招呼！"右手一抖，一柄软剑竟然笔直前挺，嗡嗡作响，显见得内力不浅。

刘六十落在廖白衣之手，被他抓住要穴，一时动弹不得，心头惊诧不已。此时见他突然亮了一手内力，更是大出意料："廖白衣明明是个手无缚鸡之力的书生，什么时候竟然练成了这么高明的武功？即使是鬼神，也未必能伪装成这样啊！"谢惟志、刘望北等人均是一般想法，但觉廖白衣浑身透着诡异。

廖白衣见众人满脸错愕，哈哈笑道："谅你们想破脑袋也想不明白这是怎么回事。我就不让大家瞎琢磨了吧！你们睁大眼睛看仔细了，我可不是你们那个姓廖的狗头军师。"执剑的右手倏地在脸上一拂，揭下一张薄皮。众人一看，更是大吃一惊。原来，这人根本不是廖白衣，竟然是风声鹤！

风声鹤怪笑几声，说道："做梦也想不到吧？唉，可惜了，你们的那位军师，早在那天陪你们喝完最后一次酒之后，就到黄泉帮你们探路去了！"

原来，风声鹤除了剑术高超，还学过一门神秘的易容之术，可通过活人脸皮冒充其人。呼罕拔离败走赣州之后，风声鹤、应如流等人不甘心失败，继续留在赣州官府效力。为了取得董士选的信任，风声鹤想了一个主意，利用自己的易容术，潜入宝石山，冒充刘六十最信任的廖白衣，从内部瓦解宝石山。此举与董士选通过收买民心瓦解义军的做法不谋而合。董士选当即赞成。于是，风声鹤带着应如流伺机潜入宝石山，寻找下手的机会。

在此之前，官府已故意放出风声，散布"祥瑞三宝"隐藏在宝石山的消息。各路江湖人物想到刘六十武功不算出众却敢聚众造反，定然是"马吃夜草人捡窖"，有了意外收获，因此信了这个谣言。风声鹤也在此际通过江湖人物牵线搭桥，收买了腊石寨的姜修敏作为内应。那姜修敏本是贪生怕死、贪图荣华富贵之辈，见了风声鹤的手段，听了风声鹤的劝说，很快乖乖就范。风声鹤与应如流进入宝石山之后，时常与姜修敏秘密接头，商议行动方案。那天，三人在宝石寨后面的三寨密谋时，不料被路过此处的万隆道人无意中听到。风声鹤知道兹事体大，若是泄露出去，则前功尽弃，于是与应如流冒险追杀万隆道人。二人与万隆道人一路狠斗，总算在宝石寨下将他灭口。

就在叶南潭来到宝石山传授"霹雳五禽阵"的那天晚上，廖白衣陪刘六十等人高高兴兴地喝了几碗酒，回到住处之后，在上茅厕小解时，被早就隐藏在这里的风声鹤暗算。廖白衣丝毫不懂武功，风声鹤要对付他，自是易如反掌，没等他反应过来，风声鹤便一招致命。随后，风声鹤趁着尸身尚有余温，剥下廖白衣的脸皮，用药水将之贴在自己脸上。为了防止刘六十等人警觉，又装作受了风寒，致使声音沙哑。

廖白衣平时除了商议事情，喜欢安静独居，与大家接触不多。而刘六十因为他此前每次所说都有道理，每次预测的事情都比较准确，便对他近乎迷信，从无丝毫怀疑。也正是因为如此，风声鹤冒充廖白衣给刘六十献计，居然没有露出破绽。对他身上出现的些许变化，众人也未曾多想。此前，廖白衣曾经为刘六十勘察过龙兴之地，其中便提到莲花山，但并未建议刘六十在此处登基为帝。风声鹤要冒充廖白衣，自然事先对他的言行详加打听。知道这一节之后，于是利用莲花山大做文章，先让刘六十大兴土木，劳民伤财，

引得众叛亲离，民心背弃。继而让刘六十出兵攻城，损兵折将，大败而归。刘六十退回宝石寨之后，风声鹤因其身边有刘望北、谢惟志、叶南潭等一干高手，没有把握活捉他，便先让姜修敏围困刘六十，没想到被蔡五九、危定胜他们解了围。风声鹤见此计不成，便使出最后一招，劝说刘六十远离大本营，前往莲花山这个生疏之地举行登基大典，利用这个机会出其不意一举擒获他。

甘山枫则在风声鹤潜入宝石山之前，已被风声鹤制服。风声鹤软硬兼施，威逼利诱，甘山枫本来便是骑墙之人，听得赣州官府许以高官厚禄，与跟随刘六十相比，自是前途更显远大，于是欣然答应投降官府。为了防止甘山枫变卦，风声鹤还派了两名同伙赖开山、燕如年在蜈蚣寨当副寨主，对甘山枫既协助又监督，使甘山枫死心塌地跟着他们走。在风声鹤与甘山枫的合谋之下，刘六十就这样不知不觉中踏进了他们布下的陷阱。

为了确保抓住刘六十，燕如年事先在那把龙椅上安装了机关。刘六十初坐上去时，毫无异常。待得到了一定时候，椅子受压，隐藏在椅背的小刀便将突然刺出，伤了刘六十。而风声鹤以讲究君臣礼仪为借口，不让其他人接近刘六十，便是为了在刘六十乍然受伤之际，一招制服他。

众人听风声鹤与甘山枫一唱一和，将这些过程讲完，但觉一股寒气自心底冒起，没想到世上竟然还有这般阴险之人。杨火鑫怒道："原来我师兄也是伤在你这贼子手下！不把你们碎尸万段，不足以泄我心头之恨！"风声鹤脸露得色，说道："这事倒是纯属意外。也活该那道人该死，他要是不出来乱逛，哪有这等无妄之灾？"

刘望北骂道："你这贼子手段果然毒辣！可惜当年在寨九坳让你跑了，以致生出这么多事来。"

风声鹤冷笑着对刘望北说道："姓刘的，寨九坳的事被你搅黄了，你只道风某就那么一点道行吧？哼，谅你也想不到风某的本事还多着呢。这次便让你瞧瞧，与寨九坳那点事相比，今日之事，才值得风某引以为豪！"

刘望北说道："你别得意太早！你以为凭你们几个人，就能在千军万马之中把皇上带出莲花山吗？"

甘山枫闻言，仰天大笑。笑过之后，说道："莲花山还有你们的千军万马么?唉,忘了告诉你们,目前守在山下的,可是我蜈蚣寨的兄弟。这位刘皇爷从宝石山派来的两万人马,早就被我们燕兄弟奴役得只剩下几千人了!而且,这几千人也心灰意冷,不想跟着你们卖命了!山下的百姓,说到刘六十或者刘贵的大名,也是摇头的多呢!董大人的攻心术,可被我们学得活灵活现了——当然,董大人是为大元朝廷'收心',我们是为兴汉朝廷'散心',做法不同,但殊途同归,哈哈!"

刘六十双眼圆睁,几乎要喷出怒火,但喉咙被风声鹤卡住,骂不出声,只好在肚里把甘山枫的祖宗十八代骂了个遍。

风声鹤说道:"废话少说,识相的,统统给我让开!董大人有令,只惩首恶,随从人员只要弃恶从善,既往不咎。我们只带走刘六十,其他人不想找死的话,我们也不找他麻烦。"说罢,挟起刘六十,让他缓缓起身。谢惟志等人看得清楚,刘六十的背后一片鲜红,还在滴血。

叶南潭虽然心里对刘六十有气,但毕竟是亲表弟,此时看到他被人伤害,气得把拳头攥得格格响。大殿当中,谢惟志、刘望北、叶南潭武功都不在风声鹤之下,若是众人一起出手,虽然手上没有兵刃,也可将风声鹤、甘山枫、燕如年杀了,但刘六十也势必毙命于风声鹤之手。正因如此,谢惟志等人空负一身武功,却对风声鹤无可奈何。

风声鹤厉声喝道:"还不让道是吗?看来各位是想让你们的皇上血溅当场。"叶南潭生怕他们伤了刘六十,对大家说道:"大伙儿先让他一让,出去之后再作计议。"众人只好远远地让开。甘山枫、燕如年护在风声鹤左右,徐徐向殿外走去。

待他们出去之后,谢惟志等人迅速去取了自己的兵刃,尾随其后。叶南潭还赶去召集自己带来的上百名部属,试图寻找机会截住他们。

走了数百步,来到路口一棵大枫树下。风声鹤见叶南潭带着一群人守在前方,停下来说道:"不想让刘六十现在就死的话,你们都给我让开!"他知道,山上的人多是刘六十从宝石山带过来的,燕如年带来的人,都被刘六十替换到山腰以下驻扎了。此时他们人多,还不可大意。等到了山下之后,甘山枫的人马在那里接应,那就万无一失了。

叶南潭知道,若是放他们下山,要想把刘六十救出来就难有希望了。但

此时硬拦着，又不能确保刘六十的安全。正犹豫着该当如何，燕如年在一旁挥舞着软剑喊道："再不让开，我对着他就是一剑！"说罢，用剑轻轻在刘六十腕部划了一下，但见几滴血慢慢落在地上。

众人面面相觑，知道他们心狠手辣，怕他们继续伤害刘六十，只好慢慢退出。甘山枫见状，哈哈笑道："我就知道你们这些人敬酒不吃吃罚酒！早就该老老实实了，何必让你们的皇上多受皮肉之苦！"

正在得意之际，甘山枫忽听得头顶大枫树密叶一动，不禁抬头一看，恰见一条黑影"呼"地扑落下来，正好骑在他的后颈上。甘山枫猝不及防，一个趔趄，差点扑倒在地。那人手持一把短刀，往甘山枫身上拼命扎去。甘山枫挣扎着挺起身来，右手软剑往上直挥，向那人身上劈去。那人被劈中几剑，却并不停手，继续用刀扎他。甘山枫"哇哇"痛叫，将软剑绕到身后，双手抓住软剑两端，将那人勒住。二人紧紧抱成一团，甘山枫使劲压住软剑，那人则不停地挥刀乱扎。片刻间，那人背后血流如注，甘山枫的身上也被刺出了不少血洞。

燕如年见此变故，赶到甘山枫身边，瞅准机会，在那人身上削了数剑。那人手上无力，最后一刀扎在甘山枫右臂上，短刀落地。甘山枫右手一松，放开软剑。那人从甘山枫身上滑落下来，猛地张开大嘴，狠狠地咬住甘山枫的颈部。二人滚在地上，翻来覆去。又过得片刻，甘山枫血流满地，气息奄奄，说道："历老大，你……好狠！"头一歪，气绝身亡。那人嘶哑着嗓子叫道："姓甘的，总算……不得好死！"说罢，也不再动弹。

当这二人斗得死去活来之际，刘六十便在琢磨着伺机脱困。甘山枫气绝之时，刘六十感到风声鹤手腕一颤，臂上劲道稍稍一减，当即将全身力量聚于右肘，奋力一撞，正中风声鹤右肋。风声鹤受痛，左手一松，刘六十趁机挣脱。风声鹤见他想跑，右手软剑一挥，劈中刘六十左肩。旋即左掌向他后心击去。刘六十被他勒了半响，行动不利索，重重地受了这一掌，当场"哇"地吐出一口鲜血。

风声鹤待要追上去继续用剑削他，谢惟志已一剑拦过来，喝道："奸贼，今日还想活命么？"风声鹤知道此人剑法不在自己之下，不敢怠慢，只好放过刘六十，全力迎战谢惟志。

燕如年见刘六十脱离了风声鹤的控制，甘山枫已死，风声鹤被谢惟志缠住，对方还有数名高手在侧，知道大事不妙，赶紧拔腿便往山下跑去。白云翀喝道："往哪里跑？"直追下去。

谢惟志与风声鹤转瞬间已过了数十招，谁也奈何不了谁。杨火鑫喝道："恶贼，还我师兄命来！"持刀向风声鹤砍去。叶南潭、刘望北知道他报仇心切，便在四周守着，不让风声鹤有逃跑的机会。

若在平时，谢惟志遇到对手，当然不喜欢别人相帮。但他知道这当口不是意气用事的时候，也理解杨火鑫要亲刀仇人的心情，便用剑牵制住风声鹤，使他无暇顾及杨火鑫。风声鹤心里叫苦不迭，可是在二人夹攻之下，无可奈何。他知道谢惟志剑法凌厉，稍不留神，一剑便足以致命，只好全力应对，将一身破绽留给杨火鑫，听任杨火鑫一刀一刀地往身上招呼。

风声鹤与谢惟志对峙上百招之后，已被杨火鑫砍了十余刀，力气渐渐难以接上。若非谢惟志有意不出杀招，他早就要丧命剑下。谢惟志恼恨他为人歹毒，有意让他多受些折磨，便只是牵扯他的精力，让杨火鑫慢慢收拾他。

终于，杨火鑫手起刀落，说道："师兄，害你的凶手来了！"一刀正中风声鹤后颈。风声鹤无力躲闪，惨叫一声，当场毙命。

众人再看与甘山枫同归于尽的那人，谢惟志、杨火鑫、刘望北都认得，竟然是蜈蚣寨原大寨主历经雷。谢惟志心想："此人逃离蜈蚣寨之后，原来一直未忘报仇。若论仇恨，他最直接的仇人当然是甘山枫，其次当数刘六十。再次之，我们几人也是他的仇人。他今日隐伏于此，未必便是直接冲着甘山枫来的，说不定是想刺杀新登皇位的刘六十也未可知。只是冥冥之中有天意，山上发生巨大变故，刚好甘山枫站在他脚下，报仇的机会便在眼前，所以他们二人便先干上了。甘山枫算是罪有应得，可我们当初将他几兄弟都挑了，是不是也太残忍了些呢？"想到这里，心下默然。

刘六十被风声鹤伤得极重，见风声鹤被杨火鑫杀死，总算舒了一口气。听得与甘山枫拼命的人竟然是历经雷，喃喃说道："冤孽，冤孽！"似乎对自己当年帮助甘山枫火并蜈蚣寨也颇有感触。

叶南潭说道："风声鹤、甘山枫他们对这里布置已久，此地恐怕不宜久留，还是赶紧召集兄弟们撤离吧！"安排人手为刘六十处理伤口之后，便要

护送他与张氏一起下山。那个瑶珠则已不知躲到哪里去了，众人也没闲心理会。

刘六十带来的上千名兵丁就驻扎在附近。变故发生时，这些人远远地围着，不敢轻举妄动。这时，叶南潭将他们召集过来，与众人一起护送刘六十下山。

一行人走到山腰，却见白云翀匆匆跑上来。原来，他一路追杀燕如年，却被他逃进了山下蜈蚣寨人马的营房中。蜈蚣寨那些人听燕如年说甘山枫被杀后，正在赖开山与燕如年的率领下大举攻山。他们的人手少说也有数千。

刘望北看看附近山谷里的营房，想起姚粟田等人在这里，说道："宝石山的人手不知还剩多少？我去那边看看。"几个纵跃，飞下山去。

姚粟田果然在营房里，见到刘望北，说道："我正要上山来找你们呢！"原来，他们也打探到了消息，得知甘山枫与官府勾结，正要霸占莲花山。许多寨众听到之后，趁着无人管事，一窝蜂跑掉了。他们早就厌倦了这里的生活，对宝石山和蜈蚣寨都没兴趣，更不想卷入这些是是非非。如今还留在山里的，大概也就上千人而已。

刘望北、姚粟田安排人手将人员集中起来，与叶南潭等人会合。姚粟田说道："下山的大路已被蜈蚣寨的人马把守，若要强冲，难免伤亡。如今皇上伤了龙体，与他们硬拼不是良策。后山有一条小路，是我们兄弟几个无意中发现的，料那蜈蚣寨的人未必知晓。小路虽然陡峭，但可以避免和敌人正面交锋，不如从这里突围。"

叶南潭、谢惟志等人大喜，说道："总算天无绝人之路。还得有劳姚兄弟在前面带路。"姚粟田说道："这个理应如此，各位无须客气。"便与谭四六、廖满崽走在前头。谢惟志示意刘望北、尹传鹏跟在他们左右，以防不测。叶南潭安排了一部分人马守住山腰的寨门断后，以防蜈蚣寨的人冲上来。

在山间小径绕行，一路见到不少房舍，果然十室九空，人都跑得差不多了。刘六十躺在担架上，没看到这些。叶南潭、谢惟志等人不想让他伤心，对这些景象只是看在眼里，嘴上什么也不说。叶南潭想道："表弟这个刚愎自用的脾气，这次真是让他吃了大亏，但愿以后能长点记性。"谢惟志则寻思："到底是什么东西让刘六十变化这么快这么大？难道我们以前对他的了解实在不够？"

小径在丛林中起起落落，果然甚是隐秘。有好几处，若非姚粟田事先走过，而且特意做了记号，几乎看不出来林中有路。刘望北对姚粟田说道："姚大哥真是有心人，这么难找的路，竟然被你们找到了。"姚粟田说道："我看那姓燕的在莲花山的所作所为，便估摸没什么好结果。当时我们兄弟几个便想，若是有什么不测，可得找到一条活路才行。于是，没什么事时，我们便在山里转悠，没想到还真有这么一条下山的通道。"刘望北说道："若非姚大哥深谋远虑，今日大伙儿只能拼死一战了。"姚粟田说道："常言道：'狡兔三窟。'我们长年在山里过活的人，当然也知道要多寻一条出路的道理。这种路自然是越少的人知道越好。这么大一座山，说不定还有其他下山的秘道也难说，只不过我们不知道而已。"

刘望北点点头，心里想道："难怪说'智者千虑，必有一失'，这世上之事，出乎意料的太多，凡人哪能一一算计到？就说这座山吧，大家都以为就那么几条路可走，其实谁知还有多少暗道？只不过没人用心探寻而已。"忽地又想道："就好比风声鹤、甘山枫他们，自以为妙计天衣无缝，哪知道树上突然落下一个历经雷，一下把所有计划打乱了？若非历经雷一心复仇，把自己的命豁出去了，我们这些人担心皇上安危，谁又敢贸然向他们发难？唉，历经雷的出现，竟然将他们几人的性命全葬送了，莫非这就是天意？"想到这里，愈加觉得谋事在人、成事在天，很多事情实非人力所能控制。但继而又一想："若是皇上不受假廖白衣、甘山枫、姜修敏他们的迷惑，也不要因为打败了一次官兵而志骄意满，还是像往常一样踏踏实实，对待兄弟们情如手足，遇事多与兄弟们商量，那么，董士选、风声鹤他们这些计策能否得逞呢？"想到这里，心乱如麻，连连叹息。

姚粟田说道："刘兄弟不必叹息。好人有好报，吉人自有天相。只要还剩最后一口气，事情总有转机的。我这辈子遇过几次这样的事了，你看还不是好好地活到现在？"说罢，便讲了几件自己历险之事，比如某次在白竹寨捕猎时遇到老虎，只道难逃虎口，最终却掉落悬崖而生还；比如某次在会昌县访友被捕快发现，差点被俘了，结果一头扎进湘江获救；比如某次在山外遇到仇家，眼看走投无路了，突然被龙珠寺一个过路的僧人出手相助，有惊

无险……刘望北听了，心里想道："起初我还以为姚粟田为人平庸，也就跟着别人混混江湖而已，没想到肚子里想法还不少，而且说得头头是道。看来，老话说的'人不可貌相'确实有道理，今后再也不能以貌取人了，否则又得吃亏。"

又走了一阵，姚粟田说道："马上到山下了！待会儿我们越过一条小溪之后，有一条路通往宁都方向，我们便朝那边走。蜈蚣寨那些人把守的路口离这里少说也有十几里，就让他们好好地在那里傻等着吧，最好等到过年再说！"刘望北喜道："那太好了！宁都的宝华山、凌云山、大龙山都是听从兴汉朝廷号令的。去了那边之后，我们还有机会打回兴国！"

到了山下，果然有一条小溪。溪面宽约丈余，此时天气正凉，刘望北说道："大家还要赶路，可不能蹚水而过。"见山脚下有一片竹林，与尹传鹏等人砍下六七根碗口粗的毛竹，架在水面上。几个人过了小溪，往左右察看了，确信无人，便等着刘六十、叶南潭、谢惟志等大队人马过来。

众人渡过小溪，行进了一程，到了一处平坦的草地。刘六十伤重，呻吟得厉害。叶南潭、谢惟志让众人停下稍息，与刘望北等人为刘六十察看伤势。白云狲、尹传鹏等人则在前方把风。刘六十先是被燕如年安装在"龙椅"上的短刀刺伤背部，然后又受了风声鹤的剑伤、掌伤，尤其是那一掌，震伤了心脉，刘望北虽然给他服用了数颗灵芝丸，但也只能让他吊住一口气而已。叶南潭、谢惟志看他这模样，知道很难康复，心里甚是难过，但脸上仍装着若无其事。谢惟志见刘六十身体越来越凉，将内力输入他体内，助他御寒。刘六十低声说道："谢兄弟，不必耗神了，我……可能不成了。"谢惟志说道："皇上放心，不会有事的！我们马上就到宝华山了，那里也是皇上的地盘。"刘六十勉强笑了笑，没再说话。

忽然，叶南潭等人听得白云狲喝道："什么人？"刘望北立即拔剑在手，向白云狲那边跑去。只听得一个阴森森的声音说道："哈哈！天网恢恢，到底还是遇上了！"刘望北往前一看，一拨人马正朝这边奔来，说话那人正是风声鹤的同伙应如流。在他旁边，还有石清泉等人。前面十几人骑马而行，后面徒步者甚众，一时看不到尾。

原来，石清泉、应如流与姜修敏围攻宝石寨不成之后，退回腊石寨，随后探知刘六十撤离宝石寨，前往莲花山。石清泉、应如流二人知道这是风声鹤的计策，所以心里并不着急。但为了以防万一，二人还是决定亲赴莲花山，留下一批人帮助姜修敏防守腊石寨。

　　石清泉、应如流快马加鞭，赶到莲花山，却得知风声鹤、甘山枫已死于非命。蜈蚣寨的人马虽攻上了莲花山，但没找到刘六十等人的行踪。石清泉等人知道，他们定然是另有秘道突围。然而，林海莽莽，要找出这条道路来何其艰难，何况即使找到了恐怕也追不上，石清泉便决定带一部分人马在山下搜寻。他们通过盘问山民，知道山下大致有几条路，分别如何走向。石清泉猜测刘六十不敢折回兴国，极有可能往宁都方向逃跑，便与应如流带人前往宁都方向赶去，同时安排人手对其他道路继续搜寻。莲花山一带，因为燕如年大量征用民夫，致使百姓对刘六十颇为不满，无意与官兵对抗，所以，石清泉他们要打听刘六十等人的行踪，倒也不难。就这样，他们从莲花山下抄近路而行，反而守在刘六十他们前头。

　　叶南潭对谢惟志说道："看来，还是难免一场恶战。皇上伤得太重，我们伺机夺他们几匹马，护卫皇上突围再说。"他们下山时，由于山路陡峭难行，无法携带马匹，此时看到对方有马，叶南潭便起了这个念头。

　　谢惟志点头说道："此事是该好好合计一下。"二人将姚粟田等人叫过来，商定由叶南潭、谢惟志等人突袭敌方骑马者。夺得马匹之后，姚粟田等人护送刘六十、张氏急退，叶南潭则组织"霹雳五禽阵"断后掩护。

　　计策商定，谢惟志、叶南潭追上刘望北，低声对他说道："你对付'老朋友'，我们伺机抢他们几匹马，让皇上先离开此地！"刘望北会意，跑前数步，对石清泉说道："你这人阴魂不散，今日我还得与你一较高下！"连人带剑飞跃过去。

　　石清泉说道："你这番话，正合我意！"足尖一点，已下马落地，迎上刘望北。

　　叶南潭、谢惟志齐喝一声："杀啊！"冲上前去。二人武功高强，几名骑在马上的蜈蚣寨头目还没来得及还手，便被掀下马去。叶南潭、谢惟志在马背上重重一拍，两匹马受惊，"呼"地往前蹿去。姚粟田等人说道："来得好！"眼疾手快，抓住缰绳，果然得手。

谢惟志、叶南潭如法炮制，又夺下几匹马。这些骑马的头目见他们二人疯了般冲过来，知道不敌，纷纷掉头往后退去。率队的赖开山见状，暗暗骂道："一群草包！"喝令部众一窝蜂而上，将谢惟志、叶南潭等人围起来。谢惟志、叶南潭刀剑挥舞处，靠近他们的人员纷纷倒地，但二人要继续夺马，却已不能。

与此同时，刘六十、叶南潭的部众也一拥而上，与石清泉、应如流带来的人展开混战。众人知道此时唯有以命相搏，才可能有出路，是以个个奋不顾身，全力以赴。

石清泉与刘望北斗得正紧，别人插不上手，他们也顾不上别人。杨火鑫看到应如流，想起他也是杀害师兄的仇人，两眼冒火，手中刀没命般往他砍去。应如流见他一副不要命的样子，心里发虚，招呼几个帮手一起围攻杨火鑫。杨火鑫虽然勇猛，但毕竟好汉难敌人多，渐渐处于下风。

白云翀起先与赖开山等人交手，后来尹传鹏加入战团，将赖开山引开。白云翀见尹传鹏一时不至于落败，便抽身而出，察看其他人战况。此时见杨火鑫这边被敌人逼得正紧，白云翀喝道："杨兄弟莫慌！我来助你！"疾奔过来。

杨火鑫正被五六个汉子逼得手忙脚乱。应如流看准他背后空虚，狞笑一声，狠狠地刺出一剑。白云翀看在眼里，急道："杨兄弟当心！"知道杨火鑫已不及闪避，白云翀也顾不了那么多，侧身将杨火鑫撞开，一掌击向应如流。应如流此时已收势不住，左肩"啪"地挨了一掌，右手长剑却深深刺入白云翀胸膛，登时一片鲜血直喷出来。

杨火鑫见状，暴喝一声："我与你拼了！"不顾身后几把刀剑逼近，当头一刀向应如流砍下。应如流被白云翀那一掌打得半身一麻，闪避不及，眼睁睁看着杨火鑫这一刀砍下来，"啊"的一声惨叫，血流如注，软绵绵地倒在地上，眼看活不成了。

此时，杨火鑫背上也被人刺了一剑。另几把刀剑正要向他背后落下时，突然一剑凭空而来，将这些兵刃挡了回去。随即听得一声大喝，这几个围攻杨火鑫的人被击得东倒西歪。原来，是谢惟志突出重围，及时赶到，化解了杨火鑫之危。

谢惟志长剑乱挥，将人群逼退，对杨火鑫说道："快把白兄背走！"杨火鑫答应一声，背起白云狲，往刘六十他们那边而去。

这时，草地上血流成河，双方伤亡都不在少数。叶南潭从冲天寨带下来的人马还剩了数十人，他们正结成"霹雳五禽阵"，将石清泉、应如流带来的人马围住了一部分。但石清泉的人手较多，有一些人正要突破防线，往刘六十那边冲去。

这时，忽听得有人在蜈蚣寨人马的后方喊道："刘大王何在？蓝江南来也！"谢惟志一听，寨九坳总寨主蓝江南竟然赶过来了，心头一喜，大声说道："蓝总寨主来得正好！我们前后夹攻，别让他们跑了！"

原来，蓝江南那日依计在兴国县城南伏击官兵，但等了半天不见动静，派人一打听，才知刘六十吃了败仗，退回宝石山去了。蓝江南仍不放心，继续打听宝石山的情况，得知刘六十因为后院起火，转移到莲花山准备登基。蓝江南于是率了百余名精干力量前往莲花山观礼。不料，途中被当地百姓指错了路，因此没能及时赶到莲花山。待得赶到山下，遇到数名被打散的宝石寨寨众，才知山上发生惊天变故，刘六十已往山下逃亡。蓝江南一路追来，至此恰遇两军激战。

叶南潭见蓝江南来援，精神一振，但看到他带来的人手并不多，与敌人苦斗下去，势必两败俱伤，便气沉丹田，大喝一声："不想死的，统统住手！我有话说！"这一声中气十足，在山谷回响。正在交锋的双方都不禁停下来，只有石清泉与刘望北不理不睬，依然斗得激烈。

谢惟志走近二人，说道："你们也且住手！听叶寨主说完再打不迟！否则别怪我不讲江湖规矩了！"石清泉知道谢惟志也是使剑的高手，如果他与刘望北联手，自己可讨不了好去，于是对刘望北说道："好，便听你们说一说又何妨！"二人同时收招，退后数步。

叶南潭见山谷一时安静下来，朗声说道："今日在此厮杀之人，有几个不是百姓子弟？你们何苦替官家卖命，与本地人拼命？你们看看，眼前死的人还会少吗？"

石清泉带来的人马，大多数是蜈蚣寨的寨众。这些人本来想跟着甘山枫共享荣华富贵，但现在甘山枫已死，他们与石清泉并不熟，对赖开山也所知

不多，不知道该何去何从，只是奉命行事而已。此时听了叶南潭这么一说，众人心里不禁嘀咕："这话还真有道理，我们又不是官兵。这般卖命图什么哩？"

叶南潭又对石清泉说道："你们大人不是喜欢收买人心吗？那又何苦骗得这些本地人在此互相残杀？我们现在没别的想法，只想夺得一条生路。如果谁要舍命来拦，那我们也不怕他，且看看谁先去见阎王老子！"他说这话时，威风凛凛，让人望而生畏。

石清泉心里想道："今日之事，差就差在对风声鹤、甘山枫太信任，以至没安排官兵前来围剿。看如今这形势，要想让蜈蚣寨这些人卖命，已是万难；纵使他们肯拼命，面对这些亡命之徒，只怕也没胜算。更何况他们还来了援兵！看他们已形成不了气候，不如暂且放他们一马，以免大家同归于尽。"便淡淡地说道："那按你的想法，却又该如何？"

叶南潭重重地说道："大路朝天，各走一边！大家井水不犯河水，今日便相安无事。至于日后恩怨如何个算法，那就看各人的缘分！"

石清泉见应如流已死，自己这边人数虽多，高手有限，这些乌合之众未必有多大作用，硬拼下去也未必能把对方悉数消灭，便点点头，说道："那行，今日先放你们一条生路。如果还敢公然造反，朝廷必定不会放过你们！"便传令整顿人马，缓缓退回。

叶南潭见石清泉听了自己这番话，对谢惟志等人说道："我们快快收拾一下，速速离开此地，省得节外生枝。"他知道，石清泉愿意让步，是因为恐怕手下这些人不肯出力。若是大队官兵赶上来了，那就将是另一番情形了。

此时，太阳西落，留下一片血色余光。叶南潭清点了一下人数，除了蓝江南的人马，宝石寨还剩下数百人，自己的部属只有五十余人，其中有些负伤轻重不一。叶南潭低声说道："的确不能再打了！兄弟们能活一个算一个，不能白白送命了。"

蓝江南见刘六十伤得厉害，便坚持要将他们护送到宝华山。刘六十见他在此危难时刻还专程赶来援助，双目含泪，感动不已。叶南潭、谢惟志也担心路上再生变故，便不和蓝江南客气，满口答应。谢惟志感慨地说道："疾风知劲草，板荡识诚臣。这话说得一点也没错啊！蓝总寨主和寨九坳的兄弟最是仗义了！"

一行人继续向前。谢惟志、刘望北等人持剑在前开路，蓝江南率部紧随。尹传鹏护着刘六十共骑一马，杨火鑫则护着白云翀。叶南潭仍率领一队人马断后。冬天的太阳落得快，不多时，山谷里便黑蒙蒙的一片。

行了五六里之后，杨火鑫忽地叫道："白……白大侠……快不行了！"谢惟志、刘望北、叶南潭、尹传鹏等人闻讯，赶紧围上来。只见白云翀脸色苍白，嘴角似乎在微微颤动。谢惟志俯下身子，只听得他声音微弱地说道："兄弟们……我先走了……可惜……没能看到……丞相遗志……"说罢，再无声息。

杨火鑫不禁放声大哭。白云翀为了掩护他才中了那致命的一剑。此时此刻，杨火鑫宁愿用自己的生命去换他生还。谢惟志、叶南潭、刘望北、蓝江南、尹传鹏等人也悄然落泪。刘望北叹道："白大侠自从那年上了宝莲山助我师父守护'祥瑞三宝'，便一直以匡复江山为己任，在宝石山鞠躬尽瘁。可惜壮志未酬身先死，这等英豪气度，谁人不钦佩！"

正要找地方掩埋白云翀，忽听得姚粟田跑过来说道："皇上——皇上想见各位大侠！"众人见他脸色凝重，知道事情不妙，便暂且将白云翀放下，赶到刘六十身边。原来，尹传鹏急着察看白云翀，请姚粟田等人帮着照料刘六十。刘六十隐约听到白云翀不行了，心里伤痛，一口气接不上来，就此散了神。姚粟田等人连忙抬他下马，让他平躺在路旁的草地上。

看到谢惟志、叶南潭、刘望北、蓝江南等人，刘六十原本迷离的双眼忽地睁开。众人知道他有话要说，都俯下身子倾听。只听得刘六十说道："悔不听良言……以致有今日……"众人见他颇为自责，安慰道："胜负乃兵家常事，皇上放心，我们还有本钱！"刘六十惨淡一笑，微微摇头，又说道："张氏跟着我受苦，我对不住她……拜托各位兄弟……"

张氏坐在刘六十身旁，一直低声哭泣，此时掩面对刘六十说道："当家的，你就放心好了！我在路上等你！"突然身子前倾，倒在地上。原来，她右手早就握了一把剪刀，想是一路用来防身的。此时悄然往左胸深深一刺，正中心脏，鲜血当即洒满身下草地。

刘六十突然提高嗓门，说道："好，好——"一句话没说完，双目圆睁，

已无气息。

众人放声大哭。良久,叶南潭说道:"如今兵荒马乱,我们就在这里找个地方先让他们入土为安吧。还得有劳蓝总寨主的人马先到前方警戒。此事不宜让太多的人知道,我们先将宝石山这些寨众遣散,让他们各寻出路,留下可靠的朋友们就行了。大伙儿记得沿途做上记号,以便日后祭拜。"

谢惟志、刘望北等人均觉得叶南潭所言在理,蓝江南理解他们的意思,当即安排人将自己的人马支开。谢惟志在空旷处召集众人,告诉他们皇上不幸驾崩,"兴汉国"之事暂且作罢,为防官兵追杀,请大家即刻散去,各自投奔亲友,他日有缘江湖再聚。众人大哭一场之后,纷纷离去,只有叶南潭的部属和姚粟田等数人留了下来。随后,众人在左近山坡找了个隐秘处,挖了两处穴,将刘六十夫妇与白云翀分别掩埋了。

忙完之后,叶南潭打发自己的部属先上路回宝莲山。姚粟田等人在两座坟前拜过之后,也告辞而去。偌大的山谷,只剩下叶南潭、谢惟志、刘望北、蓝江南、尹传鹏、杨火鑫仍坐在刘六十坟前。几个人神情哀切,心绪黯淡。众人各自想着心事。叶南潭想着从此回到冲天寨,和寨里的兄弟们好好度日;蓝江南反思刘六十之败,正考虑着回去后该如何坚守寨九坳,不给官兵可乘之机;谢惟志、杨火鑫想的是从此漂泊江湖,四海为家;刘望北、尹传鹏则想到了铜钵山的温馨,心里总算有了几缕暖意。

夜空寂静。忽然,天边一亮,众人抬眼望去,只见一道流星悄然划过。刘望北叹道:"天上的流星一晃而过,谁都不记得它叫什么名字,想想真是可怜。'兴汉国'和刘寨主不就和这流星一样吗?"刘六十事未成而身先死,刘望北便不好称他为"皇上"了。

谢惟志沉吟片刻,说道:"它虽然只是晃了那么一下,但也算在夜空留下了一道光,说它可怜就未必了,总比许多从没发过光的东西强一些罢。"蓝江南说道:"它来过,它走了。其实什么事都不过如此。来了就好,去又何妨?望北老弟不必过于介怀。"

刘望北心念一动,收起思绪,说道:"两位前辈说得对!过去的就让它过去。时候不早了,我们该走了吧!"众人点点头。蓝江南说道:"不知各位有何打算?是否到寨九坳盘桓几日再说?"谢惟志说道:"天下没有不散的筵席，谢某累了几年，想到远处走走，今宵就此别过，他日有缘再会！"杨火鑫说道："谢兄所言，也正是我的想法！"叶南潭说道："叶某在冲天寨随时恭候大家！"尹传鹏说道："我们在铜钵山等着与大家继续相会！"

星光下，刘望北但见众人虎目含泪，神情凝重。大家起身在两座坟前再次拜了几拜，默默转身，在夜幕中往前方赶去。空谷中，几只不知名的山鸟突然打破宁静，"啾啾"叫着，叫着……

图书在版编目（CIP）数据

风云宝石 / 李伟明著 . — 南昌：江西人民出版社，
2023.1
　ISBN 978-7-210-14531-8

　Ⅰ.①风… Ⅱ.①李… Ⅲ.①长篇历史小说 – 中国 –
当代 Ⅳ.① I247.5

中国国家版本馆 CIP 数据核字（2023）第 001261 号

风云宝石
FENGYUN BAOSHI

李伟明　著

策 划 编 辑：金朵儿
责 任 编 辑：杨　帆
书 籍 设 计：游　珑

江西人民出版社 出版发行
Jiangxi People's Publishing House
全国百佳出版社

地　　　址：江西省南昌市三经路 47 号附 1 号（330006）
网　　　址：www.jxpph.com
电 子 信 箱：jxpph@tom.com
编辑部电话：0791-86899133
发行部电话：0791-86898815
承　印　厂：江西润达印务有限公司
经　　　销：各地新华书店

开　　本：787 毫米 × 1092 毫米　1/16
印　　张：28.25
字　　数：450 千字
版　　次：2023 年 1 月第 1 版
印　　次：2023 年 1 月第 1 次印刷
书　　号：ISBN 978-7-210-14531-8
定　　价：72.00 元
赣版权登字 -01-2023-3

版权所有　侵权必究
赣人版图书凡属印刷、装订错误，请随时与江西人民出版社联系调换。
服务电话：0791-86898820